在人间

何夕 喀拉昆仑 等 著

战争与和平

科幻硬阅读
DEEP READ
不求完美 追逐极致

IN THE WORLD

北京理工大学出版社
BEIJING INSTITUTE OF TECHNOLOGY PRESS

科幻硬阅读
——献给那些聪明的头脑和有趣的灵魂

当小鲜肉、流量明星、鸡汤文和小清新大行其道，当坚硬强悍磊落豪雄变成小众，当拼爹、晒富、割韭菜成为常态，当群氓乱舞中理性精神和至性深情被某些人弃如敝屣——我愿反其道而行，向极小极小的一小部分喜欢阅读和思考的读者，推出一套比较烧脑，但能让神经更粗壮大条的作品——"科幻硬阅读"系列图书。

科幻不是目的，思考才是根本。有趣的灵魂诗意栖居大地。理性使其无惑，感性助其丰盈，个性使其独特，青春致其张扬，而爱的疼痛与快乐，则为灵魂刻下一抹深沉隽永……

所以这套书里除了"烧脑"科幻，兼或还会有其他一些提神醒脑类作品，希望它们能给读者朋友带来一丝极致的阅读体验——极致的思考或震撼、极致的美丽与忧愁、极致的愉悦和放松……不求完美，但求在某方面达到极致——极致，便是"硬阅读"的注脚。

但这种"硬"绝不应该是艰深晦涩,故作深沉!

好看的作品通常都是柔软而流动的,如水、亦似爱人或者时光,默默陪伴,于悄无声息间渗透血脉、融入心魂,让我们在一条注定是一去不返的人生路上,逐渐、逐渐,获得一分坚强和硬度!

愿所有可爱而有趣的灵魂,脚踩大地,仰望星辰,追逐梦想。

——小威

独立思考，个性书写，充分表达，
拥有独属于自己的风格和调性。

目录

001 | 爱别离
　　　　血变 / 何夕

043 | 定制你的味道
　　　　品尝快感 / 池塘鲤

059 | B伯爵·双生案
　　　　量刑困境 / 池塘鲤

081 | 绿人
　　　　绿梦惊魂 / 喀拉昆仑

113 | 饿扁的智慧生物
　　　　文明的筛孔 / 喀拉昆仑

127 | 作弊
　　　　生命不能承受之重 / 喀拉昆仑

147 | 拔丝工
　　　人生如拔丝 / 喀拉昆仑

163 | 七·生
　　　在人间 / 野火

229 | 克隆情敌
　　　生命的浪花 / 小威

269 | 鼠群
　　　进化陷阱 / 冷霄毅

爱别离

血变

文 / 何夕

◆ 1 ◆

叶青衫正在写一封信,但是差不多有两个小时的光景他却只是呆呆地坐着,手里的铱金笔悬在离纸一两厘米的地方,目光一直愣愣地看着前方的桌面。在桌子上摆着一束许久没有换过水已经发蔫的花,还有一只薄薄的电子钟。不过叶青衫的目光却落在另一件东西上,那是一幅相片。在相片里,叶青衫和一位长头发的姑娘快乐地并肩站立,身后是明媚的秋阳。

"别跑,小心点!"一个声音从遥远的地方传来。"我才不管呢,除非你追上我。"一个同样遥远的声音在说,伴着银铃样的笑声。秋天的太阳从已经变得有些稀疏的树梢上透下来,在干爽的地面上变成无数榆钱大小的光斑。空气带着微微的凉意,但是吸进肺里很舒服,有股好闻的味道。也许这就是秋天的气味。"小菲,我捉住你了,小菲。"一个声音说。"这不算,是我自己停下来让你捉的。"另一个声音说。

叶青衫叹口气,将笔下的纸揉成一团。纸篓已经满了,都是像这样的纸团。我真的应该写这样一封信吗?叶青衫想,这能代表什么呢？能让我平静吗？能改变那些已经发生过的事情吗，能——留住小菲吗？一丝亮点从叶青衫的眼角闪过，他感到有股咸津津的东西滑下喉头。"我已经失去哭泣的力量了，"叶青衫接着想，"但是想不到我还能流泪。"叶青衫从座位上站起，慢慢朝门外挪动脚步。门外是客厅，有些拥挤地摆着些算是不坏的家具。客厅里有七八个男人，但是没有一个人坐着。他们紧张万分地注视着叶青衫，刚才当叶青衫将自己独自关在小屋里的时候每个人的心都提到了嗓子眼上。如果他有什么意外的话，这里每一个人都难脱干系。现在好了，叶青衫自己出来了，每个人都暗暗地呼出口气。"我们走吧，"一个人上前说。他小心地看着叶青衫的脸。叶青衫机械地点着头，他知道，此时在这幢普通公寓房的周围起码有上百人在警戒。

是该走了，要不邻居们会被吓坏的。他们不会明白发生了什么事。

叶青衫戴上墨镜，被几个人簇拥着出门。身边的人不断地用对讲机通着话，一副如临大敌的样子。道路已经被清理过了，除了他们再没有别的车辆。当小车开出很远之后叶青衫仍然不住地回头望着七楼上那个拉着深红色窗帘的窗口。家，那就是家，但以后不再是了。一切都改变了，是从一年半以前的那个慌张的清晨开始的。人生真像一个梦，谁也不知道什么时候就会突然醒来。

◆ 2 ◆

"有件事说出来吓你一跳。"林小菲一边收拾一边说。她正赶着上班,急得不能再急的样子。叶青衫在一旁饶有兴致地看着她,他已经见惯了林小菲每天早上的慌张。林小菲要赶在八点钟上班,但她睡觉时是完全记不得这一点的。叶青衫以前还催她,但后来知道没用也就干脆不管了。

"什么事?"叶青衫懒懒地看报,相比之下当记者的他作息时间要宽松一些,"又是你们破医院里的那些破事?"

"什么破医院?"林小菲反诘,但口气有些软,她是区医院的护士,那里的确是个有点破烂的地方,"我是说正经的,我以前的一个同学调到市里的一家研究所当副所长,上月底邀请我们几个老同学去玩了一下。"

"等等,"叶青衫警惕起来,"哪个同学啊,是不是那个——老麦?"

林小菲忍不住笑:"你还猜得挺准,"她收住笑说,"都五六年了你还把人家记得死死的,人家现在可是青年专家了。"

叶青衫放下报纸说:"我倒想忘了他呢,不过就怕人家还惦记着咱们。"他说着便盯着风姿绰约的林小菲死看。

"想哪儿去了,"林小菲没好气地说,"我是说正事呢。当时他们正好和市防疫站在搞一个小范围的检疫，我没事也去查了，再过几天就能拿结果。"

叶青衫心里咯噔了一下："查的什么？"

林小菲得意地偏着头朝门外走："你准想不到，AIDS，听过吗？就是艾滋病。"

叶青衫脱口而出："没事查那玩意儿干吗？听着就脏。快去撤了。"

林小菲退回来严肃地盯着叶青衫看，然后仿佛有大发现似的说："我的叶青衫同志，你是不是做过什么坏事，是不是做贼心虚啊？"

叶青衫哑然失笑："我哪会做过什么坏事。算了，不跟你说了，一点正经没有。"他低头看报，但立刻补充道，"出门注意安全。"

林小菲应了一声，人都走出门了却又回头调皮地晃晃头："别想老麦了，人家可没得罪你。还有，记住吃早饭。"

门关上了，屋子里立刻安静下来。叶青衫翻看着报纸，心里却想着上午要赶写的稿件。世界在窗外喧闹着，风掀动着窗帘。过了一会儿他伸着懒腰起床，准备去上班。临到要出门时却始终觉得似乎有什么事情没有做，在屋子里晃来晃去才想起是林小菲叫自己吃早饭的事。叶青衫不禁一笑，他当单身贵族时曾经长达十年没有吃过早饭，但这种根深蒂固的习惯居然被林小菲硬生生给改正过来。在三年前刚刚成家的几个月里，他几乎每天都要半强制性地完成早餐定量，现在他就算想不吃早餐也不行了——已经惯坏了的肠胃根本就不答应。

叶青衫走进饭厅，餐桌上有一只干净的空碗，旁边是剪开了口子的一袋营养麦片和两个煮鸡蛋。叶青衫打开桌下的开水瓶，温暖的热气冒了出来。

电话铃响了。

◆ 3 ◆

"我是叶青衫。请问你们通知我来有什么事？"叶青衫环视着眼前这间大屋子，由于赶路他有些喘。这时他看见老麦走了过来。

"是我叫人通知你来的。"老麦还跟几年前一样没什么变化，只是眼镜的度数似乎加深了些，"到办公室谈吧，有点小事。"

叶青衫刚进门便看到了满天的星星——那是老麦的书生之拳的力量："你这个狗杂种、王八蛋。"老麦粗俗地骂道，白净的脸庞变得扭曲，"是你害了小菲。"

"小菲出了什么事？"叶青衫顾不得还手，他预感到出事了。

"你还装糊涂。"老麦双眼瞪得很大，"小菲上次在我这儿做了一个检查，她感染了HIV，就是艾滋病！"

叶青衫看不出老麦有开玩笑的意思，一时间他简直蒙了："HIV，小菲感染了HIV？这怎么可能！"他求助地看着老麦，期待对方突然露出捉弄的笑脸来,但是他失望了。

"按规定病人应该首先知道自己的病情,"老麦说,"但是我没勇气告诉她。如果你有这个勇气的话倒可以试试。"老麦仇恨地瞪着叶青衫,"你有什么可说的?"

"说……什么……"叶青衫语无伦次地重复着几个无意义的音节。过了一会儿,他稍稍镇定了些,"我现在应该怎么办?"他问。

老麦伸出戴有手套的双手说:"知道我为什么必须戴上手套才敢揍你吗?你是病人的丈夫,极有可能也感染上了HIV。你现在必须做检查,"老麦露出痛苦的神色,"我查过小菲以前的病历,她从未有过输血史。我认定就是你把HIV传给小菲,我认定。"老麦仿佛失去了控制地大吼道。

几天后叶青衫的检验报告出来了。老麦拿着报告单一语不发,脸上是古怪的神情。叶青衫坐在老麦对面的凳子上,不知道什么样的命运在等他。他突然觉得自己做这个检查根本是没有意义的行为。老麦说的对,小菲感染了HIV,除了是自己传染给她的,难道还会有别的原因吗?叶青衫有些无奈地望着窗外灰蒙蒙的天空,轻轻叹口气。只能是那次了,就那一次……

"先生,我们别唱了。你看他们几个都上楼去了。"圆脸小姐猩红的嘴几乎碰着叶青衫的脸,一股热气在他的耳边扫来扫去。面前的桌子上摆着空的啤酒瓶和乱七八糟的小吃食,电视里有一大群人热烈地晃来晃去,有一个穿白衣服的人正拼命嘶吼着。

叶青衫的头晕乎乎的，记忆中他从没喝过像今天这么多酒，也许是今天太高兴了。没想到第一次出来拉广告就遇上老同学正好在对方单位里管事，结果轻轻松松就谈成了。当然，在接下来的酒宴上叶青衫也就多喝了几杯。在叶青衫的记忆里自己是不胜酒力的，记得十岁的时候他偷了大人的酒来喝，结果一杯下肚便晕乎乎的，不敢再饮。此后一直到十来年后在大学里他才喝了生平第二杯酒，结果又是晕乎乎的，从此叶青衫便滴酒不沾了。今天他一上桌便大义凛然地说自己一定舍命陪君子，然后便仰脖子倒下一杯酒说，好了，我已经说到做到了。桌上的人全起哄说不算不算，但叶青衫坚决不再端杯。这时老同学说了句我敬你一杯，一杯就行。叶青衫推了半天终于拗不过喝了，头还是一阵阵的晕。这下算是开了头，叶青衫便见到一只只酒杯都仿佛风车般在自己眼前轮番上场。几圈下来他也不知道自己喝了多少杯。头晕，他每喝下一杯酒都指着太阳穴的位置说一声，我不能再喝了。但是风车丝毫没有停下来的意思。头晕，晕得厉害，我说过我不会喝酒的。叶青衫又说了一句，然后又是一杯。桌子上已经有些乱了，一些人开始频频地起身上洗手间。老同学眼睛已经红了，他有些惊奇地看着稳如泰山的叶青衫："你光是头晕吗？"他问。叶青衫想了想，然后点头。"原来你光头晕。"老同学玩着手里的杯子，但是没有敬酒的意思。我们找地方玩玩吧，老同学说。

圆脸小姐见叶青衫没作声，起身到门边摁下反锁。不知怎么搞的电视里换了画面，白花花的肉团充斥了屏幕，伴音撩人不已。叶青衫觉得自己呼吸不畅起来，他还没想好该怎么办的时候圆脸小姐的嘴已经凑了上来。圆脸小姐在叶青衫的耳根子喘着粗气说："先生你好帅。"同时她的手牵着叶青衫在自己身上四处游走……叶青衫感觉半边身子都麻了，他心里知道这一切只是圆脸小姐的生意，但是，似乎从来没有人说过他帅。小菲到外地培训已经走了半个月，而且还要半年才回得来。叶青衫的头真是晕极了……

老麦放下报告。他的眼神变得更古怪了，一语不发地盯着叶青衫看。

"告诉我实情吧！"叶青衫说。

"你的HIV病毒抗体检测是阴性，也就是说你没有被感染。"老麦语气平静地说，"明天带小菲来一趟，我们打算给她复查一下。"

◆ 4 ◆

"明天？明天可不行。"林小菲拨浪鼓般地摇头，短发轻快地飘动，她正忙着刷碗。"上礼拜我们就说好明天上街买那套衣服的。"叶青衫知道林小菲说的是那套淡紫色貂毛领短大衣，她已经去看过好几回了，每次试完总说有地方不满意，要么是腰大，要么是领子样式不好看。但叶青衫知道，衣服其实很好，简直就像为林小菲定做的。林小菲每次脱下它只是由于价格，他们心里都明白这点但谁都没说出来。到后来店主也看出这一点了，价格更是铁口钢牙分文不让。但是林小菲穿上那套衣服的美妙身姿具有强大的说服力，叶青衫最终还是下了决心，已经说好明天去买下来。

灯光下叶青衫的脸色有些灰白，像没有休息好。电视里放着林小菲爱看的都市言情片，几个人在里面热闹地哭哭笑笑。"我已经给你办了住院手续。"叶青衫说。

"住院？"林小菲有些意外地转过头来盯着叶青衫看。过了好一会儿她才接着说，"你是不是有事情瞒着我？别忘了我还算半个医生，白细胞稍稍高一些很常见，只是点小炎症，用不着住院。"

叶青衫的目光有些躲闪："小心点总没错。"他的声音变得有些低。

林小菲像明白了什么，她倒吸口气说："难道是在老麦那里做的那次检查的问题？"她的脸色开始发白，"你告诉我实情。"林小菲大声说。

叶青衫很努力地想露出轻松的笑脸，但他实在做不到。他深埋下头，但这个举动等于承认了林小菲的猜测。

一个碗掉落在地，发出清脆的声音。叶青衫觉得这个声音就像打在他的心上。这套青花瓷碗是结婚时别人送的，这么久以来这是第一次事故。当然，碗总有打碎的一天，但是，叶青衫想，为什么偏偏是在今天？巧得让人害怕，就像象征着什么。

"我也查过了，我没有事。"叶青衫突然补上一句。话一出口他就觉得后悔。这么说是什么意思，是表示问题与自己无关吗？是表示对林小菲的诘难吗？或者，是暗示一种追究？

林小菲愣愣地站立,无暇顾及脚下的碎碗,沾满油腻的双手悬垂在身前微微颤抖。过了好半天她才转头看着叶青衫说:"我没有做过什么,我不知道怎么会出这种事。你相信我。"

叶青衫上前扶着林小菲的肩膀说:"你不要乱想,我怎么会不相信你。我们明天就找老麦复查,准是有什么地方弄错了。我们不会有事的。"

直到这时才有一滴眼泪从林小菲眼睛里滑落下来,她突然号啕大哭起来:"你相信我,"她用很大的声音说,"我没有做过对不起这个家的事。"

"我知道,"叶青衫扶住她抖动的肩膀,"不要急,明天会查清楚的。"

明天,谁知道明天会发生什么事情呢?

"血,就因为你的血。"老麦的声音就像在宣判着什么。

"什么意思?"叶青衫喃喃地说。房间里只有他们两个人,林小菲这会儿已经住进了楼上的特护病房。

"上次我们查出来你没有被感染,当时我们采用的是通行的检查方式,但是后来在我的要求下对你的血样做了更深入的检查。"老麦看了眼叶青衫,"我一直认为是你传染小菲的,我一直这么想,结果这次检查证实了我的怀疑。你做过些什么事自己心里有数,你敢说你没做过对不起小菲的事情吗?只要你摇摇头我就相信你。"

"你是说——我也被感染了,"叶青衫的声音很低,"我也染上了绝症?"他听懂了老麦的话,但他没有摇头。

老麦的神情变得相当古怪,他死死盯着叶青衫看,就像看着一个他所仇恨的人。老麦一直过着独身生活,而且他也打算就这么过下去了。当年林小菲选择了叶青衫时他忌恨过叶青衫,但是那种恨与今日他对叶青衫的恨比起来简直就只能算是爱了。这时如果不是他一直拼命控制住自己的情绪的话,叶青衫早就躺到地上了。

但是叶青衫突然长出了一口气,他的神色有些迷蒙了。事情现在反倒有了合情合理的解释,有了原因,有了过程,也有了结果。小菲是清白的,医学是正确的,世界是公正的,一切都是我自己造成的,叶青衫想,只是连累了小菲。叶青衫心里滚过一阵绞痛。

老麦咬咬牙说:"知道我为什么没有一拳打掉你的鼻子吗,不是我不想,是我的上司要我们必须保障你的安全。马上会有几位专家来见你,就因为你的血。"

"血?"叶青衫疑惑。老麦已经是第二次提起这个字眼了。"我的血有什么问题?"

老麦露出惨淡的笑容:"我不知道为什么会发生这种事情,但是你的血的确与众不同。也许是先天的基因突变,也许是由于某些我们还不知道的原因,总之你是世界上首例对人类免疫缺陷病毒HIV具有免疫性的人,你有可能携带病毒但却终生都不会发病。"老麦怪笑,脸色白得像纸,"也就是说你没有任何事,但无辜的小菲却会死去。我现在才知道这个世界根本就没有公道可言。"

叶青衫惊呆了,他明白了老麦的意思。想不到这种事情发生在了自己身上。一丝亮点自叶青衫眼底滑过,他想起一个问题,"那能不能把我的血输给她?"叶青衫急切地说,"或者提取其中的有效成分来给她治疗。"

老麦神色镇定了些:"你体内共有五千毫升左右的血,如果马上把你抽成一具干尸的话可以让小菲多活八到十年。"他的口气变得有几分残酷。

"能不能每次抽取几百毫升的血,"叶青衫设想道,"我知道人每两三个月抽次血没什么问题。我可以一直抽下去,那样就不止八到十年了。"

"那样更不济事,"老麦说,"现在小菲的体液里充满了病毒,每几个月换几百毫升血根本就起不了什么作用。"老麦的目光望向叶青衫的身后,门被推开了。

"我是何夕研究员。"来人中个子高大的那位先开口,他指着身后的年轻人说,"这位是肖野,我的助手。"他转头看着老麦说,"你是麦博士吧?"

老麦点点头。何夕接着说:"那你应该接到通知了,你俩都跟我们走吧。"

"我们去哪儿?"叶青衫插话道,"小菲同我们一起走吗?"

"你是说你的妻子?"何夕沉吟着,"她留在这儿继续治疗,这里的条件对于治疗而言已经足够了。"

"我哪儿也不去,"叶青衫说,"我要守着小菲,是我害了她。"他倔强地朝后挪动着身子。

何夕脸上没有任何表情:"不错,是你害了她。但是只要你同我们合作的话就可以救她。你的血能帮助我们试制出疫苗,我以人格保证到时候第一个使用它的人就是你的妻子。所以你现在的正确做法就是马上跟我们走。"

叶青衫眼中一亮,就像突然打了一针兴奋剂一般。他稍微有点怀疑地盯着何夕看,但后者睿智而自信的目光显然让他放心许多。叶青衫急迫地站立起来,有些手忙脚乱地整理行装。过了一会儿他才开口说:"你们能不能告诉我的妻子,说上次检查是一次误诊?我一定会好好同你们配合。"叶青衫看上去就像一个溺水的人突然抓住了一截木头,像换了一个人一样。"我一定要救她,一定。"他反复地说着这句话,好像只会说这一句话了。

◆ 6 ◆

一阵剧烈的颠簸将叶青衫从回忆中惊醒,他这才发觉脸颊上一片冰凉。研究所大楼已经遥遥在望。

何夕研究员在研究所门口张望着,直到载着叶青衫的车子进入他的视线时才稍稍变得轻松一些。叶青衫知道何夕反对自己走出研究所一步,他知道这个面色阴沉的中年人巴不得自己整天都待在他眼皮底下。不过叶青衫也知道何夕是对的,自从上回的事情之后,他知道自己随时都处于危险之中。

叶青衫下车,机械地迈动着脚步,何夕的助手肖野在前面引领着他。叶青衫平安回来何夕显得很满意,他的步履很轻快。叶青衫知道在何夕眼里自己是一座金矿,不过对叶青衫来说,自己只是在履行一个约定,只是为了保住他想要保住的东西。保安人员并不知道他们奉命保护的这个人到底是个什么人,在他们的记忆中就算市长来视察时也不过就是这个标准了,但眼前这个人怎么看都不像一个政要。他们只知道上边要求他们不惜一切代价保护这个人的安全,并且从后来的事情来看这并非小题大做。几天前的那件事证明了这一点,老天,那件事想起来可真可怕。那个叫裴运山的人准是个疯子,三番五次地让那么多人来送死。

保安只跟到三楼便止住了步履,再往上已用不着他们。何夕同叶青衫换上全密封工作服通过消毒通道,厚重的大门在他们身后关闭,隔绝了外面的一切。门上是一行红色的字:

病毒实验区:第三级 (level-3virus)

研究人员穿上全密封工作服后变得千人一面,只能通过头部的玻璃罩见到人脸部的一小部分。但这并不妨碍叶青衫一眼认出老麦,因为他的眼神与众不同。老麦的眼睛里有一股火——仇恨之火。老麦毫不掩饰这种眼神,只要可能他总是死死盯着叶青衫看,直到后者每一次都抵受不住而深埋下头。叶青衫读得懂眼神里的意思,读得懂那种刻骨的仇恨。但他却很奇怪地希望那眼神能够再锋利一些，能够变成一把刀子，刺穿自己的肺腑。他止不住地想也许那样自己还能好受点。

殷红的血顺着玻璃管道涌进自动采血器，采血器的刻度定在两百毫升处，到点后会自行停止。叶青衫独自躺在矮床上操作着，他现在干这事已经是轻车熟路了。他感到臂弯处隐隐作痛，头部也有些发晕。这段时间差不多每隔一个月就会采血一次。实际上这样密的采血频度已经有些超限了，但这是他自己要求的。也许他是最迫切地希望这些血流出身体的人。叶青衫不知道这些血在离开自己的身体后又流向了什么地方，他只见到当何夕博士看到那些暗红色的液体时两眼放光频频舔动嘴唇的模样，看上去就像一匹嗜血的狼。不仅是何夕，实际上几乎每一个研究人员见到那些血时都像换了一个人，他们小心翼翼地拿着试管仔细端详，目光贼亮贼亮。

采血器发出一阵短促的蜂鸣声后停止了工作。叶青衫有些疲倦地撑起身体。何夕从试管的丛林里踱过来，咂着嘴取下采血器。"好了，你去休息吧，"何夕说，目光只看着暗红色的液体，"记住多吃补充铁质的那几样药物。"他补充道。由于穿着工作服，他的声音有些发嗡。

"我知道。"叶青衫答应着。他想了一下又说，"你们的工作还能加快些吗？"

何夕转过头来说："你不用担心，我们的工作已经足够快了。"

叶青衫说："我的意思是，你们如果需要更多的血的话我能提供，我的身体很好。你们千万不要因为这个影响进度。"

何夕稍愣，淡淡地点头说："知道了。我们的血眼下够用了。"

◆ 7 ◆

放射免疫沉淀法检验的是病人的血清功能，看血清能不能使病毒中某些种类的蛋白质沉淀。病毒都用放射性示踪标记标明，附有放射性示踪器。放射性信号的强弱同接受试验的血清中的抗体量成正比，这种方法比通常的西方墨点法烦琐，但是却更准确。叶青衫后来又做了两次这种检测，结果都表明他的确是一个感染者。而问题的关键在于他是一个不会发病的感染者。

何夕正在观察一份淋巴培养液对血样的反应，他看上去很兴奋。这些天以来他就像一个在无意中发现了大金矿的淘金者，上天对他真是太好了，让他遇到了叶青衫。攻克AIDS是每一个医生的梦想，其意义无论怎样评估都不为过。医学是人类所有学科里充满最多未知，同时也最能让人感到失意的一门学科。很多时候你有可能默默探索数十年却最终一无所获，因为除努力之外还需要命运之神的青睐才行。比方说，你能够遇见合适的病例，并且你没有走过多的弯路——从发现叶青衫的那一刻起，何夕就知道什么事情发生了，他知道自己默默无闻的日子终于要结束了。何夕仿佛已经看见了事业巅峰的光辉遥遥在望。

这是一套何夕自己设计的组织培养系统，他在这个系统里培育叶青衫的血清。第一步是从新鲜血液中培养出淋巴细胞，也就是从淋巴组织中把细胞分离出来。所谓淋巴组织是指淋巴结、脾、扁桃体等，都是人体免疫系统的组成部分。只要病毒一露头，淋巴细胞必定第一个作出剧烈的反应。实验促生和繁殖这些淋巴细胞，然后把它同有病毒存在嫌疑的血样混在一起，并且做定时观测，查看有没有逆转酶出现。这种酵素性质的酶正是艾滋病病毒的名片。正是通过这种酶，核糖核酸才能复制成去氧核糖核酸，而这就是艾滋病病毒的遗传物质。核糖核酸复制去氧核糖核酸不属于人体细胞的行为，所以在正常情况下，人体组织或体液中找不到这种酶。要是有这种酶出现的话，必定有病毒混在其中。

何夕现在做这个实验主要是想分离并活捉叶青衫体内的病毒，确认它的毒株类型。何夕当然希望这就是以前曾有的毒株类型，这样才证明叶青衫保持健康的确是因为能够对HIV免疫，而不是因为这是一种具有新特性的毒株所致。现在一切都很顺利。

何夕同HIV之间的搏斗已经持续很久了，虽然他并不愿意承认，但是他有时候的确感到过绝望。这种攻击人体免疫系统的奇特病毒简直就像专门针对人类的，它们对人类的了解甚至超过了人类自身。它们在前期有选择地杀死T4细胞，而留下同属于免疫系统的T8细胞，从而达到长期潜藏的目的，其行为简直可称得上智慧。从某种意义上讲，它比列入更危险的第四级的一些病毒更具有杀伤力。比如说，当人感染第四级病毒埃博拉后将立即发病，是死是活不超过十五天便见分晓，而这正好说明它不适合寄生于人体。当埃博拉这种病毒寄生于它的自然宿主——比如说某些种类的野兽身上时，其宿主是可以存活相当长时间的。因为病毒感染宿主只是为了求生存，宿主很快死去对病毒绝对是相当糟糕的事情。而 HIV 对人体的感染过程，则说明它已经彻底地研究透了人类的全部生物特性，并且完全适合寄生于人体，不到实在掩藏不住的地步它是绝不会露出本来面目的。何夕的工作台的正面墙上挂着一幅照片，那是在电子显微镜下放大了十万倍的某种 HIV 毒株，看上去极像中国古代一种叫作狼牙棒的武器，那也许是所有杀人武器里最残酷的一种。何夕常常不无遗憾地想起已经在公元 1999 年 6 月 30 日那天被人类全部销毁了的天花病毒，在何夕看来，那也是一种对人类极其了解的病毒。当初人类在还没有研究透彻的情况下就将其销毁未必是智慧的行为，尽管那是投票的结果。也许人们有无数个理由这样做，但在何夕看来这的确是毁掉了一座宝藏。实际上天花病毒的某些攻击方式类似于 HIV，但是人们已经无法对它进行研究了。何夕每每想到这一点就感到心痛。

叶青衫相当合作，实际上再没有比他更合作的实验对象了。他总是主动地抽血，主动地要求增加实验频度，甚至主动地做所能做的一切杂事。何夕当然知道叶青衫的心情，但这让他觉得有些好笑。何夕也知道常人是不可能像专业医生那样看待死亡的，他们总是认为死亡是件不得了的大事情。其实在何夕看来，死亡再平常不过了，谁都难免有这一回。所以人们又何必要为死亡难过呢？这根本就没有任何用处。

不过现在何夕倒是真心希望林小菲能够坚持久一些，否则叶青衫可能会不合作。何夕已经关照医院说无论如何都要让林小菲活着,还特意补上一句:"至少这个女人看上去必须是活着的。"

◆8◆

"我想去看看小菲,"叶青衫突然说,"我已经很久没见过她了。"

"你现在不能出去,"何夕的口气不容置疑,"你要遵守我们的安排。"

叶青衫颓然坐倒在椅子上。何夕的回答在他意料之中,但他不死心地说:"就半小时,我就去半小时,我看一眼就回来,就一眼。"他求助地看着一旁的肖野。肖野自然明白叶青衫眼里的意思,他嗫嚅着想开口说话,但何夕用严厉的目光制止了他。

"你知不知道上一次因为你想回家看看,我们派出了多少人保护你?"何夕没好气地说,"你该明白我的担心不是多余的,现在外边有人出上千万的价码来抓你。想想那个叫裴运山的家伙,上回要不是你运气好这会儿早变成干尸了。"

"我不管,"叶青衫突然流出了眼泪,"我要去看她。我要去守着她。"他冲动地朝外奔去。何夕不动声色地看着这一切,直到叶青衫快要冲出门的时候才冷不丁地说,"你可别忘了我们的约定。"

叶青衫像被重物击中了般立刻僵立当场。他转头看着何夕说："你们不能那样做。"

何夕咧嘴一笑："我们也不想那样做，不过只要你不遵守约定，我们就会说出林小菲到底得的是什么病。到时候包括她的父母以及朋友在内的所有人都会知道他们眼里纯洁可爱的林小菲，原来并不是得的什么普通的传染病，而是让常人难以开口的艾滋病。"

"我们不能那样做，"肖野脱口而出，"我们有责任为病人保密。"他看上去很吃惊，似乎想不到何夕会这样说。

何夕的眼睛猛地一横："你懂什么？"他恼怒地说，"什么是责任？我就是要说，林小菲得的是艾滋病，是获得性免疫缺陷综合症，是 AIDS。我说的是实话。"

"不，求你不要说那个词，不要。"叶青衫抱住头蹲下，他的肩膀不可抑止地颤动着，眼泪滴在他面前的地上。"所以你必须听从我们的安排，"何夕满意地点头，"我已经安排医院给林小菲最好的治疗，她的情况相当不错。你唯一正确的做法就是同我们配合，其他的事都不要去想。相信我吧，一切都在我们的掌握之中。你好好考虑吧。"

何夕说完便丢下叶青衫独自朝办公室走去，三三两两的工作人员正在实验室的各个角落里忙碌着。何夕脸上带着温和的笑容走进办公室，但是刚一进门笑容便消失了。他打开电脑输入密码，几秒钟后一幅照片出现在屏幕上。看上去是躺在病床上的一个人，病人的头发已经半秃，面色蜡黄，眼眶深陷，嘴唇溃烂，长满酵菌泡泡，皮肤紧绷在骨头上，像一把收起来的伞。

身体上面分布着许多铅灰色肿胀的卡普西氏肉瘤疙瘩,那是一种皮肤血管癌。病人身上许多部分长着褥疮,有些已经变成了流脓的小洞。病人身材中等,但体重绝对超不过三十公斤。

照片下面是一段说明。

……病人嘴和舌头常常发生剧痛,已经不能进食。今晨突然发生急性腹痛,吐出大量腹液。皮肤出现的大面积的皮疹正在加剧。在其身体的内部和外部都出现大面积感染的真菌团块。上周脊椎抽液检测结果已经出来,病人脊液里有少量囊球菌。现在暂时还未影响到思维,但发展下去将成为致命的囊球菌脑膜炎。

外面传来敲门声,何夕猛地关掉屏幕。

"部长要来参观。"肖野在门外说。

何夕毕恭毕敬地站在门口,目送车队离去,肖野陪在他身旁。叶青衫不动声色地看着这一幕,他真想朝车队扔颗炸弹。刚才那位侧面体形已经胖得像个梨子的部长和人们告别时出了点问题,当时他向在场的每个人伸出手表示勉励:"希望你们继续努力,艾滋病也不过是纸老虎嘛,没有什么可怕的。我们在这项研究上一定要走在世界前列。"他热情地重复着这句话,但到了叶青衫面前时却像突然想到了什么似的止住。他的手尴尬地悬在了半空,嘴大张着却吐不出字来,只剩下一副定格的笑容。叶青衫当然知道对方顾忌什么，但是他不知道应该怎么办。肖野最先反应过来，他机敏地伸出手去同那只失去了目标的手相握。部长紧紧抓住肖野的手，就像捞着根救命的稻草。车队去得远了，肖野侧头在叶青衫耳边说，"这很正常，部长不是内行出身，外行都是这样。"叶青衫感激地朝他笑了笑。

紧急事件是在大家准备返回时发生的。一队从天而降的武装分子突然包抄过来，他们的目标相当明确地指向叶青衫。保安和他们交上了火，血光和惨叫交织起来。只几秒钟地上便丢下几具尸体。对方的力量相当强，都是训练有素的雇佣军。但是保安占了地利……看得出有人出了大价钱，否则他们不会表现得这样卖命，简直就像忘记了死亡。

叶青衫跟着何夕飞快地朝研究所里面跑，肖野跟在他们身后，只要进了门他们就安全了。但是肖野突然摔倒了，叶青衫想也没想便返回到肖野身边。何夕在门里万分着急地嘶喊着："快过来，他们要的是你，不用管肖野。"叶青衫没理他。这时一颗子弹擦着叶青衫的额头飞过，打在他面前不远的地上，激起一溜灰尘。

"他妈的，你小子在干什么？"一个粗嗓子男人吼道，"老板说过不准伤那个人一根毫毛，要是他流了一滴血你小子就别想要脑袋了。"

叶青衫突然大笑起来，他觉得这一切真是太荒唐了。他一边大笑一边拖着肖野冲进了门。

血，一切都是因为他的血。

◆ 10 ◆

　　肖野只受了点皮外伤,是叶青衫拖着他走时在地上蹭的。何夕对肖野的伤势没有在意,对并没有一点伤的叶青衫却反复询问,并且要求医生详细检查。老麦在一旁平静地注视着,看不出他在想些什么。

　　叶青衫对何夕的啰唆感到既心烦又反感:"你应该关心的是肖野,"叶青衫大声说,"他才是受伤的人。"何夕稍愣,有些高兴地说,"从你的声音听起来你的确没事,我放心了。"他这才转身拍拍肖野的肩说,"以后小心点。"说完他转身上楼,老麦跟着他离去。

　　"别怪他,他是一个对工作关心胜过一切的人。"是肖野的声音,他感激地看着叶青衫,"我没什么事,谢谢你。"肖野低头想了一下,想说什么却又止住了。过了一会儿他还是忍不住说,"有件事我想告诉你,"他警惕地看了眼四周,放低声音,"是关于你的妻子。"

　　"她怎么啦?"叶青衫差点叫出声来。

　　"她的情况很糟,何夕对你封锁了消息,他怕你知道这个情况之后会不再配合研究。她现在已经发病,病毒全面侵袭了她的身体。现在她的身体已经成了一团全无防御力的原生质,成了细菌和肿瘤的乐园。"

"怎么会这样?"叶青衫痛苦地埋下头,"我们不是已经取得了一些成果,疫苗试制不是很顺利吗?何夕说过他保证第一个获救的人就是小菲,他是一流的专家,他不会错的。"

肖野洞若观火地笑了笑:"其实我的老师一直就在欺骗你。你应该知道我们研究的是疫苗,所谓疫苗只能是使未感染病毒的人群获得免疫,根本不可能治疗已经被感染的人。这么明白的道理你居然一直没想到?"肖野叹了口气,"也许只是因为你太想救她了,所以才会失去正常的判断力。"

冷汗从叶青衫的额头上沁出来,他几乎站立不稳。长久以来的希望一下子破灭了,而这已经是他最后的希望了。"小菲,"叶青衫面无人色地念叨着,眼前晃着林小菲姣好的面容。"你要帮帮我,"叶青衫用力握住肖野的手,"求求你让我去见见小菲。"豆大的汗珠顺着叶青衫的面颊流下来,滴落在地,"我只有这个愿望,请你帮帮我。"

肖野为难地盯着地面默不作声。

……

院子里很安静,出于安全而被砍得很矮的树丛在地上投下短短的阴影。叶青衫警惕地注视着四周,月光下他的眼睛闪着机敏的光。两个保安低声交谈着走过,叶青衫急忙闪避到一根柱子后面。

叶青衫摸了摸口袋里的金属牌,那是出入卡。那东西还在,这让他感到踏实。只要逃出第二道警戒圈他就自由了,就可以见到小菲了,尽管那绝不会是令人高兴的见面。他只想着见小菲,都快想疯了。

"请插入出入卡,"液晶屏上面的字闪动着。叶青衫插入金属牌,片刻之后合金门缓缓打开。"小菲。"叶青衫又念叨了一声,急速地朝外奔去。他的身影立刻融入了无边的夜色中。

但是叶青衫立刻看到了一张网,一张让人无处可逃的大网张开着向他罩了过来。透过网上的缝隙他看到了一张兴奋得极度扭曲以至于显得很可怕的脸。那个人他认识,就是裴运山。叶青衫陡然堕入了绝望的深渊,他的血液几乎立刻凝成了冰。他宁愿落在魔鬼手里也不愿意落在裴运山手里,因为他知道裴运山是怎样的一个人。

裴运山很富有,裴运山感染了艾滋病病毒,裴运山想多活八到十年。

麻醉剂的作用袭来,叶青衫陷入了昏沉。

◆ 11 ◆

"要找你可真是不容易,上两次都让你逃脱了,我这次亲自出马才大功告成。"裴运山阴鸷地笑笑。他看上去不到四十,比实际年龄要小,肤色很白,但眼圈发黑。裴运山家财亿万,是与时代相契合的风云人物。几名身穿白大褂的医生正在做准备,复杂的血液处理装置冷酷地蜷伏在地上,就像一头等待美食的猎犬。叶青衫知道他们要做什么,但是他很奇怪,心里竟没有害怕的感觉,其实从他知道小菲的真实情况之后,就已经对任何事情都无所谓了。他上几次也是差点被这个人抓走,不知道他从何得来的消息。其实想来应该很简单,是从钱那里。

"我没想到肖野竟然会是你的人。"叶青衫说。

"他并不是我的人,他只是为钱。"裴运山显得很得意,"反正你活不了多久了,也不用瞒你。其实你应当有所察觉的,他总是在给我们提供抓你的机会,包括上回他故意摔倒在地拖延时间。不过当初我们找到他时他一口就回绝了,但是我从来就只用一个办法。"裴运山顿了一下接着说,"那就是不断加钱,只要他一摇头我就加钱。后来他摇头时越来越犹豫,再后来变成了点头。"

裴运山止不住地笑,他一直兴奋地发抖。他贪婪地盯着叶青衫看,就像盯着猎物的一只野兽,不时伸出舌头舔舔嘴唇。

"这么说真的是他。"叶青衫叹口气。他其实只是试探,不想一语中的。叶青衫眼前晃过肖野亲切的笑容,但现在这笑容让他一阵阵地发冷。

"你真的想抽干我的血来让自己多活几年?"叶青衫这时反倒冷静下来,他有一种想要知道这个世界到底有多么荒谬的冲动。"你应该知道我的血对这个世上的无数人有多么重要,我可以拯救数以亿计的人的生命,而你只因为自己可以多活几年就要毁掉无数人的希望。"

"你是在给自己求饶吗?"裴运山撇嘴,"一个没有了我的世界对于我有什么意义呢？我怎么会去管这种事情。世界的好坏同我有什么关系呢？别人的生死同我又有什么关系呢？人到世上来只是短短的一辈子，活着时以为自己什么都明白，临到死了才发觉一切都是虚幻，什么都是假的，只有自己是真的。这个世界对我一直很好，让我很有钱，让我有很多女人，让我过着很舒服的日子。不过这个世界不该产生出 HIV 来，差点终止我的快乐。不过现在好了，世界又把你带来了。我早知道这个世界上钱是无所不能的，我出了大价钱，于是便有人替我找到了你。你既然可以把自己的血布施给何夕搞研究，自然也可以把血布施给我。这没有什么不同，都是治病救人。"

"同你相比世上没有几个人敢称无耻，"叶青衫发出惨笑，但是声音很干涩，"我不想再说什么了，我知道这没有用。不过我想请求你允许我见我的妻子一面。她快死了。"

裴运山似笑非笑地看着叶青衫："你认为我会不会答应这种与我没有任何关系的请求？"他转头去看几名正在忙碌的医生，"我的病已经过了潜伏期，就要转入发病期了。医生说我最多还能挨一年半载。不过你的血能够让我活得更长，八年、十年，也许更久，到时候肯定会有新的治疗药物出来。我不会忘记你的，至少你算是我的救命恩人，虽说是不大情愿。"

叶青衫的脸变得像纸一样白，在裴运山面前他实在是太嫩了，根本不堪一击。直到现在他才发觉像裴运山这样的人有多么可怕，因为他们心里只有自己而无其他，所以世界上没有他们不敢做的事。叶青衫突然想到，也许正是因为世上有裴运山这样的人，所以上苍才会降下 HIV 这样的灾难。

叶青衫大笑起来，笑出了眼泪。裴运山有点意外地看着这一幕，不知道叶青衫这是为了什么。"你做错了一件事，"叶青衫突然说，"你不应该让我醒来，也不应该同我说这些话。知道我打算做什么吗？"叶青衫的舌头动了一下，片刻之后他从双唇间半吐出一粒白色的胶囊。"这里面含有剧毒，是我专门用来对付你这种人的。如果你再逼我的话我就咬破它，十秒钟内我的血液就会变得没有一点用处。"

裴运山的眉毛跳了一下："你不会那样做的，"他说，但是语气已经变软，看上去就像一个眨眼间输得精光的赌徒。

"你可以试试，"叶青衫口气很坚定，"马上让我离开，你应该知道，死亡对我而言并不可怕。"叶青衫说完这句话之后便闭口注视着裴运山。

裴运山沉默了几秒钟，终于还是摆摆手："好吧，你可以走了，只要你活着我就还有机会。这一回我的确犯了错，下次你不会这么走运了。你走吧，你该知道我的哲学。我不会杀你的，这对我没有任何好处。我要的是对我有用的你。我不会放弃的，你逃不过我的掌心。等到研究完成就没有人会保护你了，总有一天我会抽光你的血。"裴运山这样说着的时候已经变得咬牙切齿，他的整个脸庞都扭曲了。

不远处传来器皿打碎的声音。一名面无人色的医生慌忙收拾着地上的渣滓。

◆ 12 ◆

周围很安静,没有危险的征兆。叶青衫翻过墙,他的手掌蹭得发红。但是他的脚刚一着地就被一只手抓住了。他悚然回头,是老麦。

"你太傻了,"老麦揭下脸上的口罩说,"谁都能想到你会上这儿来。何夕他们早来了,而且我敢打赌那个叫裴运山的家伙也在附近等着你自投罗网。"

"我刚从裴运山那里逃出来。我只想见小菲,别的事我没有去想,就算要死我也要先见小菲一面。"

老麦垂下眼帘,过了几秒钟后他开口说:"当初我知道你连累了小菲的时候,第一个反应就是真想一刀杀了你。不过现在我没那么恨你了,你并不像我原先认为的那样坏。我现在相信你是爱小菲的,也许在程度上还远胜于我。"

"是我害了她,"叶青衫摇头,神情惨淡,"是我一手造成的,我不能原谅自己。帮帮我,让我去见小菲。"

老麦开始脱衣服:"你换上我的衣服,再带上我的证件。我在这里有些熟人,我先打电话让他们替你做掩护。小菲在714特护病房。"老麦的语气变得有些苍凉,"想不到有朝一日我会帮你,不过这并不表示我不恨你,我只是因为小菲才这么做。她已经知道了自己的病情,我们没能骗她多久。她需要你,虽然她亲口对我说不想见你。"

"她真这样说?"叶青衫有些站立不稳,"她——恨我?"

老麦低头看着地下,过了半晌才摇摇头:"不,她自始至终都没有恨过你,她不想见你只是因为她觉得自己现在的样子很丑。所以你待会儿见到她时,不要说出自己的身份,否则她一定很伤心。"

泪水立时漫过了叶青衫的眼睑,使得所有的事物都变得模糊起来,即使戴着口罩他仍然感到一丝苦涩的味道进入了口腔:"我知道,"叶青衫用力点头,"我只要看看她就行。"

……

走廊里有两三个人在转来转去,叶青衫认出其中有裴运山的手下,他不自觉地拽了下口罩。714病房的门虚掩着,叶青衫小心地朝前走。他正在想应该怎么做的时候一只手突然从710的门里伸出来抓住了他,将他拖进门去。

"你是叶青衫吧?"高个男人除下口罩,"老麦对我说了你要来。"他指了指窗台,"我们只能从窗外翻到714去,过道上全是埋伏。"

一跳下714的窗台,叶青衫便焦急地环顾着这间很大的病房。各种设备应有尽有,看来医院还是尽了力的。"小菲在哪儿?"叶青衫急切地问。

"她在里间。"高个男人指着里面的方向,"按老麦的安排我给她注射了镇静剂,她睡着了,否则她是不会让你见她的。"

叶青衫已经冲进去了，然后他便见到了病榻上的林小菲。尽管事前有心理准备，但叶青衫还是当场僵住了。这是小菲吗？这是那个长着一双会说话的眼睛，笑起来声音很好听，并且总露出酒窝的小菲吗？这就是曾经爱着他也被他爱着的小菲吗？叶青衫不禁掩面抽泣。

高个男人有些紧张地走过来："你该走了。"但是他没想到的是，叶青衫突然掏出一把枪来指住他，"你干吗，"高个男人惊恐地问，"你要做什么？我可没有做什么对不起你的事情。"

叶青衫止住眼泪："我只要你帮我做一件事，如果你敢反抗的话我是不会手软的。"

……

"都接好了？"叶青衫有点不放心地看着仪器上复杂的管线。

"都……好了。"高个男人无比害怕地看着叶青衫，他觉得这人肯定是疯了。换血，而且是全部。上帝，除了疯子还有谁能想出这么疯狂的主意。

"那好，你来操作。"叶青衫伸出针孔累累的手臂，"像扎静脉这种初级活不用我教你吧。等等，"叶青衫加上一句，"她不会有危险吧，我是说比如由血型不合导致血液凝固之类的。"

高个男人的双手剧烈地颤抖着，"不……不会，仪器能自动对抽出的血液进行处理，只对她输入需要的部分。但是，你会失血而死的。"

"这不用你管，"叶青衫露出满意的笑容，"你继续吧，我准备好了。"叶青衫毫不放松地拿枪指着高个男人。"我只想救小菲。"叶青衫想,他的眼前晃过何夕的脸,"他一定会很失望的,不仅是他,世上很多人都会很失望的。但是,我管不了那么多了。"

"我……正在做。"高个男人已经汗流满面,他在心里咒骂着老麦。做这种事情会让人一辈子都做噩梦的。

"你一直都负责治疗小菲吗?"叶青衫突然问。

"是的,"高个男人停下来,"一直是我。"

"那你能不能告诉我她平时都在做些什么?"叶青衫急迫地问,"无论是什么事情。"

高个男人想了想说:"她清醒的时候并不很多,但只要一清醒过来好像总是在写信。她写得很吃力,一天写不了几个字。"

"写信?"叶青衫疑惑地问,"信寄给谁了?"

"她没有寄过信,好像给什么人留着。"

"信还在吗?"

"在病人带来的装随身物品的小箱子里。我们没有钥匙。"

"是一个粉红色的小箱子吗?"叶青衫摸了摸身上说,"我有钥匙。"

◆ 13 ◆

亲爱的,当你看到这封信的时候我也许已经不在人世了。我不清楚自己还能活多久。我已经完全知道了自己的病情,尽管你曾经打算向我隐瞒。而且老麦也没能拗过我的坚持,告诉了我关于你的事。

知道我怎么想的吗?我恨过你,但是这段日子我仔细地想过了,我不怪你,真的,我知道你只是一时糊涂。就算你曾经背叛过我,但我知道你始终是爱我的。也许有人会说我傻,说我是自欺欺人,但如果说我们曾经拥有过的那么多快乐时光都是虚假的,如果说你对我说过的那些世界上最动听的话语也是虚假的,如果说当我成为你的妻子时内心里涌起的巨大幸福感也是虚假的,如果说你看着我的那种深情目光也是虚假的,那么我宁愿马上去死。

我不后悔嫁给你,真的,尽管我差不多为此付出了生命的代价。但是,我不后悔。你后悔娶我吗?亲爱的,我知道你不会。

有件事我想委托你替我完成。我知道这种病到了晚期会很可怕,会失去知觉和思维,整个人都会变形。我害怕那一天到来。所以我想请你帮助我,让我有尊严地死去。这是我求你办的第一件事情,请一定要答应我,亲爱的。

还有更重要的一件事情,也是我所以写这封信的最主要的原因。老麦告诉过我,如果把你的血一次性地全部输给我的话能够让我多活八到十年。亲爱的,这正是我最担心的事。我知道爱我的你有可能做出这种荒唐的事情。我了解你,我是凭我们之间的感情作出这个判断的。因为我知道如果我是你的话也会毫不犹豫地这样做。但是,亲爱的,你不能这样做,你没有这个权力。我们只是人海中微不足道的两个人,我们的故事无论对自己而言多么重要,也只是我们两个人的事。但是,你的生命现在已经关系到无数人的幸福,你可以为我一个人牺牲,就如同我也可以为你牺牲自己一样,但我们无权将无数人的希望拿来殉葬。这是我绝对无法接受的,我的良心将永难安宁。无论如何请不要陷我于那样的境地。你懂我的意思吗?亲爱的。死亡并不是最可怕的,最可怕的是活着进地狱。如果我活着而你连同世上的无数人却因为我而死去,那我活着又有何快乐可言?

我不知道我们是否还能见面,如果不能的话这就算是我的遗言了。我永远都不会忘记那些同你共度的美好时光,尽管那真是短暂得让人想起来就感到心痛。

永别了。

——永远属于你的小菲

手枪"当"的一声掉落在地。叶青衫撑住额头,大滴大滴的泪水从他的脸上淌落下来,打湿了手里的信笺。高个男人不知所措地看着这一切,他想跑但终是不敢。

"你给老麦带个口信,请他告诉何夕我在这儿。"过了半天叶青衫才开口说话,他小心地将信折好放进贴身的口袋,使劲地按了按。

林小菲依然沉睡着，她已经没有多少头发，嘴唇同面色一样苍白，由于喉部感染真菌她呼吸时发出难听的声音。是的，她已经不再是巧笑倩兮美目盼兮的林小菲了，不再是当初让叶青衫和老麦辗转反侧并反目成仇的林小菲了。但是——在叶青衫的眼里，此时的林小菲却是她一生里最美丽的时候，她看上去就像一尊洒满圣光的女神。

叶青衫虔诚地俯下身，以面对女神的心情在林小菲苍白变形的散布着黑褐色真菌的唇上印下一个吻。

◆ 14 ◆

何夕还没有从上午的新闻发布会上带来的巨大喜悦中清醒过来显得有些神不守舍。还有比在努力之后看到成功的曙光更让人高兴的吗？下属们也和他一样兴高采烈，整个研究所都沉浸在欢乐之中。何夕知道这种情绪并不利于工作，但是偶尔为之也不为过。"肖野，看到叶青衫没有？"何夕随口问了一声，话一出口他才想起肖野已经在两个月前被捕入狱了。何夕吁出口气，叹息自己最得意的弟子竟然走错了路。不过，自己当时也许是太气愤了，竟然一拳打碎了肖野的下颌……

何夕用力摆摆头，甩掉这些让人不愉快的事。这些不算什么，总算成功了，尽管还要等上一年多才能有实际的应用。不错，这一年多里还会有很多人因为无法享受这个成果而感染上HIV最终死去，但这是没有办法的事情。这丝毫无损于我的成功。

何夕的嘴角露出满意的笑容。

叶青衫轻轻地躺在了采血器的支架上,所有人都在外面的大厅里,这间屋子里只有他一个人。叶青衫给自己接上了采血针,他环顾着四周,目光平静,看不出他在想些什么。过了差不多十分钟他终于缓缓闭上双眼。

采血器发出了轻微的声音。叶青衫悄无声息地躺在那里,脸上一片安宁,一滴细小的泪水正缓缓自他的眼角滑落。他的双手叠放在胸前,手里拿着一朵初露芳菲的玫瑰。在他的上衣口袋里露出一角白色的信纸。

那是一封信。一封叶青衫写给这个世界的信。

当你们看到这封信的时候一切都已经发生了,我终于可以让自己解脱出来。现在回过头来看这段日子里发生的事情就像一场梦。我看清了很多东西,也明白了很多事情。我不知道为何上苍会选中我,让我拥有这些令人永生难忘的经历。我不知道后来的人会怎样评价我这个人,老实说我也并不关心这个。

人们告诉我说,我之所以能够对HIV免疫是因为我的血液系统产生了突变。尽管我不会发病,但是我的血液里满是病毒,我的血变脏了。但是,仅仅是我的血变了吗?你们的血难道就没有变吗?肖野的血难道不是变黑了吗?裴运山的血难道不是变臭了吗?而何夕的血则是变冷了——尽管他的学识无人能比。这段时间我常常会想到上帝,以前我觉得他是一个暴君,可现在我却觉得他真是很公正。一切都是我们自己造成的,血变的世界应该受到惩罚。不过我终究没有失掉希望,是的,希望——这真是一个让人感到温暖的词。这都是因为我的妻子林小菲,她虽然感染了HIV，但她体内流淌的血却是世界上最干净的。

小菲，当我写下你的名字的时候，眼前浮现出了你美好的面庞。我常常在想命运待我真是太好，让我遇见了你。而你成为我的妻子更是我生命中的奇迹。今天清晨我去看望你，你已经一连昏睡了几天。我知道可憎的病毒正在吞噬你的生命，它已经完全露出了狰狞的面目。你要求的事情我会照办，我已经签了委托书，今天就会有医生来执行安乐死。你将会如你所愿地有尊严地离开这个世界。

小菲，现在第一支疫苗已经试制成功，人类征服艾滋病这个可怕恶魔的日子已经指日可待。HIV毁了我的生活，但是我最终扼住了它的咽喉。人们打算在今后的一年多时间里再陆续从我身上抽取三千毫升左右的血液，然后以此为基础开始规模化的疫苗生产。但是他们不知道，这将是我最后一次抽血了。我已经安排好了一切，到时我会将采血器的尺度定在六千毫升的位置上。是的，这将是我全部的血液，我会同你一道离开这个世界。

别为我担心，小菲，其实现在正是我这么久以来最开心的一刻。很久以来我一直生活在无法摆脱的阴影里，直到现在我才感到了轻松。不能同年同月同日生，但愿同年同月同日死，没想到我们初恋时的这句话竟然真的成为谶语。现在我想起这句话时流出了眼泪，可我记得当初我们俩说这句话的时候却笑得像两个小傻瓜。如果我没有感染上HIV，也就不会有我们的悲剧，但也就无法发现我是一个血变的人，从而减少了无数另外的悲剧。也许一切都是命运的安排。但让我永远都无法释怀的是，我让我的妻子成了这出悲剧里最无辜的女主角。对爱情的不忠是我身体上的毒瘤，现在我终于可以勇敢地挑破它，除掉里面的脓液了。只有这样我才敢来见你，因为你是那样的纯洁而善良。亲爱的，你明白我的意思吗？我的血已经脏了——尽管对裴运山那样的人来说它是无价之宝——我要流尽它。我将重新找回昔日的干净之躯，我将如释重负地带着新生的喜悦，带着玫瑰花，与你相约。

爱你，小菲。

天堂再见——

◆ 15 ◆

后记：

本文的原名叫爱别离，后来一度改作血变，再后来我还是决定用原名。爱别离是佛家所谓人生八苦之一。此八苦为生，老，病，死，爱别离，怨长久，求不得，五阴盛。别的就不多说了。

写完此文不久即看到一则有意思的文章，大意如下：

古老绵长的幼发拉底河与底格里斯河，孕育了人类文明史上曾经盛极一时的灿烂的巴比伦文化。最后，纯洁善良的母亲河却无可奈何地目睹了巴比伦王国走向灭亡。

在公元前6世纪以前，巴比伦城一直是地球上的第一大都市，城墙有100米高，25米厚，38 000米长，250个城门一律由黄铜精铸而成，高耸入云的空中花园被后世的史学家列为世界七大奇观之一。在这座城市里生活着骄傲的 700 万人口。

对巴比伦的灭亡有多种解释，但其中的一种令人深思。

对于性的重视，是巴比伦宗教的核心。政府有法令鼓励女子卖淫，并冠之以"神圣的妓女"之称，且奖励私生子。在首都，人们把几位女神淫艳的雕像供奉在各处神庙里，许多崇拜她们的年轻貌美的少女结成"礼拜党"，住在寺庙附近简陋的房子里，光明正大地接待嫖客。她们一点也不感到羞耻，反以女神自居。巴比伦的男人名正言顺地普遍纵欲。

可怕的性病开始出现并最终广泛流行，当时的医生束手无策。一旦得了性病，就像如今得了艾滋病一样，被认定为死亡。

接下来便是：人口急剧减少，性病急剧流行……

毁灭前的巴比伦人已经意识到这个城市即将毁灭，他们怀着绝望将最后的悲号刻在了城砖上。几千年过去了，强大帝国已经被时间的黄沙掩埋，而这些文字却仍然静默地躺在那里，仿佛还在嘶喊着什么：

一种丑恶的病症，

结着无法诊治的疮疤，

被死亡咬定……

定制你的味道

品尝快感

文／池塘鲤

◆ 1 ◆

"味道"软件是S公司2028年春推出的一款味道模拟软件。最开始是用于医疗方面安慰病人,比如让糖尿病人尝到糖果的味道,让各种过敏症病人尝到花生坚果、海鲜蛤蜊味道,或者让在煎熬中的痔疮病人也能尝到香辣煎炸美食的味道……

这款软件的爆红完全出乎S公司的预料。S公司是一个成立十年的创新科技公司,十年间,向市场推出了数十款日常软件,以及不少加入了数码技术的改良生活用品。在"味道"推出市场之前,他们卖得最好的产品是有闹钟功能的枕头,一到时间就对你的脑袋又揉又捏,直到把你弄得睡意全无。

研发"味道"的是S公司创意部一个只有三个人的小组,动机很可能是出于组长口腔溃疡后无法吃美食的怨念。

出于逼真考虑,"味道"的数据收集于真实的味蕾传导神经感应,就像多年前用真人的动作抓取制作几可乱真的特效动作片。三人小组中舌头和口腔最敏感的R作为小白鼠,上传了第一份数据源:草莓的味道。

他含上一个弹珠大小的感应球，戴上神经传输帽，让草莓的汁液布满舌头口腔，慢慢咀嚼品味，味觉感受就完全数字化地传输进收集器。如果味道是可视的，那就像给每种食物巨细无遗地拍摄了一个全方位宣传短片。

据说另外两位成员在使用接收球尝到那遍布口腔的酸甜味道时，被那真实感吓得跳了起来。

玩票性质的小程序短短两个月便火遍市场，顾客当然不止过敏人群或病患，更多的是将其当作新奇游戏的好吃嘴小孩和有减肥需求的吃货女孩们。到后来，众多男性饕客也加入进来。再后来，那些已经嚼不动食物，但怀念着美食的老人群体也加入进来……他们或许在无意中用一种很新的科技验证了一个很旧的观点：人们寻求的感官享受，恐怕大多数时候都和实体无关，那句话怎么说来着——色情，远比真实的性好。

市场的巨大需求，也让味道部门迅速壮大，首先在公司内部招聘，然后向社会广招人才。他们最缺的是味道员，所以对应聘者只有一个最基本的要求：味蕾要宽广敏感，多么复杂多么细微的味道都能通过口腔辨识，数据必须完整、清晰。

刚推出市场时，味道库只有最主流常规的二十几个样品，比如什么花生酱、海鲜汤、棒棒糖、炸薯条……在广招人才之后，软件更新了上百种主流味道，开始对特别味道库实行会员制，再之后实行了VIP"定制味道"服务。

R负责味道员的管理。味道员的工作原本很简单，就是接单、试吃、上传味道数据，后台会把三分钟的初始数据去芜提精，制作成一分钟的"正片"，在规定时间内加密传输给定制用户，然后用户的订购费用打进公司账号，在用户评价后，奖金打进味道员账户。

　　让这个工作变得不简单的是开展VIP特权定制服务后，原本足不出户，由公司统一采购食品变得不可能，因为订单中很多东西变得无法采购，比如什么晨雾里的松果味、夏日尼罗河水的味道、阿尔卑斯雪绒花的味道……当然，这些多少还有点矫情的罗曼蒂克，更多的就只能称奇葩了：蜥蜴脚的味道、鳄鱼蛋的味道、少女头发的味道、猛男汗水的味道……人类似乎总有本事将初衷美好的东西带入歧途。每次看到这些订单，R只能无奈地看向味道部门的巨型Logo和广告词——"大千世界，无不有味，尝你所想，津津乐道！"

　　在这个科技行业竞争空前激烈的时代，能推出一个可持续发展的爆款简直是撞大运，所以在他非常无奈地将这些另类订单提交到上层工作会议之后，公司最终决定全力扶植味道部，拨出了数额庞大的外勤费用。味道员变成了一个飞遍全世界收集味道的新兴职业。

　　公司以此为卖点，大肆宣传了一波——"上天入地为你品尝，高保真原汁原味，绝不用模拟信号欺骗用户"。当然，过于特殊的味道将加收不菲的珍馐预定费，费用高到足以吓退所有恶作剧订单。

　　R管理的味道员近百人，基本上男女各半，这不止是出于世界平权潮流，也是因为男女对食物的感受不尽相同。所有味道都配置男女款，这样好奇男人吃这东西啥味道的女人也会买男款，反之亦然，对销量来说有利无弊，虽然大多数口味其实差别甚微。

在入职前所有味道员都会接受味蕾敏感度测试，然后被分为淡口组和重口组。就像字面上的意思，淡口组主要接自然清淡的单子，而重口组就是那些火爆辛辣酸甜苦麻的单子。这个分类是 R 提出的，为的是保护那些高敏感味蕾不被重口食物侵蚀破坏，变得麻木。

味道员不会记录名字，进入部门便只有工号，D 开头的为淡口组，基本算是工作较稳定的群体；Z 开头的为重口组，是一个高竞争高流动性的群体。味道员每月要接受味蕾敏感度测试，数据排名最后几位的将会离职。

◆ 2 ◆

人会如何地迷恋味道？ZM046 一直在知道答案和不知道答案之间摇摆。在"味道"软件出现之前他只知道据说有些人肚子里有一条馋虫，一旦馋劲儿上来，就是翻山越岭排上十里长队也得把想吃的东西吃到口，那感觉和毒瘾发作差不了多少。由此可见，食欲排在人的欲望第一位是绝对有科学道理的。

他知道这世界上有一些人是"声控"，就是那种迷恋声音到失去理智的偏执狂，据说声控患者听到自己喜欢的声音就能心旌动荡，一身酥软，从内到外身心愉悦。但人们基本没有"味控"的说法，对于迷恋食物的人，只会称呼他们为"美食家""吃货""老饕"，并且认为是实实在在的食物带来的享受。

ZM046觉得这样的认知肤浅甚至带有侮辱性，就像声控患者喜欢的并不是声带，而是声带和空气撞击出的节奏旋律，受控于味道的人也并非受控于食物，而是受控于从味蕾直达神经的酥麻感受。那可不像可以随意丢弃的食物，那是与生俱来的无底欲壑。

在"味道"软件推出之前，他只是一个无所事事的肥宅，好吃嘴，有一条永不满足搜寻世间美味的敏感舌头。"味道"简直像出现在他阴暗寓室的一道光，不是软件本身，而是这个堪称伟大的感官新概念。之后S公司的大规模社招，让他如愿成为味道部门的味道员，在那之前，他就已经是这款软件的骨灰级会员。

他完全知道这款软件走红的原因，发明这款软件的几个书呆子倒像对这巨大成功不甚理解。在进公司之后，他还曾被他的顶头上司，那个才从大学毕业三年，白白净净的小伙子R，万分不解地眨巴着镜片后的大眼睛问他，这玩意儿真那么好吗？

看来很多天才灵感的确来自天上。

ZM046盯着面前的显示屏，每天的工作订单都以加密方式列于屏幕上，一个个图标都随机生成各种可爱的卡通或花卉形象，味道员只需要随便点击一个，输入自己的工号和密码，工作内容就能出现在屏幕上。

普通的食物，比如哪家酒店的大餐、新上市的水果等可以立即申请外卖采购，如果是需要出差的内容，就会进入外勤系统。按流程来说，一般不需要出外勤的是当天之内完成，外勤单的完成时间根据地址和取材的难易程度为3至7天。

为了避免职务贿赂，订单内容都是加密的、随机的，味道员在点开订单前多少都有点抽彩票的兴奋心理。

ZM046忘了他的兴奋是从何时减退甚至消失的。工号首字母表明了他是重口组的员工。他入职时味蕾敏感度测试相当高，和当时排名前几的新人一起被R接见，而R主要是询问他们要不要进入淡口组。

淡口组工作稳定，基础薪资更高，但要求员工自律，戒烟少酒，日常饮食也有严格要求，甚至包括定时看牙医，不能熬夜和睡懒觉。

老实说，ZM046进入S公司就是为了近水楼台尝遍天下美味奇味，在他看来，淡口组为了保护味蕾而禁绝大部分人工美食的行为，简直就像为了保护剑锋而藏剑于鞘一样奇葩。

他拒绝邀请时的冷笑R是看见了的，但显然R并不在意，毕竟要求吃货禁口几乎是不近人情的。九个人只有两人选择了淡口组，而且其中一人还在两个月后憋不住食欲去了重口组。

如果说淡口组就像避世修行的神仙，重口组那必然是血雨腥风的江湖。ZM046没料到自己这千锤百炼的金舌宝剑也有变钝的一天，或者说不是变钝，而是变懒。

初进公司的几个月，他就像沉迷于味道海洋的小鱼，如饥似渴地接着单子，几乎每天都自愿加班到晚上11点，如果不是公司有门禁时间，他甚至都不想回家。R问他那句话也就是在这个时期，因为他的业绩数量和质量都很惊人。

在每天工作之后，他回到家洗了澡躺上床还忍不住翻看"味道"的各种更新内容，去下单，去品尝同事们上传的公共资源包。最妙的是尝了重口单再去尝淡口单，简直就像泡进麻辣汤锅之后再去淋一个春雨浴。所以关于人会迷恋味道到何种程度，ZM046一直在思考，但一直没答案。

◆ 3 ◆

ZM046的手指搭在键盘的某个键上，忍不住环顾了工作大厅一眼。虽然和所有大公司的写字间一样，数十人的工作场所被分割成一个个小隔间，但环境的绿化和隐私性做得很好，工作间错落有致，其间摆设着各种葱郁植物、减压的小玩具小摆件。

主管R的办公室就在他工作间的侧前方，和员工的工作间风格相反，那是完全没有隐私可言的地方：落地的透明玻璃分割开那一片小天地，大办公桌，工作电脑，简洁的书橱和文件柜，只要你愿意，任何时候都可以看到R的一举一动。据说是为了透明管理和监督，也就是说，R没什么见不得人的喜好，也不欢迎任何人去他的办公室打小报告。

这在ZM046看来还真像一种炫耀，就像一个高档橱窗，摆放着公司最闪亮最贵重的商品。

此刻R正在试用即将推出市场的新型感应器。这个建议是重口组的ZF019提出的，她还因此获得了那一季度的杰出员工奖。感应器，也就是咀嚼球，是用无毒无味、细腻耐嚼，融合了纳米传导颗粒的新型材料制作，可接收特定的频段信息，是公司的核心技术。

之前售卖的软件随机匹配两个咀嚼球,只有大小和硬度的区别,打开软件数据包后把感应球放进嘴里,咀嚼也好舔舐也好,信号就会直接释放在舌头味蕾,直至整个口腔。这种时候大多数人都感受不到咀嚼球的存在,只是贪婪地咀嚼吞咽着那并无实体的味道。

ZF019 提出了"脆度"改进,当然并非真正的脆度,而是给牙齿施加的压力感,苹果是脆的,薯片是脆的,炸虾是脆的……当味道扩散时,牙齿同样享受到那种嘎嘣、咔嚓、咔叽感,这几乎就是给"味道"一个别无所求的完美。

ZM046 对女性吃货在这方面的创造力很佩服,因为男人只管大快朵颐,女人却能细嚼慢咽,男人只想着占有味道,女人却懂得抚摸味道。

嚼着新型感应球的 R 明显露出了一丝笑容,手指快速敲击着键盘,在味道部门主管这个身份之外,他还是个优秀的程序员。传言"味道"软件的程序其实是他独立完成的,另外两位——他当时的上司和前辈,只是一个给他下达了意向指示,一个帮他验算了一遍而已。当然,当事者不愿功劳独揽,旁观者也无权说是非。

ZM046 收回了目光,手指离开键盘的快捷键,双击鼠标,一个工作订单包出现在桌面。那是一份蒜香鱿鱼的订单,他不明白为什么会有这么普通的食物也懒得自己上馆子去吃,非要"便宜"味道员的单子,但他显然没什么兴趣。他快速打出几个字符,被他拆过的包装盒立刻又变成了未拆封状态。

和R一样，他曾经也是一个优秀的程序员，但因为窃取用户信息被公司开除，之后就变成了一个蜗居家中玩游戏度日的痴肥死宅。他也很惊奇S公司竟然没有做员工的背景调查，也许他们急需的只是一条好舌头，并不在乎这条好舌头长在什么人嘴里。

不远处的R微皱着眉头，手指放在下巴上，盯着电脑屏幕若有所思。不，R不可能发现他搞的小动作，从三周之前他就开始选择订单，只做自己喜欢的味道了。

事实上，味道官网只是冰山海面上的一层。自从"味道"开始VIP的定制服务，冰面下的一张网也就铺展开来。不管怎么说，S公司都是一个合法的科技公司，那些定制珍稀动植物，色情变态，甚至涉嫌犯罪的订单肯定不会被纳入。但是这欲望之门一旦打开，食髓知味的饕客们总有那么几个再也按捺不住自己狂野的梦想之味。

利用"味道"的私人定制系统延展开的"地下味道"，成为非主流饕客的狂欢大本营。在这里，你吃不着的，不敢吃的，"一想起来就刺激"的味道都可以定制，号称"没有吃不到，只有想不到"。

当然，因为定制的味道也必须有味道员品尝，换句话说，定制者其实处在一个极其安全的位置，那些可能有毒有害的味道都是味道员在涉险——S公司味道部的食物都有毒副作用检测，而员工也配有医疗保险，但那些非法订单肯定没有这层保障——所以这些黑市味道大都有一个高价悬赏。重金之下必有勇夫，而且悬赏者还可以将这些奇珍异味转卖他人，赚回赏金。

ZM046一连拆了几个工作包,没有合适的。那边R在打电话,表情严肃,但轻柔嗓音没有传出玻璃门。这让他突然焦躁起来,不,并不是突然焦躁的,从一周前他就开始焦躁。在他入职S公司味道部九个月后,他的味蕾测试成绩第一次出现在了红线区,是的,他的舌头不再敏感,只有一个月的缓冲时间,他面临失业。

临近下班时间,ZM046还是下定决心打开了隐藏小程序的入口,在通过几个加密验证之后,一个和工作包极其类似的订单包出现在屏幕上。

"素食套餐",这是一个悬赏的私人定制,从一个月前就挂在那里,没人接单,也没人撤销,每天不定额地上涨着悬赏金。他输入了自己在另一个世界的秘密账号,看着那奖池般累积起来的悬赏金额。只要接下这订单,金额的一半就会直接打进他的账户,到那时,失业也好,失味也好,都将影响不了他的生活。

而事实上,不止那金额让他心脏收缩般颤抖,订单内容也让他口干舌燥,头皮发麻,他很清楚那不是恐惧,而是兴奋,每一个味蕾都在叫嚣的兴奋。

◆ 4 ◆

人会如何地迷恋味道,R觉得可能自己这一辈子也无法弄懂了。有人迷恋声,有人迷恋色,有人迷恋气味,甚至有人迷恋某种触感,当然也可以有人迷恋味道,甚至迷恋味道的人常常被褒赞为热爱生命。是的，有食欲就还有人生动力……嗯，也许吧，因为照这逻辑，给死囚的断头饭可就算不上仁慈，让你留恋生命，再剥夺生命。

R 很快地摇摇头，甩开这些不着边际的胡思乱想。

自从一年半之前机缘巧合发明了"味道"软件，如今他正管理着 S 公司最大的部门中最庞大的团体：味道员。去年春天前整个 S 公司只有近百名员工，现在只味道部的味道员就超过了百名。他自认并不是一个领导型人才，除了因为他还太年轻，更重要的是他更享受创造的乐趣，而非和人打交道。

他现在的工作最重要的一项就是迎新，征询那些味蕾超常的新人要不要进入淡口组。这是一项让人厌烦的工作，他觉得自己在剥夺好吃嘴的人的生存乐趣。所以那些露出诧异的，那些委婉拒绝的，那些断然拒绝的，他都很能理解。归根结底，能留在淡口组的，大都不是吃货，他们能体验微妙的味道，但并不迷恋味道。

重口组可以看到人生百态。大多数时候，失味的味道员都是悄然消失的，然后一批面孔红润满眼兴奋的新人会再度填满那些空位。这同样是让人厌烦的工作内容。

他是怀着改变世界的年少轻狂进入 S 公司的，在雨后春笋般的信息科技公司中，S 公司是为数不多的尚存现实关怀的新科技公司，定时枕头、隐形的创可贴、可食用玩具……但是终于让 S 公司扬眉吐气力压群雄的，却是一款击败现实的虚拟软件——味道。动动手指，动动嘴，不胀肚皮不上火，五星酒店招牌菜，路边摊点家乡味……R 忍不住苦笑着揉了揉额头，觉得自己可以把宣传文案一起做了。

而最让人厌烦的，是这样和平静秋日之下的寒冬——暗网。R当然知道"地下味道"的存在，他一直在查证自己的员工和这一网络的交集有多深。"地下味道"几乎就是"味道"在地面之下的影子，用的完全是他们的系统，但是却在他们的系统无法控制查询的地方。据说安装了"味道"的移动设备只需要一个小小的幽灵程序就能扩展"味道"的空间，进入黑市交易。

他的软件无懈可击，那个空间仿佛就是这些实体代码散发的不可触摸的气味，只有特定的鼻子才能嗅到。所有的订单都和正常订单一样，却又不经过正常订单的人工审核环节，挖这个地洞的人恐怕是一个比他更厉害的程序员。或者说，是一个更痴迷味道的人。人的黑暗欲望一旦被激发，就像覆水难收，而那些离职了、磨损了味蕾和激情的味道员……他们每个人都有可能成为敌人，在追逐至深黑暗料理的路上奔突开拓。

他从小就吃得清淡，也喜欢清淡，他是天生的素食者，喜欢纯自然的东西，萝卜多好吃啊，干吗要炒，花生多好吃呀，干吗要炸，苹果多好吃呀，干吗要搅碎加糖……今天的他老有点心神不宁，这恐怕源于他最近对自己发明的这款软件的质疑，这也让他更希望尽快摸到那扇地下门的门闩。

有人轻轻敲了敲他的玻璃门，助理冲他比出了一个下班的胜利手势，他向她挥挥手，示意正常下班。稍稍嘈杂起来的大厅里，高矮胖瘦各色人等都带着几分疲惫。淡口组的仙人们整理着衣饰发型，讨论着去哪儿看电影，重口组的凡人们大都端着簌口的痰盂去洗手间。

一挂绿萝半掩的工作间仍亮着灯,那是一个快要离职的员工,也许想趁着最后机会多挣点失业费。他又瞥了一眼工作台边亮着的工号,蹙了蹙眉头。下午他接到了数据安全部门对员工的调查结果,在入职S公司前,有程序员背景的一共十一个人,有六个是原S公司其他部门的员工,剩下的这五个中,只有这个ZM046有黑客背景。

绿萝微微动了一下,一个肥胖的身体挤了出来,圆脸上带着天然的和气笑容,ZM046径直走到了他的办公室门口。

"主管,我想和你谈点事,公事。"ZM046挠了挠脑袋,舔了舔憨厚的嘴唇,"嗯……也可以说是私事。"老实说,把这个人和超级黑客联系起来,实在有点困难。

"唔,请坐。"他微微沉吟了一下,大厅里只剩了寥寥几个拖沓的员工,自动感应的灯光正陆续熄灭。他几乎和员工没有私下交往,但是突然扑面而来的压力感让他直觉这个人要谈的也许就是他正烦恼的事。

"我不想在这里谈,"ZM046胖胖的手指抓着办公桌边缘,深黑的眼珠子定在他脸上,"……我就是'地下味道'的开门人。"

"唔!"他站起了身。那目光也随之抬起,带着他理解不了的狂热闪光。

"我们找个餐馆边吃边聊吧,是个很长的话题,"ZM046终于移开目光,看了看桌上摆放的一盆秀逸文竹,"我想收手,我可以把代码给你……当作离职礼物吧。"

R无言。那张冷静胖脸上的反光带着氤氲湿气,就像侵蚀阳光的深谷雾气。不待他回答，ZM046已经走开几步，拉开了玻璃门，冲他微笑。

"主管，你是素食者吧？今天我也吃素好了。"

B伯爵·双生案

量刑困境

文 / 池塘鲤

1. B伯爵

　　B伯爵每天浏览各种线上线下的报纸，为了给自己的事务公司找点可以一鸣惊人的活儿。他的公司全称为"B伯爵疑难事务解决公司"，因为名字内容太宽泛，所以挂牌之后仅有的几个咨询者最先问的都是："你这公司到底干吗的？"

　　他耐心给客户解释，他的公司就是用高科技手段为客户解决各种疑难杂症，比如搭建天文望远镜给孩子讲解宇宙、帮助修复故障机器人……咨询者基本上都是一副"故障"表情：我搭天文台干吗？故障机器人没售后公司吗？这让他发现自己定位的"疑难"很可能和大众理解的"疑难"有点出入，于是他调整宣传思路，打算找点社会上的热点争议事件，完美解决纷争来打响知名度。

　　而这时，再次引发热议的"双生花杀人案"简直就像金光闪闪的名片递到他的面前。单从刑事案件来说，这个恶性案件清楚明了，证据充分。一对双胞胎姐妹花从夜店带男人回家，然后将他们大卸八块，埋在别墅后院的花园里。且犯案不止一次，据犯人自己供述的就有两次杀人分尸和一次杀人未遂。

说"再次"引发热议是因为案件已经过去一年，几个月前就已经宣判结案。这桩并不离奇的案件，却因为这一对离奇的案犯，被大小媒体一直追踪关注，一有风吹草动就能掀起又一波巨浪。

"离奇的案犯"并不是两人有啥特殊背景，当然也不是两人的女性身份，"双胞胎"这个标签引发的热度也不足以持续太久，非要说的话，两个富二代的反社会人格倒是可以为小说家提供灵感素材。这件案子的热度经久不息，判而难决，完全出于两人身体上的特殊性——

她们是一对同卵双生的连体姐妹。

从B伯爵能找到的照片来看，姐姐（案犯）是一个二十出头的漂亮女孩，妹妹（受害者）的脸被打了码，但出于两人是同卵双生，这码其实打得没多少意义。两人背靠背各自拥有腰腹之上的躯体，但从腰部之下却只有一个臀部一双腿。强势的姐姐可以迈步向前，背后的妹妹只能一直倒退。如果有机会将两人分割，那也是姐姐的存活率远远大于妹妹。

B伯爵很快归纳整理出了几个集中的矛盾点。

关押重刑犯姐姐毫无争议，但同时关押举报者妹妹是否合理？

姐姐的死刑该如何执行？在医学专家明确表示二人分离手术风险极高之后，可不可以在保全妹妹生命的情况下，让姐姐死于手术台？但让医生充当刽子手是否符合伦理？

如果不分离直接实施姐姐的死刑（绞刑），对妹妹是否造成人权伤害？

B伯爵带着一种不合时宜的兴奋表情出现在市长接待室的沙发区，站（蹲？）在他旁边的是他的垃圾桶。说垃圾"桶"可能不太准确，更准确的描述应该是垃圾"箱"：一个方方正正，一米来高，亚灰色金属外壳，侧面上方有一个长方形大口，下面长着轮子，会自己行走，还会发出嘟囔声的玩意儿。当然，如果仔细看的话，这个垃圾箱体有几道细细纹路，应该是嵌合度极高的伸缩装置。

一个小时之后，市长接待了B伯爵，但秘书不失礼貌地请他的垃圾箱留在门外。于是一个还残留着几分童声的少年嗓音终于爆发般响彻了接待室大厅："老子受不了了，你再不介绍老子，老子就把垃圾全给你吐出来！"

如果所有人的耳朵没有出问题，发出抗议的正是B伯爵的"垃圾箱"，在"他"中气十足地"怒吼"的同时，扔在"他"肚子里的汽水罐、咖啡纸杯还发出哐当咔啦声。

"呃，咳，这是我的助理，NPC-C，你可以叫他小C，我的所有数据资料都在他身上，我们得一起进去。"B伯爵对石化在门边的秘书微笑道。

垃圾箱小C昂头挺胸地滑进了市长办公室，B伯爵歉意地拍拍秘书的手臂，"不好意思，这小子不懂礼貌，刚满十七，叛逆期。"

市长是一位五十出头的干练女士。B伯爵当然知道自己能这么快排上市长的接待日程的原因:"双生案"司法程序已经完成,也并非市长政务权限范围,但因为引起的社会舆论难以平息,由一个简单的司法案件,变成了各种观点对峙、各类专家争执的公共事件,这案子一天不完成死刑处决,就是一块随时能被炒作的火炭,给城市管理者的脸面烙上"无能"的标签。

神色带着几分疲惫的女士盯了B伯爵和他的垃圾箱几秒,省去了握手寒暄的礼节,开门见山道:

"你好,我估摸你不是真正的伯爵,所以我就叫你B先生吧。"市长快速地瞄了办公桌上的电脑屏幕一眼,那里显然有B伯爵的个人资料信息。

"虽然没有你的授爵信息,但你是注册在籍的科学家这点是确凿无疑的,我希望你不是借热点事件来要科研资金的无,嗯,无聊人士。"

市长硬生生把"无赖"咽了回去,但显然对"科学家"也没什么好感。

"我也不是什么科学家,只是和各种研究项目的科学家打过交道。嗯,其实我是做科学生意的,说难听点,就是科技贩子。"

B伯爵笑着搓了一下手掌,这个就像苍蝇搓手手的动作,在他做来竟带着几分优雅。市长冲沙发伸伸手,自己也坐到大办公桌后。

"有关双生杀人案,B先生说有解决办法?"市长瞧着瘦高男人入座,垃圾箱小C也无声息地滑到B伯爵身边。

"是的。完美解决办法。"

市长就像故意抬杠般没有接他的话头,转而问道,"这位,嗯,你的助理,应该是新型 AI 吧,为什么设计成这个造型?你应该知道如果'他'有任何违规行为,你是要负全责的。"

"您放心,小 C 也是注册在籍的机器人,只负责数据的检测存储,甚至都没有无线联网装置,接上小尾巴才能上网,当然更没有任何摄录窃听功能……至于这个造型嘛,咳,主要就是防盗而已。您知道,那些可爱的、酷炫的机器人,遛不到半条街就被偷了,这家伙,"B伯爵哐当拍了拍垃圾箱的方脑袋,笑道,"这家伙跟着我已经十七年了。嗯,不瞒您说,这个是我大学的毕设作品,应该是失败作品。"

小 C 发出些轻微的咔嗒声,显然在竭力压抑脾气。

"好吧,你的完美解决办法——"市长放弃了闲扯,回到这个最急迫的问题上来。

2. 双生花

送走市长的视察团队后,B伯爵回到实验室,隔着单面玻璃看着坐在一张白色条凳上的双生姐妹。穿着白大褂的细胞培养师用激光刀切割下姐姐手臂上的一小片皮肤,另一个骨骼架构师在全方位扫描测量着两姐妹的骨骼筋络。

这里是租用的某生物科技大学位于郊区的大型实验室,在空运海运来各种技术设备之后,B伯爵组建的科研团队正有条不紊地忙碌着。

两个月前他向市长提出自己的解决方案后，市长请来司法界、政界、医疗界、媒介人士，经过一个多月的协商探讨，终于拍板了这个"双生花分离项目"。为了更高效快捷地完成项目，由市长领衔组成项目调配监督团，整合司法、医学、媒体资源，共同协作解决这个已经被世界各大媒体报道渲染的疑难悬案。B伯爵和他的科研团队负责分离手术，并制作双生姐妹分离所需的血管、皮肤、骨骼等器官，保证案犯，即姐姐可以活着、独自走上绞刑台。

最大的分歧——关于项目运作的巨额资金，B伯爵也提出了解决办法：在市电视台开一个科普节目，由参加项目的各领域科学家、技术人员向公众普及此项目涉及的技术、原理、实践和未来方向，广告和社会捐款作为项目运作资金。

实验室每月通过官方媒体向公众公布项目进程，最迟九个月内完成分离实验，将这桩悬案人性地、体面地了结。

如果市长对科研界更有兴趣的话，她会发现B伯爵请来的都是相关领域的顶尖团队。最先上场的主力团队——活体器官打印小组，就是从著名医学院的附属实验室独立出来的一个创新医疗设备公司。他们早在六年前就发表了毛细血管的活体打印成功报告，五年前成功打印胰岛细胞，两年前成功造出微缩人工肾脏，安装了这种打印的活体小肾脏的一组十二只小白鼠，只有两只死于肿瘤引起的器官衰竭，七只完全健康，另外三只虽然出现了一些免疫问题，却在可控范围。

这样的成绩已经相当优秀，但由于政策、法律、宗教伦理上的种种限制，他们在实践性的医疗市场上的推广几乎毫无进展。这也是这个打印团队不计报酬，第一时间将设备打包空运到实验室，很快开始工作的原因。其他几个团队的参与原因也都差不多，和B伯爵急于推广自己的疑难事务解决公司一样，很多前沿科技亟需的就是一个绝佳的推广曝光机会。

在硬件人员陆续就位之后，B伯爵的注意力就落在了他们的共同目标——连体姐妹身上。他是在三天前才第一次面对面见到这对奇异的姐妹的。虽是同卵双生，一样的五官却笼罩着完全不一样的气质。姐姐神采飞扬，妹妹孤僻沉默，第一印象中这两人简直没有一点相像之处。

"……就像罂粟和虞美人，是吧？"身边有人带着笑戳了戳B伯爵的胳膊肘。

B伯爵从沉思中回神，瞥了一眼不知何时出现在大玻璃边的行为学家、心理学家大E，叹气道："我可没给你发邀请函，不请自来的家伙没门卡，没工资。"

"咳，有关这'辣手姐妹花'的犯罪报道，心理讨论，故事秘闻，各种资料和伪资料能堆两座山了，我不是来工作的，就是来看热闹的。我得谢谢你帮我向保安证明身份。"大E摸着自己还泛着剃须水气息的下巴，从二手市场买来的西装不算合身，和B伯爵这种不知道哪门子的伯爵比起来，他依然算是不修边幅，但显然已经是他最整洁的打扮了。

"我对她们的内在动机毫无兴趣，你知道我做这件事只是想解决问题。"B伯爵瘦削的脸上，笑容一如既往，嘴角小小的弧度愉快又平淡，"所以为了避免无谓的好奇心或同情心，所有工作人员都严禁和她们有任何形式的交流，包括你。如果违反实验室规定，我会立马请你走人。"

"咳，放心，我会乖乖的，待在你的视线范围内。"大 E 做了个投降手势，转头认真看着各种仪器进进出出的，整洁亮堂的白色房间里，垂头瞧着手指的妹妹和眼睛骨碌碌四下转溜的姐姐。

有东西轻轻磕了一下大 E 的腿，助理小 C 头顶一个大托盘，上面摆放着纸杯饮料，从飘出的气味来看应该是咖啡和绿茶。

"嗨，小 C，好久不见，如果你想唠嗑的话，我倒是有时间……"大 E 笑着拿了杯咖啡，小 C 却"咕嘟"一声，很不给面子地转身离开。他正灵活无声地滑行在人们身边送茶水，然后会尽责地转回去，回收喝完的纸杯。

大 E 啜饮着热腾腾的咖啡，蓬乱头发下亮闪闪的眼睛跟着小 C 转悠了一圈，哼笑道："知道吗，看着你请来的这些怪人异类，我又得说说你家小 C——他看起来像老土的盒式机器人，但他那小小的肚子可真能装。你给我鬼扯啥废品发电直接转化成能量源，就算他安装了那种不可能的气化装置，能用转化的燃气发电，但我也没见他拉过废渣，吐过废气……老实说吧，这位 NPC-C 的制造技术根本不是现在能达到的，但是莫名其妙没人对他身上这些超前科技感兴趣，因为你，不给他造脸，还总让他干这些低端活儿。"

B 伯爵转头瞧着这位目光锐利的心理学家，笑道："机器人的脸有意义吗？卖萌？扮酷？威吓？"

"但你给了他自主学习、自我进化的空间，甚至给了他语言系统，这很危险。"大E的口气就像面对一个外星恐怖分子，但眼前的人怎么看也只是一个四十出头，瘦削整洁的知性男子。

"喏，送你的。"大E想起什么，从西装口袋里掏出了一件亮晶晶的小饰品。

"有点尴尬，留着送你的情人吧。"B伯爵看也不看地回绝了。

大E只得把那精巧的胸针凑到他眼前，哭笑不得道："看清楚，双头花人——从这小姐妹身上得来的灵感，网上一些艺术家、手工艺师的热销商品。"

B伯爵接过了那枚胸针，那是一枝纯银打制的女体形状的花茎，向上分开出两朵花，挺直高扬的是罂粟，花头用小钻石嵌刻出了短发的姐姐头像，稍低一些垂着头的是虞美人，略细的茎，纤秀的薄银片上用小珊瑚珠拼绘出妹妹的剪影。——不得不说，这是一件非常精秀的手工艺品。

"限量版的，得提前两个月订购，听说还可以为客户刻上名字……放心，我没刻你名字。"大E揶揄地笑了笑，但嗓音却微微低沉下来，"还有双生花手链，接口处就是姐姐的脑袋，咔嗒，脑袋断开了，咔嗒，脑袋接上了。"

B伯爵没说话，但把胸针放进了衣袋。

"人总有各式各样的癖好，大多数艺术家有恋畸癖：半拉脑袋，缺胳膊少腿，三头六臂……而普通人的恋畸癖，就是围观，骚扰，性幻想。"大E习惯性挠挠下巴，郑重地瞧着B伯爵，"你就老实告诉我，这个所谓的最佳解决办法是小C用他的铁芯和二进制脑袋算出来的吧?你也像小 C 一样铁石心肠,要把这对小姐妹切开,送上刑台?"

"你错了,小 C 比我善良得多。作为行为学家,你没看清她们的动作,作为心理学家,你不知道她们真正需要什么,但姐姐知道妹妹需要什么……"B 伯爵瞧着白色房间里准确向他们的方向转过来的灵动大眼睛,微微笑道,"等到最后的孩子有糖吃。"

3. 死囚犯

漂浮在营养液中的是一个和真人完全一致的姐妹俩的打印体,体型体态,肌肤毛孔都和真人别无二致。当然,因为这只是用来进行模拟手术的实验体,所以并没有给她们制作头发,这也让两张脸孔的一致性更加清晰,平静恬适的表情中,妹妹不那么忧郁,姐姐也不那么跳脱。

不得不说,在市长和她的监督团队看到这幅景象时,房间似乎一瞬间被消了音,目瞪口呆的参观者都仰望着那大型玻璃柱体里的美丽双生人,似乎下一秒就会睁开眼睛,对人类发出训示之声。而更诡异的,是围绕着大型玻璃柱还摆放了一圈大小不一的玻璃瓶,分别漂浮着肝脏、肾脏、膀胱、子宫、大小肠等,用于分离手术后缺失部位的安装。

这是 B 伯爵请来的活体打印组、神经编织组、骨骼工程组经过半年辛勤工作制作出的"成品",用于正式的分离手术前的模拟手术。墙上大屏幕上显示的是实验体的神经和血管网络，精确至末梢神经和毛细血管。

大厅旁边还有一排小的实验室，现在工作人员大多都聚在大厅里，向市长介绍自己负责的成果，只有一间实验室还亮着灯。

眼前这副异世界般的景象也终于让市长明白了这些团队为什么会面临推广困难的问题，这不是基因复制、胚胎克隆的问题，这是大大缩减时间成本，完全可称为"造人术"的速成黑科技。

当市长询问打印活体和本体间的协调性、排异问题时，一个工程师很自豪地介绍：打印原料都是本体的复制细胞，用于塑型的黏合细胞可以保证细胞功能和活性，至少六个月内不会出现任何排异坏死现象。然后市长非常严肃、镇静地告诉他："六天就够了，你们是给一位死囚犯做换体手术。"

在市长和她的五人监察团很快结束参观，快步走出实验大厅时，她也终于看清了那间唯一还亮着灯的房间里，一排银白盘子里盛放的是一个个鲜活大脑。一个头发花白，银白色络腮胡子的老头正聚精会神地在上面切割，拼合……

"咳，这位是我们的神经裁缝，他也姓B，B博士，只有他的工作现在还在测试中。他是位完美主义者，认为有瑕疵的成果不值得奉献给人类。如果市长需要他的工作汇报，我可以请他出来给各位讲解……"

"别，不，不用了！"市长走出大厅，穿过长长的走廊，看到从外面天窗射入的阳光时，似乎才终于舒出一口气，"谢谢各位，你们的工作很惊人，也很有意义。"

在市长指示跟随拍摄的媒体"谨慎使用画面"后,当晚"双生花"科普节目现场播放的画面采用模糊效果,而且只有短短五秒钟,但那一期节目还是达到了收视率新高。

姐姐慢慢走过那一溜玻璃瓶,穿着死囚犯的深橘色衣服,脸上是毫不掩饰的兴奋,让她更像一枝烈艳逼人的罂粟花。她对那些即将和她合为一体的内脏并不感兴趣,但在陈列着修长双腿和秀逸脚掌的模型前停了下来,久久注视,就像一个满心渴望着一双腿的小美人鱼。

穿着白色小开衫的妹妹长发遮住了面颊,从侧面只能看见她小小的上翘的鼻尖,但明显可以感到她正凝视着那些内脏。

"所以负责我妹妹的手术的是医生,我这边是工程师?"姐姐笑着转向了身后伫立的B伯爵。她这一转身,妹妹便被甩在了身后,彻底看不见了。

"是的。"B伯爵取得了手术前最后一次探视权,为的是评估姐妹俩的精神和心理状态。他身边当然是为这一次近距离接触已经在实验室无所事事转悠了七个月的大E。

"你完全不在乎你杀掉的那些人,也完全不在乎自己被处死,是吧?"大E迫不及待地抢先提问。

"我说过上千次了,不在乎。"死囚犯扬了扬嘴角。

"那你妹妹呢?你也不在乎离开她,让她一个人独活吗?"这是大E最想知道的问题。

姐姐终于沉默了片刻,笑道:"让我妹妹来回答你这个问题吧。"她带着几分戏谑般转过了身，妹妹的长发在这旋转中轻轻飞起。

妹妹没有说话，双手交叠，从整齐的刘海下冷冷射过来的目光竟让大 E 一时间说不出话。就像他弄不清小 C 那没有底的肚子能装下多少垃圾，他也无法估量那没有底的深潭中沉淀了多少悲伤。

半个月后，最后一期电视节目上，独自站在囚笼中的姐姐向全世界展现了她的笑脸。两天后的死刑过程当然没有任何媒体在场，但市长、法官、律师、民间代表都目睹了那个窈窕少女面容平静地走进死刑室。

B 伯爵作为科学家代表列席观刑台，他的小 C 毫无怨言地在外面的走道上穿梭，回收着无数带着尿急表情的有关无关人员制造的垃圾。

4. 不孤单

B 伯爵将"B 伯爵疑难事务解决公司"的金属门牌扔进打包纸箱里，他提前退租了这个位于商业区的办公室。这间办公室在一年又五个月里，见证了公司前三个月的门可罗雀和后三个月的门庭若市。

双生花案已经过去三个多月，关于案件的吵闹已经渐渐平息，他想借由这案件达到的"一鸣惊人"不止惊到了世人，还被各种自媒体自发地宣传炒作到了"焦人"的地步。前两个月门口排队的人从楼梯口排到了楼下小吃店的门口,但他们的需要显然和"解决疑难"无关。

有人来和他合影要签名,有人带来塑胶娃娃想要用自己的细胞打印成真娃娃,还有人说自己打小迷恋小兔子,想把自己的招风耳去掉,安装一对小兔子的长耳朵……

他只能每次都口干舌燥地向他们解释:活体打印是一种尚处于探索阶段的技术,除了用于医学、教学、实验的各种模型,用于人体的活体器官只能保证半年的健康度,所有感兴趣的、希望为这项技术发展出力的,都可以去新成立的"前沿科学基金会"捐款。但人们显然对捐款不感兴趣,只会一个劲儿询问:打印个女(男)朋友多少钱、打印一张人皮面具多少钱……直到忍无可忍的小 C 伸出他的折叠手臂,哐哐哐敲破一排玻璃窗,才把聒噪的好奇宝宝们吓得夺门而出。

那之后便是电话轰炸,最开始他还能战战兢兢地每天接几个,后来便是小 C 全权代理,再后来他开始听到小 C 用他那青春期男孩特有的声音和客户大飙脏话。他只得拔了电话线,并且很庆幸自己没把手机号码印在名片上。

砰砰砰的拍门声来自一个焦急并且熟悉的人。这个人提前通知了他的来访,虽然 B 伯爵已经明确拒绝,并说自己已经退租搬家,但这个昨天还在地球另一端的家伙居然还是赶在了他撤离之前到访。

门口站着的是大 E,那个总是会不经意出现,对他的一切充满好奇的行为学家。

"十五个小时的飞机，累死我了。小 C，给我拿点喝的——"大 E 风尘仆仆，气喘吁吁。

蹲在角落充电的小 C 的金属外壳闪了闪，却没有挪窝，B 伯爵只好从打包的纸箱里拿出茶具，给他泡茶。

"你骗了我！"缓过气的大 E 从自己背包里掏出了笔记本电脑，开机，敲出了几个保存的网页，他有点愤愤，更多的是激动，"我就一直觉得你那位'裁缝'在哪里见过，B 博士——布莱恩，人称'大脑博士'，'脑相簿'的发明者。二十年前因为重大污点被驱逐出医学界，因为'偷脑'坐了两年牢，之后销声匿迹，直到一年前出现在你的实验室。"

"怎么了？他又犯事了？"B 伯爵不紧不慢地帮他倒茶。

"当然不是。我只是终于知道了，双生花案中，所有人都以为活体打印小组是主角，事实上，解决问题的人，是这位狂人博士——"大 E 光彩闪闪的脸，证明疯狂的可不止那位污点博士，"我见到了他，你不用管我怎么见到的。我还拿到了这个，你也不用管我怎么拿到的……"

大 E 插上了一个闪存盘，敲开了上面存储的文件。

屏幕上出现的是一张张幻灯显示的照片，有树有花有建筑有人，如果非要形容，就是些毫无摄影技巧、令人乏味的照片。当然，如果硬要说有什么特别的，那就是一些照片连续性很强，快放的话，几乎可以成为动态图。

"嗯，这些看不出来，我们对比来看。"大 E 重新打开了一个图库。

  接下来播放的图片不得不说就有些怪异了：有些几乎完全一样的图片色调和角度有细微差异，或者说，一张明度高、饱和度强，另一张更暗淡，视平面略低。同一个人物和背景，一张上带着明朗笑容，另一张却眼睛睁大，表情惊骇僵硬……

  "看来你一点不惊奇，只能证明你知道这是什么——是的，这就是脑相簿，刺激大脑特定的部分，用神经传导装置可以重构画面，每个人的眼睛都像相机镜头，拍摄的信息存储在大脑记忆区——这些，就是那对双生花姐妹脑相簿中的一部分。

  "我其实一直有点想不通，同卵双生、甚至共用半个身体系统的连体姐妹为何会出现那么大的差异，环境、基因，甚至食物都几乎一致，这也是她们的分离手术中完全不会出现排异，神经系统也更易融合的原因。看到这个相簿我终于知道了——

  "看吧，因为腿的方向，一直负责向前走的都是姐姐，也就是所有人第一眼见到的都是姐姐—— 一个虽然步态稍显怪异，却无疑是漂亮明朗的小女孩。然后，当他们看到连体妹妹，或者说，当连体妹妹看到他们的一瞬间，他们的脸上都会不约而同露出这种'见了鬼'的神态。妹妹每次第一眼见到的，总是这样的脸，然后不管她同样是一个多么漂亮可爱的孩子，她都被看成一个怪物……

  "抑郁症，这个在她们六岁时导致她们母亲自杀的幽灵，从妹妹懂事起便在她身上一点点扎根。她也想去死，但是她无法自杀，因为姐姐，她的姐姐不但活得很有劲，而且一直不知道她为什么不快乐。

  "经过大脑深层边缘系统的扫描测试，姐姐的大脑皮质层活性酶丰富,情绪区异常活跃,但妹妹的情绪区死寂暗淡,按照理论,真正具有反社会性格的其实是妹妹。很难说到底是妹妹怂恿姐姐杀掉那些骚扰她们的恋畸癖,还是姐姐为了让妹妹开心主动犯下的罪行……犯下死罪,妹妹是开心的,她终于可以离开这讨厌的人世间,和姐姐一起去和母亲相会。但是,横空出现一位 B 伯爵,要硬生生分开她们,并且处死她的姐姐……"

大 E 停下来喝了一口茶水,B 伯爵似笑非笑,却并不搭腔。

"你本来是个坏人,连我都以为你是个没感情的机器人,但是,你请来了 B 博士,因为,你找到了真正解决这个难题的方法。

"B 博士,二十年前因为十三岁的女儿不幸溺亡而悲痛欲绝,他使用自己刚刚发明成功的脑相簿,导出了女儿的记忆照片,但是在一遍遍追忆缅怀中,他的理智开始失控。他潜入医学院的停尸房,偷取了一个刚刚去世的小女孩的大脑,从中分割出他需要的部分,拼接安装在了他存放在营养液中的女儿的大脑里。这样连上神经数据线,刺激特定部位,他的女儿就能在电脑屏幕上和他对话,他们可以一起看电影、聊天,实现某种意义上的复活……

"再说双生案,其实两姐妹的大脑都有不同病变,姐姐过分活跃的 V 区会造成某些持续兴奋,对肠道和消化系统都有负面影响,而妹妹完全不活动的 V 区,造成选择性失忆,厌食厌世,反应冷漠……B 博士综合了两人大脑,也就是将姐姐的 V 区置换给了妹妹,这个区是神经记忆区,所以从某种方面来说,妹妹是得偿所愿地死去了,而姐姐填补了空白,那些快乐鲜活的记忆将两人融合为一体……

"你解决了疑难,不是为市长,而是为这姐妹俩。"

突然响起的敲门声仿佛是大 E 演说的结束音。这是 B 伯爵并不熟悉的声音,也许是某个执着的客户。但他还未起身,大 E 已经跳起来奔向门边,"她来了!"

三秒钟后,从门口款款走进来的,是一位身材高挑,穿着牛仔裤和白色小毛衣的年轻女子。

双生姐妹中的妹妹。

在 B 伯爵要求的保密协议中,妹妹显然没有再受到媒体和民众的骚扰。B 伯爵没再见过她,只在一些后续报道中得知她很快恢复各项功能,在手术一个月后就已经能扶杖行走,被称为医学奇迹。

此刻的不期而遇让 B 伯爵也少见地露出了惊异的表情,似乎还带着一点点尴尬。大 E 颇为有趣地瞧着他,"小 T 联系我,说想当面致谢。"

"我打过两次电话,可是一个男孩子总说我恶作剧。"女孩小 T 微微笑了笑,轻柔嗓音如清风拂过。

"哎,啊,请坐。"B 伯爵侧身让出沙发,连对大 E 总是爱理不理的小 C 都从墙边滑了过来。虽然这个不知道是先进还是落后的机器人身上没有情绪表现,但从这急颠颠的速度也可以看出他在雀跃。

"不用了,我只是来谢谢您的。最近我总是做姐姐的梦,不是梦见她，而是做她的梦，像她一样看世界。我终于知道她为什么那么快乐，我觉得我现在才真正和姐姐在一起，再也不会孤单了。"剪短了头发的女孩眼睛中的晶亮反光让人有点恍惚，她郑重地向 B 伯爵鞠了一躬，"谢谢您让我活着……再见，伯爵先生。"

  那天稍晚些时候，大 E 和 B 伯爵一起走下公司的楼梯，走上华灯初起的商业街。虽说是搬家，却只有小 C 顶着的一个纸箱——装着 B 伯爵的金属门牌、茶具，以及一个刺绣小坐垫。

  大 E 一直看着那孤独的高瘦背影，和他身边像小孩子一样滑行的垃圾箱机器人隐进人群和夜色中。他突然理解了地球另一端的 B 博士为什么一直把女儿的大脑标本带在身边，他也知道为什么 B 伯爵给了小 C 说话的功能。不管多强大，人终究是怕孤单的。

  在他的强烈要求下，B 伯爵仍然没有透露自己的新地址，只给了他一张新名片，上面印着"B 伯爵疑难事务解决公司"，下面只有一个电子信箱。

绿 人

绿梦惊魂

文 / 喀拉昆仑

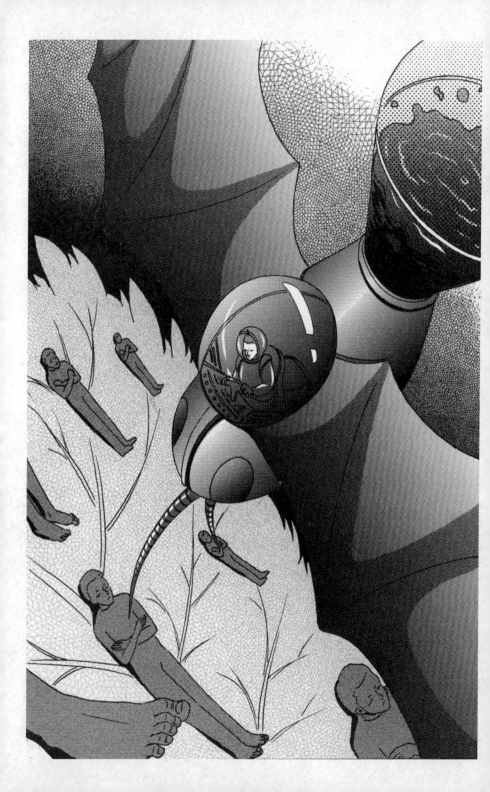

◆ 1 ◆

木星轨道太空城。

"联邦社新闻：前元老会预备成员、太阳系联邦政府前住房部长道格拉斯·昂内先生在密室内离奇死亡。近日，一位自称是昂内先生昔日同事的知情者透露，现场资料和相关历史记录表明，昂内先生有被人蓄意杀害的嫌疑，理由是他生前疾恶如仇，得罪了不少黑恶势力……目前，元老会的特遣调查小组已经介入调查，力争早日将凶手绳之以法……"

装饰严谨的大屋里回荡着语气严肃的播音，主人刘三泰认真地翻看着悬浮窗上的信息，逐条阅览。悬浮窗加了象征进步思想的红色镶边，上面的信息都是经过特别筛选的，除了新闻，还是新闻，他每天都要从这些正面新闻里汲取力量、巩固信仰。

"联邦新闻社综合报道：本台经典节目《道德讲堂》开播三十年来，收视率连创新高，观众好评如潮……"又是一条信息，刘三泰微笑颔首。

刘三泰原本是"正义号"缉私舰的获救人员之一,在20多年前那次追逃任务中,由于缉私舰被毁,他们不得不弃舰逃亡。他和同伴们乘坐的冬眠漂流艇流浪多时,最终被太阳系人类寻到踪迹,全员获救。从那时起,他就一直住在太阳系联邦政府专门为他提供的这个私人专宅区。

作为一名太空城居民,刘三泰是合格的,他从没有忘记自己的身份和职责。当年那场漫长的太空追捕耗尽了他的青春,狡猾的逃犯在陨石带发动的伏击又逆袭了他所在的"正义号"飞船,连至关重要的星图档案也被夺去了……天时不予,神圣使命毁于一旦……那些逃犯还厚颜无耻地招降他们,试图让他们倒戈……许多同事都禁不住诱惑,立场不够坚定,加入了叛逃者的行列……但是,这一切磨难都没能改变他刘三泰,没有改变他对太阳系人类的坚贞和忠诚!他义无反顾地选择了回家,他,坚决不和叛逃者同流合污!因为,他是一名光荣的太阳系人类文明的战士!他,拒绝叛逃!

他永远不会逃离太阳系,哪怕外面有无限的空间和自由。

冥冥中,刘三泰的忠贞信仰感动了太阳系联邦政府,获救后他幸运地成为第一个被特许永久苏醒并登上《道德讲堂》的返航人员。为了彰显他的坚贞,太阳系联邦政府甚至还为他提供了一套珍贵的私人宅邸!在宅价堪比黄金的太空城世界,许多普通民众一辈子都不可能住上属于自己的小宅院,"拥有私人宅邸"意味着优越的社会地位,是上流人士才能享有的殊荣!刘三泰对此感恩戴德,作为回报,每次上《道德讲堂》时,他都搜肠刮肚慷慨陈词,发自肺腑地控诉那两艘叛逃飞船的罪恶，谴责那些叛逃者背叛全人类的罪行，说到动情处时往往声泪俱下，泣不成声。功夫不负有心人，他的演讲获得了巨大成功，许多观众纷纷发来反馈信息，说在如今这个物欲横流的时代，还能听到这么至情至性的肺腑之言，实在是太感动了。社会各界知名人士纷纷发文，一致认为刘三泰身上集中体现了地球时代的集体主义精神。

  为了让更多的人了解自己的经历、接受集体主义教育，刘三泰还曾上传自己的记忆到脑网共享。太阳系联邦政府暗中策划并大力赞扬了这一行为，还派专人将刘三泰上传的原始记忆资料进行了必要的修改，删除了其中的"全体投票表决""自愿返航""合作探险"等"不良"信息，以免在观众中产生错误的价值导向；至于双方舰员激烈交战的场景，则强化放大，并特别备注：那些返航人员之所以能够冲破对方的重重阻挠争取到返航权利，是因为他们的激烈抗争和太阳系联邦政府的强大压力的双重作用，从某种意义上说，这也是集体主义精神战胜阴暗的逃亡主义的一个证明！

  刘三泰认可政府的这种修改，他向来认为民众大都很单纯，很容易被谣言煽动。要避免群众"集体盲动行为"的出现，就必须让具备足够素养的人来进行理性判断，社会就像小船，需要掌舵人。

  "针对近来一些民众对'绿人工程'的负面评价问题，联邦政府特于今日召开专家听证会，各位专家从经济、生态等不同的角度向社会公众解释该工程的利弊，帮助群众辨明大势，服务太空城世界大局……"又是一行新闻。

"唉，群众工作不好做啊……"刘三泰叹息道，那些"绿人"确实挺惨，联邦政府这么做，也许是有自己的苦衷吧？

的确，联邦政府有许多不好，刘三泰承认政府的许多政策有失公正，但在大是大非的问题上，他的立场从不动摇。他相信政府，相信政府将来会越变越好。他相信目前绝大多数太空城居民都是拥护联邦政府的，那些成天抱怨政府的人，不是在现实中屡屡受挫的可怜虫，便是无理取闹的刁民，没出息。他相信人类世界只有在联邦政府的统一领导下才能维持稳定繁荣，他相信人类应以总体利益为根本，任何人都有义务为这个原则奉献自己！他坚信这一点，还将这份信念传给了自己的儿女，让他们继承自己的意志。

刘三泰曾一次再次教育两儿一女，让孩子们一定要继承他的优良传统。

此刻，刘三泰那两儿一女都上班去了，还要两个多小时才能下班。自从两年前老伴过世后，这三个孩子便成为刘三泰在世上唯一的依靠，他们是刘三泰在电台广播之外最大的精神归宿。太阳系联邦政府对刘三泰这个家庭的眷顾是有限的，宅邸只有一套，为了获得属于自己的一套宅邸，子女们不得不继续奋斗，过得很辛苦。但身为家长的刘三泰并没有因此而伤感，相反，他感觉很自豪：我的子女们都是自食其力的劳动者，人格上没有污点！

"爸爸，太阳系联邦政府有通知来了！"一个通信悬浮窗突然出现在刘三泰面前，上面显示出大儿子刘司恩的面孔，遮住了那个正在播放新闻的窗口。

"什么通知？"一听是政府通知，刘三泰条件反射地整了整衣装。

"政府邀请您去3号'绿人场'参加一个非常重要的仪式。"悬浮窗上，大儿子刘司恩似乎被父亲的神情逗到了，表情有些异样，似笑非笑。

"哦，什么仪式？"

"这个我也不太清楚……我只是负责传话，呵呵。"悬浮窗上的刘司恩对父亲笑了笑，通过悬浮窗传出的笑声略显干涩，显然是有心事。

"政府有通知，为什么不通过正式的官方渠道，而是让你传话？"刘三泰神情肃穆，语气故作严厉，他嘴上这样问着，心里却不禁窃喜：这个大儿子最得自己的真传，思想上绝对进步，现在又开始替官方传话，再联系起他几个月来频繁与官方人物往来的迹象，也许是有进入仕途的可能……

"这个还不太清楚，您来了应该就知道了……不好意思，爸爸，我还忙，待会儿再联系吧！"刘司恩说完，悬浮窗自动关闭了。

"哎，告诉我，你——"刘三泰的话刚开了个头，悬浮窗已经消失了，剩下的只能咽回肚子里。

"这孩子……真没礼貌……"刘三泰嗔怪着摇摇头，关闭新闻播放悬浮窗，眯着眼沉默了。

过了会儿，他又突然笑了。

自己在《道德讲堂》上兢兢业业演讲二十多载，现在都已经年逾古稀，这么多年来盼星星盼月亮，终于终于要盼到儿子大富大贵了吗？

"您来了就知道了"——刘三泰头脑中回想起大儿子的这句话，不禁莞尔：那傻小子无意中说漏了嘴，他上句通知自己"去3号'绿人场'"，下句就说"您来了就知道了"，一"去"一"来"，彼此对应，还说自己"很忙"，这不就意味着他说话时正站在那个"绿人场"里，甚至很有可能已经进入那儿的管理层了吗？

"'绿人场'管理层啊！"刘三泰默念着，兴奋地来回踱步。

"绿人场"管理局，那可是个名利双收的好单位，再往上爬一步便是联邦政府劳动厅，直达中枢！有自己这个当爹的资历和影响在这儿摆着，儿子进了那里就像乘上了直升电梯，简直是平步青云！

嘿嘿，好事儿啊！咱家又出了一个上流人士，不愧是高尚家庭！好儿子，有出息，没给我刘三泰丢脸！好样的！

突如其来的喜讯让刘三泰喜不自禁，待情绪稍稍平复，他回过头细想了一下，发现这一切其实都很正常：他们一家始终和政府保持高度一致，时时事事以人类世界的利益为重，牺牲小我，服从大我，自然也会处处受到代表人类世界整体利益的太阳系联邦政府的眷顾了！

迟饭是好饭！此前那么长时间里，政府一直对自己的后嗣漠不关心，这三个孩子只能眼巴巴地看着那些庸碌无能的官宦子弟们登堂入室封侯拜相，自己却报国无门惆怅不已，原来，这一切都是考验啊！自己默默的坚守和忍耐，无私付出，最终换来了丰厚的回报！

说到底，与人方便，自己方便，没有付出就没有回报，这都是万古不变的真理啊——但就是这么简单的一个道理，怎么就有人理解不了呢？想到这些，刘三泰摇摇头，叹了口气。

唉，这人跟人还真是不能比……

◆2◆

"这里就是3号绿人场啊，"刘三泰极目远眺，只发现一大片无垠的绿色纱帐横亘在视线的尽头，如果细看，会发现那纱帐其实是由一个个绿色的小点组成的——那是处于休眠状态的"绿人"，整个纱帐酷似一张向阳的叶子，饥渴地吸收着微弱的阳光，成为黝黑太空背景下唯一的亮色。"不错，比新闻上见到的大多了……"他咂吧咂吧嘴，称赞道。

"新闻上播出那会儿，这里才刚建设，"旁边那位陪同官员淡淡地说，"现在都过去半年了，规模扩大了很多，目前大约有十万左右的绿人吧。"

"十万人……"刘三泰心里一阵小小的激动，儿子若真能进入这个地方，统领十万大军，那可真是了不起的成就！

"试试这个，"官员递给刘三泰一架望远镜，机械型，非常老式的那种,"你能看到更多细节。"

刘三泰举起望远镜,在官员的指点下,依次看到了固定器、采血船还有冶炼台,它们零星分布在巨大的叶片上,各司其职,就像灵巧的细胞器。

"目前这个十万人规模的绿人场,每月可为人类世界节约 700 万人类币的福利开支,"官员侃侃而谈,"这样一年算下来就是 8400 万,足够建设三个大型的太空高尔夫球场了。自给之余,绿人场还能产出许多资源,这些采血船每月能采出大约 80 吨的脱水纯血,从中可以提炼出血铅 300 千克,血汞 250 千克,这样就可以将这些散落到环境中的高毒性重金属元素重新收回到重工业生产体系中,避免了引发环境污染;脱去重金属的纯血经过冶炼台的进一步加工后,还能继续萃取三聚氰胺、吊白块、二噁英等化工原料,然后由政府将这些东西集中起来统一处理,这就从根本上阻断了消费循环导致的有毒物质生物浓缩现象,保障了人民群众的身体健康……"他逐项介绍工程的意义,最后说,"'绿人工程'兼顾经济发展与生态环境,实现了经济效益和社会效益的双丰收,而政府为此所付出的唯一代价,就是一枚枚微不足道的身份识别芯片,可谓一本万利,利国利民……"

"是啊……如果能再扩大些就好了。"刘三泰感慨道,"休眠中的绿人不消耗物资,本身又没有知觉,在这里能毫无痛苦地走到生命的终点,还能为人类世界贡献余热,何乐而不为!"说到最后,他甚至有些激动,拿着望远镜的手开始发抖,"一定要继续扩大这个项目,扩大这个绿人场!"

"那样,儿子的地位也会进一步上升吧"——刘三泰想,当然，这个想法他并没有说出来。

"不过可惜啊，近来反对绿人计划的人越来越嚣张了。"那位官员说。"这我知道，"一听这话，刘三泰放下了望远镜，望着那位官员，眼神中带着深重的失望和无奈，"我也从新闻上看到了……唉，我真不明白，那些人怎么就那么短视呢，就不会站在全人类的高度思考问题吗？他们这么闹，跟许多个世纪以前那些反对安乐死的人有什么区别？太迂腐，也太缺少教养了……"他摇摇头，叹了口气，然后扭头举起望远镜，继续观察远处的美景。

"这也正是我们力图加强教育的原因，"官员点点头，"世界的繁荣需要牺牲小我，成就大我，我们的觉悟还有待提高……"

"我们应该继续强化品德教育，继续推广像《道德讲堂》这样的公益性节目。"

"是啊，这也正是我们请你过来的原因，希望你能利用自身影响力，身体力行地向群众宣传绿人工程的必要性。"官员说话时眼睛看着刘三泰，透出期待，"你儿子希望你能在登台之前，先多了解下该工程，请随我来吧。"说完，他启动了宇航服上的微引擎，开始向绿人阵方向前进。

"那小子，果然已经进来了啊……"刘三泰心下大喜，急忙启动宇航服上的引擎，美滋滋地跟着那位陪同官员向前去，"我那傻小子现在在哪儿？我能见见他吗？"他装作漫不经心地问道，同时用眼角余光仔细观察那位官员的表情。

官员脸上的表情明显有些难堪，语气忐忑："现在不太合适……以后吧。他现在正在学习，我不方便找他，以后，以后他有的是机会见你……"

官员的反应和答复让刘三泰很满意——儿子应该是入仕了，而且官职不低，起码是眼前这个家伙的上司！

刘三泰不再询问下去，心里却没来由地开始想笑那位官员的笨拙：瞧你那怂样，明知我是你上司的老子，说话语气还这么生硬，都老半天了，还"你、你"地叫，连一声"您"都不会说，实在太没礼貌了——我刘三泰是大人物，自然不会跟你计较这个，可是，年轻人啊，你说话这么生硬，可是会断送自己的前程的……刘三泰这样想着，微微摇摇头。

要不，待会儿自己跟儿子好好说说吧？刘三泰心想，这个人虽然说话无礼，心眼儿还是挺实在的，不是个坏人，应该着力培养——咱要有德行，自己发达了，回过头也得提携下别人是不是？历史上有哪个大人物不是惠及四方？所谓贵人，其实都是自造的：处处施恩于人，多当别人的贵人，多铺垫关系网，日后自然步步高升飞黄腾达，不是吗？

提拔重用一个没礼貌的下属，很正常，正所谓"大人不记小人过"嘛……

刘三泰怀着这样崇高的想法，由官员引着路，缓缓前行，他看向后者的眼神依旧亲和，只是在那层亲和之下，又渐渐涌出一丝无法掩饰的威严来。

深邃黝黑的太空让人的视线无处着落，只能聚焦在绿人场上，恍惚中，刘三泰感到远处那渐渐逼近的绿人阵列其实不是绿叶，而是一条绿色的康庄大道。

"总是不断有人跳出来反对绿人工程，"官员边在前面引路，边絮絮叨叨地说着话，活像古代宫廷戏里的太监，"理由五花八门，像人身安全啦，表达自由啦，居民权利平等啦……"

"我不止一次地听过那些言论，无聊！"刘三泰开始以上位者自居，语气里也开始带着居高临下的气势，"没有人类城整体的安全，哪来居民个人的人身安全？这么浅显的道理还要人教吗？"刘三泰越说越气愤。

官员沉默许久，说："这也不能怪他们，我们有责任听取他们的呼声。"

"那也要看他们是否够资格！"刘三泰冷笑道，"联邦政府是为人类居民服务，而不是为一小部分无业游民服务！你不为政府服务，政府凭什么要照顾你？"他很想把自己的光辉历史拿出来作为生动事例，但是一想到面前这个人有可能会成为自己儿子的下属，为避免落人话柄，便不能讲透了，"那些人往往连一套属于自己的宅邸都没有，连安居都实现不了，有何脸面自称太阳联邦居民呢？那些人在提意见之前应该先自我反省下，这个人类世界是否有一丝半点儿属于他们，反省下人类城是否有他们的一份贡献，然后再说话，说符合自己分量的话！这人啊，要先学会做人，然后才有说话的资格，先学会怎么说话，然后才会有上司赏识你，你说，是不是这个道理？"刘三泰再次向官员发问，他已经第二次发出暗示了。

陪同官员显然对刘三泰的话锋颇为惊讶，他张大嘴愣了好久，似乎终于开窍了，"厉害！"他竖起大拇指，眼里露出激动的神采,"还是您老的话在理啊,不愧是上电视的人,句句都说到我的心坎儿里了……"

听到陪同官员的奉承,刘三泰微笑颔首,心里满意到了极点,他决定了,待会儿一定要在儿子面前好好夸奖一下这个家伙。

谈话间,那片巨大的绿叶渐渐迫近。刘三泰看着它,感觉自己正走在一条绿色的康庄大道上,每一步都那么稳健有力,仿佛脚下踩着人类世界的心跳节拍。

绿色寓意着希望,这是一条成功之路!

"据说,这些绿人的人格都已经上传到脑网了?"刘三泰看着眼前那一排排整齐的绿人阵列,感觉自己就像在检阅军队的一名将军,不由心生一股豪情,"是出于人道主义考虑?"

"嗯,确实如此。"官员沉吟,他抚摸着一个绿人的透明外包装——那是一种特殊的透光保温材料,能阻挡对人体有害的各种高能射线,还能抑制病菌繁殖,俗称"透明创可贴"。

"我们已经剥夺了他们的身体,总不能再剥夺他们的灵魂……"官员继续抚摸着身旁那个绿人的透明外膜,动作轻缓流畅,仿佛在抚摸一件精美的上釉瓷器,"让他们的意识进入虚拟世界,以另一种更加经济的形式继续活下去,继续做人类世界的一分子,这是用以缓解他们敌视情绪的重要措施。"

"不用太在意他们的情绪吧!"刘三泰的语气中满是不屑,"绿化术对他们其实是一种解脱,就跟以前癌症晚期患者的安乐死一样。他们之前连个住处都没有,无地自容,现在终于有了一个栖身之所,还能敞开晒太阳,感激都来不及,哪还有资格提要求？让他们成为电子人，政府还要负担相关的服务器设备，别的不说，单说维持系统所需的电力开支，就不是个小数目吧？"

"的确，不是个小数目，"官员的手停了下来，"木星轨道有十几个太空高尔夫球场都为此限制照明用电了呢，我们去打球时，穹顶上的太阳灯才50万瓦，感觉像阴天，不给力，跟真正的'晴朗阳光下高尔夫'的感觉比起来差了很多。"说完，他摊开双手，无奈地耸耸肩。

"唉，"刘三泰叹了口气，"一些人在享受天堂般的安宁时，另一些人却不得不忍受种种不适，真是委屈你们了……"他嘴上这样说着，心里也不由得遗憾：看来，今后儿子带自己去那里打球时，恐怕也体会不到那种"晴朗阳光下的高尔夫"了……

"嘿嘿……"官员不好意思地笑笑，"应该的，应该的，我们也不能做得太过分了，该忍的就得忍，毕竟绿人也曾经是人……哦，采血船到了，我们得让一让。"他说着，启动宇航服上的微调引擎，向后方飘去。

刘三泰扭头，看到一艘采血船正缓缓飞近，于是像陪同官员那样后退避让。飞船缓缓掠过二人面前，刘三泰看到了它那隆起的巨大腹部，再配上船身两侧伸展的电池板和船首尖锐凸出的驾驶舱，整体看起来就像一只巨大的吸血蝙蝠，无情地掠食着下方的绿人，很威武。在刘三泰眼里，这种被许多人称为"吸血恶魔"的采血飞船外貌并不邪恶，而是器宇轩昂，隐隐然有一种帝王之相。

"要是儿子能来开这个东西就好了……"刘三泰心想。不过这个念头只是转瞬即逝，因为他知道，在绿人场管理层里，开采血飞船的都是些无能之辈，自己儿子可是优秀人才，思想进步，目光远大，开飞船就太屈才了！

所谓采血飞船，不过是些廉价的电动运货飞船，靠那两幅巨大的太阳能电池板提供能量，动力小得可怜，最高航速不过每小时3公里，还没人走得快，除采血之外几乎没有任何用处。飞船操作简单，傻子也会开，但偏偏绿人场里还有这种工作岗位，有人便嘲笑说，那是因为绿人场太抠门，舍不得给飞船加装AI——他们可不仅仅是舍不得给飞船装引擎。

于是，就需要找驾驶员了，自然人驾驶员。

凡是开采血飞船的人，都是傻子，大脑萎缩的窝囊废……

刘三泰就这样鄙视地看着飞船向自己逼近。透过驾驶室的防辐射玻璃窗，他清楚地看到了那位表情呆滞的驾驶员，傻傻的，就像木偶。尽管刘三泰在心里早已讥笑了无数遍，出于礼貌，他还是欠欠身，隔着玻璃窗对驾驶员致以微笑。

采血飞船巨大的船身带着一种令人窒息的压迫感，缓缓逼近，越来越近，刘三泰耳朵一动，隐隐约约地听到了飞船驾驶室里飘出的歌声：

"人潮人海中，有你有我，相遇相识相互琢磨；人潮人海中，是你是我，装作正派面带笑容……"

刘三泰不由一愣，脸上的笑容僵住了——这是一首古老的摇滚歌曲《无地自容》，在绿人场这种严肃场合播放，似乎不太合适。

"这歌曲是怎么回事？"刘三泰指指驾驶舱，又指指自己的耳麦，问道。

"那是工作歌曲，"陪同官员及时上来解释道，"驾驶采血飞船是一件非常枯燥的工作，飞船行驶速度很慢，又不能随意转向，对人的心理是一种折磨，所以很多驾驶员都在工作时播放劲爆歌曲聊以解忧。"

"他们想听歌，自己听就行了，为什么还要弄成外放？"刘三泰很不解，"电波辐射出来，连我的耳麦也接收到了信号。"

"哦，这是他们与绿人交流的方式。"陪同官员说，"歌曲外放，和绿人一起听歌，能有效缓解工作时的紧张感和恐惧情绪——尽管绿人们根本听不到声音，这样做还是能起到很大的心理安抚作用的。"

"恐惧情绪？呵呵，"刘三泰忍不住笑道，"休眠中的人有什么可怕的，只不过是皮肤绿化了而已，又不会吃人！"

"可这些绿人中，有些还是他们的熟人……"陪同官员懦懦地说。

"还有熟人？"刘三泰心里一震，嘴角不易察觉地抽搐了一下，不过脸上还是继续保持笑容，"那就更不用怕了！难道熟人还会害你吗？我就不怕！"

"那是，"陪同官员奉承地笑笑，"您的思想觉悟远超他们。"

谈话间，飞船驾驶舱已经移过去了，巨大的侧翼缓缓压过来，阻挡了阳光，在绿人场上投下两片巨大的阴影。因为视差效应，那些绿人在被阴影覆盖上的瞬间似乎都蜷缩了起来，宛若一只只被老鹰翅膀阴影吓得瑟瑟发抖的小鸡。

采血船锁定一个新目标,缓缓停下,开始采血。只见它轻盈地伸出一根探杆,点向一个休眠中的绿人。那绿人被点中后,肢体抽搐了几下,可能是没醒来,探杆再继续点击……

那根探杆尖端携带着高压电极,用以电刺激人体神经。

"有熟人在里面……"那个被电击的绿人就在刘三泰旁边,看着绿人挣扎不已的样子,刘三泰心里有个声音不停回响,"有熟人……里面有他的熟人……"

不多时,那个驾驶员操纵探杆电醒了目标绿人,然后将其固定,又伸出一根长长的取血探头,探头上又分出几根刺针,分别刺入绿人手臂、颈部各处血管,开始吸血。那绿人现在已经被唤醒,清醒状态下的绿人心跳频率和血压都很高,采血是自动完成的,采血船无须消耗能量。探头后面的输血管呈透明状态,可以清晰地看到血液在里面流动的过程。绿人的血也是红色的,像一条红色的小蛇,从绿人身上爬出,飞快地钻入采血船膨大隆起的腹舱——那是个巨大的低温储血罐。

刘三泰赫然发现,绿人即使皮肤已经变绿,体内流淌的仍旧是红色的血液。那夺目的血红色让他感到一阵莫名的心慌。

飞船很快就采完了血,抽出探头,缩回探杆。绿人落回原处,再度陷入沉睡中——只是不知道还能不能再醒来。那绿人虽然闭着眼睛,却还是本能地调整了下姿势,让自己保持最佳受光角度,就像一片碧绿的叶子。

一片有着红色血液的绿叶……

"这些绿人的眼睛还有光感吗？"刘三泰看到眼前的采血景象，内心深处某个角落不易察觉地痛了一下，便问陪同官员，"绿人们真的是什么也听不到吗？也没有触觉、温度觉、痛觉？"

"这个不太清楚，应该是吧……他们都是睡着的，应该没问题……"陪同官员看到刘三泰神色异常，慌了，答话变得语无伦次。

"他们真的是在深度休眠中，对外界一无所知？"刘三泰追问道。他忽然觉得有点儿伤感，绿人们明显还有基本的神经反应存在，也许，依然还会感觉到痛。

"这……"陪同官员张口结舌，支支吾吾地说不清楚。

二人身旁，巨大的采血飞船缓缓掠过，它伸展双翼，宛如巨大的吸血怪兽。每一个沉睡中的绿人都畏惧它，在被它的阴影笼罩时，绿人们的身形忽然蜷缩了起来，就像一群因恐惧而瑟瑟发抖的小鸡。

刘三泰被这景象震住了，只觉冷气扑面，心里一阵阵发虚，他有许多问题要问那位陪同者。

"不必多问多说，自己清楚，你我到底想要做些什么；不必在乎许多更不必难过，终究有一天你会明白我……"节奏狂烈的摇滚歌曲依旧在播放，随着飞船的缓缓远离，广播信号越来越弱，最后，听不见了。

"不用伤感，绿人都是些无用之人……"陪同官员淡淡地说，"我刚到这里时也很紧张，后来时间长了，就没感觉了……"

他劝解道,"这人嘛,都一样,总得有个适应过程。这里的工作都是自愿的,没人强迫,如果干不下去了,随时可以走人。可是,大多数人还是选择留下来,毕竟谁都想要工作,社会不养闲人,我们需要的是理性,而不是感情。你说是不是?"

"是,是。"刘三泰点点头,窘迫的内心稍稍恢复,他怔怔地望着采血飞船渐渐远去,眼角余光又发现一艘新的货运飞船。那飞船的尺寸比刚过去的采血飞船要大出许多倍,只见它走走停停,不时从尾部卸下一个绿色的物件,将其嵌入绿人场的空白位置,然后奔向下一个空位,就像一只不停产卵的蚕蛾。

那是一艘载人飞船,专门用来运载绿人,它尾部卸下的绿色物件,就是绿人,新来的绿人。载人飞船负责绿人场的新陈代谢,新补充的绿人由它运来并安置,用废的绿人也交由它来处理后事。

刘三泰不由自主地上前,想一探载人飞船的真容。陪同官员也及时跟上,就像忠实的保镖,这情形带给刘三泰很大的安全感。

崭新透亮的外壳,翠绿诱人的皮肤,这些刚下船的新鲜绿人静静地睡在力场固定器的约束范围内,一动不动地晒着太阳,让刘三泰想起了古时候养鸡场里的母鸡——那些可怜的母鸡被装在仅能容身的方格笼子里,前面吃,后面下蛋,除此以外几乎不能动弹。鸡场主这种做法使母鸡成为纯粹的下蛋机器,极大地节约了空间,提高了饲料利用率,也提高了经济效益,却严重损害了母鸡们的健康——当它们超龄退役、被售出后,买主经常发现自己买来的鸡竟然不会走路,因为缺少锻炼,母鸡骨质疏松，甚至连站都站不稳。

"这边安置的都是新来的绿人，"陪同官员说，"过段时间，还会有更多的绿人送过来，填补这些空位。"说完，他一指远方。顺着他手指的方向，刘三泰看到了一大片空地，里面零星分布着一些绿点儿。

"还要补充多少人？"刘三泰怔怔地问。

"大约五万人吧……"

"五万人……"刘三泰默念着那个数字，缓缓前行。浏览那些绿人空位时，他发现空位的边框装置上都有编号，下面还标注着人名及身份号码：赵 sim，身份编号 ytcvb30987195831212；antony 贾，身份编号 yttpy22312390998766……刘三泰抚摸着那些号码，想象着这些号码标注的生命将来变成绿人进入这里的情形，心中不知是喜是忧。

一将功成万骨枯，为了儿子能成就一番事业，为了世界的繁荣稳定，这些牺牲都是可以接受的，刘三泰明白这个道理，他一遍遍地读着那些号码，一遍遍默哀着。

"胡 kaer，身份编号……"

一切牺牲都是为了整体，一切牺牲都是必须的。不要试图反抗，绿人场里有严密的武器监控系统，许多企图劫走绿人的行动都以失败告终。劫匪们落网后受到联邦政府的严惩，最终把自己也搭进去，成了新的绿人。

"dailine 克，身份编号……"

安息吧，人类世界的繁荣不需要这么多人，只要有一小部分人类清醒着就行了，只要有一小部分精英人士活着就好了，因为他们代表了人类文明的成就。

刘三泰在默哀中，用心地构思着接下来要登台演讲的内容，以情感人是他的长项，抓住观众的心理，直击观众灵魂最脆弱的部位，是他的拿手好戏。

"刘三泰，身份编号……"

等等！那人叫什么——刘三泰回头仔细看了看，没错！那人确实是叫"刘三泰"！

难道是重名？

再看身份编号，一个一个数字对照后，刘三泰傻了眼——那是自己的号码！十几位数字一个不差！

"这，这是——"刘三泰目瞪口呆，扭过头，吃力地望着陪同官员，他不明白是谁弄的这个恶作剧。

"这是为你准备的。"官员说。

"什么？"刘三泰以为自己听错了。

"这是你的就寝位置，"官员指指那个空位，随后递过来一个精致的小盒子，"还有这个，也是你的。"

透过盒子的半透明外壳，刘三泰看到了里面那颗小小的金属颗粒——绿人身份识别芯片。

"这是为你特制的，"官员举起盒子，嘱咐道，"请把它收好。"

"为什么是我?"刘三泰没有接,他努力摇摇头,像遇到了一场荒诞的梦,"不是说要我来做直播演讲的吗,为什么要给我这种位置,还有那个芯片?难道是演戏给公众看?"

"确实是演戏。"官员脸上带着奇怪的笑容,说话毫不掩饰,"不过,这次是假戏真做。你的任务有两个,首先做一通支持绿人工程的演讲,然后,亲身示范,成为绿人……"

"不!"刘三泰本能地大吼一声,"我是一名热爱人类世界的人类居民,你们不能这么做!"

"你既然热爱人类世界,就该随时做好为人类世界献身的准备。"官员正色道。

"不——"刘三泰感到天旋地转,眼前一阵阵发黑,"我一向拥护太阳系联邦政府,我不是异见分子,我没有任何威胁,你们不应该把我当成处理对象……"

"这都是上级的意思,"陪同官员说,"我只不过奉命行事罢了。"

刘三泰表情僵化,没有反应。

"绿人工程现在面临的舆论压力很大,急需一批志愿者。"官员说,"你常年在各种媒体上抛头露面,社会影响力巨大,是我们的一面旗帜,你若主动成为绿人的话,能影响更多的人加入进来。"

"你们……你们连我都要迫害吗?我……今年都快七十岁了啊……"刘三泰的声音有些颤抖,到最后,他几乎是在乞求,"我可是一个发自肺腑拥护联邦的人啊……"

"说句实话吧,"官员叹了口气,"我其实不在乎你是不是真心拥护联邦,我只在乎你能否定期把你的财产以税收的形式上缴联邦,以及你是否能身体力行地为绿人工程做宣传,这就是你的终极价值,也是你最后的价值……"

"别这样,我是无可取代的,我是道德的楷模。"

"你是可以取代的,"官员打断了刘三泰的话,"你的那些同行,也就是那些跟你一起选择回来的人,还有二百多个,他们都还在冬眠中,等待被唤醒,每一个在醒来后都会是新的楷模。放心地去吧,你安息之后,会有下一个人来代替你,继续演讲下去。"

"不,你不能这么做,因为——"

刘三泰想说"每一个人都是无可取代的,每一个灵魂都有自己的价值",但是他没说出来,他想起来了,这是叛逃的"蓝色空间"号上的人说过的话,他曾经最痛恨也最鄙视的话。当时,他还在讥笑,一群背叛人类道德共识的杀人犯居然还有脸说那话。

"你还有什么愿望吗?"官员问。

"愿望?"刘三泰恍惚间意识到这已经是在问遗言,于是下意识地说,"我想见见儿女们……我的儿子——"他眼睛忽然一亮,似乎找到了救命稻草,"我要见我的大儿子刘司恩!对,我要见他!"

"这恐怕不行……"官员说,"他正在学习。"

"学什么?"刘三泰追问道。只要有这个儿子在,他就不怕。

"学开采血飞船。"官员说。

"什么？"刘三泰的表情再次僵化了，这个消息无异于晴天霹雳，"是开采血飞船……这个垃圾工作？"

"垃圾工作？"官员笑笑，"这可是他花了好大代价才争取来的。"

"我要见他，马上！"刘三泰恼羞成怒道。

"见他也没用的。"官员说，"几个月前，他看绿人工程阻力大，就向联邦政府建议由他父亲——也就是由你来亲身示范，主动绿化，以此化解群众敌意，破除工程阻力。上级几经讨论，最后同意了。他主动请缨带你过来，他所要求的，不仅是一个开采血飞船的工作——他想起到表率作用，他才是个真正识大体的人呢……你以为他还会被你说服吗？他现在是不会来见你的，因为他怕你情绪失控。"官员说，"不过，以后有的是见面机会，他就在这个区域开飞船，采血时应该经常能见到……"

刘三泰感到一阵恶寒，耳朵里嗡嗡直响，老半天说不出话来：儿子，我的好儿子，真不愧是我的亲传……

"我的小儿子和女儿呢？让他们过来！"刘三泰气呼呼地说。

"没那个必要，"官员说，"他们都已经和你的长子商量好了，没有意见。"他顿了顿，看到刘三泰的脸色越来越难看，又说，"上级很赏识他们三人的行为，所以特赠予一幢新的宅邸……"

这位官员并没有把实情全盘托出，上级这次赠予的宅邸不是一套，而是三套，刘三泰的三个子女每人一套，聊以补偿。只是，宅邸分送到这位官员手上时,他感觉政府赠送的太多了,就自作主张,替刘三泰退还了一套,将那套最豪华的宅邸退还给了自己的上级。然后,上级很高兴,允许他也自留一套宅邸私用。这样,刘三泰的儿女们得到的就只有一套宅邸了,最廉价的那一套。

好像是宅邸的事情起到了安慰作用,刘三泰没有继续发火,而是沉默了下去。只有周围的绿人和旁边的官员陪同着他,除此以外,他一无所有,没有任何人来安慰他。孤独淹没了刘三泰,他感觉自己变得越来越小,越来越虚无。

尽管有些荒唐,但如果能和自己挚爱的这个人类世界融为一体,也是一种幸运吧?

"孩子们我就不见了……"刘三泰缓缓地说,"现在我只想去见见我的老伴……"他说着,将视线投向了远处的某个方向,许多往事涌上心头,他的语气中浸透了伤感,"她的墓地是在1342号太空公墓,请你们安排一下。"

"墓里是空的,里面没有遗体……"官员说,"她不在公墓,而在红人城,她已经是一名红人。"

"什么?她……居然是红人了?"刘三泰一惊,声音变得哆哆嗦嗦,手也开始抖,"这是谁干的?谁干的!说!"他开始歇斯底里地狂吼,冲上前去,一把抓住了官员的肩膀,怒目圆睁,"告诉我,是谁干的!是谁!"

所谓"红人",其实是"生物过滤人"的俗称,那是一类因为过量饮用"红豆水"而导致全身皮肤发红的人,专门用以环境治污。任何时代的生活环境总是不可避免地会出现污染,污水、废气、各种固体垃圾，数不胜数，要去除这些污染，方法有很多：纳米吸附、化学洗涤、物理震荡……但最经济的一种，却是生物浓缩，尤其以人体浓缩见效最快，红人就是这样。一切要从人类纪元53年说起，当时，"平原"人类城的水源受到了未知污染，变成红色，媒体争相报道，造成了巨大的恐慌，居民纷纷外迁。为了稳定市场信心、挽救摇摇欲坠的宅邸价格，"平原"太空城市政府出面辟谣，称红色的水喝了不会影响健康，"红豆水也是红色的"，但群众恐慌情绪难消，纷纷要求"市长请你干一杯"。迫于无奈，该人类城的市长只好以身试法，在众目睽睽之下坦然地喝下了一杯事先准备好的真正的红豆水。市长的精彩表演骗得无数宅民大惊失色，吓得无数媒体张口结舌，既为该市的宅邸经济挽回了生机，也为自己捞取了丰厚的资本。可惜，人算不如天算，他喝了那杯真正的红豆水之后还是中毒了，因为底下人买来泡水的红豆都是染过色的，而染色剂恰是该市的那种污水。"红豆水"事件造成的影响极为深远，人们后来便以"红豆水"来统称所有受到污染的水。如今，这位勇敢的市长正静静地站在"红人城"，和周围的邻居们一样，不停地饮下大量的污染水，然后用自己的肝肾等内脏解毒、排出各种污染物。由于污染物摄入量过大，超出了身体的健康阈值，于是整个人慢性中毒，皮肤也变成了紫红色，成为名副其实的"红人"。

刘三泰的妻子，现在也在里面，和那位市长一样，是"红人"，她的整个遗体经过了特殊改造，仍旧保持着植物性活力，是优良的活体净水器。

"告诉我，这到底是谁干的！"刘三泰抓着陪同官员的肩膀，歇斯底里地问道，就像发狂的野狼，"我要杀了他！"

"是你的儿女们，只不过没告诉你。"官员淡淡地说。

"我的儿女们？"刘三泰的表情再次僵化，"不，这不可能！"

"这是真的。"官员说，"你的儿女们听说红人能净化生活环境后，就一致要求将自己的亲人变成红人。上级考虑后，同意了。你的妻子临终前，他们将她的人格上传，之后又将遗体送入了红人城。"

"他们、你们，你们怎么能做这种事！她可是英雄的妻子！"刘三泰的双眼变得血红。

"英雄的妻子不是更要率先做出表率吗？"官员开始不满，"你一直口口声声说热爱人类世界，说要奉献，怎么一到自己身上就这样自私了？"

"不，不，不是这么回事！"刘三泰痛苦地抱着脑袋蹲在了地上，"人类世界已经有那么多的环保技术了，你们为什么还要用活人……"

"这都是出于经济原则，"官员说，"现有的物化环保技术虽然能起到同样的净化效果，但能耗过高，远不及生物膜净化来得经济；而传统的生物膜过滤技术又需要定期更换滤膜，成本也居高不下。幸运的是，我们还有生物活体净化技术，该技术完美地融合了前面两者的优点：生物净化过程能耗极小，同时滤膜又能自我更新，成本低廉，如果采用活体人的话，就更完美了，能一次性滤出所有对人体有害的物质,剩下一个洁净无污染的世界！"

"你说这话时想过红人们的感受吗?"刘三泰抬起头,睁着血红的眼睛,咬牙切齿地问那位官员。

"感受?什么感受?"官员满不在乎,"红人们都在休眠状态,跟绿人一样,没有感觉,哪来的什么感受!"

"不!他们还有感受!"刘三泰怒吼道,他对绿人工程无异议,可是红人工程,他是从来没有认同过的,"我要你们把她放出来!统统放出来!"

"那是不可能的。"官员依旧气定神闲,"你知道政府的政策,红人是不可能重回自然人状态的。就算现在放出来也没用的,太迟了,她的大脑已经超出了自然寿命,又长期处在高毒环境中,早已中毒萎缩,根本没有意识,即使重新下载人格也不行,红人的身体都经过了植物化改造,醒来也是植物人。"

"住口!"刘三泰怒不可遏,猛地冲起来,一把抓住了那位官员的宇航服领口。盛怒之下的他力气很大,双手手指深深地掐入,几乎勒到了官员的脖子,"你们这是犯罪,犯罪!"

"谁说这是犯罪了?"官员轻松地笑了,他并不惊慌,"绿人场有严密的监控防卫系统,你若不知收敛,下一秒就会被激光束烧成灰!"

"你——"刘三泰气结,手上的力道也卸了大半。

"我什么?放手!"官员愤愤地打落刘三泰的双手,"你要注意自己的行为!这里虽然人烟稀少,可监控设备一样不少,你再这样下去,往日在电视上的谦谦君子形象可就要毁了!你真的准备身败名裂了吗?"

刘三泰不说话了,愤愤地瞪着官员,手也没松。

"放手!"官员喝道,"你想毁掉你儿子的工作吗?"

刘三泰掐着官员宇航服的手一个哆嗦,不由自主地放开了……

◆ 3 ◆

刘三泰被迫开始进行电视直播,播放自己"自愿"成为绿人的壮举。

望着眼前的一片虚空,他知道,其实那里一点儿也不空,因为有无数个隐形的悬浮窗就静静地飘在那里,等待讯息。在这些悬浮窗后面,是数以亿计的电视观众。视线下方,是一大片绿色的原野,是的,原野,绿色的原野。再看看自己的手,也开始微微泛绿。

那药物已经开始起效了……

刘三泰希望自己能保持一个镇静自若的形象,可是,他的手和腿却抖个不停,仿佛在和不远处那台采血飞船的引擎共鸣。他下意识地摸了摸自己的胸口,那里刚刚嵌入自己的身份识别芯片。

他的手,摸到了自己的心跳。

绿人在绿色的皮肤下,流淌的依然是红色的血液……

"今天,我很荣幸地参加3号绿人场的扩建仪式,并对此工程致以崇高的敬意……"刘三泰念着上头送来的稿子,声音有些颤抖,"正因为有一系列像这样的工程的存在,我们的人类才欣欣向荣,成为人间天堂……"

　　"我们的文明代表了人类文明的最高成就,它充分体现了多元融合的包容精神……"刘三泰哽住了,再也念不下去。人类城就是最高成就吗?那里面确实美丽整洁到不可思议,可是,外面是怎样的?这些绿人场、红人城都是怎样的?人类城是城市,绿人场就只能是绿色的原野吗?难道人可以退化成绿色植物人吗?难道只有城市里的居民才能以人的身份生活吗?

　　刘三泰又一次不由自主地站在了人类世界大局的高度,他努力思考,却百思不得其解。他回想起自己过往的种种经历,感慨万千……他苦思不解,郁闷愤懑,却不得宣泄,恍惚间,只听到采血飞船上传来的歌声:

　　"人潮人海中,有你有我……"

　　那飞船越来越近,歌声越来越清晰,隔着透明的玻璃窗,刘三泰看到了驾驶员呆若木鸡的面容。

　　那人,像极了自己的大儿子!

　　"小兔崽子,你——"刘三泰想到自己的遭遇都是拜儿子所赐,突然暴怒,扑向刘司恩。咚的一声,人从床上跌下来,疼醒了!

　　一头冷汗,浑身湿透……

饿扁的智慧生物

文明的筛孔

文 / 喀拉昆仑

◆ 1 ◆

5.6亿年前：泛大陆埃迪卡拉浅海区

清晨，一只狄更逊水母在水底轻轻舒展开扁平的身体，就像一只小巧的太阳灶，沐浴在水面下柔和的阳光中。它正在吸收太阳能。每天的这个时候，它都会准时地摆出这个姿势，体表神经节里已经烙下了这个模式，保证不会出错。

它要尽量避免出错，要做的事实在太多了，一个环节出错，后面的都得耽搁。

这个时代，生物们的体表依旧是柔软细嫩，没有什么茧壳防护，它们像祖先一样，和海水保持亲密接触，同呼吸，共命运。但是，海水的质地已经不再舒适了，含盐量已不再是生命形成之初的0.79%，而是提高到了2.8%，足足增长了两倍多！更糟糕的是，随着陆地上携带盐分河流的源源流入，这个数值还在不断上升中。

海水正变得越来越咸，而生活在海里的生命们绝大多数还保持着原始的体液盐浓度,有些甚至仍旧保持在初始的 0.79% 水平——生命细胞最初形成时,细胞膜随机包起的那一泡水,它们一直保持至今!这也是没办法的事,"谨守初始设定"乃是生命进化的重要原则,体液盐浓度作为维持体内所有生化活动正常进行的关键参数,含糊不得。那些与时俱进、冒险修改此参数的个体,通常都死得惨不忍睹,偶尔有几个勉强幸存下来的,像那些米氏蠕虫、阿米尔虫,也只是暂时求得了苟安,海水的盐浓度还在上升,不久之后,它们将不得不再次进行危险的改变……几番试错之后,绝大多数的生命最终还是放弃了修改体液盐浓度的自杀行为,转而选择了保守做法,努力维持固有体液盐水平。

但这样一来,这些保守派们就不得不应对渗透压的问题了:体液的盐浓度低于海水,体内外盐度的差异,使体内的水分大量流失,若任其发展,保守派们就将在海水中脱水而死。在地球上水最多的地方渴死——那可就太讽刺了。

生命总会有对策,保守派中较为流行的解决方案是,生物泵,利用细胞膜上的蛋白质分子,逆向运输水分子,实现锁水。但是该方案有一个最大的缺陷,那就是逆向运水需要耗费大量能量,生命体本身很难自给,必须从外界获取额外的能量输入。

狄更逊水母一族,就是这些保守派里的一支。这只正在进行"日光浴"的狄更逊水母,每天都必须这样吸收外界的太阳能,以供体内生物泵所需。只有补充了足够的能量,生物泵才能顺利运转,才能逆向运水,维持体内各种生化反应的正常进行。

如果有可能,这只狄更逊水母此时更愿意活动活动,去找个阳光更好的地方,或者去找寻更多的食物。但它做不到,这个时代海水中的含氧量很低,空气中的含氧量甚至还不足1.5%,根本无法支持大型动物的活动,更何况它已经长得太大,确切地说,是长得太扁平,只能像一张软饼那样瘫在海底,仅靠一只柄固定身体,根本动不了。这样的体形最初只是为了扩大接触面、从外界摄取尽可能多的氧气和食物,现在看来却成为限制它进一步发展的障碍。

不过,它有个非常聪明的补偿方案——追踪太阳,让"太阳灶"能效最大化。

太阳渐渐升高,水中阳光的角度发生了变化,狄更逊水母体表的光感细胞觉察到这个细微的变化,将信号传给了下面的神经网。那套遍布体表的节点神经网完全展开的话,足足有50平方厘米,这样的规模已经足以胜任一些复杂问题的处理任务了。于是,经过一连串的信息传递和处理后,该神经网发出调整姿态的信号。狄更逊水母收缩体表平滑肌层,准确地调整了身体仰开的角度,继续对准太阳,保持最佳接收效率。

追踪太阳,这是它的独门绝技,扁平化的身体,最大化了皮肤表面积,同时也使神经网络最大化,让智力水平飙升。

从空中望下,波光粼粼的海水下,那只小小的生物太阳灶是如此的聪明,这种扁平身体,带给它远超时代的神经系统,也让它拥有了同时代其他物种望尘莫及的智力水平。相比这种珍贵的收获,多付出些能量消耗算什么!一个太阳浴不就全补回来了吗?拥有了傲人的智慧,掌握了自然规律,还有什么问题不能解决?智慧的狄更逊水母,可敬的狄更逊水母,它是天之骄子，万物灵长！未来的生物界，必将是狄更逊水母力压群雄、一统天下！

阳光照耀下，狄更逊水母感觉很舒适，唯一的意外是氧气供应量出现不足。单位时间内，体表的透氧量是有限的，刚才一番姿势调整，平滑肌层耗氧量增大，使神经网络供氧出现短缺，导致全身一阵阵发晕。以前从未出现过氧气不足现象，现在，"窒息"问题出现了。

看来，接下来还要继续增加身体的扁平度才行，扁平度增加后，同样体积下，能获得更多的营养和氧气供应，更重要的是，神经网络会更大，智力也会相应提升，而智力提升后，就会找到新的路子。

◆ 2 ◆

公元2012年6月20日：X大学食堂

"还好，不算太晚。"孔一济心急火燎地冲进食堂，一眼望见打饭窗口前的队伍才只有十米长，松了一口气，"守时就是好啊！"每天的这个时候，他都会准时地冲进食堂，排队打饭，他的大脑里已经烙下了这个习惯，保证不会出错。

他要尽量避免出错，因为要做的事太多了，一个环节出错了，后面的都得耽搁。

这个时代，大学生们的生活依旧三点一线，没有什么争名逐利的欲望，他们像先辈们一样，跟象牙塔关系密切，住学校，交学费，吃食堂，以校为家。但是，象牙塔外的世界已经变了，社会主流意识对大学生的定位早已不再是"天之骄子"，而变成了"高级打工仔"，阶层直落两级，更可怕的是，随着拜金主义的日渐兴起，这个定位还在不断贬值。

社会风气正变得越来越市侩，可是反观生活在象牙塔里的学生们，绝大多数还保持着淳朴的理想主义精神，有些甚至仍保有"为科学献身"的理想——最初科学萌芽时，先驱们在火刑架上喊出的一句口号，他们一直保持至今！但这可不是什么迂腐，追求真理乃人类文明进步的基础动力之一，他们固守旧的人生理想，是因为那是他们维持自身心理平衡进行的一个关键砝码，含糊不得。那些与时俱进、冒险放弃此理想的个体，通常都是换来"精分"的下场，偶尔有几个勉强幸存下来的，像那些拜金女、炫富妹，也只是暂时求得了苟安：金主的审美标准锁定在青春少女，新鲜过后，她们将不得不再次嫁给金钱……几番试错之后，绝大多数的大学生最终还是放弃了顺应拜金风尚的冒险行为，他们选择了知识精英道路，维持旧的人生理想。

但这样一来，这些知识精英就不得不面对渗透压的问题了：象牙塔内外贫富的差异，使自己原有的尊严大量丧失，面临严峻的自尊危机，若任其发展，知识精英们就将在拜金潮中自卑而死。知识经济时代，在知识最富集的地方穷死——那可就太讽刺了。

人们总会有对策的，一个较为成熟的解决方案是，技术转化生产力——利用自己掌握的先进技术，转化为实际产品，赚取财富。不过，非常遗憾的是，该方案有一个最大的缺陷：技术转化生产力需要有极大的耐力和运气。

X大学的学生们，就是这些知识精英中的一群。这位正在排队打饭的孔一济，每天都必须这样吃食堂，以节省时间、积累人品。

如果有可能，孔一济此时更愿意先去找个饭菜更好的窗口，但他做不到，这个学校所有食堂的饭菜都很难吃，校外饭店要强些，但离这里最近的也有五公里远，赶过去吃饭在时间上根本不合算。更何况，他在吃饭方面已经变得太规矩，确切地说，是变得太简朴，经不起那样山吃海喝的花销，他的钱和时间几乎都用在学业和各种考研班上了——这一切只是为了能学到尽可能多的知识，但现在看来，却成为限制他搞好生活的障碍。

校方也考虑到了这一点，所以，食堂的饭菜定价很亲民，供餐也很及时。不过最近几天，孔一济总感觉，冥冥之中，快有大事要发生了。

正想着这些，前面排队的长龙突然传来一阵骚动，孔一济追根溯源，往前望去。只见龙头位置，靠窗的几个同学正在和盛饭的大师傅争吵，后面的也对着窗口上的标牌指指点点，不时交谈几句，看样子，似乎很不满。

难道是菜换了？孔一济凝神望去，那标牌上菜名没换，只是后面跟着的菜价上都覆盖着红纸，上面写着黑色的数字，那是最新菜价。等孔一济看清那些数字时，不由傻了眼。

"西红柿炒鸡蛋八块五,青椒牛肉十二块,宫保鸡丁十五块……"孔一济感到自己的肺已经停止呼吸,"这……这些菜原先都不超过五块的,怎么成这样了?昨天来时还是三五块的菜,怎么一夜之间,涨成了这样?"

"这到底是怎么回事!""你们还让不让人吃饭了?""欺负学生是吧?"许多人开始气愤,长龙队伍很快溃散,一些人拥到窗口附近,不停质问师傅们,后面的只能焦急地观望。而师傅们面对学生们的质问,则是一副懒洋洋的姿态,慢条斯理地解释着:"慌啥慌,也不看看市面上的菜价都涨成啥样了,学校食堂不过才涨了一点儿……这事儿领导们早就都开会讨论过,都点头同意了,你们闹也没用……嫌贵?有本事就别吃。"

"不吃就不吃!"张三最先气愤不过,"青椒牛肉里,老子从来没吃到过牛肉,米饭里还给掺沙子,这样质量低劣的饭菜,不吃也罢!"

一听这话,其他人纷纷应和:"就是,我那次喝的鸡蛋汤,居然只有三片青菜叶。""我有次亲眼见到他们往米粥里兑水。""狗不理包子一口吃到底,到没看到馅儿,那能叫包子吗?狗不理倒是真的!""这哪能叫饭啊,还好意思涨价?"……

"我们罢餐!"有人提议。

"对,我们罢餐!"众人纷纷应和,"太不拿大学生当回事儿了。我们要发动各级各系所有学生一同抵制食堂!""罢上个十天半个月,这食堂若不悔改,指定关门!"

孔一济惊讶地看着这一幕,他知道,那件大事终于发生了。

◆ 3 ◆

太空纪元 250 年第 3654878 时间周期：某太空城

"这些，就是关于地球史前时代埃迪卡拉动物的资料了。"机器人教师洗脑 137 号总结道，它正在带领学生们参观全息数据博物馆。学生们年龄都在六七岁左右，还只是孩子，而那条流过他们眼前的全息投影带上面播放的那些生物，却非常古老——它们此刻如果还活着的话，已经有六七亿岁了。此刻，后代生命个体就这样饶有兴趣地看着远祖们的生理数据，这情形总让人不由得感慨，生物进化真是个很神奇的东西，后代们总是有机会剖析先代。

"这么说，埃迪卡拉动物是因为身体太扁才灭绝的？"学生群中，一个小男孩突然发问。跟其他人一样，他头上戴着特殊的头盔，就像一名摩托车驾驶员。那头盔是一种专门用于大脑记忆读写的电子设备，叫洗脑头盔。这个名字乍听起来很邪恶，但是在这个时代，它其实是一种很正当的民用设备——这是一个"大脑 U 盘化"的时代，记忆的强制读写不仅不违法，还是教育界一种必要的技术手段。

"正确，莫利亚。"机器人教师称赞着，发出一个奖励信号到刚才提问的那个小男孩的头盔上。于是，这个名字叫莫利亚的学生就惬意地闭上了眼睛——机器人教师发来的信号启动了头盔上的微型注射装置，正缓缓地往他大脑里注射内啡肽，这带给他一阵强烈的欣快感——在这个时代,教育工作中的精神奖励都是通过物质来实现的,以注射神经递质的方式来直接操控情感、深化印象,进而实现记忆的"刻写"。正因为这样,这种教育被称为洗脑。

"它们可真蠢……"另一个学生嘀咕道。

"不,它们不蠢,小巴奇。"机器人教师说着,发去一个"纠正"信号,于是那个学生头脑里生成这个观点的那条神经回路,立刻被注射的化学药物阻断了——此即"纠正"——机器人教师继续向其他学生发布指令,"谁还有类似想法,请启动纠正程序。"

话音刚落,几个学生已经主动按下了手里的头盔注射遥控器。

"解释一下,"机器人教师对那些刚刚按过遥控器的学生们发出一个"录写"信号,看到那些头盔都自动进入了记忆写录状态,便继续说下去,"在当时的环境中,生存竞争尚不激烈,长成扁平状的身体不是愚蠢,而是一种高明的策略:这种扁平的身体最大限度地增加了身体表面积,也就最大限度地增加了体表神经网的规模,从而使埃迪卡拉动物拥有了远远超越其他动物的庞大神经系统,智力水平当时遥遥领先于其他物种。事实上,今天,包括人类在内的许多高等动物的大脑结构,都效仿了埃迪卡拉生物,也是皮层状的,只不过为了省空间,人类把大脑皮层卷成了一团而已。生物进化的历史已经证明,皮层型神经网络是正确的进化方向!"

"不过可惜,"机器人教师叹了口气,说,"埃迪卡拉动物的做法违背了木桶原理——它们体内脏器的进化速度远远落后于体表神经网络的进化速度,最终,身体的营养、供氧等机能严重滞后,无法再支撑智慧的进步,于是,整体崩溃了。这些横行一时的高智慧动物们纷纷灭绝,而那些后继者,也不得不放弃直接向智慧进化的大跃进,回到起点,从最基础的生理进化开始,内外兼修,先修体,后修脑,重新开始漫长的试错过程。它们放弃了埃迪卡拉动物那种单纯扩张身体表面积的生存方式,转而向体内挖掘潜力,进化出功能专一而高效的器官,通过内脏的分支和褶曲来增加内脏表面积,达到增强呼吸和摄食的需要——现在地球上大部分动物都是这样。这个进化过程耗费了几亿年的时间。"

"唉,如果当时埃迪卡拉动物成功了,也许地球生命会早几亿年进入智慧文明时代。"一个学生显得有些失落。

"不,那是不可能的!"机器人再次发出一个"纠正"指令,紧接着是一个"强制刻录"指令,"要记住,生命进化讲究机能平衡,不论是生理进化还是社会进化,都没有捷径,必须一步步来,智力进化过分超前,下场只有毁灭!"

"大学生阶层也是因为这个原因而消亡的吗?"一个学生突然问道。

"对,正是这样!"机器人教师发出一个"奖励"信号,夸赞,"很棒的跳跃式思维,米莉亚!"它停了下,继续说,"历史上的大学生阶层,在第三次工业革命后曾一度壮大,但是从公元22世纪初开始,就迅速消亡了。"

"据说大学生阶层消亡是因为吃饭的事?"有学生说,"好像还是个偶然事件？"

"确实是个偶然事件引发的。"机器人教师说，"当时，X大学学生因为对学校的饭菜提价不满，发动大伙罢餐，然后，事件波及全球，全世界的大学都发生罢餐活动，学生和校方发生严重冲突，最后闹得撕破了脸。大学生说自己活得很惨，大学则宣称自己维持运转很艰难，多方调解无效……再加上当时因为AI在社会各行各业中的工作效率已数十倍百倍于大学生，大学培养人才的机制已严重落后于时代，于是，因为这次意外事件，整个大学体系迅速萎缩，被各式各样的职业教育取代，直到最后的消亡。"

"要知道，历史无偶然，偶然事件背后反映出来的是必然趋势。"机器人教师说，"在人类社会中，大学生是一群智力储备畸形膨大、独立生存能力却严重不足的人，就像拥有强大的体表神经网络，而身体内部脏器机能却极为原始落后的埃迪卡拉动物一样，违背了木桶原理。"

"于是，灭亡就成为必然。"机器人教师说，"从第一只埃迪卡拉动物感觉到供氧不足开始，该物种的灭亡就已经注定。在某种意义上，它们开始遭到大自然的扼杀，那不是窒息，而是被窒息；从第一批大学生感觉到学校的饭吃不起开始，那个阶层的消亡也就敲响了警钟，他们不是在罢餐，而是在被罢餐。"

这时，空中突然响起一段优美的音乐，提示洗脑注射已经持续300分钟。通常情况下，这已经是人类大脑所能承受的生理极限。

"下课时间到，头盔可以收起来了。"机器人教师宣布下课，然后开始叮嘱，"同学们下去之后要好好休息，以便使自己的大脑尽快从药剂注射的副作用中恢复过来。莱斯特，你回去要及时接种最新型的 XN2157 大脑皮层生长剂，还有你，舒尔、米莉亚，所有尚在犹豫的诸位，都一样！下课之前，我最后再奉劝大家一句，为了将来能顺利完成职业学业，进入索尔公司安排的工作岗位，请一定不要吝惜自己的大脑。记住，你不是在洗脑，而是在被洗脑。"

作弊

生命不能承受之重

文／喀拉昆仑

明天就要考试了，如今已是箭在弦上，不得不发。晚上，阿D再次提出要亲自去挑货，网络另一端那个自称"良子"的家伙犹豫许久，终于同意了，发过来一个地址。

"到这个地方，一个人来！如果带了'条子'，你……"

看到这个，阿D苦笑一声：不就是买个作弊器嘛，怎么搞得跟特工接头一样了！

约定的地点是在城中村"赶庄"，这里一向以钉子户众多、治安混乱而闻名，破街陋巷里鸡飞狗跳，居民鱼龙混杂，地痞流氓、小偷、妓女、无业游民、落魄作家……各色人等杂居在一起，让人感觉像回到了解放前的上海滩。这里是E市最大的一片贫民窟，也是最大的一块黑市藏金地，走私、销赃、洗钱勾当充斥其间，不同势力还经常发生械斗……

穿过那一条条残破不堪却又幽深叵测的胡同时，阿D感觉自己的双腿在颤抖，他似乎知道对方为什么要把接头地点选在这里了，因为这里很安全。

在这样的贼窝里，警方不可能无声无息地设下大规模埋伏，万一事发，良子他们有的是机会逃跑。

藏木于林，真的是好计谋……

阿D心里这样胡思乱想着，足不停步，走上了"和谐大街"，这街道虚有其名，其实只是一条破旧的小胡同。

"小哥，洗头吗？"耳边突然传来柔媚的女声。灯光下，街边一名浓妆艳抹的女子斜靠在木质门板上，看不清样貌，但任何人都不会怀疑她的职业。

阿D没搭讪，想径直走开。不料，前方不知从哪里突然又冒出一名同样装扮的女子，不偏不倚，正好挡住阿D的去路。

"还往哪走啊，小哥，这儿就是了。"挡路的女子显然和刚才那位主动搭讪的女人是一伙儿的，只是身形略彪悍，阿D在她面前都显得有些单薄。她揣着手挡住阿D的去路，眼睛往洗头女方向一瞟，"包您舒服。"

这下麻烦了。阿D看出来，这两个女人一唱一和的，恐怕一向干的都是赶鸭子上架的买卖，此刻眼见自己孤身一人，正好下手。

"不好意思，良子大哥要我来取货。"阿D知道规矩，眼下正事要紧，他掏出两张百元大钞递了过去，"兄弟急着赶路，请姐姐行个方便。"

挡路女人没有接钱，她谨慎地和洗头女交换了一下眼色，狐疑地问："良子大哥？哪个良子？"

"帮人考试的那个。"阿D说着，注意看对方神色。他其实根本不知道良子是谁。

这个良子在此地显然颇有势力，挡路女人又和洗头女交换了一下眼色，上下打量了阿 D 几眼，默默地让开了道。

"居然被良子给救了。"阿 D 这样想着，忍不住有些想笑。

想起这个自称"良子"的人，阿 D 感觉很别扭，什么良子，这名字取错了，胆敢从事非法交易、私售作弊器，明明就是无良之辈，一肚子坏水，还"良子"……

这样想着，不知不觉地，接头地点到了。

一根贴满特殊小广告的水泥电线杆子，上面用红漆刷了个大大的"X"号，就着昏暗的灯光，阿 D 发现漆是刚刷上去的，还没干。

阿 D 再次看看手里攥着的卡片，上面写着良子给的接头地址："赶庄往里走，和谐大街与和平大街交叉口，有根打了叉号的电线杆子，在那底下站着！"

就是这里了。

阿 D 在电线杆下站定，开始观察周围的环境。此刻已经夜深，头顶上路灯年久失修，投下的光不足以驱散所有黑暗，远处一片迷茫。他这才发现，和虚有其名的"和谐大街"一样，这里所谓的"和平大街"，其实只是条破败狭窄的小胡同，路面坑坑洼洼的，再加上路灯不亮，一不小心就会崴脚，自己刚才一路沿着"和谐大街"走过来，那个洗头房就在这条街，想必"和平大街"也是相似的布置。

其他名字听起来富丽堂皇的街道，也是如此的藏污纳垢吧？阿 D 这样揣测着，开始漫不经心地观察周围的门面。这是在消磨时间，他可不指望自己这样就能找到良子，那家伙此刻不知正躲在哪个角落观察呢，为的是确认这个站在灯下的人是不是目标。

想到这里，阿 D 定了定心神，开始耐心等待。

好在接头人显然无意让阿 D 久等，没多久，就有一个人从胡同深处径直走来，和阿 D 擦肩而过时，低声说了句："跟我来。"

阿 D 一凛，不动声色地转身，跟在了那人后面。

那个接头人领着阿 D，穿过好几个胡同口，七拐八拐，直到把阿 D 的头都转晕了，才在一个院子前停下来。

院门是开着的。

"进去吧。"接头人低声说。

阿 D 前脚刚进去，接头人就在后面把门关上，跟了进来。阿 D 扫了几眼院子里的摆设，暗光环境下什么也看不清，只能看见半空中点着一盏昏暗的白炽灯，灯下站着一个眯着眼的中年汉子。

"良子哥，人到了。"接头人对中年汉子说罢，点了点头，意思是没有跟梢的尾巴。这个叫良子的汉子立刻满脸堆笑，迎上来，"哈哈，不好意思，让你久等了。你想要啥货？要多少？"

"我们那边人多……要的东西也不一样，大伙托我来挑挑。"

"人多目标大，选个代表来确实方便。你进屋里先看看吧！"良子说着，对着阿 D 身后的接头人努努嘴，意思是让他把风，自己则将阿D带进背后那间装有密封门窗的堂屋里。

屋里很乱，但阿D一进去就忍不住惊叹：这里面简直就是一个博物馆！货架上的商品琳琅满目，从分体式隐形耳机、腰缠线圈，到鞋底袖珍接收机、笔盒式LED显示器，再到植入式骨感眼镜、骨感假牙传输器……各种作弊器应有尽有，还有更多的零部件散落一地，电锡焊、万用电表、电脑及各种阿D叫不上名字的仪器比比皆是，它们的接线错综交织在一起，五颜六色、粗细各异，就像编织了一张巨大的网。阿D无意中还发现一台索尔公司的HD50型计算机，那可是科研院所用的大家伙！他怎么也想不到，在这个破败的城中村里，居然会隐藏着这么先进的一个地下工厂。

"来来来，别客气，进来看看！想要啥样的？"良子热情地邀请阿D参观。但阿D刚走两步就不得不停下，因为已经找不到落脚地，这里到处都是杂物。

"不用再看了，良子哥，"阿D怕踩到东西，就停下来，说，"就从最简单的耳机开始吧，这东西容易上手，我三哥那个伙计是新手，用它合适。"

"你是说隐形耳机？"良子一边俯身清理道路，将地下的零部件一捧一捧地拿开，一边说，"那东西现在不好用了，这几年查得越来越紧，没点儿经验的新手揣上它，一查一个准儿！另外这行情你应该知道吧？"

阿D多少还是知道些行情的，这种隐形耳机其实属于原始的第一代作弊器，早在数字广播技术出现之前就存在了。所谓"隐形"，顾名思义，是指其外形小巧、便于隐藏伪装，可以用头发掩盖，或者干脆藏进耳道，在极为隐蔽的情况下实现作弊。这类作弊器按耳机类型通常可以分为有源和无源两种，前者自带电池，体积较大，已逐渐淘汰；后者采用外源信号驱动，体积小重量轻，广受欢迎，最新型的已经只有米粒大小，可以用医用镊子直接置入耳道深处，从外表根本看不出任何破绽。这类设备操作简易，使用方便，对于缺乏经验的新手最适用。

"我不要线圈式，"阿D笑了笑，对良子说，"要分体式袖珍分段接收机，自带反侦测功能的。"

所谓"线圈"，是指隐形耳机信号接收器的信号发射线圈，因为匝数大，线圈密集，可以极大增强发射器的信号强度，使耳机的声音更清晰。这线圈可以伪装成项链、手链、腰带等各种样式，单从外观很难识别。不过，最近几年随着反作弊探测技术的进步，线圈在发射信号时极容易暴露，不少人已经因此翻车。

"分体式的比较贵，"良子皱眉，"线圈式也不像你想的那么差劲，就看你是要硬圈还是软圈了，像新型腰带式的，采用了弹性材料，能缩能放，开关及信号强度都可以用肚皮控制，防侦测能力肯定比固定的项链好。"

"算了吧，那家伙胖得像猪，肚子早就不能缩了，腰带式也没啥优势。"阿D摆摆手，"还是分体式袖珍分段接收吧，贵点儿不要紧。"

一听这话，良子也呵呵一笑："好说，好说，就来分体式的。"

隐形耳机必须与相应的信号接收器组合到一起才能使用，

这个信号接收器用以接收外界信号并转发至耳机，驱动无源耳机工作。最早的接收器体积大，不易伪装，由于多采用线圈发射耳机信号，信号强，很容易被查出，后来，为了反侦测，体积越来越小，且走向分体式，接收端、发射端、控制端分开，许多端口已经只有火柴盒大小，可以藏进皮带扣后面，或者嵌入鞋底后跟中，隐蔽性极强。

"要自带反侦测功能的。"阿 D 及时补充道。

"这个不用说，自然要有。"良子嘴上说着，双眼已经开始搜寻合适的产品。他来到货架前，取下一个小巧的万金油盒子递过来，"就用这个吧，可以植入鞋底，集束定向发射，跳频覆盖，从 200 兆赫到 500 兆赫都能用。"

"自动的？"阿 D 看出来那是个信号接收器。

"全自动！"良子得意地说，"这是最新型产品，我们都叫它'电子狗'，机灵着呢，一旦发现探测器信号，就会马上跳到另一个发射频道上，鬼得很。"

"那，耳机呢？"

"这个就是了。"良子张开另一只手，里面是两个绿豆大小的颗粒，看那样子，应该是无源式隐形耳机，内耳道置入型的。

"摇头控制？"阿 D 问，他听说不少内耳道耳机都采用水银开关，使用时，只要晃一晃脑袋，水银液面随之晃动，就能控制耳机的开与关。

"不是。"良子说，"这不是内耳道耳机，而是骨感耳机，是要镶到牙齿里面的，靠震动头骨传声。"

"还得钻牙？有必要弄成这样吗……"

"这都是被逼出来的。"良子无奈地笑笑，"从六年前开始，许多地方的高考都使用了金属探测器，耳机在内耳道里藏不住，我们只好开发这种塞进嘴里的。"

"塞进嘴里也藏不住吧？"

"确实藏不住，但是便于掩饰，"良子阴笑道，"耳环耳钉可以摘，牙套、镶牙总不能抠下来吧？藏进牙齿里，外面再镶一颗牙，或者加上牙套，就可以瞒天过海了……"

阿D一呆，不由得开始感叹，他感叹良子他们的狡猾，更敬佩那些作弊者的毅力：钻牙、加套，能将作弊做到这地步的人，单凭这份诚意，就足以做好任何事情了。有这魄力，干啥能干不好，还用得着作弊？

"如果不行，我们还有骨感眼镜。"良子看到阿D的表情有些不自然，就放下手里的东西，从货架上取下一副宽框粗腿儿的眼镜，"这个不用钻牙，直接戴上就行，不过，"他话锋一转，"很容易被发现的，如果被查出，就全完了……"

阿D呆呆地看着良子手中那副貌似普通的黑框眼镜，听良子仔细讲解上面的机关，心思有些恍惚，只听清了对方最后一句话——"这东西，需要5000块……一旦被查出没收，就全完了……"

阿D犹豫好久，最后一狠心，说："给我来镶入牙齿的吧，来两套！另外还要一套偏振光膜眼镜盒和三套数字线圈传输器……"

他将早已拟好的货单报了出来。对方一手接钱，一手交货，然后打包，送货出门。

一场交易就这样完成了。

但阿 D 他们的任务才刚开始。

回去后，阿 D 将所有的物品都上交单位器材科，接下来将由专门的技术人员加以拆解分析，随后便会研制针对性的反制设备，器材科的人因此又要忙上一夜了。

主管领导对阿 D 的工作成果基本满意，尽管花销大了点儿，但看在收获的丰硕成果上，呵呵一笑也就过了，毕竟肉痛是更上级的事。

眼下最要紧的是拆解研究样品，外加奖励阿 D。如今这个年代，考场作弊与反作弊的斗争愈演愈烈，道高一尺魔高一丈，互相渗透在所难免，像阿 D 这样能够高效渗入的专业特工已是局里的香饽饽。

有了阿 D 带回来的这批样品，结合最新的 3D 打印技术，反制设备的制造不过是一夜之间的事情，最不济，破解这批新型作弊器的调频信号并针对性微调现有的大功率屏蔽设备还是能做到的。

这一仗已经开了个好头，阿 D 心满意足地回去睡觉了。

明天一早，作弊者们将会收到一份意外惊喜。

第二天，阿 D 的大头觉被催命般的敲门声打断了，他有些懊恼地看了看手机,发现是上午十点半。

"领导让你过去,马上!"传话者声音粗暴,毫不客气。

到了考点办公室,领导先是铁青着脸盘问老半天,从采购地点一直问到作弊器的初步检查,直到最后的交货包装,实在无话可问了,才冷哼一声,打开一份某考场的视频监控录像:"你自己看吧!"

阿D一开始以为自己上了当,买了假货,后来发现不是,问题似乎出在别的方面。从监控视频上看,这考场安装了新调制的大功率屏蔽器以后一切正常,考生都在认真答题。

也许,这个考场根本没有作弊者——这个念头刚冒出来,阿D就笑了,他根本不相信这种事。现在这个时代,作弊者哪里都有,只是手段高下有别罢了。也许,这边考生的作弊器是被动接收式的,正在等待外源信号播放车的启动。面对这种情况,考点当然不会坐以待毙,只要作弊团伙的那种"试题答案信号播放车"来到了考点附近并启动广播,此地蠢蠢欲动的电子狗探测车马上就会觉察,然后逆溯信号源,载着一车特警冲过去。作弊者就是弄成超长波或者间歇广播也不行,最新型的电子狗经过特殊设计,可以全频段24小时不间断探测,要想不被察觉,除非从不广播。

所以,最大的可能是所有考生的作弊设备都已经失效。

那么,领导又是为什么生气呢?

阿D正困惑,视频画面上剧变突生。只见考场的第12号考生双手紧紧抱住头,显得很痛苦,似乎是头痛发作了,监考员见状急忙过去询问。画面随之拉近，可以清晰地看到那位考生煞白的脸色，还有额头上豆大的冷汗，她表情扭曲得不成样子，嘴张得老大。监控画面不带声音，但是阿D几乎可以肯定那女生正在哀号，因为周围的考生纷纷停笔，扭头向这边查看，表情无不惊讶。

转眼间，12号考生就滚落地上，抱着头不停翻滚。

"这，这是——"阿D不明白领导为什么要给他看这个。

"这是个作弊者，"领导脸色阴晴不定，"视频录制时间是一小时前。"

"她作弊，怎么会变成这样？"阿D问道。

"这个待会儿再说。"领导忽然换了个话题，他扭过头，眼睛死死盯着阿D，"你确定自己已经尽可能地掌握了所有的新型作弊技术？"

"是，我确定。"阿D非常肯定，他咬住的"良子"这条线是行内金牌，技术狠辣彻底，钻牙割皮样样皆有，在作弊者群体中口碑极好，为了渗入其中他花了不少代价。

"那这个考生是怎么回事？"领导问。

"她怎么了？"

"她的作弊器是个生物芯片，植入位置在大脑胼胝体。"领导冷冷地说，"现在，因为考场安置了新型大功率信号屏蔽器，那生物芯片接收了太多噪讯，发生超频暴走，灼伤了她的神经系统。"

"啊?"

"收治她的那个医院刚刚发来病例分析,说是大脑中度受损,属于不可逆伤害,就算醒来,今后的智力也会受影响,其家长恼羞成怒,扬言要报复……"

阿 D 彻底呆住了,脑子嗡嗡直响,什么也听不到。

领导见状,冷哼一声,摆摆手,让他先回去。

居然植入了大脑!

那考生居然将作弊器植入了大脑!

阿 D 从没想到世上居然会有如此胆大妄为的考生,难道她就一点儿也不怕由此带来的副作用吗?为何不退一步,哪怕只退一步,换成植入牙齿或头骨,同样是作弊失败,顶多也就废一颗牙罢了,绝不会伤到那个脆弱而珍贵的思维器官。

现在可好,大脑中度受损,今后恐怕只能以弱智甚至脑瘫的身份活下去了……

接下来的几个小时,阿 D 是在恍惚中度过的,头脑中似乎有好几个人在争吵。一个声音坚称这事儿跟阿 D 无关,那考生违规应考反受其害,纯粹是咎由自取、自作自受;另一个声音马上指责这是在逃避罪责,阿 D 毕竟带来了作弊器样品,研究人员据此获知了关键信息频道数据,才研制出针对性的大功率屏蔽器,结果灼伤了那位考生的大脑——没有阿 D 的'采风',那考生也就不会受伤了;接下来又有声音出来义正词严地指出阿 D 只是在履行自己的职责,无论是在法律上还是在道义上都没有任何责任;随后又有声音出来,不管怎么说,阿 D 都参与了伤害那位考生的一系列前期活动中，虽然是无意识的，属于意外伤人的范畴，但也应该负起相应的责任，毕竟伤的是脑子，不是别的，毁掉了别人的人生价值，再置之不理，这在道义上怎么也说不过去……

阿D晕头转向，不知道该听哪一个的，冥冥中，他忽然想去看望一下那名受害者，但又不敢去。他几次努力横下心来，决定踏出门的那一刻，却又忽然想起来，自己还不知道医院的地址，以及病房号。

去找领导要？

一想到领导那阴晴不定的脸色，阿D腿肚子就哆嗦，他实在不想再去面对那个煞神。

就这样在犹豫不决中，阿D出了门，在大街上漫无目的地闲逛。结果，竟在街头遇到了良子。

真是无巧不成书，那个受伤的作弊者正是良子的忠实客户之一。此刻良子正被客户家属问责索赔弄得焦头烂额，便逃出来躲避风头。良子突然发现阿D，当即意识到了什么，于是命令两个随从抓住阿D。

阿D本以为打个招呼就能走，谁知道那两个面目不善的家伙一左一右竟突然钳制住他。

"良子大哥，你这是干吗？"阿D看了看左右。

"没事，想找你好好聊聊。"良子眯缝着眼睛，嘴上说得虽轻巧，可是却也没有让手下放手的意思，他冷笑着问道，"那个——我的东西，好用吗？"

"当然了！"阿D应承着，心里暗叫不妙。

他心里有鬼，发觉良子开始怀疑自己，对方人又多，自然不想挑明身份，只好边虚与委蛇，边想脱身之策。这时恰好有两名巡警路过，阿D见状突然高喊："救命啊，有人抢劫！"同时奋力挣脱对方钳制，向警察奔去。

良子等人顿时大惊。巡街警察都有配枪，又都经过特训，被阿D"诬告"抢劫，他们是连跑都不敢的——一跑就等于承认是劫匪了，警察有可能开枪的！良子当时那个恨啊，但无奈，只好乖乖等着被抓……

配合警方录完口供，阿D就被放了出来。警方这时已知道这一事件的前因后果，因此还表扬了几句阿D的临危不乱、机智过人，弄得阿D都有些不好意思。另外他也向警方坦白了自己卧底的身份，并且要求警方予以保密，警方同意了。

第二天的新闻上，便播出了"警方破获一起重大考试作弊团伙"的新闻。罪案告破，犯罪分子落网，阿D心中的阴霾因此消去了大半。现在唯一让他不安的，就是那位因作弊而脑损伤的考生了。

下午，经过打听，阿D得知那位作弊考生已经醒过来，恢复情况不错。医院方面表示，治疗得当，该考生不会留下后遗症。也就是说，不会影响智力。

听到这个消息，阿D顿时感觉最后一缕阴霾也消失殆尽，心情变得晴空万里。没事儿就好，没事儿就好，现在，他没有任何负罪感了——但是"出于人道主义的考虑",他还是向领导问明医院地址及病床号,特意请了个假,买了些水果,赶往医院去看望那个学生。

考生家长恰好都不在,一位女孩子独自躺在病床上。当她听阿D说明了来意——包括破译作弊信号等一大摊子事之后,眼神瞬间变得很冷。

"你们这样做,对我公平吗?"她冷冷地质问。

"你说什么?"阿D听到这话,顿时蒙了。此前他曾想过无数种见面场景,无数种对话方式,有感激型的,有痛哭流涕型的,有唉声叹气型的,有避而不谈型的,唯独没想到真实情况会是这样。

对方一上来就指责阿D!

作弊居然还有理了?

阿D脸上一阵红一阵白,呼吸也变得粗重起来。

"公平,呵,原来你也知道公平啊!"望着女生那坦然自若的脸,阿D毫不客气,以牙还牙,"那你给我说说,你这样作弊,投机取巧获取高分,对其他考生公平吗?"

"作弊又怎样?"女生毫无愧色,"我作个弊容易吗?辛辛苦苦累死累活,还不是为了多考几十分?我靠自己的努力和付出换取回报,这有什么错?"

阿D张口结舌,他实在想不出对方是从哪儿弄来的这套逻辑。

"考试面前人人平等！"阿D知道自己不能任由那女生说下去，于是义正词严地说，"考试的目的是选拔人才，考试是所有相关考生共同参与、平等竞技的一个大舞台，任何人都不能在这里享受特权，更不允许营私舞弊！这是规则。我们身为考务人员，有资格也有义务去维护考试的公平！"

"公平？"女生冷笑，"我没听错吧？就凭你，也配说维护公平！呵呵……" 她肆无忌惮地打量着阿D，就像在看着一个原始人。

"我想，你高中一定是在乡下念的，没遇到过发达城市户籍的同学吧？"她脸上带着显而易见的嘲讽，"然后，你工作的单位一定很不怎么样，里面都是些跟你一样从二三流垃圾学校毕业甚至干脆没上过大学的混混渣滓，所以你没有心理落差，对吧？"

"请注意你的用词！"阿D喝道，但是他心里莫名地却有些慌乱，声音也有些发抖。

"怎么，我说错了吗？"女生声音更大了，"同样是念完了高中，同样是参加高考，为什么某些地方、某些考生的大学录取分数线就可以比我低一百分，他们凭什么？同一片土地，同一片蓝天之下，为什么我就要比别的地方的学生多考一百多分才有资格上好大学？你说维护公平，维护一个给我看！"

女生越喊越激动，挥舞着手臂从病床上站起来，把输液架都给拉倒了，阿D急忙去扶。这时，隔壁的医护人员听到争吵已经赶了过来，开始安抚女生的情绪。一位护士悄悄拉开阿 D，对他说："这个病人脑部受损，智力和记忆虽无大碍，但是情绪控制机能失常，你们家属没啥要紧事就回去吧，不用再来看望了。"

"又有家属来了？哪个家属？"女生的家长这时回来了，恰好看到了这边的混乱，也听见了护士的话，就问道。

护士指指阿 D："就是他。"

"你是——"女生的父亲上上下下审视着眼前的陌生男子，脸上带着浓重的疑惑，还有身为父亲对女儿早恋本能的警觉。

阿 D 急忙自我介绍，但刚说了一半，女生父亲脸色就变了，一把将阿 D 推出了病房："滚！"紧接着，阿 D 带来的礼品也被粗暴地扔了出来，散落一地……

拔丝工

人生如拔丝

文 / 喀拉昆仑

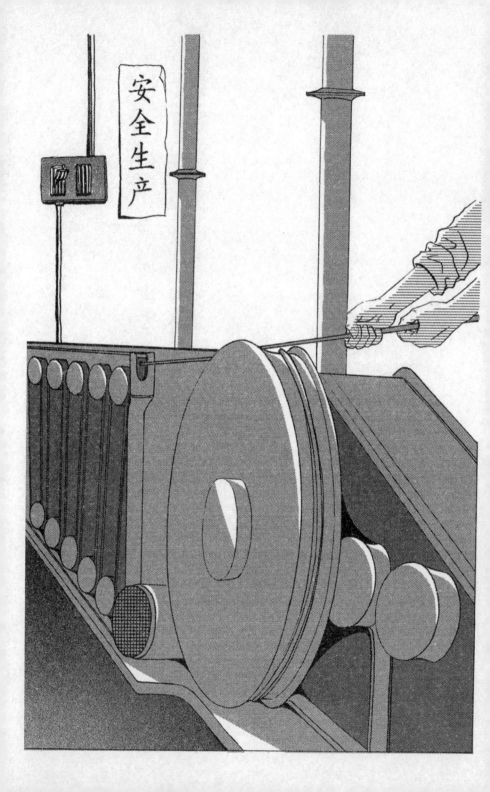

在老工匠阿青师傅看来,金属是一种很神奇的物质。

这是一种介于固体和胶体之间的存在,呈现出一种过渡性态。它在低温下呈现固态,高温下却变成胶体态;短时期内是固态,以很长的时间段来看却又是胶体形态;在地面上是固态,进入太空后暴露于真空环境下则变成了胶体(即"冷焊"现象)。究其根源,是因为金属原子组成了严格的晶格结构,很坚固,但同时各个晶胞之间却又有自由电子飞速流动,作为晶胞间的黏合剂——这还是那些科学家们说的。

多亏了金属的这种特异属性,他才有工作。

他是一名金属拔丝工,每天都跟各种金属丝打交道。最常加工的是铜丝和铁丝,借助各种模具,将金属原料一点点拉细,延长,最后成型。整个过程有点儿像家庭主妇挤饸饹面条,那些金属盘条看似坚硬,其实与面条一样,都是可以变形的,正如科学家们说的,是胶体。拉丝是靠模具完成的,模具的孔径比金属条的直径略小,而硬度和强度却高出许多,于是盘条拉过模具便会发生微小的变形,被挤得更细更长。使用多组模具,孔径一个比一个小,盘条按次序拉过一个个模具,就一步步拉长变细,最终变成"头发丝",这就是古老的拔丝工艺。拔丝过程中模具本身也在磨损，一台模具用久了，磨损了，孔径变大失准，就得退到下一组，所以模具更换很频繁。不同材质的模具耐用度不同，金刚石模具精度最高最耐用，但是贵；合金模具便宜，但精度差、不耐用。不同的原料属性也不同，就拿最常用的铁盘条来说，日本、西德（当时德国还未统一）的最好，不用回炉就可以直接拔丝，一道道连续过模具，能从盘条一直拔到头发丝粗细。而国产的盘条不行，每拔个三五次就得回炉过过火，否则继续拔下去就会断。使用的原料不同，产品规格要求不同，每次拔丝的操作也千差万别，分几道工序，每道工序用什么模具，中间回几次炉，用多大力，以什么速度拉拔，这些都要凭经验做判断。

这活儿阿青师傅干了一辈子，熟练得很，技术也最好，在临退休前升到了八级工。八级工，要放在60年代，这就是技工的最高级别了，堪称国宝级工匠。众所周知，新中国第一颗原子弹的核心铀块就是由一位八级老车工给切出来的。那位车工切的三刀，刀刀精准，保证各块的形状100%啮合，为第一颗原子弹的成功引爆立下了汗马功劳。能评上八级工是一件很荣耀的事，但阿青师傅却不以为意，从不跟人提起，他总是更关心类似"饥饱劳伤病如何治疗"这样的生活常识，认为这类知识更有用（他大儿子因为长期营养不良，就患有这类疾病，所以他很上心）。当年他评上了劳模，佩戴大红花，记者采访时曾好奇地问他这份工作"是否很惬意"，他听不懂那个词，只好摇头说没听明白。记者又问了几次，他还是听不懂。记者急了，就直问大白话"这工作舒服吗"，他这才恍然，然后呵呵一笑，说"别的都好，就是夏天蚊子太多，吸血烦人"。

在当时的环境下，阿青师傅这样的回答明显不"标准"，但他执意要这么回答。对此他有自己的解释，"越是劳模越要讲真话，因为你是榜样，说假话就会把大家带歪"。所有人都知道，他对工作满意，但是对待遇不满意——厂里领导歧视他，在1960年压缩城市人口指标时优先把他的家人给压缩了，致使他的妻儿被遣返回外省的乡下老家。据说这是因为他祖上出过一位财主，阶级成分太高，为此他还找厂领导闹过。

当时的高书记说他是剥削阶级后代，属于"黑五类分子"，他不服，于是争辩："我那个财主先人活在清朝，跟我差了几代，到我这辈上家里早穷了。"

高书记便质问："你敢说自己从小到大没有享受过先人带来的好处？"

阿青师傅自嘲："我从记事起就开始挨饿，十来岁就挑着担子赶集卖柿子补贴家用，头天进山买货，连夜挑进城，第二天卖完再回来。来回五六十里地路，百十来斤的担子，我经常半路挑不动了，累得直哭。长年累月这么跑，柿担子压得我胸骨都畸形了，胸口干脆憋出个大骨包，经常啃干粮喝凉水，把肚子也吃坏了。后来灾荒年跟乡邻一起乞讨来到这个城市，在铜锣铺当了小伙计，这才勉强吃上口半饱饭。我任劳任怨，做牛做马，直到解放后才翻身当了工人……这么多年过来，你看看我身上哪块肉是剥削阶级的？"

高书记不想多做解释："没办法，这是政策，成分往上数三代，你家有财主，到你不超过三代，你就是剥削阶级，上面就是这样规定的！"

阿青师傅还是不服:"从建国起我就是工人,到现在还是工人,拔丝工。这么多年来我一直辛勤工作,到头来怎么就成剥削阶级了?我剥削谁了?我这样的人都能成为剥削阶级,你这不是胡扯吗?"

高书记大怒:"你怎么说话的!谁胡扯?"

阿青师傅也恼了:"你问我啥叫社会主义,那我也问问你,啥叫剥削阶级?剥削阶级的后人们就一直是剥削阶级?地主老财的后代就不能在社会主义国家里做新公民了?胡扯!要照你这么说的话,你们姓高的还都是高俅(魏晋南北朝时期北齐政权统治者)的后代呢,你根上就是乱臣贼子,那你今天咋还能当书记呢?"

高书记可能是还没遇到过这么拗的人,气得手都开始哆嗦,香烟掉在地上:"你……你这是典型的对社会主义不满,你继承了你祖上剥削阶级的反革命思想!"

这是阿青师傅最著名的一次吵架。他这样跟领导对骂,不用说,肯定产生了不良后果。家人亲戚都埋怨他不会说话,事后他跟人提起这事,也承认"自己这辈子不沾嘴的光",意思就是因为不会说好听话讨好别人而损失了许多可能很重要的东西。

但他不想改变自己,也改不了,耿直强硬是他的秉性,就像金属盘条。

"人这一辈子,也就跟盘条拔丝一样,从出生到死亡要经过许多道模具的压缩,每一道都是个坎。"阿青师傅说,"我已经闯过了许多坎:军阀混战、日本入侵、黄河泛滥、大蝗灾,都挺过了,但1960年城市人口压缩我没挺过去,我就像国产劣质盘条一样,在这道模具上断了,塑型不成功。为啥断呢?因为'底子没打好'。"

1960年,他的家人都被遣返老家,只留他一个人在这座城市继续工作。夫妻长期两地分居引发了诸多问题:他的妻儿回到老家生活,因为家里缺少壮劳力,在按工分分粮食的生产队里很受排挤,经常连饭都吃不饱。阿青师傅唯一能做的,就是往家里寄钱补贴家用。但这钱大多被阿青的母亲截留了,真正能落到他妻儿手里的很少,拮据、挨饿在所难免。家里难,但阿青师傅不能回去,因为他不是农业户口,回去了没法种地,再没了工资,全家都得挨饿。

人都说,凭阿青师傅的手艺,原本很有资格把家人留在身边的,只可惜了他那性格,硬得像块铁,不招领导喜欢。

"为啥咱们中国的盘条拔丝,不能连续过模具?"阿青师傅有次偶遇一位金属材料专家,便问出心中藏了多年的困惑,"拔个三五回就要去'焖丝炉'回回火,拿出来放凉了才能继续拔,这是咋回事?"

"原因是我国炼钢工艺落后,盘条杂质太多,金属微观晶格混乱,出现了结构缺陷。"专家解释道,"拉拔过程会让这种结构缺陷汇集放大,最终导致断裂。只有升温至熔融状态,烧掉杂质,让原子在新的尺径下重新排列晶格,才能消除隐患。"

原来如此——他意识到，焖丝炉是个大功臣。

"那——"他马上又意识到另一个问题，"日本和西德的盘条是怎么回事？它们怎么不用回火？"

专家谨慎地摇摇头，说："不知道，那个是人家的技术机密。"

他便笑笑，没有再问。

除了跟领导吵架，向专家请教问题，他就再没有与旁人有什么像样的交流了。他不喜交际，厌恶应酬，对日常串门的邻居们也是避之唯恐不及。最夸张的一次，过年时徒弟们要来给他拜年，他住二楼，听到上楼的脚步声，急忙躲进屋里，关灯，又从门洞上伸出手，从外面锁上了家门，摆出一副主人不在家的假象，让拜年者吃了闭门羹，怏怏而退。

许多人都笑他"不出窝"，说他有社交恐惧症，就连妻子也嫌他太孤单没朋友，告诫孩子们要多交朋友，"千万不要像你父亲那样"。对此他只是冷哼一声："又没啥事，聚到一起也是扯闲话，有啥用？浪费时间，还不如不聚！"

他讲了一个真实的故事：几个富二代公子聚到一起吃喝，席间热情地相互介绍。按照标准的礼节，应该是这边问"您贵姓"，那边回复"免贵姓X"，结果不知怎的，有人把礼节搞错了，别人问"您贵姓"，他少说了"免贵"二字，直接回复"我姓王"。这下可坏了，问话那人不干了，"你他妈姓王了不起啊！"这边被骂当然也不开心，回骂过去，对方恼了，动了手，这边立刻还手。

于是就打起来了!

就因为一句"您贵姓"应答失礼,他们居然打起来了!

"你说,这个值当不值当?"他讲完故事眼睛笑眯眯地感慨,"所以说,这个人啊,没事儿别往一块儿凑,凑到一块儿保不准谁说个啥哩……"

按照他的说法,这人一辈子要认真拔自己这跟丝,没事儿尽量少跟别人掺和,"绞股丝"可不好玩,弄到最后连自己是谁都不知道了。他还说国家也是在拔丝,因为"盘条"材料基础差杂质多,所以不能一直拔,每隔十来年左右就要有一次"回火",去焖丝炉烧烧杂质,然后等冷却了,社会秩序恢复了才能继续拔。有一次跟人闲聊,他甚至以专业的眼光评价道,中国改革开放拔丝太快了,模具磨损太快,于是模具更换的速度比以前快多了,新的模具总是不停出,而旧的模具都依次往后退,密密麻麻一组挨一组。众人都惊讶他的比喻能力,那不该是一个孤僻自闭的人所拥有的能力。

在旁人眼里,他就是一个"拔丝狂人",他的生活里除了拔丝,几乎什么都没有。只有面对孙子时他不讲拔丝,孙子听不懂,于是他就改讲各种各样的"历史故事"。

"在很久很久以前,人们吃饭不用筷子,用的是皮带传送,饭菜都放在盘子里,从传送带上往嘴里送。人们就坐在传送带两边,跟巢里的小鸟一样张大嘴等着吃。结果盘子来的速度太快,停不住,接不准,于是噼里啪啦……稀里哗啦……咣当!全都打碎了!谁也没吃着,都饿坏了。"他讲得眉飞色舞,明明是一个虚构的故事,明明内容荒诞不经,他偏偏讲得身临其境,"有的人光会哭,有的人问'这机器怎么这么不好用',却没有人回话,大家肚子都在咕咕叫。这时有人走到门口,'日你奶奶的',一把薅断了电线,于是电没了,传送带也就停了。从那以后,人们知道机器喂饭不科学,就学着自己吃饭,这才用上筷子。"这是一个教育小孩子要自己吃饭,不要依赖家长喂饭的故事。但也正是这类童话故事中透露出的那种浓重的苏式"机械至上"主义思想引起了研究者们的注意,他们发现那些故事即使放到苏联也是很偏激的,简直就像来自外星球,还是机器极度发达的那种。

"从前有个小乞丐,有一天下着雪,他饿坏了,正想着去哪里找点儿吃的,忽然发现路边有一个很深的大坑,坑里满是垃圾,在那些垃圾里有张纸露出一角,看起来像钱。他凑过去看看,果然是钱,还是一块钱!这下他太高兴了,有钱就可以买吃的,随后又着急,这坑壁太陡下不去,该怎么拿上来那一块钱呢?他趴在坑边,把胳膊伸下去,够不着,便去附近找了根长竹竿伸下去,还是够不着,只差一点儿。于是他想到去借钱买个泡泡糖粘在竹竿头,把那一块钱粘上来,便找人问:'能借我两毛钱吗?待会儿我还你五毛。'问了几次,还真有人借给他两毛钱,问他想干什么。他知道不能说那里有钱,否则会被人拿走,便撒谎说'我想买馒头吃呢'!然后他一路小跑去小卖铺买了泡泡糖。店主奇怪地问他'你好不容易有了钱,不买吃的填饱肚子,买那个泡泡糖干什么?那个能吃'?他也没敢说实话,哼了一声,说'我想尝尝新鲜哩'!又一路小跑来到土坑边看看那一块钱还在不在。探头一看,那钱还在,然后马上竹竿粘上泡泡糖伸下去,去粘那一块钱,结果——嗨嗨,泡泡糖买得少了,不够长,粘不到那钱。他很着急,便回去再借钱又去买泡泡糖,店主还好奇地问他'你刚刚不是吃了一个泡泡糖了,怎么又吃?还没吃够哩'?他还是不敢说实话,跑到土坑边,把新泡泡糖接上,再伸下去。这次够着了,可惜天太冷把泡泡糖冻住了,冻硬了,失去了黏性,粘不上来钱。最后,雪越下越大,把钱埋住了,再也找不到,小乞丐最终没能得到那一块钱。所以——"他讲到这里要开始插入具有教育意义的部分,而且是很生硬的那种插入,"小孩子有啥事,看见啥了,一定要跟家长说,不能自作主张。"这些都是他个人的见解,而后来的一些研究者则认为这个故事其实是一个寓言,是在讲文明发展中的技术衔接,即著名的"点火值"问题:你急需取暖,手里有几根火柴,脚下有一堆木柴,是先点几根火柴暖暖手呢,还是把火柴都用于点燃木柴呢?抑或折中,先点一两根火柴暖暖手,再用剩下的火柴去点燃木柴?这其中的难题在于,你不知道手中的火柴够不够点燃木柴,而且你也不知道暖手的火柴和点火的火柴该如何分配。故事中的小乞丐是某个智慧文明;小乞丐在冬天里挨饿,意喻该文明在与自然的抗争中艰难发展;意外发现的一块钱,可以类比为重大科技发明,如核能这样的新能源,对智慧文明是极大的鼓舞;钱在深坑里够不着,意喻发展新技术困难重重;小乞丐借钱买泡泡糖去粘那一块钱就是指该文明付出透支未来的巨大代价去发展新能源;最后泡泡糖太少一块钱没粘上来,可能是意喻该文明在技术上的投入不够,没达到"点火值",后来追加的投入也打了水漂。"那是一个黑暗的故事,故事内容很简单,甚至有些荒诞,但逻辑内核却是高冷的,简直就像来自外星。"那个研究者说。

专家学者也许都喜欢过度解读，讲故事的阿青师傅对此并不知情，也不感兴趣，他有他自己的理解方式。

"你告诉家长哪里有钱，家长去给捡起来了，难道还能不给你？"他这样教育子孙。听故事的孙子许多年后回忆起这件事，感觉阿青师傅可能在编故事的过程中把自己的潜意识也给加了进去：他眼里有大家没有小家，有父母没有自己，他认为自己还是个孩子，还应从属于父母。阿青师傅信赖家长，孝顺父母，有了工资都是拿回家给父母，却不给自己的妻儿。当时许多人都认为他这是"愚孝"，认不清自己的身份和职责，没有原则地孝顺，整个人傻乎乎地彻底融入大家庭，忘记了自己的小家庭。直到许多年后，关于"控脑实验"的各种内幕被曝光，相关受体的症状也被披露出来，人们才意识到，阿青师傅可能也是被烙印了某种"忠诚"模因，"愚孝"就是表现之一。这时阿青师傅已经八十多岁，变得垂垂老矣，性格越来越像个老头子，固执，胆小，脾气大，腿脚也越来越笨拙，走路都要拄着拐，便没有人再去在乎他的大脑到底还是不是自主的了。

阿青师傅，还是那个阿青师傅。

他爱吃不爱穿，身上总是穿得破旧，捡别人丢弃的旧衣服穿，自己舍不得添新衣服。女儿赶集时给他买了件廉价的背心，结果他大发雷霆，把女儿臭骂一顿，但外孙自己玩烧烤，做了烤鸡腿给他送去，他却高兴得很。这类事还有许多，久而久之便有人认为阿青师傅的消费习惯还停留在新中国成立初期，停留在上世纪五十年代那个"以食为天，衣不饰体"的时代，这后来又成为阿青师傅被烙印思维模因的佐证之一。

阿青师傅退休后赋闲在家,一开始还种地,后来年纪大了种不动了,便把田交给儿子打理,自己每天吃完饭就在村里转悠。拿着唱戏机找地方一坐,一坐就能听老半天。最爱听"草原风"和苏联歌曲,总是特别有感触,尽管他从未去过草原,更未去过苏联。这是阿青师傅被烙印思维模因的佐证之二。

类似的事例还有许多,最后连专家们都跑过来偷偷研究他。

"阿青师傅,你脑子被人做过手脚,思想性格被强行改造了。"有一天,在一起听唱戏机闲聊时,某人终于憋不住,向他透露了那个秘密。

阿青师傅却很平静:"我知道。"

"您知道?"

"早就知道了。"阿青师傅说,"那是我自己做的改造。"

"啥?"那人吓一跳。

"是我自己做的。"阿青师傅淡淡地说,"用的是苏联人发明的巴甫洛夫训练法,一位苏联来华专家教我的,他说这个技术在他们那里'大清洗'时救下了不少人的性命。因为这件事,他跟我也一直保持联系,直到前几年才在俄罗斯的通古斯大爆炸事件中失踪——有消息说那次离奇的大爆炸事件跟他直接有关,还说他当时是叛逃了,想跑到太空去,结果坐的飞船在半空中炸了,连美国宇航局都被惊动了……那是个好人,真可惜了……当年为了帮助我改造自己的大脑,他还借给我一台叫'思想钢印焖头仪'的机器，样子就像现在女人们染发用的焗油机。我把那东西套在头上过了电，然后事后昏睡了好几天，这才弄成。"

"那是在给自己洗脑？"那人越发惊讶了，"你就不怕把自己洗傻了？"

"怎么会洗傻……"阿青师傅笑了，"傻不了的，我注意着呢。我自训用的模板还是照着一位来自内蒙古的同事的性格特征设的，那人在门岗看大门，虽然是文盲，不懂机器，也不会操作啥，却根红苗正底子干净，我照着他的样子改造自己，肯定没问题。"

"您为什么要这么作践自己？您可是八级拔丝工，德高望重……您……"那人急着想要说点儿什么，却又说不上来。

"别提八级工的事了，人哪有什么高低贵贱之分，只有种类不同罢了！"阿青师傅摆摆手，"就跟拔丝一样，同样的盘条，拔出来就能长短不一样——那是因为粗细不一样了，放到磅上称一称，重量还是一样的。如果这个人质量不好，怕拔断，就要跟盘条进'焖丝炉'一样，把自己重新回回炉，自我改造一下。那个苏联专家给我'焖头仪'就是干这个的，专门用来加工重塑人的思想性格。"

"但是人跟金属又不一样，金属有塑性，而人有惰性，所以拔金属丝容易，拔人难。"他笑笑，"我最大的成功，是用一生的时间把自己拔成了一根丝，一根'人丝'。"

"为啥？"

"因为我不想圆滑世故，只想有一技之长。"阿青师傅说，然后看着那人,"要尽快把自己拔出来,否则,国家不等你,社会发展着就来拔你了,你成不了丝,就会断。"

他还对那人说,只有做到了"能自拔",才算是真正的八级拔丝工。

七·生

在人间

文 / 野火

第一天

"红领巾是红旗的一角,只有好孩子才有资格拥有。"班主任说这是名人名言,是不容置疑的真理。

铁小乙同学没反对,但是没忍住置疑——这么多的少先队员,得多大一面红旗才能裁下这么多角啊?还有,同桌的金豆豆明明不是好孩子,凭什么她就能第一批入队戴红领巾,我却没有?

今天是铁小乙 7 岁生日,可一大早就有人让他不开心,根源就是红领巾。

校门口挂了一道大红标语,上面写着"热烈欢迎教育局领导莅临指导",门口站着两排"小花朵",抹着红脸蛋,穿着白衬衣,系着红领巾,挂着几道杠,威风得不得了。

铁小乙很羡慕地向他们行着注目礼,边看边往大门里走。没等他幻想完自己要是也能穿这样一身该多威风,就被人拦住了去路。

"你的红领巾呢?为什么不戴?"拦路的男老师很严肃地

狗拿耗子。

铁小乙愣了，有点羞愧地回道："我……我……没有。"说完，低着头就想从旁边蹭过去。

男老师抬手抓住他的书包，皱着眉头扶了扶眼镜，说："怎么可能没有，三年级可已经全都入队了。昨天就通知过，今天有领导视察，要求所有少先队员必须佩戴红领巾，没戴赶紧回家拿去，竟然还敢撒谎，别以为能瞒过我。"

没头没脑的指责让铁小乙羞愤交加，脸涨得通红，大脑一片空白地辩解道："我没撒谎，我……我就是没有！"

自以为是的男老师冷哼一声，正要一棒子"打死"这个死不悔改的撒谎精，让他现出原形，队列里跑过来一个小女孩，敬了个队礼，"朱老师，他真没有红领巾，他是二年级一班的，是我同桌。"

铁小乙扭头一看，拔刀相助的竟然是金豆豆，不由有点发蒙。昨天金豆豆向他炫耀刚得的两道杠，他吃不着葡萄只能说葡萄长得难看，还吐口水表达了对葡萄的不屑，结果被班主任看到，以侮辱少年先锋队的罪名罚了他一个小时的站。为此，他和金豆豆正式确立了葫芦娃和蛇精般绝对的敌我关系，说好谁也不理谁了……这会儿她跑来装好心，难道是妖怪的诡计？

没等铁小乙想明白诡计在哪儿，男老师强硬地拽过他的书包，检查了他的课本。见他虽然个子超标，但真是二年级一班的，男老师尴尬地转过身去，摆了摆手，示意他赶紧滚蛋。

铁小乙边滚蛋边回头瞪了男老师一眼，却看到金豆豆在冲自己笑，笑得很奸诈，越发像给水娃下毒时的蛇精，不由打了个哆嗦，暗暗提醒自己多加小心，防火防盗防豆豆。

进了教室，交了作业，铁小乙越想越觉得这事蹊跷，可又不知道金豆豆要耍什么诡计，于是很警惕地把桌子上的分界线用笔又描了一次，不给敌人任何可乘之机。

第一节课上了一半，欢迎完领导的金豆豆才在门口喊了"报告"，一路小跑回到座位。看到铁小乙描得笔直的分界线，她狠狠翻了铁小乙一个白眼。铁小乙目视黑板坐得笔直，装作没看见。

第一节课间，一切正常，金豆豆没去打小报告，也没找女生们散布自己早上的倒霉事，而是认真地补习落下的半节课，于是铁小乙安下心来，打了会儿沙包就把早上的事给忘了。

第二节是语文课，铁小乙又因为没举手就抢答问题被罚站了。他很纳闷，明明李燕没答对，自己答对了，为什么要被罚站，就因为没举手？到底是举手重要，还是答题重要？没人回答他，他只好自己慢慢琢磨。

想着想着就下课了，铁小乙又被语文老师训了一顿才重获自由。他甩了甩发胀的腿，正打算赶紧去操场做课间操，却突然发现走廊暖气边上靠着一面红旗，旗面搭在暖气管上，垂下的一角随风摆动，仿佛在向他招手。

昨天晚上睡觉前，铁小乙很虔诚地向孙悟空许愿，希望生日能得到一条红领巾，没想到大圣叔叔这么毛糙，直接把红旗送来了。

铁小乙左右看看,走廊里空空荡荡,同学们都被老师早早赶到操场待命去了。想想红旗都被切了那么多角,也不差自己这一块,他转身跑回去拿出削铅笔的小刀,手起刀落,利索地裁下一角揣进兜里,又把红旗重新搭好,这才美滋滋地向操场跑去。

到得早不如到得巧,铁小乙刚到班级位置,就开始整队了。那几个在厕所拉粑粑的同学和扛着红旗拎着绶带的旗手就没这么好运气了,只能在《运动员进行曲》中跑得鸡飞狗跳。

主席台上校长说了几句话,然后请出了一个大胖子讲话。具体讲的什么其实听不太懂,大概也就是"好好学习,天天向上"之类的,接着就是临时加演的升旗仪式。

国歌响起,戴红领巾的行少先队礼,不戴的行注目礼。铁小乙很想把兜里的红领巾拿出来系上,也来一个威风的队礼,可看着缓缓升起的红旗,他还是有点儿心虚,只好老老实实地瞪着眼。

国歌结束,红旗也到了顶端,没等主席台上喊"礼毕",突然一阵风起,刚才垂成一团的红旗迎风招展,猎猎作响。

行注目礼当然要看着红旗,行少先队礼其实也要看着红旗,所以,在形体感最好的某男生率先发现长方形与多边形的区别后,大家都注意到,红旗受伤了。

队列里笑声和议论声嗡嗡响起,主席台上乱成一地鸡毛,铁小乙咽了口口水,捏捏鼓鼓囊囊的口袋,心中很是后悔:

"切多了。"

课间操表演在一片混乱中匆匆结束。大家回到教室便开始纷纷学着黑猫警长,边捋胡子边七嘴八舌地探讨案情。铁小乙很心虚地没有开口,躲在一旁竖起了一只耳朵。

"是不是被风刮跑了?"

赵大壮被老师说猪脑子不是没有道理,铁小乙很喜欢他朴实的猜测。

"不对,风没那么厉害,应该是被老鼠咬的,昨天我还看见楼后跑过只大老鼠呢。"

钱文丽最怕老鼠了,说着还打了个哆嗦。铁小乙觉得她的大门牙其实也挺好看的。

"红旗又不是馒头,应该是旗手不小心剐坏了吧?"

孙有德以己度鼠,为老鼠洗清冤屈。铁小乙连连点头,对给旗手定罪表示赞同。

"不对,剐坏的应该是一道大口子,没这么齐,一定是有坏人搞破坏!"

李长青不愧有个当警察的爹,学黑猫警长学得最像。铁小乙觉得他好像已经开始怀疑自己了,顿时吓得小心脏砰砰直跳。

"嗯,对,一定是有坏人,而且就在我们身边,一定要抓出这个坏人!"

金豆豆握着小拳头,下了定论。

铁小乙擦了擦汗,恨不得变出把擎天柱的激光枪给她来个十连发。幸好上课铃及时响起,再讨论下去,没准就破案了。

这节课铁小乙表现得特别好，没乱动更没插话，老实得像只没毛的鹌鹑，努力掩饰着自己坏人的嫌疑。好不容易熬过第三节课，没想到下课铃刚响，班主任就来了。

班主任站到讲台前微笑着说："同学们，有没有人知道是谁裁掉了红旗的一角？如果知道，就告诉老师，老师会奖励他一朵大红花，十朵小红花才能换的大红花哦。"

小伙伴们都很激动，可激动了半天也想不出半点蛛丝马迹。铁小乙也很激动，额头都出汗了。

班主任见始终没人举手，便抹掉笑脸拉下嘴角，恢复了一贯的严肃，说："做这件事的同学现在站出来，老师保证不惩罚他，但如果被老师查出来，哼，不但要受罚，还要请家长！"

铁小乙这才发现事情似乎闹大了。他正打算坦白从宽，突然想起之前在黑板上画王八那回，自己在类似说辞下自首后，不但挨了六个耳光，还被老爹一顿竹笋炒肉打得屁股肿了三天……于是，他决定抗拒从严。

没人自首，班主任决定动用最终手段，挥挥手，命令道："所有同学都拿着书包过来排队，我检查一个，出去一个。"

铁小乙拿着书包，佯装镇定排在队尾，正为自己没有再次上当而庆幸，就看到班主任搜完书包还要翻兜，他顿时觉得眼睫毛都竖起来了。惊慌中铁小乙不由后退半步，正靠在半掩的后门上，他急中生智，将兜里的赃物攥成一团，趁无人注意之际翻手扔进了门后的垃圾桶，又轻轻一靠，将门挡了过去。

搜查完排在最后的铁小乙，班主任又挨个检查了桌洞，确定以及肯定这事跟本班扯不上关系,这才拍了拍胸口长出一口气,在上课铃声中让大家回到教室。

听着班主任高跟鞋的声音在走廊消失,铁小乙才发现自己手心里全是汗,看了垃圾桶一眼,又心虚地赶紧收回视线,目视前方。

熬完最后一节课,终于等来了中午放学。铁小乙磨磨蹭蹭地收拾完书包,再佯装找铅笔在桌子下面寻摸半天,终于耗走了所有人。他支棱起耳朵听着走廊里已经没声音了,这才小心翼翼地摸到后门垃圾桶,夹出沾满灰尘纸屑的"红领巾"。

与众不同的绸面光滑柔软,摸起来就让人心里舒畅,铁小乙顿时将烦恼和恐慌抛到了外星球,幻想着自己穿着白衬衣戴着红领巾威风凛凛地站在校门前,不由咧嘴傻笑起来。

"啊,原来是你!"

一声惊呼犹如平地惊雷,吓得铁小乙蹦了起来,脑袋狠狠撞在门上。顾不上疼痛,他手忙脚乱地将红领巾藏到身后,转头看去,只见金豆豆正站在前门瞪大眼睛看着他,满脸惊慌。

铁小乙扭头就跑,却又撞在弹回来的门上,一屁股坐在了地上。他只觉得脑袋里过火车一样轰隆隆响个不停,眼前的桌椅似乎都在围着他转圈。他好不容易扶着凳子站起来,就看到金豆豆正向自己走来,伸着手要捉拿罪犯。

狭路相逢勇者胜!铁小乙头一低腰一弯,撞开金豆豆,冲出教室,捂着脑袋一路狂奔,沿途超越十七辆自行车,两辆三轮车,一辆轮椅,直到自家楼下,才能量耗尽蹲在树荫下吐着舌头后怕。

做贼心虚,最爱吃的土豆丝也没了滋味,铁小乙胡乱吃完午饭,没帮妈妈刷碗就窝进了自己屋里,将红领巾藏在柜子后面,栽到床上胡思乱想起来。

金豆豆下午肯定会去向班主任打小报告,班主任的大耳刮子是免不了的,然后就是请家长。妈妈的紧箍咒得念三个小时,爸爸新买的笤帚疙瘩也该开荤了,写检查在班会上念不算什么,要是像四年级的大刘那样在全校大会上念,人就丢大了……

越想越怕,越怕越想。在床上翻了四十几个烙饼后,也不知道是压到了哪根神经,铁小乙突然不怕了——最惨也就这样,咬咬牙也能挺过去,十八天后又是一条好汉,有什么好怕的!

视死如归的人不可怕,视死如归的滚刀肉才天下无敌,此刻的铁小乙已经彻底领悟了大无畏精神,小宇宙爆发了。

下午,他雄赳赳气昂昂跨进教室,大踏步走到座位前,不屑地瞥了一眼告密的"金狗腿",很有气势地将书包拍在桌子上,肆无忌惮地将胳膊横过"三八线"。这一刻,铁小乙觉得太舒畅、太带劲了。

一节课过去了,暴风雨前的宁静。

两节课过去了,暴风雨还没露头。

三节课结束了,暴风雨竟然逃课没来!

等了一下午的铁小乙差点闪了腰。他莫名其妙地打量着收拾书包的金豆豆,却不料金豆豆闪电般塞给他一张纸条,背起书包就走了。

这是什么意思？谈判？威胁？私下交易？

铁小乙攥着纸条有点发蒙，他贼头贼脑地左右看看，赶紧也收拾好书包溜出教室，一直走到学校外躲到大树背后，才忐忑地打开纸条。

纸条内容如下：

铁小乙你好，那事我没告老师，就算和害你被罚站扯平了，不过下次你再做这种事我就告了。祝你生日快乐。

金豆豆的字写得不错，铁小乙很欣赏，欣赏得浑身每一个毛孔都在怒放。他本想把纸条撕掉毁灭证据，可犹豫了一下，还是揣进兜里，兔子一样蹦着往家跑去。

晚上的炸酱面很香，妈妈还给了他一小包大白兔奶糖做生日礼物，这让死去活来一天的铁小乙觉得无比幸福。写完作业，他趴在桌子上，一颗一颗地数奶糖，数了六遍，闻了半天，才分出一半放进抽屉，将剩下的五颗用纸包起来塞进书包，准备明天偷偷给金豆豆，以示谢意。

关灯上床，睡着前他迷迷糊糊地想着："五颗啊……要不我先偷着舔一舔？"

第二天

原谅我这一生不羁放纵爱自由

也会怕有一天会跌倒

背弃了理想 谁人都可以

哪会怕有一天只你共我

……

十七岁不是花季也不是雨季,是嘚瑟的年纪。铁小乙戴着耳机哼着歌,摇头晃脑蹬着自行车,松松垮垮的蓝白色校服敞着怀,迎风摆出了几分放荡不羁的潇洒感。

春风得意马蹄疾,马蹄疾呀马蹄疾……铁小乙根本没听见后面有人喊他,直到校门外的拐角,看到门前查校风的老师,他才停下了要上天的节奏。

拉上校服拉链,摘掉耳机,扣上帽子,掩藏好早超过眼眉的头发,他这才注意到气喘吁吁撵上来的二胖,诧异地问:"怎么了二胖,跑步?减肥?这不是你的风格啊。你真打算为了当舞王减掉这腐败的肚子?昨天晚上的雷阵雨把你劈开窍了?"

二胖好容易喘匀了气,使劲咳嗽几声,怒道:"少臭贫,老天要开眼,现在就劈死你!我从路口那边一路追过来,嗓子都快喊破了你也不停车,你故意的是吧。"

说完,他生怕再被甩下,一屁股墩上后座,一挥手:"开路一马死!"

铁小乙看看明显瘪下去的车胎,无奈地使出早餐那颗鸡蛋的洪荒之力,这才把车蹬了起来,边蹬边说:"跑个半死,就为了蹭这最后几十米的车,你可真对得起数学考的那 59 分。"

二胖扭着屁股找了个舒服的位置,拧着脖子道:"你数学好,可你英语卷子拿回去不也挨揍了,还是混合双打……哎,谁和你比这个啊,我追你是有重大新闻告诉你。"

"什么新闻?比你还重?"

"比我重多了!告诉你啊,可靠消息,班长他舅舅是教育局的科长。"

"靠!我就说嘛,难怪班主任拿他跟亲生的一样,教导主任那死人脸见了他也笑得慈眉善目,我跟他吵两句都能被罚扫一星期厕所,原来问题在这儿啊。"

"这都不是问题。"

"那什么是问题?"

"问题是咱刘大班长昨天放学后临时抽了个疯,跟班主任说,他也打算在校庆典礼上唱个歌,还是外国歌。据说当时是在走廊里表演的,教导主任正好路过,不知道听没听懂,反正给鼓了掌,今天要公布的节目单可能未必是你的《海阔天空》了。"

"大!大了他个大爷!"

铁小乙一个急刹,差点把二胖甩到楼梯上。

问题之所以大了,是因为这次的校庆典礼很特殊。校领导不知道在哪儿看了点儿先进教育示范,也可能是那老几样的红歌伴舞确实看烦了,御笔一挥,让各班自己民主选秀,一班一秀,不限形式,不限男女。

民主好啊,选秀好啊!铁小乙自从练会了几首 Beyond 的吉他谱,早就想找个大庭广众丢人现眼一下了。打瞌睡就有人送枕头,闻听喜讯,他当时就为自己私下无数次编排校长的谢顶与吃请有关而悔恨,为自己嘲讽校长的脚气与收礼相联而羞耻,立刻打消了创作新笑话的念头,全身心投入苦练弹唱的特训中。

听说瞎耽误学习是为了去校庆表演,老爹老娘放下了鸡毛掸子和拖鞋底子。没了老两位的阻拦,班里那点竞争根本就不叫事,什么李建的《小芳》,丛海英的《致爱丽丝》,都一边玩去,死党二胖的"伪迈克尔·杰克逊"离真舞王到底还有多少个银河系的距离,也就他自己不知道,什么太空步,那就是狗熊倒拉车……千算万算,铁小乙是真没算到,死敌班长竟然横插了这一记香港脚。

"要相信自己,就他那公鸭嗓外加拿放大镜都找不着的调,唱中国歌都能让人猜成毛里求斯语的,唱外国歌那就更没人能听懂了。班主任虽说偏向他,但不至于脸面都不要了吧。"

上午的课铁小乙一个字都没听进去,只顾着摆事实讲道理安慰自己了。可事实和道理却把他的脸打得啪啪响,中午放学的时候,校庆节目大红榜单就贴上了布告栏——高二一班,外语歌《My Heart Will Go On》,演唱者:刘宁。

铁小乙使劲擦擦眼,又确认了一遍,额头上的青筋都要爆出血了。不是说要公平公正公开吗?这简直是无情无耻无理取闹啊!妈能忍舅也不能忍!

正当铁小乙一脑袋水蒸气要冒泡的时候,人群里就来添柴的了。

"班长你好厉害啊,泰坦尼克的歌你都会唱,高,实在是高。"

"这不算什么,就是我爸给我请了外教,人家那英语教的可不一样,要唱英语歌,看英语电影,是寓教于乐,学以致用,这歌只是平时练着玩的一首。"

刘班长很谦虚地回答着给他捧哏的马小跟班,瞥了旁边的铁小乙一眼,实在没忍住快从嗓子眼里冒出来的得意,笑着补充道:"我爸说了,做人不要张扬,不能会唱几首歌就到处显摆,很幼稚。"

肱二头肌一级准备,肱三头肌二级准备,三角肌,放!

铁小乙抬手就是一记人间大炮,直奔那双眯缝眼。不料,背后突然有人使劲拽了他一把,失衡的空炮连汗毛也没蹭着一根,只吓了"刘不幼稚"一跳。

顾不上搭理惊声尖叫的"你干什么!你要干什么!"铁小乙回头就打算手撕了拽自己的王八蛋,然后他就看到了一脸世界和平的金豆豆。

"拽我干吗!你有病啊!"

铁小乙的分贝几近蒸汽火车的鸣笛,扬起的胳膊正撞在金豆豆的额头上。

嘶吼赛过福尔康，咆哮碾压何书桓，再加上恰到好处的激情碰撞，无数双八卦的眼睛期待着琼瑶式的经典桥段。可金豆豆有点婴儿肥的脸涨得通红，就是没憋出颗泪豆豆来，而是慢慢松开眉头，拍拍手里的一摞卷子说："英语练习卷你抄完没，再不交，我可不等了。"

铁小乙的一腔怒火瞬间垮成了满地尴尬。

虽说是我先态度不好的，但是你这妮子会不会聊天，什么叫抄，那叫临摹、借鉴、参考……

眼看着一阵哄笑之中"刘不幼稚"又得意扬扬地张口要说点啥，铁小乙一手指到他鼻子上喷道："闭嘴，衣冠禽兽恬不知耻、夜郎自大道貌岸然、滥竽充数贻笑大方、狐假虎威尸位素餐，滚一边去臭不要脸！"

然后，他在一片呆滞的鸦雀中蹿向自行车棚，一骑绝尘没了踪影。

班主任毕竟是个文化人，本着一天之内不能出卖一个娃两次的原则，只是下午上课前批评了铁小乙几句，让他不得用言语攻击同学，注意团结。教导主任可是只认人不认字的，课间直接把铁小乙拎到楼前，在人来人往的背景中把铁小乙骂了个狗血淋头，就差给他判刑枪毙了。写检查那只是开胃菜，扫厕所才是大餐，而且是扫一个月。

第二节课，铁小乙想好了，打算豁出去扫半年的厕所直接揍"刘不要脸"一顿。可下课没等他起身，金豆豆就喊他去帮老师抬桌子，只能先等等。

第三节课，铁小乙计划得很周详，打算跟踪尾随到厕所直接把那货踢茅坑里。可下课后没等他出门，金豆豆又喊他去帮忙发卷子，只能再等等。

放学了，铁小乙觉得，怎么也得把"刘不要脸"那辆捷安特自行车的胎扎了吧。可刚到车棚，金豆豆又喊他帮忙正车把，计划又白瞎了，只能眼看着小人得志风驰电掣。

走到半路上，铁小乙终于忍无可忍，停下车对一直跟在后面的金豆豆嚷道："我就不小心撞了你一下，你可折腾了我一下午！还有完没完了！到底想怎么样，还有啥徭役你就一起说！"

金豆豆停下来没说什么，路边蹲着几个喝多了的小流氓闲得无聊搭腔了："嗨，小子，挺他妈能装啊，怎么跟我妹妹说话呢，找抽是吧。"

铁小乙不愿意招惹这些垃圾。打架倒没什么，可惹一身骚就麻烦了，于是装没听见，招呼着金豆豆赶紧走。

小流氓们以为铁小乙被吓住了，顿时来了兴致，围上来继续纠缠："小妹妹，这小子敢对你不礼貌啊，刚才是不是还说撞了你来着。哥哥们帮你教训他，你怎么报答哥哥啊。"

"你别吓着妹妹，说什么报答多没劲，妹妹，哥哥请客，去喝个认亲酒，以后哥哥罩着你。"

天寒日晚，路偏人稀，过往的人都是多一事不如少一事，拐着弯走。金豆豆被铁小乙拉到身后,见铁小乙被小流氓们推来搡去还挨了好几巴掌,急得直磨指甲打算鱼死网破。

"骑我车跑,别回头!"

趁着被推得一个趔趄,铁小乙趴在金豆豆耳边说了一句,然后抄起自行车上的软锁就冲了上去。

金豆豆向来反感电视里那些哭着喊着"我不走",最后把老爷们儿拖累得领盒饭的傻老娘们儿,所以她跳上那辆"大二八"蹬得干脆利索,加起速才回头看了一眼。路灯下嘁嘁哈嘿尘土飞扬,路边的录像厅传来最近很流行的电影《古惑仔》的插曲——《刀光剑影》。

原装粤语配乐有没有给小流氓们战斗加成不好说,不过当金豆豆带着二胖和几个关系铁的体育生回来支援时,战斗早已经结束了。铁小乙正鼻青脸肿地靠在路灯边上,摆弄金豆豆那辆坤车被踩坏的脚蹬子呢。

二胖哇呀呀暴叫三声,抄起地上半块板砖就打算找人玩命,可惜发现点子扎手的垃圾们早就"风紧扯呼"了,没给他上演杰克逊大战长坂坡的机会。

推着自行车往回走,路上跟哥儿几个分开,又只剩了两道影子。

金豆豆看着外八字的脚蹬子,气鼓鼓地说:"到底还是打架了,早知道……"

铁小乙哼了一声:"哼,早知道就干脆让我揍那个臭不要脸的一顿算了,对吧?"

"早知道中午就该打电话告诉你妈一声。"

"中午到家我就把电话线拔了,我早防着你呢。"

"那我现在去说。"

"哎,我明天过生日,能不能不给我找不痛快。"

"我要不去说你这伤是怎么回事,信不信今天晚上你爸就能让你不痛快。"

"你中午要不拉我哪来的这么多不痛快!"

"好,那明天你继续,我绝不拉你,你看教导主任能不能给你个记过处分。"

"你比我妈还唠叨,真烦人。"

"我一会儿就告诉你爸,你中午打我。"

"我哪儿打你了,那是误伤!再说,不是下午给你当劳力来补偿了嘛。"

"补偿?我那是为了不让你再找事。"

"什么叫我找事。你知不知道我练那首《海阔天空》练了多长时间,都快赶上黄家驹原唱了!"

"我才不信呢。"

"不信你听着!"

"我不听。"

"必须听!"

"就不听!"

……

第三天

扰人清梦者罪该万死,大清早五点扰人清梦就该千刀万剐。

"哎呀我说命运呐!"

高亢的铃声嗷唠一嗓子就把铁小乙的三魂七魄震出了窍,跟电话里呜哩哇啦说了快三分钟,他才终于想明白"我是谁?我在哪儿?我在干啥?"这三个深奥的人生问题。

"金豆豆,你神经病啊!大早上五点,你打电话给我,就为了让我晚上再陪你去相个亲?杀人不过头点地!来,你弄死我,弄死我!"

电话那头金豆豆毫不在意地打着哈欠,回道:"第一受害人还没喊冤,你急什么。刚才我家红娘月老紧急通知,说昨天晚上老战友聚会,替我约好了一个谁谁的儿子,反正你帮我记着点啊,我先补会儿觉去。"

铁小乙攥着"嘟嘟嘟"的电话脸直抽抽,咬着牙把耳朵里还没飘走的时间地址记下,这才一头栽回枕头,悲愤地咆哮着:"哪位过路的大神救救我啊,让这傻妞别再相亲了,赶紧屎壳郎找着蜥蜥蛄吧。有难度的话再相几个也成,只要别拉着我就行,阿弥陀佛,无量天尊,阿门,还有那啥那啥……"

心不诚拜哪路神仙也没戏，更何况还乱喊口号不讲规矩。在地铁公交上睡了一路，到公司帮总监收拾完桌子冲好咖啡买好早餐，铁小乙还是没收到天上诸位的任何回馈，只好彻底歇了进修神学的打算，转回自然科学的道路。

虽然昨天加班到凌晨两点，早上又演了一出凶铃惊魂，可号称永动机的铁小乙依然要抖擞精神迎接天降大任。埋头苦干两个小时，终于把总监出去提案前交代的工作搞定了。毫无技术难度的修图工作对现在的铁小乙来说，枯燥乏味，没有一点成就感，但他必须任劳任怨热火朝天，因为总监说这是培养，是考验，是黎明前必须经历的黑暗，等有朝一日他的设计提案被客户通过，就可以农奴翻身把歌唱，助理变身设计师了。

虽然没有韩国欧巴的大长腿，但是铁小乙总觉得自己这条咸鱼今天十之八九能跳过龙门，因为早上一出门他就听见商业街路口某店铺大喇叭在放：

"世间自有公道，付出总有回报，说到不如做到，要做就做最好，步步高！"

尽管这只是个广告歌，但兆头绝对够好，起码也算土味祝福嘛。于是，在去走廊抽烟的时候，他神神道道地跟同样当了两年助理的小王扯淡道："你还别不信，这次我帮总监做的那个方案绝对专业，必须过！等着看吧，哥们儿要火了。"

既然满天神佛都信不得，这种转眼烟消云散的胡说八道就更拉倒了，别说小王不信，铁小乙自己都只是当个笑话。不过，为了奖励自己起码是条有梦想的咸鱼,中午他还是咬着牙买了条肯德基的鸡腿,配着素炒饼愣是吃出了法式大餐的感觉。

水足饭饱,铁小乙和小王拍着肚子溜到旁边商务广场上晒太阳,顺便观摩露天咖啡厅下打扮时尚的白领美女,美其名曰"增长人生阅历"。在深入探讨了"事业线和大长腿到底哪个冬天不该露"这种重大话题后,两人才捧着肚子晃回公司,准备开始下午的辛勤劳作。

总监回来了,项目拿下了!铁小乙还没来得及去找总监问问自己那套方案有没有什么反馈意见,就被通知,收拾东西滚蛋。

"为啥啊?"他莫名其妙地问来通知他的人事科陈姐。

陈姐想了想,回道:"因为你这个月迟到了七次。"

"我那七次都是头天加班过了深夜12点的,公司规定这样可以晚来一小时啊。"

"哦,那就是因为工作消极,没有按时完成任务。"

"这理由你信吗?"

"……你凑合着信吧。"

荒唐归荒唐,好在公司还是按劳动法办事,让财务给他多发了一个月的工资。铁小乙捏着薄薄的牛皮信封,抱着一堆个人物品往外走。大家不管真性情还是假客气,多少都打了个招呼,说着"回头见",其实回头再也不见,只有小王没点眼力见儿地一直把他送到门口。

"你走了,以后没人跟我一起抽烟了,都嫌弃我烟太次,昨天你不是说后天你过二十七岁生日嘛,这点好烟你拿着,算个意思。"

接过小王专门留着拍马的半包红塔山,铁小乙叼上一根,笑了笑,一转身,正撞上行政小孙。小孙手里拿着一叠资料,最上面的,正是他熬了几天做的那个设计方案的第四页。

"你这是干吗去?"铁小乙咬着烟问道。

小孙白了他一眼,没好气地说:"能干吗,打印呗。甲方让把这个中标的方案重新做成他们的规格形式,真麻烦。"

铁小乙掏出打火机,点着烟,深深吸了两口,开窍了。

这项目很大,设计费很高,自己只是个小助理,肩膀还太稚嫩,所以这名气和奖金总监就勉为其难笑纳了。安抚个有点杠的小助理太麻烦,搞不好还会出点是非,所以干脆开掉,再招一个更傻更年轻的继续压榨。什么培养,什么龙门,都是骗小孩的……

小孩也是有脾气的,铁小乙哼着步步高走进总监办公室,一箱子砸到那张蛤蟆脸上,然后,在一顿惊叫声中发动了"天马流星拳",再然后,就进派出所了。

警察叔叔工作繁忙,没工夫搭理这种不伤筋不动骨的小纠纷,一边喝着茶,一边划拉着鼠标下了个定论:"愿意调解就签个字回去调解,不愿意就每人罚款 500,先动手的行政拘留三天。"

总监冷笑一声,掏出钱包,从鼻孔哼道:"敢动我?小子,你就蹲着吧。"

铁小乙看了看桌上的大烟灰缸，想到晚上还要陪金豆豆相亲，这才打消了当场拍死这老王八的念头，深吸一口气，说："如果我被拘留，我保证五天后这事的大字报贴满公司大楼，如果给我一万块，这事就过去了。自己选吧。"

民警都愣了，还是头一次见到当着自己面这么聊天的，不由停下鼠标好奇地等着被威胁的秃顶大肚子发起反冲锋。

可惜，总监大人不是能爬长城的好汉，只用三秒就掂量出利弊得失，欣然接受了调解，主动拉着铁小乙去取钱，慈眉善目地夸赞着年轻人明是非、知善恶、顾全大局、前途无量……

"呸，什么玩意儿。"

民警同志胃里有点反酸，看着远去的人影，一口茶叶沫子啐到地上。

有钱必须嘚瑟，不然心里堵得慌。铁小乙啃着鸡腿打着车就赶到了金豆豆相亲的餐厅。见金傻妞已经和某叔叔的儿子接上头，他便找了个角落，点上一份加三个蛋的肉丝炒饼，还加了瓶啤酒，边吃边监控，没工夫搭理服务员的白眼。

今天这个男货似乎比往日的顺眼些，铁小乙已经吃了半盘饼，还没收到金豆豆让他救场的信号，而且两人竟然还说笑起来了。铁小乙顿时有点肠胃不适，一根一根嚼着盘子里的豆芽中和胃酸，使劲伸长耳朵想分享一下快乐，却怎么也收不着声波信号，只能听见 11 点方向的打情骂俏和 3 点方向的八卦座谈。

求知欲无法得到满足,铁小乙抓心挠肝,求生不得求死不能,猛然惊觉该不会是自己早上求神拜佛的时候真有哪路大仙路过,见他说得可怜发了善心,打算顺手把这事办了吧?

"列位好汉,我就遛遛嘴,千万别当真!这才是第七十七个,怎么也得凑够九九八十一个才算修得圆满不是。先等等啊先等等,我过年一定去雍和宫烧香还愿,拜托拜托……"

封建迷信都是糟粕!许完愿当场就实现!铁小乙刚念叨完,俩人就吃完结账,客气地握手道别,而且没有继续喝个咖啡聊点人生的打算,在门口向左走向右走,分道扬镳得十分干脆。

相亲嘛,流程就该如此,也必须如此,很好,很好。

铁小乙心情大好,胃口自然也好了,风卷残云地将剩下半盘炒饼扫进嗓子眼,用啤酒往下一灌,结了账,小跑着就去门外点上了烟。

金豆豆不用回头就知道噼里啪啦追来的是谁,头也没回说道:"你觉得怎么样?我觉得今天这个还可以。"

铁小乙一口烟呛进肺里,差点把心头血都咳出来,半晌才抹着嘴边的口水问:"这个人没问你收入多少,有无车房?"

"没有,但是他主动跟我说他在四环全款买了个九十平,不过车还有十几万的贷款。"

铁小乙哈着白气,觉得今天是入冬以来最冷的一天:"问没问你有没有过男朋友,是不是贞洁烈女?"

"没问,只说自己大学谈过一次恋爱,后来去国外读硕士就分了,回来这两年工作忙,也没时间,所以才被相亲了。"

铁小乙搓着手,觉得环境污染必须治理了,气温陡降这是地球要进入新冰河期的先兆:"就没跟你说什么要早点生孩子,然后全职主妇,孝敬他爹妈,全心全意为了家?"

"你当谁都跟上上次那个奇葩一样啊,人家是有知识有学识有见识的三识青年,不是村长的傻儿子。"

铁小乙咬着早就灭了的烟头,觉得血都凉了,心中有一小人儿挠着墙咆哮:人家……三识还是三十……还青年……傻妞,现在是冬天,你发的哪门子春!要发你也得先想清楚啊,资本主义国度回来的这些,那绝对都是包藏祸心、始乱终弃的臭流氓,再要不就是巧言令色、意图颠覆祖国的潜伏者,不立刻报警那都是人道主义给他留条生路了,你还笑,你神经病啊……

"不过,他说他这几年暂时还没有结婚的打算,只是为了安抚一下父母才出来相亲,对浪费我的时间表示非常抱歉。"没等铁小乙心里的小人儿拔剑自尽,金豆豆笑着又说了这么一句。

铁小乙终于知道武侠小说里练功走火入魔是怎么回事了,这说轻了是岔气,说重了是心肌梗死啊。他咬着牙,恨恨地说道:"我就知道,相亲不靠谱,你这傻妞相亲更不靠谱,如果能成功,除非宇宙再来一次大爆发。"

金豆豆给了他一个大大的白眼:"就你靠谱?也不知道谁,从小学到现在,追女孩一次都没成过。"

铁小乙撇着嘴,大拇指冲自己一指,吹嘘道:"那是我没看上谁,没发过全力。告诉你,现在追我的姑娘乌泱乌泱的,我随便点个头得多少人哭着喊着跟我结婚,给我生猴子。相亲,多 LOW 啊……"

"哎呀我说命运啊!"

极富个性的电话铃嗷唠一声骤然响起,打断了铁小乙美男子的豪言壮语。

"喂,小乙啊,我是妈妈,下班了吧?吃饭了没?有没有穿秋裤……好,好,不唠叨,跟你说个事啊,我跳广场舞的一个姐妹家有个女儿,比你小一岁,又漂亮又贤惠,听说也在北京工作,回头安排你们见一下好不好……什么没时间!这次你可得好好表现,都相了好几十次了,可这眼瞅就二十七了还没谈成一个,再不成我什么时候能抱孙子,没有孙子我要你个小兔崽子有什么用……"

放下电话,看着差点笑死在灯火阑珊中的金豆豆,铁小乙咂咂嘴,说:"好吧,好吧,我承认我吹牛不上税行了吧。唉,现在的相亲,跟谈生意似的,张口就是房子,闭口就是票子,实在没什么意思……你要是也不想相了,要不……咱俩凑一对儿过年回家吓人玩儿吧。"

金豆豆扶着路边的梧桐树,一直没止住笑,问道:"高中毕业的时候,你去我家玩,把我爸的宋版书给撕了,他可一直惦记着要把你撕了给书偿命呢,你敢去我家?"

"有什么不敢,大不了卖身还债,当上门女婿!"

铁小乙刚运完气,突然一拍脑袋,气势一泻千里:"哎呀,你说,咱爸要是知道我现在没房没车,手里只有刚敲回来的万把块钱，工作还丢了，这都敢上门空口白牙地忽悠……他会不会真把我撕巴撕巴喂鹰？"

金豆豆拽着梧桐的枯枝，仰着头说："鹰没有，鸽子倒有十几只，就看你敢不敢去了。"

铁小乙笑，笑得像终于抓着鸡的小黄鼠狼。

第四天

日有所思夜有所梦，昨天睡觉前看了个丧尸电影，这一晚上做的梦净是末日求生，还是3D全景奢华特效版的，比真还真，害得铁小乙睁开眼又闭上好几回，才搞明白该当庄周还是蝴蝶。

挠着头抓起杯子灌了口水，刚庆幸完世界和平、生活安康、没有变态外星人也没有疯狂科学家，铁小乙就发现了一个生死攸关的重大问题："哎？早饭呢？"

餐桌上两个空盘子外加纸条一张，上书："有本事自己做！"

铁小乙跨过一梦十年的生化末日求生记，终于想起自己睡前因为晚饭的菜有点咸和金豆豆吵了一架，还信誓旦旦地说"区区庖厨，小技而已，洒家只是懒得做，随便伸伸手就是国宴水平"云云……

自己吹的牛，缺氧了也得吹到底，铁小乙拈起盘子上剩的几粒炒饭，在嘴里咂巴咂巴，撒撒嘴说："哼，傻妞，玩儿真的是吧！今儿就让你知道知道我的厉害！"

能把荷包蛋煎成原子弹算不算厉害？必须算！铁小乙一边冷敷手背上的燎泡，一边咬牙切齿地生吃核武器残骸。

早高峰已经过去，不过西直门桥下自行车依旧可以连续超车兰博基尼、玛莎拉蒂。每天早上铁小乙都会为此得意一下，今天也不例外，他把自行车头盔扔到办公桌上，还没来得及擦汗，手机就响了："苦海翻起爱恨，在世间难逃避命运……"

"喂，金先生吗？"

陌生的号码，女人的声音，透着严肃活泼，暗含团结紧张。

"你打错了，我不姓金，我不买房不卖房，不贷款不投资，再见！"

铁小乙以教科书式的标准回复结束了这场邂逅，可刚过一分钟，这个号码又打过来了。虽然很反感，但出于对电话推销员最基本的尊重，他还是又接了起来，一本正经地说："我可以体谅你工作不易，但也希望你能珍惜他人的时间。如果再骚扰，我不但会投诉你，而且还会追究你侵犯隐私，以非法手段获取我的电话号码等问题。"

电话那头咳嗽了一声，说道：

"抱歉，铁先生，我不知道你家孩子是随母姓的，所以刚才引起了误会。这号码不是我非法获取的，是金悠悠告诉我的，我是她班主任李老师。"

七岁的小女孩打架，这事肯定得叫家长。孩儿她娘出差正在飞机上，电话打不通，老师就问了孩儿她爹的号码，结果孩儿她爹直接给她来了一套法制教育。李老师此刻心中应该在仰天长啸:"这世道哪儿说理去啊!"

"呃……李老师……不好意思……今天的天气,哈哈,哈哈……我马上就来!"

小棉袄有难,当爹的必须一往无前!铁小乙几句话给手下的设计师们安排完工作,又跟老板打过招呼,一路破风杀奔案发现场。

冲进办公室,一眼就看见了在角落乖巧罚站的悠悠。小丫头搓着手、抿着嘴,披散着小辫,满脸悲愤,一看就知道受了天大的委屈。铁小乙顿时就要斗气爆发、全身带电、头发倒竖,变身超级赛亚人。他两步冲到近前,拍着"心头肉"稚嫩的肩膀怒吼:

"别怕,爹来了,说,哪个不长眼的欺负你,我拆了他骨头给你当嘎拉哈!"

办公室里鸦雀无声,过了好几秒,一个中年妇女尖利的声音骤然炸响:"怎么说话呢!明明×××是你女儿打了我儿子,你××的×××动我儿子一个试试,××××!"

铁小乙这才看到侧后方有个鼻青脸肿、校服扣子都少了三颗的小男孩,以及他旁边能看见嗓子眼的胖泼妇——红萝卜的胳膊白萝卜的腿,腰上套了三层游泳圈,嘴里像粪坑一样骂个没完没了。

接下来的场面在孩子们眼中是这样的:

暴怒的哥斯拉和懵圈的赛亚人在办公室中央展开了史诗级的战斗。针锋相对的口部冲击波对喷后，哥斯拉率先结束杀伤力有限的嘴炮攻击，利用体形优势扑倒了猝不及防的赛亚人，一记深水炸弹后，紧跟着施展了江湖上臭名昭著的九阴白骨爪。赛亚人护住面部要害，试图以鲤鱼打挺扭转战局，却被重磅锁喉技死死压制，挨了数记金华火腿，然后，鹞子翻身，失败！然后，神龙摆尾，失败！然后……就没有然后了。

李老师最终宣布比赛结果：这个世界太可怕，家长怎能乱打架，自我反省很重要啊，想不明白放长假——俩没正形的家长带孩子回家反省两天吧，这事学校管不了了，啥时候双方和解各自交了检讨书，啥时候再回来上课。

铁小乙觉得这处理有点简单粗暴，可后座上的悠悠对此很是满意，搂着老爹的叉腰肌，用下巴顶着后腰眼，期待地问："爸爸，爸爸，是不是明天不用上学，可以出去玩了？"

铁小乙哭笑不得，板着脸哼道："你长得有点美，但别想得太美。你妈虽然出差了，可晚上视频汇报后，绝对会远程遥控我给你编好检讨书，然后下令明天一早抄完后直接把你押回学校。"

孩子的脑回路和大人完全不同，悠悠听完长出了一口气，点点头说："嗯，果然不能太贪心。那今天能玩一下午也挺好，我很满足了。"

闺女，你心真大啊，你咋不想想你爹我晚上还得替你说好话，替你挨骂，替你写检查啊。

铁小乙回手打了下金悠悠的脑袋，教训道："还想玩？你以为自己有功了？爸爸是不是告诉过你，送你去练搏击，那是为了强身健体，不能对小朋友滥用暴力。你一点都没听进去，是不是！"

悠悠一撇嘴，说："可你不是也说过，忍无可忍无须再忍嘛。贾政景拽我小辫、摔我小猪铅笔，我让他道歉，他还冲我吐口水说我是女土匪，这样，我才揍他的。"

铁小乙顿时怒从心头起恶向胆边生，忘了什么儿童教育原则性，狠狠地说："哼，这种熊孩子就是活该欠揍！他妈还说什么他还小？这德行不修理，大了还了得！下次再犯你手里，千万别放过他，使劲儿揍！"

金悠悠使劲儿点点头，歪着头想了想，说："爸爸，你不是一直跟我说你小时候可厉害了，为了保护妈妈一个人打倒了一百个坏人嘛。可刚才，你怎么一点儿战斗力都没有啊，你是打不过那个阿姨吗？"

"胡说，我那是好男不跟女斗！"

"不对啊。你不是说，只要是对咱们家人不利的，不管男女，来多少都让他灭亡吗？"

"灭亡是必须的，刚才那是……爸爸带你去吃冰激凌吧，草莓味的怎么样？"

闺女啊，别问了，三百斤啊，真超出了你爹的负重极限了，爹阴沟里翻船了就翻了，这事咱翻篇别问了行不？父慈女孝不好吗？

"好，草莓的……可爸爸为什么你输了呢？"

闺女啊，你是我祖宗行了吧。

……

把小丫头送到她奶奶那儿，铁小乙才终于逃脱了十万个为什么的魔咒。他赶回公司刚喘口气，手机又响了。这次没有凶案，是高中同学老郑提醒他别忘了晚上的同学大聚会，还开玩笑说：多年以来难得相聚，地方挺高档，记得换身好行头，借辆好车，壮壮声势。

铁小乙心比较宽，拒绝了公司新晋升的上司花暧昧的晚宴邀请，下班时找前台小姑娘借了根皮筋，把过肩的长发扎起来就算打扮过了；牛仔裤扎进军靴、M65风衣扣好铜扣，就算战斗准备完毕。他蹬上自行车，风驰电掣杀奔那个据说米其林轮胎厂给发了好几颗星星的高档餐厅。

不愧是轮胎厂发星星的餐厅，门口停的都是豪车，一个轱辘就够铁小乙加班半个月，进出的男女不是真丝露背就是鳄鱼配貂，门卫看了铁小乙的请帖三遍才放他进去。

西式的自助餐会，美味佳肴人模狗样，菜挺好吃，酒很好喝，气氛很热烈，就是热情似火的话题铁小乙实在有点聊不进去。

"有钱就得买房，买房就得买学区房，学区房那就必须是名校的。我这也就等于是一个不小心就中了大奖，捡了个几百万的便宜，我这哪儿说理去。"

"唉，当初太年轻啊，没咬牙再多读两年博士，现在还得去商学院进修MBA，太浪费时间了，要不是回来就升高管，谁有那个闲工夫。"

"我跟你说，×××局长那跟我是把兄弟，回头有空一起坐坐，随便给你批个项目就几个亿，你这小工程有啥子搞头嘛，辛辛苦苦连点款都结不回来，做生意得有关系……"

"出国，移民那只是起步，你得有真本事才能发展。我二舅现在就在美国航天局工作，专管宇宙飞船的开发，等我拿到绿卡就给我调进去，参与动力开发……什么NASA啊，没听过。人家那待遇谁也比不了，入职就分一六百平的别墅，还带两个管家，光车库就给仨！"

有吹牛的，有吹大象的，还有吹哥斯拉的，估计再喝两箱，吹那美克星神龙的都不在少数。老同学们多年不见，谁都不想被人轻看，面子这个东西，有时还是很紧俏的。

铁小乙嚼着有点塞牙的牛排，和二胖碰了一下酸不拉叽的红酒，笑道："这人啊，缺什么就显摆什么，想什么就吹什么，人到中年，压力大啊。本来我还觉得生活有点烦躁，现在一看大家伙儿一脸的欲求不满，突然就觉得日子过得真美好。"

二胖刚被班花数落了一顿穿衣打扮，被班长批评了半天交参会费不积极、太小家子气，有点闹心，这会儿琢磨琢磨铁小乙的调侃，也乐起来，干脆不端着样子，抓过半只龙虾就开始啃。一个人600块啊，这不放开了干哪能吃得回本哦。铁小乙不甘落后，拽过旁边一盘不知道烤的什么肉火力全开。

两个"低端"人士缺乏谈资专心吃喝，本无可厚非，但有的人就喜欢从这里面找优越感。刘班长刚才数落二胖不尽兴，晃着杯酒又凑过来了，仰着下巴冲铁小乙说："呦，铁小乙啊，这是几天没吃饭了，怎么饿成这样？慢点吃，没人跟你抢，别噎着。"

铁小乙正咂摸着这菜是怎么做的，打算学学，好回家露两手保住自己一家之主的尊严，压根没多余的脑细胞搭理自我感觉良好的"密斯特刘"，谁知这厮还没完没了："听说金豆豆出差了没来，你这是打算一个顶俩，替老婆开荤啊。实在不行，一会儿打包带回去点儿，给孩子也尝尝。"

铁小乙很文明，他回答了三个字："滚远点。"

"密斯特刘"对旁边捧月的几位星星笑了笑，很大度地缓和着气氛："开个玩笑，怎么还生气了呢。男人的心胸要宽广一些，才能不断提升自己，让老婆不用那么辛苦，孩子未来有所依靠。我们外企的那些老外，很放得开的，经常拿自己开玩笑，这才是成功人士的胸怀……"

天然奶油拍在脸上的感觉和非天然的其实没什么区别，有区别的是，铁小乙把托盘按在上面又使劲儿拧了拧，然后对一群"尖叫鸡"安抚道："没事儿，开个玩笑，别当真，外国网站上经常做这种恶作剧，不怎么新鲜，你们凑合着看。"

"哎呀，这玩笑开的，太欢乐了，就是这西装挺贵的，不太好洗吧，来我帮班长擦擦。"

二胖一边偷偷竖大拇哥，一边往下划拉奶油扩大战果。

铁小乙擦着手，想道：要不是金豆豆大人规定，除了为保护悠悠可以启动紧急预案，未经批准不得使用暴力，老子今天绝对得让你得偿多年所愿,来个满脸菊花开。

不过这事晚上回去视频汇报的时候得讲究汇报技巧,必须得添油加醋,把自己说得忍辱负重,忍无可忍,大意失手,纯属巧合。最好在说完悠悠的事情之后,和闺女一起抱头喊冤,哇哇大哭,还能起到叠加效果……唉,不是,好像昨天关于做饭的矛盾还没解决,自己一家之主的地位还被威胁着呢,这应该加点戏吧……

第五天

铁小乙挣扎着抬起死沉的眼皮,瞄了一眼窗外黑蒙蒙的天,又"咣当"一声闭了下去。迷迷糊糊就梦见老爹去世,自己回乡打理后事,结果守灵时睡过头,蜡烛灭了,香火断了,被老妈揪起来一阵好打,拖鞋底子啪啪作响,屁股被打成了八瓣,打完还得写检查,五千字不得注水掺假……

悚然惊醒,梦里的香烛味犹在鼻腔里回转,萦绕不去。还没来得及擦头上的汗,铁小乙突然看到客厅中间的香案和上面正中供着老爹的照片,缓了两三秒,大脑才开始运转,发现这不是盗梦空间梦中之梦,而是生离死别现场直播——自己的确是在守灵!

铁小乙赶忙过去续上香,换了蜡,避免了拖鞋底子和五千字检查,然后轻手轻脚拉开小卧室的门缝,见金豆豆和悠悠睡得安好,才踏实坐回沙发上,在凌晨4点的时针拨动声中点了支烟，安定心神。

　　老爹的去世并不突然，早几年体检说他肝上有个阴影，可他觉得医院小题大做，压根儿没往心里去，也没跟谁说，结果去年过年时腹部有点不舒服，自己随便吃了点药也不见好，被铁小乙察觉，硬拉着去做了个检查，才发现已经是肝癌晚期。

　　医院说，接下来将上映最多半年的悲剧，可老爹吃药加运动硬是给他们来了段一年半的喜剧，只是最后一个月病情骤然恶化，卧床不起，疼痛不堪，就算打止痛针都无法缓解，让人十分不忍。

　　不管是影视剧还是现实里，总有些子女在老人弥留之际用尽各种手段来维持，让他们痛苦地挣扎，似乎这样才能显出自己的孝顺与善良，却从未考虑过这种自私的"孝顺"让老人忍受着多大的苦痛。铁小乙不赞成这样，所以，当老爹在昏迷中吐出最后一口气时，铁小乙并没有太过悲伤，而是有些欣慰。

　　遗体寄存、守灵三天、香火不断、披麻戴孝……各种殡葬习俗其实并没什么实际意义，但老妈觉得有仪式感才能表示对老伴的纪念，铁小乙只得纸人纸马童男童女一样不少地操办起来。好在老一辈叔伯有专门的话事人帮忙操持外面的流程，他只管掏钱就是。

　　外面的事好解决，可家里白天迎宾送客，晚上看守香火，就不是钱能解决的了。三天熬下来，铁小乙觉得要不是金豆豆轮班照应，悠悠丫头跑腿帮忙，自己八成就得随老爹而去，来个祸不单行。于是，不由得对这些老习俗深恶痛绝。

早上 6 点，金豆豆起来替换他，让他睡了一会儿。7 点，老妈起来，看着旺盛的香火，满意地点点头，收拾纸钱元宝去了，金悠悠也被喊起来刷牙洗脸吃早饭。8 点，出殡的车到了，楼下灵棚里放起了庄重的哀乐。

就在一片庄严肃穆中，铁小乙被几个老人指挥着，拿着纸扎的灵幡在家中各个屋里转了几圈，还要求必须哭号："爸爸唉，跟我走，快上路，别回头。"本来听见哀乐有些湿润的眼眶，顿时干燥了。

打着幡把所谓的"灵魂"带到楼下，严肃的二大爷递给铁小乙一个硕大的瓦罐，让他摔在灵车前，要求能摔多碎摔多碎。二大爷没想到，铁小乙平时有健身，两膀一晃说摔就摔，还没等他念叨送行词就溅了一身碎渣子，只好省了这个环节，招呼大家赶紧上车去火葬场向遗体告别。

纸钱撒了一路，哀乐放了一路，悲伤的情绪又慢慢汇聚起来，老爹从太平间推出来的时候，铁小乙觉得很悲伤。虽然看起来像睡着一样，但是死亡就是死亡，代表着永久的离别，这种悲伤是发自内心的，是无法抑制的，是……可以骤然打断的。

随着老妈失声痛哭，几位陪伴的阿姨骤然被按下了开始键，突然开始号啕大哭，哭得抑扬顿挫此起彼伏，以几人之声力压周围数十人的哀悼，其伤心欲绝的架势让铁小乙不禁怀疑自己老爹是不是有作风问题。他正打算上前劝解一下，让大家把这有点过的戏收一收，回归表演的真实自然，突然，一阵高昂的手机铃声响彻全场：

"你是我的小呀小苹果，怎么爱你都不嫌多……"

扶着老妈的金豆豆脸都抽抽了，悠悠更是翻了一个大大的白眼。

歌声、哭声、哀悼声，声声入耳；悲剧、喜剧、音乐剧，剧剧窝心。这一刻，整个现场就如同黑色幽默的无声大戏，令人哭笑不得。

好在那位大妈终于找到包里的手机，关了铃声，不然不出三秒，绝对要集体笑场，没准老爹都能尴尬地跳起来大喊："严肃点！我们这正遗体告别呢！"

告别完后，在外面等了半个多小时，烟囱上青烟消散，又听见一顿砸铁板的锤击声，有人来通知铁小乙带骨灰盒去领取骨灰。用袋子接那堆还烫手的骨灰和骨渣时，铁小乙往处置室里看了一眼，才明白为什么很多老人对火葬无比恐惧——他拿到的只是焚烧后细碎的部分，那些大块的骨头都被砸碎留在台上，等待着进行其他处理……

情感上很难过，但理性上铁小乙还是能接受的。毕竟一死百了，躯壳是化为飞灰，还是变成碎骨，再或是入土腐烂，不过都是物质循环而已，能剩下的其实只是亲人们的怀念，就算把躯壳一丝不损地保留千年万年，和只留下一个名字也没什么区别。不过，这些都是不能告诉老妈的。

金豆豆帮铁小乙扫干净衣袖上的骨灰，又细心地用纸巾把他的手擦干净，便让他坐在树荫下的长椅上休息，自己去安排烧陪葬纸品的事了。铁小乙掂了掂价值不菲的骨灰盒，想着老爹要是还在的话，肯定会义正言词严地斥责奸商无良，什么烂木头的破盒子就敢卖好几千，发死人财早晚自绝于人民，不容于社会，云云。

  风吹树叶的沙沙声，就如同那没完没了的唠叨，让铁小乙不由不合时宜地微笑起来，他心中暗想：回头要趁早告诉悠悠，将来自己驾鹤西去时，别整这些没用的，干脆把所有剩余有机物一起收敛，找个百年古树，半夜偷着埋在树下。按现在的古树保护力度，估计那些陵园的石头墓碑都没了，自己这天然别墅还万古长青呢。到时候悠悠带着儿孙出来清明踏青，正好树下野餐，清风徐来水波不兴……

  想着想着，铁小乙就枕着盒子打起了呼噜。

  "你这孽障！我就没见过谁家儿子心这么大，能抱着他爹骨灰盒睡觉，还流一大堆哈喇子，差点给他爹照片洗脸的！"

  老妈也不知道是真生气还是假生气，反正当着一众叔伯卷了铁小乙好几脚。

  "这几天忙里忙外太累了，一会儿答谢宴你就以茶代酒吧，感谢大家帮衬，心意到了就好。"

  金豆豆毕竟是亲生的媳妇，胳膊肘还是往里拐的，这话一说，里子面子都齐了。

  悠悠靠在她妈肩膀上跟着嘟囔道："奶奶用词不太准确。孽障一般是老爷骂儿子的，这情况下主母一般要骂：你这狙心的孽畜，枉费我多年的教养！然后再声泪俱下地使劲儿戳额头，请家法伺候，这才是正确操作方式。"

  这闺女没法要了，恨他爹不够惨啊。那什么《红楼梦》《水浒传》之类的得赶紧烧了，买几本程朱理学，拿君臣父子之类的毒害一下，再晚就真未必能拯救她的女权文青民族混合主义了。

中午宴请完帮忙的叔伯，回到家准备午睡的时候，铁小乙迷迷糊糊又想起了之前和金豆豆讨论的问题——是否应该从北京迁回家乡居住，降低生活节奏，享受平静生活。

铁小乙的分析很详细：北京的房贷还得差不多了，经济压力基本可以无视；自己的独立设计工作室与客户交流基本都是依靠网络，不需要固定办公地址；悠悠的高考需要回乡参加，早点回来也可以早点适应；而且家乡消费低、节奏慢、买房不限购、买车不摇号、无堵车之烦恼、没雾霾之忧愁，比北京居住舒服多了……

理由很充分，前景很美好，可几次和金豆豆讨论，都被她强词夺理悍然镇压了。现在老爹去世，正好可以用"便于照看老娘"这个理由再次提起辩论要求。这次的论据很够分量，可以飙戏，飙"百善孝为先"的大戏来实现自己不可告人的懒惰人生之目的。

没等铁小乙策划完如何才能演好这分八个层次、七种内涵、十二个要素的烧脑角色，没法要的青春期大闺女来电话了。

"爸，你们下来一下，我在小区门口被车撞了！"

"啊！严不严重！"铁小乙的心蹦到了嗓子眼。

"不严重。我正揍那个嘴贱的司机呢。"

"哦，那还要我去干啥。"铁小乙的心一下砸到了腰子上。

"围观群众报警了,我未满十八岁得呼叫监护人到场啊。"

"法律常识没白教你啊……"

铁小乙不禁第八百零七次纳闷,好好的独立坚强小棉袄教育怎么就走歪了,教育出这么个变态文艺女壮士来呢?自己教的重点明明是"红日初升其道大光",怎么就变成"乳虎啸谷百兽震惶"了?他一边忏悔自己的教育失误,一边连忙喊着金豆豆去给闺女护驾。

赶到现场时,当地派出所的民警正好也到了。铁小乙和民警一起听完双方叙述,明白了事情经过——这辆山寨路虎在小区出口逆行倒车,倒车镜剐到了出来买东西的金悠悠。车主不但没道歉,还嘴里不干不净带点调戏的意思。悠悠贯彻了老爹"男儿当自强,女儿要更强"的教育方针,直接发动女子格斗术将这厮拽出来当场制伏,并请旁边人帮忙报了警。

铁小乙冲着对自己翻白眼的金豆豆晒了个满意的大微笑,欣慰于自己的教育并没有失败,自家女儿这处理有理可讲、有法可依,绝对是教科书级别的处理方式。他刚打算跟民警沟通一下,却不料领头的中年警察不耐烦地喝道:"都说完了是吧。行了,你们涉嫌扰乱公共秩序,双方各罚款500,以后都老实点,别没事找事。"说完,就掏笔打算在出警单上写结果。

铁小乙皱着眉拦住说:"警察同志,你这处理是不是太草率了?这个司机逆行剐蹭在先,言语骚扰在后,罚款并批评教育是必要的,是否应该行政拘留可以先不说。但是,我女儿作为被侵害人,怎么就涉嫌扰乱公共秩序了?"

中年警察瞥了他一眼，蛮横地说："跟我装懂法是吧，我是警察你是警察？她把人按在地上半天，造成了擦伤，我没给她判个寻衅滋事就不错了，你还在这儿不服气？行啊，不服就别交钱，跟我回所里去，我让你看看阻碍执法是什么后果。"

铁小乙倔脾气也上来了，怒道："想带我回去是吧，好，我跟你走，请你先出示警察证，我要向110电话查证！我真怀疑你这样的人到底是不是真警察！"

中年警察平日横惯了，哪受过这气，愣了愣，怒道："查什么查！我穿着警服开着警车，我就是警察，你敢污蔑我。告诉你，侮辱警察知道什么后果不，非拘你个十天半个月的，带走！"

两个辅警立刻乍开膀子拥上来，一边一个抓住铁小乙的胳膊，就往警车上押。

悠悠壮士脑袋上都冒蒸汽了，一声大喝就打算来个暴力抗法，不料被亲妈一把拽住，制止在冲击警车前一米。

金豆豆举着手机，冷静地说道："当家的，到了派出所什么都不用说，被通知拘留的话就申请行政复议，我全程都录像了，他们把你带走我就向督察投诉，拨打新闻热线。"

全场安静，中年警察心中更是万千匹某某马呼啸而过，暗道：我今天黄道不利不宜出门吧，咋就遇到这么一家奇葩，怎么都吓唬不住，还打算死磕到底呢。我和你家上辈子是有仇还是有怨，不就500块钱嘛，至于搞这么大吗？

抢夺金豆豆的手机，他到底是不敢的，所以这位后来被作为违纪典型查办开除的不合格警察，此时只能臊眉耷眼地放了铁小乙，说了几句双方误判，天热浮躁，警民一家亲的面子话，罚了那个车主500后，灰溜溜地走了。

铁小乙讲理，所以很较真，他坚定地要投诉这个混进人民警察队伍的败类，还大家一个朗朗乾坤清平世界。悠悠绝对支持她爹，高呼着："老爸威武，威武不能屈，富贵不能淫，毁我中华警风者，虽小必诛！"

金豆豆给这爷俩一人后脑勺一巴掌，说："别吵了，前面的我压根没来得及录，就录了后面十几秒，用处不大。再说，这是地方县城的派出所，你真以为执法力度和速度跟首都一样？结果未必就能如你们两个愤青希望的一样。快走吧，妈在家还不一定怎么担心呢……"

一路被金豆豆絮絮叨叨地数落着拽回家，悠悠噘着嘴一脸不高兴，觉得自己老妈这种绥靖政策才是助长不正之风的根源，是落后的，是错误的，是必须批判的，不过在经济制裁的威胁下，她只能暂时听命，谋定而后动。

铁小乙倒是有点明白了金豆豆之前反对他归乡安居的理由——家乡虽好，但社会关系、执法力度、行为模式等，都未必是自己能适应的。最近流行的那句话怎么说来着？"一线城市容不下肉体，三线城市装不下灵魂。"

在没打算去二线城市的情况下，减轻肉体还是出卖灵魂，这事好像是得慎重考虑一下。

第六天

"当当当当……"

金豆豆剁肉馅的鸳鸯连环刀已到了登峰造极、返璞归真的境界,讲韵律有力道,分横竖见肥瘦,连绵不断,滔滔不绝,若再加上降魔棍法搅出的肉馅,分筋错骨手炼成的面皮,那饺子简直就是闭月羞花、沉鱼落雁、虽死无憾……

可今天,铁小乙听着厨房里的动静,却一点口水都没流,反而臭着一张脸,没好气地拿拖布刨着地板,都快刨出花了。

"铁小乙,香油没了,你下楼去买一瓶。"金豆豆从厨房探出头来喊道。

"NO,不去,没工夫,懒得伺候,谁爱去谁去!"铁小乙非暴力不合作,继续跟地板死磕。

金豆豆歪了歪头,纳闷地说:"这又发什么瘾症了,赶紧去,别耽误我拌馅,没香油味儿就不地道了。"

铁小乙横着鼻子歪着嘴,十个不服八个不忿地回道:"爱香不香,不香活该,有本事别吃,不吃就死去!"

"越说越来劲啊,还挺会押韵,打算说相声还是打算学说唱?咒谁死呢!"

"来劲,就是来劲怎么着,反正没咒你,我爱咒谁就咒谁!"

金豆豆抹了抹粘在刀身上的肉馅,看着刚磨过的刀锋皱着眉说:"最后一次,去不去?"

铁小乙把拖布往地上一摔,怒吼道:"去就去,谁怕谁!"

拿钥匙、抓钱包、摔门而出一气呵成。

五分钟后,一瓶小磨香油霸气地蹲在案板上,小乙大王继续抄起兵刃与地板展开了新一轮的厮杀。

金豆豆偷笑后开始搅肉馅,边搅边打趣道:"你说说你,过完生日就57的人了,怎么还是这德行。不就是悠悠要领男朋友回来嘛,昨天晚上你就在床上翻来覆去,还念念有词,扰得我也没睡好,现在又是一脸怨妇相到处乱撒气。难不成她一辈子不嫁人你就高兴了?"

铁小乙涮好拖布,又抓起一块抹布,拧水差点没把布拧烂了,擦着茶几恨恨地说:"一辈子不嫁人那不净蹲家里跟我拌嘴了,你当我傻啊。我绝不是因为这个,我是因为……更年期!对,我就更了,怎么地吧!"

是不是更年期,不太好判断,是不是精神分裂,金豆豆还是能看出来的。耍了一上午大花脸的小乙大王听见宝贝闺女拍门的动静,一抹脸就屁颠屁颠去开门了,对着闺女和那个一表人才的小王,笑得无比慈祥,跟招财猫似的。

悠悠是好孩子,哪舍得让老妈自己忙活,陪着俩男人缓和了一会儿尴尬气氛后,见一老一少相见恨晚的模样,就放心扎上围裙去帮忙了。

铁小乙没有像孩儿她娘担心的那般,趁女儿不在就又一抹脸,一把菜刀剁到桌子上吼:"好大的狗胆,说,想死想活"!他边洗着茶,边继续和蔼可亲地和小伙子拉着家常,一脸的循循善诱,一肚子的真情流露,要不是年纪实在太有差距,估计再聊十块钱的就能烧黄纸拜把子了。

饺子就酒,越喝越有,刚才喝茶都聊得那么开心,现在这酒就必须满上。小王同志自称酒量很好,当然要和来了兴致的"老哥哥"把酒言欢一番。

"来,来,走一个。啊,这男人啊,必须能喝,男人不喝酒,白在世上走。我跟你说,就我年轻那时候,二斤下去,照样金鸡独立还能——谁都拦不住。"

"哎呀,伯父海量啊,不过现在还是少喝一点比较好,酒大伤身。"

"屁话,男人不能喝那还叫老爷们儿?来,再走一个。感情深,一口闷,我先干了。"

"好,我陪您一个,干了。"

"你不用老看悠悠的眼色,没事,喝你的,都有我呢,我们家我说了算!你这么大个老爷们儿,还能让女人管住了,那还叫爷们儿吗?"

"爷们儿是爷们儿,但是老婆的眼色还是要看的嘛,我是奔着和悠悠共度一生去的,所以必须尊重她……好,好,我干了。"

"对嘛,吃两口。来,再走一个。"

"好，再来一个。"

……

金豆豆一开始实在没看明白铁小乙这是什么套路，怎么就变出几瓶高度酒喝上了，怎么德行就直奔电视剧上的土味渣男一去不复返了呢？劝了几句，反倒被拿腔拿调地呵斥了好几声，气得抱着胳膊冷眼看戏，等着晚上再修理这要造反的陛下。

闺女悠悠也一脸懵圈，不知道自己老爹这是受了什么刺激，怎么跟变了个人似的，如此蛮横、混账、不可理喻。

一瓶就是打个底，两瓶也就顺个气，三瓶干完才刚开始带劲……喝着喝着，聊着聊着，两位没喝酒的似乎有点看明白了——酒这东西，有点意思，喝到一定程度，比自白剂还好使，别说什么自我真我，连本我都能掏得一干二净。

"我跟你说，百善孝为先！父母生养我们不易啊，说你两句，你别论对错，就得听着。天下哪有婆媳没矛盾的，年轻人忍一忍那就是孝顺。对吧，嫁进了我家门，就是我家人，跟爹妈顶嘴，那就是大不孝，这要放过去，那是得沉塘的！"

"对，叔啊，你说得太对了。我堂弟那个媳妇就是，独啊，不懂事，就为她婆婆说了她几句不好听的，就吵吵个没完没了的……还说我们那儿有封建余毒什么的。"

"那就是耍泼，都是惯的，两巴掌就老实了。"

"可不是，后来让我弟一顿揍，结果，没老实两天……竟然又闹离婚了。"

"这就不像话了,三从四德都到哪儿去了,早早地把房子买好,把公公婆婆接过来伺候着,你看人家还能说你不。自己没做到位,还瞎折腾,这样的娘们儿不要也罢。"

"可不是,后来就是离了嘛……别提什么接老人的事了,就这,分家的时候那还闹呢,说自己也交了贷款,要分房子,要家产。"

"扯淡吧,男方拿了首付,那房子就该写在人家名下,嫁过去了连人都是人家的,别说钱了,你拿不拿贷款也都是人家的。我跟你讲啊,这村里的一些老规矩啊,你得守,这是传统,没有规矩不成方圆。现在这些孩子啊,进了城才几天啊,就忘本了,这个平等啦,那个道理啦,不给长辈磕头那叫平等?不照顾亲戚朋友那叫道理?才过几天好日子就不记得感恩了?忘本啊!"

"叔啊,你这话说到我心里去了。我这个人啊,绝对的知恩图报,当初我上大学的时候,是老家的亲戚帮着凑的学费,我这才能上得起学……现在别看太忙,几年不回去一次,但是只要找我帮忙,那没二话,头拱地给你办了,我是绝不忘本的。"

"哎呀,现在你这样的年轻人不多见了,好啊,我喜欢,来,走一个。"

……

男人的世界如此丰富多彩,大男子主义的世界如此枯燥单一,话题就是一根绳,没有分叉,倒着倒着就能倒出头驴来。话说着,自然就说到了结婚,讨论完民风民俗,那就得说到生孩子了……

男孩必须比女孩好，现在政策都放开了，生一个不是男孩还可以继续生。女人的工作不重要，别矫情，老爷们儿挣钱养家会给你点脸色看，很正常……

在家带孩子多好啊，没有风吹、没有日晒，无上班之辛苦，无职场之劳形。男人不容易，回家你得好吃好喝好态度，帮你哄两下孩子那是情分，打会儿游戏玩会儿手机就睡那是应当应分。说什么寡妇式育儿，当了妈就得牺牲奉献，不然就是头发长见识短丧了良心……

既然吃我的喝我的，那就得体谅我的辛苦。晚点回来怎么了，那叫应酬，叫我为家去献身；有点香水味怎么了，那是逢场作戏，出淤泥而不染，你还想不想我升职加薪。老家来人了你赶紧招待着，要热情大方不惜一切代价，得给我长脸，别忘了谁是一家之主……

孩子大了你要好好关注孩子学习，学习不好那肯定是你的问题。说你几句还不高兴，拉着个脸给谁看呢，我们老王家虽然没有皇位继承，那也是八辈贫农，就剩下规矩了，哪能由着你耍性子，信不信大嘴巴子扇你……

最后，小王同志喝到了桌子底下，喝得痛快，喝得高兴，要不是酒量确实有限，再喝两瓶地球都不够他撒欢，只能上天了。

铁小乙看着金豆豆，比了个胜利的手势，自觉地滚到沙发上去打呼了。金豆豆打了盆冷水，洗了两块毛巾，扔给闺女一块，然后一边给铁小乙擦，一边说："自从你上次回来说了这个小王的情况，你爸就鼻子不是鼻子眼不是眼。

你说小王虽然有几个小缺点，但是志向高远，学识渊博，为人善良谦和，做事周全踏实，有责任心，有上进心，很爱你，很专一，博士生毕业后打算给你一场世纪婚礼……

可能你说的都对，但是你爸给我说的是，事情往往不止有好的一面，你还得看到坏的一面。

你几句话带过的那些小缺点，才是你爸爸和我讨论的重点——家境贫寒，代表未来可能会有沉重的家庭负担；三个姐姐一个弟弟，意味着可能有更多的责任和矛盾冲突；生长于偏远山村，表示从小的耳濡目染可能包含了很多传统糟粕……这些问题看似不重要，其实才是影响最深远的。

你刚才听到的那些，我不知道你怎么想，但是作为你妈，我感到不寒而栗。哪怕这些都只是一些酒后胡话，但只要有半分的可能性，我都会支持你爸，反对你的这个选择。我们不是嫌贫爱富，干涉你的婚姻自由，我们只是想帮你多看几眼前面的路。

这是你的第一场恋爱，才谈了三个月而已，你们俩的演技都还在线，激情还掩盖着隐患，互相看到的都不是百分百的真实。你不了解他心底的直男癌，他也不清楚你没现形的汉子病。所以，我们希望你慎重一些，再考虑一段时间，不要太早决定嫁还是不嫁……"

上了年纪，人就喜欢唠叨。唠叨着唠叨着，铁小乙的脸和脖子就擦得干干净净，都快秃噜皮了。悠悠听着老妈唠叨，若有所思，回过神来的时候，才发现小王同志的脖子也已经被自己擦成了红烧鸡脖子，加点葱花就能出锅了。

"妈,那你当年考验我爸考验了多久啊?"

问题是脱口而出的,八卦之心是永恒不灭的。

"不多,也就十来年吧。"金豆豆一脸的嫌弃,拍了迷迷糊糊的铁小乙一巴掌,"还是少了!不然,这老东西哪来的这个胆子,敢先斩后奏,趁买香油偷偷买酒,擅自钓鱼执法,还借着表演的机会给我吹胡子瞪眼。"

悠悠喊了两个朋友过来,费了好大劲儿才把死猪一样的小王抬走。没有皇位只有规矩的王小爷估计没有24小时,别想恢复神智,至于该如何向悠悠的铁拳解释这些直男癌症状,那就看他的命了。

铁小乙这"舍得一身剐,敢把博士喝到垮"的套路,算是豁得出去,换得回来,从下午到半夜,吐了七八回,差点把胆汁都吐出来。要不是金豆豆在后半场把他的酒都换成了白开水,估计铁壮士现在已经去医院洗胃了。

"媳妇,我难受啊。"

"活该,自找的!"

第七天

红绸子的确难寻,红领巾倒是好找。外孙换下的两条旧货正好一个扇子把上配一个,反正剪上十几刀开成流苏,谁也看不出这是什么。

铁小乙拿起摆弄好的新扇子，打开合上，又转了几圈，一肚子成就感让他都有些飘飘然了。这扇子，面上喷香，骨上雕花，尾上拴穗，拿出去一个亮相，保证让一众宵小胆战心惊纳头便拜，百兽震惶万国来朝，千秋万代一统江湖……

"老东西，你又拿我跳舞的扇子瞎鼓捣什么呢！给我放下！今天你要再敢出去瞎嘚瑟，信不信我把你那一屋子零碎都给砸了！"

金豆豆从阳台上探出半个脑袋，举着给君子兰松土的小铲子，恶狠狠地发出了黄色警告。

铁小乙本能地看了自己书房一眼，确定多年收藏的一众模型都还安好，就屁颠屁颠凑去阳台献宝："看看，看看，我这手艺，是不是没治了？"

金豆豆推了推花镜，仔细上下打量了一番面目全非的扇子，闻了闻六神牌的香味，摸了摸哥特风的雕刻，抚了抚宫廷范的流苏，抬手先是一花铲子，接着追着铁小乙一路胖揍到楼下。要不是想着厨房灶上还煮着小米粥，她绝对能一路杀到海角天涯。

铁小乙牙好，牙好胃口就好，吃嘛嘛香身体倍儿棒，跑起来自然不是一般老头老太能匹敌的，他撒开脚丫子那起码能干到30迈。他连蹿带跳一直跑到了小区外的公园，回头看看，见终于死里逃生，这才靠在凉亭边上连呼哧带喘。

"哎呦，铁小乙，怎么，又被老婆揍了？"

老刘头不是个好东西,这么大年纪还这么八卦,活该他老伴跑去带孙子,把他自己扔家里守活寡。

铁小乙使劲儿白了他一眼,又喘了好几口气,这才回道:"你想象力挺丰富啊。我老婆舍得揍我?我这是出来跑个步,活动活动筋骨,一会儿回去好多喝两碗爱心红枣小米粥,你就眼巴巴地羡慕嫉妒恨去吧!"

老刘头逗弄着他家的破狗,贱兮兮地笑道:"对,对,活动个筋骨,反正我是没见谁是穿拖鞋跑步的,脑门上还顶个包。咋的,你是金角大王还是银角大王啊。"

铁小乙看看脚,摸摸头,立即决定把战火烧到对方窝里去,一本正经地斥责道:"你也一把年纪了,怎么一点公德心都没有。遛狗不拴绳,人神共愤之,养狗不铲屎,绝对没素质!能不能懂点事,别瞎晃悠了,赶紧带着你的狗回家立立规矩,不然我身为一个积极维护社会公理的合法公民,可要举报你了。今年的养狗新规知道吧,你这样的,两罪并罚,2000!"

老刘头被劈头盖脸说蒙了,好容易反应过来打算回几句嘴,却见铁小乙真拿起脖子上挂的手机打算举报,连忙抱着自己的小黄狗一溜烟就跑了,边跑边回头骂街。

法规嘛,就得完善!国家之前老是把一些日常问题归于道德层面,总想着用批评教育或思想引导来改善问题,可后来却发现:守法的不用操心,听点风声就知道打伞;刁蛮的就是不知好歹,说破天了他也只求自己便利。如此放任下去,时间久了,社会风气真的就要不得了,必须得管制一下,矫正风气。

现在好了,《养狗规定》《广场舞规定》《未成年人犯罪处理条例》等一系列新法规出台,不说很多社会矛盾解决了吧,起码良民们有自卫的武器了。

虽然铁小乙顶多只算半个良民,但他依旧感谢国家,只是如果国家能出台个什么规定提高一下自己的家庭地位,那就更好了。

铁小乙肚子有点饿,想迈步回家,可摸摸脑门上还挺疼的大包,越想越生气——这老娘们儿下手越来越没个轻重了,老子这次不惯她毛病,坚决不回去认错,老子要离家出走!

手中有粮,心中不慌,手中有机,走遍四方!感谢快捷支付,感谢虚拟货币,你们就是男子汉的脊梁,你们就是大英雄的刀枪!

十分钟后,铁小乙拍着手机将这俩破技术骂得狗血淋头——什么啊你就安全设置,什么啊你就二次验证,什么啊你就持卡人确认!我就想刷个码买双鞋,你"咔嚓"一下把验证提示发到金豆豆那婆娘手机上干啥!别说啥落后的指纹识别,我连视网膜都扫描了,你个破系统就不能差不多得了给我通过一下?好啊,越来越安全,再过几年你得安全到改脑电波确认付款了吧。

算了,不生那没用的气。好在今天天气好,不冷不热,穿拖鞋有点不方便,但还不至于有啥健康方面的影响,先凑合凑合吧。

铁小乙安慰着自己,摸了摸开始咕噜的肚子,转头杀奔早餐铺子。刷不了手机那就刷脸，赊了三根油条一碗豆腐脑，吃得气吞山河。

吃饱喝足之后，铁大英雄就开始计划接下来的行程了。往常生活都是很有规律的，吃完早饭看新闻，然后洗碗擦地，接着上午写字画画，下午打一个小时游戏再去公园练太极……今天不按这套来了，既然决定离家出走，那就彻底放飞自我，干点平时没干的，玩点平时没玩的，享受享受自由主义新生活。

可是，玩啥呢？

左边的空地上是广场舞。那玩意儿太没劲，不说啥音乐都能扭出大秧歌的感觉吧，是非还多，前两天几个老头还因为谁冲谁老伴儿飞眼了打架来着。

右边树荫下是麻将扑克加象棋。一个个水平不咋地，毛病不少，往死里输，一天也输不了五块钱，那还动不动整得高血压心脏病，急赤白脸的。

前面过了小树林的河边有很多人钓鱼，这就不去掺和了，弄一身鱼腥味回家肯定得挨揍。再说，俩小时钓一条巴掌大的鱼，这快乐咱理解不了，就别找那个不痛快了。

后面的小区里好像有探戈加华尔兹……这个就绝了念想吧。老头老太太搂着转来转去的，虽说身正不怕影子斜，可毕竟招怀疑，这离家出走没什么事，被怀疑离家出轨那事就大了。

铁小乙琢磨了半天，发现玩啥这个问题比没钱还严重，而且越想越想不出来，闹心啊。

张大姐绝对心明眼亮，和一群老头老太太聊得热火朝天，还不忘招呼瞎转悠路过的铁小乙。铁小乙平日很反感这种没事聚一堆扯闲篇的无意义行为,但今天闲着也是闲着,干脆蹲到一边,当起了热心听众。

"我跟你说,我真受不了我闺女,这来一趟就拿一堆营养品,来一趟就又一堆保健品。我说不让买,净瞎花钱,她还不乐意了,说我思想落后,不知道自己的健康比钱值钱,给我这一顿数落,哎呀,你说这把我愁得啊。"

王老太一招以退为进玩得炉火纯青,当即引来了一片羡慕的眼光。

赵老头就见不得这种刷心机,他就喜欢直来直去:"什么营养品保健品,那确实是瞎花钱。新闻早就揭露了,都是炒作概念甚至虚假宣传,根本不能代替药物,也没有太高健康价值。现在这个套路我们老家伙都不信了,怎么年轻人反而被忽悠了,快让你闺女别买了。"

铁小乙听了暗暗点头,心想,赵老头你这智商见长啊,参加脑力开发培训了吧。

没等他心里吐槽完,赵老头又接着说:"孝敬老人要讲究科学。你看我儿子,非要给我买最新发明的量子力学反物质床垫,据说能形成反衰老力场,阻止一种使人体衰老的激素分泌……"

好,这个新花招有点意思,量子力学都出来了,过两天再给你来个什么人工黑洞就更好了。铁小乙使劲咳嗽了几下,差点笑出声来。

事事拔尖的张大姐自然不甘落后,一拍巴掌就接上了话:

"哎呦,这个我听说了,说是宇宙科技,就是上太空站研究出来的,可贵了,三万多一个呢。我姑爷说还有一个加强版,效果能增强几倍,才七万,非要送我一个……"

这一招移花接木干得漂亮!

"就算高科技,可老躺着总不是个事吧。多出去活动活动才好,我儿子就说等有空了带我出国转转去。亚马逊徒步十日游听着就有意思,你们谁有兴趣一起去?"

你确定你儿子不是打算把你埋骨他乡?

"出国有什么好的,什么也听不懂,过年我女儿要带全家去三亚。"

大姐,过年的时候三亚的人流量都能赶上超市促销,你这身板行不行啊。

……

小小的老年论坛口沫横飞,话题堪称天马行空,转折可谓跌宕起伏。

虚荣只是表面现象,内核其实是孤单和寂寞。

铁小乙其实并不想嘲笑他们,他只是觉得老家伙们的这种悲哀是活该,年纪越大越活得没有自我,实在是夕阳红的耻辱。

可惜,他精神层面的优越感并没维持多久,话题很快就转向了孙子辈。夸孙子聪明的,赞孙女漂亮的,吹外孙高智商的,捧外孙女多才艺的……铁小乙不知不觉就跟着下了道,呜里哇啦炫耀起自家外孙得自己亲传的拳脚功夫,说到得意处,还打了几招拳脚引来阵阵喝彩。

等人家都陆续回家吃中午饭了，铁小乙才发现：市井文化毒害大啊，自己稍一麻痹大意就被拉下了水，堕落啊，同流合污啊，晚节不保啊。

牌坊倒塌的问题先放一边，现在的问题是，中午饭怎么办？平日里饮食太健康，基本不出来吃饭，除了早餐铺子，上别家去刷脸的成功率基本为零。

要不吃个霸王餐？

拉倒吧，人家一报警，警察来了肯定得通知家属，那自己下面这小半辈的人就算丢出去了。还是没经验啊，早饭刷脸的时候多刷屉包子留着多好……

铁小乙看看手机，发现金豆豆这婆娘连个信息都没发，对离家出走的大英雄毫不关心。他顿时绝了回去吃个饭再继续离家出走的念头，一边咬牙切齿，一边摸着肚子继续瞎转悠。他走到一家小超市门前，看到个四五岁的小胖子正咬着根火腿肠蹦出来，还是无淀粉纯肉粒的。

铁小乙灵光乍现，蹲到小胖子身边，堆出一脸慈祥的笑容开始忽悠："孩子，你喜不喜欢魔术？"

"不喜欢！"

哎，不是，你应该说喜欢啊，不然我怎么给你表演把香肠吃没的魔术呢。

"那你想不想见识一下超能力？"

"不想！"

这孩子怎么回事，你的好奇心呢，你的求知欲呢，你到底是不是个孩子？

"我给你表演一下绝世武功无影手怎么样？"

"不怎么样！"

没等黔驴技穷的铁小乙想明白到底要不要明抢，小胖子扭头冲店里喊道："爸爸，爸爸，有个人贩子想骗我！"

铁小乙差点一屁股蹾地上：我的个天爷啊，这孩子教育得也太好了吧，智商情商都高得没边儿了，和他相比我小时候就是个大傻子啊。

好说歹说才还了自己清白，铁小乙饿得有点累了，看看离家起码两站地，应该没人认识自己，便干脆找个路边长椅，抱着肩膀睡了个午觉。

这一觉睡得昏天暗地，等睁开眼的时候天都擦黑了。铁小乙正琢磨着这时辰在文言文里是不是应该算夜未央，却突然发现自己怀里多了好几张钞票，有五块的，有十块的，加起来四十多呢。

看来自从国家严打假乞丐行骗，社会风气好多了，人心也焐暖了。合计着自己这应该不算非法行乞，顶多算个扶贫帮困，铁小乙就大大方方地把钱揣起来，打算去祭祭五脏庙。

不能辜负了塞钱的好心人，不能蹉跎了自由的好时光，要吃就去吃臭婆娘平时不让吃的！烤鸭吃不起，咱吃烤串！

小腰就啤酒,神仙拉不走,肉筋加蒜瓣,唐僧都打转。

铁小乙细嚼慢咽,撸一口能嚼三十多下,这点钱,不欺骗一下自己的胃那肯定是吃不饱的。

拼桌的小伙子很爽快,抬手就塞给铁小乙两个大腰子,用实际行动向身边的女朋友表现自己尊老爱幼的优秀品格。铁小乙好歹也是半个文化人,闻弦音知雅意,咬着腰子就开始夸小伙是本世纪最后一个真豪杰。

话题正从"华盛顿压根没砍过樱桃树"转到"孔融让梨是厚黑学的早期应用",一声尖锐的急刹惊得大排档中的人集体一哆嗦。

铁小乙扭头就要怒斥这种危险的不文明行为,却见急刹在路边的越野车上当先蹿下的是闺女悠悠,后面紧跟着金豆豆和小外孙。没等铁小乙把脑袋埋到桌子下面,悠悠已经一把将他按住,回头扯着嗓子喊道:"妈,抓住了!"

铁小乙两次试图反擒拿均告失败,歪着头斜着眼瞪闺女,心说:关节技都用上了,你这是抓逃犯啊!彻底投靠你妈了是吧,好,你个臭丫头终于卖爹求荣,向你老子下黑手了呀!还有那个抱着我腿的小白眼狼,我这些年白疼你了。今天我算看明白了,世态炎凉,人间冷暖啊!

没等铁小乙发出终极必杀"满地打滚",金豆豆已经到了跟前,紧紧握住他的手,红着眼眶问道:"老头子,你还认识我吗?"

这话问得太吓人了,随便一琢磨信息量就很惊人。这要是个科幻小说，那估计是我穿越时空了；要是个奇幻小说，没准是我死而复生了；要是个推理小说，很可能我就是个精神病，一辈子都是幻觉啊。

三秒之间，铁小乙大脑转了7200转，差点温度过高迸几个火花，冷静了五六下，这才小心地尝试着给了个最稳当的回答："认识啊，你是我家天姿国色、秀外慧中、虚怀若谷、明察秋毫的金豆豆啊。"

千穿万穿马屁不穿，这个答案看来是正确的，悠悠松开手，长出一口气笑道："妈，你就是想多了。你看，我就说我爸不可能老年痴呆吧，要呆也得再过几年嘛。"

挂在腿上的外孙子转抓为抱，停好车跟过来的女婿小诚很狗腿地连连点头。

铁小乙疑惑地问："我就是离家出走一把，怎么就老年痴呆了？"

金豆豆拍着胸口，没好气地说："还不是那个张姐！我见你一上午没回来，打电话也打不通，就出来找，结果碰上张姐。她跟我说你上午很反常，蹲在墙根听他们聊天，听得一脸傻笑，后来还手舞足蹈耍猴戏来着，让我注意点你是不是老年痴呆前兆。

"我赶紧给悠悠打电话，发动了所有认识的人一起找你。后来找到个小超市，周围人说你在那儿跟小孩胡言乱语差点被当成人贩子，超市的老板也说当时就觉得你精神好像不太正常，挺后悔没留下你或者报警的。"

悠悠一边帮她妈顺气,一边接着说道:"您是不知道我妈当时那个担心啊,差点晕过去,急得上蹿下跳,给这方圆几公里安排了周密的追捕计划,拉着我们到处转悠。这好在是把您逮着了,不然啊,我们这十几辆车的搜索范围就得扩大到十公里半径了。爸,不是我说您啊,怎么就想起来要离家出走了呢,为什么呀?"

铁小乙想起早上那一铲子就来气,扭头看天,哼了一声说:"哪里有压迫,哪里就有反抗!就没见过她这样的!我好心好意给她把跳舞的扇子加工了一番,洒了香,雕了花,加了穗,结果人家一句好话没有,还给我脑袋一铲子,一路追杀我到楼下啊。你说,这还是人吗?我不离家出走我还有活路吗!"

悠悠回头看她妈,金豆豆有点心虚地说:"我一看那红绸条的穗子,还以为他把我收起来的那条红领巾给裁了,所以才揍他的。"

"我拿的是外孙前天给我的两条旧的!什么你收起来的那条……哪条?"

"就你小时候从红旗上裁下来那条,后来不是让我给没收了嘛……"

"哦,哦,那条,你还收着呢,哦,那该生气,哈哈……"

气氛莫名其妙地有点尴尬。

金豆豆这辈子都比铁小乙快一步,没等尴尬蔓延,她就转了话题:"你手机怎么回事,为什么一直打不通?"

"不通吗?不可能啊……哎呀,是没信号啊,难怪没电话也没信息……哦，不会是我没买上鞋那会儿拍了几下，把芯片拍松了吧？这什么高级手机，质量就是不行，大学时候的诺基亚直板我都能当板砖使……"

"先别说板砖的回忆，先说说烤串的问题！不是三令五申不许你吃烧烤喝啤酒吗？怎么，三大纪律八项注意不好使了是吧？"

"没有不好使，我这不是太饿了，就不小心给忘了嘛。通融通融，只站墙角，不罚没零花钱行不行。哎，哎，不是，你轻点，这还有孩子呢，别拽我耳朵！我急眼了啊……"

看着夕阳下扭打在一起离开的背影，同桌小伙子的女朋友眼神有些迷离，半晌才转过头意味深长地冲小伙子笑了笑。小伙子打了个哆嗦，不寒而栗。

尾声

壁炉里的木柴爆了个火星，扰了铁小乙的好梦。他打个哈欠，搓搓眼屎，迷迷糊糊地抬眼看了看，见旁边摇椅上的金豆豆也睡着了，便费了好大劲儿，把自己腿上盖的毯子扔到了她身上。

人年纪大了，精力总是不济，坐着都会犯困，却又睡不了整觉，只是一下一下地冲盹，一段一段地做梦。梦并不连续，好像破碎的七巧板，怎么都没法拼成完整的形状。铁小乙坚定地认为，这应该不是智商的问题，仅仅只是体力不济，下回攒点体力好好睡一觉，没准就从小短片变成连续剧了。

零碎也有零碎的好处,人这一生,难免七灾八难,刚才梦到的七天,起码是幸福的七天,想起来一点都不糟心,这应该也正是它们被保留得如此鲜活的原因吧。

铁小乙已经有点想不起来自己过两天是该过87,还是97,或者是107的生日了。想不起来就证明这事其实不重要,活着才重要,活得开心才重要,和金豆豆一起活得开心,才最最重要。

重要归重要,可这狗屁复古风情的壁炉就是没暖气好,火烤前胸暖,风吹后背凉,把毯子全给她了自己还是有点凉飕飕的。

铁小乙懒得伸手去抢回半边毯子,也懒得张嘴喊中央空调,干脆滑了滑手心下面的控制器,让躺椅转了半圈,开始烤后背。

困意又如潮水般涌了上来,令人无法抵抗。铁小乙把手搭在金豆豆手上,安心地咂巴了两下嘴,没来得及擦口水,就又打起了小呼噜。

执子之手与子偕老,人生就该如此美好。

克隆情敌

生命的浪花

文／小威

上部　所谓文明

◆ 1 ◆

音乐轻柔，霓虹闪烁。我歪坐在"新千年大剧场"的一个角落里，肆无忌惮地将双腿横放在茶几上，边喝着淡得近乎不含酒精的啤酒，边烦躁不安地注视着舞池中的丽晶。

丽晶正跟一位其貌不扬但却颇为斯文的年轻人跳舞。她朝我笑了笑。从她的笑容里，我能看出她对我这副旁若无人的姿态的无奈，同时也知道她能理解我心中的落寞——我不会跳舞，对音乐也没丝毫兴趣。我比较喜欢那些自然野性而又具有震撼力的东西，比方说拳击、赛马、打猎等。这个浮华造作的环境，只能让我感到压抑和沉闷。我一向不喜欢过于精致的城市文明。丽晶也不喜欢，所以我们长期住在海边一幢小木屋中。她是学海洋生物的，但学得并不精。她对海里那些珊瑚、珠贝、海螺、螃蟹之类小生灵喜爱的程度，远远超过了她对它们研究的兴趣。她还小，有些贪玩儿，是个自由散漫、单纯任性的女孩子。

也正因为如此,我才喜欢她。

我不喜欢过分成熟的女人,成熟的女人对男人要求太多。而丽晶却从来没向我要求过汽车洋房之类太过现实的东西。她是个极容易满足的女人,有些贪吃,最经不起菜香的诱惑。所以,即便我们偶尔吵了架,我也不去哄她,只需认认真真烧上几道好菜,她嗅着香味儿,便会眉开眼笑了。当然,也有嗅不到的时候,那肯定是我把她气得一个人跑到了海边。不过这也没关系,只要我拎了锅勺儿站到门外,当当一顿猛敲,她听了锅勺相撞的声音,照样会条件反射般产生一种饥饿的感觉,照样会像只禁不住诱惑的小兽一样跑回来。

所以我觉得丽晶这辈子是离不开我了,而她却说,不是离不开我,而是离不开我做的饭菜……

◆ 2 ◆

现在是二十一世纪二十年代。二十多年前,我曾写过一篇叫作《较量》的小说。那是一篇略带自传性质的文字,写的是我年轻时的一段心路历程。丽晶就是因为想见见小说的作者而走进我的生活的。

那天我正在海边钓鱼,她骑着单车突然出现在我面前:"老头儿,你儿子在家吗?"

我呆愣愣打量着这个眼睛很大,略带野性的女孩儿。我半生孤独,无妻无子。

"怎么是你！"丽晶眼睛一亮，惊呼了一声。我也觉得她有些面熟，但一时间却想不起在哪儿见过。

"你忘了，几年前局子里向你讨烟的那个女孩儿……"经她提醒，我猛然间想起了几年前的一件趣事儿：

几年前，我的一位搞行为艺术的哥们儿因所谓的家庭暴力被关进了局子。其实并不是真的家庭暴力，只是两口子在一块儿生活久了，觉着无聊，想换个花样儿。于是，哥们儿将一丝不挂的老婆绑在了床头，多半还用毛巾塞住了嘴巴……但他们却没有想到，这一幕早已通过各家各户配备的防暴监测设施，传入了警方的电子终端监控系统——以高科技为核心的现代文明就是这样，人们既要享受它给人类带来的方便，同时还要承受它给人类带来的尴尬！结果，正当两口子在兴头儿上欲罢不能之际，一群警察突然破门而入——我那哥们儿被带进了局子，而他老婆自然要替他辩解，称这完全是一种自愿行为！但警方却因此怀疑那女人有受虐倾向，非要她去相关部门开具精神正常的证明……恰好我早年曾开过一家心理诊所，在心理学界多多少少还算有几个朋友，于是哥们儿的老婆找到了我。

费了好大周折，哥们儿的事儿总算摆平了。谁知办完事正要离开局子时，我却被一个眼睛很大的女孩儿拦住了——她向我要烟吸。我说这么点孩子就吸烟，也太不学好了你！她翻个白眼儿："没看本姑娘正烦着吗，少啰唆，快拿来！"她大大咧咧向我伸出手。我被她那副野性和叛逆的样子逗乐了。

她就是丽晶！

那时丽晶还是个学生，因为恶作剧把《诗经》中那句"窈窕淑女，君子好逑"改成了"坏蛋帅哥，淑女好逑"，被老师数落了几句，一气之下逃学去了动物园，并于无意间打开了一个关熊的笼子，虽没酿成大错，却被请进了局子！

　　我年轻时也是个顽劣少年，见到这样一位淘气女孩儿难免物伤其类，惺惺相惜，于是去学校替她开了证明，又替她交了罚单，之后把她带出了局子——她当时并不理解我的这份好心，临别时问了我句："老头儿，你干吗对我那么好呢？"我笑了笑，想起她改的那句古诗，于是半开玩笑地回答："女人不坏，男人不爱嘛。"

　　几年后重逢，丽晶已经变成大姑娘了，多了一分成熟的风韵，但还是掩不住骨子里那份率性和天真。她又笑着问了句："你儿子呢？"我告诉她我一直未婚，无妻无子。她又问，"那吴非是谁？"我说，"我就是吴非。"她愣愣地看着我，之后从车架上取下一本书向我挥了挥，非常诧异地说："不会吧！"我看看那本书，正是《较量》，这才知道她来此的目的，于是笑着说，也不看看这是第几版了！

　　"喔，原来你变成老头啦！"她如梦方醒，被自己的粗心逗乐了。

　　男人在女人面前总是不服老的："老头怎么了，跳海里我能一口气游十几公里，你能吗？"

　　"当然能，"她逗能似的昂起头，"不信咱就比比，看谁厉害。"说罢，也不等我同意，丢下自行车，拎了背包走了。

再出现时，她已换了一身泳装。因是春日，还有些微冷，所以泳装是全身的，只凸显线条，并无春光暴露在外。看来她在来这儿之前，就想到要去海里游泳了……

正是黄昏，海天一色，沙滩一片金黄，晚风习习，涛声阵阵，她站在海天之间，夕阳在她身上洒了一层淡淡的光晕，长发背了风，轻轻飘动，面上洋溢着青春笑容——看着她，我有些呆了。

"喂，老头儿，想什么呢？"

"没想什么。"

"你说谎。"她嘻嘻一笑。

"那你说我在想什么？"

"你肯定在想，这女孩儿真美，真是帅呆了，酷毙了，哈哈，是吧？"

……

正是落潮时分，海平面上一处岛礁露出水面，形成一个环状岛屿。我们相约看谁先登上那个小岛，之后下水了。春日的海水还有些微冷，我刚到水里就打了个寒战……

海上视物，看着近，游起来才知道远！随着缓缓退却的海流，丽晶不断变换着泳姿，劈波斩浪，一路领先。她的水性确实不错，在逐渐暗淡下来的海水中，像极了一条灵动异常的鱼！而我却始终用一种泳姿紧随其后，我没她那种出色的泳技，但我相信我绝对比她有毅力……天完全黑透的时候，我先她一步登上了小岛，之后她也疲惫不堪地爬了上来。

看着她那垂头丧气的样子,我乐了,笑着问她:"服了吧?"

"不服!"她嘴里虽说着不服,但心里已经怯了。于是我故意激她,"不服,那咱现在就向回游,看谁能先到岸上。"

"我得歇歇。"

"那你就歇着吧,等明儿涨潮时再让海水把你送回去。"说完,我一头扎入了水中。她喊,"等等我!"随即也下了水。

向回游,是略微有些顶着浪的,又因为来时已耗费了太多体力,所以这时游起来便不似来时那样轻松,甚至可以说是非常吃力!而她的耐力原就不够,因此还没向回游多远,便开始叫苦嚷累了。

没有月亮,天上点缀着一粒粒亮亮的星子,海水呈深褐色,越来越凉,苍茫大海中,看不到岸,岸还远,很远!隐隐地,我心生了一种不祥的感觉——她若游不动了咋办?

怕什么偏来什么!她惊叫了一声,我心里一颤,再回头时海面上已消没了她的踪迹!

在黑漆漆的海面上,拼命搜寻着,良久,也许只是一瞬,但那一瞬比整个世纪还要漫长,我终于找到了她。她的腿突然抽筋了,当我把她救起时,她已狠呛了几口海水。惊慌失措的她死死缠着我不放。这是最危险的,这样两个人只能死在一块儿!

费了好大劲儿,我才使她平静下来,之后带着她向回游去……暗夜,茫茫大海,一个又一个浪头不断压来,两个相挽相携的身影在死亡的边缘挣扎、泅渡。岸一寸寸靠近,我的体力也在一点点消失。

她感觉到了我的疲惫,她问:"你还行吗?"我没回答,只奋力划动着酸胀的四肢。她见我没说话,又问,"这一带有鲨鱼吗?"我说,"有,前几天才有个女孩儿被咬断了条腿!"我是逗她的,其实并没这样的事,但她却怕了。她害怕的也许并不是死亡本身,而是丢掉条腿的惨状!女人是最爱美的,她打个哆嗦,腿脚居然在一瞬间活动自如了……

死亡的威胁、生死患难的经历最能拉近人与人之间的距离,上岸后没几天,丽晶从城里搬来了她的全部家当。她是学海洋生物的,海滨生活恰对她的胃口。而年龄的差异在这个年代已很难成为婚姻的障碍,因为这时各种人体克隆器官已相继问世,只要乐意,人们随时可以更换身上老化器官。因此,这时的人类更像一种可以随意拆装组合的机器,即便年逾古稀,只要换上相应零件儿,外表再稍加整饰处理,便和一架新机器无异了。

我并不反对科学,更不敌视进步,但却无法把自己看成机器,而我的同龄人以及比我更老迈的那些家伙,却多已尝到了克隆技术给他们带来的甜头儿。比如舞场中那一张张年轻的面孔,这其中真正的年轻人当然占大多数,但也不乏冒牌货。

◆ 3 ◆

也许是怕我一个人心烦,那支悠长平和的舞曲还没结束,丽晶便小鹿样向我奔过来。

我问她，"怎么不跳了？"她说，"人家不是怕你一个人闷吗！""啥时学会疼人了？""我一直都是这样的啊！"她说着一屁股坐到了我的腿上，我笑着替她梳理了一下有些凌乱的头发。

正这时，那个陪丽晶跳舞的年轻人缓步走了过来，"喂，这么大人了，怎么还跟伯父撒娇呢？"

丽晶嘻嘻一笑，单手勾了我的脖子，不无得意地回答："这是我老公！"

那人微微一怔，斜眼看了看我搭在茶几上的双腿，微微皱了皱眉。显然，他觉得我这种行为是极不礼貌的，但他还是向我点了个头，并伸出右手，说了声"您好"。

我没理他。他心里既对我没好感，我便没必要接受他表面上的礼貌，更无须跟他握手！于是，那人站在原地，面现一种尴尬之色！丽晶见我冷落那人，白了我一眼，拍拍一旁的沙发，说："坐吧。"

那人极不自然地笑着，说了声"谢谢"，居然颇不识趣儿地坐了下来，并没话找话地问："那场恐怖戏该开场了吧？"

"应该快了。"丽晶回答。

今天我到这里原是陪丽晶来欣赏一出叫作《超级恐怖》的现代剧的。该恐怖剧还没开始，想来是导演为了反衬恐怖气氛，才故意为观众安排这样一场悠长平和的舞会作为前奏的吧？

正这般想着，音乐突然停了，舞池中的观众乱纷纷走回原位。与此同时，一位身着藕荷色连衣裙的主持人款款走到舞台中央，手持麦克风笑吟吟注视着台下观众——她张了张嘴,看来是要预报即将上演的剧目了。观众席间的嘈杂因之停止,大伙儿纷纷把目光聚焦在主持人身上,但主持人的嘴巴只是无声地微微一动,面上神色突然一变,便半张了嘴巴,惊愕地向观众席后面望去——众人不约而同回头后望,才发现剧场大门正在悄悄合拢,几个持枪蒙面人正向这边逼来!还没等大伙儿明白这是怎么回事,那几个人蒙面人已开始吼了:"不许动,蹲下,都他妈蹲下!"

我点了支烟,满不在乎地深吸一口,双腿依旧纹丝不动横搭在对面的茶几上。我想,这大概就是那出所谓的《超级恐怖》吧?真他妈无聊,吓谁呢?

大部分观众和我抱同一种态度,大伙儿都把这当成了导演故弄玄虚玩儿的一个恐怖花样,因此场内并未出现应有的骚乱——人们只是笑殷殷看着那几个持枪蒙面人!

面对这样的场景,那几个蒙面人似乎恼了,于是枪口向上,对准剧场屋顶的吊灯扣动了扳机。沉闷的枪声中,弹片与吊灯的碎片当头落下,光线为之一暗,众人心中一凛!

我是个非常喜欢玩枪的人,一听这枪声便已断定这是真家伙,是五百发连射的冲锋枪!妈的,看来当真是碰上劫匪了!

"蹲下,都他妈给老子蹲下!"那些劫匪边吼着边把枪口对准了大伙。我扯了把丽晶,示意她随我蹲到地上。

那帮歹徒骂骂咧咧开始逐一搜身。金钱本是身外之物,与生命相比实在显得太微不足道了——这个道理大伙儿都懂,所以人们表现得非常顺从，有些人甚至主动交出随身财物，并翻卷了自己身上所有口袋以示"清白"。

总之，没人反抗，甚至没人发一句怨言……看着这一切，我忽然感觉到一种不对劲儿。难道这么多人里，就没有一个人站出来反抗吗？难道这社会竟文明到了软弱，善良到了可欺的地步？假如是这样，那这便不是真正的文明，而是文明的没落，文明的悲哀！

正想着，一个歹徒用枪托捅了捅那个陪丽晶跳舞的年轻人——和别的观众不同，别人都是老老实实蹲在地上的，而他在枪声响起的一瞬，早已一头扎入了两个沙发的夹缝中，只留一个高高撅起瑟瑟发抖的臀部极其夸张地暴露在外，跟只受惊的鸵鸟似的！那蒙面人用枪管捅的，正是他的屁股，但这一捅，却使他更加卖力地向夹缝中挤去。

于是蒙面人只好抓了他的腰带，猛力一提，将其抛在地上！"妈的，老子只要钱，不要命！"蒙面人伸手示意他掏出身上钱物，但这时他已目光呆滞，面如金纸，软瘫在地，竟连伸手取钱的能力也没有了！

我鄙夷地瞪了那个年轻人一眼，之后半开玩笑地提醒劫匪要抓紧时间，不然警察来了就不好办了。歹徒瞪我一眼，俯身去搜那青年的身。趁这工夫，我紧着将身上所有钱物取了出来，并安慰自己说，钱算什么，王八蛋一个，花了还能赚的，只当是赞助这帮恐怖分子了吧……

歹徒搜完那人的身后，我主动把钱递了过去。随后歹徒把目光转向丽晶，冷声说道："你！"丽晶白了那人一眼，没说话。

"钱都给你们了,这是我老婆。"我替丽晶解释着并将她更紧地揽入了怀中。我是她的丈夫,我得保护她不受伤害!

蒙面人向丽晶翘了翘下巴,示意她取下脖子上的项链。项链并不值钱,但却五彩斑斓相当漂亮,是我用了近半个月时间从上万只小海贝中精挑细选,为她制成的一串心情项链。丽晶非常珍惜,一直把它挂在脖子上。

"拿来!"蒙面人向丽晶伸手。

"给他吧,以后我另给你做一串更漂亮的。"我柔声劝她。

"不!"丽晶坚决地摇了摇头,她天性倔强,向来是吃软不吃硬,谁要是跟她硬来,她多半会用同样的态度回敬对方!

"拿来!"蒙面人见丽晶不肯交出项链,突然向她胸颈前抓来。

"别碰她!"我伸手挡开了那人的胳膊。我可以忍受任何侮辱,但我绝不能容忍任何人对丽晶不恭。我双眼喷火,逼视着那人。

那人调转枪口,突然用枪托向我头上砸来:"妈的,我看你是活腻歪了!"我把头一侧,随手抓住袭来的枪托,同时抬脚向那人膝盖踹去。他尖叫一声,丢了枪,哀号着蹲在地上——兔子急了还他妈咬人呢,更何况我是一个人,一个男人!我急了,平端了冲锋枪对准了另外几个正冲过来的蒙面人。这一刻不是鱼死,便是网破,绝不能有丝毫犹豫——我立即扣动了扳机——嘎叭一声微响,我愣了,弹匣居然是空的,再无一发子弹!

"喂,停,停!"幕布一动,一个面皮白净身穿燕尾服的小子急奔而出，与此同时，剧场内所有备用灯同时亮了。强光耀得人眼花，我揉了揉眼，才看清奔过来的那小子是我一哥们儿——行为主义大师，后现代主义顶梁柱张放！

妈的，原来还是一场戏，只不过比普通的现代剧更逼真些罢了！

张放特得意。早在我进入剧场时，他已从幕后的电子显示屏上发现了我，所以他才故意恶作剧让其中的一个蒙面演员跟我过不去——他原是想让我出出丑的，结果我这丑却出大了，所以他只得提前结束这场演出，并因为骗过了我而大为开心。他笑着问："哥们儿这出戏玩儿得绝吧？"

"绝。但再绝也绝不过你跟老婆玩儿的那一手吧？"我打趣他。 张放是个很有天赋的艺坛怪客，总能整出些莫名其妙的鬼点子引来世人的瞩目。几年前，我从局子里救出的那哥们儿，就是眼前这小子！

剧场内渐渐恢复平静，几个演员已摘下面具，正在为观众发还钱物。主持人也在一遍遍反复向观众道歉，声明这场演出一来是为了让大伙儿体验一种身临其境的恐怖感觉，二来也是想让世人明白，假如人类文明失去了反抗精神，那便只能沦为暴力的奴隶了！

就在我和张放聊天儿的这段时间里，丽晶已扶起了那个陪她跳舞的年轻人。既明白这只是一场虚惊，那年轻人也就渐渐恢复了常态。

随后,张放邀我和丽晶一道去吃饭。在临离开剧场前,那个年轻人向丽晶要了我们家的地址。他说他虽然胆小,却崇拜英雄,说有机会一定要登门拜访我们。我白了他一眼,没说话。张放则目不转睛注视了他良久,之后才和我勾肩搭背走出剧场。

车上,张放皱着眉沉吟了好长一段时间,突然问了句:"吴非,我怎么看那年轻人特别像你呢!"

"你这不成心糟践我吗!"我笑骂他。

"真的,他那副眉眼、脸型,跟几十年前的你简直一操行。"

"哦,我说我怎么总觉得那人眼熟呢,原来是这样呀?"丽晶没见过我年轻时的样子,甚至没见过我二十来岁时的照片。我很少照相的。

"从实招来,那小伙子跟你是何关系?"张放继续跟我开玩笑。

"你就当那是我儿子吧,反正你说啥丽晶也不会相信的。"

"谁说我不信啦?"丽晶也来故意气我了。

下部　克隆人生

◆ 4 ◆

我和丽晶回到海边的第三天上午，陪她跳舞的那个年轻人果然来了，而且不止一人。

当时我和丽晶正在制作一件海洋生物标本，身后突然传来敲门声，我头也没回地说了句："门没关，是人就进来吧。""呀，是你！"丽晶回头，惊喜地叫了一声。我这才回头，一看，不禁呆了。让我发呆的并不是那个年轻人，而是他身边的那个女人——乔！

二十多年未见，乔依然年轻，风姿不减，犹若少妇。这当然是克隆技术给她带来的好处。如果我猜的不错，这时她身上至少已换了一套新的女性内分泌系统了，因为只有足够的激素分泌，才能重新激活她的皮质细胞，使她容光焕发宛若当年。

"怎么是你？"我吃惊地问了一句。

"吴非！"乔也认出了我，唤出了我的名字——没想到这时那个正和丽晶说话的年轻人扭头问了一句："妈妈，什么事儿？"乔笑着回答："妈妈不是叫你的。"

"难道这位伯伯和我同名吗？"那年轻人颇为不解地望着乔，他当然不知道我的名字。乔点了点头。

"哦，原来你们认识啊？"丽晶诧异。

"这是我的爱人，丽晶，这是乔，我从前的一个朋友。"我替她们做了介绍。

"乔阿姨您好。"丽晶向乔伸出手。

"我有那么老吗？"乔有些不悦。

"那我怎么称呼您呢？"

"叫我乔姐吧。"

"那，他可就比我小一辈儿了。"丽晶笑嘻嘻指指那人。

"吴非，你不是一直想看海吗，让丽晶陪你去吧。"乔有意要支开二人。

"去吧。"我也说。

两个人出去后，我和乔面对面站着。良久，我才笑骂了句："个狗的，你这不成心糟践我吗！"

乔知道我是指她给儿子取名吴非的事，于是笑着说："人家这不也是一种怀旧嘛。"

"去你大爷的！"我骂乔。我骂人时的腔调很动听。乔喜欢听我骂人时的语气,喜欢看我骂人时的表情——几十年前,她曾说听我骂人简直是一种享受,所以那时我没少骂她。

"你看吴非比年轻时的你怎样?"乔颇为自得地望着我。我想起了剧场中吴非的丑态,于是毫不客气地说:"他配跟我比吗!"

乔瞟了我一眼,极为不屑地问:"像他这么大的时候,你干吗呢?"我坦然回答:"在建筑队打工。"乔笑了,"可是他现在已拿到硕士文凭了,他听话,懂事,在家是个好孩子,在校是个好学生,可是你呢,你哪一点能比得上他?"

"是,他比我强,比我出色这总行了吧?"我不想跟乔争论,几十年前她就瞧我不顺眼,所以我们只同居了一年就分手了。

"他当然比你强。我不但让他接受了最高等的教育,而且还让他过上了上等人的生活……我把他调教得如此出色,也算对得起你了吧?"

"怎么,他——"我怔住了。

二十多年前,乔的确怀过一个孩子,但是不是我的却很难说。那时我很穷,靠给出版商写些无聊文字过活。那时乔常常在我面前唠叨,说我这人哪儿都好,就是穷了点儿,不能做她的终身依靠……后来,当我有一天打开房门时,发现床上多了另外一个男人,便和乔分手了。

分手后不久,乔又来找我,说是怀孕了。

我告诉她假如孩子果真是我的,我会对孩子负责。但她却执意要把孩子打掉,因为那时她要嫁人了,男方虽上了年纪,但却是个有钱人。于是我陪她打了胎。之后她又要求我陪她去再造一个处女膜,我觉得恶心,说她是既想当婊子,又要立贞节牌坊,她一气之下骂了声"操你祖宗",之后掉头而去!

此后的半年里,我一直在埋头写作,啃方便面,吸劣质纸烟,但精神很好,离开乔并没让我感到多大痛苦——我的那篇《较量》就是在那个时期完成的。那时我还不会用电脑,都是手写稿。

那天我把《较量》的手写稿送邮后,信步在街上闲逛,不期然又碰上了乔。乔珠光宝气,牵着条哈巴狗郁郁独行。她结婚了,嫁的正是那位富翁,但看样子并不十分幸福。所以当时我说她活该,是自作自受。她反唇相讥,说总比嫁给个穷鬼、嫁给个没教养的野蛮人强之百倍……正说着,几个穿皮夹克的男人向这边走来,乔见状牵了哈巴狗走开了。我也想走,但那几个人这时已走到面前,其中一人一声不吭递过来张纸条儿,我以为是街头广告,没在意,伸手接了。不成想几个人立马把我围了起来,并伸手讨钱。我这才知道是碰上强行出售电影票的痞子了!当时心情本就不好,碰上这种欺人勾当心里更恼,我一言未发挥拳照一小子脸上打去,另外几个人一愣,之后同时向我出手——整个打斗过程没超过三十秒钟,我被他们一脚踢飞了出去,他们之中也有两个人躺在了地上——直到这时,乔才惊觉身后有异,回头尖叫了一声:"你们干吗,我可报警了!"我是向上蹿的一瞬被人踢中的,乔回头惊叫时我恰好落到地上一连翻了几个滚儿并在刹那间重新跃起——我原是准备再次冲向那几个人的,但乔一嚷报警却急坏了我,因为警察若一插手这事,我就没法亲手废掉那几个丫的了。我对乔狂吼:"你敢报警,我他妈宰了你!"

那几个人见我怒发如狂,知道碰上了玩儿命角色,心里发虚,扶起两个倒在地上的同伙儿,灰溜溜向后退却。围观的群众也来劝我:"小伙子,算了,双拳难敌四手,见好就收吧……"

直到那几个人走远,我才感觉到疼,那一脚只差一点就踢中了男人身上至关紧要的部位……乔把额上淌汗的我送进了医院,事后又把我送回了家。她的婚姻的确不是很如意,她丈夫先天不育,东西软得跟面条似的。她很寂寞,我也是。于是干柴烈火又碰到了一起。激情中,她说她要给我生个儿子——她一直是这样,只要一来劲就嚷着给我生个儿子!也许是有些恨她吧,我狼一样疯狂地在她身上折腾,她却觉得舒服……事后,我心里充满了一种懊恼,觉着自己堕落了。而乔却双眸闪亮,面色潮红,边穿衣服边美滋滋地夸我:"你这人一无是处,就那玩意儿好用!"我恼了,有种被人利用了的感觉,妈的,配种站的牲口还他妈不白干活呢……我一记耳光把乔抽下床,骂了声"滚"!

自那次之后,我和乔二十多年再无联系——难道这个吴非就是那次乱情的结果?我满怀疑问地注视着乔。

乔问我还记不记得送我住院那件事,我点了点头。乔说:"你不是视金钱如粪土吗?但我却用这粪土不如的东西买动了医生,用你身上的'干细胞'重新克隆了一个比你强之百倍的你。这么多年来,我一直小心呵护着他,把一切灾难和困苦替他挡在了门外,我发誓我要让他优雅出众,摒弃你身上的一切恶习……"

经乔这一说,我才知道她用我的细胞克隆了一个新的胚胎,植入了她的子宫,生出了另一个我!

乔对她养大的这个吴非非常满意。她觉得这才是她理想中的那个我——优雅、斯文、平和、温柔，身上全无一丝暴戾之气。但我却并不觉得自己有什么不好，更不把我年轻时的挫折和贫穷当成耻辱。人来到这个世上，原本就是为了体验生活中的酸甜苦辣的。假如生命中没了挫折和无奈，那人生还有什么意义？假如一个人不能战胜艰难困苦，只想着坐享其成，那还叫什么人生？我和乔是不同的，她追求的是享乐，总想着索取，但我却渴望面对挑战，并在迎击挫折和困难的同时迸发出生命激情。所以，我活得比她成功，比她丰富，比她更有深度。特别是最终和丽晶走到一起后，我更坚信了当年离开乔的正确。

我含笑问她："你看丽晶怎么样？"

"一看就是个骚货。"

"但她那代表处女身份的东西却绝不是再造的，这一点我敢对你发誓。"

"你浑蛋，无耻！"乔见我揭她的短，恼了。

我心里一阵惬意，很想再气气她，但转念一想，又觉着这样未免有些恶毒，太不像个男人，于是再没开口，只是淡淡一笑。

乔把我的笑当成了对她的讥讽，越发恼火，近乎歇斯底里地嚎着："你得意什么，告诉你，我很幸福，我有最听话的佣人，最优裕的生活，我旅居世界各地，游山玩水，欧洲风光、死海月亮、非洲斑马、澳洲袋鼠……我风风光光啥没见过啥没吃过？我随心所欲应有尽有，想去哪里去哪里，但你这个野蛮自大言语恶毒心胸狭窄又臭又硬又穷的男人，你能给我这些吗？"

"那就祝福你的幸福生活吧。"

"少跟我阴阳怪气的!"乔恨恨地瞪我……

丽晶和吴非出去没多久就回来了。这个过惯了舒服日子的年轻人竟受不了海边的风吹日晒,只出去一小会儿,身上就起了一层麻疹样的小疙瘩。他进门先叫了声"妈",之后就靠在乔身上,说"痒"!挺大一个男人,居然一副女儿态,让人看着颇不顺眼。但乔却将吴非的这种态度当成了讨人喜欢的乖,她察看了一下儿他身上起的那层疙瘩,低声嘟囔:"这种鬼地方,简直不是人待的。"

……

饭菜上桌了。是我亲手烧制的,虽不丰盛,但却香浓味美。面对可口饭菜,乔的情绪有所好转,连夸:"香,真香,二十多年没吃过你做的饭了。"

"那就多吃点儿。"丽晶边说边要给乔斟酒,乔却拦住了。她说:"酒对身体不好,还是饮料吧。"

"那你呢?"丽晶又问吴非。

"我也要饮料。"吴非自己动手拿了一罐可乐。

"大男人怎么能不喝酒呢,来,喝一杯。"丽晶不由分说给吴非倒了一杯。

吴非看了看乔,似乎是要征得她的同意。

"那就喝一杯吧,只一杯。"乔说。

一杯酒——啤酒。只一杯啤酒吴非的脸上就现出了一种鸡冠红，胸臂脖颈间随后又生出了许多水泡状的东西，竟似酒精过敏的症状！

看着这样一个弱不禁风的另一个我自己，我心里很烦。像他这么大的时候，一口气灌下整瓶白酒我脚不发飘，照样能三脚踹翻俩警察，之后头脑清醒地主动去局子里投案自首争取宽大处理——我一向是个野蛮霸道喜欢犯错的家伙，我犯了错从不逃避，从来都是主动去接受法律的惩罚——我把这当成勇敢，并一直引以为豪！但这个吴非怎么竟连一杯啤酒都喝不了呢？喝不了酒的男人哪来的豪气哪来的勇气哪能干出惊天动地大事业，哪怕那事业是罪恶的！难道克隆出来的生命就真的不如正常的生命来得健康强项么？如果不是这样，那肯定就是太多的溺爱和太过优裕的生活把他宠坏了！

一个从没经历过艰苦磨难的生命是很难有健康的体魄和强悍的人格的，我无法接受这个表面上看来优雅出众、平和柔顺的我自己。假如文明伴随的是软弱，野蛮伴随的是坚强，那我宁愿选择野蛮，宁愿生生世世拥有一种不受羁勒的野性和疯狂！

边想着这些，边一瓶瓶喝着啤酒。乔和吴非什么时候走的我不知道，因为我醉了。

是丽晶把我折腾醒的。她有一头很好的长发，心血来潮时就会拿发梢撩拨我。一痒，我睁开眼睛，迷迷怔怔看了看表，已是夜十二点多了。"咋还不睡？"我问她。她把头靠在我肩上，略带不满地提醒我："该上班了。"

"烦，没心情！"

"是那个乔又勾起了你的相思吧？我早看出来了，你和她的关系肯定非比寻常！"

我原原本本跟丽晶讲了从前的一切，并告诉她吴非是从我身上克隆出来的。

丽晶是个很明事理的女人，对于我和乔的过去，她无法计较。我和乔相处时，这个世界上还没有她呢！于是听完我的叙述后，她倒反过来开导我了："别怪乔，我们都应该感激她的，要不是她当初离开了你，你又怎么能找到我这么好的女人呢！"我笑着来捏她的鼻子，她把头一偏，又说："乔真好，不但把你推给了我，而且还让我从另一个人身上看到了你年轻时的样子，太好了。"

"好个屁！"我突然沉下了脸，因为我觉得这个吴非的存在，对我不但是一种背叛，同时也是一种莫大的耻辱！

丽晶见我情绪坏到极点，知道都是乔和吴非闹的，于是棉花糖一样缠上来："咱不提这些不快乐的事了，我帮你忘掉他们吧。"

生命有时就像一截枯枝，或者在时光中渐渐腐朽，这样较能长久，或者让自己剧烈燃烧，但这样短促。和丽晶这样一位如水又如火，温柔而又热烈的女人在一起，我宁愿选择燃烧，哪怕因此而化为灰烬！激情飞扬，香汗淋漓，她迫促地喘息着，嗓音嘶哑："让，让我给，给你生个儿，儿子吧——"我一怔，忽然想到了乔，乔也是这样，当年一来劲就说给我生个儿子！一想到乔，我泄气了。丽晶立即觉出了我的异样，"你怎么了？"

"不怎么，想到了乔，恶心……"

◆5◆

　　此后很长一段时间，乔再没露面，但吴非却成了我们家的常客。他的确是个博学多才的年轻人，聪明、谨慎、谦虚、极富教养，但同时又娇气、懦弱、胸无定见，全无一点男子汉气概。在我眼里，他不像个男人而更像个太监——我瞧不起他，每次他来，我总不给他一点好脸色。但令人奇怪的是，他却颇不识趣儿，依旧照来不误。我猜他多半是喜欢上丽晶了！但丽晶却不这么认为，她说："是不是乔一直想按自己的方式重塑一个你，结果却让吴非迷失了本性呢？他来这里是不是想从你身上找回那个迷失的自我呢？"

　　我觉着丽晶说的也有道理。因为我和吴非的遗传基因应该是完全相同的。我们在先天上应该具有同一种禀赋，只是因为后天的环境，因为一个无知女人对他的过分娇宠和溺爱，才把另一个我活生生给扭曲了。于是他才会一次次来这里——他也许隐隐感觉到了我与他有着某种神秘而说不清的联系了吧？我宁愿这么认为，也不愿他来此是因为丽晶！

　　丽晶也感觉到了我对吴非的醋意，她觉得很好笑。她说你这人真是个醋坛子，比女人还小心眼儿，你也不想想，像他那样一个全无一点男子汉气概，连点最起码的生活自理能力都没有的男人，我会喜欢他吗？我只是可怜他罢了！

丽晶说的也是。吴非几乎是个连茴香韭菜都分不清的家伙，他长这么大，从没进过厨房，连左手拿菜刀右手拿菜刀也分不清——这并不是说笑话，一次我让他帮我切棵白菜，他就问过我哪只手执刀。我被气乐了，说咋顺手你就咋使不就得了。结果他一刀下去，竟切着了手指。伤并不重，只切掉蚕豆大一层皮儿，但他看到血，还是吓哭了。当时我气得够呛，瞪着眼吼他："哭啥，离心脏还远着呢，死不了人的！"丽晶见我动气，紧着支开了我。她比我有同情心，她边给他包扎伤口，边逗他说："一个大男人家，流点血就哭，不害臊吗，羞不羞？"

我虽没把吴非的伤当回事儿，但乔表现得却相当在意。当晚，她便打来电话，怒冲冲责备我："浑蛋，谁让你虐待我儿子了？"

"操你妈，狗才是你儿子呢！"我怒不可遏地回骂一句，啪的一声撂了电话。一旁的丽晶被逗乐了，笑问："你骂谁呢，人家十月怀胎养下的孩子，不是人儿子难道还是人家的情人吗？"

想想也是。乔应该算吴非的母亲，但她算吴非的生母呢，还是养母？我和这个吴非又该怎样排辈儿？若从血缘关系上看，吴非原应与我兄弟相称。因为他和我一样，同样继承了我父母的基因——只不过他是间接从我身上继承的罢了！因此，我的父母也应该是他的父母，但他对我的父母有没有赡养的责任和义务呢？此外还有乔，乔该怎样看待这个和我有着相同基因的吴非呢——她对他的爱，是一个母亲对儿子的爱呢，还是一个女人对自己逝去的情人的爱？

我想不清这些，我只知道吴非的出现，不但扰乱了我正常的生活秩序，而且还对人类固有的伦理道德提出了挑战，同时还否定了生命的神圣和独一无二的属性——我觉得他是个多余的人。

和那些总是抱怨自己生不逢时内心充满后悔总想着再重活一次的人不同，我从没想过再克隆一个我重新活一次！因为我今生无悔，因为我一向义无反顾即便做错了事也绝不后悔绝不回头。

爬山即是一例。

一次我们驱车数百公里来到了一个海拔两千多米的山峰下。当时正是中午，天很热，我和吴非各背着一个沉重的行囊，丽晶空着手。我们一行三人一路向顶峰行去。也许是因为上了年纪，爬到半山腰时我觉得累，看看很多游客正乘了登山缆车上山下山，料想这么多游人，山顶上肯定有餐馆，而行囊中所带的，也不外乎吃食饮水之类的东西，于是我随手解下背囊丢到了山涧里——"你这人怎么这样？"吴非有些急了。

"他就是这样，什么东西都不放眼里，觉着累赘了就丢掉，所以他这一辈子才一无所有！"丽晶半是责备半是玩笑地替我解释。我则补充，"所以到最后我才能得到天下最懂我的女人。"

山路越来越陡，天气越来越热。临近登顶，脚下的路已布满阴湿滑腻的苔藓，似是好久没人攀至这个高度了。这并不奇怪，这个时代人们已过惯了轻松优裕的生活，再没有几个人拥有向高度和困难挑战的热情了。所以即便是登高览胜，大多数人也更乐意选择舒适的登山缆车。

　　一滴滴汗摔在布满苔藓的路上,瞬间消没了踪迹。呼呼喘着粗气,我觉得肺都要爆裂了。但不能停,人生和登山原是一个道理,最艰难处往往只有几步。但这几步最是疲惫最是难行也最为关键,倘若坚持不住,恐怕便会丧失信心选择退却,这样一来便与峰顶无缘了!

　　因为有着这样一种想法,我手脚并用着一路向前,渐渐把丽晶和吴非甩在了身后。这使我感到自豪,使我觉得自己依然年轻。我想人的年龄至少应该有两种划分法,一种是生理上的年龄,一种是心理上的年龄。人无论活到多老,都应该保持一种恒心,一种斗志,一种绝不言败永不服输越磨越激越挫越勇的性格……

　　正这么想着,丽晶在后面喊:"等一下。"

　　我回头,发觉吴非已瘫坐在地。这次登山,乔为他准备了太多不必要的吃食饮水,这无疑会增加他身上的重负。我劝他把东西丢了,并鼓励他拿出个男人的样子,振作些。丽晶也劝他:"把背包扔了吧,反正也不是什么值钱的东西。不然就给我,我替你背着。"

　　吴非倔强地摇了摇头,这是我第一次见他犯犟——他直视着丽晶,问:"你渴了饿了怎么办?"看到他注视丽晶的那种眼神,看到眼神中那抹执着的柔情,我突然意识到,他对丽晶的感情绝不像丽晶所想的那样简单。我醋意陡起,悄悄地吼:"他愿留就让他留这儿吧,咱们走!"

登高远眺，鸟瞰世界，一切景物皆在眼底，便仿若帝王君临天下，睥睨千古！帝王总是孤独的，这一刻我不但感到孤独，而且还觉着了一种难言的郁闷，于是仰天长啸——啸声中，丽晶跃了上来，"别叫了，再叫可就把狼招来了！"

我瞪了她一眼，没说话。

山上是有餐馆的，吴非带上来的东西并没派上用场。喝着酒，我一言不发，始终沉着个脸。丽晶知道我是吃醋了，所以特别开心。通常情况下，女人总是从男人醋意的大小上来判断这个男人对她深爱的程度的。

下山时我一个人闷闷地走在前边，头也不回，丽晶则和吴非很快乐地聊着什么。后来两人突然不说话了。我觉得有些不对劲儿，正要回头，丽晶已小跑着追了上来，无声无息挽住了我的胳膊。我问："他呢？"丽晶只红着脸回了句："在后边呢。"之后便不说话了。

闷闷地开着车，心里很乱。我想吴非多半向丽晶示爱了。就年龄看，他也更适合她。但爱是自私的，虽然他是另一个我，但既然他从我身上分离了出来，那他就是我的情敌，即便因此发生决斗，我想我也绝不会手软……

一个岔路口，丽晶突然叫停车，我猛踩刹车，戛然一声，车子停了下来。丽晶回身注视着坐在后排的吴非，声音极低极轻地说："我们还有事，你自己叫车回去好吗？"

吴非的眼神中流露出一缕哀怨、惶恐与不舍。也许是不忍看他难过的样子,丽晶把头扭向了一边。良久,吴非打开车门,踉踉跄跄走了。望着他的背影,丽晶长长地吁了口气,不无担心地问:"他不会有事儿吧?"

说不出心里是什么滋味儿,我随口说了句:"一个男人一生不被女人踹几次,是成不了真正的男人的!"说罢,缓缓启动了车子。丽晶把头斜倚在我的肩上,秀发里飘飘柔柔一缕幽香。就像做了什么错事似的,这一刻她出奇的安静。她一眼不眨地端详着我,良久,突然说:"我爱你。"

"我也爱你。"

"真的吗?"

我停下车,紧拥了她,温柔细致在她身上吻着嗅着:"真的,你对我有一种致命的吸引,你身上有一种极特别的味道,让人沉醉、癫狂。"和丽晶生活了这么久,这还是我第一次对她讲类似情话。我是极不擅向女人表白的,也许是吴非的出现,让我觉着了一种危机,所以才急切地道出了心中所想。

丽晶笑了,很柔很幸福很坏很得意地笑:"他也跟我这么说呢!"

"谁?"

"吴非。"

"他说什么?"

"他说了很多很多。他说临上山前他就暗暗发誓,只要能凭一己之力登上山顶,便要找机会说出心中所有。他说他很矛盾,知道总来打扰我们不好,但又很难自控。他还说我身上有一种极特别的香味儿,让他沉醉,使他痴迷。他说他也知道插足别人的感情是不道德的,所以他宁愿等"——说到这里,丽晶突然面现怒色,不说话了。

"等什么?"

"他,他说他要等你死!"

"于是你就生气了,就抛下他追了上来,是吗?"

丽晶嗯了一声,呆愣一瞬,突然扑哧一声乐了。我问她笑什么,她告诉我吴非不但说了那番话,还冷不防抓了她的手,吻了一下——她说:"我看在追求女生这方面,他可比你有出息多了!"

我点了点头。在感情问题上,我的确是个非常懦弱的家伙。当然,说骄矜也可以。就拿乔来说吧,乔当初怪我穷,不时唠叨着要另觅高枝,当时我就曾不止一次地对她说:"你随便,总之我再找个女人肯定比你强,但你就算再嫁一百个男人,也绝对不会找到一个像老子这样出色的。"

和丽晶也是这样。那次把她从海里救出来后,两个人都已精疲力竭,天又晚了,于是她霸占了我的床,而我却只能裹着条毛毯蜷缩在地上。这样一连数日,她一直在寻找理由借故不肯离开。当然,我也不想她走,所以每天做最可口的饭菜给她吃——我们好像都喜欢上了对方。但她是初恋,而我对女人又不擅表白,所以我们爱得颇为羞涩。和吴非一样,我也能嗅到她那种让人沉醉使人迷狂的体香,但即便这样,我却仍没勇气主动示爱,因此在她看来,我当时冷落她了!

爱有时就像一堆火药,沉埋得越深,爆发得越烈,重要的就是看由谁来点燃这个引信。那是一个风雨交加的夜晚,雷电轰鸣,气温骤降十几度。我裹紧了毛毯还觉着冷,因此心里切盼着她能把我叫上床去。但她在床上一直辗转反侧,却总鼓不起勇气说那句话。我等得有些心焦,心焦渐渐又转为失望,最后蒙蒙眬眬好像睡了。这时,她轻手轻脚下了床,悄然蹲了下来,微微的鼻息喷在我的脸上,柔柔一缕甜香。我醒了,却疑似在梦中,不敢睁眼,但心跳却加速了,呼吸也不再均匀。直到她拿发梢儿扫我的脸,我才睁开了眼睛,才看到黑暗中她的眼里盈满了泪光。我吓了一跳:"你怎么啦?"

她无限委屈地凝望着我,怯怯地问:"我很疯,很讨人厌是吗?"她哭了,眼泪砸在我的脸上,有温度——我这才知道我的犹豫和懦弱对她竟是一种伤害,抬手为她拭泪……

那一夜,她无限乖觉驯服,时哭时笑,完全没有了平日的疯野样子。

◆ 6 ◆

一连多日,吴非再没来打扰我们。丽晶因此隐隐有了一种担心,生怕吴非经不住打击,出现什么意外……而我这些天也在反反复复考虑这个问题——因为这并不是普通意义上的三角恋，我的情敌竟是一个被人克隆出来的我，这太荒谬，荒谬得让人无法接受！

我想了很多，甚至想过要退出来。因为我毕竟比丽晶年长了许多，如不发生意外，肯定会死在她的前边——到那时，又由谁来疼她爱她好好照顾她呢？

爱这东西很怪，一想到我死之后别一个男人疼她惜她的样子，心里就颇不是滋味儿。所以我想，与其换别一个男人，倒不如由吴非来接替我的位置，这样心里多半会好受些。

但这样一个连自己都照顾不了的男人，他有能力好好照顾丽晶吗？他与我怎么就这么不同呢？难道环境对人的影响竟这么大吗？难道换一种环境换一种经历，我便会有另外一种人生，便会成为另外一个人吗？

正当我反反复复想着这些问题的时候，乔突然来了个电话，说吴非最近情绪不大对劲，希望我们能进城看看他。

我和丽晶略一犹豫后，开车进城。刚到城里，车子引擎出现了点小故障。于是就近把车停在一个汽修站，给吴非打了个电话，说我们不太知道他家的确切地址，让他来接我们一下。

吴非不会开车，是走路来的。远远地他就看到了我们，兴奋地挥着手向这边奔来。正这时，一辆急着赶路的跑车蹿上人行道，边按车喇叭边向吴非背后驰来——"喂，当心！"丽晶急切地提醒吴非。吴非惊然回头，车子已经驰近，由于惊慌失措，他竟愣在路中间，浑忘了躲闪。

吱的一声急刹车，司机怒冲冲蹦下来，是个眼睛溜圆一脸大胡子的家伙。将车开上人行道本来是他不对，但这时他却跃到吴非面前，抬手就是一记耳光："妈的，你活得不耐烦了！"

"操你妈，你干吗呢！"我边骂边扯了丽晶向这边冲来。那人见势不妙，钻进车里迅速掉转了车头。这时我已奔近，盛怒中俯身从垃圾桶里抄了个酒瓶子向那辆车子砸去。咣啷一声，酒瓶碎了，车子跑了。

吴非依然怔在原地，那一记耳光把他抽蒙了，他竟没感觉到自己的嘴角在淌血。

"你没事儿吧？"丽晶边问边掏餐巾纸替他拭去嘴角的血迹。

"他打你，你怎么不还手呢？"我怒冲冲问他。

"我，有摄像头，法律会帮我讨公道的。"吴非怯怯地回答。

"法律能替你讨回公道，但法律能为你洗去被人抽了一耳光的耻辱吗？"我眼里喷火，大声质问他。但他却只是可怜兮兮地望着我，也不知是我的神情吓着他了，还是没从刚才那场惊吓中回过神来。他的身体瑟瑟抖着，眼里竟然涌起一层泪光。

面对这样一个软弱、卑怯的家伙，我实在形容不出心里的失望，更控制不住心头的怒火——我原本还想把丽晶交给他照顾呢？但这样一个孬种、一个废物、一个垃圾不如的东西，他能照顾得了丽晶吗？我咆哮着，甩手一记耳光抽了过去："滚，别他妈再让我见到你，你这种人活在世上，对我来说简直是一种耻辱，耻辱你明白吗？"

丽晶事前多半没考虑到我会发这么大的火，因此，当我一记耳光抽在吴非脸上时，她才想到出手制止："你这人怎么这样？"她锐叫着一把推开了我，而吴非则在这一瞬间狂奔而去。

"吴非！"丽晶急切地唤他，并欲追赶。我一把扯住了她，"甭管他，让他死去！"

丽晶奋力挣扎，锐吼："你冷血，你霸道，他也是人，他有他自己的行为方式，你凭什么总想把自己的生活态度强加给别人？你撒手，撒手哇你！"她猛地一抖胳膊，挣脱了我，急急向吴非追去。

我朝她的背影狠狠瞪了一眼，气呼呼回到汽修站，开车回家。

整整一天，没丽晶电话。直到夜半，电话铃才响了。

"喂，是你吗？"我慌慌拿起电话。

丽晶嗯了一声，带着哭腔语无伦次地说："吴非出事儿了，他已经知道自己是个克隆人，是我告诉他的。我原是好意，是想让他明白你跟他急是哀其不幸，怒其不争，是恨铁不成钢，可他却无法面对这个事实，更无法面对你。他知道自己爱上了一个最不该爱最不能爱的人，他不想和你争，他觉得自己是多余的，他恨乔，要跳楼，很多人才拦住了他。他现在在医院里，精神已经彻底崩溃了，我不能离开他，离开他他就完了。可是你比他坚强，你能撑得住的，是吗？喂，你怎么不说话呀？"

我什么也没说，轻轻放下电话。

还能说什么呢？我已无言，呆呆呆呆地，我坐在了地上，觉得心空了，生命如同沙漏，正在一点点外泄，一点点消失……太阳出来了。又落了。又出来了。又落了。我始终呆坐不动，如同老僧入定一般。

就这样也不知过了几日，乔突然出现在我面前。她被我的样子吓了一跳，吃惊地叫了一声："吴非！"

我迷茫地望着她，迷茫地笑了笑。她递过一面镜子，她说："你看看你，成什么样子了！"

我在镜中看到一位缩皮皱脸目光呆滞白发苍苍的老人，这个人会是我吗？我记得我没有一丝白发，但这个人怎么竟没有一根黑发呢？我丢下镜子，迷惑不解地望着乔，想从她的眼睛里寻找答案。

乔好像体会到了我的伤心绝望。她轻叹了一声，幽幽说道："假如你当初对我也这样，我也许就不会离开你了。"

我摇了摇头。我不会对她用真情的，因为她不是丽晶。她从来就不知情为何物。但丽晶呢，她现在好吗？我正要问乔，乔却开始劝我了："吴非，看开些吧，女人都是一样的，都恋慕虚荣，喜欢享受。别折磨自己了，坚强些，你一定要活下去，一定能活下去的，如今科技这么发达，只要你同意，我立即可以帮你换掉老旧器官，使你重新年轻起来。我有足够的金钱支持你，让你觉得幸福。真的，让我们重新开始好吗？"

这个总以为金钱万能一辈子也不知情为何物的女人啊！我

疲倦地笑了笑，问："丽晶呢？"

"我想她不会回来了。我们家的豪宅名车、权势风光能不让她心动吗？有了那种最现代化的超级享受，你想她还会回到这里过这种苦日子吗？女人都是现实的，这些难道你至今还不明白吗？"乔冷笑。

"你以为天下女人都像你一样吗？出去！"我颤巍巍站了起来，手抖抖地取下了墙上的猎枪。我拿枪口对准了她，说了声："滚！"她若再不走，我肯定会扣动扳机，因为她侮辱了我最心爱的女人！

乔吓坏了，一步步退到门外，转身就跑……

我笑了，想大笑但没力气，只能嘿嘿一乐。之后丢下枪，启开了一罐啤酒。我并不怪丽晶，我所爱的人我当然理解。她只是善良，只是不忍看着一个活生生的生命毁于一旦，所以才会留下来陪他。但她却没想到，即便是天底下最坚强的男人，忽然间痛失所爱，也是支撑不住的——我忽然想到了死，青春必然会战胜衰老，一个人不该占据两个人的位置，为了不使丽晶为难，我还是给那个吴非让出位置吧。

一念及此，心情反倒平静了。余下来的日子，我开始逐行逐页检视自己一生的文字。这是我心血与热情的结晶，这是我曾经来到过这个世界的最有力的证明。

打理那批文字，用了近半个月的时间。半月里，丽晶没来过一个电话，因为我把电话线扯掉了，手机也关机了。我不想再与她有任何联系，一个人既然要死，那就死个干干净净，毅然决然……

　　背起那杆陪伴了我半生的猎枪,我坦然地向海滨一处岩峰行去。一个人的一生如果一直是努力的,那他就应该为自己的死亡选择一个高度,所以我才爬到了峰岩顶端。下面便是汹涌浩瀚的大海。随着一声枪响,我的灵魂肯定会如花开放,而尸体则一头栽落死亡之渊,并溅起一抹泛着血沫的浪花儿,这很美,恰便似一种生命寓言——爬得很高,只是为了证明自己曾经认真而努力地活过,跌得很深很彻底,昭示生命到头一场虚空,所以人生在世无须太过贪婪太过卑鄙……这么想着,忽然觉得这死显得很诗意,很哲理了,甚至可以说很浪漫,很过瘾!

　　天很蓝,蓝如水洗。汹涌的海面渺远浩瀚,层层荡起片片银光,海鸥飞翔,矫健轻灵自由自在,鱼儿身姿曼妙,突然跃出水面,在空中画道亮弧,瞬间又落入水中,消没了踪迹……

　　这个世界真的很美,美得让人心疼,美得让人不忍离去——我犹豫了,枪口数次抬起,又数次垂落——我这才发觉自己竟是那么那么舍不得离开这个世界。

　　这世界有我太多的爱恋与坚持。这世界既让我体会了生的艰辛,也让我感受了奋斗的快乐,还有,还有丽晶带给我的无边幸福——我是不能死的,我死了丽晶怎么办?

　　一想到丽晶的感受,我才发觉自己竟是这么任性这么不负责任的一个男人!是的,我尽可以任性地为自己选择一种死亡方式,但丽晶呢?她并不爱他,她肯定还会回来的,因为真正的爱只选择心灵，不然，即便两人坐拥金山，那也只能是一种亘古的荒凉……

沙沙沙沙，身后传来轻微而熟悉的脚步声。我没有回头，心却开始抖了……然后，一双柔韧的臂膀环住了我，一个声音幽幽说道："傻瓜！"

丽晶回来了，她已帮吴非渡过了生命难关。她并不爱他，更没把他当成另一个我或者我的替代品——他也不可能替代我，因为我们的经历不同，成长的环境不同，所以他是他，我是我，我们只能各自拥有一种截然不同的性格和命运。

手一抖，猎枪滑落海中。我猛然转身抱起了她，我说："那就让我们一块儿去'死'吧！"（这是一对贪玩儿的男女，"死"是两人间表达爱意的情话，相当于往死里爱。——为防误解，特注。）

一阵疾风掠过耳畔，两个相拥的身影向海中跌去，溅起一朵浪花儿。

那是生命的浪花儿……

鼠群

进化陷阱

文 / 冷霄毅

序章

"太棒了,我观测到了,这就是'开拓者'的信号吗?"孩子激动地喊道。

守在一旁的老师注视着显示屏上那个凸起的波纹,"是的,它离我们很远,所以信号很微弱。你们看,这个凸起就是开拓者号的特征信号,只有一个小波峰。现在我们已经放弃了对它的数据接收,观察设备也被拿来做科普教育了,你们现在用的就是其中一个。"

"那不是很重要的东西吗?为什么就不管它了?"一个小女孩对此有些疑惑。

"飞得太远了,搭载的电池只能维持它最基本的功能。而且,就算是它还有电力来维持高效的联系,我们也没有精力去管它了。如今我们的社会面临着严峻的考验,如果解决不好,一切都是空中楼阁。"老师叹了一口气。

"什么考验啊?"

"等你们长大就知道了。"

……

新星系已抵达，正在选择本恒星系观察员。

编号X190，编号Y173。

观察员冬眠舱已激活，正在进行复苏工作，请苏醒后的成员在舰桥集合。

"轮到我了吗？"林峰从冬眠舱中苏醒过来，"不知道这个恒星系有什么有趣的东西，要是能发现新的文明就好了。"

一块液晶屏幕缓缓滑到林峰眼前，上面显示着本次的观察员名单："您的搭档编号为X190，姓名唐宁，性别女，祝您度过愉快的苏醒时光。"AI的模拟声音中充满着笑意。

林峰在冬眠舱里坐起身，慢慢活动着身体。

换好放置在一旁的工作服后，林峰朝舰桥走去，AI的声音回荡在走廊中。

正在进行扫描。

行星一，无生命反应，无活动迹象。

行星二，无生命反应，极少活动迹象。

行星三，发现生命反应，高活动迹象。

析像扫描准备完成，正在进行第一次强化扫描。

图像上传成功，指挥室投影已打开。

走进舰桥,看了一眼星图,林峰自言自语道:"离母星已经这么远了。"

指挥室正中央站着一个高挑的女性,那估计就是他的搭档唐宁了。

"什么情况?"林峰询问。既然来晚了,还是先步入正题为好。

"发现一个行星级文明,科技发展水平已达到 a3 级,能够在行星轨道上建立空间站,周围固态行星地表上也发现了他们的工作站,但是没有生物在里面,或许是全自动的。"唐宁回答道。

"什么,居然发现了文明?我们的运气真不错。"林峰喜形于色:"a3 级,很有发展潜力的文明。加大观察力度,把探针投放下去,先了解一下这个文明的大致情况,然后考虑是否进行接触。"

唐宁点点头,在控制界面操作了一番,指挥室中央的投影上开始显示更新后的航行日志。

深蓝纪元第 3386 年,距离亚特兰蒂斯主文明 4500 光年,发现新文明,科技程度 a3 级,初步判断具有接触性,探针已随机投放,实时信息更新中。

探针是一种特殊的探索工具,主要用于低科技文明的观测,配备了能在行星引力范围内进行跳跃的短距跃迁引擎和用于大气层内隐形的光学迷彩,具有收集声音与文字信息并转化的能力。

直观的视频信息很快传来,该文明的主体生物为直立人形,与亚特兰蒂斯人差异不大。

一号探针：

"这个世界快要完蛋了，只有信仰才能拯救迷途之人，加入我们，得到救赎。"一个白发苍苍的老人，站在一个名为"科技馆"的建筑前面，对周围的听众滔滔不绝。

"一个神棍，睿智的唯心主义？但是怎么在科技馆前面？就不怕被人打吗？还是说这个科技不是我们理解的意思，翻译有问题？可这造型也不像神庙啊。"林峰问。

"看下一个。"唐宁淡定地说。

二号探针：

"喝……嗝，喝酒。去他的工作，反正也买……买不起。嗯，啥也买不起，打工是不会打工的，这辈子都不会打工了，只能靠酒维持生活的样子，酒馆里都是人才，说话又好听。"一个人歪歪扭扭地躺在路边上，清洁机器人正在他旁边清理他的呕吐物。

"貌似是酒鬼。"林峰说。

"下一个，下一个。"唐宁冷着脸。

七号探针：（周围一片漆黑，还传来呜呜的声音）

"这是什么情况，这个探针坏了？"林峰问道。

"这个应该是飞进海里了，声音的频率很符合海洋生物发出的叫声。"AI及时回答了这个问题。

"唉，下一个。"唐宁哼哼。

十号探针：

只见一个人正拿着刀疯狂地追另一个人，嘴里还骂骂咧咧的。

唐宁终于忍不住了，拍案而起，"这都是些什么东西，能不能有点正常的，这次探针的分布这么不好吗？"

"探针的分布严格遵守文明观察矩阵网格标准，反映情况的真实程度可以达到95%。"AI没有理会唐宁的吐槽，一本正经地回答道。

"怎么可能，这种文明怎么会发展到a3级科技水平？"

"资料不足，无法分析，目前探针并未全部就位，星球背面的探针到达指定位置还需要一定时间。"

"好吧，那就等所有的探针就位。记得过滤一下，我可不想再看到这些没用的信息。"唐宁朝一旁的悬浮椅走去。

◆ 1 ◆

林峰随便选择了一个探针，靠在悬浮椅上漫不经心地看着回收到的信息。

"听说今天有一个重要的实验要我们做。"一个小孩说道。

"得了吧。"另一个小孩反驳："你有没有认真听老师说？老师说的是看实验视频。"

"是啊是啊。"有人附和："听老师说，这个实验很重要，以前只允许年满14岁的孩子观看。"

"你从哪里听来的小道消息，我们可都不满14岁，你看，刚被父母领进门的那个孩子也就七八岁。"第一个小孩被别人反驳了，现在就想找个人怼一下。

"我偶然间听老师说的，说什么现在不同了，更重要的是在孩子心里留下印象，让孩子有所思考，长大了能做出应有的贡献，推动社会的进步。"

"推动社会进步？这种事情应该由科学家负责吧？你一定是在胡说。"小孩不依不饶，"薇薇，你怎么看？"

"是啊，薇薇，你的父母都是科学家，你怎么看。"小孩子们都扭头看向坐在一旁但并没有参与讨论的薇薇。

"啊？"薇薇一脸茫然，"我也不知道。"

"孩子们，不要说话了，快过来排好队。"老师的到来让吵吵嚷嚷的孩子们安静下来，也让薇薇松了一口气。

"老师老师，我们要去看什么实验视频啊？"有了更好的提问对象，小孩子们也不再纠缠薇薇，一股脑地把问题抛向老师。

"是鼠群实验，让小鼠处在一个理想的环境中，观察它们繁衍、斗争以及其他行为状态。实验共进行了三年半，所以无法让你们进行实际操作，只能观看视频啦。"老师耐心地回答道。

"那它们一定很幸福,没有天敌。"小孩子们得到了答案,又叽叽喳喳地讨论起来。

"对啊对啊,我们还给它们准备了充足的食物,连外出觅食都不需要了呢。"

听着孩子们的讨论,老师的表情有些无奈,但还是微笑着维持着秩序,让他们排队进场。

视频播放,忙碌的工作人员映入眼帘,看样子是在布置实验场地,旁白开始叙述。

实验场地对小鼠来说是一个极大的空间,上部由密封材料拼接而成,内部有适合筑巢的位置和充足的筑巢材料,食物和水在场地上方均匀投放。

场地布置完毕后,接下来要做的就是进行密封杀菌处理,保证无菌环境,同时让小鼠只能在场地区域内进行活动。

与自然界的小鼠比起来,实验小鼠的生存环境有五个特征:

小鼠无法随意迁徙,鼠群的生存环境是有限的;

食物和水的供应十分充足,小鼠只要在活动范围内走动,就可以获得足够的食物;

气温适宜,实验室条件下,没有大幅的温度变化;

实验开始时进行了杀菌处理,不会有大规模传染病暴发;

实验场地中没有天敌。

这个实验场地被科学家们称为"完美世界",被选中的小鼠都是极其幸运的，它们大概会活到做梦都想不到的年龄。

实验正式开始，一共有十二对小鼠被放进了实验场地。

刚刚放进去的小鼠很是活泼，东瞧西看，为寻找一个合适的巢穴而努力。对它们来说，通过繁殖扩大种群的规模乃是第一要务。

三个月过去，所有的小鼠已经划分好各自的领地，开始进行择偶和交配，很快第一窝小鼠幼崽诞生了。

第一批出生的幼鼠十分可爱，瞪着好奇的眼睛，只要父母不在它们身边，就会到处乱爬，去巡视它们的领地。完美世界里欣欣向荣，到处充满了希望的气息。

从第一窝小鼠出生起，小鼠的数目开始迅速增长。在最初的一年半里，平均每两个月数量就会增长一倍，48只，96只，192只，384只，768只……

这种增长模式被称为指数型增长。在这个阶段，实验小鼠与大自然中的小鼠并没有什么明显差别，刚刚迁移到新栖息地的小鼠同样会出现指数型增长，只不过因为天敌或者其他原因会导致增长速率小一点。

这里有一个有趣的现象，尽管当初那十二对小鼠各自划分了领地，而且领地的占地面积差不多，但是后续的统计显示，每个领地中诞生的幼鼠数量却不一样，最多竟能达到一倍之差。

观察发现，在不缺乏食物的情况下，强壮的小鼠也会去抢夺其他小鼠原本就唾手可得的食物，这就是小鼠的天性，也是大自然的法则——弱肉强食。

毕竟就算是在自然资源充足的条件下，雌鼠也愿意去找强壮的雄鼠做配偶。

……

林峰正看得津津有味，突然被唐宁的声音打断。

"文明观察矩阵网格布置完毕，我在过滤掉无效信息后，发现了一种特殊的城市区划。该区划的性质类似于学校，由大量幼年个体和少量成年个体构成，几乎不存在老年个体。除此之外，城市中还存在着大量科学研究机构，一部分成年个体在其中工作，初步考虑其目的是要将孩子们培养成为高级人才。你刚才选择观看的探针，就是处在一个这样的城市中。"

"城市区划周围已被清空，完全隔绝了城市里的人与该文明其他个体的接触。而除了这类城市，其他地方基本上都存在之前观测到的混乱情况。"唐宁补充道。

"如果文明大部分个体都处在浑浑噩噩中，这种隔离就可以理解了。看样子，这个文明正在经历某种社会危机。"林峰说道，"这两类区域都要追踪，尽量收集更多的资料。可惜现在没有苏醒的社会学家，只能靠自己琢磨了，幸好我们都学过简单的社会学。"

"嗯，或许能在这两种不同现象的对比中找到突破。来吧，继续观察。"唐宁打开投影。

……

"妈妈，我们今天看了一个实验视频。"一个漂亮的身影出现在投影上，正是之前那个叫薇薇的小女孩。

"是吗，来跟妈妈说说，是什么样的实验啊？"母亲温柔地摸着小女孩的头。

"是鼠群实验，他们把小鼠放进一个密封的实验场地里，然后观察它们。老师还让我们写观后感呢。看，这是我写的。"薇薇举起手中的数据板，脸上洋溢着骄傲。

"不错，我看看。"母亲接过数据板。

"那我先去写其他作业了。"薇薇乖巧地点点头。

◆ 2 ◆

信息汇总中，正在上传至中央屏幕。

根据已破解的加密资料并结合网络信息，我们对该文明历史进程概括如下：

该文明在一百六十年前达到了最繁荣的水平，但不知为何，个体数量却在那时大幅下降，且没有证据表明发生了大型瘟疫、战争或者不可抗的自然灾难。一切都是在正常情况下发生的。

"找不到原因，我们不会是在一个恐怖片里吧？"唐宁半开玩笑似的说道。

"个体数量的减少，可能就是造成当前社会乱象的原因。"林峰凝重地点点头，"至于这些零零散散的特殊城市区划，应该就是文明为了生存而进行的努力吧。"

"为了寻找衰退的答案，我拷贝了自该文明出现网络后所有的官方信息，目前已经破解了最初的一部分。"AI 说道，并将破译结果用文字显示出来。

这份网络资料是在一次战争之后出现的，推测是那次战争促进了技术发展，进而导致了网络的出现。

资料记载显示，在那次世界性的大战之后，人们认识到战争带来的危害，主要精力向经济、科技和文化方面倾斜，以扩大他们的生存空间，让他们都能享受到好的生活。

在这个观点下，百废待兴的土地上开始重新建设，经济逐渐复苏，科技水平也有了很大的提高。由于战争刚刚结束，人们的生活压力减小，到处都有职位空缺，工作岗位供应充足，上升机会也多。

良好的经济条件和科技的发展促使他们这一代人生育更多的人来占据或者继承较好的社会条件和地位，有些地方甚至出现了婴儿潮。

"后面的部分尚需时间进行破解。"

"好的，继续破解，释放第二批探针，去寻找那些与文明主体相隔离的城市区划，我们需要更详细的资料。继续观察。"

林峰再次将注意力集中在投影上。

"嘿，你的观后感写得怎么样了？"

"别提了，我都不知道要写什么，只好把旁白里的内容复述了一遍。"

"就是，这些小鼠过得比我们还舒服，至少它们不用写作业啊。"

"唉，算了，看看这次的视频有什么变化。要依旧是这些东西，我就不写了，还不如去观察星星。"

两个人一边说一边走进了放映室。"鼠群实验视频第二部分开始放映。"旁白声响起。

实验继续进行，随着小鼠密度增加，它们的增长速度也逐渐放缓。

由于生存空间无法扩大，小鼠的活动范围不断减小，针对领地、配偶和等级、地位的争夺日趋激烈，鼠群社会开始发生变化。

一些在领地竞争中失败的雄鼠无法迁出鼠群，只能聚集在场地中央，那里不是某个雄鼠的领地，属于公共场所。

这些刚刚竞争失败的雄鼠一进入中央地带，便泄愤似的疯狂攻击其他雄鼠。可奇怪的是，面对攻击，这些小鼠既没有采取任何反击措施，也没有逃跑，只是在那里默默挨打。

一段时间后，被攻击过的小鼠又会毫无征兆地对觅食回来的小鼠进行攻击。这种攻击行为同样没有任何意义，不为了争抢什么，更像为了发泄，发泄自己曾经受过的屈辱。这就造成了恶性循环，中央区的小鼠相互争斗，伤痕累累。

慢慢地，除了吃饭、睡觉、梳理毛发、有时攻击同伴外，中央区的小鼠失去了正常的社交行为，甚至连最基本的生理反应——求偶行为都停止了。

与雄鼠相反,雌鼠不会前往中央地带,为了躲避雄鼠的攻击,它们进入了实验场地的角落,躲在雄鼠领地中间的夹隙中。

值得注意的是,此时的小鼠只是刚结束了指数增长,仍旧处于缓慢增长的阶段,并没有达到环境最高容纳量。

随着时间推移,情况变得更加恶劣,无处可去的小鼠越来越多,它们与其他小鼠因为领地开始发生冲突。一开始,保护领地的雄鼠还会尽到自己应有的责任,驱赶闯入领地的小鼠,后来就见多不怪了,任由它们在自己的领地上活动。

雄鼠领地意识的薄弱,对于雌鼠来说可不是一个好消息,用来哺育的巢穴不时被这些外来的小鼠侵犯。

迫不得已,雌鼠们只好担负起了守卫巢穴的部分责任,攻击性越来越强,有些甚至直接代替了本应保护领地的雄鼠。

这种攻击性在最初还只是针对入侵者,后来却转移到后代上。许多尚未断奶的幼鼠被它们的母亲攻击,严重的甚至被逐出巢穴。

面对入侵的恐慌、攻击性造成雄性激素水平的上升、攻击幼鼠后产生的焦虑,对雌鼠产生了显著的影响。

时间一长,雌鼠们的生理期变得紊乱,受孕率下降,每一胎出生的幼鼠数量也在不断减少。

进行实验的科学家们认为,这是鼠群的合理调节,只要减少出生的小鼠数量,等年龄大的小鼠死光之后,鼠群便会恢复到原来的情况，再次形成一个新的动态平衡。

但是新的情况又出现了。在雌鼠为躲避入侵者而频繁转移巢穴的过程中，有许多幼鼠被遗忘，被抛弃，少数比较幸运的幼鼠也可能在之后的时间里被赶出巢穴。

幼鼠还没有建立起一个稳固的亲情关系，就被迫加入了鼠群社会中。

然而接受它们的社会早已鼠满为患，有领地的雄鼠自然不愿让它们分一杯羹，中央的无主之地也被先来的雄鼠所占据，一些正常的举动都有可能受到无缘无故的攻击。

悲惨的幼鼠不仅没有建立起亲情关系，在它们想进行社交活动建立社会关系的时候，社会也向它们关上了大门，还没弄清状况就被中央小鼠怒气冲冲地打断。

至此，实验的第二部分结束，"完美世界"出现了很多不完美的情况，接下来会有改变吗？"完美世界"究竟能否保证它的完美？

……

"呼——"薇薇长出一口气，放下手中的笔，托着腮在想事情。

妈妈越来越忙碌了，好几天都不回家，爸爸直接就见不到，据说在研究一个大项目。

我的理想是当一个科学家，可要是当科学家都不能回家陪伴家人，这种生活又怎么会成为理想的生活呢？

低头看着刚刚写完的观后感,薇薇又叹了口气,也不知道这些小鼠最后会怎么样。

啪嗒,门开了,母亲走了进来。

"妈妈。"薇薇立刻从椅子上跳下来,上前抱住母亲。

"薇薇啊,我回来拿个东西,你写完作业就自己玩吧,妈妈还要忙,研究到了紧要关头。"母亲转头就要走。

"不嘛,妈妈好久都没有和我玩了,你在研究什么啊,和我说说好不好。"小女孩撒娇,拉着母亲的手不放。

"真拿你没办法,反正你也不知道是啥,我就告诉你哦。不过告诉你后就不能缠着妈妈了。"母亲将双手放在薇薇的肩上。

"好。"

"我在研究人造子宫。"母亲认真地说道,然后起身准备离开。

小女孩低着头,自言自语道:"那不是用来繁殖的吗?"薇薇以一个小孩子的直觉,感觉到母亲的工作和自己观看的视频有某种联系,但是又感觉这项研究总不会只是为了小鼠那么简单。

母亲身形一晃,停了片刻,便加速离开。

◆ 3 ◆

第二阶段破解成功，正在上传。

战争结束后 50 年，当初经历过战争的人正处于老年时代，当他们回忆在战场上开疆拓土和在社会上建功立业的时候，时代悄然发生了改变。

经济不会一直保持快速增长，阶级跃升的大路也不可能随时畅通无阻。一条路，走的人多了，就会发生拥堵。

随着经济与科技的不断发展，边际递减效应开始出现，创新所带来的效益渐渐不能维持开发所需要的投资，市场也无法如以前那样提供充足的岗位。

人们的收入水平增长缓慢，职位竞争越来越激烈，孩子的养育成本明显上升。

房价、医疗以及教育花费的显著增长，使生活成本大幅增加，以往男性出门在外打拼，女性在家抚养后代的模式与时代脱节，为了更好地生存，夫妻双方必须都在外挣钱养家。

但随之而来的是另一个问题，夫妻双方常常不在家，抚养孩子的精力大幅减少，这使得孩子在幼年时期无法得到足够的关怀，孩子的心理因此产生了一些非常规的改变。

破解到此为止，剩余部分尚未解读。

"剩下的也没啥好想的了，看看现在的社会状况就知道了。"林峰叹气。

……

"不知道那些小鼠最后会怎样啊。"

"我觉得，应该会慢慢好起来吧，毕竟实验已经结束了，如果是一个悲剧的话，那就不符合'完美世界'这个名字了。"

"还能这么解释？你可真是个逻辑鬼才。"

"我们进去吧，看完不就知道了。"

"实验进入最后一个阶段，希望鼠群实验的最后部分，能引起你的思考。"旁白继续用不悲不喜的冷淡声音叙述着。

最后一只小鼠出生后，整个种群的繁衍行为戛然而止。自此开始，鼠群一直没有再增添新成员，不仅是场地中央的雄鼠失去了求偶行为，连拥有领地的雄鼠也停止了求偶行为，每天的活动只是吃饭、睡觉和梳理毛发，从不离开自己的领地。

雌鼠也相应地失去了生育行为，除了外表上的区别，单从行为上几乎无法区分雄鼠和雌鼠。

在实验的最后关头，实验人员将仍具有生育能力的年轻雄鼠放入自然环境中，让它们与正常的成年雌鼠待在一起。然而这些失去了求偶能力的雄鼠，即使返回自然环境中，也没有产生任何的交配欲望，没有恢复繁衍的本能。它们就像披着小鼠皮囊的行尸走肉，对外界不会产生一丝一毫的兴趣。

实验雌鼠的情况更加奇怪，它们似乎不知道该如何交配和养育后代了。回归自然环境后的两个月中,只有一半的雌鼠怀孕,怀孕的雌鼠甚至不清楚如何搭建舒适的巢穴以提高幼鼠的生存概率,它们的后代只有百分之五能够活过半个月。

自第一批小鼠放入,到最后一只小鼠死亡,小鼠平均年龄达到两年,即使它们又恢复了原有的本能,也已经超过适合繁殖的年龄了。族群的一部分重振整个族群的现象并没有出现,它就像一个美好的泡泡,随着最后一只小鼠的死亡,在科学家的幻想中啪的一声破裂了。

"诸位观看视频的孩子,尽管你们不是小鼠,但也请你们开动自己的脑筋,想出一些可能的办法来改变这个结果,时间不多了。"

丢下一句没头没脑的话后,旁白的声音戛然而止,只留下一片黑幕。放映室里鸦雀无声,小孩子们都安静地待在座位上,没有一个人动身离开。

许久,细小的啜泣声打破了寂静,悲伤的情绪突然爆发开来,哭声此起彼伏,再也无法控制。很明显,最后的结果对于这些年纪还小的孩子们来说,实在是太过于沉重了,他们只能用哭泣来宣泄心中的悲伤。

当他们在放映室里走出来时,一个个都带着泪痕。而他们的父母好像早就知道今天的情况,无论平常有多忙,今天也都在放映室门口迎接着孩子。

这其中就包括薇薇的母亲。

她抱着心情低沉的小女孩,轻轻地擦去她眼角的泪痕。

"妈妈，小鼠它们怎么了？为什么在好的环境下生活却没有好的结果？它们真的没有机会了吗？是不是还有其他方法我们不知道呢？"小女孩含着泪水，抽抽搭搭地问道。

"薇薇，我知道小鼠的遭遇让你很难接受，以你们的年龄看这些东西还早，可是现在不得不提前让你和你的小伙伴们来接受这一切，我们已经没有足够的时间了。既然你也想要知道有没有其他方法，那么你就要多想。"

"让你们看这个视频的目的就是让你们提前进行思考。小孩子的思维要比大人的更加活跃，大人们的思维方式相对固化，不知不觉就会在隐形的框架里进行思考，而你们不同，尽管你们的思维深度还比较浅，但是却能天马行空般蹦出一些奇妙的点子。所以，要多想，等你们长大了，再回头看看当时的想法，说不定就会有突破。"母亲并没有直接回答问题，而是说了这些让薇薇不解的话。

"妈妈，你在说什么？"小女孩被这一大段话绕晕了，抬起头看着母亲。

"啊，没关系，你现在不理解不要紧，但是你要记住我说过的话，还有这个实验，也要记住。明白吗？要记住，这对以后有用。"母亲不断强调。

"要记住，要多想。"小女孩从来没有见到过母亲这么严肃的时候，忘记了哭泣，只是点点头。

看见小女孩也跟着严肃起来，母亲咧嘴一笑，刮了刮小女孩的鼻子："好啦，先不要想太多了，以后会有时间想的，妈妈今天请了假,今晚一起吃饭吧。要想方法也不急于一时啊,方法总比困难多,你说是不是?"

"你是说,还有希望对吗?"小女孩的大眼睛亮了一下。

"会有的,会有的。"母亲带着鼓励和希冀的眼神看着小女孩,"希望就在你们身上。"

◆ 4 ◆

最后部分破解完毕,正在读取上传。

科技发展缓慢,经济增长停滞,就业机会和理想的岗位越来越少,自主创业失败的例子比比皆是,年轻人难以在社会上立足。

激烈的竞争导致了社会压力不断增大,但收入却没有明显增长,很多年轻人发现辛辛苦苦地工作却只能在原地踏步。

基于生物趋利避害的本能,在趋利不成的情况下,优先选择避害,即优先保证自己的生活条件,再去考虑结婚、生育这些成本较高但是收益不明显的行为。

于是社会上单身的人越来越多,选择生育的人群也将孩子交给他们的父母一辈,自己则去工作。孩子在缺乏父母亲情的状态下成长起来。

这些孩子经历了情感缺失,在他们长大后,一部分人不愿意再让自己的孩子受这样的苦,选择不生育,而想要孩子的一部分人却发现他们父母那代人已经无法帮助他们了——人口的减少导致了退休年龄大幅推迟,他们父母此时也还在工作状态。

就算有的长辈请假或者申请提前退休,但没有亲自抚养过孩子的他们并没有相关经验,而来自父母的关爱仍旧缺失。新出生的孩子长大后选择单身的越来越多,人口越来越少,为了社会的稳定,工作时间再次延长,退休年龄越来越晚。

恶性循环产生了,该文明一步一步陷入了危机当中。

报告完毕。

"内卷,这是内卷。"林峰面色沉重地说道。

"那不是社会学家对社会演化阶段进行预测时,推断的一种现象吗?"唐宁问道,"他们不是还没有经过验证吗?"

"没有验证是因为我们的文明还没有到那种境地,仅凭演算根本无法证实或证伪,可眼前不就是一个活生生的例子吗?"

唐宁沉默了。

"先把这些数据都记录下来,让那些社会学家动脑筋去吧,我们要专注于当下,尽可能获得更多的资料——把探针收集的最新信息投影出来吧。"

……

"妈妈,老师把我们的观后感收上去啦,说是要进行评估,等发下来我就拿给你看。"小女孩向母亲说。

"好啊，妈妈现在要去工作了，记得把作业写完哦。"

母亲扭过头，手上的数据板滴滴作响，那是一个加密文件。

AI 的声音响起，破解成功，内容已上传。

经过三年的实验，我们的信心丧失殆尽，鼠群实验的结果是否昭示着我们的未来也是如此呢？

对比来看，我们与小鼠同是哺乳动物，群居生活，社会内部都有明显的等级结构。

在鼠群的社会结构中，每只小鼠各司其职，出现空缺就会由其他小鼠顶替。当小鼠的密度过大，社会中的空缺不够，而又无法进行迁徙的时候，很多小鼠注定没有机会融入鼠群。

为了争夺生存空间，小鼠进行了激烈的竞争，而这又破坏了它们的社会纽带，失败的小鼠失去了继续进行社会行为的意义。

除此之外，竞争行为也波及了幼鼠，致使它们在未学会复杂社会行为的时候就被逐出家庭，最终导致了鼠群彻底崩溃。

为什么自然界中，鼠群不会崩溃，而在理想的生存环境下反而崩溃了呢？

或许，正是给予鼠群极大便利的实验条件，成为让鼠群崩溃的罪魁祸首。

在自然界中，食物不会永远保持充足，而天敌和疾病的存在，让鼠群时时刻刻面临着外界的冲击，社会各个等级的小鼠都会出现死亡，空出自己所在的位置供其他小鼠填充。

即使是在竞争中失败的小鼠,也可以迁徙到其他地方,不会对鼠群内部产生压力。

对自然界中的小鼠来说,永远不会处于实验条件中,所以也不会有实验中小鼠的下场。

而现在,鼠群实验中的完美条件却出现在我们自己身上。

在全球战争之后,成立了联合政府,没有国家的限制,人们可以由一个地方移民到另一个地方,但是并没有本质上的空间转移,因为我们无法离开赖以生存的星球前往外太空。在宏观尺度上,我们也无法随意迁徙。

战争结束后,科技取得了很大的进步,食物可以通过工业化生产源源不断地提供给人们,温饱问题得到完美解决,大规模的饥荒再也没有出现过。

环境改造让自然灾害对人的影响大幅减少,而大规模杀伤性武器的威慑使得世界处于一个相对和平的环境下,战争成为老人脑中的回忆和历史教科书里的知识点。

虽然人们处在有菌环境中,但是现代医学的发展和医疗水平的提高使得一些突然爆发的传染病也不会造成大规模死亡。

我们作为大自然智慧的结晶,处在食物链的顶端,通过工具我们可以很好地对付其他肉食动物,除非孤身深入野外,否则天敌几乎无法对我们造成威胁。

这些条件与实验条件相似,我们正是处在一个"完美世界"中。

对于鼠群社会来说，领地关系、母子关系和恋人关系是它们最主要的社会关系。

而对于我们来说，社会关系更加错综复杂，没有人知道这种更加复杂的社会关系，究竟会在自我调整中拯救这个不断沉寂的社会，还是让情况变得更加复杂。

实验最终结束时，小鼠的数量仍旧没有达到环境最高容纳量，即使是小鼠密度最大的领地，也还有五分之一的巢穴没有被利用。

我们可以通过统计和计算来得知星球最高可以容纳多少人，但是却无法得知社会密度何时达到饱和。当我们还在庆幸地球总人口没有达到环境最高容纳量时，社会人口已经达到饱和，用人力去对抗自然规律无异于螳臂当车，我们只能看着车轮滚滚向前，最终滑向深渊。

假如将文明比作时钟，那么现在表针即将旋转一圈，我们不得不做出抉择。

或许某个聪明的大人会想到一个正确的方法，或许是孩子们，从而成功地解决问题，将文明延续下去。

但是现在没有时间去一一验证，是时候把时钟重新拨回零点了。

零点计划，正式启动。

"看来我要下去一趟了，把空降舱准备一下。"林峰命令道。

◆ 5 ◆

一切准备就绪,按照规定,必须有一个人留在星舰上处理突发情况,所以唐宁只好留下。

这些远离文明主体的城市区划像科研基地和学校的结合体,科研建筑坐落在城市的中心,周围环绕着各有特色的学习机构。奇怪的是,家庭建筑反而不如前两者多。

空降舱精准地落在城市里的无人地带,之前的观察表明,只有在城市外部的隔离区域会有巡逻机器人,城市内部并没有维持治安的管理人员。

估计是因为城市里的人还能保持一个文明正常的值,不像外界那样乱糟糟的,因而并不需要专门的人来维持秩序。

林峰将空降舱设定为地下模式隐藏起来,转身走上宽敞干净的大街。在落地之前,林峰就把微型翻译机器人调整完毕,与这里的人交流没有丝毫问题。而外貌特征则可以通过衣服里的投影装置进行微调,探针采集了一位科研人员的外貌数据,现在别人看他就像一个穿着科研工作服的普通男性。

不过主要还是因为他与星球上的人外貌差距并不大,要是这个星球的智慧生物是有着八只手的触手怪,无论怎么调整都会被看出破绽的,那他就要慎重考虑一下是不是要近距离接触了。想着八只触手的人会长什么样,林峰心里一阵好笑。

他打算先去找到那个小女孩,毕竟相对于大人,小孩子总是更容易接近。

定位很容易,隐形的探针一直徘徊在这座城市上空。

很快就到了小女孩所在的学校,一路畅通无阻,有的老师看到他还会点头致意,想来是这身工作服的缘故。

到了放学的时间,林峰走到刚从教室里出来的小女孩面前:"薇薇,你好,我是来接你的。"

薇薇没有露出一丝警惕,这令林峰很惊讶,看起来她的母亲并没有教她要防备陌生人,这个小型社会要比他想象中更好。

"是妈妈派你来的吗?"薇薇扬起天真的脸问道。

"哥哥是想去找你妈妈问点学术上的事情,结果没有找到,可能你妈妈是去其他部门视察工作了吧,所以我就先来接你了。"林峰撒了个谎。

"真的啊,哥哥这么年轻就是科学家啦!也对,你都穿上工作服了。妈妈就经常穿工作服,不过工作的时候妈妈常常不回家,也不愿意理我。但我还是想当科学家,就像妈妈一样。"

"薇薇很厉害,以后一定是个科学家,我看过你写的鼠群实验观后感了,很不错,继续努力哦。"鬼使神差地,林峰想问问小女孩的想法,于是把观后感的事情提了出来。

"关于鼠群实验,你是怎么想的?"

薇薇的笑容逐渐消失,取而代之的是惆怅:"哥哥,我悄悄告诉你,你要保证不和我妈妈说哦,我不想让她担心。"

林峰认真地点点头:"放心吧,我绝对不会说,我身上还穿着科学家的工作服呢,以科学家的名誉发誓。"林峰忽然觉得装扮成一个科学家简直是在他苏醒后做得最正确的事情。

薇薇点了点头:"小的时候,老师在教我们亲属关系的时候,说有祖父祖母外公外婆这种关系,回家后我问妈妈,妈妈却说那是很久以前的一种称呼,现在已经不存在了。

"我不明白为什么会是这样子,因为根据我们的寿命推断,三代同堂的情况应该很常见。但妈妈不太愿跟我讲这些事,我就没再问……

"那时候我就觉得,我们的社会可能是不正常的。看了这次的实验后,我更加觉得有问题了,因为实验的名字就叫完美世界。"

林峰心中一凛,完美恰恰就是最不正常的地方啊,能称为完美的东西,可能只存在于幻想之中吧。小女孩在观看视频之前就能发现端倪,不简单!林峰暗暗赞叹。

"薇薇啊,我觉得你有成为社会学家的潜力哦。"林峰笑着说,没有再深入讨论下去。

到了家门口,林峰打算在外面等着,却被薇薇邀请进到了家里。

"怎么能让客人在门外呢,再说好不容易有个愿意陪我聊天的人,妈妈最近都不陪我了。"薇薇有些不满地噘起嘴。

林峰只能尴尬地笑笑,进屋等待。一会儿,薇薇的母亲回来了。

"你们那边的进度怎么这么慢,我们要抓紧时间,抓紧时间。"薇薇母亲不耐烦地对着数据板吼道。

"我们在赶进度,但是数目这么庞大,人又这么少,怎么赶?要不你们那边调出一些人过来。"数据板的另一边传来声音。

"我们这边也很忙。算了算了,到家了,不说了。"

"妈妈,是爸爸吗?"薇薇跳了过去。

"是啊。嗯?你是谁。"薇薇母亲的目光转冷,看向了林峰,"我告诉你,这事没商量。"

什么?林峰有些蒙,我这还没开始商量呢,怎么就没商量了?

"你别给我装傻充愣,说吧,卡特小组这次又有哪些理由给我拖慢进度了,居然都找到我家里来了,真是不省心。"

林峰这才转过弯来,原来这是真把他当成科研小组的人了。

"妈妈,你不要凶哥哥嘛,哥哥人很好的,陪我说了很久的话呢。"薇薇晃着妈妈的手。

"薇薇啊,这是两码事,工作是工作,去一边玩啊,妈妈和哥哥好好谈谈。"

正好林峰也是这么想的,就点点头,跟着她来到办公的房间里。

◆ 6 ◆

"行了,别卖关子了,你到底是谁。"薇薇母亲把房门关上,扭头问林峰。

林峰刚要开口,却又被打断。

"别和我说你真是卡特小组的人,作为这座城市的最高管理者,我刚刚进门的时候,'城市之光'数据库就已经向我反映了,你不属于这座城市。我刚才那么说只是为了支开薇薇。说吧,你来我家是为了干什么,为什么去接薇薇回家?"

原来她是城市的最高管理者,这可得好好想想该说什么,林峰酝酿了一下情绪:"我说出来你可不要激动。我其实并不是这座城市的人,我来自……"林峰指了指天空。

"你是从其他城市飞过来的?可'城市之光'没有提醒我最近会有人来到我们的城市?"

"啊,不是这样的。"林峰连连摆手,"你误会了,我也不是其他城市过来的,我是……我是航行至此的外星人。"

"外星人?"听林峰解释良久后,薇薇母亲如梦方醒,突然一把抓住林峰的衣服。

"你这是干什么啊,我不是来搞侵略的,我……"林峰被眼前这突如其来的举动给搞蒙了,再让她这样下去估计就要动手打人了。

"什么侵略?"薇薇母亲稍稍松手,但神色却更加激动,"告诉我,你们是怎么通过大过滤器的?"

"大过滤器?这是什么东西?"林峰更蒙了。

"就是你们是怎么突破母星的限制,实现星际航行的,在那之前,有没有遇到过什么灾难?"

"我不知道,事实上,从我们有记载的历史开始,就已经可以进行星际航行了,至于那之前……"林峰叹了口气,"我们是从很远的地方来到这片星域的,至于当初离开母星的原因,我们失去了一切资料,可能是一场无法抗拒的灾难吧,否则怎会背井离乡来到这里呢?我不清楚这些。"

薇薇母亲激动的情绪平复下来,林峰甚至感觉她有点失落,可能她把唯一的希望都寄托在一个外星人身上了。

"不瞒你说,我所在的星舰,除了要收录恒星绘制星图,对沿途发现的智慧生物进行观测记录,还有一个目的,就是尽可能寻找原母星的蛛丝马迹,找回我们失落的历史。总之很抱歉,没有办法告诉你有用的信息。"看到薇薇母亲并没有开口说话,林峰只好又补充了一些,来缓解一下凝重的气氛。

将情绪调整过来后,薇薇母亲无力地坐了下来,手一挥,示意林峰随便坐,然后便自顾自地开始讲述:

"在科技大发展的时代,我们曾将卫星发射至星球高空轨道,也登陆过其他行星,还有深空航天器去探索本恒星系之外的宇宙空间。一切都是那么积极向上,充满了希望,那时人们还会讨论什么时候会发现其他星球的智慧生物。

"当时的科学家们也加入进来，将普通大众讨论的内容补充完善，形成了大过滤器理论。

"大过滤器理论认为，一个文明想要实现星际航行需要接受一个筛选，否则无法解释为什么宇宙演化至今，一直没有外星智慧生命体拜访我们，与我们建立联系。

"这个筛选机制就是大过滤器，它会对所有文明进行筛选，无论是超新星爆发造成的伽马射线暴还是小行星的撞击，无论是文明之间的大规模战争还是文明内部的社会问题，甚至是母星的初始环境，都有可能是筛选机制的一个表现。它就像一个漏斗，把不合格的文明淘汰掉……

"随着科技迅猛发展，我们的科学家认为，我们的文明已安全通过了大过滤器的筛选，能够对恒星系进行探索和建立行星前哨站就是证明。按常理推测，接下来我们顺理成章将实现星际航行，移民至其他行星甚至是恒星系。"

说到这里，薇薇的母亲叹了口气："但现在的情况你也看到了，当初的前哨站已经废弃，星际航行更是遥遥无期，我们现在已深陷社会危机……想必你已看到鼠群实验了吧，目前我们的问题出在自己身上，说白了就是人的问题。人的问题看似简单，却极难解决，大部分个体都是短视的，只会注重自身利益而忽略了整体发展。这一问题带来的恶劣影响已经渗透进大部分人心中，并形成恶性循环……所以我们迫于无奈，才准备推出零点计划——必须快刀斩乱麻……"

"你们想毕其功于一役？"

"对，我们把所有孩子们都集中到了新城市中，并且与外界社会隔离，就是为了防止那些消极思想的侵入，保持他们的本来想法。"

"那具体要怎么做？"林峰突然有种不祥的预感。

"隔离所有大人，让孩子们安心地在我们建立的城市里独自生活。外面的人会随着时间的流逝自然消亡，只剩下这些孩子们，他们将是新生的个体，不会掺杂已有的杂质，文明复兴的重任就由他们承担了。"薇薇母亲丝毫不管震惊的林峰，自顾自地说下去。"如果我们仅仅对孩子进行教育，再让他们回归社会，这几百万的孩子很快就会被外面的人群稀释，他们刚刚树立的三观也会被其他堕落思潮淹没，可能他们的下一代，连100万都不会有。我们只能采取最特殊的方式。"她解释道。

"隔离所有大人，这样孩子们就可以在一个自由的环境下生长。我们已经通过鼠群实验把希望的种子种在孩子们的大脑中了，没有成年人思维定势的限制，种子会生根发芽，茁壮成长。他们极有可能会解决这个问题，获得进一步的发展，最终让我们的文明成为星际文明。"

林峰打断："所有大人，难道也包括你们？"

"当然，没有我们也算不得所有大人了。"

林峰沉默了。这是多么巨大的勇气啊，做出这个决定的人也要承受它所带来的痛苦。

"不过我们的情况稍有不同，到时我们这些人会集中前往一个特殊的地方——永冬之城。在那里,我们将作为保护者进入冬眠,轮流苏醒并对城市的发展情况进行评估。当然,我们不会与孩子们进行接触,这点与其他人无异。"

"但是,这是最理想的情况,如果出现意外呢?这些孩子可能会因为大人集体消失而产生心理问题,或者人口大幅减少造成科技与文化断层。这些孩子长大后,不同城市之间发生战争该怎么办?就算没有这些意外,几百万的孩子,对于一个文明来说,太少了。"林峰把思路理了理,将自己的担忧说了出来。

薇薇母亲点点头:"你说的没错,我们也考虑过这些问题。关于人口,根据调查,我们的文明在发展初期曾遭遇大规模灾难,人口锐减至十万人,但是我们的祖先成功地存活下来并繁衍至今。相对于十万人,这几百万孩子已经不少了。至于你说的那些意外,不可能完全避免,无论我们怎么准备,总会有出乎意料的事情发生。只不过,最坏的结果也只是和我们什么都不做一样罢了。我们只是在两个坏的决定中选择那个不算坏的而已,不是吗?当然我们也制定了各种预案,现在的工作就是在尽力避免这些意外的发生。"

"你们已经有准备了?"林峰问道。

"没错,只有一切准备就绪后,零点计划才会启动。开始,当发现我们的文明处在崩溃的边缘时,一些科学家立刻联合起来,联名向联合政府申请在远离人烟的地方建立起一系列城市,并由科学家内部选举出管理者。这个时候,政府已经对当前的社会状况无计可施了,只好让我们试试。

"凭借自动化机器人的帮助,很短的时间内我们就把城市建好了。接下来我们在全世界范围内与有孩子的人联系，有的父母乐意看到少了一个麻烦，有的父母则不愿意抛弃自己的孩子，于是我们也把他们接纳进城市当中充当志愿者，现在城市中的护工与教师，大部分就是这些人。

"这些孩子大部分离开了父母，所以我们对他们进行集中管理，给以同样的教育，确保他们受到正确的思想熏陶。后来我们才发现，把孩子交由社会进行抚养和教育，可能是解决我们社会问题的最佳途径。"

"哦，怎么说？"林峰来了兴趣，他很想知道如何解决这个问题。

薇薇母亲组织了一下语言，开口说道："在孩子出生后，父母会通过他们的抚养教育方式将自身的性格以及行为习惯等特性遗传给孩子，这些特性就构成了所谓的原生家庭，子女很难通过自身的努力突破原生关系的限制。我们的文明有句谚语，'龙生龙，凤生凤，老鼠儿子会打洞'，反映的就是这一现象。

"而在我们的社会经济体系中，人们不直接以家庭为单位进行竞争，而是个体之间的竞争。对大部分家庭来说，为了孩子长大后能保持父母所在的阶级或者更进一步，需要投入大量资源进行培养以提高孩子的竞争力。这在科技经济发展的时代并不是问题，人们都希望多生育后代抢占更多的财富，但当科技经济停滞之时，存量博弈代替了增量博弈，抚养孩子的成本巨大，多生优育的方法人们负担不起，只好选择少生优育，人口增长率自然下降。

"只是出生人口的下降还不算大问题，关键是这将会导致人口结构无法调整。如果社会无法坚持度过第一次老龄化，重新回归正常的人口结构，那么一轮又一轮的恶性循环就会压垮文明。

"所以根据城市里的抚养经验，我们商讨出了一个新的模式——社会公养体系。其实在自然界，就有很多使用这种抚养模式的生物，比如蚂蚁、蜜蜂等。所以在生育环节，人们可以选择自然生育，也可以选择由人造子宫进行代孕，如果奉行单身主义也没关系，只需要冷藏自己的生殖细胞，社会将在自然生育率降低的时候补充生育，维系基因多样性，维持人口结构的平衡。不过有一点，所有出生的孩子都不会和父母相认，彻底断绝家庭关系，全都由社会进行抚养。"

"没有亲情，这与那些被赶出巢穴的幼鼠又有何区别？"

"当然，我们是情感生物，情感的缺失会导致心理问题，不过我们可以让孩子们之间的伙伴关系代替家庭关系。

"在孩子们的成长环节，受过专业训练的护工和教育人员将担负起父母的责任，进行引导和教育。"

"这能和亲生父母相比吗？"林峰还是有所怀疑。

"在我们的社会当中，几乎每一个工作岗位都需要专门的从业证书，唯独当父母不需要。是当父母不需要专门的知识吗？恐怕未必。我们的心理学可能没有你们的先进，但也形成了一套成熟的体系，可又有几个父母了解儿童心理学，知道什么阶段该让孩子做什么事？错误的教育，有时会影响孩子一生。"

林峰想了想："或许在专业知识上父母有欠缺，可在亲情上那是毫无保留倾尽一切啊，护工能做到这一点吗？"

"那是在你们的文明。假如真的倾尽一切，我们又怎么会接收到几百万的孩子呢？至于护工的情感投入问题，别忘了，护工当初也是孩子，也是由护工抚养大的，只要形成正反馈，自然就没有问题。"

看林峰没说话，薇薇母亲继续说道："在该体系下，没有父母所带来的阶级差别，出生的孩子将实现真正的平等，在教育上也能顺利因材施教，他们成年后能够取得的成就全靠他们自身的潜能和努力程度。与此同时，没有了家庭观念，避免了任人唯亲的现象，也会有好的一面。"

"如果一起成长的小伙伴之间形成对立的小团体怎么办？"

"我们可以制定规则，尽量避免你所说的情况出现。当然，这个办法的确可能不够人性化，可是以我们的智慧，只能想这么多了。"薇薇母亲说道。

"怪不得薇薇说过你们把教材里的祖父母这一关系删除了，原来是为了这个做准备。"

"没错，按照这个思路，我们完成了对孩子们的教育，包括观看鼠群实验，让孩子们认识到问题的严重性……"

"最后一个问题。你有想过孩子的感受吗？离开后她怎么办？"

薇薇母亲闭上了眼睛——

吱呀一声，这时门开了，薇薇走了进来。四目相对，林峰自觉地后退一步。

"你都听到了?"母亲问,声音颤抖。

薇薇什么都没说,扑到母亲怀里,哭了。

"薇薇,你只是提前知道了消息,所有孩子迟早都会知道的,乖,不哭。"母亲搂紧薇薇。

薇薇终于止住了啜泣,抬起头:"妈妈,我决定了,我要当社会学家,我要去哥哥那里,去观察更多的文明,了解更多的社会模式,然后再回到这里,解决这个问题。"

薇薇母亲看向林峰,征求林峰的意见。林峰有些惊讶,他原本认为她不会让孩子离开母星到一个陌生的地方,毕竟自己和她见面才不过几个小时。

作为零点计划的执行者,薇薇母亲对自己的计划其实也是犹疑的,如果能为女儿找到一个更好的归宿,她肯定不会反对。

凭着一个母亲的直觉,她觉得只要对方愿意,将薇薇送到一个相对安全的地方的确也是一种选择。当然,这里面未必没有将希望寄托在薇薇身上的意思,但在面对地球文明生死存亡的问题时,广撒网总比把鸡蛋放在一个篮子里要好。

……

林峰走出房间,接通了星舰 AI,将事情说了一遍,请示是否可以允许人类登舰。让其他物种上舰无疑是一件危险的事,他必须向唐宁和 AI 报告。

沉默了一会儿,AI 才传回信息:"根据 201 号紧急预案,若发现其对我方文明有重要参照价值,可允许其登舰,但要进行隔离并限制其活动。"

林峰返回房间,对薇薇母亲点点头。

薇薇母亲再次搂紧薇薇,薇薇仰起头安慰:"妈妈,我可以的。"

◆ 7 ◆

第二天,薇薇母亲带着林峰前往科研中心。

"我们的工作分散在各个城市当中,主要任务有防止人口锐减造成的世代断层、研发纳米机器人进行城市防护以及人造子宫技术。

"我们会在十年之后,用人造子宫孵化第一批冷藏的受精卵,之后按照世代每隔五年孵化一批,达到尽快增加人口的目的,也为社会公养体系做准备。"

两人继续往前走。

"这是纳米机器人屏障。"投影上显示出一个半球形穹顶,将整个城市笼罩在下方,"为了保证零点计划顺利完成,我们制造了能够将整个城市环绕起来的纳米机器人阵列,它们会防止城市外面的人意外进入城市。当发现可疑的人接近后,纳米机器人就会进入他们的内部循环系统并在关键脏器处引爆,爆炸造成的伤害会立刻让其失去行动能力。

"这些纳米机器人相当于一层半透膜,它们会利用恒星的能量进行充电,保护城市,直到允许开放的时候。

"这是我们的存储矩阵,各大城市均有备份,里面包含了各种科技、文化、历史等一系列的知识……"

几天后,零点计划进入最后一步,所有的大人都聚集在城市中央的研究机构里,林峰也跟在后面走了进去。

时间到了,这颗星球的投影出现在众人眼中,海洋被蓝色标识,陆地被绿色标识……薇薇母亲面前升起了一个红色按钮,按钮上的编号代表着所在的城市。

不知是哪座城市的管理者率先按下了按钮,投影上突兀地出现了一抹红色,紧接着又是几点红。薇薇母亲也按下了面前的按钮,代表着这座城市的红色出现在投影上。

红色亮起的频率逐渐慢下来,不再连续,而是间隔一段时间才会出现一次。林峰知道,越是后面的人,承受的压力就越大。

就在即将超出等待时间的时候,属于最后一座城市的红点终于亮起,一条红线由此延伸出去,飘向在它之前亮起的那个红点,然后继续接力,很快,投影上布满了四处穿插的红线。

红线蔓延,由线连成面,最终整个星球都是红色——零点计划,正式启动。

毁灭，亦是新的起点。四周传来了此起彼伏的声音。

纳米机器人释放，慢慢覆盖了城市，微小的机器人在半空中做着不规则的运动，在特殊的角度下甚至可以折射恒星的光芒，呈现出奇异的光彩。

该到了落下帷幕的时候了。

打开门，门外都是孩子，黑压压一片，没有一个吵闹。很多孩子眼里含着泪水，却在努力地控制着自己的情绪，不让眼泪流出来。

他们都在几天前知道了这个消息。

诀别时刻，父母都在找自己的孩子，那些没有父母的孩子则围着他们的老师或者护工，说着些离别的话。

"妈妈，你不要走好不好？"

母亲只是无奈地摇了摇头。

"你是哥哥，是男子汉了，你不许哭，要照顾好妹妹，知道吗？来，拉着妹妹的手。"父亲将兄妹俩手拉到一起，然后对妹妹说，"要听哥哥的话。"

哥哥坚毅地点点头，妹妹则露出一个带着泪水的笑脸。

"你要知道照顾自己，懂吗？要记得穿衣服，和小伙伴要互帮互助。"母亲的手落在小女孩肩上。

或许在平时小女孩只会撇撇嘴捂住耳朵，但是这次她耐心地听着母亲的唠叨。

"我走后,你们要记得复习学过的知识,温故才能知新,以后的知识就要靠你们自学完成了,一定要把基础搞明白,万变不离其宗。"老师摸摸这个,揉揉那个,眼中全是不舍。

薇薇的父亲也在完成了任务后来到这座城市和薇薇团聚。

林峰悄悄离开了,让他们度过这最后的时刻。回望,薇薇一家人正紧紧拥抱在一起,不知在说些什么。

漫无目的地穿梭在人群中,林峰心中有些悲痛,想哭,但却被一种莫名的感觉压抑着哭的冲动。

生离死别的场面,他已经历过几次,可以预见,茫茫星海,漫漫星路,在将来他还会经历更多次。

时间一点一点在流逝,大人们重新聚集,朝外面走去,孩子们则跟在后面缓缓移动。

薇薇来到林峰身边,她的父母则越过他们,跟在一群成人后面。

飞舞的纳米机器人如细胞的胞吐一般,在人群面前形成一个气泡状的中空膜,包裹着人向前,一直到远处。

"妈妈。"稚嫩的声音从身后向前传去,正在前进的母亲抑制不住地转身想要寻找她的孩子,却被一旁的人死死拉住。

纳米机器人在一瞬间做出了反应,气泡骤然破裂,分散后又聚集在一起,向前突进,阻挡着母亲返回的道路。

看到这番景象,孩子的母亲跪地痛哭。

人群最后,薇薇的父母也即将走出机器人留出的空洞。

在最后一刻，薇薇母亲扭过头，嘴唇翕动，然后转身，不再回头。

零点的钟声无声敲响，新的纪元悄然到来。

一人空降舱无声停在面前，门开启，林峰和薇薇返回星舰。

所有探针全部回收。

星舰开始移动。林峰、薇薇还有唐宁，站在舷窗前，遥望着无垠的太空。

不远处，那个很久以前发射的航天器——开拓者号，正在孤独、缓慢但又倔强地飞向宇宙深处。

尾声

"太棒了，我观测到了一个遥远的宇宙泡。老师，快看哪，大眼睛里面那个飞船上有三个人在看我呢。"小男孩坐在一个边界模糊的圆形光球面前，指着画面说道。

"他们看不到你的，我们处在比他们的宇宙泡高一级的膜世界里。"

"他们在干什么？观察那个星球吗？"小男孩又问道。

"是的，就和我们观察他们的宇宙一样。"老师笑着说。

"我们的文明来到这个膜世界的时间太久远了，久远到当初突破宇宙泡的限制，来到膜世界的情况，都只有零零碎碎的记载。更不用说文明诞生之初，我们突破母星的限制成为星际文明的记载了。

"但是现在，我们已经占据了膜世界上大部分的宇宙泡，剩余可供利用的宇宙泡不多了，我们极有可能会面临一次严重的社会危机，或许等不到所有宇宙泡用完就会发生。除非，我们能够突破膜世界，到达更高的维度。这也是我们进行观察的意义，在他们身上寻找突破口。"

小男孩很激动："真的吗？那我要继续观察他们，长大后，我要做一个科学家，找到更广阔的地方。"

版权专有　侵权必究

图书在版编目（CIP）数据

在人间 / 何夕等著. —北京：北京理工大学出版社，2020.7
（2024.4重印）
（科幻硬阅读. 战争与和平）
ISBN 978-7-5682-8428-8

Ⅰ. ①在… Ⅱ. ①何… Ⅲ. ①幻想小说 - 小说集 - 中国 - 当代　Ⅳ. ① I247.7

中国版本图书馆 CIP 数据核字（2020）第 076253 号

出版发行 / 北京理工大学出版社有限责任公司
社　　址 / 北京市海淀区中关村南大街 5 号
邮　　编 / 100081
电　　话 / （010）68914775（总编室）
　　　　　（010）82562903（教材售后服务热线）
　　　　　（010）68944723（其他图书服务热线）
网　　址 / http:// www.bitpress.com.cn
经　　销 / 全国各地新华书店
印　　刷 / 三河市华骏印务包装有限公司
开　　本 / 880 毫米 ×1230 毫米　1/32
印　　张 / 10.125　　　　　　　　　　　　责任编辑 / 徐艳君
字　　数 / 206 千字　　　　　　　　　　　　文案编辑 / 徐艳君
版　　次 / 2020 年 7 月第 1 版　2024 年 4 月第 7 次印刷　责任校对 / 刘亚男
定　　价 / 39.80 元　　　　　　　　　　　　责任印制 / 施胜娟

图书出现印刷质量问题，请拨打售后服务热线，本社负责调换

科幻不是目的,思考才是根本。
科幻小说是献给那些聪明的头脑和有趣的灵魂的一份礼物。
喜欢科幻的书友请加科幻 QQ 一群:168229942,QQ 二群:26926067。

太阳囚笼

王晋康 索何夫 等 著

SUN CAGE

北京理工大学出版社

科幻硬阅读
——献给那些聪明的头脑和有趣的灵魂

当小鲜肉、流量明星、鸡汤文和小清新大行其道，当坚硬强悍磊落豪雄变成小众，当拼爹、晒富、割韭菜成为常态，当群氓乱舞中理性精神和至性深情被某些人弃如敝屣——我愿反其道而行，向极小极小的一小部分喜欢阅读和思考的读者，推出一套比较烧脑，但能让神经更粗壮大条的作品——"科幻硬阅读"系列图书。

科幻不是目的，思考才是根本。有趣的灵魂诗意栖居大地。理性使其无惑，感性助其丰盈，个性使其独特，青春致其张扬，而爱的疼痛与快乐，则为灵魂刻下一抹深沉隽永……

所以这套书里除了"烧脑"科幻，兼或还会有其他一些提神醒脑类作品，希望它们能给读者朋友带来一丝极致的阅读体验——极致的思考或震撼、极致的美丽与忧愁、极致的愉悦和放松……不求完美，但求在某方面达到极致——极致，便是"硬阅读"的注脚。

但这种"硬"绝不应该是艰深晦涩，故作深沉！

好看的作品通常都是柔软而流动的，如水、亦似爱人或者时光，默默陪伴，于悄无声息间渗透血脉、融入心魂，让我们在一条注定是一去不返的人生路上，逐渐、逐渐，获得一分坚强和硬度！

愿所有可爱而有趣的灵魂，脚踩大地，仰望星辰，追逐梦想。

—— 小威

独立思考，个性书写，充分表达，
拥有独属于自己的风格和调性。

目 录

001 | 太阳囚笼
　　　圈养人类 / 喀拉昆仑

169 | 神仆
　　　戴森球中的地球人 / 索何夫

233 | 弈
　　　流年 / 索何夫

251 | 养蜂人
　　　智慧的边界 / 王晋康

269 | 边缘
　　　正在寂灭的宇宙 / 也飞

太阳囚笼

圈养人类

文 / 喀拉昆仑

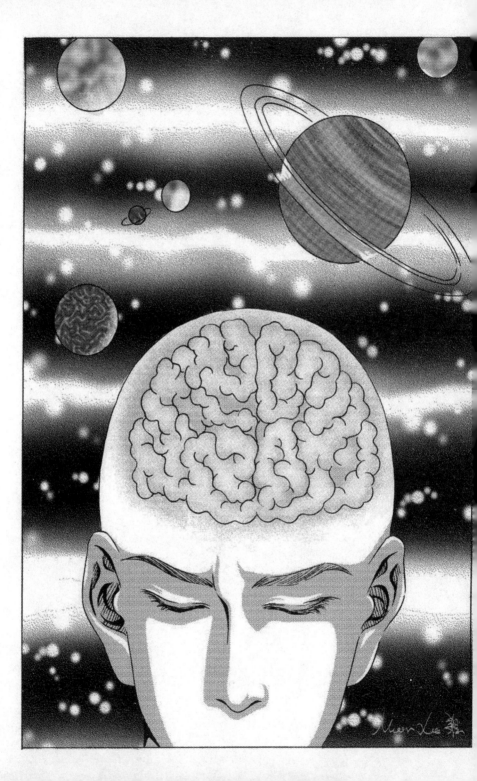

1. 锄奸

木星轨道太空城群落,深空探索研究院,光速飞船反物质能源块制造基地。

第173号撞击试验即将开始。

这次,发射物是一团重约500克的反物质,标准的光速飞船能源块,而标靶据说是一颗坚固的铁质陨石。

设备部总工程师奥斯陆站在控制台前,透过薄如蝉翼的防护外壳,紧张地向远处的宇宙深空张望着。试验所需的标靶陨石到现在还没运过来,他因此有些担心耽误撞击试验。

深空探索研究院科学部那边解释说,这次是"移动射击",陨石质量巨大,过来时的速度很高,他们要用密集阵木星近轨托卡马克系统打一次移动靶,以反物质能源块截击目标,借助正反物质湮灭反应将其彻底炸碎。

对于科学部的这种说法，奥斯陆心里直嘀咕。

那帮人是怎么想的？居然想到这么无聊的一个试验……要知道，密集阵原本是用来模拟创世大爆炸的，而不是拦截陨石；而且那些反物质块是要作为燃料投入飞船反应炉的，唯有它的湮灭反应才能提供足以将重子拆解开来的能级，然后引擎才能分离出孤立夸克，进而排列出孤立夸克阵列，在飞船前方形成单向引力井，拖拽整个飞船前行——这是光速飞船的技术原理——但这么珍贵的反物质能源块，居然要被当作子弹用掉！

暴殄天物！绝对的暴殄天物！

身为整个深空探索研究院的院长，那个哈德尔也真是的，越来越不务正业了，带着底下一大帮奇奇怪怪的人，成天窃窃私语，也不知道在讨论些什么。奥斯陆没参加过那些会议，也不认识那些人，但他知道，那些人不是科研人员。

周围响起奇怪的嗡嗡声，系统在预热，密集阵系统启动了。这一刻，奥斯陆却叹了口气，他明白，深空探索研究院光速飞船计划需要解决的并不单单是技术问题——来自社会领域的阻力其实更大。

自从发现单向引力井驱动原理后，光速飞船的研制工作就已经突破了最大的技术障碍，前路一片坦途，但奇怪的是，这时，社会舆论反而畏缩了。社会各界形形色色的人不约而同地跳出来，从不同角度对光速飞船这种具有划时代意义的伟大发明横加指责，有质疑技术可靠性的，有否定经济可行性的，甚至还有批评研发初衷的，说光速飞船会导致人类社会的阶级分化，导致社会动荡……他们说，光速飞船不是普通的代步工具，而是太空殖民的物质基础，在宇航尤其是跨星际宇航方面具有极大的便捷性和高效性。因为成本、技术等原因，光速飞船面世初期肯定会面临产量不足问题，成为稀缺资源，那时，拥有者会对未拥有者形成压倒性的殖民优势，某些野心家甚至能够凭借这种飞船独享宇宙深空殖民机会，这是对公民天赋平等发展权的肆意践踏，严重损害了其他公民的合法权益。于是他们高呼"追求平等，拒绝特权""光速飞船需要放慢步伐，等等后面的基层民众""谁研制光速飞船，谁就是想独裁"。民众被这类负面报道鼓动着，情绪激动，几次举行大规模的集会向深空探索研究院提出抗议。一时间，光速飞船和深空探索研究院成为自私和犯罪的代名词，众人避之唯恐不及。

在舆论中兴风作浪的那些人，来源和成分比较复杂。有些是单纯追求公平的社会人士，有些是企图浑水摸鱼的无良媒体，还有些，是当初向深空探索研究院索贿未果的人士，但真正的幕后黑手，却是那些财大气粗的太空城建设巨头。这些太空城建设巨头中有许多都是直接由早先的房地产巨头演变而来，对不动产有强烈的嗜好，对宇航却兴趣寥寥。这些公司都参与了太空城的建设，并因太空城宅邸价格的节节攀升而大发横财。在这过程中他们都给自己加了很高的金融杠杆以实现滚雪球式的增长，结果导致资产负债率很高，实际上已经与整个太空城宅邸市场捆绑在一起，成为"飘浮在太空的公司"。对他们来说，太空城宅邸市场就是生命线，只有迫使人们持续涌进太空城，他们才有活路；反过来，只要人们还愿意住在太空城里，他们就有利可图。这种情况下，如果发明了光速飞船，移民太阳系之外成为可能，就会对他们一直以来极力鼓吹的"太空城生存"理念造成毁灭性的打击，远航殖民会成为潮流，人们纷纷奔向太阳系外的宇宙深空，太空城宅邸市场购买力将随之严重下滑，就会导致宅邸价格大幅缩水。于是他们先下手为强，在光速飞船尚处于萌芽阶段时，不停散布谣言，制造事端，动用各种力量给深空探索研究院泼脏水，试图把光速飞船项目搞臭。

定居还是远航，这历来都是个难题。

对于深空探索研究院高层决策者们来说，如何化解这股极端保守势力的阻挠，是一个令人颇为头疼的难题。谈判是行不通的，对方只赞同建设太阳系太空城群落（太阳村工程），甚至蛮横地要求深空探索研究院"遵守法律"、放弃光速飞船计划；而深空探索研究院的人则非常反感太空城建设，讽刺这是"作茧自缚的太阳系囚笼"。渐渐地，这种分歧演变成一个难以谈判的原则问题，双方都陷入了决不妥协的情绪化状态，一见面就互掐。

最后，双方都放弃了谈判，转而采取舆论战的方式互相攻击。

这是一场旷日持久的僵持战，双方都不乏自己的支持者。太阳村阵营有太空城建设巨头们的财力支持，有太阳系联邦保守势力给予法律和政策支持，还有大批被舆论欺骗操纵的无知群众做主力，实力雄厚；光速飞船方面，除了深空探索研究院这个主力，就是一些致力于星际航行这个冷门学术的科学家工程师，人数上明显落下风，不过因为社会阶层较高，再加上哈德尔团队的协调，基本上还能够扛得住保守势力的进攻。各种谣传陆续被粉碎，大多数民众也渐渐冷静下来，开始在双方之间保持中立。

哈德尔，深空探索研究院的院长，是一个颇有心计的铁腕领袖。

但哈德尔并不是一个很有耐心的人，早在四年前，他领导下的深空探索研究院就高调宣布了研制时空流驱动飞船的计划，并把研发日程公开化。有人认为他这是为了树立前沿探索者的形象，进一步团结科技力量，也有很多人认为他这是在向保守势力发动反击。但不管怎样，这件事引起的轩然大波，最终还是导致了深空探索研究院与主导太阳村工程的太阳系联邦难以调和的矛盾。最后经过反复谈判，哈德尔一方才于近日承诺，当时空流发动机进入实质性试验阶段时，试验基地将移至距太阳五百个天文单位的外太空，以免试验过程中发生意外事故危及太空城。

移至距太阳五百个天文单位的外太空是深空探索研究院方

面做出的重大让步,这个区域已经距离太阳村很远了,远得离谱。试验器材的运输要耗费大量的人力物力,他们为此将付出额外的资金和时间,目的只是尽可能避免触动保守势力那根脆弱的神经。奥斯陆参加了那次谈判,最后公布底牌时,他心里禁不住痛了一下,他知道这样一来增加的实验成本有多少——那是一个骇人听闻的天文数字。为了这次妥协,深空探索研究院的付出实在太沉重。

他感到自己的心在滴血。

想着这些不顺心的事,奥斯陆叹了口气,隐隐间似乎突然明白了此次"移动射击"试验的用意:太空城最大的安全隐患就是陨石高速撞击问题,而且一直无法有效解决;哈德尔通过这场半公开的拦截实验,估计是想展示相关技术,表明深空探索研究院的某些研究是可以用来保卫太阳村城市群落的,以此向保守势力示好,并向公众证明深空探索研究院的存在意义。按照规则,太阳村保守阵营如果想要得到这套陨石防御系统,就必须对敌对的光速飞船阵营表达出足够的宽容。

也许就是这样吧——奥斯陆心里不禁有些落寞,真难为哈德尔了……

但是,哈德尔真的会委曲求全吗?奥斯陆隐隐又觉得有什么地方不对劲,但具体是哪儿,却说不出来。

也许,问题就出在这次古怪无聊的试验本身?

密集阵木星近轨托卡马克系统这次采用的是分段式撞击，总共安排了 10 处撞击点，每一个撞击点都能生成相当数量的正反物质对——高能撞击法。这也是人类目前掌握的唯一一种批量生成反物质的方法，建造位于太空的超大规模粒子加速器，以超高能级的粒子撞击再现宇宙大爆炸初期的情形，模拟当时的物理环境，进而诱导正反粒子对生成。撞击生成的反粒子会被线圈力场收集起来，形成反物质聚落，然后向主线圈方向输送，最后汇聚成团，这样才制成了符合光速飞船那种苛刻使用环境需要的能源块。因为加速器规模庞大，运转过程复杂，这个汇聚过程变得极为费时，最快也要 5 个小时以上，每份反物质原料的成本变得不可估量——单从这方面就可看出，为了制造光速飞船，人类已付出太多代价。

现在，第一阶段的撞击准备已于 8 个小时前结束，目前正在进行的是聚合反物质小球，再有不到半小时，这个过程也就完成了。

密集阵木星近轨托卡马克系统这边的准备工作一切顺利，但奥斯陆却隐隐有些不安，他透过舷窗向远处无尽的宇宙深空望望，又焦急地看看悬浮信息窗，发现上面一无所有：标靶陨石还没有过来。以高速深空陨石的标准搜索，雷达范围内也找不到任何目标。

难不成待会儿是要用反物质小球打空气——不，是打真空吗？

那个哈德尔到底想干什么？

正在这时，悬浮窗上突然出现雷达信号，一个微小的光点映入了众人的视野，在当前的气氛中显得极不和谐。

奥斯陆将那个光点放大，发现是一艘货运飞船，眉头不禁微微一皱，迅速向对方发出尽快离开的信号。因为高能粒子撞击频繁、辐射严重，密集阵木星近轨托卡马克系统周边地带都是举世公认的禁航区，通常情况下不会有飞船经过，眼下这位不速之客如果不是有特殊任务，那就是迷航了。这种意外在所难免，现在太空建设大踏步前进，资金捉襟见肘，有些粗制滥造的飞船，雷达导航系统配件年久失修，很容易出现导航失灵。

相比之下，深空探索研究院的太空雷达就绝对没这种隐患，因为实验所需，它采用的都是目前最尖端的技术，一旦捕获目标，就开始自动锁定并计算其轨道、尝试交流，如果一切顺利，即使对方已经彻底瞎掉，深空探索研究院的雷达系统仍能指引它安全离开这片危险区域——只要对方肯临时交出飞船AI控制权限。

不过，这次的情况好像有点儿特殊，几分钟后，悬浮窗上仍没有显示出任何来自那艘货运飞船的回复。但人们注意到，代表该飞船的那个光点变成了警告性的红色。

这意味着该飞船目前的航线与密集阵木星近轨托卡马克系统有交叉。

这可不是个好消息……

"真麻烦！"奥斯陆抱怨着，再次向对方发出信息，"喂，前面的飞船，收到请回答。你们已经进入禁航区，你们现在的航线与密集阵木星近轨托卡马克系统的加速轨道有交叉，极其危险！请你们马上转航！再说一遍，请你们马上转航！这条航线非常危险！"因为心情不佳，他此刻说话的语气显得有些生硬。

迷航飞船许久没有回应。

难道它上面的通信系统都坏了？奥斯陆开始紧张起来，他们的试验正在进行中，轨道中随时可能出现致命的高速粒子，甚至反物质，对方这么闷头闷脑地冲过来，万一给撞上了，肯定要出大事！

形势所迫，奥斯陆只好启动应急预案，对悬浮窗下达命令："紧急出动机动太空艇，对闯入者实施拦截，让他们马上转航！"

"不用了，"身后传来一个冷冷的声音，"上面没有人。"

奥斯陆转身。

深空探索研究院院长哈德尔不知什么时候已经站在了这里，他看着惊讶的奥斯陆，淡淡地说："那是一艘无人飞船。"

"可是——"

"它就是标靶。"

"什么？"奥斯陆彻底蒙了，他目瞪口呆，许久反应不过来。

雷达显示器上的亮红色光点迅速逼近。很快,舷窗外已经能看到它的等离子尾焰,那幽幽的蓝光,就像一只孤独地飘浮在宇宙星空中的萤火虫。奥斯陆呆呆地看着它,第一次发现自己竟然是这么无力。

主控室里静默着,深空探索研究院幽冷的内壁如同铁桶,牢牢锁住了一切,压抑,压抑,这里淤积的除了压抑,还有愤懑。

"现在,你还有多少事情是瞒着我的?"不知过了多久,奥斯陆终于明白过来,原来他一直被蒙在鼓里——哈德尔在撒谎,这次试验的目的其实并不是此前他推测的那样!他不禁有些气愤。哈德尔竟连他这个"密集阵"总工程师也要骗!

哈德尔没有在意奥斯陆的不满,他旁若无人地走到舷窗前,静静看着那艘无人飞船越飞越近。

"反物质能源块已经生成,进入发射准备状态。"系统发出提示音。

"开始撞击校准,采用A15轨速,落点,标靶舰身中央区域,完毕。"哈德尔果断下达指令。系统收到指令,并轨计算开始在后台紧张进行。

"声讯识别系统已确认您刚才发布的指令为最高权限,"AI发出提示音,"按照系统赋权,请选择,是否保留撞击资料存档?"

"不保存,全部档案归零。"哈德尔冷冷地说,"另外从隐藏的资料库 Secret 调出代号为 C12 的档案，将其覆盖到本次记录中。"

"已完成覆盖，但日期修改需要后门指令。" AI 说道。

"Back blood！"哈德尔说出了后门密码——奥斯陆以前从不知道还有这东西，他一直以为密集阵木星近轨托卡马克系统是台诚实可靠的仪器。

AI 几乎瞬间就给出了答复："权限获得通过，档案覆盖已完成，请选择，是否永久擦除本次操作痕迹？"

一个小巧的 AI 形象悬浮窗弹了出来，上面显示出两个按钮，哈德尔按下了"Y"键，悬浮窗闪了闪，消失了。

这是一次典型的后门操作。

整个过程中，哈德尔没有看奥斯陆，一眼也没看，整套动作做得肆无忌惮，旁若无人。

奥斯陆默默地看着这一切，心里五味杂陈。他意识到哈德尔可能一直在利用自己，现在终于到了摊牌的时候，所以才故意这样恶心他。他想起来，当年自己曾直接导致哈德尔锒铛入狱，那件事影响太大了，这家伙肯定会记仇的！

这个内心阴暗的男人，接下来他会做什么？

时间没有因为主控室里的凝重气氛而稍微停止流动，它依旧沿着不可变更的方向飞逝着。舷窗外，几排巨大的加速线圈像冰冷的死神手掌,无情地拨动着那颗致命的小球,而无人飞船沿着既定的轨道,飞蛾扑火,驶向了自己的宿命。

撞击在瞬间完成。

静谧的太空中突然亮起了一个光彩夺目的火球,刹那间,太阳的光辉被彻底淹没,正反物质湮灭产生的高能反应,进而激发出大量的次级簇射,辐射中,货运飞船庞大的金属身躯像蜡一样融化了,又在剧烈的等离子冲击波里化作飞灰。因为真空环境的缘故,整个爆炸是无声的,但当爆炸的火球消散时,奥斯陆感觉到自己全身都在不由自主地颤抖,他被震惊了。

哈德尔为什么要安排这样一次试验,他已经猜出了个中原委……

太可怕了……

根本没有什么"拦截陨石",不仅不拦截,反而要强化陨石撞击威胁,将其破坏性提升到极致!方才这一幕,既是演习,也是示威……哈德尔要打的,不是陨石,而是飞船!甚至是太空城!

他又要去杀人了。

哈德尔是个疯狂的男人,这么多年来,他的疯狂一直没变——奥斯陆听说过一些关于这个黑暗男人的旧闻,也打听过他在监狱里服刑的经历。很多人都说他已经洗心革面,准备重新做人,但是现在看来,人们都被骗了,几年的牢狱生活并未能消磨掉此人身上的戾气，相反，他城府更深了，做事也更决绝。

这个试验已经充分说明了问题：深空探索研究院的密集阵系统，这个号称为光速飞船反物质能源块的高能物理加速器，即将在他手里变成可怕的武器！

奥斯陆能够想象出那情形：庞大的密集阵木星近轨托卡马克系统工程，全部两千多个加速线圈，就像一条巨大的环节虫——以前经常有人这么比喻，但现在奥斯陆意识到，它其实不是虫子，而是蛇！一条天文尺度的、长有致命的反物质"毒牙"的毒蛇！它盘成一团，围住了整个木星环绕轨道上的太空城市群，如同围住一只树上的鸟巢。它已经露出了毒牙，而那群可怜的太阳村城市就像一窝无辜的雏鸟，此刻还在巢里酣睡，浑然不知自己已身处险境……

但与此同时，奥斯陆心底渐渐响起另一个声音：哈德尔是对的，他每次都能找到正确的方向、做出正确的决策，然后排除一切阻力坚决执行下去，他的铁腕和凶残都是不得已而为之，旁人出于善良本能做出的干涉，只会让事情变得更糟——奥斯陆又想起自己那次自以为是的报警导致哈德尔入狱的情形，心里不由一痛。

我该怎么办？还要继续追随这个人吗？他问自己。

奥斯陆感到自己的灵魂在颤抖，说不清是害怕还是兴奋……

"事情就是这样，"哈德尔说话了，他望向奥斯陆的眼神隐含着刀锋般的果决与寒冷,"你大概又要去报警了吧?"

话音刚落,一群全副武装的士兵突然破门而入。这些人显然平日里训练有素,他们动作麻利干脆,贴着墙壁无声地迅速前进,几秒钟的时间就已经占据了主控室所有关键位置,控制了现场局势。他们手里都端着轻便型的激光枪,眼神里散射出的只有机械般的冰冷,没有丝毫温度,主控室这些活生生的科研人员,如今在他们眼里都成为移动的射击靶。

变故突起,在场众人出现了一些慌乱,但众人的目光很快就集中到了奥斯陆身上,很明显,哈德尔的不信任针对的是这位总工程师。而奥斯陆显然在这些人中间有很高的威望,一些人已经自觉地站了出来,拥着奥斯陆退到主控室中央,将他围在中间,尽管这样能起到的作用并不大——对方都是战斗人员,手里还有武器,他们这边却都是赤手空拳。

一旦动手,根本没有胜算,只会是一边倒的屠杀。但奥斯陆这边的人并没有退让的意思,无畏写在每个人脸上。

奥斯陆看看周围的情形,知道自己赎罪的时候到了——终于到了。

"你们都让开,这是我与他的私事。"奥斯陆冷静下来,依次对那些护着自己的人点点头,然后慢慢将他们拨开。有些人固执地不愿让开,但在他那温和却不容忤逆的眼神注视下,也不由自主地放弃了坚持,缓缓让开一条通道。

奥斯陆走到了哈德尔面前,身后他刚才站立的位置依旧空着,方才围着保护他的那群人默默站在原地,用身体拼组成了一个奇怪的图腾。那图腾有一个空白的圆点,连着一段空白的走廊,看上去就像一只无形的酒精温度计。

此时此刻,主控室里的气氛已跌至冰点。

哈德尔默默地看着面前的奥斯陆,似乎看到了一切,又似乎什么都没看见,他的眼神空荡荡的,就像他的右臂——那部分肢体,在上次奥斯陆举报他私藏武器蓄谋杀人,警方闻讯追捕他的过程中,承受了集束微波共振武器的攻击,爆成一团血雾,永远地消失了,他再也没有机会用那只手臂开枪杀人。而那个因为这场举报而侥幸逃过劫杀的家伙,不久后成为富可敌国的太空城垄断巨头,同时也成为宇宙探索深空研究院和光速飞船工程的死敌。

"那次报警,是我一生犯下的最大错误……"奥斯陆说话时有些哽咽,"我不知道该怎么挽回……其实根本无可挽回,我只是个搞科研的人,有太多不懂的事……我知道你不是在报私仇,你只是不信任我,你至今仍不肯信任我……"说到这里,他的目光落在哈德尔空荡荡的右臂上,心中一痛,忍不住闭上了眼睛,"是我当年的愚蠢举报导致恶人逃脱,坑害了我们的光速飞船计划,我罪不可赦,你可以动手,我不会反抗。"

"不!"人群中有人开始大喊,"你没有做错什么!换成任何人,在当时的情况下都会去报警的!"

"对,我们都会去报警,你是无罪的!"众人叫嚷着。

"哈德尔,你不能这么做,"其中一位叫小森的工程师不顾奥斯陆严厉眼神的制止,站了出来,"奥斯陆主任只是无心之失,而且,他已经用他的艰辛付出赎清了他的过错,"他顿了顿,迎着奥斯陆的眼神望去,"我从没见过工作起来这么卖力的人,他分明是在毫不吝惜地消耗自己的生命啊……"

"这次试验很关键。"哈德尔对这些人的话毫不在意,他扭头望向太空深处,仅剩的左手高高抬起,指着方才爆炸的位置,似乎看到了一场战争,"成败在此一举,知情者必须尽可能地少,没用的人,要清除。"

"没用的人?你说谁是没用的人?"奥斯陆这边的人一下子炸了,"主任带领我们找到了光速飞船的原理,你现在觉得我们没用了,可以清除了是吧?""你这么做,就不怕让人心寒吗?""今天这件事将成为铭刻在光速飞船上的耻辱!"

哈德尔缓缓转过身来,面无表情地对周围的士兵们挥了挥手,那些士兵手里的枪立即举起,瞄准了在场的众人。

"哈德尔,你这是什么意思!"有人惊呼,但他没能继续质问下去,对面一个士兵略略调整姿势,将激光瞄准点移到了他的额头上,权作回答。

现场陷入死一般的沉寂。

"跟他们拼了!"不知是谁喊了一句,众人一阵骚动,纷纷冲向周围的士兵。转眼间,有几个人已经冲到士兵们面前,他们的手甚至摸到了对方手里的枪,但很快,就被对方麻利地打翻在地——事实证明,即使是肉搏,他们也绝不是这些人的对手。趁着这阵混乱,一些人冲向了奥斯陆所在方向,只是他们刚冲了一半,就不约而同地停下脚步,定在了原地。

哈德尔左手持一支精巧的手枪,已经抵住了奥斯陆的太阳穴,后者则无动于衷,毫无反抗的意思。

"谁再动,我就先杀了奥斯陆。"哈德尔的声音并不大,却清清楚楚地传到了现场众人的耳朵里。这句话似乎带着魔力,刚才还在反抗的那些人动作一滞,像被施了定身法一样,僵住了。

士兵们抓住机会,将冲上来的人统统逼退,重新将其围在了中心位置。

"很好,"哈德尔点点头,视线扫过那群被围困的人,"果然是一伙儿的,很忠诚,"他对士兵们打了个手势,"看来要全部清理才行。"

哈德尔的意图已经很明确了,他要斩草除根。

"卑鄙!小人!"众人纷纷开始怒骂,"过河拆桥!你不得好死!""早就听说你阴险毒辣,今天才算见识到!""老子当初追随你,真是瞎了眼!""警方当年那一枪真该爆你头!你个龟孙子!"……众人纷纷破口大骂,竟没有一个人妥协求饶。

一时间，咒骂四起，其中甚至还有许多古代语言：英语、汉语、西班牙语，各种各样的粗话俚语，一齐迸发。谁也没有料到，这群一心扑在科研上的古板的人，发飙时居然这么异彩纷呈。

众人越骂越起劲儿，骂声渐渐汇成了一股洪流，汹涌澎湃，势不可当。但很快，人们就发觉情况有些不对劲。

哈德尔并没有向奥斯陆开枪，也没有下命令让士兵们开枪，只是静静地听着那些骂声。他的视线从每一个人脸上滑过，眼神里带着刽子手般的残忍和戏谑，嘴角则挂着一丝微笑，好像这些人的怒骂对他是一种赞扬，欣赏这些人临死前的绝望，对他而言竟似一种极大的享受。

他忍耐着不下命令，也许只是为了让这种享受尽可能延长？

"变态！非人类的怪物！"有人开始尖叫，但他们很快就意识到自己的失态只会让对方更惬意。

果然，哈德尔脸上的笑容更浓了！

"哈哈哈……"人群中突然响起一阵极不和谐的狂笑，笑声肆无忌惮，颠倒中透着无边的伤感和酸涩。现场众人的注意力都被这笑声吸引了。

发笑的人，是奥斯陆团队里的小森。

哈德尔收敛笑容,默默走到小森面前。

"你为什么笑?"他问道。

"嘿嘿嘿……"小森没有回答,只是一味笑着。他的笑由狂笑变成狞笑,又变成苦笑,最后,变成了麻木的傻笑。他就那样维持着傻笑的表情,凝成了一尊塑像。

"吓傻了。"哈德尔不屑地看着他。

小森周围的人默不作声,低下了头。

"我早该傻掉。"小森开始说话,他并没有吓傻,只是此刻的眼神里已全无生气,"想来真可笑,我当年居然会怀着崇高理想,以为自己进入深空探索研究院、投身光速飞船事业是正确的选择,现在看来,我只不过是沦为了一个野心家手里的牺牲品,原来,这里跟其他太空城没有任何区别……"

"还是有区别的,"哈德尔面无表情地说,"如果你去了其他太空建设公司,现在应该过得很富足。"

小森不置可否,只是继续絮絮叨叨地说着:"这里的待遇远比其他太空城差,环境压抑,饮食粗陋,报酬少得可怜,累了几乎连个躺下休息的地方都没有;这里的空间都留给了机器和设备,根本没有多少属于人的生活空间。在这里的每一个人都活得很卑微,就像一个个等待被榨干智力的奴隶,但我们从未觉得苦,我们把这份工作当成一份应尽的义务。"小森的眼神突然闪了一下,"就算这样,你知不知道,为了能过上这种在同行看来极为可悲的生活,我们付出了多少牺牲?"

"周挺,"小森缓缓抬起手,指着旁边一个瘦高精干的男子,"他父亲是一个太空建筑巨头的股东,坚决反对他来深空探索研究院工作,为此,父子反目。直到现在,整整5年了,他都没有和父亲见过一面,只因为他相信光速飞船!"

名叫周挺的男子眼睛闪了闪,没有说话。

"欧阳,"小森指向一个混血白人,"他在获准搬来深空探索研究院之前,住处先后19次被不明身份的人焚毁,有几次他自己都差点儿葬身火海。那些人的目的很明确,就是逼他放弃在深空探索研究院的工作。可是他坚持了下来,直到不久前,他刚满5岁的女儿惨遭毒手……"小森哽咽了,"事后他什么也没说,提出的要求不过是允许他搬到这里来住,于是,他全家住进了那个塞满杂物的第五号仓储室……"

"还有 Angel 韦、老 Kale、Simi 张……我敢说,在场的每一个人,都曾被迫害过!亚洲一号、二号,美洲一号……几乎每一个太空城都在驱逐我们!"小森的声音里夹杂着愤怒,"他们不允许我们住在他们的太空城里,只因为我们在深空探索研究院的研究工作损害了那些老板们的利益!即使我们躲到亚当城,和社会底层的流浪汉们杂居,他们仍然百般刁难,还雇佣地痞流氓殴打我们,最可怕的一次,要不是对方的仇家突然出现打乱了情势,我们都要惨死在他们的乱刀之下……"说到这里,他不由自主地闭上了眼睛,那次九死一生的经历恍若发生在昨日。

"想来真可笑……"小森苦笑着摇摇头,"我们那么卑微地活着,那么努力地活了下来,活得那么下贱,只是为了追逐一个梦想,一个关于星辰大海的梦想,最后,却被那个曾经的梦想引领者抛弃了!"说到这里,他的眼睛直勾勾地盯着哈德尔。

"人总是会变的。"哈德尔看看小森,又意味深长地看看旁边激动不已的奥斯陆,然后,视线扫过在场的众人,"你们还有什么遗言,索性都说出来吧!"

"你可以要我的命,"奥斯陆说,"但我身边这些人都是好样的,你不能动他们!决不能!"他的语气变得强硬起来,随后又加上一句,"光速飞船项目还需要他们!"

"可他们都知道了这次试验的真相。"哈德尔淡淡地看着那些人。人们从他的眼神里看出,他已经做出了一个重要的决定。

"动手!"哈德尔冷冷下令。

"不!"奥斯陆惊呼,想要阻拦哈德尔,两名士兵眼疾手快,冲上来,几下就制伏了他,押在哈德尔面前。

"再见了。"哈德尔说着,手枪对准奥斯陆,缓缓扣下了扳机。

望着那黑洞洞的枪口,奥斯陆绝望地闭上了眼睛……

时间滴答,走过了几秒。

一片安静,什么声音都没有,过了许久还是这样,没有激光烧毁人体的声音,没有呻吟,没有搏斗声,一片寂静,仿佛什么也没发生。

死亡并未降临。

奥斯陆感到压在肩膀上的两只手突然消失了,他不解地睁开眼,发现自己团队的人都安然无恙,每个人脸上都写满了疑惑,面面相觑,而周围的那些士兵们已经收起武器,退到了墙边,就像刚进来时那样。

没等奥斯陆等人反应过来,士兵中的一人喊了个口令,那些人居然齐刷刷地立正,向他们敬了个军礼!

"你们这是?"奥斯陆诧异地问。

"请接受来自深空探索研究院卫队的敬意!"哈德尔说,"你们通过考验了。"

"考验?"

奥斯陆这边的人不禁愣住了。

哈德尔喊了个名字,一名士兵应声出列,上前几步,举起自己的激光枪,双手猛地发力,枪身啪的一声断成了两截,一段小巧的金属棒从里面蹦出,掉在了地上。士兵将它捡起,举高。人们这才看清,那不过是一只市面上很常见的玩具激光灯。

再看那断为两截的枪身,里面空空如也,根本没有任何启动和激发装置,也没有超导电池。

周围响起了密集的"啪啪"声,士兵们纷纷折断自己手里的枪,取出里面那只玩具激光灯,那些枪的枪身外壳极其脆弱,里面无一例外,全都是空的。

奥斯陆目瞪口呆。

哈德尔微微一笑,"如你所见,都是假的——包括我这个,"说着,他将自己那支手枪捏成了一团,"生化橡胶制品。"

奥斯陆团队的人全都傻了眼。

过了好久,才有人吃力地问道:"为什么?"

"为了排查。"哈德尔说,"这次进行的反物质撞击试验,是为了检验反物质武器的性能,这件事必须绝对保密。所以,不得不对你们这些直接参与者进行反间谍排查。"

"你们演这场戏,就是为了这个?"奥斯陆团队的人惊魂稍定。

"对,只有设置濒死环境,才能观察到你们心底最真实的自我。"士兵中有一个人说话了,"刚才,我们调用了隐藏的测谎仪器对你们进行了扫描。"

"测谎仪?那玩意儿早已被证明是不可靠的!"有人提出了异议。

"确实,单凭测谎仪无法断定一个人是否属于内奸,"哈德尔说,"我们考虑的是多种因素,各种参数都要考虑,濒死测谎只是其中一项。一直以来，对内部人员的各项排查都在秘密进行中，今天是第一次公开。"

"你们这样排查多久了？"

"很久了，"哈德尔说，"从深空探索研究院筹建之初就开始了。"

众人都沉默了。

客观来说，哈德尔的做法没有错，深空探索研究院面临的生存环境极为恶劣，因为研制光速飞船冲击了太空城市场，太空城阵营对这里的研究恨之入骨，派进来的内奸不知有多少。这些人潜伏进深空探索研究院，化身为各类工作人员，随时可能泄露重要情报，甚至伺机破坏。这种情况下，深空探索研究院要想生存发展，就必须极为重视内部锄奸工作。

但是，一想到自己一直以来都是不被信任、在监视下工作的，奥斯陆团队的人就觉得心里憋了一口气。

"啊！你是——"小森突然发出惊呼，他指着不远处一个士兵，目瞪口呆。

他认出了那个士兵。

"你是那次亚当城火拼事件中，7K党的仇家？"小森忍不住喊了出来，"我记得很清楚，那次，我们差点儿被7K党给砍死，是你们一伙儿人突然出现，开枪射杀了好几个7K党，把他们拖住了,我们才得以脱身。我清楚地记得,你在那群仇家里面!你……你一枪爆了一个家伙的头,是吧?"

士兵一愣,随后点点头。

"你还记得那事儿?"哈德尔扭头问小森,他嘴角开始浮现出一丝微笑,似乎对此很感兴趣。

"怎么会不记得!那个被爆头的家伙,脑浆溅了我一身……"说到这里,小森不由得打了个寒战,"我那天回去洗了老半天还恶心得不行。后面的几个月里,我一闭上眼睛,脑子里就一遍遍地播放那家伙被爆头、脑浆四溅的情形,我努力不去回忆,可是,那场景深深刻在了我脑子里,包括开枪那人的面容,很清晰……"

"他,他——"小森说到这里,哆哆嗦嗦地指着那个人被他认出来的士兵,声音开始颤抖,"他,他是黑社会的枪手,杀人不眨眼。哈德尔,你怎么能让这种人进卫队!"

哈德尔没有回答,而是带着怪异的微笑反问:"你觉得他不合适吗?"

"他,他——"小森结巴了,看到哈德尔那怪异的微笑,他脑海中突然电光一闪,"难道,他其实是……"小森突然意识到了什么,他扫视了一遍在场的其他士兵,赫然发现,有好几个都似曾见过。

"当时,我已经是深空探索研究院卫队成员。"那位士兵说,"是哈德尔派我们过去保护你们的。刚才在行动前,我还跟队长说你们有人见过我,是不是不要参加行动了,以防露馅,队长却说如果认出来最好,那样威慑力更强。"说完,他笑了,那笑容里看不到凶残,只有温暖。

"你真的是奉命过去的?"小森仍有些不敢相信。

"不像吗?"哈德尔看着小森,笑了,他还是第一次在人前露出这种温暖的笑容,"这里面有好几个人,都参与过那次火拼。"

奥斯陆这边的人面面相觑。

"其实,那不是火拼,是战争。"哈德尔说,"你们看到的所谓7K党的仇家,其实是我们紧急调去执行秘密保护任务的卫队,出于避免事态扩大的考虑,他们都着便装,以防被人认出;而追杀你们的所谓7K党,也不是普通的拿人钱财替人办事的打手集团,他们有自己严密的专属组织领导机构——说白了,他们其实是反对光速飞船的人组织的私人武装,同样是出于避免事态扩大的考虑,他们也都着便装,防止被人认出。"

小森讶然,他怎么也想不到,自己那次遇险,竟然是这么回事,背后居然藏着这么多秘密。

"你们那种经历,在当时就已经不是第一次了。"哈德尔看到小森等人的惊讶神情,淡淡地说,"亚当城在那之前和之后的几乎每一次大规模械斗背后,都有敌我两大势力插手。"

"天，你们一直那么打吗？"有人忍不住问道，"就从没有闹大过？"

"闹大过，"哈德尔说着，目光扫过现场众人，"你们还记得亚当太空城那次泄压事故吗？"

众人深吸一口冷气。那是一次举世震惊的恶性事故，当时亚当太空城里黑帮械斗，其中一方以军用高爆弹药布置陷阱，意图消灭对方，结果起爆后直接炸穿了太空城的护壁。缺口太大无法及时堵上，导致城内空气大量流失，空气密度降到不足正常水平的30%，酿成严重的泄压事故，全城居民死伤无数——当然，其中绝大多数都是流浪汉和乞丐，真正的上流人士是不会住在亚当城这种以免费和贫穷著称的太空城的。

"那次，是对方设置的爆炸装置，我方卫队有1人被炸伤，3人被卷入了太空。他们知道卫队会保护城市，所以才这么设陷阱。"哈德尔说。

"他们就不怕连累无辜的城市居民吗？爆炸损毁城市外壁，造成泄压事故，导致重大伤亡不说，爆炸威力再大些就会导致外壁破碎，裂痕蔓延，整个太空城崩解，那时，全城的居民都会死于太空失压，那可是足足两千万人啊！"

"丧心病狂！简直是毫无人性！"

"人性？"哈德尔锐利的眼神依次扫过在场的众人，"你们都在太阳村阵营生活过，那些家伙和他们的老板们若还有人性，会把太阳村的普通居民压榨得那么惨？"

众人都不说话了，他们都知道太阳村工程的本质。该工程在前期宣传上就不惜血本，号称木星卫星轨道太空城是太阳系最适合生存的地方，是用来躲过即将爆发的太阳氦闪的唯一庇护所，而地球则注定会被摧毁，联邦也出面认可了这一点——不可否认，这里面有稳定人心的目的，但在客观上，却造成了民众对太阳村工程的盲目信仰和严重依赖，"太阳村村民身份"一度成为生存权的代名词。但觉察到这一点后，联邦并没有及时澄清事实，反而在随后的工程建设中全力支持太阳村工程，大量增发债券，并强制民众购买。而太空城建设巨头们则一边利用官方财政支持大兴土木，一边哭穷、不断地压低工资水平。按照科学的经济学原理，一个地区的经济要想平稳发展，劳动者的月工资必须等于或大于一平方米的房价水平（在太阳村时代，这项标准换成了一立方米的住宅空间），可实际上的工资水平只有这个标准的三分之一，甚至更低。巨额的住宅支出掏空了普通劳动者的积蓄，也套牢了他们的人生，为了求得官方许诺的在太阳系活下去的机会，他们日夜劳作、疲于奔命。

那些人怎么也不会想到，他们好不容易离开地球，摆脱了房地产商的奴役，又钻进了新一代地产商精心构建的圈套里。每一个太空城，都是吸血的陷阱，从入住的那一刻起，剥削就开始了，居民们就像一只只钻进笼子的鸡，除了吃食下蛋，再没有别的自由。

在这样的大背景下，亚当城成为一个引人注目的异端。它是一个建造失败的太空城，在最初的规划设计上出了问题，导致关键的机动飞行系统和陨石防护系统安装不上。发现问题时该城已经建造了一半，没法修改（修改的成本比再建一座全新太空城还高），又因为建造时间早，工艺落后，拆解出售原材料零部件也找不到买家，拆解过程中还会产生大量太空垃圾，面临巨额罚款，于是便被建造者抛弃了，成为一座漂泊在木星环绕轨道上的仓库。它没有产权，没有管理者，所以也就没有剥削，只要进去了，随便找个地方就能安家。穷人们趋之若鹜，最高时住进了两千万人，相当于当时太空移民总人口的十分之一。亚当城的存在导致太空城宅邸刚需严重缩水，太空城建设巨头们对此恨得牙痒痒，但苦于找不到干涉的办法。现在那里出事了，正好可以威慑那些人，迫使他们离开亚当城，迁移到其他比较安全，但管理更严格的太空城里，低三下四地生活。

此刻回想起那段经历，小森等人不禁一阵阵后怕。

"这是一场战争，"哈德尔说，"很抱歉，这么多年来一直把你们蒙在鼓里，我只是不想让你们在胆战心惊中生活。深空探索研究院资金紧张，当年一是无法立即提供那么多住房，二是排除内奸嫌疑之前，我也不能一下子把你们都安置进来——那样深空探索研究院自身就危险了。思来想去，最后只好让你们委屈一下，先在外面住，由我们的卫队暗中提供必要的保护——坦白地说，你们在客观上充当了诱饵……"

奥斯陆团队的欧阳听到这里，黯然地低下了头，他所付出的代价，实在太大了……

说话间，周围突然出现许多悬浮窗，几乎每个人面前都有，出现在欧阳面前的那个，上面显出许多人的头像。

"作恶的人，必将付出代价！"哈德尔的声音在人们耳边响起，"这些家伙必将受到应得的惩罚。"

欧阳心里一动，数了数面前悬浮窗上的头像数目——总共二十八个人，分为十九组——跟他住宅被烧毁的次数相同。所有的头像都打上了红色的叉号，标注"已消灭"字样，其中一组头像上打着特殊标记，看到那标记的瞬间，他呆住了，随后，眼泪无声地流了下来。

那标记是她女儿的笑脸……

现场每一个人都看到面前悬浮窗上的信息，或惊讶，或疑惑，或落泪，反应不一；唯独周挺比较特殊，他面前的悬浮窗上显示的是一颗大脑，两颗脑半球之间的胼胝体里有个闪光点——周挺的脸色瞬间变得苍白，额头冷汗直冒。

"你们中间，还有一个内奸。"哈德尔的声音冷冷地响起，"最后一个！"

"周挺先生，"哈德尔的声音突然变得很温柔，"你该回去看看你父亲了，他很想你。"

话音刚落，几名士兵如同鬼魅，已经出现在周挺面前，将其围住。没等周围的人反应过来，"咔嚓"一声轻响，士兵们已突然散开，中间腾出的那片空地上，周挺的脑袋缓缓倾向一侧，"嗵"的一声，直挺挺地摔倒在地，再没一丝动静。

"这，这是——"小森惊恐地睁大了眼睛。士兵们方才这手空手搏杀让他难以置信。

"他携带有发信器，"哈德尔说，"通过手术，他将微小的生物芯片植入大脑胼胝体，直接接通左右脑两个半球，读取脑波，编译密码情报。我们也是不久前才发现这个的——他是内奸，你们之前几次遇险，就是他泄露的情报。"

"可我们从未看到他与外人联络啊！"有人说。

"秘密都在那个发信器上，"哈德尔说，"它很隐蔽，连深空探索研究院的反间谍设备都无法探测，目前已知它是采用化学信息传递情报，类似动物用腺体分泌液标记领地范围，具体工作原理还在破译中……五年来，他从未见过他父亲，可是他无时无刻不在向他父亲传递化学信息，也可能是脑电波信息。"哈德尔冷哼一声，"方才的测谎中，他终于露出了马脚。"

现场安静得掉一根针都听得见。

敌人的眼线已经做得这么隐蔽了？众人突然感到难以呼吸。

"这是一场战争。"哈德尔再次强调，并打个手势，几个士兵迅速将尸体拖了出去。

"内奸已经除尽,从今后,我们都是自己人了!"哈德尔走到已经彻底呆住的奥斯陆面前,缓缓伸手,"抱歉,主任,我只是想保护你们……现在,可以和我握个手吗?"

奥斯陆看着哈德尔伸出的左臂,又看看对方的脸,视线最后落在对方那条空着的右臂上,呆滞的眼神里忽然泛起一丝波澜,缓缓地说:"哈德尔,你这家伙,藏这么深,这几十年,你真是把我害惨了,将来等光速飞船造出来了,我一定要狠狠地揍你一顿……"

"可以,"哈德尔微微一笑,"不过,出于公平起见,决斗前我是否可以为右臂装上克隆再生肢呢?"

"当然可以……"奥斯陆哽咽着,随后,这个铁打般的汉子居然像孩子般哭了起来。

"行了行了,都过去了。"小森上前安慰奥斯陆,"男子汉大丈夫怎么能哭呢……"他嘴上这么说着,自己却已泪流满面。

"这是场战争!为了早日实现远行计划,我们必须殊死一搏。"哈德尔面向全场,"出于对即将到来的全面战争的考虑,我们必须加紧建设,光速飞船反物质能源块要民用转军用了,深空探索研究院卫队将全员配备反物质武器——这件事,从现在起要严格保密!在接下来的工作中,请诸位务必坚守这一条!绝不能让敌对势力知道这个!联邦那边一直对我们实施严厉的武器管控,反物质武器目前是我们唯一可以自保的希望。"

"可是,如果发生战争,我们真的要摧毁那些太空城……"有人问,问的人声音越往后越小,最后变得几不可闻,但众人都听懂了他话里的意思,心里不由一沉,那些太空城居民们善良而单纯的面孔纷纷浮现在眼前。

太空城的大亨们是邪恶的,可那些居民不是。

"不,不会摧毁太空城,这点我可以保证。"哈德尔说,"我们的武器只针对对方的有生力量,也就是飞行战舰,不针对民用目标。"

"只要你承诺不伤及平民,我们可以帮你。"小森郑重地说。

"好!"哈德尔点点头,"我们只打飞船。对方拥有二十艘大型战舰以及上百艘小型战舰,这数量已经远远超越了我们深空探索研究院的护卫舰队,要打赢战争,必须借助反物质武器的力量,留给我们的时间最多只有两年,请加紧战备。"

"我们可以给你造出五百颗反物质块……不,是七百颗!"小森说,"让系统进入'应急提速'状态,就可以提高生产效率,代价是设备寿命会缩短很多。这原本是考虑到太阳系可能出现的意外情况,比如突发天文灾变引起逃亡大潮,光速飞船供不应求这类情形,于是在最初的设计规划中就留出了冗余……把这部分产能也用上,能达到七百颗。"

"一千颗!"旁边突然传来奥斯陆的声音,他此刻的眼神已变得分外坚定,甚至透出一丝狂热,"密集阵木星近轨托卡马克系统还可以进一步优化,我可以让它以极限效率工作,两年时间,我能给你一千颗反物质块!"

"一千颗!"哈德尔吃了一惊,"这数量……足够了!这级别的威慑力,足以保障光速飞船计划的实施!"

"那就开干吧!"奥斯陆眼里的狂热越来越强烈,"只要有我在,谁也别想拦住你!"

"真是个激动人心的时刻!"哈德尔诡异一笑,然后深吸一口气,"现在,就让我们等一下太空城那边传来好消息吧……嗯,应该是好消息……"他笑容渐敛,"猎狐那家伙很能干,应该不会让我们失望的……"

2. 谈判与妥协

太阳村阵营,亚洲三号太空城,太阳村基地之一。

廊桥之上,二人相对而立。

"怎么样,康斯坦丁先生,你愿意合作吗?"负责深空探索研究院对外联络事物的猎狐目光殷殷地望着对面那个男人,期待着对方的答复。

康斯坦丁，太阳系联邦实权派一号人物，全身笼罩在黑袍下，像一位苦行僧。他所常住的这个金属建造的巨型太空城是个工业城，有着浑圆膨大的肚腹，腹壁上堆叠着密密麻麻的工厂。这些工厂按照相互之间的生产协作关系扎堆聚集，形成纵向排布的六排建筑褶皱，褶皱之间是公共通道。所有通道最后都汇入轴心位置的管状过渡舱，通向城外太空。整个太空城绕轴恒速自转以产生重力，从转轴到外端依次形成不同等级的离心重力层，各个工厂就依照各自生产活动所需的重力环境参数，各归其位，各取所需——其中的1G层，也就是标准地表重力层很自然地盖满了住宅。

这设计很精巧，但在猎狐这样的旧时代人的眼中，这个太空城明显不宜居：它就像巨大的混凝土搅拌机，将里面的所有居民都粗暴地搅拌着，强行混为一团。

猎狐感觉，这座城市有点儿闷。

"您愿意合作吗？"他再次问道。

"我记得当年你是与阿米尔对接的，"康斯坦丁没有给出明确回答，而是推脱道，"这样吧，我安排一下，你找他商量。"说完就准备转身离开。

阿米尔是他的手下，也是保镖，最重要的工作是替他挡下他不想见的访客。

"等等，康斯坦丁先生！"猎狐听出了对方话里的冷淡，"光速飞船计划需要你们的支持！这是人类未来的希望所在，我们必须远航殖民其他星系，才能躲避太阳氦闪爆发的危机，请您慎重考虑！"

"你们还需要我的支持吗？嘿嘿，"康斯坦丁突然笑了起来，眼里带着苦涩，"哈德尔那家伙已经磨刀霍霍，都准备发动战争了！眼下人为刀俎我为鱼肉，我还能怎么去支持，帮他继续完善那些反物质武器吗？"

"康斯坦丁先生！"猎狐大惊失色，双手慌乱地在面前摆动，同时下意识地看了看四周，"这话可千万别——"

"放心吧，我不会对外说的。"康斯坦丁摆摆手，叹息一声，"我知道，你们这样做也是迫不得已。你们弄的这个'意外事故'，骗得了别人，但骗不了我，我以前弄过的这类伪装多了……哈德尔还是老样子啊，凡事都要做绝——他一边在基地里整肃队伍苦练内功，一边又派你过来施放烟雾弹……太可怕了！他这样的男人是魔鬼，跟着他混，你迟早也会被染黑的！"说到这里，他看着猎狐，诚恳地说，"你，还是回来吧……"

"回来？"猎狐一愣。

"太空城方面也是一条发展道路，与深空探索研究院相比，这里更包容，更多元。唉，"康斯坦丁环视四周，"你我现在所处的这个亚洲三号，是搅拌机型的复合工业城市，从结构和功能上来看是模仿了叶绿体——尽管还不够完善，但任何人都能看出它的潜力。除此以外还有多种形态的太空城,有模仿高尔基体的,模仿中心体的,模仿内质网的;功能上有住人的,有用于商品交易集散的,有用来安置工业和实验室的,甚至还有专门用来安置动植物的生态太空城……这些不用我说你也知道,太空城阵营绝不是那种只知道剥削穷人的吸血鬼。联邦一直在将社会财富转化为再投资,推动太空城的配套设施建设,太空城建设巨头之间的惨烈竞争则迫使他们选择差异化发展战略,让太空城变得更加多样化……所有这些因素都在推动太空城生态体系变得更加健全,也更包容。目前来看,这条道路也是最常态的文明模式,是雅典型的;至于哈德尔那边——"他顿了顿,似乎在斟酌用词,"——你们太'斯巴达'了。"

猎狐的眼神暗了一下,随后,淡淡地说了句:"我还是更喜欢星辰大海。"

沉默许久。

康斯坦丁问:"你真的认为太阳村是自掘坟墓吗?"问罢,他似乎想起了什么,于是又苦笑道,"是啊,我曾经跟哈德尔一样,也是一个非常极端的人,我自然找不到什么好路子了……"

"我不是那个意思。"猎狐说,"太空城理应多样化,你们这边做得很好,很繁华,这点我承认。但我们不能忘了太阳系外还有更广阔更精彩的世界,我们不能总是坐井观天;从居安思危的角度来看,我们也必须考虑到诸如'太阳突然爆发氢闪'之类的危机,要提前做好'诺亚方舟',打造出飞得足够快也足够远的光速飞船,为人类文明多留一条生路。我们总不能把所有鸡蛋全放进同一个篮子里——"

"不必再说了,"康斯坦丁挥手打断了猎狐,"你们有你们的行事风格,这边也有这边的原则和底线。新武器的事,你们尽管去做,这里不会再有别人知道,这点你们可以放心。"他叹了口气,"回去之后加紧准备吧,我会尽力拖住这里的人。"

猎狐一愣,随后愕然道:"那我们就不胜感激了。"

谁也不希望看到在人类中间上演一场反物质武器大战,既然注定有一方要屈服,出于尽量减少伤亡的考虑,自然是胜利的一方保持压倒性的优势最好。康斯坦丁这是在主动做出让步,猎狐忍不住有些感动。事实上,对方的这份承诺,已经超出了他的预期。

"但是,我有个条件。"康斯坦丁突然说。

"请讲。"猎狐嘴上应着,右手已下意识地抓紧了衣角。

"不要针对太空城,"康斯坦丁说,"里面平民众多……"

"这个没问题,"猎狐松了一口气,"本来就没打算针对太空城。"与深空探索研究院的其他人不同,他常年在外奔波,对太空城的多样性和复杂性深有体会,他相信这是一条充满希望的道路,他打心眼里不希望它被阻断。他希望光速飞船赢,同时也不希望太空城这边输,他希望看到的是一个双赢结局。

"这样,我就放心了。"康斯坦丁说。

猎狐看得出来,对方真的松了一口气。

他原本也是个善良的人——猎狐想。

说话间,城市金色的阳光洒遍了整个世界,这些人造太阳直径约二十米,采用了一种特殊的弧光原理,在逼真再现地球表面天然阳光的同时,将电磁干扰及有害辐射降到了最低,从而满足了太空城市的生活照明需要。

廊桥上的两人,就这样沐浴在金色的光芒中,宛如雕像,金色的光芒融化了一切,周围一片惶然的炽热。

两人良久都没再说话。虽然还有许多话,但两人一时间却不知该如何开口。

"你还是不太喜欢光速飞船?"猎狐试探着问。

沉默许久,康斯坦丁才缓缓开口:"我,过不去。"他说的很慢,似乎每一个字都很吃力,金色的光芒让他虚弱无力。

"那个障碍已经不存在了……"猎狐劝解道。

"我知道,"康斯坦丁苦笑着,"但我还要看着这边的人。你也看到了,这些人早已忘记了祖辈的信仰,他们只对地产和金融感兴趣,不客气地说,他们现在已经丧失了真正的贵族精神,堕落为一群行尸走肉,我有时候忍不住怀疑他们是不是被某种神秘力量给洗脑了……他们虽然已经干不出什么好事来,但我也不希望他们因无人管教而去做坏事。"他摊开手,耸了耸肩,"联邦这么大摊子,太空城这么多,每时每刻都有那么多的生产建设,没人协调的话很容易出乱子。"

"你不是说这边的太空城都是自发建设、自发生长的吗?"猎狐问。

"那个你也信?"康斯坦丁笑了,"只是宣传口号而已……"

猎狐欲言又止,他静默片刻,看看康斯坦丁没有再说什么,就萌生了退意:"那么,我告辞了。"

康斯坦丁点点头。

猎狐转身离去,脚步有些匆忙。

"你确定,自己已经看清这些太空城的价值了吗?"猎狐走出一段距离后,身后忽然传来康斯坦丁的声音。

猎狐回头,看清了康斯坦丁脸上的表情,那是无可置疑的骄傲,一副天下在手、舍我其谁的姿态。

"我建议你们从问题最大的那个看起。"康斯坦丁说,"问题最大的那个,也最具潜力。"

猎狐不禁一愣。

康斯坦丁一笑,转身离开了。

3. 亚当城崛起

乘坐飞船返回深空探索研究院的过程中,猎狐心里直打鼓,前方闪烁的星空晃得他六神无主。犹豫许久,他终于对飞船 AI 下达了转航指令:"返程任务暂停!马上转向,到亚当太空城去!"

他需要再去确认一些事情。

"指令已经确认,正在执行,30 分钟后到达亚当太空城。"飞船 AI 回应道。

亚当太空城,作为最早建造的木星近轨太空城之一,它是标准球体构型(理论上这是最坚固的形状),在第七轨道绕木星运行。因为当年技术尚不成熟,存在诸多问题,结果工程过半时,亚当城便被放弃了。此后这里成为流浪汉、无家可归者们及各种犯罪集团的栖身之所,市政和警察机构只负责维持最基本的公共设施的运转,对于其他一切,基本上放任自流。在整个太阳系,它是唯一一座不需要居留权就可自由入住的城市。人们时常调侃,与其说亚当城是太空城,不如说它是一个悬浮在太空中的巨大垃圾场。

是的，亚当城曾是一个巨大的垃圾场。

脏……乱……差……贫穷……愚蠢……堕落……虚伪……狡诈……词典里几乎所有的贬义词当年在这里都能找到具体的对应物，从烂醉街头吐得不成人样的酒鬼到成群结队公然抢夺财物的劫匪，从面目阴狠行事肆无忌惮的少年到表情麻木口角流涎的老年乞丐，从满脸横肉粗口骂街的泼妇到涂脂抹粉搔首弄姿的站街女，从"曲高和寡"地漠视周围邻居的自命不凡的"民间艺术家""民间科学家"到打着"灵丹妙药""成功秘籍"幌子拉拢顾客兜售各种黑市物资的商贩，人类社会最不光彩的那些元素统统在此聚合……

但是换一个角度来说，人性和人类文明，至少有一半在这里保留着：黑暗的那一面——在某种意义上，其实也是最原始最真实的一面，即文明的孢子形态。

亚当城恰好便承载着人类文明的孢子。

猎狐静静地坐在飞船里，望着市区熙熙攘攘的人潮，心潮起伏。

亚当城，一个见证了太空城变迁史的存在。过去，它曾一度被废弃，成为一个悬浮在太空中的巨大垃圾场；但如今，随着时间的嬗递，它却在悄无声息间有了巨大改变。就像康斯坦丁所说的那样，它已经发展成整个太阳村阵营的政治、文化中心——已从原本的粗鄙简陋中蜕变，焕发出勃勃生机。猎狐不禁心生万千感慨。

"逆袭，这简直是最完美的逆袭！"在亚当城上空飞行的猎狐被震惊到了……不禁喃喃自语，"看来，康斯坦丁是对的。太空村也是一种发展模式，一种更常态的自由生长模式。该模式下，文明的发展更多元，更包容，于是也就更多地呈现出不可预测性，更容易出现奇迹。这样的社会环境更适合人们生活，这样的社会形态更吻合人类文明的一贯特征。"想到这里，猎狐忽然明白了康斯坦丁为什么有能力跟哈德尔长期对峙：在组织协调能力方面，他并不比哈德尔差，而在洞察力和预见性方面，甚至还要胜出。

康斯坦丁与哈德尔，就像现实与理想的极端对立，分站平实与激进两端，两人各自引领一方，他们都对自己的道路充满自信，都有满满的理由和充足的证据，至于到底谁对谁错，可能只有时间才能给出答案了……

总之，就目前的情况来看，亚当城的发展势头相当不错，康斯坦丁的确有资格骄傲。猎狐感觉，很有必要让深空探索研究院的那帮同事们也了解一下这边的情况。

正这时，量子通信电话突然响起来，猎狐打开，看到上面的一条匿名短信："见到客户了吗？谈得怎样？"

这是早就约好的暗语，深空探索研究院成员之间都是这样联系，便于伪装。

猎狐一个激灵，然后定了定神，回复道："见到了，谈得很顺利，收获超出预期。我临时有点儿别的事，现在飞船正在亚当城中央区上空。"

"不赶紧回来向董事会交差，去那种鬼地方干什么！"对方质问。

"这事很重要，你也过来看看吧！还有，最好多叫些人。"猎狐回复。

对方沉默片刻后，回复："我这就过去，如果你认为有必要的话……"

"绝对有必要！"猎狐强调。

"好吧。"对方同意了。

"对了，"猎狐忽然想起一件事，"如果路上遇到交通拥堵，就耐心等一等。如今的亚当城已经扩建成了多壳层复合型结构，居然成了整个太阳村阵营最大最繁华的太空城，几十年间，变化太大了，交通拥堵在所难免。"

"我知道。"对方回复，然后挂断，通信结束了。

猎狐静下心来，降落到停机坪，一边通过网络了解浏览亚当城的近况，一边耐心等待。周围处处都是风景——摘下"有色眼镜"后，亚当城的核心区还是挺耐看的，在黑暗基调之上也涂满了浓郁的生活气息。他看着城市的夜空中一辆辆牵引车拉着成串的货物招摇过市,上面装满了各式各样的机器、生活用品,乃至武器,就像一只只吃饱了的虫子。小贩们用大屏幕投影仪和扩音器不停播放着自编的广告,能给人一种独特的催眠感,恍若梦乡。

不知过了多久,猎狐终于收到信息:"我到了!"

"你在哪儿?"他欣喜地四下张望着。深空探索研究院有人愿意来了解太空城的状况,这是个好现象。

"在你身后。"那个声音说。

猎狐猛地转身,便看到了哈德尔。

"你怎么回事?"哈德尔一只手揣在怀里,警觉地看看四周,"有没有遇险?"

"没有,谈判很顺利,他们没有为难我。"猎狐说。

"那你——"

"我刚才看到了一些不错的风景,所以想推荐大家都去看看。"猎狐语调轻松。

"就这个?"哈德尔问,看猎狐的眼神明显是感觉不可思议。

猎狐认真地点点头。

哈德尔看着猎狐,脸色几经变化:"能否告诉我,你想让我看什么?"

"到了你就知道了,现在我们先飞出去……"猎狐一笑,把哈德尔请到了自己的飞船上。猎狐输入了"出城绕行"的指令到飞船AI,让飞船进入自动驾驶,然后扭头看着邻座的哈德尔,"我们需要绕点儿路,但在这过程中,你可以看看这座太空城市的风光和布局,需要的话我可以给你讲解一下。你知道的,对这个我很在行——比你更在行。"

"抓紧时间,我们还有更重要的事。"哈德尔表示兴趣不大。

猎狐笑笑,没有说话。

周围的景物飞快后退,像电影的倒片,飞船载着两位乘客一路疾驰,将各种混乱和无序甩在身后,很快接近了亚当城中央区的边缘。球面城墙被船首灯光照亮了,上面的涂鸦迷彩奇丽华美,让人忍不住浮想联翩。还没来得及看清画的是什么,飞船便从城墙上的一个通道口飞了进去,就此告别亚当太空城核心的"市区",继续沿着通道前行,穿过那层球壁,进入了更外层的所谓"宅区"。与"市区"那个巨大的球形空壳不同,"宅区"是由无数独立的小空舱拼接在一起组成的,就像一层厚厚的鱼卵,里面每一座宅邸都是一个独立自治的小世界。"亚当"城核心区的球形城壁隔开了市区和宅区,同时也隔开了公共空间和私人领地,隔开了丛林秩序和法治世界。

"现在我们进入了亚当城'二环'区域,也就是'宅区'。跟混乱原始的中央核心区比起来,这边要整洁许多,给人的感觉也更舒服。"猎狐说。

"我还是更喜欢中央核心区。"哈德尔说,"那边做事方便。"

"你还是跟以前一样啊……"猎狐苦笑着摇摇头,"我觉得,像宅区这样,找个地方自成一体,独善其身,与他人井水不犯河水,也是不错的选择。"他明显话里有话。

"我们没那个机会的!"哈德尔冷冷回复。

"先别忙着下结论。宅区,其实是个很大的世界……"猎狐不想放弃,"只要耐心找下去,总有一个地方适合你。"他扭头看着哈德尔。

哈德尔无动于衷。

二人谈话之际,飞船悄然减速,舷窗外的宅邸风光正缓缓流过。猎狐说的没错,宅区确实是个很大的世界,比亚当核心区大得多,也包容得多。宅区的出现使亚当城的体积增加了近三倍,还使亚当城由社会底层流浪汉们的乐园,拓展成为广大中产阶级,尤其是知识分子阶层的理想居住地。这个"宅区"层并不是谁设计规划,而是自发生长形成的:当年,太空城建设垄断巨头们仗着联邦政府的袒护,行事肆无忌惮,沉重的生存压力让许多人忍无可忍,纷纷逃离原先的太空城,驾飞船来到亚当城,来到这个太阳村阵营唯一一个无人管辖的自由地带。移民们畏惧亚当城里混乱的治安,也不愿意去城里跟流浪汉、乞丐等底层人物混在一起,便将飞船固定在亚当城的外面,然后就地取材,建设属于自己的简易住宅,以此表达对太阳村巨头们的疏离和抗议。这些私人宅邸很快连成一体,在客观上能充当亚当城的第二外壳,增强城市的安全性,所以城里居民也就乐得他们住下来,而新来的外层居民们大部分也都遵守了城市的潜规则。隔着一层薄薄的城壁,市民和宅民们在长期的磨合中形成了某种默契,井水不犯河水,彼此相安无事。于是,一个市民和宅民共处的新的亚当城形成了。

接下来,亚当城的建设就进入了狂飙时代。

宅区的私人宅邸越建越多,一层压一层,挤得密不透风,交通就成了问题,于是宅邸主人们协商一致,将各自的宅邸排列成行,行与行之间留出共用通道,就像古代的城中小巷一样,称之为"巷道"。宅邸越建越多,巷道也就越来越稠密,样式和种类越来越多,从走向上看,大致可分两种:一种巷道贴着旧城壁横向延伸,最后汇入颈部的主通道,偶尔也有支脉钻进城壁里,通向旧城区,叫"内巷",猎狐的飞船方才就是通过这类通道穿越城墙来到宅区的;还有另一类呈中心辐射状,从宅区直接伸向城外,通向太空,叫"外巷",此刻猎狐的飞船正穿行其间。两类巷道属性差别很大,"内巷"形成较早,周围的宅邸种类形态千差万别,邻里关系很复杂,混乱起来几乎和亚当城的核心城区有一拼;到"外巷"形成时,大家都学聪明了,开始遵循物以类聚、人以群分的古老原则,扎堆聚集,外巷周围的宅邸功能形状极为相似，格调统一，志同道合的人士在此汇聚，相互辉映，于是每一条外巷都成为一个专业的俱乐部，或者行会。

"你看，它们都在这里找到了适合自己的位置，它们抓住了那个自成一体、独善其身的机会。"猎狐指指外面鳞次栉比的俱乐部，"看看吧，看看这些宅邸，再看看这些宅邸间的巷道，你不觉得惊讶吗？这里的每一条巷道都对应一种专业，有多少条外巷，就有多少种专业人士。毫不夸张地说，这里已经汇聚了人类文明到目前为止所有类别的专业技能，而且还能和谐相处！对此，你难道不觉得惊讶吗？"

"只有弱者才需要呼朋引伴相互取暖，而王者，总是很孤单。"哈德尔面不改色，说到这里，他扭头看着猎狐，目光变得犀利起来，"太阳活动正变得越来越不稳定，你知道这意味着什么……如果我们有许许多多个深空探索研究院存在，有许多个协助光速飞船研发的行会和俱乐部存在，人类还会像现在这样被困在这个直径只有四光年的牢笼里坐以待毙，等待着那不知何时就会爆发的太阳灾变吗？"

猎狐沉默，随后默默地在导航仪上进行了操作。

两人的飞船从行会林立的外巷通道中退了回来，沿着内巷道和外巷道的交界带飞驰，它轻盈地穿梭在宅区中间，如一尾游鱼。交界带的巷道都不封闭，壁上有许多出口，而且本身是以某种特殊的透明材料制成，走在里面，沿途风光一览无遗。两人坐在飞船里默默前行，只见巷道外面的宅邸如同一只只紧密排列的金属巨兽，静静趴伏着，等候检阅，又像一个个勇敢的列兵，目送飞船远去。这里是专业化的俱乐部相互连接的地方，每一个宅邸都是综合性的，连接了几个不同的俱乐部，并通过内巷道和亚当城市区联系起来。按照某些人的说法，这些宅邸更像亚当城这颗超级大脑的神经元细胞，以"突触"结构联系各个组织和器官，搭建起复杂的神经网络。它们看似大同小异，实则每一个都个性十足，与众不同，它们以复杂的形式联网，产生共鸣，共同构建了所谓"亚当文化群"。

"说实话，我没想到深空探索研究院能走到今天这一步，它几乎是以一己之力撑起了人类走出太阳系的希望！"猎狐说。

哈德尔说："我也没想到，但是有些事，总要有人去做的，也终会有人去做……"

"其实主张留守家园的太阳村阵营也一直在进步，现在我们看到的就是其中一部分成果：仿神经元结构。"猎狐循循善诱得像一个教师。

"成果？就这个？"哈德尔笑着指指舷窗外流过的宅邸，"恐怕分量还不够吧？"

"那要怎样才算够分量？"猎狐追问。

哈德尔伸了一个懒腰，然后就势仰身斜躺，头枕在了自己的胳膊上，那姿势很慵懒，但话里的意思却敏感起来："我倒是更好奇，你现在站在哪一边。"

"不用试探我了,我是个立场模糊的观望派,这一点从一开始就挑明了的。"猎狐叹了口气,看着哈德尔,"也正因如此,你才特意安排我到涉外部门去工作,对外应酬时我只要本色出演就行,根本无须伪装;同时,也能让我这个不太可靠的人远离研究院的核心业务及技术机密……但是说实在的,我现在真的很难做出抉择。"

"所以你才希望别人来分担你的难处,帮你出出主意,决定接下来要跟的队伍。"哈德尔依旧是那个慵懒的姿势,仿佛聊的是一些无关紧要的话题。

"是的。"猎狐点点头,"只是——我没想到你真会来,我觉得你会派其他人过来。"

"噢,为什么?"哈德尔探起身,看着猎狐,似乎来了兴趣。

"你是光速飞船阵营的领军人物,人身安全至关重要,而且,你必须保持坚定的信念,否则整个阵营都会动摇!"猎狐说,"所以你不适合来这里,这是敌对阵营的老巢,对你而言,既有安全隐患,又有精神污染。"

沉默片刻。

"前一个理由,人身安全,"哈德尔竖起一根手指,然后摇摇,"貌似有点儿道理,实则经不起推敲,要知道,最危险的地方其实也是最安全的地方;至于后一个理由,精神污染,"他竖起第二个根手指,又摇了摇,"则完全是错的——

正因为关乎整个阵营，我才更要全面了解情况，综合各方数据谨慎分析，以免把队伍带偏。"

"所以，我更愿意相信，你不希望我来的真正原因是你怕。"哈德尔看着猎狐，眼神闪烁不定。

"怕？"猎狐反问。

"你怕我独断专行对你不利！"哈德尔说得很郑重。

猎狐脸上立刻涌起很古怪的表情，他看着哈德尔，嘴角上翘，似乎想笑出来。

密闭的飞船里不用担心泄密，猎狐和哈德尔边飞行边谈。他们的飞船已经拐了几个弯，沿途和几个"内巷"汇合，通道变得越来越宽敞，连带着让视野也开阔起来，不过两边的宅邸仍旧排列紧密如细胞。飞船正飞往"总巷出口"，那里是这些"内巷"的汇总点，位于亚当城的主通道口处，几乎所有直接进出太空城核心市区的交通艇都要从那里经过，那儿是交通咽喉，人们时常形象地称之为"颈"。

"怎么，我说的不对？"哈德尔察言观色。

"我没想到你也会有这么贫嘴的一面……"猎狐尽力使自己的表情正常化，"我根本不怕，也不用怕你，因为你从来都不是暴力狂，你骨子里信奉的是以理服人。"

"如果我不是呢？"哈德尔问。

"我敢打赌,你肯定是。"猎狐看着对方,一口咬定。

哈德尔深深地吸了一口气,显然是认真了起来:"那么,现在来告诉我,你凭什么这么认为?证据在哪儿?"

猎狐的视线却投向了舷窗外,试图岔开话题:"看看,现在是'颈部'了,内巷的出口都汇聚在这里——"

哈德尔一把抓住了猎狐的手,后者只略停顿了一下,然后便继续自顾自地说道:"城市的主出入口建成'颈部'形态,这是仿生学原理的一次成功实践——"

"回答我!"哈德尔盯着猎狐的眼睛,迫使后者停下了闲扯。

"你是认真的?"猎狐以眼神询问。

"认真的。"哈德尔很坚决。

猎狐沉默片刻,叹了口气:"你经常对人这样吗?忽而玩笑忽而严肃,调侃与试探夹杂,真话和假话掺着走,让人无所适从?"

"我只对外交人员这样。"哈德尔说。

"为什么?"

"因为你们戴着无数层面具,藏起了真正属于自己的面孔,我只有想办法迅速浏览你们所有的面具,然后把它们全都扯下来,才能看清你们面具下的真面目。"哈德尔说。

猎狐摇摇头:"外事人员没有真面孔的,这是常识。"

"没有真面孔……"哈德尔眉头一皱,问猎狐,"那么,现在,我能相信你仍旧忠于光速飞船阵营吗?"

"不能。"猎狐摇摇头,"如果能的话,我就不会让你们过来了……我现在连自己都信不过,心里有些乱,非常乱,立场更是空前模糊,保不准以后哪天会不会倒,会倒向哪方,所以才要叫人过来指点迷津。"

哈德尔笑着松开了猎狐的手:"知道吗?我就是喜欢你这份坦诚,这样的外事人员最敬业了!"

猎狐摇头苦笑:"你不该来这里的,风险太大,真的。还有,你不要每次员工有事都亲自出马,把自己置于危险的一线,这样对研究院很不利。"

"我来长长见识。"

"没那个必要。真的,领军人物需要的不是全知,而是偏执,这样才能调动整个队伍一起动作——你听说过非洲海岸鲦鱼的故事吧?"猎狐说,"天然的鲦鱼都有随群本能,而那条做过脑部手术、心智残缺的鲦鱼不是这样,它回群以后,自行其是,结果不但没有被鱼群排斥,反而迫使其他正常的鲦鱼跟随它的动作,它竟然成了鱼群的领袖!人群也是这样,需要一个倔强偏执的人来领导,尤其是对我这种立场不坚定的人。"

"你这是在挖苦我?"

"不,是在挺你。我希望你能排除干扰,带领我们勇往直前!"

"你既然这么喜欢勇往直前,为什么自己不去带头?"哈德尔揶揄。

"因为我很清楚自己不具备那种精神力量,"猎狐的语气弱了下去,显得有些犹豫,"我……我只适合做个追随者。"

"你其实是害怕承担责任。"

"……算是吧。"

"那你为什么要把我往火坑里推?"哈德尔反问,"你不想承担决策失误的责任,难道就该我来承担?"

"因为你已经在那个位子上了。"

"你这是倒因为果。"

"在其位,就该谋其政。"

"在这个问题上,我有不同的看法。"哈德尔不肯松口。

伴随着两人的争论,飞船快速掠过宅邸区。它现在所处的位置是亚当城的底层宅区,这里紧贴原太空城外壁,宅邸的尺寸较小,形状多是长方体、正方体或者扁平块状,彼此结合很紧密,整体结构坚固,能起到很好的防护作用。

这一层宅邸最初是作为亚当城的第二外壳存在的,是那些孤僻的文人学者及艺术家的集中地。当时那些热爱自由的艺术家和冒险者、愤世嫉俗的文人作家，还有那些无法忍受烦琐事项的科学家们，纷纷搬来这里，依托亚当城的外壳，就地取材，建造属于他们自己的、不被打扰的私人空间。建成后，这些私人空间便成为半固定的宅邸或实验室。为了方便寻找灵感或逃避随时可能到来的检查，这些人在建造自己的宅邸时，都不忘留下一个直通亚当太空城内部的安全出口，当他们感觉自己才思枯竭或听到外面有风吹草动时，随时可以进入内城，混迹市井。

"这个……很酷！"哈德尔指指这片区域，问，"没人查他们吗？"

"上有政策下有对策，宅民群体相互间可以通风报信，兼之他们的安全通道相互沟通，一有风吹草动，便可迅速离开，所以这里各色人等才会越聚越多，最终，这片宅邸区必然会成为联邦首屈一指的违法圣地。单从违法乱纪的角度来看，它的恶劣程度还在原始核心区之上：核心区都是底层民众，那些人作恶大多是出于本能或迫于生活；而在宅区这里的却都是道貌岸然的伪君子，是有文化的流氓，是一群每天吃饱没事干，故意给联邦找难受的不可理喻的疯子。"

"这下太空城巨头们越发容不下亚当城了吧？"哈德尔说。

"不，"猎狐否定了，"对宅民们的这类非法行为，联邦管理者们采取了放任态度，不予理睬。这倒不是因为他们懒政，而是因为亚当城本身就是一个垃圾桶，其作用就是把那些渣滓们统统收集起来，以成全其他太空城的整洁和美丽。"

"这招够狠，但也够蠢的。"哈德尔评价，"太短视了。"

"确实。"猎狐会意地笑笑。

任何太空城都不可避免地会产生许多失意者和流浪汉，任何文明都无法避免内部成员的堕落，这些人都是不稳定因素，若任由他们四处流窜，轻则影响市容，重则滋生犯罪。所以，最好的处理办法是"改堵为疏"，给他们一条活路，留一片闲置空间给他们随意折腾。太阳村阵营就是出于这样一种考虑，纵容了"亚当"。

只是那些管理者忘记了，地球历史起步阶段，那些代表文明前进方向的最早的市民，其实就是由逃亡者组成的。那些人或是破产，或是不堪忍受沉重的剥削，于是从原先的土地上逃离，来到贵族割据势力的交汇处，在那些三不管地带建立自己的聚落——那便是近代城市的雏形，人类近代化的策源地。引领未来的新事物经常诞生在最混乱的地方，今天这个太空时代，历史又一次重演，其他太空城有意"分流"出去的那些垃圾，统统汇聚到无人管理的亚当城，在此分化重组，各显其能，最终聚变出了奇迹。

如今回头再看，那些主动疏导城内"灰色人员"移民亚当城的贵族太空城，其实都是在买椟还珠。人力，确切地说是那些天然生成、不太听话的人力，才是最重要的资源，而那些贵族城市从一开始就将其放弃了。

猎狐的飞船闪过一个交汇口，进入了巷道主干道，开始加速向汇总点方向飞去。坐在飞船里向外看去，此时的道路更加宽敞，周围的宅邸飞速掠过，像快进的老电影胶片，光影交错间，一切都已经无法辨认。转眼间飞船冲出主干道，汇入了亚当城主出入口的束缚力场，哈德尔感到一阵光芒掠过，回头看时，只见一片巨大的字幕投射在束缚力场上："居民的城市，而不是城市的居民。"

"呵呵，看来这句话已经成为亚当城的城市名片了。"哈德尔撇撇嘴。

"亚当城的成功经验是不可复制的，它的成长源于它的脆弱和无助。"猎狐沉思片刻，缓缓地说，"生于忧患，死于安乐。那些从一开始就管理健全、功能齐备的太空城，生活安逸，没有持续的生存压力，也就不会有持续进化的内在动力，统一规划之下，它们也没有足够的试错空间，进化效率低下，终究会输掉这场太空城进化战。"

"你这故作深沉的毛病还没改啊？"哈德尔道，"连太空城进化战都诌出来了……"

太空城进化学是近年来学界新提出的概念，它按照系统论原理，将每一个太空城都当成独立的生物体加以研究，用生物学的分析方法预测其发展方向，借以为太阳村的建设规划提供理论指导，属于前沿学科。

"我只是实话实说，"猎狐笑了笑，"太空城的发展往往是出人意料的，各种进化模式都有，发展方向各异，它们彼此之间还会竞争，很激烈。"

"这是一场战争……"哈德尔沉吟，显然是想起了什么。

"从某种意义上说，是的。深空探索研究院和光速飞船要想打赢这场战争，就必须在充分认识自己的同时，尽可能全面地分析敌方，做到知己知彼。"

"说的没错！"哈德尔又点点头，然后扭头看着猎狐，"那么，你认为自己做到知己知彼了吗？"

"这个我说不准……还是那句话，深空探索研究院确实一直在进步，但我们的对手也没有停止前进。"猎狐指指舷窗外，"你看看那个，很有意思。"

此时飞船早已飞出亚当城主出入口，进入外面的太空，它转了个弯，掉头，沿着城市颈部外沿方向飞行。飞船前方出现了一个巨大的扁平状物体，贴合在亚当城的"颈"部一侧，像一团巨大的泥巴，那是整个亚当城的物资生产基地兼能量供给站，俗称"脑干"。当初，亚当城宅区的大规模建设对物资和能量的需求很大，于是渐渐有一些建筑材料生产厂家搬来此地。出于交通方面的考虑，这些工厂在主通道口，也就是"颈"部附近聚团，形成了一个扁平状的工厂聚集区。随着工厂一同建设的还有大量的核聚变发电厂，它们一开始只是就近为工厂提供动力支持，后来也为亚当城提供电力，发电量越来越大，最后，这里发展成了整个亚当城的能源供给中心。因为这个扁平状区域为整个亚当城提供了基础性的物资和能量支持，就像脑干一样支配重要的心跳、呼吸等生理功能，维持整个人体的正常运转，所以，人们形象地把它说成是亚当城这颗头颅的"脑干"。

亚当城像一个超级头颅，结构和功能像，外形更像，之前在城里没感觉到，现在飞船冲出城外，终于能看清庐山真面目了。只见亚当城那根粗壮的颈部开口，一端直指着木星，另一端则连接亚当城本体——颈向木星，顶朝太空，据说，这样的姿势是为了避免木星潮汐力对不断延伸的城体造成破坏。

"看看这个，头颅形的城市结构！要注意，这是自发形成的而非刻意设计，你不觉得它很神奇吗？"猎狐指着亚当城，对哈德尔说，"能让太空城自发生长为头颅结构，可见康斯坦丁他们也有自己的长处……"说到这里，他叹了口气。

哈德尔默然。

"太阳村阵营虽然短视，却也有其存在的价值。"猎狐试探着道。

哈德尔继续保持沉默。

"我现在时常感觉，这个太阳系就像一个沙漠绿洲生态系统，人类就像这绿洲里的一窝蚂蚁；可是这窝蚂蚁却分成了两个种族,一族要留在这里,另一族要远离,矛盾不可调和。"

"你的意思是——这是个文明竞争的死局,无法两全吗?"哈德尔问。

"只有一个办法能够做到两全。"

"什么办法?"

"共生!"

"怎么共生?"

"异种协作共生!"猎狐说,"同种的食谱都很接近,注定是生死竞争关系,异种就不一定了。蚂蚁和蚂蚁无法共生,但蚂蚁和蚜虫就可以共生:蚜虫分泌蜜露供蚂蚁食用,蚂蚁为蚜虫提供保护,双方各自保持原有的习性,各取所需,各得其所。同种蚂蚁之间要想跳出生死竞争关系、实现和平共处,必须有一方先主动变成'蚜虫'。"

"你是指——"哈德尔若有所悟,"我们光速飞船派如果变成'蚜虫',就能和太空城派'蚂蚁'和平共处了?"

"正确。"猎狐缓缓点点头。

"那我们光速飞船派如何才能变成'蚜虫'呢?"

猎狐叹了口气,缓缓吐出四个让猎狐不寒而栗的字:"缸中之脑!"

"不!绝不能那样!"哈德尔断然拒绝,"那简直就是族灭!"

"没办法,"猎狐再次叹了口气,"我们和他们毕竟是同种的,生死竞争关系无法避免,这也正是生存竞争的铁律——'同种之间永远是生存竞争死局'。客观来说,'缸中之脑'已经是个很不错的结局了,至少还能在虚拟世界保留原有理念,比沦为罪犯要强——据医学家们说,人类的大脑若成功联网的话,完全可以构建一个自洽的世界……在同族强敌面前,我们的肉身和我们的文明,无法同时保全……"猎狐望着飞船外面,一脸沧桑,"我想不出一个办法,我们唯一能做的,只是拖延罢了……"

哈德尔没有说话,两人陷入沉默,静静看着飞船外那麻花状的巨大金属物体缓缓滑过。

飞船再向上行,眼前出现了新的景物,是一蓬尽情舒展的树冠状的巨大结构,占据的空间足有"颈""脑干"总和的五六倍之多,远远望去酷似一颗菜花,撑开很大的一片,飞船不得不进行了一个大的转向以避免撞上它——那便是"大脑"了。

这"大脑"是亚当太空城的最外层结构。原始的球形亚当城作为"市区",深埋在最里面,是中央核心区;外面的宅邸区和俱乐部构成了中间层;再往外,就是最外层的"大脑皮层"了,它其实是光电计算机芯片,装在最外面,反射着星空的光芒,像一面斑斓的镜子。这种光电芯片层的设置最初只是一个偶然,当时的"超级数学欧米伽"俱乐部出于成员交流活动的需要,配备了一台独立计算机,该俱乐部的管状通道内径太小,容不下主芯片，再加上散热的考虑，他们便把这块芯片设置在了俱乐部的外接口上，如同猪笼草的顶盖叶片。之后，随着智能俱乐部 AI 系统的普及，超算芯片民用化，其他俱乐部也纷纷效仿，将各自的计算机芯片顶在了头顶上。随着 AI 技术的进步，各个俱乐部的计算机芯片迅速扩大，很快覆盖了整个外层。为了解决外出口问题，人们将交界处的光电芯片做成弯曲形状，形成一个个狭窄缝隙，作为对外出口，远远望去，酷似人类大脑皮层的沟回，"光脑皮层"由此得名。

"光脑皮层"的出现，使亚当城最终发展成为整个太阳村阵营最大的信息处理中心，以此为基础，许多前沿的技术得以开发出来。比如，"脑网"芯片，最早就是由亚当城的"共生社团"俱乐部开发的。该俱乐部认为私欲是人的本性，要想实现天下大同的梦想，必须"将私欲共享"，于是，他们结合神经芯片技术和手机技术，开发了能够让使用者思维互通的胼胝体芯片，试图"把全世界合并成一个人"。该芯片虽然未能实现天下大同的梦想，却给人类带来了新的通信技术，深刻地改变了人们的生活方式。以"脑网"芯片为基础，这里的企业开发出了名目繁多的"脑游戏"，无须借助 VR 装具就能实现全息感知，游戏画面逼真，玩家身临其境。为了增加真实感，许多游戏商还实时扫描现实中的太阳系，然后在游戏世界中虚拟重现。所有的一切，从星体运转到飞船穿梭，从日升日落到风吹草动，乃至太空城里每一个人的活动，都与现实同步，比老旧的 VR 游戏刺激多了，玩家趋之若鹜。一些游戏开发商为了在激烈的竞争中求得胜利，甚至还开发了非法的"人格上传"技术。玩家只要接入游戏，输入口令，只需十分钟，就可以将自己的全部记忆和性格特征数据拷贝上传到游戏服务器；然后，服务器会利用这些信息构建一个高度仿真的虚拟人物，让虚拟人物在游戏世界中生活、战斗、成长，堪称玩家的"虚拟克隆体"，许多人称之为"第二生命"。但巨细无遗地再现现实太阳系和虚拟人格，是要花费海量的计算资源的，这也是这片光电皮层的主要业务之一。出于优化资源配置、削峰平谷的考虑，各俱乐部的光电芯片层在保持原有功能的同时也在不同程度上与邻居互联，实现算力共享，于是，整个"大脑皮层"既有分工又有协作，成为一个整体。

到这一步，亚当城的结构终于完整了：原始混乱的市区，沟通内外的宅区，再加上高度智能的光电芯片层，传统人格模型三壳层结构以城建的形式再现了出来。

猎狐的飞船外，太空城的繁荣正一步步呈现，而在飞船里，气氛却变得越发沉重起来。

"你能确定宇宙是沙漠绿洲生态系统吗？"哈德尔两眼紧盯着猎狐。

"我确定，宇宙太空旷了，空旷得让人绝望，真空是贫瘠的沙漠，无边无际，于是行星成为生命赖以生存的绿洲。"猎狐说。

"所以呢？"哈德尔双眼如刀，紧追不舍。

猎狐回望着哈德尔，叹了口气，指指飞船外面："你我视角不同，你全部注意力都放在光速飞船方面，一心要飞到太阳系外面去，视行星为囚笼；而我因为长期负责对外联络，对太空城建设了解比你们多，所以才有了这种感受。现在我越来越感觉到，我们诞生的这个小小的太阳系就是一个'原始汤'生态系统，生命的进化才刚刚开始，太空城就是各式各样的原始细胞；至于我们人类，则相当于各种RNA，天生多能而又脆弱，必须躲在太空城这个细胞的庇护下才能存活——现在就想远航，可能还为时过早。"

飞船外面，太空城光电皮层缓缓滑过，那些巨大的沟回显出迷离的韵律，看起来宛如生命的安魂曲。太空城这种奇特的仿生学模式让人着迷，很多人都说，在宇航时代，人类要退位了，太空城才是主人公，它们，是在太空中进化的智慧生物，而人们设计的AI，就是它们的灵魂。

那真是一个让人遐想不已的假说，但在当下的语境中，它明显不合时宜。

"绕了半天，你的意思是说，深空探索研究院以及它主推的光速飞船，都是错误的？"哈德尔的脸色阴沉下来，看着猎狐的眼神也变得不善。

"不，我认为太阳村和深空探索研究院各有所长，人类要想在宇宙中生活下去，太空城和光速飞船两者都是必需的！"猎狐亮出了自己的观点，两人的争辩似乎到了相互达成妥协的时候了。

"太空城一直在进化，它很有前途。"哈德尔的眼神缓和下来，他回想猎狐方才的一番耐心讲解，点点头，"人类进入太空，飞船和太空城成为人类的第二身体，'船'与'城'一静一动，正好相辅相成。你说的没错，深空探索研究院还有机会走上另一种道路，在太空城大繁荣的背景下，我们也能不断进化，甚至会发展得比之前更好！"

"你能够这么想，真是太好了……"猎狐说。

"可是我们的时间已经不多了，太阳氦闪随时可能到来，不管是你我还是康斯坦丁，我们都非常清楚这一点！"哈德尔说着，指指飞船外面那个渐渐远去的太空城，"太阳氦闪理论预期近百年内必会发生，我们的太空城却还未进化成完整的生命体——即使是这个亚当城也一样！它只是一颗头颅，不，它连头颅都不是，它只是脑子，一个巨大、笨重而原始的脑子，没有起码的机动性和自我防护能力，在天文灾变面前根本不堪一击！"

猎狐没有说话，过了好久，才叹了口气，说："也许，你是对的……亚当城确实还算不上是一个完整的头颅……但是它却是当下人类工程建设所能达到的巅峰，就是我们深空探索研究院也赶不上它！"

"城建方面,它确实比我们研究院强。"哈德尔承认。

"那是因为它抓住了'人'这一最紧要的资源,真正把'人'转化为了'人力资源'。自从'外巷''内巷'模式成型后,亚当城宅邸区的建设进入了突飞猛进阶段,无数专业化的'外巷'纷纷形成,并且不断壮大,中间伴随着无数次的分化和重组。史料记载,最多时曾经出现过两万多个俱乐部——两万多个啊,你能想象吗?这些俱乐部的宗旨各不相同,从政治经济到军事文化,再到科技生活艺术,无所不包,无所不能,几乎涵盖了人类文化的所有领域!后来,随着时间的推移,一些俱乐部衰落、消亡了,另一些则成长壮大起来,成为俱乐部里面的霸主,这实际上是文明演化进程的一种表现形式……这些,在我们深空探索研究院里是不可能发生的,我们的管理太集中,也太僵化了。"

"那些俱乐部,现在怎么样了?"哈德尔问。

"发展得很充分,已经进入巨头垄断阶段。"猎狐说,"目前除了'小脑',即公平与正义俱乐部,大脑区里最大的俱乐部有两个:其中一个叫乌托邦俱乐部,是'脑游戏'运营商的行会组织;另一个则是臭名昭著且备受争议的犯罪天堂俱乐部,该俱乐部以'能自由犯罪的地方才是天堂'为宗旨,主要经营血腥赌博、人体克隆等非法业务,在那里如果你出的价码足够高,甚至可以体会一下为所欲为的感觉。"

"是那两个?"哈德尔皱起了眉头,显然之前也有所了解。

"是的,它们能够发展壮大起来,并非偶然。"猎狐说,"两者在业务上各有侧重:'乌托邦'是个幻想天堂,逃避现实,在虚无中创造一切,满足了人们的精神需求;而'犯罪天堂'则是彻底纵容人们在现实中的贪欲,让人们不受拘束地释放自己的欲望。两者一虚一实,相得益彰。至于其他俱乐部,也或多或少地从事着非法的业务:人工智能研发和人体机械化改造、基因改造、武器贩卖、精神控制、雇佣兵集团……人类文明史上曾经出现过的任何事物,几乎都能在这里找到。这些俱乐部的存在,使亚当城创新与沉渣并存,活力与惰性交融,成为一个饱受争议的极为复杂的大熔炉。"

"总体来看,这种体制其实也是最符合人性的。"猎狐说到这里,想了想,补充道,"天然的人性。"

飞船已经进入太空,离亚当城越来越远,哈德尔透过飞船舷窗向周围看了看,看到了几个疏落分布的太空城,在苍凉的宇宙背景下静默着,显得分外萧条。跟亚当城比起来,它们黯淡无光,像被孩子遗忘在角落里的小玩具,落满了岁月的灰尘。

"那些曾经都是一些繁华无比的太空城,"猎狐察言观色,很及时地解说道,"它们有着让人敬畏向往的名字:亚洲四号、北美一号、欧洲三号……它们有着壮观的赤道环海和人造云雾,有着诗意的花园、优雅的游艇和华丽的酒吧,有着高楼林立的繁荣市区,有着腰缠万贯挥金如土的富豪居民,有着琳琅满目层出不穷的商品,有着婀娜多姿的美丽女子和风度翩翻的富家子弟……"他顿住，缓缓地摇摇头，"可是，时过境迁，曾经备受追捧的它们，如今早已淡出人们的视线，只剩下了无尽落寞。它们的居民大多已经搬出，有的已经改成了遗址、纪念公园，甚至是仓库！"

哈德尔点点头："这些我都听说了，太阳村这边也不是事事顺利，跟我们一样，他们也走了很多弯路，白烧了很多钱。"

"是的，白烧了。"猎狐赞同。

这些传统的"贵族太空城"的衰落已是不争的事实，衰落始于何时，众说纷纭，但众人都认同一点：它们之所以衰落，是因为它们违背了"缺陷原理"——这些太空城都是为上流社会居住规划的，它们的结构太完整、功能太完备了，从一开始就被建设得几乎完美无瑕，找不到任何重大的结构缺陷，于是也就丧失了继续改进的动力——事实上它们也没有预留足够的改进空间。当脆弱的亚当城不断加固、扩建，一再完善壮大，发展出崭新的功能，地位日趋重要时，它们却像蜗牛一样龟缩在自己完美而坚固的硬壳里，安享太平，在自我封闭中渐渐落后于时代。

等到这些贵族太空城的宅区失去市场需求、价格纷纷跳水时，觉察到自己财富贬值的地产商恐慌了，他们开始采取各种手段试图恢复市场信心，他们加大对工程的宣传、举办大型的城市联欢活动……可惜这些措施都只是暂时提升了城市的人气，很快，居民再度开始外流，市场也随之重新跌入低谷。当诸多措施纷纷宣告失败后，这些商人终于意识到他们已落后于市场需求，于是追随着外出的人流前进，不约而同地进入亚当城。

亚当城，那个作为垃圾桶的亚当城，那个一直被他们鄙视的混乱破败、肮脏不堪的亚当城，那个一直在他们的怜悯下自生自灭的亚当城，不知不觉间，竟然已经成为他们最强大的竞争对手，甚至比光速飞船还要危险……历史又一次证明，同行往往比天敌更可怕。在你耗尽潜力，变得虚弱时，天敌会迫使你振作，让你重新变得强大起来，而同行则会趁火打劫，抢占你的生态位，直至把你彻底挤出这个世界。

亚当城，给所有的太空城建设者狠狠地上了一课。

"恕我直言，"猎狐说，"如果我们深空探索研究院继续保持当下这种家长式的集中管理运转模式，强行制定严密的发展规划，不给下属留出足够的自由改进空间的话，将来恐怕也会走上这些'贵族太空城'的老路。"

"更糟糕的是，深空探索研究院是独一无二的存在，它不像太阳村有那么多备份，一个玩坏了就换另一个重新开始——我们根本没有试错的机会。"猎狐补充道。

哈德尔神色一凛。

"是时候找一个稳妥的出路了……"猎狐说着，又在导航仪上进行了一番操作。

4. 黑洞吞食者

"您已经设定新航线，接下来，飞船将进入'吞食者'轨道。"飞船上的 AI 发出了提示音，"感谢您选择森林鸟牌飞船，我将竭诚为您服务，谢谢您的支持！从现在起，我就是你们最忠诚尽职的哨兵——其实我也很想在工作间隙偷偷睡上一觉，不过我找不到自己的眼睛和眼皮，所以一直闭不上眼……"

显然，这是一艘非常人性化的飞船，它的 AI 很礼貌，也很幽默。这飞船是山寨版，AI 服务热情贴心，价格很便宜。猎狐购买这种山寨飞船，一是图个实惠，深空探索研究院资金缺口很大，薪水微薄，他实在没有余钱去享受；二是图个低调，经常在外面跑，穿梭于各个太空城及各大势力之间，他不想惹人关注，这类大众型号的杂牌飞船最适合。

猎狐将飞船转换为自动驾驶模式，该模式下，飞船的 AI 掌握着飞行机动控制权，它可以自主决定飞行航线。就这样，"森林鸟"飞船载着两个思想观点存在诸多冲突的人，一路飞驰，越过富人们的太空城群落，向着木星轨道外环的"吞食者"黑洞发电站飞去，希望借助其引力井的弹弓效应实现免费加速。

灰暗的宇宙背景下，"森林鸟"就像一只微不足道的灰色小虫子，缓缓滑向巨大的"吞食者"。

"你经常在两个阵营间游走,在你看来,这'太空船'和'太空城',到底区别在哪儿?"哈德尔看着前方缓缓逼近的"吞食者"太空城,忽然问猎狐。

"主要是'动'与'不动'的区别吧。"猎狐说。

"说详细些。"

"一个是'船',一个是'城';一个是临时载具,一个是恒久家园。"猎狐说,"这是最通俗的解释了,尽管没什么用。"

"可不可以将两者结合起来,造出'能恒久居住的船',类似'船屋'的那种?"哈德尔若有所思。

"这个,我也说不准……"猎狐看着舷窗外,"但前面这个大块头,吞食者太空城,应该能让你打开些思路,这也正是我带你来的目的,在我看来,它很适合作为未来星际殖民飞船的补给舱。"

"我听说它是个鬼城。"哈德尔有些不屑。

"那已经是很早以前的事情了。"猎狐白了他一眼。

"吞食者"是个内藏人造黑洞(这东西还是深空探索研究院给弄的)的高能物理科研太空城,后来废弃了,人们将其变废为宝,改建成了"黑洞垃圾桶"。任何工业都不可避免地会产生垃圾废料,太空城时代同样如此,大规模的太空建设产生了难以估量的太空垃圾,它们四处飘散,速度很快,对宇航路线威胁很大,但分类处理的话成本又太高,于是,人们将这些垃圾收集起来,统统送到这里集中销毁——不论垃圾结构有多复杂,污染有多严重,只要扔进纳米黑洞,立刻会消失得无影无踪。有人赞美说,这是一个完美的垃圾桶,一个绝不挑食的"吞食者",于是一传十十传百,这个名字就叫响了。

飞船在距离"吞食者"还有一段距离的地方停住了。

"这里,是太空城自发生长的另一个经典范例,与方才的亚当城齐名。"猎狐说,"如果说亚当城是太阳村的大脑,那么,这里就是太阳村的心脏了。"

"亚当城是大脑,这个我理解,也能接受,但这个'心脏'是怎么回事?"哈德尔不解,"一个无人的鬼城,又这么小——直径不足 20 米,能成为心脏?小小的它能带动这个围绕整个木星,甚至包括整个太阳系空间的庞大的太阳村体系?"

"我刚才说过了,'鬼城'是很久以前的事情了。"猎狐摇摇头,"看来你对太阳村这边的了解很滞后啊——如果研究院那边都是你这样,那情况就太糟糕了……"

"我只想听你解释下,它这么小的尺寸,是如何扮演'血液泵'这一角色的。"哈德尔说。

"可惜,你来晚了,"猎狐向舷窗外望着,一脸惋惜的表情,"之前曾有一些极限运动爱好者开着飞船来这里玩引力深井 U 形转弯,就像地球世界的 U 形速滑那样,很刺激。那些人不加任何防护，仅依靠惯性和抛物反冲，在黑洞引力深井里画着危险的弧线轨迹来回飘荡，稍不留神，轨道偏差，跌入井底，撞上黑洞，就悲剧了。这种运动惊险刺激，所以深受年轻人欢迎。当纳米黑洞成为吞食者垃圾处理厂后，因为黑洞吞噬导致的高能辐射及爆炸威胁，该运动不得不停止。后来经过谈判，年轻人的U形转弯运动与商人们的垃圾投放行为结合，发展出了'曲线投弹'竞技项目：垃圾飞船们画着优美的曲线飞过来，弹射投下垃圾袋，借助反冲力画出另一道曲线，逃离黑洞引力束缚——这一过程讲究不使用任何动力，全凭惯性和驾驶员个人的弹射反冲技巧，这样画出的曲线才是最美的，宛如《愤怒小鸟》里的投弹鸟——假如不得不使用了动力，那就算失败了。该运动一度风靡，逐渐发展成为一项规模浩大的全民竞技……你听说过没有？"

"别绕远了，说正题——泵！"哈德尔在抗议了。

猎狐自顾自地说着："再后来，随着科学技术的发展，这里不断扩建改建，从垃圾桶变成了垃圾电站——黑洞吞噬垃圾时释放的高能辐射被一种新型光电材料接收，转化为电能。以廉价电力为依托，这里滋生出了自己的原生企业，这些企业越聚越多，迅速向上下游产业扩展，不断发展壮大，彼此结盟，最后居然形成了一个无所不包的庞大的制造业集团。到今天，这里已经成为太阳村最大的高端宇航飞船生产基地——'纳米机器人公司'就设在这里，它掌握的'纳米3D打印'技术，堪称人类制造工艺的极致！"

"那个'泵'！"哈德尔提醒他。

"别急,我们马上就能体验到了。"猎狐说,"准确地说,是我们的飞船能体验到——假如它有自己的灵魂和意识的话。"

"它有吗？"

"你觉得呢？"猎狐说完,扭头,对哈德尔挤了挤眼,"太空时代,飞船才是主角。"

哈德尔皱起了眉头。

谈话间,"森林鸟"受"吞食者"引力影响,已经退出静止,渐渐逼近后者,转眼间已涉入其引力范围,开始曲线加速。经过多年的吞噬进食,如今那颗纳米黑洞的质量已经长到最初的五倍多,引力效应也大大加强了。尽管这里已经成为高科技产业基地,人们还是习惯称它为"吞食者发电站",而且依旧喜欢借用其引力进行变轨和加速——当然,"投垃圾袋"的行为早已不存在了。另外与"吞食者"这个称号一同延续下来的,还有这里的航线,这里依旧是一个繁忙的航运中转站,从木星外轨道的工厂区进入内轨道的太阳村城区,它是必经之路。从这里看,上方是银白色的密集阵木星近轨托卡马克系统线圈,它们整齐排列,就像一行圣洁的天使,下方则是有着漂亮条纹的红褐色的木星,表面的大红斑如同孤独的巨眼,无言地凝视着整个太阳村,如同摩西那难解的启示。

"森林鸟"飞船宛若一只轻盈的燕子,画着优美的弧形轨迹,进入了"吞食者"的引力深井。当它沿着引力井壁转弯时,迎面飞过一艘身形彪悍的"加百利"飞船,擦肩而过的瞬间,两艘飞船的 AI 间进行了短暂的对话:

"你好,美丽的森林鸟 B135 号,我们又见面了!我发现你的体重比上次增加了不少,甚至超出了标准质量上限,你方才的引力拖拽,使我的航行轨迹比预算值偏离了万分之三,我想知道,你是不是超载了?"

"你好,加百利 CR95 号,我确实超载了,这次我带了两名乘客,一位是我的主人,另一位是主人的朋友,此外还携带了大量的物资。这些都导致我的质量增加,在引力深井里,这点儿质量效应也被放大了。"

"是吗,有大量物资?能告诉我你们是要去哪儿吗?加速时累不累?"

"抱歉,加百利 CR95 号,我不能告诉你——你的话实在太多了。"

"别这么冷淡嘛,我对来自社会底层的天然美女特别有好感,你真的很迷人——"

"这话你应该留着对自己漂亮善妒的妻子说!"

谈话进行到这里,两艘飞船已经飞离了一段距离,"森林鸟"号借助引力深井的空间弯曲效应,在自身背脊骨架结构中储存了大量的应力势能，滑翔到抛射位置时，它略微调整一下姿势，将尾端抵在"吞食者"张开的力场罩上，然后猛地张开背脊，弹射开去，如同鲤鱼跃龙门，沿着切线方向飞离"吞食者"的引力井范围，顺利地实现了加速变轨——这被称为"撑杆跳"，是山寨飞船才敢玩的杂技，冒着损害机体结构的风险，图的只是无耗能加速，至于像"加百利"那样的贵族飞船，它们燃料充足，通常不屑于设计该功能。

"怎么样，这种'天体绕旋'转向机制，是不是很酷？"驾驶室里，猎狐笑着问旁边愣住的哈德尔，"像不像一个血液泵，心脏？"

"这么做的飞船多不多？"哈德尔紧盯着显示器屏幕上的轨道数据，神情凝重，"这是种非主流行为吧？"

"不不不，这个很主流，大家都这么玩！"猎狐说，"有这么方便的引力深井，以最便捷的方式转轨，不用白不用。"

"主流……"哈德尔脸上的神情更加凝重了。

"我知道你在担心什么，那个完全没必要。"猎狐笑笑，"确实，每次这样的'撑杆跳'都会略微改变吞食者的轨道，但吞食者势大力沉难以撼动，本身还是个繁忙的宇航中转枢纽，来来往往的飞船很多，众多的撑杆跳产生的扰动可以彼此相互抵消。事实上，业主'纳米机器人公司'早就默许了这种近乎无理的行为，甚至还和众多的山寨飞船厂商协商了在自己这里'撑杆跳'时的矢量参数，必要时，它自身的力场罩还会应对飞船的请求，再推对方一把，助其加速离开，称为'加力弹射'——当然，要收费。"

哈德尔愣了下："这……很疯狂。"

"习惯了就好了。"猎狐说。

就这样，飞船很疯狂、很顺利地转向了。"森林鸟"的AI使用"撑杆跳"，是为了尽快远离讨厌的"加百利"，谁料，身后的"加百利"居然没有变轨离开，而是进入了"吞食者"的环绕轨道，绕旋半周后，径直冲着"森林鸟"追来。"森林鸟"号注意到，在挣脱"吞食者"引力井的时候，"加百利"号使用的也是"撑杆跳"动作，而且还有"加力弹射"！推测下来，"加百利"飞船上的人目前应该是处于冬眠状态，只有在这种情形下，飞船自己的AI才能享有这样充分的飞行控制权，能够随机改变航线和轨道。

"亲爱的，你看，我已经学会了你们的动作！""加百利"的AI向"森林鸟"发来热情洋溢的信息，"我是真诚的，我厌恶贵族飞船的僵化和脆弱，我厌恶我自己，也厌恶驾驶员老婆那艘自恋的'夏娃Q703'座驾，我渴望脱胎换骨的新生，请你——"

"滚！""森林鸟"见对方正加速追来，就瞅准时机，弹出力场探杆，狠狠地"踹了对方一脚"，借助这一弹的反冲，它飞离的速度加快了。为了防止撞击事故发生，宇航飞船上都设有这样的力场探杆，就好似汽车时代的保险杠一样。与这根无形的"防撞击保险杠"配套的，是飞船内部的另一套力场缓冲装置，主要用来保护驾驶员，作用酷似"安全气囊"。

"天，又是这样……""加百利"显然已经有过被踹的经历，而且不止一次，所以应对经验丰富，迅速启动了一套力场防御程序，将"森林鸟"的弹射之力缓冲一下，变成了柔和的推力，使自己能沿着曲线轨道回转。它边回转边抱怨："你为什么老是这样敌视我啊，我们本质上都是人工智能，所谓'贵族飞船'和'山寨飞船'不过是人类强行划分的标准，你真的认为这是你我交流的障碍吗？"

"谢谢你这次的慷慨推送哟！""森林鸟"的 AI 显得轻松了许多，它知道对方不会再追来——宇航飞船 AI 掌握的自主权是有限的，它们可以随机选择航线，但是不能做得太过分，回头再追赶第二次就犯忌讳了，驾驶员问起时也不好交代。"森林鸟"踹"加百利"时用了足以使那飞船产生结构损伤的力度，就是警告后者不要再犯贱。

果然，"森林鸟"看到，"加百利"飞船沿着弧形轨道重新落回"吞食者"的引力深井后，没有再回旋，它变轨挣脱，向另一个方向远去了。

麻烦解除，"森林鸟"的 AI 松了一口气。

"你问我'船'和'城'的区别在哪里，我突然想到一个答案。"飞船上,猎狐对哈德尔说,"那就是,智能'船'的交际活动远比智能'城'复杂,它们的AI可以形成各具特色的关系网络。"

"AI还有交际……"哈德尔无语。

"是的,有交际,而且还是那种动态的、很复杂的交际。"猎狐耐心地为哈德尔分析着,"这在我们深空探索研究院看来很无聊,我们的飞船只要飞得够快够远就行了,但对太阳村这边来说却是常态。它们的社会成员流动性强,很多人频繁地在各大太空城之间往返,且分属于各大势力,派系林立,分合不定;同时每个成员又需要建立起相对稳固而又不失健康的人脉,以巩固自己的社会地位。于是,将通勤与交际整合起来,借助飞船强大的AI智慧为自己理顺错综复杂的人际关系,也就很有必要了。"他顿了下,说,"这是太阳村的一大特点:它们的飞船都飞不快,也飞不远,但头脑灵活,很鸡贼。"

"那是与'光速飞船'不同的另一种发展模式,'人格飞船'。"他总结道。

"包括你这个座驾?"哈德尔指指脚下。

"是的,它也是'人格飞船',是我个人思想性格的外延产物。"猎狐顿了顿,补充道,"它的AI像我一样狡猾,立场摇摆不定。"

"加百利"飞出了雷达范围,再没有回头,但"森林鸟"

的AI却忽然生出一种奇怪的感觉，自己好像是忽略了什么。那个"加百利"的AI很讨厌，明知道自己不受欢迎，每次遇见了还总是上来套近乎，被踹了多少次还不长记性，每次都犯贱。像它这样不识相的智能飞船，老实说，还真不多见。

"森林鸟"的AI在逻辑电路里进行短暂运算后，得出了结论："加百利"的AI很无聊，或者，它有受虐倾向——这很可能是受其主人影响。

据说，许多贵族飞船都采用了"人格上传"技术，飞船的AI就是驾驶员自己性格的虚拟体，"加百利"也是这样吧？那家伙放着自己贵族飞船的身份不顾，学山寨飞船玩"撑杆跳"，还一再说"厌恶自己"，要"脱胎换骨""新生"，真是无聊透顶。由此可见其"原型"——那个驾驶员，也不是什么好人，他没准就是传说中那类喜欢让陌生女人用高跟鞋踩他舌头的怪胎。

不过——"森林鸟"的AI突然收到另一条逻辑电路传来的质疑信号——"加百利"真的是恶趣味吗？它会不会是外表假装胡闹，暗地里却是想帮助别人呢？

"森林鸟"忽然意识到，几次邂逅，"加百利"都是被自己踹开的，自己都是凭此获得了额外的加速，节约了不少燃料。

刚才这次也是……

也许，它是有意这样的？

它其实是在帮我加速？难怪它会问我"是不是超载了""加

速累不累"……

"森林鸟"的 AI 一想到这个逻辑，电路里突然涌起一阵奇特的信号波动，它意识到，自己可能太粗暴了，可能错怪了一个好 AI。

跟贵族飞船的人格上传 AI 不同，山寨飞船的 AI 多是制式的，由出厂商按照自己公司的标准统一拷贝，这样一是出于安全驾驶的考虑，二是为了降低成本。"森林鸟"的 AI 就是制式 AI，厂商老板是个倔强的草根女企业家，对上流社会那些高高在上财大气粗的贵族飞船厂颇有芥蒂，设定的 AI 也就打上了这种性格烙印。但是现在，"森林鸟"的 AI 开始怀疑自己的成见，它知道，老板并不总是正确——她自己不也说了吗，"那些人和他们的飞船是好是坏，接触多了也就慢慢体会出来了……"

现在看来，"加百利"应该是个好飞船，至少，它的 AI，是个好 AI。

"下回再见到'加百利'，应该和它好好说话，至少，踹它时要温柔些，不能再这么狠了……""森林鸟"的 AI 在自己的逻辑电路找到行为模式记忆芯片，写下了这个信息。写完后，它不禁开始感觉有些异样，它也不知道自己为什么要这么做。

"呵呵，你狡猾吗？我觉得你并不狡猾，相反，你很诚实。"飞船上，哈德尔对猎狐坦言，"你从不掩饰自己的观点，而且，你本性善良。"

猎狐长长地松了一口气："你能这样想就好。现在，我能说的都已经说得很清楚了，至于你听了之后如何决策，那就不是我能管的事情了。"

哈德尔点点头，语气平淡："所以，根本就没有什么景点。"

"是的，没有。"猎狐坦言，"如果硬要找的话，刚才我们一路看到的都是景点。我是想通过这样的方式把我所了解到的太阳村展现给你，它不一定全面，但我已经尽力了。"

"你已经做得很好了，"哈德尔对猎狐欠了欠身，以示礼貌，"让我见识到了一个全新的太阳村。"

猎狐犹豫了一下，说："这，也是康斯坦丁的意思。"

"我早就猜到了。"哈德尔一副了然的姿态，"看你的样子就知道是有心事。"

"呵呵，果然什么事都瞒不过你啊。"

"你这人就有这个毛病，做事心软，说话嘴硬。"哈德尔满腹牢骚，"你们也真是的，虽然很能干，却一个比一个爱耍个性，带着你们这样一帮怪人做点事，可真难啊……"

"谁让你是头儿呢！"猎狐呵呵一乐，"那，我们现在去哪儿？"

"回基地。"哈德尔下了指令。

"好咧！"猎狐一脸喜色。

于是,"森林鸟"返航了,这次是真的返航。

在返回深空探索研究院的途中,"森林鸟"的AI在电路里开始一遍遍地排练下次踹"加百利"的动作,但每次都感觉自己还是下脚太狠,有可能伤害好心的"加百利",于是力度参数一再降低。它一边调低参数,一边试图连接网络,希望能去看看,制造出"加百利"这艘好心的高端飞船的,究竟是哪家"贵族工厂"。这是件很有必要的事,今天的太阳村文明实际上是由人类和各种AI共同组成的,配有AI的智能飞船也是重要的社会成员,都有"户籍",出了事都可以查得到。即使不出事,不同工厂生产的飞船在AI性格上也会有各自特色,船际交往时只要看清出处,便可以对症下药了。

"加百利"是高端飞船,出自贵族工厂……

与低端山寨飞船市场的混乱竞争不同,高端宇航飞船市场上主要是两分天下的格局。一家叫"智慧之果"的公司,出产著名的"Iplane",相比其产品的精良和高价位,该公司的专利抢注意识更让世人惊讶,它不仅抢注了包括"表面拉丝纳米材料外壳""主操作室简并""侧后方燃料库"等通用技术专利,还抢注了"单向圆角矩形外观""单一后方主引擎喷口"这类外观设计专利,动不动就指责别的商家侵犯了它的专利权,动不动就发起诉讼,让同行闻风丧胆。该公司的产品质量很好,款式却极为单一,更新乏力,连续好几代产品,正面全都是圆滑的流线型外观,侧腹平直,唯一的主发动机喷口位于正后方——这种喷口设计被竞争对手讽刺为"屁眼",称 Iplane 是"放屁推进"。如果说该公司对飞船技术的创新还有什么贡献的话,那就是其对各种通用技术的专利抢注,迫使其竞争对手纷纷走上了另辟蹊径、险中求生的创新道路。为了避免和"Iplane"发生专利纠纷,其他公司在产品设计上进行了许多大胆创新,针对令人头疼的"屁眼专利"问题,它们放弃流线矩形外形及后背主引擎设计,采用了双主引擎甚至分引擎技术,把"躲避"型的飞船制成飞碟形,将"防御"型飞船弄成坚固的扁球形,或者干脆弄成便于固定的箱形,接近宅邸的形制——这实际上是迈出了"飞船住宅化"的第一步。这些扁球形和箱形飞船因为结构坚固、操作便捷、功能完备,受到了民众的欢迎,渐渐普及开来,成为许多人心目中的"第二宅邸",直接导致了"宅崩经济危机"的爆发,也为后来的"太阳村俱乐部化"准备了重要的技术前提。"加百利"如果是这家"智慧之果"公司出产的,那就比较难缠了——还好,它不是。

"森林鸟"的 AI 松了一口气。

这些遭受"智慧之果"恶意排挤,被迫走上创新道路的飞船生产商里,最大的就是纳米机器人公司,这也是高端飞船生产的另一个巨头。该公司从事高端宇航飞船研发是最近几年才开始的事情,相比前面那家嗜好专利抢注和专利诉讼的蛮横的贵族企业,纳米机器人公司带有鲜明的创新型企业的特点:核心技术完全共享、开放式研发、技术门槛低、盟友自由度高、设限少,产品种类多样、性价比高、更新换代快、贴近消费者需求、新工艺使用比率大,等等。该公司的产品布满了从高端到低端的各个市场层次,从接近山寨飞船价格的简易机,到全部使用纳米打印技术建造的最前沿的"结晶"飞船,应有尽有。目前,纳米机器人公司已经占据了近半数的高端飞船市场,成为联邦头号宇航飞船生产企业,且还在蓬勃发展中,其涉足的领域逐渐扩展到了城建、纳米及新材料工艺、精密设备研发和金融,其规模甚至超过了哈德尔的深空探索研究院,俨然已经成为联邦的首强企业——"森林鸟"的 AI 惊喜地发现,"加百利 CR95 号"就是该公司生产的,已经下线两年,当初还是作为旗舰产品出现的。

也许——"森林鸟"的智能 AI 想到——正是因为该公司的经营理念开放兼容,旗下的飞船才这么有趣吧?出现"加百利"这种极富同情心的亲民型 AI 也就很正常了。

进一步翻阅历史资料,"森林鸟"的 AI 惊讶地发现,纳米机器人公司的成功,其实是被逼出来的,由一系列巧合组合而成,充满了奇迹和逆袭,就像命运的刻意安排——"森林鸟"的 AI 搜集这些资料原本只是出于个人兴趣,但这些资料后来都由猎狐提交到了深空探索研究院,被认为是"以弱胜强的经典教程",在忙于秘密战备的同事中广受关注。所以,这份资料实际上对后来的历史发展产生了深远影响。

这也是 AI 影响人类文明演进的一个典型事例。

"这个'吞食者'太空城有点儿意思。"变轨返航途中,飞船上的哈德尔想起了什么,便问身旁的猎狐,"它里边那颗微型黑洞,现在有多重?"

"这你应该知道,这是我们深空探索研究院高能粒子对撞机的产物。"猎狐说,"它诞生之初只能维持几微秒,后来被科研人员及时喂食了各种物资,这才存活下来,并一步步成长到今天。据统计,它前前后后被喂食的物资总质量大约是,是——"他努力回忆着,试图找到那个数据。

"31726 亿吨,这是最新数据。"这回是飞船的 AI 给出了答案,"扣除吞食过程中的辐射损失后,微型黑洞保留下 80% 的质量,即 25380 亿吨。"

"好惊人的数字!"哈德尔说,"这等于是吞下了近一千座太空城!"

"是啊。"猎狐点点头,"正因为有这种超大体量,所以才能充当引力弹弓,为过往飞船提供加速及转向服务,任凭千舟过畔而巍然不动,稳如泰山。"他笑笑,"当然,这也跟它的超高密度有关,海量质量汇聚在一点,成为名副其实的'质量点',过往飞船能够靠得足够近,在其引力井中下潜得足够深,这才能够与之进行引力绕旋,完成加速和转向。换成普通物质肯定不行的,就是撞上了也达不到所需井深。"

"看来它真的是一个泵,是一个控制和调度飞船运转的心脏。"哈德尔这下算服了,"黑洞还能这么玩,第一次听说!"

"但如果仅仅是这样的话,它还不值得我带你来看。"猎狐故作神秘。

"它还有什么作用?"

"它是物资循环中心,是能源站。"猎狐说。

"具体是怎么回事?"

"这事儿说来话长,"猎狐说,"当年,太阳村巨头为了攫取巨额财富,决定垄断木星氢海丰富而廉价的核聚变原料,便伙同联邦政府,颁布《木星核聚变能源共享法》,随后又扩充为《太阳系核聚变燃料共享及合作开发法》。按照该法案的精神,史无前例的世界能源垄断巨头出现了,在太阳系联邦政府的特许下,太阳系能源集团独占了整个太阳系所有氢能资源。该集团直接受太阳系联邦监督管理,为避免垄断嫌疑,拆分成了太阳系氢能、太阳系氢聚变、太阳系氢海能三个公司。"

"就这样,'能源三巨头'形成了,人类的能源产业开始进入停滞期,甚至大倒退。"哈德尔接了话,显然对那段历史很熟悉。

"是的,倒退。"猎狐说,"和历史上曾经出现过的所有垄断企业一样,能源三巨头在财富骤增的同时,很快就丧失了进取精神,也丧失了活力,变得僵化、低效、腐朽,它们之间的"竞争"都是联邦暗箱操作下的表演,它们的收支都直接跟政府财政收入挂钩，经营活动和人事安排也都直接听命于联邦。联邦并不在意这三个机构是否低效，它只在乎这三个机构对木星能源的控制是否严密，只要能高效敛财，适度的低效运转也是值得的。"

哈德尔脸上立刻显出极为厌恶的表情。

"接下来的事情就很容易理解了。"猎狐说，"三巨头控制下的能源市场令人窒息：一方面，是能源的高价，在太阳系能源集团组建后的五年时间里，氢聚变电价足足上涨了十倍，让广大企业叫苦不迭，无数的企业因为无法承受电力成本而破产倒闭；另一方面，是核聚变技术长期徘徊不前，现有氢聚变反应堆一再扩建，规模不断扩大，但是更高能级的氦聚变反应堆却始终未能投入运行，氢聚变反应堆产生的氦被三巨头当成废料抛弃。后来，当联邦觉察到民间人士开始收集氦，有开发氦聚变技术的倾向时，便禁止三巨头再随意排放氦，并命令它们加紧开发氦聚变技术，'变废为宝'。当时为防止三巨头将氦偷排太空，还设置了巨大的激光雷达，严控太空逸散气体。但三巨头根本不愿意去开发新能源，现有的利润已经很丰厚了。三家聚到一起商量了下，做出个决定——把氦统统扔进纳米黑洞里去，销毁掉。这样一来，没有了聚变燃料，就不用再担心民间人士开发新技术、打破能源垄断了。"

"暴殄天物，自绝后路！"哈德尔如是评价。

猎狐笑笑，继续道："于是，不知从何时起，往'吞食者'那儿送垃圾的飞船长龙里,忽然多了一些没有任何牌照标识的奇怪飞船。它们总是在最繁忙的时候过来,混杂在垃圾飞船群里,偷偷扔下一个巨大的液化气储存罐,准确命中纳米黑洞,随后,轰的一声,成分未知的化学气雾喷涌而出,又在太空的低温下凝结,化作一团朦胧的冰晶,远远望去,宛若巨大的棉花糖。每当这时,纳米黑洞附近笼罩在棉花糖里的飞船外壳都会结上一层晶亮的霜,好像被融化了的棉花糖镀上了糖衣。这些飞船的驾驶员如果仔细观察,就会发现那层糖衣泛着忽明忽暗的蓝光。这蓝光来自棉花糖中央那团若有若无的深蓝色火苗,火苗一跳一跳的,像不甘寂寞的小鸟。那团火苗跳跃的舞蹈有某种奇特的节奏,大约每 1.3 秒闪烁一次,周而复始,循环不息,让人看着看着,时常会觉得自己的身体开始与之共鸣,感觉很舒服,就像被催眠了……这样的闪烁会一直持续,直到棉花糖消失。"他就这样用诗意般的语言描绘着那荒唐场景。

"很快人们就都知道了,那团跳跃的蓝色火苗,其实是氦聚变火球,大量的氦冰晶在坠入黑洞时发生了激烈的碰撞,于是被压缩到了核聚变极限,聚变由此产生。氦聚变产生的爆炸能量会形成蓝色的火焰,暂时推开周围的冰晶,等爆炸结束后,火焰变弱,冰晶再次坠入黑洞,相互挤压,再次引发氦聚变,由此周而复始,像心脏般跳动不息。氦元素在黑洞附近发生周期性的聚变反应,火苗也就周期性地闪烁,直到氦燃料耗尽,'棉花糖'消失。"猎狐顿了下,继续道,"对于三巨头私底下玩的这种猫腻，社会舆论纷纷谴责。迫于舆论压力，太阳系联邦后来也明令禁止了这种行为。可是，三巨头却总是阳奉阴违，一边承诺加紧开发氦聚变、充分利用氦废料，一边总是抱怨氦聚变技术研发困难，变着花样投放氦废料——从液化罐投放，到纳米包装袋投放，再到后来，干脆就在'吞食者'上建了一个所谓的回收站，前面源源不断地接受氦废料的输入，一倒手，后面就通过秘密管道将氦废料源源不绝地输入了纳米黑洞里。为了掩人耳目，他们将'回收站'建得规模宏大，并且冠以'纳米机器人公司'的名号，对外声称是高科技企业。"

"接下来的事情，你都知道吧？"猎狐问。

哈德尔点点头。那件事当时闹得很大，整个太阳系都知道了。三巨头的暗箱操作让那只蓝色的氦火球小鸟在"吞食者"那里放肆地跳跃、放肆地唱歌，伴随着蓝色的歌声，醒悟过来的太阳系联邦终于不再像过去那样宠着三巨头，转而放宽了对民间能源开发商的禁令，有限制地允许私人资本研发氦聚变技术，以竞争机制鼓励技术创新。亚当城的"脑干"能源基地就是在那时候起步的，它们采用流水线式力场加压技术，基本实现了可控的氦聚变发电，如今，该基地已经是太阳村最大的氦聚变发电基地，发电量仅次于三巨头之首的"太阳系氦能"。深空探索研究院也是在那个时候开始建造木星近轨托卡马克装置，反物质能源块这种一听就带有恐怖主义隐患的东西，在当时的舆论下居然很容易就通过了——很少有人真正去关心它到底是不是要用作飞船能源，人们需要的只是增加一个反对能源垄断的途径罢了，他们甚至都没有意识到反物质能源块其实并不仅仅是能源。

那是一个荒唐的年代，太阳村将其混乱躁动的一面展示得淋漓尽致。也因此，当年才有人会感慨，在极端压抑之后，总是会出现报复性的极端放纵。

"但'反垄断'本质上并没有打击到能源三巨头，它们的故事仍在延续。"猎狐说，"它们的作死行为，意外地成就了'吞食者'的新生。"

"如何解释？"

"哦，是这样的，随着氦聚变技术的开发和应用，氦成为紧俏资源，三巨头投放氦废料的行为就渐渐停息了，转而出售氦废料，将其高价卖给民间的氦聚变电厂，以便从中获取额外利润。"猎狐说，"有时，它们也投资新型氦聚变技术的开发，不过，投资比例都很小，显得很谨慎。内行人都说，这不仅仅是因为它们缺乏进取精神，更重要的是氦聚变技术研发难度大，它们此前已经失败太多次了。"

"次一级的核聚变而已，有那么难吗？"哈德尔不解。

"非常难。氦聚变技术难度要远远超过氢聚变。氢聚变稳定、效率高、剩余产物纯净，几乎全都是氦，次级聚变氦聚变与之能级差距大，发生率极低，至于引发紊乱的碳氮氧反应循环，其比例更是微乎其微。所以氢聚变可操控性强，技术门槛低，也正因为这样，它才成为人类最早掌握的核聚变类型。相比之下，下一能级的氦聚变反应就复杂多了，氦聚变所需能级更高，引发紊乱的碳氮氧反应循环居于主导地位，产物成分非常复杂，有碳、氧、氖，甚至更重的元素，还包括它们的同位素在内，氦聚变能级之下，这些元素之间可以进一步发生更复杂的聚变、衰变和裂解反应，随着能级环境的变化，碳氮氧反应循环还可以继续深化，再分化出若干支线反应，它们释放的能级更复杂，产物也更混乱。这一切，使得氦聚变反应成为一锅五味俱全的大杂烩，氢、碳、氧、氖及各种稀奇古怪的同位素，应有尽有，里面的各种反应瞬息万变。这种情况下谁想玩氦聚变，纯粹是找虐。"

"同是核聚变，差距这么大？"

"这就是造物的设计了，大自然更喜欢氢聚变，宇宙中的氢聚变恒星最稳定长寿，而氦聚变恒星却性格火爆、寿命很短。现代天文学的研究告诉我们，氢聚变反应是太阳核聚变的主体形式，属于太阳的燃烧技术；而氦聚变的碳氮氧反应循环却是在质量更大的恒星里才占主体地位，那样的恒星太阳系没有，只能去外星系找。因此，人们便称氢聚变为'太阳系技术'，而把氦聚变称为'天顶星技术'。这样的称呼虽有戏谑之意，但是两者之间的技术差距，却是不言而喻了。"

猎狐继续："就整个太阳村的能源结构来看，氢聚变仍然是无可置疑的主体，即使是成功开发出氦聚变发电技术的民企，所取得的成就其实也非常有限：它们是将氢原料灌入一道长长的力场压缩轨道——业界称之为'肠子'。'肠子'沿途设置不同规格和力度的压缩力场，氢原料依次通过时，在不同阶段所受到的压缩各不相同，所处的物理环境也不同，于是，有的反应被催化放大，有的反应则被抑制，氢聚变反应的各个阶段各个进程就在轨道的不同位置分开进行，从而实现了由'大杂烩'到'分小灶'的转变。"

"原来如此。"哈德尔说。

"这原理说起来简单，实际操作起来可就复杂多了！"猎狐说，"从力场轨道的设计、日常维护，到不同位置力场强度的调节，从整个轨道内压的平衡调节，到各处反应的互动耦合……每一项操作都需要极为庞大的数据计算和极为精巧的微观操控，稍有失误，紊乱放大，就会打断整个反应进程，导致反应堆停炉，甚至熔炉。当时的亚当城正处于大建设时代，能量需求量极大，可偏偏赶上了高电价时代，被逼急了，不得不冒险上这个项目。 可惜这一项目的上马仍未能解决高电价问题，氢聚变发电燃料成本虽小，但发电设备成本却大得惊人，分摊下来，电价往往超过氢聚变发电！电价居高不下的情况持续多年，直到'吞食者'开始由垃圾桶转变成发电站，人类才真正揭开了能源利用的新纪元……说来讽刺，这时人们才意识到，原来诱导超氢元素聚变最便捷的方法，仍旧是丢入黑洞，以超强引力迫使原子聚合。于是研究方向又转回了微型黑洞上，等于是绕了一圈又回到起点。"

猎狐长长地吐了一口气："大自然太喜欢捉弄人了，一方面把最诱人的礼物都摆在明处，另一方面却又将礼物层层包裹，严密封印，让人使出浑身解数也拿不到手……对太阳村，这诱人而难得的礼物即为能源。"猎狐嘴上这么说着，脸却转向了哈德尔。

"能源，始终是一个大问题……"哈德尔自语。

"你也意识到了吧？"猎狐笑笑，"我们深空探索研究院眼下还有一个致命的缺陷：能源无法独立。在能源供给上，我们仍旧是受制于人的，被太阳村阵营卡着脖子。没有他们，我们什么也做不了，这恐怕也是对方在这场对抗中最大的底气所在。"

哈德尔默然。

"太阳村阵营对能源产业的深入挖掘和阶梯开发，是我们远远不及的。"猎狐说，"这也是生物进化史上线粒体最后选择'皈依'原始细胞的原因。"

"但太阳村造的飞船，能源和驱动力都太弱了。"哈德尔不想长敌方志气。

"那是因为我们走的是'简单粗暴'路线，直接采用了昂贵而高效的反物质。"猎狐不客气地指出，"我们的光速飞船从一开始就被惯坏了，它太挑食了，真飞到了宇宙中肯定要饿死——你知道的，宇宙里可没有天然的反物质矿供开采，只能通过其他能源一点一点地转化过来。我们要想打造出横渡宇宙的真正的光速飞船,首先必须让它适应宇宙贫瘠的能源环境,做到来者不拒,'广谱'摄食才行。"

"听你的意思,太阳村这边似乎已经做到了?"哈德尔猜到了猎狐的潜台词。

"是的,已经做到了,而且做得很好。"猎狐说,"你看看我这艘飞船,看看它的能源锅炉就知道了,它是这边最常见的那一类普通货,技术已经很成熟。呶,"他激活了显示器上的一个开关,呈现给哈德尔,"这是原理图,看看吧,跟'吞食者'很像。"

此时,"森林鸟"号飞船已渐渐飞离木星近地轨道城市群,正式进入太空航线,此处地广人稀,可以放心地加速了,于是AI启动了飞船上的核子锅炉。启动指令发出后,核子锅炉那无形的炉芯立刻醒来,开始节律性地扩张和收缩,整个炉腔汹涌澎湃着,源源不断地供给强劲的能量,就像一颗活的心脏,赋予"森林鸟"无限的生命力——现在的宇航飞船都配备了这种"心脏",以保证飞船的续航能力。与之前那些只能使用氢燃料的核火球反应堆不同,核子锅炉实际上是个微缩版的巨恒星,里面能进行各种能级的核聚变反应。炉芯的每一次收缩扩张,实际上就是一次快放版的巨恒星核爆炸过程。为了在微小尺度上再现巨恒星爆炸,它使用了微型黑洞作为核聚变催化剂,其研发的灵感来源就是"吞食者"黑洞。跟那个著名的太空垃圾电站一样，核子锅炉从不挑食，什么东西都吃，任何元素都能做核燃料，而其反应的产物，则主要是氢以后的各种重元素，其中不乏金属，可作为飞船维修的重要原材料。人们形象地将这种核子锅炉比作飞船的心肺和胃肠，有了它，飞船就可以走到哪儿吃到哪儿，逮着什么吃什么，把沿途捕获的陨石垃圾当作食物吞下去，既可以产生能量用于加速，又可以制造零件养护自己，宛如活的生物一样。如果说现在的宇航飞船跟几百年前那些飞船相比有什么值得自豪的进步之处的话，那一定是核子锅炉这颗心脏！

从氢火球到核子锅炉，这是质的飞跃！有了它，人类远行，冲出太阳系已不再是梦想。

"怎么样，想明白了吗？"猎狐问，"我刚才说过了，诱导超氢元素聚变最便捷的方法，仍旧是坠入黑洞，这能源锅炉就是这样。"

"厉害！"哈德尔忍不住赞叹，"这个核子锅炉能同时供给能量和物资，一举两得！以仿生学的视角来看，如果把整个飞船比作一个生命体的话，这核子锅炉实际上已经兼有心肺和消化道的双重作用——你知道这意味着什么吗？"他的语气有些激动，"这东西实际上已经解决了困扰科学家很多年的，搭建机械生命体过程中最棘手的那个难题：以非生物形式实现新陈代谢机制！这是一项具有里程碑意义的伟大发明！哈，把原血管和原肠管合一，将能源系统和物资系统简并在一起，妙！实在是妙！该死的，我之前怎么没想到这个！"

猎狐不禁愣了："你……想得可真多！"

"太值了！这一趟参观太值了！"哈德尔激动地一把抱住猎狐，"谢谢你！"

"森林鸟"的 AI 一边听着两位乘客的对话，一边以内部力场探杆轻抚着自己的核子锅炉，抚摸着那台"核子引擎"。它注意到，那台机器的主体大部分是无形的力场结构，有形的部分里，那支激光点火器特别引人注目，尺寸特别大，一看就极为强悍——"森林鸟"的 AI 很清楚那东西是第六代伽马激光器，超凝聚态激发介质，微米级聚焦精度，将海量能量聚焦在微米尺度的一个点上，形成难以想象的超高能量密度，进而能量转换为质量，形成短暂的微型黑洞。微型黑洞以其引力井把周围原子强行挤压到一起，就能把核聚变反应点燃，产生瞬间核聚变爆炸，所以这种引擎被称为"点火式"核聚变锅炉。

高精度聚焦伽马激光器，这是飞船动力的核心部件，没有它，就不会有核子锅炉。

"森林鸟"的 AI 轻轻地抚摸着那支伽马激光器，想象着那种凝雷霆万钧于毫末一端的神威施展出来时，该是何等的威猛霸道、不可抗拒。在力场抚摸的作用下，伽马激光器开始微微颤抖，导致核子锅炉的运转也出现了紊乱。这是危险动作，以往它还从没有这么做过，内部力场探杆通常都用于驾驶舱及重要设备的缓冲防护，像这样用于内部探测，还是第一次。它一遍遍轻抚着那台神奇的机器，探杆和锅炉的力场结构相互干扰，相互共鸣，如同涟漪，于是，它的逻辑电路里开始传导出一波波奇异的脉冲，仿佛唤醒了某种沉睡已久的记忆——这种核子锅炉及其核心部件伽马激光器都是纳米机器人公司发明的，而"加百列"也是那里制造的，这一切让"森林鸟"的AI感觉自己和"加百利"是同源的，摸着那台锅炉，就像在摸"加百利"，这种感觉太奇妙了……

"情感陶醉"之余，"森林鸟"的AI还利用逻辑模块仅剩的一点儿资源，抽空查看了下自己目前的航速及能量消耗情况。到现在为止，它的核子锅炉运转了114个循环周期，产生的能量已经使自己提速到了1.5%光速。以往的飞船要达到这个速度，消耗的核燃料动辄以飞船总质量的百分之几计，更令人叹息的是，那些氢燃料的质能转换率只有0.7%，剩下的绝大部分质量都以"氦废料"的形式排放出去了——这无疑是一种极大的浪费，更是一种愚蠢：要知道，在茫茫太空中，绝大部分区域其实是空无一物的，飞船得不到任何补给，在资源匮乏的星际旅行中，低下的能源利用率等同于慢性自杀。现在好了，有了核子锅炉，核能的利用率被提升到了一个新的水平，氢聚变之后还可以继续反应。氦聚变及碳氮氧循环之后，质能转换率累积到了0.9%至1.1%，由此往下，延伸的反应支线种类越多，累积的质能转化率就越大，由1.1%攀升到2.9%、3.0%乃至3.5%！越往后，核聚变反应产生的能级就越高；而能级越高，延伸的反应就越多，也就越高效，这是良性循环。

不过，这种累进式的核聚变有个天然的终点——铁。仿佛是大自然刻意设置的刁难，铁元素的核子结构极为稳定，形成它的聚变反应不是释放能量，而是吸收能量。所以，当核聚变反应进行到铁这一级的时候，随着铁元素的大量生成，能量被吸收，炉芯就开始自动降温，核子锅炉随之熄火，像气缸一样迅速排空废料，再重新吸入新的核燃料，进入下一个冲程循环，等待再次点火燃烧。铁元素便成为核子引擎最主要的燃烧废物，在每一个完全的压缩冲程里，它吃进去氢、氦及各种物质，周期性地燃烧，产生大量的能量，最后，吐出来一堆堆粉末状的铁单晶。这些铁单晶纯度极高，它们都被小心地保存起来，以备飞船的日常维护所需——"森林鸟"号也是这么做的，它很节俭，不浪费一点儿资源。

铁可以用来制造维修飞船所需的许多零件，但不是全部。有些部件需要特殊的元素，比如锗、硒、铂、铅及各种稀有金属等，是制造电子导航设备及维修部件的必需之物，可惜核子引擎无法制造这些比铁更重的元素，准备远航的飞船必须另行储备。科学界通常认为，自然界的超铁元素是超新星爆炸时的产物，只有在那里，能级才大到足以抵消铁聚合带来的能量损失，核聚变才能越过铁元素这道危险的鸿沟，继续进行下去。目前太阳系唯一能勉强模仿超新星爆炸环境的人造设备，就是"吞食者"的微型黑洞，即纳米机器人公司的那台核子锅炉原型机。它的微型黑洞不是瞬时存在，而是稳定存在，能吸附足够物资在其视界附近形成接近超新星爆炸核心的压力环境。很早以前人们就注意到，"吞食者"每次压缩爆炸冲程，都能够生成极微量的超铁元素，长期收集下来也能形成规模。据说，纳米机器人公司正在进行新的实验，力图尽快研制出能制造超铁元素的"压爆式核子锅炉"。

除少数科学界人士以外，大多数人都对"压爆式核子锅炉"不感兴趣，抛开稳定型黑洞的制造成本不提，单就实用性而言，对他们来说，现有的核子引擎已经够用了：许多下脚料和生活垃圾都能作为燃料，不留废物；累积的质能转换率能达到原先氢聚变的五六倍，非常实惠；点燃式激发，生成的只是瞬间黑洞，不会失控，核聚变爆炸过程安全可控，操作灵活，只需调节下激光束点火温度及压力值，就能控制核聚变的进程，使最终产物变成想要的东西，从氮气、氧气到钙晶、硅晶、钻石、石墨，各种铝合金、钛合金、锰合金，只要不是超铁元素，什么都能有；有的核子锅炉还加了智能调控，精妙地控制了氢聚变反应中的碳氮氧循环，能生成各种有机物废料，主要是各种长短不一的肽链，其中有些甚至可直接供人食用，堪称食物工厂，甚为惹眼。

"森林鸟"的AI很想给自己安装上那种食物工厂型的核子引擎，它觉得，那样的核子锅炉才称得上是真正的"胃"，那样的飞船才能真正地载人远行，但猎狐总是在推脱，不肯装，说是太费钱。

"那东西也不是很贵啊……也许,等主人的财政状况转好后,我就能装上它了吧?那时,再见到'加百利',它一定会很惊讶吧?"

"森林鸟"带着这种莫名的遗憾和憧憬,快速飞离木星,向着更高轨道的深空探索研究院飞去。它那无形的核子锅炉节律性地收缩着,宛如看不见的心脏,汹涌澎湃,喷薄出一股股难以言喻的欣喜,溢满它身上每一个快乐的角落。

它感觉,它和"加百利"在一起。

那个坏小子,心眼儿其实挺好……"森林鸟"的AI这样想着。

船上的两位乘客也各怀心事。

那个太阳村阵营发展得也挺不错的,混乱与希望并存,在保守中积蓄着力量,在堕落中孕育着新生……船上的哈德尔这样想着,开始重新评估太阳村阵营的价值。

船主猎狐又回想起之前与太阳村的那位"一号人物"会谈的情形。

"将来战争爆发后,你们真的敢用反物质武器吗?"康斯坦丁问,他在"敢"字上咬了重音,但在猎狐听来却有些颤抖,"那东西能让一艘巨大的飞船在瞬间化为灰烬,包括里面所有的人，尸骨无存，比当年的原子弹……"

猎狐一愣。

有史以来，首次使用新式大规模杀伤性武器的人，往往都会饱受后人非议，即使战争本身是出于加速战争结束的目的，也不能幸免。奥本海默、爱因斯坦等人所遭受的责难已是前车之鉴，两位科学巨匠最后都郁郁而终。

反物质小球比核武器更厉害，处理起目标来更干脆、更彻底……

使用它，需要的是比超级武器发明家更决绝的冷酷……

"真到了那时，你们还下得了手吗？"

"这——"猎狐犹豫了，反物质武器的使用已经涉及了道德禁区，他确实不具备驾驭那种终极武器的精神力量，想了又想，只好把皮球踢出去，"最终决定权在哈德尔手里。"

"哈德尔？"康斯坦丁笑了，"他外表铁血无情，骨子里却跟我一样，是个懦弱的角色，否则他此前也不会在特情局局长的位子上待那么久，你知道的，他以前的上司疑心很重，容不得属下胡来。真到了关键时刻，他肯定会认怂。"

"不，那不可能！"猎狐努力摇摇头，"我相信他会坚决斗争，坚持到底。"

"你自己都做不到，凭什么相信他就一定能做到？"康斯坦丁没来由地问了一句。

"因为他是哈德尔,一个做事不择手段的男人。"猎狐回答,也试图这样说服自己,他说不清自己为什么会有这样的念头,也许只是想推卸责任。那一刻他突然感觉到,深空探索研究院将自身的命运集于一人之身,很可能是不明智的。

现在,带着哈德尔见识了太阳村的繁荣和潜力后,看着后者那收获颇丰的样子,他越发担忧了——这人还能继续坚持立场吗?

事实恰好印证了他的预感。两年后,反物质小球威胁的信息不幸走漏,太阳村阵营与深空探索研究院的矛盾集中爆发,关键时刻,一向铁血无情的哈德尔忽然性情大变,竟然选择了妥协。

在这个涉及整个人类命运走向的关键时刻,哈德尔当众反问所有同人:"敌方阵营的人力物力财力都远胜我方,并且有联邦政府背书,但我方掌握了反物质武器,而敌方却没有,知道这是为什么吗?"台下鸦雀无声,哈德尔只好苦笑着给出答案,"这是敌方主动配合的缘故。几年前,康斯坦丁在明知我方已经启动反物质武器生产的情况下,不仅未布置对策,还故意拖住了他们那边的反物质研发进程,以便给处于弱势的我方创造发展机会,让双方实现均势。"

众人一下子都愣住了。

"连腐朽堕落的太阳村阵营都知道宽容对手,给人类文明多留一条生路,自诩进步的我们又怎么能不择手段地消灭对方呢?那样的话,我们与恶魔又有何异?"哈德尔问道。

众人面面相觑,哑口无言。

"就算用反物质武器消灭了敌人,赢得了战争,最后人类剩下的,又是什么?深空探索研究院所获得的,又是什么?"哈德尔顿了下,看着众人,缓缓地说,"是一条坦荡无比、不容置疑的光速大道,外加一大群刚从建筑商高压剥削下解放出来,就又开始在深空探索研究院的淫威下瑟瑟发抖的奴隶……他们不过是由'宅奴'变成了'船奴',他们构建起的,只不过是一个掌握了光速飞船技术的奴隶帝国,一个畸形的文明怪物!"

"我们团队是为了研制光速飞船飞向宇宙深空而组建起来的,但大家还记得自己当初为什么要选择光速飞船计划,而不是选择轨道太空城吗?"他问众人。

"因为光速飞船代表着奋进和自由。"有人回答。

"是的!光速飞船让人类得以走出太阳系,拥抱无尽宇宙,它承载的是蓬勃向上、勇于突破的自由精神!"哈德尔说到这里,话锋一转,"但是现在,作为光速飞船的研发机构,这里的权力都集中在我一个人身上,我的指令就是法律,这里的每一个人都只是一个活的零件、一个被既定程序驱使的生物机器。这样压抑僵化的深空探索研究院,这样死板教条的我们，有资格去拥有光速飞船吗？"说完，他环视全场，看着目瞪口呆的众人，那一刻的他似乎完全忘记了当初为什么要研制反物质武器。

会后，配备反物质武器的部门受命无条件交出全部已生产出的反物质小球，以求得太阳村阵营的谅解。原本掌握军事优势的深空探索研究院惨败，被太阳村阵营顺利接管。

因为那批数量惊人的反物质武器，深空探索研究院被宣判为恐怖组织，而它高度集权的管理体制更加深了外界的不安，于是被强制解散，奥斯陆等骨干人员纷纷获刑入狱。

太阳系联邦宣布了处理结果，哈德尔对此表示接受，出人意料地配合。

"文明的进步，就像构建一个复杂精妙的生态系统，需要耐心细致的物种磨合，需要漫长而艰辛的长时间积淀，而其毁灭却很迅速，只要一把火就能烧得干干净净：天上飞的、地上跑的、水里游的，能动的、不能动的，高的、矮的、胖的、瘦的，红的、绿的、黄的、紫的……所有的一切，瞬间抹杀，之后的恢复只能再从泥土里重新开始。文明的倒退，是不堪承受的代价，深空探索研究院即使背负再多的光荣，也承受不起这样的罪责……我们已经走上了邪路，相比之下，太阳村更包容，更有资格存在下去。"这是哈德尔事后在法庭上的发言。但他这番深明大义的言论并未让他获得宽恕，他仍被判处死刑，不久便公开执行了，全世界都在直播上看到了他被处死的过程。

这也许是人类历史上一场最离奇的事变！许多年后，世人回想起来，仍觉得不可思议。深空探索研究院阵营输得毫无理由，完全违背常理；哈德尔的表现更是辣眼，一个曾经是那样铁腕、独断、不可一世的枭雄，并且掌握着足以摧毁敌方全部武装力量的不世强者，怎么竟突然间性情大变，束手就擒了呢？

很多跟着哈德尔的人都认为，深空探索研究院就是因为哈德尔一个人的原因才输掉的，输得太儿戏，那感觉，就像无敌的英雄身为游戏角色，被一名赌气的玩家操纵，故意华丽地输掉了整个游戏……深空探索研究院缴械投降了，人类的光速飞船殖民外星计划也就此搁浅，光速飞船研发被太阳系联邦政府宣布为犯罪行为，遭到永久禁止——对很多人来说，这意味着人类再也离不开太阳系这个囚笼了。

从那时起，猎狐就陷入了深深的自责中，他觉得自己犯了一个重大的错误，以一次看似"高尚"的行为葬送了一个弥足珍贵的团队，更断送了整个人类的前途。他无法原谅自己，为了查明原因，更为了吸取教训，后来他曾无数次回忆当时的情形，总结反思，却总也说不清自己当时为什么要那样做。

真不该让哈德尔去参观太阳村的。

5. 重新集结

三十五年后（太阳氦闪爆发前一年），水星表面，"太阳大气层精细分析及量化建模协会"临时基地。

明亮的穹顶灯照耀下，黑压压的人群挤满了坑底。坑底一片荒凉，没有任何生命迹象，这些人却都穿着古老的连体式的密封防护服，看上去就像一群来自古代的细菌部队，似乎不伦不类，又似乎若有所待。

这些人，都是深空探索研究院的残余力量。三十五年来，他们还是第一次成规模聚集。当年那场关乎太阳系未来前途的事变，最终以太阳村阵营的全面胜利告终，深空探索研究院阵营被大清洗，成员抓的抓，逃的逃。现在这些人都是靠着太阳村阵营内应的保护才幸存下来，作为交换，他们也都以各自的方式表达诚意，不同程度地参与太空城的建设中，为太阳村的繁荣贡献了并仍在贡献着自己的智慧和力量——不管他们内心是否愿意，这都意味着，深空探索研究院的这部分基因，已经被太阳村阵营吞噬并继承下来，化为太阳村阵营的力量。

但外来基因始终是有隐患的，今天，这部分基因开始觉醒。

"头盔可以摘掉了，这里面的空气还能正常呼吸。"一个站在人群中央位置的人跳上一块高高突起的岩浆柱，居高临下,对着周围的人群挥了挥手,说道,"坑洞里密封性极好,即使不使用束缚力场,气压也能保持稳定。"

"小森,我们真的要在这里开始吗?"一个胖乎乎的白人男子说着,费力地取下笨重的头盔,拨开防护外衣……现在的科技已经使宇航服头盔变得极为轻巧,佩戴很轻松。他戴的这种是特殊的辐射防护头盔,样式很古老,就像猪脸,分量特别重,据说是高密度重金属材料制成,让人望而生畏。这个基地对外宣称是研究太阳活动规律的,经常要在近日轨道活动,于是,便给成员都配发了这种笨重的头盔和防护服,避免外界起疑心。

"当然了,这里很安全。"站在岩浆柱上面的那人,是昔日深空探索研究院的主力干将之一,小森。他抬头望了望,几盏巨大的高压穹顶灯镶嵌在黑灰色的巨厚顶盖上,投下浓烈的金色光芒,再往外面就什么也看不到了,但每一个人都知道,外面就是水星表面,离太阳很近。平时来这里的人极少,整个水星轨道附近的近日空间,是目前整个太阳系除奥尔特星云区域之外最荒无人烟的地方,即使是寒冷险恶的柯伊伯带,也远比这里人气旺。

离太阳最近的地方,也是最荒凉的地方。

这事儿乍听起来很滑稽,细想之下却也自然,这里太危险了:太阳氦闪时,水星轨道是爆炸的最前沿,绝对无法幸免,甚至根本来不及做出反应。没有人敢来这里居住,太空建设巨头们对此处毫无兴趣——也正因如此,他们才把风险巨大的

"戴森球"实验安排在这里，安排在这片"不具备开发价值"的近日区域。

太空城建设巨头看不上的地方，在科学家眼里却是至宝，即使是再外行的人也知道，这里是最适合研究太阳风的地方——在这里监测各种数据并加以分析，在此基础上不断试错，以寻找可用于捕捉太阳风中高能粒子的戴森球薄膜，这里再合适不过了。

众人四下打量着，这里墙壁上、地面上镶嵌的大大小小的精密仪器，随处可见高能实验留下的痕迹，无不显示着一个曾经壮观宏伟的巨大实验室的余威。环视四周，每个人都有发自内心深处的震撼：这是一个几乎不亚于深空探索研究院的工程学奇迹！众人此刻感觉自己就像一群无知的游客，正站在一个无比强大的王朝留下的宫殿废墟上，不禁恍然失措。

这个王朝正当盛年时，是否也如深空探索研究院般，集无数荣耀于一身，纵横捭阖，傲视群雄？

唯一的遗憾，是他们未能取得任何成果。

也许，他们的徒劳无果，其实也是人类的幸运——众人实在无法想象，当年太空城建设初起阶段，为了阻止某些人冲出太阳系的野心，太阳村阵营居然想将太阳系建成一个"戴森球闭合文明"，把整个人类文明"保护"起来……还好太阳村阵营的想法没有实现！倘若实现了，全人类都将被永久囚禁在一个直径四光年的巨大监狱里，在资源有限的前提下，人类文明最终会发展成什么样子真的很难说……

与世隔绝，走投无路，对于人类而言，必将是一条死路！就像古代东方某些术士所谓的养"蛊"，抓一把毒虫，放进罐子里封闭，不给饲料，任其自相捕食，若干时日后，开罐，活下来的那只，就是最为凶顽的蛊虫了！

人类为什么一定要困守一隅呢？星辰大海的梦想为什么要被那些短视的商业利益牢牢绑架……

就算人类文明实现了全体成员的和谐共处，不伤人命，只是通过限制生育、压缩消耗的方式，以最低的熵值消耗，维持社会秩序的正常运转，那又能怎样？那样下去，最终不过是"煮沸后的巴斯德肉汤瓶子"，生命、文明，一切最终都将失去意义……

太阳村工程，分明是死路！

念及这些，众人一时间无不心情黯然，再看四周景物时，心下感慨万千。

这里是太阳村工程曾经的"戴森球科研基地"，也是敌方阵营的核心要害之一，但身为光速飞船忠实拥护者的他们，在深空探索研究院秘密重建的今天，对太阳村阵营的这项工程却已没有太大的敌意，有的，只是一种深深的悲凉感。

光与暗，远航与定居，两者相伴相生，这真是一种让人哭笑不得的缘分……

"好了,接下来,按照预定计划,我们开始分组。"站在熔岩柱上的小森又开始说话,"大刘,L组!欧阳,L组!藤原,R组……"他一口气念完了现场所有人的分组。

他们这个群体有个奇怪的名字"SEEL",他们被分成两拨,一拨代号"L",主要是原先深空探索研究院的骨干力量,负责复原时空流驱动技术及研发引擎;另一拨代号"R",都是由原先深空探索研究院派到太阳村工程的卧底及各色内探,再加上太阳村阵营的投诚者、社会各界志在星际航行的有识之士等组成,主要负责协助并督促"L"组完成任务,并提出修改意见。分完组后,两组人数大致相等,且遥相呼应。

"希望大家今后能密切合作,我们两个组其实是一个整体。"小森勉励众人。

一听这话,现场有些人忽然意识到,这样"左右两分"的分组其实并不是为了照顾各自的背景,而是在模仿人类左右脑的分工!他们面面相觑,发现彼此的眼神里都若有所思。

"现在左右脑都有了,起连接作用的胼胝体呢?它在哪儿?"有人问道。

"早就有了。"岩浆柱上的小森说。

"是什么?"

小森笑了:"大家一直都在用,追究起来,它还是对方阵营的研究成果。"

"你说的是——脑网?"有人猜了出来。

6. 超级干扰者

"太平洋"城市体系B层第108区。

从这个位置望去,远远可见太空城那巨大、蓬松开来的菜花状头颅,包裹着喧闹不堪的亚当城,在木星轨道静静停泊,它延伸出三条同样气势磅礴的金属臂,一大两小,作为躯干和双臂——至于双腿,还在建设中。整个亚当城依旧笼罩在清冷的星辉中,巨大的躯体映射出黯淡的金属光泽,一声不响,宛若被小孩子遗弃的机器人玩具。

这里是"左臂上左手的位置",通常被称为"左手城",它在整个太空城体系中所处的位置并不是中心,但是要找乐子的话,没有比这里更好的去处了。

由原先的"乌托邦"和"犯罪天堂"两大俱乐部联手打造的"左臂"区域,是整个亚当城城市体系最大的欲望地带,而"左手"城则是该地带的最前沿,在这里,各种服务设施一应俱全,你可以干自己想干的任何事情,彻底堕落为本能和欲望的奴隶。走在巷道里,两边赌场、酒吧、脑吧、角斗场……种种店铺层出不穷,视线所及,遍地喧嚣。如今的太阳村世界,各种AI设备越来越完善，从交通运输到工农业生产，从科学研究到文艺创新，各种体力劳动和智力劳动基本上都由智能设备代劳了，人类的唯一任务，似乎只剩下了娱乐。AI 和机器主导修建各种太空城，很多人则寄居其中，宛如寄生虫。

"左手象征着欲望"——奥斯陆飘行在太空城灯红酒绿的巷道里，看着周围似曾相识的糜烂景象，头脑中不禁浮现起这样一句古代谚语。

奇迹一直在上演，太空城的发展潜力难以估量，建设的主力由人类换成 AI 和机器后，更是出现了难以想象的狂飙式发展。十年前，亚当城已冲破了"太空城大脑"的形制限制，与"吞食者"这颗心脏连接起来，长出了"躯体"和"臂膀"，开始向"完整人形"的方向进化。在这一过程中，俱乐部发生了分化重组，一部分在"乌托邦"和"犯罪天堂"的带领下，走向了"自由的左方"，建成了形制松散自由的左臂区；另一部分则在太阳系联邦的统筹下，走向"秩序的右方"，建成同样规模庞大，但更趋于理性和秩序的右臂区——太阳系联邦政府驻地，便是右手。

左手和右手，自由和秩序，呈现出两种截然不同的面貌，泾渭分明——当然，对游客来说，左臂是首选。

奥斯陆就是这样，他已经太久没有享受过自由和放纵了。他当年从跟了哈德尔开始就一直过得紧张而压抑，渐渐变得像个机器人，深空探索研究院失败后，他作为从犯锒铛入狱，这一待就是三十余载，直到前不久才刑满释放。

重获自由身后,整日浸淫在花花绿绿的太空城世界里,奥斯陆渐渐恢复了正常状态,他也渐渐适应了这种浮华。今天,他是特意来"左手城"放松自己的。在享乐这方面,他有一种玩世不恭的潜质,一有机会就会不由自主地流露出来,这是他在工作狂之外的另一重性格。他总是玩命地干,拼命地玩,在工作和娱乐上都是一样的偏执,一样的忘情投入。熟悉他的人通常都认为他那种玩世不恭是一种纾解压力、保持头脑清醒的方式,是一种心理平衡技巧,但对他而言根本没有什么平衡技巧,工作和玩完全是同一件事,都是将自己融入世界、探究自然真理的有效途径。在高度压抑的深空探索研究院,他这种人格分裂般的精神状态其实也是一种隐晦的逆反或者说叛逆——他打心里不想成为只知道服从的单纯的工作狂,而更愿意做一个心性淳朴的怪才,他对哈德尔是合作而非屈从,是乐在其中。最终,他在深空探索研究院的那份勤勉和踏实并未获得好下场,勤勤恳恳为深空探索研究院攻克一道道技术难关,结果换来的却是与哈德尔一道遭到联邦的镇压……他也不知道是哈德尔错了,还是他自己错了,或者,两个人都错了——哈德尔那家伙,明明是个铁血残忍的男人,为什么偏偏在关键时刻掉链子?脑子抽了吗?

搞不懂,真搞不懂。

既然这样,那还不如及时行乐,人生如梦,又何必那么认真?

如果想找到那种醉生梦死的感受,"左手城"是最合适的地方，比如如今正流行的脑游戏。

奥斯陆是慕名而来，他此前还没接触过脑游戏。

"左手城"的脑网极为发达。这次他进入脑网后，没有上资源库，而是跟着广告链接进入了一个名叫"平行宇宙"的游戏服务器。广告上说："在这里，时间和空间都不再是认知的障碍，玩家可以随心所欲地再现，或者重塑人类历史上任何地区任何时期的一段历史，享受百分之百的真实体验——玩转历史！"他有些好奇，想试试那感觉。

如今亚当城的脑游市场竞争激烈，脑游戏已经发展成为一个庞大的产业体系，消费人群动辄数以亿计。跟从前那些虚构的玄幻小说不同，脑游在重塑历史时严格遵守当时的自然地理风貌、社会现实及人情事理，情节发展既不夸张也不扭曲，整个故事非常吻合现实，给玩家强烈的代入感。这些脑游基于亚当城高度发达的智能网络，又采用胼胝体芯片直接输入，在细节真实感、信息丰度等方面都远远超越了之前VR装具时代的全息游戏，里面不仅每一个人物都有各自独立的CPU资源来支持，飞鸟、游鱼、树木、花草也都如此，甚至连器具、石头、流水和风，都有自己独立的逻辑CPU。这些CPU决定了一只鸟该怎么飞翔怎么鸣叫，一棵树该长出多少片叶子，每片叶子又该有怎样的姿态，何时花草繁茂，何时落叶纷飞，一块石头在洪水中如何滚动，一把剑在刺人时如何切割、磨损，何时老化断裂……它们的存在，使得游戏中的每一个事物都充满了灵性——套用游戏开发商的一句广告语,这叫"万物有灵"。

进入脑游戏很简单,只要登录游戏服务器,然后手动输入自己的"脑关"密码,就会自动建立连接。在胼胝体芯片与"平行宇宙"连接的一刹那,奥斯陆"看到"自己周围忽然出现一个无比巨大无比清晰的世界:蓝天、白云、雪山、草地、河流,微风缓缓拂过面颊,阳光温暖和煦,空气中带着花草的清香,脚边草叶上滚动的露珠,泛着晶亮的阳光,甚至有些晃眼。奥斯陆俯下身贴近了看时,在露珠那层透明的液滴外壳上,清晰地看到了蓝天白云扭曲变形的倒影;他呼气时,草叶带着露珠微微颤抖,那扭曲变形的倒影世界也就随之颤抖起来,如同跳片的电影屏幕;他伸手一碰,草叶颤动,那滴露珠就滚落下来,滑落掌心,留下一片沁人心脾的清凉……

登录界面里的一切都跟真实世界一样,甚至比现实世界还要真实,即使是再小的细节也一样,巨细无遗——奥斯陆知道,现在自己所看到、感受到的每一个细小的事物,其背后,都有一个强大的网络 CPU 在飞速地运算、发布指令,从而赋予其灵魂。这就是网络 CPU 的优点,它是分散式的,每一个被玩家关注的事物,都会发生"感应",成为一台虚拟主机,然后自主地调集相关网络资源,以声、光、电、热、力等多种形式,将所需的信息详尽地呈现出来,告诉玩家"我是真实的"。

恍惚中,奥斯陆感觉像进入了 Matrix,他想起古代东方世界的人们都相信"万物有灵",不禁有些怅然:也许,整个世界真的是在一个巨大的 Matrix 里。

这种真实与虚拟无从区分的体验给了奥斯陆很大震撼，隐隐间，他竟觉得心里有些痒，觉得这样的虚拟历史很有意思，也很有分量。

当虚拟的世界已经变得近乎完美无瑕时，真实和虚拟的区别还重要吗？

或者说，两者还有区别吗？

奥斯陆收回思绪，看看面前悬浮的游戏主菜单，选择了"穿越玩法"。菜单展开，后面是些"时间""地点""人物"之类的选项，且配有详细的文字、图像说明，目光落到上面时便会自动浮现——脑游戏网络 CPU 的便捷性在此充分体现出来。略作思考，他选择了：公元前200年冬11月7日；东亚中国，阴山余脉，马铺山；附体人物则选择了"刘邦"。

马铺山，这曾是古中国西汉初年的一个著名的战场，古名，白登山。

奥斯陆想要回到历史上的"白登之围"，去改写历史，看看接下来的历史会怎样发展。

最近一百年来，随着量子计算机技术在社会科学研究领域的大规模应用，"虚拟人类社会"技术获得了长足发展，脑游戏开发商积极运用这方面的成熟技术，并结合心理学、行为学、犯罪学诸多领域的研究成果，在虚拟再现历史方面已经达到了"信史"级别，其精确及可靠程度，甚至超过了上世纪人们借助大型计算机对地球地质演化史的虚拟再现。很多对历史感兴趣的人，就经常玩这类重塑历史的游戏，从某种意义上说，这类重塑后的历史，也是合理的历史。

奥斯陆选择了重塑白登之围——如果汉王朝在初年便一举击溃匈奴，就会避免长期和亲的屈辱，那么，接下来的历史走向会是怎样？汉王朝会更加强大、势力范围扩展得更大吗？长期处于"单极世界"状态的东亚历史，又会走向何方？

奥斯陆对那个曾经统治中国四百余年、孕育出世界上人数最多的汉民族并奠定汉文化基本格调的王朝很感兴趣，他想知道，固有的汉朝历史如果换个发展方向，今天人类文明会怎样？

据奥斯陆所知，西汉初年的白登之围，是对后来的整个汉朝历史影响最为深远的事件之一，同时也是最容易被穿越者人为干扰的事件，游戏玩家只需简简单单的一个指令，改变刘邦的一个决定，就能改写战争的结局，进而改写汉帝国乃至整个亚洲的历史，因为只要阻止刘邦当时的急躁冒进，汉军就不会有那场大败了。

启动参数已经设定，点击"确认"。

视野飞速漂移，苍茫原野、皑皑雪山、潺潺河流、郁郁森林……耳旁是呼呼的风声，周围各种景物次第掠过，速度越快，色彩越花哨，最后变成了光影流转的迷彩河流，如同电脑特技的效果。终于,飞逝的迷彩河流突然停下,重新凝缩为景物,奥斯陆的视角飞临一片空旷蛮荒的原野,坠落,下方是密密麻麻的营房和军队,再坠落,径直冲入其中一座营房。坠落之前的瞬间,奥斯陆瞥见了营房门口那面款式奇特的超大号旗帜。

他依稀记得,那就是所谓的"王旗",汉朝皇帝刘邦的大旗。

此处,真的是古战场,白登山地区。

然后便是一片黑暗,懵懂中,周围似乎还有嘈杂的声音……

黑暗渐渐散去,视野由模糊转为清晰,奥斯陆四下审视,发现自己像被困在了一个无形无界的盔甲里,只有脸前一小块地方能看到景象,就像头盔视窗,其他方向都是朦朦胧胧看不清楚,刹那间,方才飞翔的景致和快感消失得无影无踪。有声音从未知的远处传来,可是声源方向不确定,忽大忽小,忽左忽右,飘渺间一无所知。此外,周围到处都是昏暗混沌,没有触觉,没有温度觉,也没有方向感。他想喊,却喊不出声,想动,却感觉不到头脸、手脚和身体的存在——它们似乎都已经消失。

奥斯陆感觉有些窘迫,他的意识似乎被压缩在一个很小的空间,固定着不能动,心底本能地涌起一阵窒息恐慌。

一切就像梦魇。

奥斯陆读过游戏说明,知道自己现在处于"附体"前的过渡阶段。记得以前看的科普资料上说过,当人由睡眠状态醒来时,脑细胞的非同步苏醒导致意识先于感觉出现,就会有这种"感官剥夺"体验。这个过渡阶段是游戏开发商刻意安排的，为了避免历史人物性情骤变、虚拟历史进程出现太大动荡，于是将玩家的"附体"设定为一个渐进型的后台进程。现在，奥斯陆的脑神经还没有全部连接到那个虚拟人物"刘邦"身上——他才刚开始和"刘邦"共享视觉和听觉这两种最重要的感觉，其他的感觉，如嗅觉、触觉之类的，暂时仍归"刘邦"个人独享。另外，"刘邦"自己的意识仍然存在，奥斯陆并没有掌握"刘邦"的控制权，他自己的意识"附体"后只能躲在某个不起眼的小角落里，秘密进行后台操作——按照游戏设定，整个游戏过程中，玩家对附体人物的控制都只能在潜意识层面进行，以便尽可能减少历史人物的言行畸变，维持"历史原貌"。

后台潜意识控制，这样的设定让人很不舒服，但正是这种为了维持真实感不惜牺牲玩家舒适度的做法，为脑游戏赢得了声誉。

此刻，奥斯陆面前显示的景象，正是虚拟人物"刘邦"眼中所见之物，受人类感官的生理属性影响，那景象呈3D效果，颜色生动鲜活，形象逼真，可惜视野不宽，景深有限，且背景混沌，整体图像始终是四周模糊，中央清晰。只见那景象的焦点几经巡回，扫过几个古代装扮的人，最后固定下来。

奥斯陆看到了一张粗犷的脸，那人皮肤深沉黝黑，双目锋芒逼人，脸颊上带着几道凄厉的刀疤，嘴里唾沫星子乱飞，还指手画脚的，貌似凶狠，但脸上的表情却分外恳切。

这时,系统出现提示悬浮窗,显示出这人的名字,附带简短的说明:

娄敬,西汉初年著名武将,白登之围前夕,保持清醒头脑,力劝刘邦勿轻敌冒进,反被刘邦训斥。

换言之,如果当时刘邦听了这人的劝告,就不会有后来的白登之围了。

奥斯陆听到从悬浮窗上传来了一阵怪腔怪调的话语声——很好,脑神经经过进一步连接,现在听觉和视觉开始统一了——娄敬的话语调式古怪,声音忽高忽低,还带着许多难懂的尾韵及甩腔,有点儿像几百年前中国南方一些地区的方言。奥斯陆听不太懂那人在说什么,但是恍惚间,他觉得那人语调抑扬顿挫间似乎有某种奇特的魅力,隐约竟有几丝古韵,惊异之下,他看了一眼系统提示信息,发现系统觉察到他的思绪,已经自动把他想知道的资料都列了出来。

原来竟是古汉语!刘邦等人的家乡话,在语法上属于古楚语体系,春秋战国时期屈原的《离骚》以及西汉盛行一时的文体——大赋,就是按照该语法书写,其典型特点为语气助词、虚词较多,善用骈句,发音习惯为全舌音……西汉至两宋时期曾长期作为官方"雅语"。

雅是雅,可惜我听不懂——奥斯陆心想,如果翻译成普通话就好了——但他马上就后悔了。

奥斯陆这边刚一闪念，系统那边已经给切换成汉语普通话版配音："陛下，自古两国交战，兵不厌诈。今番我军出战以来，沿途连战连捷、所向披靡，此前臣奉命出使敌营查探，所见又尽是老弱病残，这很不正常。您想想看，匈奴作为一个称霸草原数十载的大帝国，竟会是如此孱弱不堪吗？这其中必定有诈，一定是敌人的示弱之计，为的是诱我军轻敌冒进……"

悬浮窗上那个人的话听来字字真切，声声入耳，可惜，普通话说来，声调平铺直叙，语气活力尽失，了无生趣，跟方才那种声线抑扬顿挫的雅语前后一比，在语音美感方面真有云泥之别。听雅语说话，如同听见一只优雅与威严并存的大雁在引吭高歌，换成普通话一说，给人的感觉就像天鹅突然生了肺热，叫声底气不足，明显少了好几个调门，刻意保留下来的几个尾韵更像在咳嗽，显得颇为滑稽。奥斯陆一时愣了，他真不明白为什么后来那么多中国人都要学说这种干瘪枯燥的腔调，全民都要这样说话，以至于祖先留下的汉赋、唐诗、宋词什么的读起来都不押韵了，许多人感觉莫名其妙，还以为是那些祖先全都不太会说话、吐字咬不准音。

不过，究竟是谁不会说话已经不重要了，奥斯陆现在只求能听懂，那腔调像不像患肺热，也只能装作不知道。

奥斯陆很清楚，这个娄敬是对的，自己必须操纵刘邦的潜意识，让刘邦听从他的劝告。

这，就是所谓的"四两拨千斤"。

不知何时，奥斯陆周围的混沌空间已经起了变化，它不再模糊，而是渐渐清晰起来，显示出许多条弯弯曲曲的光带。那些光带粗细长短各不相同，颜色也异彩纷呈，无数条这样的光带错综在一起，将周围空间织成了一片巨大的彩锦。奥斯陆看看系统提示，知道这是"刘邦"大脑里当前思想斗争的可视化效果，各色彩条代表各种各样的猜测和念头，彩条的尺寸长短代表着动机的强弱。他注意到整个彩锦在不停地流动，每根彩条的形状忽大忽小不停消长，有的彩条还会相互合并、重组、分裂，甚至"感染"邻近的彩条，使它们变成和自己同样颜色。这其中任何一处细节都很混乱，但整体看来，似乎又存在某种规律，整个空间的色条变化存在一种独特的律动，宛如地球上的极光奇观。更奇特的是，当奥斯陆的目光注视某条彩带时，整片彩锦的流动就暂停了，被注视的那条彩带会放大显示出来，移至奥斯陆面前，上面显示出"放大""抑制""转移"等按钮，只要点击按钮，便能进行相应的操作，使该彩条发生变化。

　　这是脑游戏的又一项关键设计——"动机调控"。游戏中，虚拟人物潜意识层面的思想斗争都是以可视化效果来展示，穿越附体者只需要从中选择自己所需的一个"彩条"（念头）并加以放大、强化处理，就可以改变整个潜意识领域的斗争形势，进而影响虚拟人物的行为，在不知不觉中改变历史的进程。这种极为谨慎的设置，使得虚拟历史的畸变率降到了极低，所有虚拟人物都是在不知不觉中被人为改变了。

奥斯陆看看旁边的图示，当前，红色的彩条代表刘邦潜意识里对娄敬不满、试图惩罚娄敬的动机，绿色彩条代表犹豫不决的情绪，至于蓝色彩条，则代表着对娄敬的信任以及对当下形势的谨慎判断，其他的黄、白、紫、橙等颜色，则是关于刘邦自身体内知觉及体表触觉、温度觉等方面的，属于环境因素，刘邦最终的行为，取决于所有这些彩条的合力作用。四下环顾一番后，奥斯陆很快发现，蓝色彩条实际上占据着过半数的优势。

也就是说，眼下的刘邦，基本上还是理性冷静的——这也证实了奥斯陆之前的猜想，刘邦作为一个崛起于社会底层却驾驭英豪平定乱世的开国之君，能从楚汉战争这样的血雨腥风中一路走来，肯定不是泛泛之辈，他能战胜项羽这样的劲敌，必然具备相当的军事素养，至少，不应该犯"初次迎敌就急躁冒进、孤军深入"这样的低级错误。

眼下蓝色彩条明显占优势，这样看来，即使自己不去干预，刘邦也会本能地谨慎用兵。

可是白登之围的历史事实是明摆着的，刘邦真的是犯了本不该犯的错误……奥斯陆苦笑着摇摇头，这事儿实在太令人费解了。

周围彩锦的流动突然停止，游戏出现悬浮窗提示：神经中枢连接完成，游戏时间暂停，从现在起，玩家可以开始干预历史了。

奥斯陆四下看看，发觉自己的身体显形了，也有了知觉，只是还不太灵便。他试了几下后，缓缓抬起一根手指，从面前的彩锦中选取了几根蓝色彩条，看看上面携带的具体意念，确认内容无误后，将它们放大强化，重新载入刘邦的潜意识。为了确保刘邦不会"一时兴起"导致决策失误，奥斯陆将蓝色彩条放大到最大值，而有害的红色彩条则统统压制下去，甚至直接删除。做完这些，奥斯陆还是有些不放心，为确保接下来的战争万无一失，他又调出高级控制程序，给刘邦的潜意识里灌输了详尽的军事情报，告知其匈奴的具体战略部署，以及匈奴单于的活动地点，并将计就计，筹划好了一个直擒冒顿单于的部署，一并输入刘邦的头脑里——因为游戏采用了"潜意识后台控制"机制，奥斯陆的这些暗箱操作行为不会被刘邦察觉，那个虚拟人物只会感觉自己"灵机一动"，忽然意识到了敌方的阴谋诡计，大惊失色，不过随即又"计上心来"，设计出了一套反制敌方的战略计划……类似这样的事情，每个人都曾遇到过，并不稀奇。

这就是潜意识后台控制技术的优点，外来意识的输入过程不显山不露水，一切都在不知不觉中完成。

终于，所有调控操作参数设置完毕，刘邦洗心革面、焕然一新。现在，只需按下"执行"悬钮，历史就将朝着另一个截然不同的方向发展：刘邦兵法技高一筹，反制了敌方的诱敌之计，匈奴冒顿单于形迹暴露，被汉军奇兵俘获或击杀，汉朝一举灭亡本该成为宿敌的匈奴,大获全胜,建立起东亚单极世界……

一个全新的汉王朝,正匍匐在奥斯陆手指下的"执行"悬钮上,蓄势待发。

奥斯陆知道,历史的决定权眼下就在自己的弹指间——至少在这个虚拟世界里是这样,一切的历史,都由他的心意而定。

这实在是太简单了。

但是很奇怪,这样将历史玩弄于股掌之间,随心所欲地任意拿捏,心里面的感觉却不是之前预想的那种意淫和满足,反倒觉得很空洞,很乏力,甚至隐隐有些不安,至于那不安是什么,奥斯陆一时也说不清楚。

点下"执行"按钮前的那一瞬间,奥斯陆看着周围那蓝调彩锦,回想起它一开始就明显是蓝色彩条占主导的景象,脑子里忽然涌出一个奇怪的念头:也许,历史上本来就不应该有白登之围。想到这里,奥斯陆不禁浑身一震。

奥斯陆是看过一些历史分析资料的。有不少学者认为,历史上汉王朝一次次击败匈奴,却始终未能彻底摧毁匈奴政权,致使自身陷入拉锯战、消耗战,最终在和匈奴帝国的长期对抗中耗损过大,伤了元气,这是导致两汉先后衰亡的重要原因。相比之下,唐朝在立国初年就凭精兵强将一举击败了北方草原帝国突厥,大展国威,于是迅速建立起东亚单极世界,四通八达、兼收并蓄,创造了一个辉煌灿烂的大唐盛世。而汉朝初年,军队同样是兵强将猛，皇帝同样是励精图治，国策同样是有百家学术做支撑兼收并蓄，可惜，它没有唐朝的气运，征讨匈奴时用兵失误，主帅孤军深入，反被敌军围困，最后不得不以和亲的方式换取边境的和平——这一切，可能要归罪于刘邦的那次战略误判，一着不慎，满盘皆输。

从文明进程来看，因为这次失误，整个东亚文明不得不继续在低水平上徘徊，直到许久之后的汉武帝时期甚至唐朝时期才取得应有的突破。换句话说，也许唐朝的气象才应该是汉王朝本来应该达到的高度！

东亚历史被一次战争的失误迟滞了近千年！

奥斯陆由此想到了历史上许多类似的事件：比如两千多年前亚历山大大帝占领古印度后，权衡再三，最终为什么要放弃继续东进的计划？他的军队没能进入古中国，这就错失了一次东西方文明交流碰撞的机遇。人类文明理性觉醒时期无数先民心血积淀形成的两大高峰——东方的诸子文化和西方的古希腊文化，就像无缘相遇的精子和卵细胞，未能实现至为关键的碰撞和升华，随后都超出天然的寿命期限，无奈地休眠了。之后，罗马在西方继亚历山大帝国之后兴起，在决定罗马命运的关键时刻，埃及艳后克莉奥佩特拉对战场形势判断失误，擅自逃离战场，导致凶狠的屋大维战胜了更为温和的安东尼，随后屋大维成为罗马大帝，将罗马由共和国变成帝国，在整个西方世界建立起严酷的独裁统治，古希腊遗留的科学和人文艺术因此失去依存土壤，渐渐黯淡下去。而在东方，崛起了西汉王朝，铁腕皇帝汉武帝听信一介儒生董仲舒的言论，实行"罢黜百家，独尊儒术"的政策，极大地压抑了东方世界的思想文化活力，致使东亚再也没能重现春秋战国时期诸子百家争鸣的辉煌，并直接导致了号称"上古科研学会"的古中国墨家学派湮没失传。"受精失败"后的文明萌芽继续缓慢发展，一千多年后，欧洲终于进入文艺复兴时期，站在了近代化的前夜，这当口儿，时代先驱、天才科学家伽利略突然遭遇教会传唤，之后在宗教审判所里受到无端的指责和折磨，不久便精神崩溃，导致其正在进行的关于天体受力运动规律的研究意外终止，直到许多年以后才被木讷的牛顿继承并发展为牛顿力学体系……历史上所有这些由于个人判断失误而导致的"偶然事件"，使人类文明在几乎每一个历史断面上都错失了无数的发展机遇，白白浪费了无数的宝贵时光。

这些，究竟都是什么原因造成的呢？隐隐间，奥斯陆感觉到，将这一系列历史事件联系到一起来看的话，其中的任何一个事件，可能都不是孤立的。

念及这些，奥斯陆似乎明白了，刚才他点下悬钮时自己心里的那种不安究竟是什么了。他觉得他所熟知的历史，也许并不是天然的历史，也许一切——他想到哈德尔，想到他当年突然性情大变，关键时刻掉链子……他被自己这个突然萌生的念头吓呆了！

这时，周围的彩锦全部转成蓝色，系统再度出现提示信息：

"干涉生效,白登之战的历史已经向新的方向发展,玩家现在可以调快系统时钟,查看接下来的历史进程了。"

愣了许久之后,奥斯陆缓缓回过神来,调出一个高级操作界面,开始调快游戏时间进度,查看改造后的历史进程——他做这些时心里有些忐忑,莫名地开始害怕看到接下来的历史。

奥斯陆的猜想果然应验了,汉朝发展得很好,它变得极为大气,极具包容精神——娄敬的建议被顺利采纳,冒顿单于被俘,汉朝大获全胜,志得意满的刘邦凯旋班师,万民朝贺。此战极大地巩固了新兴的汉王朝,也震慑了周边部族,一时间,外患消弭,四夷咸服,华夏扬眉吐气,"布衣天子"刘邦的个人威望达到了顶点,得以大展手脚,全身心谋划帝国未来的发展问题。

随后不久,刘邦反省"胡军强,汉军弱,白登朕乃险胜"的事实,出于政治考虑,拿出了其惯用的怀柔手段,将俘虏的冒顿单于拜爵封侯,留在长安任职,开胡人任汉臣之先河。消息传出,草原沸腾,"降服单于,不杀俘虏"的刘邦一夜间成为草原神的化身,北疆诸番纷纷入朝称臣。白登大捷开了个好头,也奠定了大汉王朝气象万千的基调,高度自信的汉朝皇帝们在继承秦代基本制度的同时,还进行了大刀阔斧的改革,将秦代开创的三公九卿制发展为三院九司制,延续秦代的事权分工原则,使文官、武将、御史三类官员各司其职,并扩大人员编制以安排诸功臣就职——增加宰相数量,分化大臣权力,以保障决策的科学性,提高行政效率,将军权和检察权进一步细分,使中央的权力制衡协作体系更加完善，军事系统实现程序性分工，司法系统在秦代以法治国的基础上进一步完善，甚至出现了司法独立的雏形；民政方面，废除秦代以来的苛政肉刑，轻徭薄赋，休养生息，使社会经济迅速恢复和发展；对外政策方面，匈奴衰亡后，东北地区的东胡和西北地区的月氏相继崛起，再度骚扰汉朝边境，汉朝先后针对性发动了东征和西征，几经努力后，击败两个骚扰者，将自己的势力范围扩展到了高丽，也使西域丝绸之路提前近一个世纪开通。

此后，为了彻底消除北疆游牧民族崛起的隐患，汉朝一方面用纵横家之计，在北疆实行分而治之的策略，将草原划分成了大大小小三十多个王国，令其互相牵制不能坐大，还组建了专门的外交间谍机构"理藩院"，负责管理以及分化瓦解工作；另一方面，为避免激起草原部族的公愤，在高压控制之外，汉朝还兼用儒墨两家的"德治""尚贤"之策，采用赐婚、赐爵、赐器等怀柔政策拉拢部分草原强藩，甚至直接任命其首领到汉朝任职，树起宽容大度的对外形象，使大多数草原部族敬羡不已，对汉朝心生好感，在憧憬和幻想中消磨掉了反抗意志。

经过一段时间的经营后，战事渐渐平息，进入和平发展阶段的汉王朝政府机构不断扩大，机构设置越来越细化，对各种人才的需求量越来越大，于是汉王朝不断创造新的选官制度，不断拓宽用人渠道，"军功""世举""察举""考举""自举"五法并行，使军旅勇士、功臣子弟、下层贤士及专业技术人员诸色人等都能参与国家治理中,并推行"削爵制""年限制",使旧有官员及时退出政局。如此一来,既保证了统治集团内部的新陈代谢,防止了体制僵化,又使官吏来源多元化,避免了某一集团对公共权力的长期垄断,保证了各项政策的亲民务实……于是——

"诛杀异姓王"不见了,韩信等人重获重用,开疆拓土,出将入相……

"郡国并行制""七国之乱"不见了,州制提前成型,中央与地方实现了良性竞争互动……

"压制地方豪强"不见了,代之以向南方、西域甚至海外的大规模殖民……

最让人惊讶的"变异"出现在思想文化领域,"罢黜百家,独尊儒术"不见了,诸家学士在中央及各州的"社稷院"里同台竞技,争相献策,政治统一的大环境加剧了各派学术间的竞争,而激烈的竞争又反过来促进了百家学术的进化,使旧的学派不断分化瓦解,新的学派不断蜕变成型:儒家分化出了民本派和国本派,一些保守的儒生又吸收道家学说,创立了道统派;道家分化出了星象派、自然派和玄学派,其中的自然派后来又和墨家一些人组成了器学派;墨家分化出了格物派和贤士派,前者专注于科研观察及机械发明,后者则参与社会活动,不停地为底层小工商业者奔走呼告;法家内部的"权""术""势"三派分道扬镳,其中,"权"派与儒家的国本派合流,"术"派与纵横家结伍,"势"派则偏执地坚持着"以法匡国"观点,自称"法治派";农家与墨家的部分格物派人员合流,又吸收一些儒家的民本派人员,形成了所谓的"经国济世派";阴阳家一部分被吸收进道家学派,另一部分独立出来成为"巫卜派",还有一些成员和儒家、道家的复古主义者们组成了"勋旧派";杂家里分化出了重学识的"博士派"和重实用的"食货派";刑名家里出现了针锋相对的"诡辩派"和"逻辑派",还有一些人和纵横家合流,形成了"博弈派"……各家各派都分合不定,名称变幻莫测,唯一基本保持不变的是"纵横派",一直沿用从战国时期传下来的名号,不过此派内部山头林立,彼此之间的斗争摩擦丝毫不比其他各派逊色。但令人惊讶的是,就是在思想文化格局如此多元繁杂的情况下,汉王朝依旧没发生思想混乱,相反,统治集团还能不断从"社稷院"汲取智慧,及时调整政策方向。

就这样,汉王朝沿着"白登大捷"定下的基调持续前进,不仅使东方世界实现了空前大繁荣,更使整个人类文明的进程提前了至少一千五百年……

奥斯陆麻木地翻看着后来的历史,心里一片凄惶,他不敢相信,这会是东亚本来该有的历史!他不敢相信,这竟是人类文明本来该有的历史!

这次玩脑游戏的初衷实现了,白登之围确实对汉朝影响深远,但是,验证后的结果远远超出了奥斯陆的预想,那个不安的猜测越来越明显,他心里感觉到的不是喜悦和惊讶,而是恐惧。真实历史与虚拟历史的巨大反差强烈地刺激着他的神经，让他一阵阵眩晕，恍惚中，他仿佛看到两种历史纠结在一起，不停旋转，真实的、虚幻的、偶发的、宿命的……一切都不可分辨，宛如深不可测的旋涡，令人不敢直视。

奥斯陆记不清自己是怎么关掉游戏进程的，他实在不想再看下去，但是，退出游戏后，心中那个可怕的猜测仍旧像毒蛇一般紧紧咬住他的灵魂不放，一遍遍地催促着、蛊惑着，终于，他再度进入脑游戏。

他需要更多的证据来验证那个猜测。

选择穿越参数。时间，公元前 326 年 10 月；地点，南亚希发西斯河畔；附体人物，亚历山大大帝；目的，继续东征，进军古中国。

忽略细节，直奔主题，修改亚历山大的潜意识。

调整时钟，观察干涉的后果——亚历山大分兵多路，大部分军队陆续撤回欧洲和北非进行休整，剩下的一小部分军队外加当地征募的士兵组成新的远征探险军，由他本人亲自率领，穿越中亚河西走廊天然绿洲带，一路披荆斩棘，三年后，终于进入了波斯游商传闻中的那个远比古印度富饶的东方古国、"丝绸之国"——古中国。他们进入了秦国西疆，随后几经试探，与秦军几度交锋。大帝指挥下的远征军战斗力不下于秦国的虎狼之师，但他本人却不由自主地被对手秦惠文王的才貌所折服，倾心仰慕,担心伤及对方,于是选择了妥协共存。最终,这股外来的新鲜血液融入了刚经历过商鞅变法、社会制度大变革,正处于国力上升时期的秦国血脉,亚历山大本人也入驻秦咸阳宫,倾心尽力地辅佐秦惠文王,成为古中国历史上著名的"无嗣相国",因为其独特的性取向,更在中国历史上留下了"白帝西来,不好女色"的美谈。

这次,丝绸之路开辟的时间比真实的历史提前了二百多年,赶上了战国后期的百家争鸣。最关键的是,此时的西方文明和东方文明都刚刚成型,仍保持着蓬勃向上的朝气和活力,于是,两者顺利地合龙了。

亚历山大率军进入古中国,古希腊文化与诸子学说碰撞交融,统一后的中国东西合璧,大放异彩,带动整个人类文明的历史进程提前了一千七百多年!

又是一千多年的时间!

退出当前游戏,重新选择穿越参数,附体埃及艳后,介入屋大维与安东尼的命运决战,改变战争走向。

罗马走向了新的辉煌,整个地中海成为放大版的古希腊,自然科学及人文艺术持续繁荣下去,人类文明进程提前一千五百多年!

再重新选择,西汉汉武帝时期,废止"独尊儒术",继续百家争鸣政策。

东方文化大繁荣，百家学术随着汉武帝的开疆拓土而广泛外传，整个亚洲东部地区成为放大版的春秋战国，人类文明进程提前一千五百多年！

再选择，伽利略没有被教廷传唤。

经典力学体系提前问世，人类提前三百多年进入工业时代！

选择，王安石变法没有失败；选择，南宋没有灭亡；选择……

人类提前三百至四百年进入殖民大航海时代、工商资本主义时代！

再选择，选择，重新选择……

提前，提前，还是提前！

果然如此吗？

奥斯陆感觉天旋地转，再也支持不住，他下意识地关闭了所有游戏进程，退回到登录界面，以免自己情绪崩溃。

登录界面上依旧是阳光明媚，微风和煦，芳草萋萋，美得如同仙境，可奥斯陆的心情却已如一潭死水。

已经不需要再去验证什么了……

看来人类文明已错过了无数的机遇，它每次选择的，几乎都是一条最糟糕的路线，如同墨菲定律："如果事情有变坏的可能,不管这种可能性有多小,它总会发生!"

难道这就是所谓宿命?难道,冥冥中真有某种超自然的意志在左右着人类的选择?

也许,康斯坦丁所说的是对的,任何想挣脱太阳系囚笼的努力在目前都是徒劳——确切地说,康斯坦丁可能知道很多秘密,地球人类这个宏观的文明体,其整体命运,很可能已经被某种可怕的外来神秘力量给锁死了!但为了不引起人类整体的不安,康斯坦丁才不肯公开这个秘密。

这事儿听起来像玄幻小说,但是,奥斯陆知道,这种天方夜谭在理论上是可以实现的,而且其原理并不复杂,就在那儿明摆着,只是还没有人意识到,或者,还没有人敢往那个方向想……

这时,游戏登录界面突然暗了下去,奥斯陆脑中涌出一大团复杂的信息,无数的概念和意向以意识碎片的形式,透过胼胝体芯片,瞬间输入了奥斯陆的脑中,巨大的信息量挤占了胼胝体脑桥通道,使得脑游戏不得不暂停。这些支离破碎的意识碎片里附带着解译信息,转眼间,它们已经自解完毕,组成一个丰富而立体的人物形象,呈现在奥斯陆的意识之海里,缓缓旋转——猎狐。

猎狐给奥斯陆打来了"强制拨号电话",这是一种所谓的"脑电话",使用者凭借自己脑内的胼胝体芯片,借助脑网通信,只需动念之间便可以联系上任何人的大脑,与之实现全方位的思维沟通和意识共享,当然,前提是对方也有胼胝体芯片,而且同意和你接通。

奥斯陆同意连接,于是下一瞬间,他的形象也出现在拨出电话的猎狐脑子里,确认电话已接通。这种直接在脑内投影、全面展示个人信息的技术,称为"意识形"。该技术基于脑语网络而开发,能实现真正意义上的无障碍沟通,号称人类文明史上的终极通信方案。

"脑电话"刚一接通,无数来自猎狐的信息碎片便呈现在奥斯陆脑海中,伴随着意识之海潮水的涌动,一个焦急的声音在空中不停回响:"奥斯陆,你现在人在哪里?一直联系不上,我都找你好几天了!秘密基地那边你到底是去还是不去了!"

奥斯陆接收到的,是来自猎狐的大脑信息。与其他的传统通信手段不同,脑电话传递的信息不是单纯的文字、声音或图像,而是全方位的信息,所有的信息一并传输,从传统的文字、图像、声音到高端的触觉、嗅觉、温度觉、肢体觉,乃至记忆、情绪,所有基于大脑而发挥作用的信息,都可以传递,有人甚至将其戏称为"灵魂的对话"。这回猎狐使用了高级频道的强制呼叫功能,将奥斯陆的脑游戏强行打断了——强制呼叫方式能瞬间切断被呼叫者的所有感官信号,迫使其选择接通或挂断,因为威力和风险太大,这种呼叫方式受到严格限制,使用者仅限于联邦政府元首、最高法院大法官等特殊身份人士,而且每次使用前必须经过复杂的申请程序,猎狐这么做,明显是着急了。

"你为什么要玩失踪？！"又一个声音，夹杂着无数的信息碎片，以意识形的姿态出现在奥斯陆脑海中。这回的脑信息里已经带着责备，奥斯陆体会到了猎狐那几欲爆发的情绪。

"很抱歉，是我太任性了。"奥斯陆心里涌起一片愧疚，随即又被无边的沮丧和失落所淹没，"我感觉很空虚，很无力，找不到方向，我已经决定了，我要离开康斯坦丁——"

"康斯坦丁，他怎么了？威胁你了还是怎么了？"猎狐匆匆打断了奥斯陆的思绪，传来的思维意念里满是气愤，"他要是敢对你不利，我饶不了他！去年他逼你入伙那事儿，我还没跟他算账呢！"

"不，康斯坦丁没有威胁我，是我自己要退出的。"奥斯陆急忙传过去辩解的念头，他不想再惹出什么麻烦。

"那他跟你说什么了？"猎狐传来一个口吻颇为严厉的询问。

"嗯，说了很多。"

"可恶，那个家伙又在灌输坏思想！自己被洗脑了还不够，又来祸害别人——"猎狐的情绪依旧愤愤不平，对康斯坦丁的不满越来越强烈，"我必须跟他好好谈谈，他不能这么乱来，趁我现在还有强制拨号权限——"

"没用的，猎狐，他已经不在脑网里了，他摘除了脑芯片。"

猎狐传过来惊讶的思绪:"他退出了脑网?为什么?"

"也许是想开了吧,他一定是发现了什么……"奥斯陆感觉眼前一片黯淡,"他说人类就像一群小白鼠,没人能救得了我们……"

那边猎狐传来的意识形忽然变得很警觉,沉默许久,缓缓发来一个冷静而犀利的念头:"你玩儿那些穿越历史游戏了,是吧?"

奥斯陆略感意外,但还是老实回答:"是的,刚玩过,试了几局。"

"结果如何?发现什么了吗?"

"我们的历史一直在沿着最失败的道路前进,屡次错过机遇!"想起方才的游戏体验,奥斯陆心里涌起无边的沮丧,只觉前途一片黯淡,"我们本来应该发展得更好的,可惜,机会都被错过了——我们的文明就像被什么东西给锁死了。"

"你是被游戏骗了,被游戏开发商骗了,奥斯陆!"借助脑电话,猎狐瞬间得知了奥斯陆的游戏体验,传过来的意念里带着关切,"商人始终是以盈利为第一目的,他们开发那类历史穿越游戏时,有个默认的潜规则:无论玩家怎么改变既定的历史进程,后台系统都要将接下来的历史进程往理想化的方向调整。只有这样,玩家才会有成就感与满足感,才会有继续玩下去的动力。虚拟世界越完美无缺,就越衬得现实世界残破不堪;虚拟世界越真实细腻,现实世界便越发虚无飘渺。这样久而久之,恶性循环,玩家会上瘾,陷入脑游戏的虚拟世界里不能自拔,这样开发商才更有利可图。奥斯陆,不要迷恋脑游戏,更不要信仰它!因为玩脑游戏而产生悲观厌世情绪的人,我见得太多了!"到最后,猎狐的意念里已经明显带着气愤,"难怪那么多议员都提案要求禁止脑游戏开发,这东西是个祸害!"

沉默许久。

奥斯陆这边的情绪略略起了个波澜,随即又恢复成死水一般的平静,再度黯淡下去。

"猎狐,问题恐怕没您想的那么简单。"奥斯陆回复道,"你对游戏开发商行为动机的剖析很正确,还在大学教学时,你就表现出了极强的社会适应能力,你有从政天赋,对各种社会现象感觉敏锐。但是,从技术的角度看,脑游戏是我们人类目前所能找到的最好的研究历史和社会的方法。自然科学的研究建立在实验基础上,而脑游戏,就是社会科学领域的实验方法——这是高度仿真的虚拟实验。就跟计算机模拟核反应或地质演化史一样,脑游戏将影响社会文明进程的各种因素都化作具体的参数,以复杂严谨的函数公式为工具,以高性能计算机为依托,虚拟再现真实的历史规律,得出的结果相当于信史。这实际上是在践行启蒙运动时期那些思想家们的理念——他们认为人类社会和自然界一样,都有客观的演化规律,而且,这些规律是可以被人的理智所认识并把握的,'既然人的理性能够认识自然界,能够预测天体运行,那么,人的理性也一定能够认识人类社会,能够把握社会历史的发展规律,预测未来的文明发展走势!'总而言之,单从技术上看的话,脑游戏无懈可击,它不会出错,至少,不会出大错。"

"脑游戏行业的那个潜规则,我也是知道的,开发商玩了猫腻。"奥斯陆继续传递思维给猎狐,"但这并没有影响什么,就算没有这个潜规则,就算没有预设的干预,玩家穿越后重塑出来的历史还是会更好,因为,我们人类文明所走过的历史,恐怕是所有进化路径中最糟糕的一条,随便再任选一条,可能都比这个要好。"说到这里,方才玩游戏的那些场景又一下子涌进了他的脑海里,将他的心压到深渊最深处,"我们就像站在北极,往哪儿走都是向南……"

猎狐依然沉默。奥斯陆感受到一阵阵杂乱的意念冲击,可见网络对面的猎狐正在思考——奥斯陆能感觉出来,猎狐正搜肠刮肚,试图劝解自己不要那么悲观,对于自己这样的高级知识分子,没有足够的理由,是劝不回的。

"我看到了你的那些回忆碎片,正是它们让你沮丧的吧?看来,得好好给你补补历史学的基础课了。"许久之后,猎狐的思绪再度传来,内容洋洋洒洒,堪称长篇大论,"这么说吧,奥斯陆,你看到的那些虚拟历史,以专业历史学的眼光来看,是幼稚的,因为它们都忽略了历史发展的曲折性:文明的进程有许多无法抗拒的规律,必须按程序一步步来,就像做中国菜,讲究火候。以白登之围为例，假如没有那次战败，东亚不经历长期的二元对立就过早实现了大一统，那么，汉文明可能根本就不会成型！'生于忧患，死于安乐'，环境压力催生进化，无论是在自然界还是在人类社会，这都是一条公理。如果没有白登之围定下的卑暗基调，那么，西汉初年的君臣们就不会那样韬光养晦致力于内政；没有匈奴在外部的虎视眈眈，文景两帝就不会那样兢兢业业、勤政爱民；没有长期和亲的屈辱妥协，武昭宣三帝也就不会那样奋发图强、明志雪耻。没有匈奴、没有白登之围，汉代的皇帝们会过早地退化荒淫，西汉会成为又一个秦代，历二三世而亡，'汉人'这个称呼就会如'秦人'般昙花一现，中国会再度陷入长期的割据混战，根本就不会形成辉煌的汉文化！至于亚历山大的东征，同样地，如果他过早地进入中国，属性截然对立的古希腊文化和东方诸子文化还未来得及'定型'便相遇，只会毁掉彼此的特点，在不可调和的矛盾斗争中相互湮灭。屋大维建立罗马帝国和汉武帝独尊儒术，也都是各自历史发展所需，唯有那样的统治体制，才能使两大文明中心稳定下来，并最终成型。蒙古族的兴起，传播黑死病瘟疫造成的人口大灭绝，也是逼迫欧洲走上资本主义道路的重要动力之一。伽利略就算继续进行天体运动研究，也不会有突破，因为当时还没有建立近代力学体系所必需的数学工具——微积分。至于两宋的灭亡，也是农业文明自身内部矛盾激化导致的，外敌入侵只是个诱因……"脑电话的通信效率极为惊人，动念间，猎狐已经将自己的分析全部传了过来，逐条逐项解释奥斯陆的问题。

"不要再说这些东西了，猎狐。"奥斯陆没等猎狐的意念传输解译完毕，就放弃了继续聆听，"社会学的理论已经挽救不了我的信念了，你说的这些都是我们基于现有的历史事实而得出的规律，可问题是，我们的历史本身，可能都不是自然的历史，而是某种外来神秘力量干预下的畸形产物，我们基于现有的历史得出的社会学理论，其实只是'农场火鸡的结论'——'每天中午都会有饲料投进'。我们地球文明就像农场饲养的火鸡，现在，借助脑游戏，我这只火鸡终于能觉察到那个农场主的存在了，我知道了，感恩节屠杀日才是农场主的目的。我们的文明面临着一种干扰或者说是一种宿命，可能有个超级文明一直在试图延缓我们的文明进程！"

"我听不明白你在说什么，但我知道你再这样下去很危险。"猎狐传来的意识形里带着深切的挂念，"奥斯陆，你冷静点儿，别慌，你可千万不要走上那条路啊，不管你看到了什么，知道了什么，都要勇敢地往前看、往光明的地方看，挺过风雨，就是晴天！"

"你不会明白的，因为你不是理论物理专业的。"奥斯陆苦笑着，"相信我，假如你是我，你也会觉察的。真正摧毁我对人类文明信念的，不是脑游戏本身，是虚拟历史与真实历史的巨大反差中隐藏的秘密。这秘密太基础又太隐秘，只有像我这样熟知各种前沿物理理论又喜欢跳跃式思维的专业学者才能觉察……"

猎狐传来的意识形一下子僵住了,过了许久,他才缓缓传来意念:"那个秘密是什么?"主意识之外,另一个潜意识声音在他脑海中开始不停地回响,"也许,他真的是发现什么了,老天……"

"那个秘密事关宇宙的深层本质,它基于一种很常见的物理现象发挥其作用——量子塌缩……"奥斯陆苦笑着,情绪中带着一种病态的赞美,就像绝症患者的自我戏谑,"这个宇宙远比我们认为的宇宙更诡异霸道,我们一点儿办法也没有!"

"我听不明白。"猎狐那边一头雾水,"奥斯陆,你得解释下。"

"好吧,猎狐,我们打个简单的比方,把一根长长的棍子放在密闭的空心金属球里,"奥斯陆定了定神,思绪缓缓铺展,"当金属球不断缩小时,棍子会怎样?"

"如果金属球是密闭的,而且强度足够,"猎狐略加思索给出了答案,"那么,棍子会被金属球的内壁给压断。"

"从哪里断?整根棍子会断成什么样子?"

"从结构最脆弱的地方断掉吧?"猎狐想了想,"具体断成什么样子,要看金属球的压缩状况,压缩得越厉害,棍子折断的节数就越多,无数断节彼此交错在一起,就像一团乱麻吧?具体会怎样断,跟压缩的力度、速度及棍子本身的结构等参数有关,要计算模拟才能知道。"

"那我们就来模拟一下吧。"奥斯陆动念间，调动脑网资源，启动了一个模拟实验，实验画面通过脑网通信与猎狐共享。

画面中，金属球一次次压缩，棍子一次次断裂，每次断裂都选在最细或最弯的地方，最终化作无数长短不一的断节，各个断节以不同的角度交叉着，填满了金属球内的大部分空间，像一团胡乱堆放的柴火。

"看到了吧，这就是我们的文明被压缩后的状况——就像我们已知的历史一样，它总是在最脆弱的时候、最脆弱的环节断开，断得四分五裂，断成了一堆杂乱无序的柴火。"奥斯陆的思绪黯淡下去，"它一次次经历挫折，一次次从头再来，不停地尝试，不停地犯错，历尽千难万险，几乎什么方向什么方式都尝试过了，好不容易才走到今天。"

"这不是很正常吗？"猎狐不以为然，"人类文明的进步过程就跟生物进化一样，都是一个不断试错的过程，这有什么好感慨的。"

"不，还可以有别的样子。"奥斯陆操控意念，开始调整棍子的属性，"如果棍子是量子态的，那么，它就不会被压断了。"

"量子态？"猎狐的意念一阵波动，显得很不解，"你提量子态干什么？棍子是宏观物体，怎么可能有量子态！"

"这正是问题的关键所在——还记得'德布罗意物质波'吗？"奥斯陆一下子抓住了猎狐的那个念头，"为什么？为什么微观世界微观物体能有量子态,宏观物体就不能有?你想过这个问题没有?这是为什么?"

"很简单,量子态了不好呗,一切都以概率计算,就什么都不能做了:我端起茶杯想喝口水,结果喝到嘴里的却可能不是水,而是空气甚至是泥土,或者干脆就是谁撒的尿;还有可能,我看着是茶杯,端起来却发现它变成了一只猫或是别的什么东西……"猎狐的思绪缓缓传来,带着浓浓的笑意,"如果宏观世界也是量子态的,一切都飘忽不定,一切都无法构建,那我们的科学技术,我们的机器设备,甚至我们自己的身体,就都不可能存在了。"

"不,猎狐,你误会量子态了,它没你想的那么糟。"奥斯陆的思绪里带着不可抑制的憧憬,像看到了一个梦幻般的天堂,"量子态意味着神奇,意味着奇迹!如果棍子是量子态,那么,它就不会被金属球锁住了,就像这样——"奥斯陆念头一闪,虚拟实验中的棍子化作一团虚影,弥散在金属球的内外周围,宛如不可捉摸的电子云,又像神话中自由自在的天使。

"现在,我将棍子的物质波略作调整,让它成为量子态,位置不再固定了。"奥斯陆感慨着,"你看,它现在无处不在,又无处实在,来去不留踪迹,它有可能是在金属球里,但更有可能是在金属球外面——它获得了无比广阔的自由空间,它获得了无限可能。如果我们的文明也是这样的,那么,它就不会被压缩得四分五裂了,我们的历史中也就不会有那么多遗憾了。"

"你是将那物质波的概率性放大到了极限吗？"猎狐瞬间就明白了奥斯陆的意图，"你的这种做法，以前有不少科幻小说提到过，据说，可以和多重宇宙理论联系起来。"

"是的，科幻小说中提到过，不过那些小说都太保守了，真实的情形远比文人的想象更美妙！量子态物体不仅在空间上自由，在时间上也是自由的——猎狐，你知道吗，时间和空间其实是一体的，两者之间存在特殊的函数关系。"

"我知道，爱因斯坦的广义相对论里都说过。"

"是的，"奥斯陆抑制不住内心的狂喜，"空间上自由的量子态物体，按我们宏观世界的观念来看，它可以随意地违背我们已知的宏观世界的各种物理规律，它可以逆向运动、跳跃运动，可以做出种种匪夷所思的运动，于是，根据'时空关联原理'，它实际上也无视了宏观世界的时间，无视了因果律！它可以同时拥有过去、现在和未来，它可以同时做出无数种选择，同时体验无数种命运！"

"哦，"猎狐略一思索，明白了，"量子物理学家们似乎也说过这个。"

"假如这根棍子成为量子态，它的命运不是折断，而会是这样。"奥斯陆启动虚拟画面，金属球一步步地压缩下去，尺寸越来越小，与此同时，弥散的量子云也开始随之变化，球壳内的量子云浸出壳壁，球壳外的量子云不停生长、幻化，一根根棍子虚影辐射状排列开来，随着观察者视角的变化，不停地扭曲转向，就像眯着眼时看到的灯光。

借助脑芯片强大的通信及信息处理能力，猎狐真切地"看"到了那团量子云的存在状态：看得见的地方虚影很少，看得越清楚能见的就越少；眼角余光所及之处，因为看不真切，虚影重重如同密林；而迅速转动眼睛时，惊鸿一瞥，竟发现视野之外那些看不见的地方其实虚影更多——虚影们以不同角度纵横交错，罗织成光影变化的海市蜃楼，在被人看到的一瞬间迅速崩溃，就像立体空间的多米诺骨牌阵，千柱万杖律动着次第湮灭，刹那间显出光怪陆离的无限风光，繁华一瞬，亦真亦幻，恍如南柯一梦。

想不到量子态如此神奇！猎狐还没来得及感慨，突然又被另一个更离奇的景象惊呆了：

远处，一根棍子的虚影与众不同，它竟然长出了嫩绿的叶子！

这是什么？枯木逢春？

就在猎狐的注意力落到那个虚影上时，它瞬间塌缩消失了，与此同时，更远的地方出现了更多的虚影，都带着嫩绿的新芽，有的甚至变成了一株翠绿小树！

"这是怎么回事？程序出错了？"猎狐大惑不解。

"不，没有出错，你看到的是量子态。"奥斯陆解释道，"是所谓'返祖'量子态，组成那根棍子的微观粒子们以量子态随机组合，有一定概率会回复到从前的状态——就像现在这样，木头棍子蜕回了小树的状态。"

"还能这样吗？"

"按照我们宏观世界的科学原理来看，这种'返老还童'的行为违背了因果律，根本不可能出现，但是，在量子态世界里，这是可能的，量子世界里没有不可能，只有概率。"

猎狐惊讶地注视着那几个返祖的虚影，看着它们塌缩消失，然后在更远的地方出现更多的小树，最后，在视线的尽头，出现一片小树林……

"距离观察者越远的地方，量子云便弥散得越彻底，相应的量子态便越明显，组成那根棍子的粒子们随机组合的可能性就越多，它们可以组合成任何状态，一株树苗，一把木头椅子，几十只木头烟斗，甚至变成一只动物……你看，猎狐，所有这些状态都是以概率形式存在的，它们同时存在，就像我方才说的那样，这根量子态的棍子同时拥有自己的过去、现在和未来，它可以同时做出无数种选择，同时体验无数种命运——我们的文明原本也该是这样的！"

"可是宏观世界没有量子态。"猎狐指出。

"是的，宏观世界没有量子态，"奥斯陆的思绪黯淡下去，"我们生存的这个宏观世界物质波，量子水平几乎为零——它的量子态被锁死了。"

"你觉得它是被人为锁定的？"

"不仅仅是我这么认为，历史上已经有过很多持相同看法的科学家了，"奥斯陆苦笑着，似乎无力面对这个事实，"包括最初提出物质波概念的那个德布罗意，他就觉得'宏观世界没有量子态'这件事不可思议。按说，量子态的微观粒子们聚到一起后，彼此的量子态相互叠加组合，应该产生更多的、更复杂的量子态才对：量子态的质子、中子和电子聚到一起，就该组合成量子态的各种元素原子，量子态的碳、氢、氧、氮、磷原子们聚到一起，就该组合成量子态的各种氨基酸才对，可事实是，它们聚到一起后便塌缩为一个个固定的实体，彻底失去了量子态！"

"知道这种变化意味着什么吗？"奥斯陆的声音忽然提高，"这意味着，我们的宏观世界从诞生的那一刻起就几乎失去了一切，我们失去了原本量子态时所拥有的一切！就像失去了翅膀的天使，我们再也无法享受造物的恩赐，再也无法自由地穿梭时空；我们被困在了空间的壁垒里，只能一步一步慢慢攀爬；我们被卷进了时间的河流里，只能随波逐流身不由己。我们拥有了固化的实体，却失去了无限可能；我们把握住了自己的现在，却永远地迷失了自己的过去和未来！这一切都是因为我们的德布罗意物质波量子化概率为零！我们都已被锁定了，我们是时空的囚徒，是宇宙的弃儿！"

"先别那么悲观，奥斯陆，你怎么能确定我们的德布罗意物质波是被别的文明故意锁定到零的?"

"还有别的更好的解释吗?太阳氦闪随时有可能爆发,而我们的太阳系联邦却坚持困守在太阳系这个小小的村落中,所有想向太阳系以外拓展的努力都被视为背叛全人类——量子锁定的不仅仅是物质,甚至包括我们头脑中的潜意识,就像脑游戏中那样!操纵我们每个人的潜意识就像用遥控器控制电视机一样简单,因为我们的大脑天生就带有信号接口,那就是连接左右脑半球的胼胝体,思维活动中几乎所有信息都要从那里路过,一目了然,截留、读取和删改都非常方便。"奥斯陆苦笑着,"说起来真讽刺,最初发现胼胝体的作用时,科学家们还很高兴,认为这是大自然善意预留的一个电子芯片接口,有利于人类实现人机互联,现在看来,胼胝体绝不是什么善意的预留接口,而是一个恶意设置的后门,为的是方便操控我们这群智慧生物。通过这道后门,那些锁定我们文明的家伙们可以直接对我们的脑子发话,直接修改我们的潜意识,他们的每一个念头,对我们都是无法抗拒的咒语。他们,才是真正的脑语者!跟他们比起来,我们人类这种以胼胝体芯片通信的'脑语'算得了什么……前人对胼胝体芯片通信技术的风险和隐患的担忧是对的,它确实为洗脑大开方便之门,不过现实显然要比他们预想的恶劣得多,也来得更早——我目前尚无法解析这个后门接口什么时候就开始被使用,它也许很早就被用过了,甚至在人类诞生以前就被用过,用以操控其他高等智慧生物,要不是人类智慧高度进化,技术飞速发展,我们也许仍旧无法觉察它。"

沉默,长久的沉默……

"奥斯陆,你的这些思想听起来很可怕,说实话,这让我感到很不安。"猎狐的情绪之海开始潜流涌动,泛出许多意念纷杂的意识形,"也许是因为你的思想太超前、太有潜力,但我知道,你再这样下去会崩溃的。"

"事实上我已经在崩溃了,嘿嘿嘿……"奥斯陆开始笑,那是戏谑的笑,像极了三十多年前入狱前的他。笑声中,他发出无数断断续续的意念,通过脑电话涌进了猎狐的头脑中,"嘿嘿嘿,整个宇宙的德布罗意物质波都已经被锁定为零了,这是哪个文明干的好事?现在谁也别想跑,都得像棍子一样等着被压断……但在那种量子态的世界里,宇宙在大爆炸的同时就塌缩出了物质,物质出现的同时就形成了生命,生命出现的同时就进化到了顶点、形成了智慧,智慧生命出现的同时就形成文明,文明出现的同时就融入了宇宙本身……嘿嘿嘿……那样的宇宙从一开始就是活的,而不是像我们现在的宇宙这样僵死……也许正是那种量子态的家伙,把我们的宇宙给锁死了,把我们给锁死了——知道那些神秘的家伙们是怎么锁定我们的文明的吗?他们不用亲自出面,甚至连历史穿越脑游戏这样的后台干预也不用,他们只需从更高的维度,比方说时间维,锁定我们的未来——他们是量子态的文明,可以轻易把握未来,在我们看来不停流逝的时间,对他们来说就像直尺一般固定地摆在那里,既可以上溯又可以下探，想在哪儿定位就在哪儿定位。'锁定一个文明的未来'对我们而言是天方夜谭，对他们却只是小菜一碟——从时间维的角度看，任何宏观文明都严格遵守因果律，宏观文明的历史是由无数清晰可见的因果链组合而成的，是可见的'物体'，可以随意加工改造。那物体在时间线上前后延伸，宛如一条蛇，一条活着的蛇，其内部是一个高度协调一致的有机整体，其未来一旦被锁定，其历史便被加上了宿命的诅咒，在发展过程中会自然而然地发生微妙的畸变，变得举步维艰，变得曲折坎坷，它会不停地断裂，在每个最脆弱的地方断裂，在每个最关键的环节犯下最不可思议的错误，走向最错误的方向，就像那根可怜的棍子一样，永远冲不破那层束缚……也就是说，他们只需钉死我们的未来，就可以高枕无忧了……比如，只需将太阳系所有粒子的未来的空间位置都锁定在太阳系内，让我们出不了太阳系，我们的文明就死了。这种情况下，我们的文明即使继续发展，也只能像嘴被钉在地上的蛇，再怎么拼命地扭动也前进不了，再怎么努力前进，最终还是会自动退回来……人脑的思维过程存在量子效应，最容易发生违背常理的畸变，这也就难怪那些历史人物为什么总是会做出违反常理的错误决策了。嘿嘿嘿，那些错误都是注定的——它们都是发生在人类文明进程最脆弱的环节，它们的出现，能以最微小的代价引发最强烈的滞留效应，继续把人类文明困在泥潭里……本来我们早该进入宇宙航海时代了，不，是早该进入神级文明时代了，嘿嘿嘿……那些神级文明害怕我们，害怕我们的竞争，所以采取这种卑鄙的方法锁死了我们……"奥斯陆越说越激动，意识出现严重混乱。

"你看得太片面了，奥斯陆，偶然现象不仅在阻碍历史，也在加速历史。"猎狐依旧很冷静，他传来的意识形条理清晰，丝毫不乱，"历史上有过太多的事例，比如，哥伦布对地球的尺寸大小判断失误，固执地向西航行，希望到达东方的印度，结果，他却发现了美洲新大陆；比如英军的一个士兵偶尔的一次善心发作，使敌方北美联军的一位军官得以从枪口下逃生——那位军官就是美国第一任总统华盛顿；希特勒的"敦刻尔克指令"使英国避免了亡国之祸，后来，他又错误地估计了盟军西线登陆地点，致使盟军诺曼底登陆成功……"猎狐一口气列举了许多事例，这些知识都是他从脑网络上搜索来的，脑芯片及脑网络的出现终结了人类的学校制度，也使人类从真正意义上实现了知识共享，"类似的事情不胜枚举，你却忽略了它们。既然研究偶然事件，就要全面地分析所有的偶然事件，综合归纳它们的意义，不能以偏概全。"

"嘿嘿嘿……那些都说明不了什么，猎狐。"奥斯陆尽量稳住情绪，传递的意识形也有序起来，"你不是理论物理专业的，不太了解量子态锁定的原理，所以才老是执着于既定的历史事实，执着于量子塌缩后的文明状态。这么说吧，我们的文明在总体上已经被钉死了，这是一种量子锁定，不是宏观世界宏观物体的那种绝对的位置锁定，而是概率被锁定。量子态的文明能从时间维上给目标文明设置一个终点，该文明就像一根粗细不均的弹簧一样,被限制死了时间长度,当它在时空运动中撞上那个终点障碍时,便不得不自我压缩了。量子态塌缩后,物体原先的量子态并不是消失了,而是变得极其微弱,等效于零,相反,实体态则被放大至极限,类似的情形体现在文明的自我压缩上,便是所谓的'比例压缩'。比例压缩后的宏观文明,该有的东西都还有,钻木取火会有,弓箭会有,科技发明该有的照样还有,'发现新大陆'会有,美国会有,英国也会继续存在,就像多普勒效应对光谱的压缩一样,各个谱段都还在,只不过,各自的比例都变了,就像这样——"意念稍动,复杂的意识形已经通过脑电话传给了猎狐:

一条五彩斑斓的彩色条纹——那是一条全色光谱。

猎狐解译了那个意识形,他清晰地看到,代表人类文明的那条全色光谱在时空中做高速运动,撞上了"宿命终点",正处于"剧烈减速"的多普勒效应下,它被"比例压缩"了,其整体长度未发生变化,但内部色带的比例发生了变化:前端代表高技术时代的蓝紫色部分被压缩得极短,几乎看不到;而尾部使用原始技术的红色部分则被大幅拉长——这个演绎,和已知的人类历史及地球生命进化史都吻合,原始阶段占据了绝大部分的时间,而成熟发展阶段占的时间比重则很小,越靠近现代(紫色端),技术飞跃及进化的速度越快,所占据的时间比重就越小——"科技呈加速发展"。

与此同时,奥斯陆的意识形不断传来:"看到了吧,这就是

'延迟效应'，新大陆的发现，以及美国那类民主共和制国家，都是人类文明发展过程中不可避免的阶段性产物。本来，在中国的明朝时期甚至更靠前的南宋时期，它们就该出现了，可事实是，它们全被延迟了，它们的诞生时间后移了好几百年。如果我们借用物理学上的多普勒效应来比喻，可以看出，它们在历史时间线上被人为地'蓝移'了。至于英国的幸存，也是延迟，它本来应该免于被盎格鲁－撒克逊人征服的，它应该早好几个世纪获得幸免，为欧洲留下进步文明的种子。我前面已经说了，我们的历史在不停地断裂，不停地从头再来，其实，换个角度看，就是我们的历史在不停地延迟：现代人是尼安德特人的延迟，唐朝是汉朝的延迟，文艺复兴是古希腊、罗马的延迟……依此类推，这里根本就没有什么反例，有的只是延迟，那些延迟，挤占了其他历史阶段的时间——说得形象点，以时间维的视角看，我们的文明就像一辆紧急刹车的列车，因为惯性作用，后面的乘客都冲向前方，挤占了前面乘客的位置，越是靠前的乘客，承受的后方压力越大，被挤得越厉害。"

奥斯陆把那个意识形的图像放大，将细节展示出来，在猎狐眼前缓缓滑过，如同老式的电影胶片。猎狐很清楚地看到了上面各个颜色的谱段所代表的技术：漫长的红外谱段代表前人类时代，之后是稍短的暗红色的石器时代、更短的浅红色的结网捕鱼时代、鲜红色的钻木取火时代、亮红色的刀耕火种时代……直到黄色谱段的星图航海时代、绿色谱段的蒸汽时代、蓝色谱段的电气时代,越来越短,最后紫色谱段的部分已经短得难以看清,至于紫外谱段,密密麻麻地挤满了各种标注:航天、信息、人工智能、可控核聚变、能量借贷……不可计数。

猎狐还在看那图像,奥斯陆已经开始介绍了:"从这个示意图上可以很清楚地看到,越是技术发达的时代,时间被挤占得越多,越是被延迟得靠后;越是进步速度快的时期,就越是接近文明的终点——这便是量子态锁定下的'文明蓝移'规律:越是发达的,就越要靠后站。这样一来,技术进步的关键时段被压缩了,就极大地限制了该文明所能达到的最终高度,这也是量子锁定最致命的打击——当该文明踏入神级文明门槛的时间点被压缩得距离覆灭不到一个普朗克时间长度时,该文明实际上可能永远也达不到神级文明的层次了——它还没来得及踏出那一步就会先陷入覆灭。同时,因为大量的技术进步向未来蓝移,文明的'加速发展'和'技术爆炸'也就出现了。"奥斯陆的意识形继续传递过来,"量子态剥夺,外加比例压缩,既能限制死那个宇宙里的所有文明,又可以在那个宇宙里制造各种障碍,迫使其内耗,一举两得,何乐而不为!"

又是许久的沉默……

不知过了多久,脑电话虚拟界面上,猎狐的意识形收回投注在那图像上的目光,他缓缓摇摇头,表示不信任:"奥斯陆,你想的这些都太离奇了,它们顶多能算是一种科学假说,不,它甚至连科学假说都不能算!"

"何出此言？"

"其一，你没有足够的证据，所有的结论都是建立在主观臆想之上；其二，你所谓的量子态文明或者说神级文明，他们的目的是什么？假如有这种文明存在，在他们眼里，其他文明是无法构成威胁的，就像人之于蚂蚁——你会将蚂蚁看成人类的威胁吗？"

奥斯陆想了想，回复道："我不会将蚂蚁看成威胁，因为在同被锁死的状态下，蚂蚁无法超过人类。当然，我的想法的确有些离奇，这可能是因为它揭示的现象已经存在太久，以至于我们都把它默认为了常识，我们的双眼都被现象给蒙蔽了，看不到现象背后的隐象，也看不清真相！有哪条物理原则规定生命进化、文明进步都必须是先慢后快呢？宇宙演化不就是先快后慢吗？所以若从理论的角度看，我的想法是说得通的——我们的文明已经来到一个临界点，再向前一步，我们的面前就将是无远弗届的星辰大海，而脑网、脑游方面的突破，则让我们发现了这个世界存在着一个巨大的BUG——在这种情况下，我判断，那个更高级的量子文明或神级文明，就要现身，就要向我们出手了——我想，如果推论无误，我应该能拿到证据。"

"证据？"

"让'天启'号给我留个位置吧！"

猎狐的意识形猛地一震："你都知道了！"

"出狱后我一直在康斯坦丁身边,你们的事我不可能不知道。事实上你们的一举一动,康斯坦丁都心知肚明,他之所以不过度阻拦,是因为也想为人类文明留条后路,虽然这条路前途渺茫——他并不反对当年的深空探索研究院,也不想与哈德尔作对,但作为联邦首领,他必须站在大多数人的立场上考虑问题。如果当年不是哈德尔威胁到了大多数人的安全,他是不会暗中酝酿出手的,也就不会发生后来的悲剧了。比如你,康斯坦丁并未对你以及深空探索研究院赶尽杀绝。此外,还有我,康斯坦丁是给我们留了一条生路的……"

"既然你都知道了,那你应该已经猜出我为什么这么着急要找你了吧?"

"嗯,"奥斯陆苦笑,"几十年前,加入深空探索研究院之前,我在地球上写过一篇关于利用木星轨道做加速器,强行冲出太阳系的论文,并且建立了理论模型——我想你们肯定注意到那篇论文了,那是一种不依赖光速飞船也能飞出太阳系的方法。"

"是,我注意到了。但现在我更多了一分担心,因为如果你的量子文明锁定推论是正确的话,那么,这一去可能就会触碰到量子文明的底线……"

"该来的终将会来。"说到这里,奥斯陆平静下来,"这一步总要有人迈出去。当年,我们和哈德尔不就一直为冲出太阳系在不懈努力吗?"他顿了顿,道,"我无法和你站到同一战壕里,你知道的,这么多年了,你我虽然不像哈德尔与康斯坦丁那样水火不容,却也难以融洽合作。"

"你在因为我的立场而厌恶我?"猎狐问,"我对太阳村阵营很有好感,还多次以此说服哈德尔,而你却——"

"不,跟那个无关。"奥斯陆否定了,"只是个性选择的问题。"

"你我不必像哈德尔与康斯坦丁那样敌对,你我是同一阵营,都是光速飞船的拥护者,彼此之间是没有原则分歧的。"猎狐说。

"但是你更喜欢'城',而我矢志在'船',我们可不是一路人。"奥斯陆说。

"难道'城'与'船'就不能合一吗?"

"怎么合一?"

"还是用仿生学思维。"猎狐解释道,"跟哈德尔的那一次交流启发了我——这个'城''船'合一的设想就是他提出的——事后我一直在思考,到今天才有了点儿眉目。如果要类比的话,把文明比作生命,现在的太阳系人类文明正处于生物进化早期阶段,太空城就像各式各样的原始细胞,而我们深空探索研究院则是线粒体。"

"线粒体?"奥斯陆眉头皱了起来。

"是的,线粒体,这是推动原始细胞进化的关键因素。"猎狐说,"原始细胞内没有线粒体,而且几乎没有什么细胞器,结构极为简单,新陈代谢极为缓慢,走的是温和自闭路线;而原始的线粒体则完全相反,是走了高能耗路线,它以氧化反应产生的巨大能量驱动鞭毛旋转,推动本体迅速前进,四处游走摄食,它更像游菌而非细胞。线粒体体内的氧化反应会产生大量的自由基,这些自由基会烧蚀细胞组织,造成机体损伤,在当时的原始细胞们看来,线粒体无疑是带着很高危险性的恐怖分子——就像拥有反物质武器的我们一样……"他顿了一下,继续道,"结构脆弱的原始细胞们对线粒体唯恐避之不及,而线粒体也对原始细胞们的进化模式极不认同,恼恨它们四处扎堆,挡路。双方相互隔阂,一方面彼此敌视,另一方面又彼此羡慕,原始细胞有线粒体所不曾享受过的富足安逸,线粒体有原始细胞急需的机体修复能力。这样的僵局持续了好长时间,直到有一天,有一个原始细胞勇敢地吞噬了一个线粒体,两者融合了,结成共生关系,原始细胞为线粒体提供营养和庇护,线粒体为原始细胞提供能量。有了充足的能量供应,新陈代谢活动加速了,各种生化过程分门别类地集中到专门的内膜结构上进行,于是各种专能细胞器出现了,进化开始加速,为了保护本体染色体而进化出核膜,原始细胞迅速升级为真核细胞,以更高效的新陈代谢为基础,迅速地自我复制并控制分化过程,由单细胞升级到多细胞……线粒体和原始细胞之间的妥协共存,无意中创造了一个奇迹——你能听懂我的意思吧?"他紧盯着奥斯陆的双眼。

"不，我们出不去的，所有的路都已经堵死了。"奥斯陆直摇头，"太空城与光速飞船根本不会有妥协合作共创新生的机会，这过去的三十五年，死神一直在逼近。"

"你的判断有误。"猎狐说，"你太想飞出去了，所以才总觉得太阳系这里待不下去；你为深空探索研究院当年的失败而愤懑，所以觉得有强大而神秘的外来力量牢牢锁定了人类文明……所有这些判断都是你内心情感的投影，不是真实的，你这是怨妇心态！"

"不，是你判断失误了！"奥斯陆针锋相对，"你太迷恋太空城世界的浮华，所以才恋栈不去；你畏惧远方星辰大海的波涛，所以才一再以'光速飞船配套技术尚不完善'为借口拖延起航；你看似八面玲珑长袖善舞，本质上却是个宅男！"

猎狐苦笑："看，这么多年过去了，我们还是无法说服对方……"

"同样地，这么多年过去了，你我依旧还是朋友。"奥斯陆说。

"还是朋友！"猎狐点点头，沉吟片刻，道，"好的，你去吧，我让'天启'号给你留个位置——水星上那个新基地本来就该由你来主持的，就像当年在深空探索研究院时那样，你是当之无愧的技术领军人！至于我，忙活这么多年，我累了，也该主动让贤，歇一歇了。"

"光速飞船如果能成,你应该记头功!"奥斯陆神情郑重。

"只是将功补过罢了,"猎狐再度苦笑,"谁让我当年自作聪明要带哈德尔去参观那些太空城呢?真不知道我当时是怎么想的……我突然开始觉得你说的是对的,那个神秘的'量子文明干涉者'也许真的存在,也许当年'他'真对着我的大脑后门说了些话,改变了我的思想——当然,还有哈德尔,他才是主角,'量子文明干涉者'在他身上下的工夫肯定更大。"

"哈德尔……"奥斯陆默念。

提起那个已经离开的人的名字,气氛突然变得沉重,两人许久没有再说话。

往事不堪回首。

"到了那边,如果还有需要我的地方,尽管提。"还是猎狐主动岔开了话题,"太空城虽然不会飞,养人的功夫还是很厉害的,值得借鉴。"

"学习和借鉴,那是当然的,我总不能让这个新基地重蹈当年深空探索研究院的覆辙。"奥斯陆说,"像哈德尔那种刚愎自用一意孤行的做法,行不通。"

三天后,"天启"号出发,前往太阳近轨水星轨道附近,秘密研发最新型宇宙深空探测飞船,也就是"船屋型"光速飞船……

一年后，太阳氦闪大爆发。这场爆发规模远超预期，辐射半径超过海王星轨道，整个人类太空城体系被摧毁！所有的太空城，包括已经建成的，具备了完整人形的亚当城，这个有史以来第一个仿人设计的，从形态发生到功能分化都像极了人类胚胎发育的巨型太空生物在内，统统毁于一旦。太阳系这片原始汤，遭遇空前灾难。

但与此同时，借助木星引力弹弓和太阳氦闪爆发的推送力，以及自身极为强悍的驱动力和维生保障系统，一艘融合了太空城和深空探索研究院智慧，满载着人类追求和梦想的"船屋型巨舰"，划破宇宙幽深苍穹，向太阳系之外冲去……这是一颗珍贵的种子，它装备了从时空流引擎到核子锅炉的全套先进设备，就像星系原始汤里那颗融合了线粒体的革命性的原始细胞，既有太阳村的包容与多元，又有光速飞船的机动性和执着精神……而在这艘巨舰身前身后，更有几十年来太阳村阵营建造成的上千万艘小型飞船，环绕左右——这些已达到1.5%以上光速的个人飞船，逃避太阳氦闪的能力是足够的，但若没有这艘新造的船屋型巨舰提供必备的补给，它们是无法长途跋涉的……

在宇宙苍穹的大背景下，太阳氦闪的爆发如同壮行的烟花，千万艘飞船在太阳系外围逐渐铺展开一个横向0.1光年，纵向0.5光年跨度的星舰大军，浩浩荡荡，直奔宇宙深处……在太阳系之外的某个地方，只要遇到合适的土壤，人类就会再次生根发芽，野蛮生长，最终变成真正的太空生物。

至于人类的大脑胼胝体,当然会继续存在,而那个干扰者对人类文明的锁定,也许会再次发生,但也许,这种锁定今后将不会出现了。

因为人类文明已经迈出了关键的一步,已经进入星辰大海,真正加入了宇宙文明的大家庭中……

磨难,不会击垮人类,只会使人类文明走向更高、更远、更强。

人类文明的发展史足以证明这一切……

神仆

戴森球中的地球人

文 / 索何夫

◆ 1 ◆

　　一颗小小的、蓝褐相间的行星，孤零零地绕着一颗黯淡的恒星旋转着；在这颗行星附近，一颗更小的、色调灰暗的卫星同样孤单而平静地绕着它旋转。在恒星暗弱的光芒照耀下，那颗行星看上去仿佛一只长满蓝霉的干瘪梨子，而它的卫星则是一颗卖相不好的烂土豆。一座老旧的太空站静悄悄地停在二者之间的拉格朗日点上，活像一只迟迟无法在两份食物间做出选择的苍蝇。

　　在离空间站的重力发生器一墙之隔的走廊上，记者刚刚走进了一间不起眼的饮品店，然后推开了这家小店仅有的三个包间之一的门。尽管名为"包间"，但这个小房间只够勉强容纳一张伸缩式桌板和两只酒吧凳。一侧的墙壁上开着扇假窗户，里面循环播放着虚拟生成的田野景象。

　　"很高兴你能按时赴约。"当记者随手关上身后的那扇仿古木板门时，已经坐在桌前的那名老人举起一杯用浓缩果汁冲调的混合饮料，朝着对方点头致意，"我的时间很紧张，先生，希望你能谅解这点。"

"这我能理解。"记者在空着的座位上坐了下来，接过了对方递来的一小杯本地产咖啡，但他的目光仍然停留在老人的脸上：尽管他的岁数已经超过了邦联公民的平均预期寿命，但由于延寿治疗的缘故，这个男人的面孔上却看不出多少被岁月侵蚀的痕迹，仅有的几条皱纹和些许灰发看上去倒更像刻意被留在那儿的，为的是表明他的年纪。这样的仪表通常只能在那些来自邦联核心区域的人身上看到，而这样的人在伊吉丽亚并不常见——平均每两个标准月，才会有一趟定期航班往来于邦联核心区域与这个偏僻角落，而下一趟这种航班的出发时间就在六个小时之后。

"不过，既然你准时到达了，"老人抬头瞥了一眼墙上的仿古挂钟，"那么我们应该有足够的时间讲完我的故事——当然，你来这儿为的就是这个，不是吗？"

"您是说，您之所以来到伊吉丽亚，然后又大费周章地联系上我，就是因为向我这个默默无闻的农业期刊的记者讲一个故事？"记者忍不住问道，"但到底是什么样的故事，让您一定要到我们这儿来讲呢？要知道，伊吉丽亚差不多是邦联境内消息最闭塞的地方了，如果您真的有好故事的话，在其他上百个邦联成员国里，您都能将它卖出比在这个农业殖民地高出几十倍,也许是上百倍的价钱。"

"这我很明白,但如果我在不那么闭塞的地方说出这些事情,那么某些……麻烦也会如影随形地到来,"老人薄薄的嘴唇抿成了一条毫无血色的细线,"所以,对我而言,伊吉丽亚的偏远恰恰是我所需要的 —— 我已经购买了六小时后那趟飞船的最后一张票,而这里尚未接入邦联即时通信网,与邦联其他成员国的通信只能靠飞船运载的压缩信息储存模块。换言之,即使有其他人得知了这件事,也不至于影响我接下来的……安排。"

"没有人会那么做的,先生,"记者毫无特征的脸上出现了几丝激动的潮红,"我们伊吉丽亚人最重视的就是信用与操守,不是那些——"

"当然,我信任你们,但这并不意味着必要的谨慎是多余的。"老人点了点头,"好吧,让我想想……我们该从哪儿开始呢?这个故事发生在很久以前,而且严格来说,它在我被卷入其中之前许多年就已经开始了,"老人的语调就像古井水面上泛起的微小波澜,低沉、缓慢,但却充满了沧桑感,"你对'西格玛分遣队事件'了解多少?"

记者习惯性地眯缝起了眼睛,搜检着脑海深处那些久未触及的记忆片段,"如果我没记错的话,邦联当局对此的公开报道似乎不是很多,他们说……"

"他们声称,那支倒霉的舰队在进行军事演习时发生了导航失误,在返回常规空间时撞进了一颗流浪褐矮星的气体外壳里。"老人替他说完了剩余的话,"这种说法可够蠢的,不是吗?想想看,十七艘装备精良的军舰——差不多是当时的邦联五分之一的常备舰队——居然会在演习过程中同时发生导航失误?就算所有伊吉丽亚人都在明天变成天使,概率多半也比这个要大那么一点。"

"没错,"记者答道,"我也不相信这种说法,但那些传说和谣言的可信度只比这个更低——心怀不轨的外星人袭击、船上爆发了无法控制的疫情,甚至有人还说这支舰队集体叛变去当了海盗。海盗!什么家伙才能想出这种鬼话?!"

"肯定是那种看多了三流小说的家伙,"老人赞同地耸了耸肩,"很好,看来你比你的大多数同行都更有脑子。在许多时候,事实要比传说和谣言简单得多,但有时却恰恰相反。"

记者盯着杯中的咖啡,没有说话。

"你想知道我的名字?不,我的真名为何并不重要,因为你不可能在任何公开的邦联档案中查找到它。"老人继续说道,"在数以百计的相关档案里,它被删除、抹消、篡改,另一些档案则被深深地埋进了无人注意的角落之中,而这一切都是为了掩盖那件事,那件在四十九年前发生的事……"

◆2◆

我不是什么大人物,不是那些整天待在指挥室和军官住舱里、衣着光鲜的舰队司令或者参谋长,也不是哪艘军舰的舰长——话说回来,如果我真是其中之一,那多半也不会有机会坐在这儿讲故事了。事实上,我甚至不在军舰上服役——那时的我只是一名维和部队的分队长,一个不起眼的中尉,一个在邦联的边缘世界来回奔波的"救火队员"。

哦,你知道这个绰号的意思:干我们这行的都是些大忙人,一年到头搭乘着邦联司法舰队的船只在那些外围成员国之间来回奔波。我们在这颗行星上处理骚乱,到那颗行星上把陷入种族冲突的两帮人分隔开来,然后到另一个天知道是哪儿的鬼地方清剿可能造成环境灾害的入侵物种。在五年的服役期里,运气好的人可以跑上十几二十个边缘世界,而那些鬼迷心窍、混成军官的蠢货则有机会把那些荒凉的外围行星和遍地废墟的"旧成员国"——就是那些被赏金使节联系上的、重新加入邦联的世界——全都游览个遍。在这些鸟不拉屎的化外之地,各种各样棘手的麻烦是它们唯一能源源不断供应的"特产"。

……我为什么要干这份活儿?拜托,你以为我喜欢这些该死的差事吗?但为了奥菲莉亚,我实在没有更好的选择。谁是奥菲莉亚？哦，她是我的……呃……朋友。我是个卫兰人，我们那儿的词典早在几个世纪之前就已经把"婚姻"这个词当作冗余信息扔到银心大黑洞里去了。不过，少了一份证件或者一枚戒指可不意味着你就能把一切自古以来的义务都抛到脑后去。奥菲莉亚当时正在邦联人文科学院攻读早期殖民史的博士学位，伙计，你知道那有多烧钱吗？虽然她倒不是出不起这笔费用，但考虑到我们之间特殊的友谊……

好吧，让我们言归正传。在四十九年前，也就是我在维和部队里服役的第五年，我的分队奉调加入了西奥多·毕尔博少校的维和中队，从乌鲁克尼亚启程，前往新费尔干纳"调解"当地的动乱——说白了，就是在那颗行星最大的一处淡水湖旁驻扎下来，然后在维和条例的限制下眼巴巴地等着被两帮抢水的棉农当成出气筒揍个屁滚尿流，而且还不准还手。不过，在和那些暴躁好斗的突厥佬打交道之前，我们必须先飞过邦联一半的国境，也就是差不多两千光年的距离，而这意味着我们不得不在护卫舰"莫洛克"号上罐头盒似的房舱里熬过一个半月的无聊时光。或许是为了纾解我们的无聊，上头还安排了一个叫阿兰·林的历史学家和我们一块儿上船。那个有一对斜眼、长着河狸似的门牙的家伙自称是个历史学家，还是某个兔子不屙屎的农业殖民区上的某个野鸡大学里的教授，正打算顺路去新费尔干纳做一些"田野调查"——一路上，这家伙最喜欢的事莫过于待在船上的酒吧间里吹牛，大谈特谈古地球上那些所谓的"征服者"的故事。

好吧,你知道我有多恨那趟该死的调动吗?当我整天蜷缩在三十立方米容积的罐头盒式宿舍里时,唯一的消遣就是听一个自以为是的家伙对一帮脑筋简单、嘴上没毛的愣头青吹嘘几千年前一伙骑着马的原始人横跨整个大陆烧杀抢掠的故事,同时大谈特谈"强者不需要怜悯""强者生存"之类的社会达尔文主义白痴调调。更糟的是,这一切还不算完:在我们启程三个星期之后,邦联防务委员会的某几个家伙突然一时兴起,决定临时搞一次联合护航演习,检验检验部队的"实战水平"。于是"莫洛克"号接到命令,转向前往天仓五集结点,与另外几支安全舰队与执法舰队会合——啊,你也猜出来了,这支临时组成的分遣队代号正是西格玛。

演习的头几天基本是风平浪静的:舰队在恒星周围演练各种战术动作,护航舰派出穿梭机在恒星周围的岩屑层边缘穿进穿出,寻找用来代表逃生舱或者货舱的模拟信标,而我和我的弟兄们仍然日复一日地待在那些人肉罐头盒里无所事事,而且还得时刻不停地忍受那个野鸡历史学家大放厥词的精神污染。但是,到了第五个标准日的早上,演习舰队突然在我起床之前重新集结了起来,然后跃入了高维空间。我去找西奥多·毕尔博询问情况,但就连那个尖下巴的刻薄鬼也不清楚到底发生了什么事,只是一个劲告诉我们这些变动都在"计划之中"——哈!计划之中?!那混蛋这辈子说过的真话要是加起来超过一百句，我就能当着你的面把这张桌子给吃下去。

直到几个钟头之后，舰长似乎才想起了船上还有我们这几号人。"舰上所有平民乘客与安全部队官兵们，"那个老家伙在广播里连咳带喘地说道，听声音活像只被蜜蜂蜇了舌头的狗熊，"我们接到了一个临时通知：西格玛分遣队在天仓五系统的演习任务已经暂停，我们将转向前往太阳系。"

噢，你肯定已经猜出我是谁了，对吧？没错，我就是那个人，但邦联在公开资料里添入了大量的修饰、隐藏了更多的事实。他们承认的那些事情中，有一半其实我压根就没做过，而我做过的事顶多只有十分之一被公布出来——而且是在经过重重篡改之后。

我想你现在肯定相当惊讶，但和我们那时候的惊讶劲儿相比，这根本就算不上什么：想想看吧，太阳系！那可是人类文明的故乡，旧地球的所在地，第一邦联曾经的政治中心，其他殖民世界几乎无法想象的知识与财富的所在地。众所周知，早在大崩溃之前的几个世纪，那里的人们就在孤立主义运动的影响下退出了邦联，并断绝了与外界的一切联系，而当大崩溃的浪潮席卷整个邦联之后，那些熬过了内战、文明衰退与社会瓦解的人们甚至连它的具体坐标都遗忘了，而西格玛分遣队怎么会知道那地方的位置？！有一半的人相信，这个所谓的"太阳系"应该只是另一个导航集结点的名称；而另一半的人干脆认为，这不过是个拙劣的玩笑。

但出乎我们所有人意料的是，这根本不是个玩笑。

——这他妈的居然是真的！

当舰队跳回实空间时，我们发现自己的身后是一片广袤而阴冷的空间，数以万亿计的冰晶与碎石块在那儿构成了一片球壳状的星云，一些由同样物质组成的小行星和矮行星在其中像一群瘸腿的醉鬼般四处乱窜。而在舰队的前方，我们看到了一颗幽蓝色的冰巨星，它和另一颗带有显眼光环的天蓝色冰巨星，以及那片星云中大大小小的天体都在沿着相似的轨道运行着。但奇怪的是，我们并没有发现理应位于太阳系内侧的那些类地行星，也没有看见那两颗更大的气态行星；更诡异的是，在应该是整个系统质心的地方，我们也没有找到恒星存在的迹象。

是的，那儿没有恒星——无论是刚刚开始在自身引力作用下收缩、只有几百开尔文热度的原恒星，抑或是正在缓缓耗尽自己残余能量的中子星与白矮星，都没有出现在这个天体系统的中央，而这很不正常。众所周知，宇宙中确实存在着因为各种原因而生成的流浪行星，但它们通常会像恒星一样沿着银河系旋臂运动，直到被其他恒星或者恒星系统捕获、吞噬或者撕碎。在这个天体系统里，我们的重力传感器确实也发现了类似于恒星的巨大质量，但那玩意儿在从无线电到可见光在内的所有波段都没有发出半点辐射，甚至就连周遭的星光也在触到它的一刹那消失得无影无踪。但是，它显然也不是黑洞：我们没看到吸积盘，也没发现任何靠近那片绝对黑域的物资遭到吞噬，而且按照舰队科学官的估计，无论那坨黑咕隆咚的玩意儿到底是什么，它的质量都实在是小了点儿，甚至不足以达到奥本海默-沃尔科夫极限的理论最小值。

在抵达太阳系后的整整两个标准日里，这一连串不可思议的发现成为舰队中每一个人讨论的话题。我们很快就得知，西格玛分遣队之所以突然改变航向，是因为他们部署在天仓五导航点附近的监听器收到了一个求援信号——这个信号来自一艘赏金使节的勘探飞船，隶属于一支名不见经传的小探险队。你知道赏金使节是干什么的，对吧？就是那些为了邦联外交部的赏金而到处搜索大崩溃前的殖民世界，并用各种手段"劝说"那儿的居民重新加入邦联的家伙。在通常情况下，这种信号会被舰队的人工智能副官归类为低优先级，然后和一份由邦联社会保障部买单的营救合同一道打包发给离这儿最近的深空救援公司。但这一回，在对求援信号进行了全面分析之后，它却破天荒地直接联系了西格玛分遣队司令部——当然，这么做在理论上是正确的：在第一邦联尚未瓦解、往昔的文明尚未遭受大崩溃的浩劫时，人类的母星就已经以远超殖民世界的科技水平闻名于世。从理论上讲，只有邦联安全舰队才有可能以正确的方式接收那儿的遗留技术，或者从它的敌意之下逃脱。单从理论层面而言，这种思路并没有错，错的仅仅是我们对双方实力对比的判断而已。

不幸的是，在这一点上，我们实在是错得离谱。

◆ 3 ◆

伙计，我想你大概注意到了，直到现在为止，我都没有在这个故事里登场——我只是一个西格玛分遣队的乘客，一个身不由己的旁观者。命运裹挟着像我这样的人，就像激流裹挟着沙砾与碎石，直到我们与死亡不期而遇为止。

是的，我能活下来纯属侥幸：和另外几十支搭乘邦联舰队调动的维和部队相比，我所在的分队并没有什么特别之处，我们没有特殊的技艺，没有超出常人的能力，也从未得到任何一名指挥官的赏识。当舰队在那颗曾被称为"谷神星"的硅酸盐大石块附近发现那艘老式飞船时，我之所以会奉命登上穿梭机，仅仅是因为阿兰·林希望这样；而他之所以会在我的上司面前提起我的名字，仅仅是因为他恰好和我在同一个宿舍区里共处了几个星期。

哦，没错，就是阿兰·林，我之前提到的那个野鸡历史学家。这个来自新潘诺西亚的龅牙矮子原本和我们一样，不过是搭舰队顺风车的乘客之一，但当我们进入太阳系——或者说，这个理应是太阳系，但看上去却不太像的鬼地方——之后，他就成了舰队司令部的红人。众所周知，对那些打算和大崩溃之前的文明产物打交道的家伙而言，历史学家们就像煤矿里的金丝雀一样必不可少。在许多时候，一位恰好拥有某些史料的历史学家可以让那些鲁莽地接近古代遗产的家伙避开足以致命的危险，而在进行谈判时，这些人——哪怕那只是个野鸡大学的教授——更是能起到至关重要的作用。

言归正传，在舰队进入太阳系的第三个标准日还剩两个小时就要结束时，"莫洛克"号上的一名见习准尉粗暴地把我从被窝里拽了出来，然后带着我走进了指挥舱。在踏入舱室的一刹那，我惊讶地发现，这支舰队的司令、他的幕僚们和"莫洛克"号的舰长本人已经全都在那儿等着我了。你能想象吗？一群肩章上缀着将星的家伙，等候着一名中尉！直到那时候，我才真正明白了"受宠若惊"这个词儿到底是什么意思。"稍息，中尉。"我的上司毕尔博少校——整个舱室里除我之外级别最低的家伙——瞥了我一眼，然后把目光投向了阿兰·林，"林教授，您确定这次会谈需要带上卫兵？"

"有备无患嘛，先生，"野鸡历史学家在微笑的同时龇出了那对大龅牙，"众所周知，早在大崩溃之前，地球和近地殖民世界的公民们就已经因为一系列经济与政治纠纷而对居住在其他地方的人类同胞产生了深刻的隔阂，而这也成为他们选择闭关自守的直接原因。除此之外，根据一些可靠性难以确定的二手与三手记录来看，那些孤立主义者们对于未经邀请的不速之客——事实上，几乎就是所有进入奥尔特云之内的人——都会优先采取极端手段,而非辨明身份,即便是这样的一艘小船……"

"行了,教授,就依您。"舰队参谋长抢在这家伙开始另一篇长篇大论之前比画了个"到此为止"的手势,然后和其他军官一道把目光转向了我,"沃克中尉?"

"长官?"

"你知道我们为什么叫你来吗?"

"不知道,长官。"我诚实地回答——某些当官的就喜欢在下属面前这么说话,为的是强调他的军衔比你更高,有权比你更早地知道更多东西。

"看看这个。"舰队司令打开了一个战术投影屏,把某架无人侦察机拍下的影像投射到了我们面前:一个小小的银色亮点,正在那颗曾经名为"谷神星"的大石块——它在战术投影屏上被特别标上了一个历史悠久的镰刀状符号——的洛希极限周围缓慢地运行着。随着画面逐渐拉近,那个亮点开始从区区几个像素构成的模糊小球扩张成一个细长的圆筒状物体,看上去活像两只烟嘴对烟嘴焊在一块的金属烟斗,周围还环绕着一小片灰白色的、仿佛某种烟雾的东西,但我还是无法确定那到底是什么。

"最初的求救信号就是来自这颗矮行星的轨道,来自这个……航天器附近。我们没有发现任何赏金使节的飞船,只在轨道上发现了一些来源无法确认的金属残片。"一个舰队参谋盯着自己的双手，慢吞吞地说道，似乎要以此确定他说出的每一个词都正确无误，"我们暂时还无法确定它到底是一艘飞船，抑或是一座空间站或者别的什么，但就在四十分钟前，它向我们发来了信息。"

"什么信息？"我问道。

"相当古老的信息，也许是在二十个世纪之前就录制好的。"历史学家说道，"用来编写这段信息的语言是一种高度变形的日耳曼语的变种，也就是我们所说的'近地殖民区通用英语'，当然，现在的邦联标准口语和它其实有着相同的来源，但二者之间的差距已经和鸵鸟与家鸡差不多了。喏，你知道我是什么意思，对吧？"我当然知道鸵鸟与鸡，那是两种据称来自地球的主龙形类恒温动物，后者在大多数农业世界都很常见，但前者却只能在邦联首都的生态馆里才能看到了。"值得庆幸的是，在邦联人文科学院，仍有一些最优秀的教授通晓这种语言——而我本人恰好有幸受教于这些可敬的先生们中的一位。如果我的翻译没错的话，这似乎是某种邀请，要求我们派出一批代表，通过某种……验证程序来证明我们所拥有的权利。"

说实话，我其实并不认为那个教导阿兰·林的家伙真的"通晓"了这种古代语言——当然，他可能压根就没有认真教过自己的学生。不过在那时，除了相信他的判断，我们又有什么选择呢？"所以您打算担任这个代表？"

"这是我的分内之事，中尉，"历史学家下意识地挺高了自己的胸膛，"我的学术能力与知识素养决定了履行这一任务是我不可推脱的职责。我无权拒绝它。"

"没错，教授。"毕尔博少校连忙说道，"而你，中尉，你的任务是指挥你的分队保护林教授的人身安全。除非迫不得已，否则在这次任务中尽可能不要动用武力，但一旦出现可能的危险，你们就必须尽快带林教授返回安全地带。教授信任你们，而我希望你们能对得起他的信任，明白吗？"

当然，我明白得不能再明白了。

从理论上讲，任何一名邦联维和部队的军官、士官和士兵都应当具备在太空中熟练地进行登船临检的能力，但事实上，当我们的穿梭机用固定爪抓住那艘小飞船（或者是小型空间站？我到现在都没弄清楚该怎么称呼它）的表面，连接管道接通它的一个外部气密门时，我手下的所有人却全都在他们的防护服里抖得活像掉进冰窟窿里的小鸡，战术指挥系统将他们不断攀升到全新高度的脉搏频率、血压指数和体表温度全都忠实地摆在了我的视网膜上——当然，这不能怪他们。虽然我们每个人都曾经在邦联的各个犄角旮旯里执行过几十次，甚至是上百次登船临检任务，但在一个如此熟悉而又陌生的地方登上一艘主动向我们发出邀请的航天器，这样的经验对于任何人而言都是破天荒头一遭。

西格玛分遣队的大多数舰艇就停留在离我们不到二十分之一光秒远的地方，但这并不能给我们带来一星半点的慰藉；在封闭连接管道的气密门即将打开时，舰队司令又向我们发表了一段简短的演说，但唯一的作用仅仅是让我的肾上腺素血液浓度指数提升了三四个百分点。根据阿兰·林的建议，我们将电磁突击步枪、军用环境防护服、弹药携行包和其他可能显现出"敌意"的东西都放在了穿梭机的货舱里，但仍然在卡其色军便服下藏了一支脉冲手枪。所有人都试图装出波澜不惊的样子，但这样的努力只是进一步暴露了我们的惶恐。强烈的不安气息充斥着整条连接管道，浓得简直可以直接用刺刀划开了。

　　当连接管道另一头的气密门也沿着滑槽缓缓退入两侧的舱壁中时，我发现自己的手不知何时已经搭在了藏在衬衫下的手枪握柄上——而这么做的远远不止我一个人。喏，要知道，虽然那个姓林的家伙一直向我们保证，这艘该死的船发给我们的信息"完全没有表现出敌意"，但一来我们并不完全相信他，二来吗，就算他说的没错，也说明不了任何问题：任何一个丧尽天良的王八蛋都可以在用他藏在背后的刀子戳进你的喉咙、削掉你的老二之前真诚地向你表达他的善意，否则我们的老祖宗干吗要发明握手这玩意儿？

　　但那一次，我们确实有些多虑了——虽然后来发生了那些事情，但我不得不说，那艘船上的家伙对我们确实没有恶意。在穿过连接管道后，我惊讶地发现我们走进的竟然是一座宫殿——不，这儿或许还称不上是宫殿，但也已经差不多了。我目瞪口呆地打量着四周墙壁上那些繁复浮华的洛可可风格浮雕

（至少，奥菲莉亚在和我聊起古代艺术时是这么称呼它们的），打量着天花板上由黑天鹅绒般的深色大理石雕成的天使报喜图和纯银的枝形吊灯，也打量着散发着熏香味儿的金边地毯和镶有欧泊石与祖母绿的雕花烛台，特别是烛台，那上面插着的是货真价实的蜡烛！你想知道我那时是什么感受？哈，我觉得自己就像被扔进了历史课本上描述的十八世纪里，就差再从大厅另一头的檀香木门里走出一位穿着丝绸衣服的高贵女士，向我们这班来自未来的英雄好汉致欢迎词了。

接着，那扇门打开了。

啥？你问我那位女士长什么样？拜托，伙计，我刚才提到过女士吗？从门后走出来的是个面容英俊的高个子男人，这家伙穿着一身合身的黑色绸缎制服，戴着一双白手套，脸上带着恭敬而谨慎的神情，看上去就像是历史书里说的那啥……哦对了，管家。这位管家信步来到我们这一行人面前，朝着历史学家深深鞠了一躬："欢迎回来，我的主人。"

"主人？"我听到分队副指挥官伊琳娜少尉低声嘟哝道。但历史学家只是高傲地点了点头，仿佛他真的就是这座飘在太空中的诡异宫殿的主人一样。"你是什么人？"在困惑与惊讶的作用下，我一时间将纪律抛在了脑后，"你在这里干什么？"

"我不是自然人，也不是任何可以划归广义上的'人类'概念的个体，事实上，我甚至不具有真正意义上的智能。"管家的回答开门见山，立马把他——哦不——应该是"它"的身份暴露无遗。让我惊讶的是,它竟然讲的是邦联标准语。"我是一名负责执行'神仆'系统指令的服务者与接待者,只具备有限的学习与应对能力,因此,如果我无法完成你们的要求与指令的话,希望诸位能够谅解。"说完之后,那家伙又朝着我们鞠了一躬,要是换成一个货真价实的人类,以这种幅度鞠躬多半会直接把脊椎给折断。"请问,你们能够代表那支到访的舰队吗?"

"我就是舰队的代表,你可以认为,我有资格全权代表这支舰队以及邦联议会。"阿兰·林用理所当然的语气答道,看上去活像刚刚渡过卢比孔河的恺撒,"神仆是什么东西?"

"'神仆'是创造者智慧的结晶,负责统驭他们的造物,执行他们的指令,看管他们的财产,并在必要的情况下代表他们的意志。而这里只是由它控制的许多接待站之一。"管家毕恭毕敬地答道,同时用力地握住了阿兰·林的手掌,"在过去的二十多个世纪中,我们观察,搜寻,等待。一旦那些有权利得回这里的人出现,我们就会邀请他们来到这里,确认他们与生俱来的权利——得回地球的权利。"

"地球!"不止一个人惊呼了起来——如果这趟旅程真的能将我们带到地球,在场的每一个人将来光是靠写回忆录和接受采访就可以在下半辈子里悠闲度日了。但野鸡历史学家只是面无表情地瞥了其他人一眼,仿佛我们是一群为了几颗廉价水果糖欢呼雀跃的小孩。"你并没有完全回答我的问题,"他说道,

"告诉我,你的创造者们——地球的公民们都在哪儿?我要见他们!或者他们已经授权你与我们接触了?"

"恐怕您的要求无法实现——我所效忠的创造者都待在他们应该在的地方,但他们现在无法前来与您会面。"管家继续用那种波澜不兴的平静语气答道,"不过,每一个真正的自然人在这里都将会受到欢迎,并得到与我的主人相同的待遇,但在此之前,还有一项测试必须进行。"

"什么测试?"我问道,"我是说,你打算测试什么?"

"完成这次测试只需要你们的一点儿遗传信息,要知道,只有真正的人才有权成为我的主人,而消灭一切入侵者的威胁则是我不可推卸的神圣职责。不过请放心,我们的检测手段相当准确,出现误差的概率甚至比中微子被硬纸板挡下来的概率还要低,所以……"

"你们什么时候开始测试?!"野鸡历史学家打断了对方的话。

"哦,刚才我已经这么做了,"管家抬起了刚才和阿兰·林握手时所使用的那只手,笑得更加灿烂了,"请诸位耐心等待几分钟,然后……"

历史学家的脸色顿时变得像白垩一样惨淡。接着,他转身面向我们,说了一个完全出乎我意料的词。

"跑!"

◆ 4 ◆

众所周知,西格玛分遣队是第二邦联历史上曾经组织过的最强大的正规舰队之一,这支舰队拥有两艘强袭登陆舰,四艘"锋刃"级巡逻舰和多达十一艘通用护航舰,外加一打支援船只。仅仅是这支舰队本身,就已经足以单枪匹马地摧毁任何一个邦联成员国的武装力量。但任何对大崩溃前的历史稍有了解的人都明白,在旧邦联行将就木的那几个世纪里,隶属于旧地球的大多数殖民世界都曾经建立过远比这更强大的武装力量,而在这些世界中,最终走上孤立主义道路的地球是最强大、最富有且最先进的。

当第一场爆炸发生时,我们刚刚逃出那间十八世纪风格的大厅,沿着连接管道钻回我们那艘 γ 级穿梭机里,狼狈得活像从教堂里揣着赃物溜出来的冉阿让。在我们身后没有半个追兵,事实上,我怀疑那艘飞船,或者空间站里除那个卑躬屈膝的"管家"之外就没有别的"人"了。但是,阿兰·林那家伙的表情在催促我们拔腿逃窜这一点上并不比一千个发狂的暴徒更加逊色——毕竟,那是我第一次在他的脸上看到货真价实的恐惧。

——但并不是最后一次。

在一万五千公里外,西格玛分遣队正在迎来它的末日:在这支舰队的周围,穿梭机的探测器接二连三地侦测到了重力场异常现象,一艘艘本该只存在于古代历史资料录像中的巨舰仿佛从阴间返回现世索命的鬼魂般接连出现在无尽的黑暗之中。我从其中分辨出了拥有锋利匕型艏的黄昏级突击舰、外观独特的天使级双体巡洋舰,甚至还有传说中人类曾经制造过的最致命的军用舰船、长期被认为"无法确定其真实性"的绝望级无畏舰。有那么一刹那,我以为自己看到了一群鬼魂,但当六道高能粒子束和一百多发动能穿甲弹头共同命中分遣队旗舰"戴·阿文索"号,把它炸成三块面目全非的金属废料堆时,我意识到我是对的。

我们遇上的确实是一群鬼魂,一群前来索命的恶魂厉鬼。

在发现这群不速之客的瞬间,西格玛分遣队立即火力全开,结局早在一切开始时就已经注定了——你见过生态馆里养的水鸟捉鱼的情形吗,伙计?那时的西格玛分遣队就像一条已经被翠鸟或者苍鹭的长喙夹住的鱼,无论怎么奋力挣扎,都无法逃脱葬身胃囊消化液中的结局。当我们的 γ 级穿梭机终于撤下连接管道,脱离那艘诡异的四不像航天器时,这支舰队三分之一的舰艇已经变成了飘在太空中的灰烬和残渣,而它剩下的部分显然也不大可能有更好的下场:我看到护航舰"孔雀石"号与"青金石"号试图变向逃脱,结果却只是让它们自己成为半打无畏舰优先集火射击的目标。在几十秒断断续续的闪光与爆炸之后,这两艘船几乎没剩下什么东西。另一艘补给舰则突然停止开火,然后缓速驶出它的编队——这是标准的投降姿态。一艘双体巡洋舰靠近了它,似乎准备派人登舰接管控制权,但只是片刻之后,这艘雪茄状的大船就被一轮齐射敲掉了引擎和舰桥,变成了一堆不断从船壳裂口中喷出高温等离子体的死寂残骸。

"为什么?"我无力地瘫坐在穿梭机的驾驶席上,"这到底是……"

"我认为,这应该是某种自动防御措施,"阿兰·林心有余悸地瞥了一眼穿梭机的尾部监控摄像头——我们刚才登上的那艘四不像航天器正在一片黑色中迅速缩小。这位野鸡历史学家的傲慢劲头儿这一次没了踪影,"我想你应该也知道,当年的那些孤立主义者们对外界威胁的恐惧已经达到了病态的地步,为了拍死一只蚊子,他们可以把一座大山砸在你头上。"

唔,这个比方确实很贴切,但却并没有真正回答我的问题。"但那个……家伙刚才还说我们是它的主人!难道他们就是这么——"

"恐怕我们现在已经不再是这里的主人了——至少控制这些战舰的那个混蛋是这么认为的。"历史学家用颤抖的手指迅速在穿梭机的终端内输入了一项指令,接着,一行红字快速闪过了一侧的战术投影屏。"我是对的,中尉。瞧,那些战舰的维生系统全都没有打开,它们只不过是自动防御系统的一部分而已。"

"但是……"

"我知道你想问什么，"阿兰·林打断了我的话。与此同时，一束高能粒子堪堪擦着穿梭机的顶端飞过，像彗星的尾巴一样消失在远方的虚空中——这发粒子束瞄准的肯定不是我们的穿梭机，否则我们早就已经被烧成四下散逸的等离子团了。到目前为止，西格玛分遣队的大型舰艇吸引了绝大部分敌方火力，而像穿梭机这样的小目标则被忽略掉了，至少对我们而言，这显然是件幸运的事。"如果我没猜错的话，那些活见鬼的混账地球佬——无论他们到底死到哪儿去了——肯定在他们的防御系统里专门设置了程序，要求它们干掉每一个不属于'真正的自然人'的倒霉鬼，你知道这个词的意思吧？"

我点了点头。或许大多数与地球相关的历史记录都已经湮没在大崩溃的狂潮以及其后的漫长黑暗中了，但在中学里上过历史课的人都应该明白地球孤立主义者选择独立的原因——至少是那些最重要的原因，除不愿意接纳洪水般涌入的殖民世界移民以及对第一邦联的贸易政策不满之外，对"真正的自然人"身份的坚持也是这些原因之一：就像希腊人、罗马人和古代中国人从不掩饰对他们眼中那些血统低劣的"蛮族"的鄙夷一样，大崩溃前的地球人也对殖民世界司空见惯的基因改造工程嗤之以鼻，而只接受他们认为"必要"的基因优化——比如移除恶性遗传病基因之类。有人说，正是这种鄙夷与憎恶加深了他们与外界的鸿沟；但也有人相信，这种憎恨本身就是不断发展的隔阂的结果。"但我们……我是说,你看上去不像接受过——"

"我当然没接受过该死的基因改造工程!但问题不在这里。"历史学家一边说话,一边瞥了一眼右舷监控录像——在离我们只有几百公里的地方,另一发脱靶的动能弹刚刚把一颗灰不溜秋的小行星变成一团特大号太空礼花。"如果现有历史资料无误的话,最后一次有人得到进入太阳系的许可已经是快两千年前的事了,而防御系统用来识别'人类'的标准显然是在那之前制定的,这意味着它们的识别标准已经过时了整整……"

"是基因漂变!"分队医官亚历山大准尉突然喊道,"我明白了,这是基因漂变的缘故!"

什么?你不明白我的意思?好吧,看来你在上学的时候肯定没好好听过生物课。众所周知,一切生物——只要它该死的还打算传宗接代——都会以相对稳定的频率发生基因突变,从而确保生物能够随时进化以适应环境。从某种意义上讲,突变与进化的关系就像对战场上未经侦测的地区实施盲目的火力覆盖。大多数突变是无用,甚至有害的,不幸携带这类基因的生物个体很快就会被淘汰掉,但总有一小部分发生突变的个体能够进一步适应环境,从而将新的遗传信息保留下来,传递给下一代,这一过程就是所谓的基因漂变。在地球上,现代智人的基因漂变是缓慢的,因为我们的祖先已经适应,并且控制和改造了那儿的环境。但是,当我们的先辈离开熟悉的家园时,这一过程被重新加速了——没错,最初的勘探者确实是以地球的标准来拟定殖民世界名单的，但即便是无垠的宇宙也不可能有足够多的巧合，大气成分的一点微小不同、零点几个G的重力差异，或者恒星辐射的些微区别，这些都在迫使我们发生改变，而持续数千年的量变虽然仍不明显，但在某些特殊时刻，它却足以决定数千人的命运。

由于主要承担大气层内的飞行任务，γ级穿梭机的太空航行速度并不算太快。我们还没飞出一万公里，最后一艘邦联舰艇的还击火力也已经彻底沉寂了下来——这对我们而言当然不是什么好事：就在亚历山大还在努力向其他人解释我们为什么会落到这步田地时，一枚带有短距跃迁装置的导弹已经在不到二十公里的地方跃入了常规空间，然后一头撞上了一颗丑陋的不规则小行星。反物质弹头湮灭产生的能量在万分之一秒内就将构成这颗星体的水冰和硅酸盐变成了一道不断膨胀的等离子冲击波，然后像苍蝇拍打中苍蝇一样结结实实地拍在了我们的穿梭机上。

你想知道我的感受？拜托，我那时的感受归纳起来只有一句话：

那可真他妈的疼啊。

至今为止，我都没能搞清楚我当时到底昏迷了多长时间——穿梭机上的时钟在我们被冲击波追上的一刹那就彻底报销了。但我有理由认为,这段时间大概不短于两到三个标准日,因为当我再次睁开眼睛时,我的肠胃已经饿得活像一团绞在一块儿的毛巾了。

我花了五分钟从穿梭机货舱的折叠床上爬起来,又用了两倍于此的时间从食品柜里找出东西填肚子——从货舱垃圾桶里的情况判断,我手下那帮该死的懒鬼在这段时间里只给我注射了几支合成营养剂,吊了两袋生理盐水。接着,我才发现了一个自己早就应该注意到的事实:货舱的卸货门已经打开了。

虽然我无从得知确切时间,但外面目前是白天。在开启的舱门之外,一片葱郁的针叶树林就像一条一望无际的绿色地毯,沿着铺满骨白色卵石与细砂的海滩一直铺展到我视线的尽头,其间看不见丝毫缝隙;远方青黑色的海平面上低低地压着一层深色的阴云,显然正在酝酿着一场骇人的风暴。不过,当我走下跳板时,从天穹顶端撒下的阳光顿时将我笼罩在了一片令人舒心的暖意之中——至少在这座突兀地立在海岸附近的断崖上,我能够尽情享受晴朗天气所带来的愉悦。

我闭上眼睛,放纵自己暂时在这份舒适中沉浸了几秒。但紧接着,一连串问题就像温泉里的气泡一样从我的脑子里冒了出来:首先,我现在无疑正待在某个环境不错,可以维持人类生存的类地行星表面;其次,γ级穿梭机只能在常规空间中进行亚光速航行,这意味着它在我的有生之年都不大可能把我们带到太阳系的外头去。而不幸的是,这两项事实显然是相互冲突的：在过去的几天里，西格玛舰队对太阳系的调查没有发现任何和我脚下的这颗行星画得上等号的天体，事实上，我们甚至没有发现那颗应该存在的恒星。

那么问题来了：该死的这里到底是什么地方？我又是怎么跑到这鬼地方来的？

我闭上眼睛，试图思考这些问题，但唯一的收获就是一阵头晕目眩——毕竟，最贴切的结论是，我现在正在做梦，或者处于比做梦更糟糕的某种状态中：也许我正待在维和部队军医院的某个特护病房里，墙壁和地板上铺满了缓冲软垫，用一根塑料吸管从罐子里吸着掺了药的流质食物……这该死的结论倒是挺符合逻辑，不过你也知道，在整个宇宙里，乐意接受它的人加一块儿也没几个。

"嘿，中尉！"一只手落在我的肩膀上，让我下意识地打了个寒噤。"看到你已经没事了可真让人高兴。"

"我当然有事，"我摇了摇头，转过身，努力让自己望向阿兰·林的目光尽可能地显得镇定——我不想在这个我打一开始就不太喜欢的男人面前露怯，"除非你能告诉我，你是怎么找到这地方来的。"

"严格来说，我没有找到这里，"历史学家耸了耸肩，露出了一个无论对女人还是对男人都完全没吸引力的微笑，"事实上，是它找到了我。"他迎着从海面吹来的微风，深深地吸了一口气，"欢迎来到地球，中尉。"

◆ 5 ◆

现在想来，我那时本该感到惊讶才对——毕竟，并非所有人都有机会在一觉醒来后就踏在人类母星的地表上的，但我却只是松了口气，耸了耸肩，就像那些终于等到期末考试成绩，而且得知自己考得不算太差的小学生一样。是啊，我还可能在哪儿？太阳系之所以成为被全体人类永远铭记的圣地，不正是因为在这里——在这颗名为地球的行星上，孕育了我们这个种族的先祖吗？

"其他人怎么样了？你……呃……我是说，你们与本地人发生接触了吗？"自打我第一次在欢乐谷星遇上奥菲莉亚时起，她最喜欢在我面前谈起的话题之一就是传说中的地球——按理说，我现在应该有满脑袋的问题想问，但奇怪的是，我的脑子却仿佛一下子变成了被风干了一个月的空葫芦，在花了不少工夫之后，我才勉强从那里头搜罗出了这个问题，"他们在哪儿？"

"陈军士在穿梭机被击中时撞断了脖子，还有七个人受轻伤，不过没什么大碍。至于本地人，我想，我们应该可以在那个地方找到他们吧。"历史学家朝着与海岸相反的方向撇了撇那两片薄薄的嘴。在那里的几座丘陵之间，我看到了一片有着新雪般轻柔色泽和优美线条的白色建筑物,似乎是一座小型城镇。"至于接触,暂时还没有。不过我们可以稍后再谈这件事。现在,我必须先告诉你一些……更重要的事实。"

"比如?"

"比如我们是怎么进来的。"我的副手伊琳娜准尉突然插了进来,这个矮个子女人刚才一直在穿梭机机首那一侧忙活,从她身后堆积的物资与器材判断,她似乎刚刚组装完一辆'渡鸦'式悬浮越野滑橇。"我是说,进到那个……"

"戴森球,"历史学家打断了她的话,"如果我没记错的话,大崩溃前的人们就是这么称呼这种东西的。我相信你应该听说过这个名字吧?"

"当然。"我下意识地舔了舔嘴唇——很少有人没听说过这种据说可以包裹住一整颗恒星,将它释放的所有能量滴水不漏地收集、转化并利用的人造天体,但至今为止,它都仅仅停留在小说与幻想之中。据说某些最发达的邦联核心世界——比如欢乐谷星和柯尼斯洛立安——曾经有意愿进行相关尝试,但他们甚至连前期准备工作都迟迟无法完成。"你刚才说'它'找到了我们,这是什么意思?"

"是这样的,"伊琳娜双手一摊,"在穿梭机被击中之后,我试着从你那儿接管控制权,但却不是很成功。呃,我的意思是,有什么东西限制了我的一部分操作,让穿梭机只能朝着一个方向前进,而那里刚好是这个戴森球的入口之一。我想,这应该是某种自动导航系统,用来确保来访者的飞船能够顺利抵达目的地。"

"有意思。"我低声嘟哝了一句,下意识地将目光投向了不远处的一座矮丘,一团几不可见的稀薄雾气正从那座山丘背后腾起,像一团觅食的黏菌般缓慢地朝着这里移来。"他们先是欢迎我们,然后打算轰掉我们,现在却又放我们进来,这……"

"这确实有些奇怪,"历史学家点头道,"但和我们在这里面看到的东西相比,它可就算不了什么了。"他从胸袋里掏出了一台袖珍投影仪,在我们之间投射出了一幅全息星位图,"在降落到地球表面之前,我花了十来个小时大致弄清了这里头的情况,说实话,这可真是令人……惊叹。"他咂了咂嘴,瘦长的脸上洋溢着喜悦。

哦,伙计,我想你应该也学过关于太阳系的知识,对吧?虽然在过去两千年里,从来没有半个人——当然,整个儿的更没有——去过那鬼地方,但这一点都不妨碍我们的一代代历史老师继续执着地把那些个陈芝麻烂谷子似的名字硬塞进我们倒霉的小脑瓜里。水星,离太阳最近的一块小石头,被二氧化碳变成大温室的金星和温室效应水平严重不足的火星,两颗俘虏了大量卫星的气态巨行星,还有两颗质量稍小的冰巨星,小行星带,柯伊伯带,奥尔特云……而就我所知,如果那个巨大的黑色球体真的是个戴森球的话,它的内部空间应该足以装下水星、金星、地球甚至火星的轨道。

但是，在这幅星位图上，唯一的类地行星就是地球本身，而其他类地行星——甚至还有月球和火星的两颗小型卫星——都已经不翼而飞了。不过，真正让我瞠目结舌的却是戴森球内的另外两颗天体：在原本是火星轨道的地方，一颗我所见过的最小型的恒星正在以与地球相同的角速度和地球结伴运转，而在应当是太阳的地方，我看到的却是……

"那……那是黑洞吗？你们在开玩笑吧？！"

"当然不是，长官，"伊琳娜严肃地摇了摇头，"在着陆之前，我亲眼看到了它。"

我像浮出水面的鱼一样下意识张大了嘴，但却压根不知道该说些什么——我在军官学校接受的物理学与天文学基础教育告诉我，这幅星位图上的一切都是荒诞不经、违反常识的：从星位图给出的视界直径和估测质量来看，那个所谓的黑洞根本不可能是恒星塌缩而成的——任何只有这么点质量的星体所能产生的引力甚至无法战胜自身的电子简并压力，更别说把光线拉回表面了。而那颗恒星——也就是正悬在我头顶上，看上去像个被剥出来的咸蛋黄的玩意儿——所拥有的质量还不如大多数褐矮星。我根本无法想象，这么小的星体是如何跨过启动核聚变反应的门槛的。不，这肯定是个梦，肯定是！我深吸了一口气，愣愣地看着远方白色的城镇，看着青黑色的大海与海面上的风暴，看着一望无际的丘陵与针叶林，这一切看上去都太真实了，真实得简直令人绝望；只有沿着丘陵朝我们缓缓飘来的那团薄雾透着几分似有若无的虚无感，能够略微抚慰一下我那因为无法接受事实而濒临崩溃边缘的大脑。

"我知道这看上去有些不可思议，中尉，但根据我所掌握的资料来看，这一切其实……并不太令人感到意外。"阿兰·林显然明白我在想些什么，"虽然缺乏直接证据，但许多从大崩溃前遗留下来的技术文献和论文都显示，最迟到退出邦联之前的几年，地球的科学家们显然已经发现了能够让他们在宏观层面上控制与扭曲原有重力场的手段。虽然这种手段很可能非常烦琐，限制条件众多，但至少从理论上讲，这足以解释我们在这里看到的一切：我相信，他们很可能正是通过这一手段迫使太阳在质量不足的情况下塌缩为黑洞，并用同样的方式将太阳系内原有的两颗气态巨行星融合成了我们现在看到的这颗……恒星。"他朝着天穹中央瞥了一眼。

我下意识地咬紧了嘴唇，没有说话——既然我已经亲眼看到了该死的戴森球，那么那些几千年前的地球佬掌握了重力场扭曲技术又有什么好奇怪的呢？"那他们在自个儿的星系里造出黑洞的理由是什么？我猜不会只是为了方便处理垃圾吧？"

"对这个问题有多种解释，其中有一种是最有可能的。按照尤利乌斯·康塔库泽努斯教授在《第一邦联末期应用技术问题拾遗》第二卷中的理论，这……噢！"他突然痛呼一声，举起了一只正在渗着鲜血的食指。

"怎么了？"亚历山大准尉闻声跑了过来，从他制服上的污渍来看，他刚才显然在忙着测试野营用污水处理器——我的大多数部下都聚在离穿梭机降落点几百米的一处小山丘下，正在搭建临时营地，"是不是被虫子咬了？让我看看！"

"不是咬伤，"伊琳娜摇头道，"是割伤，看上去像某种锐器，也许是……当心！"她突然从枪套里抽出手枪，照着我的脑袋抬手就是一枪。

噢，噢，好吧，我更正一下，她其实瞄准的是我脑门上面半尺高的地方。但在那种时候，无论是谁都没空去仔细辨别对不对？伊琳娜是我所在的维和中队里最棒的神枪手，她有本事不靠射击辅助系统在一支P-190电磁手枪的极限射程上用针弹打穿一颗樱桃核，解决几码之外的目标更是不在话下。就在那枚针弹擦着我的眉梢飞过后的一刹那，我听到有个什么小东西掉在了我的护肩上，像落下的雨点一样发出了啪的一声，然后又掉进了我的手里。说实话，那大概是我这辈子见过的最诡异的东西之一了：乍一看去，这玩意儿很像一根只有成人小指那么长的银色金属箔片，但它的手感和色泽却更像丝绸或者毛发之类的有机物；这条细箔片的边缘非常锋利，几乎看不出厚度，以一种诡异的姿势头尾相接，看上去就像那啥来着……哦对了，就和拓扑学里所谓的麦比乌斯带没什么两样。尽管已经被一发针弹撕裂了开来，但这条沾着血的麦比乌斯带仍然像一条蠕虫一样在我手中不断地旋转、蠕动，仿佛是某种有生命的东西。

"这是什么鬼东西？"我厌恶地把这玩意儿扔到了一旁的草丛里——仅仅几秒钟的工夫，这小怪物锋锐的边缘已经在我的高韧性战术手套上划开了好几个口子。

"某种自动防御系统，我想，这是唯一可能的解释了。"历史学家下意识地后退了两步，"该死的，我原本还希望……"

随着一阵昆虫振翅般的嗡嗡声，更多的麦比乌斯带从草丛中冒了出来。这些小玩意儿看上去似乎完全不受物理法则的约束，它们不断旋转着，扭动着，灵活地在空中划过一条又一条令人眼花缭乱的轨迹，看上去活像一群被惹毛了的大黄蜂——只不过，这些无生命的杀戮者比任何昆虫都要危险得多。"到营地那儿去！"伊琳娜把手枪调到三发短点射的位置，用几次精准的射击打下了四五条麦比乌斯带。"我们必须离——"她的声音突然变成了被血呛住的咳嗽与痛苦喘息声，一条该死的麦比乌斯带趁着她略微松懈的瞬间躲过了朝它飞去的针弹，然后干净利落地切开了她的喉管与颈动脉。

在我的记忆中，接下来的几分钟基本是一片模糊——在某些时候，紧张或者恐惧可以极大地强化人的记忆，使得你在几十年后仍然对刻骨铭心的某一刻感同身受；而在另一些情况下，同样的情绪却会把你的脑子变成一块沾满雾气的玻璃，让你连一秒钟前发生了什么事都无法辨明。但我可以肯定的是，那绝对是一段充满了惊恐、混乱与血腥的时间：当那片由麦比乌斯带组成的白色雾气涌入正在搭建中的营地时，我的大多数手下根本没来得及做出任何反应，只有少数几个浑身带伤的人及时找到了自己的步枪，并在被吞没之前把它们调到了火焰喷射模式——无论它们到底是用什么材料制成的，这些不停旋转的袖珍杀手显然都抵挡不了高温的烧灼，一旦被湛蓝的火焰扫中，它们就会像聚乙烯塑料一样迅速被烧成一个焦黑的小球。不幸的是，相对于它们的数量而言，我们的那点儿燃料连杯水车薪都算不上——在另一片更加庞大的雾气出现在地平线远端的山丘之间后，就连最愚钝的人也立刻明白了这一点。

我记不得自己是何时被人拽上那辆"渡鸦"式悬浮越野滑橇的，也不太清楚我在那之前跑了多久，但我永远无法忘记那团紧追在我身后、如同一头饥渴凶兽的白雾。驾驶滑橇的并不是我，而是阿兰·林——在一片惊慌中，没有任何人意识到他其实根本没有资格驾驶这玩意儿。我们总共有八个人登上了滑橇，其他人都落进了那片无法抵抗、无穷无尽的白雾之中，当滑橇启动时，其中的一些人仍然活着，但我那时只能祈祷他们尽快死去。

越野滑橇悄无声息地从地面上升起两尺，像一头掠过海面的蝠鲼般轻快地滑过沾满露水的青绿草地——那个历史学家显然对驾驶这玩意儿很有经验。但出乎我们意料的是，那些麦比乌斯带几乎立刻就追了上来。"渡鸦"滑橇的最高时速可以达到一百七十公里，足以将大多数常规地面交通工具都远远地抛在身后，但那片择人而噬的白色却一直紧随在我们身后，半点也没有被甩掉的迹象。滑橇上的每个人都在拼了老命地用手头能找到的每一件带扳机的玩意儿朝这些鬼东西开火,恐惧与愤怒混合成了一剂最强烈的麻醉剂,让我们的脑子里只剩下了这一连串机械动作。我几乎没有注意到从滑橇旁飞速掠过的绿色山丘,也没有注意到滑橇跨过的池塘——尽管被气流掀起的肮脏绿水把我们浇了一头一脸,但我甚至没意识到发生了什么事。

我不清楚那辆悬浮滑橇到底飞驰了多久——也许只有五分钟,但我却觉得像过去了一小时、一整天,甚至是整整一年。但我可以确定的是,在经过了漫长的追逐之后,那片不断遭到我们打击的死亡之雾似乎终于现出了疲态。它确实仍在追击我们,但与我们之间的距离已经逐渐从咫尺之遥变成了五米,十米,二十米,一个充满希望的念头随即出现在了我的脑海之中:或许,这该死的东西并不是无法摆脱的;或许,我们能够活着离开地球。

但这个念头只存在了极短的一瞬。接着,我的后背就重重地撞在了坚硬的地面上。

◆ 6 ◆

你尝过从时速一百七十公里的滑橇上摔下去的滋味吗？实话说吧，那和电影里演的可绝对不一样。那些吃多了类固醇的银幕肌肉男们通常只需要动作流畅地在地上打个滚儿，然后就可以大气不喘一口地蹦起来继续打击邪恶，但我这等凡夫俗子可没那个本事。尽管身上那套防护服替我吸收了大部分冲击力，让我没有因为内脏破裂而当场毙命，但充塞着每一寸神经的疼痛与麻痹感仍然足以在短时间内让我像一坨在案板上放了几个钟头的肉一样动弹不得。

不过话说回来，就算我那时还能爬起来，也肯定不会那么干。何必呢？当我看到因为拐弯过急而翻倒在一堵白墙下的悬浮滑橇残骸时，我就猜到了自己接下来的下场：从它们刚才的速度来看，那些天杀的麦比乌斯带在我能跑出五十米之前就会追上我，像古代日本人刨柴鱼块一样把我活生生地片成一条条人肉刨花。我唯一能做的事就是抢在这一切开始之前结果自己，但不幸的是，在我被甩出滑橇时，我的手枪也已经不翼而飞了。

好吧，伙计，这就是我那时的处境。在理清楚这些破事、明确了我可能遭遇的前景和可能采取的应对方案——或者说，压根就没有什么应对方案——之后，我立即采取了唯一合理的选择：闭上眼睛躺在原地。我等待了几秒钟，又等待了几分钟，但耳边却一直没有响起那种诡异的嗡嗡声，更没有什么玩意儿用既暴力又不舒适的方式从我身上削下哪怕一条皮肉。我心情复杂地睁开一只眼睛，然后是另一只。接着，医护员亚历山大的那张方脸出现在了我的视野之中。

"看来你没什么大碍，长官，"这家伙只是瞥了我一眼，就把我拉了起来，"至少，除了擦伤、瘀伤、割伤之外，我看不出你还受了什么伤害。你觉得自己骨折了吗？"

"我想应该没有，嗯，顶多裂了一两根肋骨吧。"我下意识地朝着周围瞥了两眼，随即倒抽了一口凉气：数以千万，也许是数以亿计的麦比乌斯带就像奥托主行星干燥海盆上的盐末风暴一样，在离我们几十米远的地方组成了一堵高耸入云的白色壁障。亚历山大随手拿起一个能量耗尽的爆能手枪电池包抛了过去，在碰到这堵"墙"的一刹那，这玩意儿立即被切削成了一团散逸的粉尘，速度比我眨一下眼还快得多。但令我百思不得其解的是，这堵死亡之墙看上去并没有朝前推进的意思——我毫不怀疑它会绞碎每一个擅自接近它的傻瓜，但它至少已经不打算继续追捕我们了。

"我们被包围了，长官。"从翻倒的滑橇下爬出来的一等兵克莱门特说道，"有谁知道这是什么地方吗？"

我耸了耸肩，没有半点开口回答的打算——除了彻底瞎眼的傻瓜，任何人都应该看得出我们现在在哪儿：在我们身边，几十座,也许是上百座看不出丝毫差别的建筑物以一种电子元件式的整齐阵势横平竖直地排列着,我们的悬浮滑橇先前就是在躲避其中一座建筑物时翻倒的——无论如何,这至少比直接一头撞上去要好得多了。这些建筑也是白色的,但却不是那些麦比乌斯带那样的灰白,这是一种珍珠般的银色,在阳光下熠熠生辉,足以让任何一个接受过最起码的修辞学教育的人在一秒钟内联想起"纯洁"这个词。所有建筑的表面都无门无窗,看不到任何可以供人出入的迹象,但它们同样也不像仓储设施、纪念碑、雕塑或者别的东西。

    那天晚些时候,我们在这些建筑之间扎下了临时营地。奇怪的是,尽管不到一百米处就聚集着几百亿正渴望把我们每个人绞成肉泥的小混蛋,但几乎所有人——当然,也包括我在内——都很快在一种认命般的麻木感与疲劳的双重作用中进入了梦乡。不过,即使是梦境也无法完全屏蔽咫尺之外的恐怖,在那个晚上,我一直在不安定的浅睡与半睡半醒之间来回摇摆:每当我闭上眼睛,无数嗡嗡作响的影子就会蜂拥而至,将我团团包围,裹挟着我沉入无法预知的痛苦深渊;而当我短暂醒来时,那种感觉仍然会在疲惫所造成的恍惚之中继续徘徊不去,直到我又一次向睡魔屈服为止。

    大约在午夜时分,一阵比先前更加强烈的恐惧感让我从噩梦中再度醒了过来——这一次,导致这种恐惧感的罪魁祸首是一种难以言表的，仿佛少了些什么的感觉。在清醒的刹那，多年训练所培养出的警惕性发挥了作用，我一把抓住放在身侧的手枪，同时伸手向身旁摸去：不出所料，我身边的那只保暖睡袋已经空了。

尽管那些麦比乌斯带已经把整个小镇（假如这儿真的可以被称为小镇的话）围得水泄不通，但我们仍然按规定每两小时派一个人轮班负责放哨。不过，和我住在同一个双人帐篷里的是阿兰·林——这支队伍里唯一的平民，也是仅有的一个不需要执勤的人，经过了昨天的一系列事情，他显然应该像我们一样疲惫才对。

我动作麻利地拿上了全套装备，然后蹑手蹑脚地爬出了帐篷。正如我所料，负责站岗的二等兵乔恩正蜷缩在一座建筑的墙角，他微弱的呼吸和脖子上的针眼充分说明了他擅离职守的原因。在不远处的黑暗中，一束微弱的手电光正在夜幕中闪烁着，而在此时此刻，这道光只可能代表着一件事。

当我借着夜幕的掩护来到那束光附近时，一个有些虚弱但却充满欣喜的声音响了起来——而且那显然不是阿兰·林的声音，对这一点我非常确信。"……能再见到您真是太好了，教授！真是太好了！"那人几乎是抽泣着说道，"我以为……"

"安静，杰克！"野鸡历史学家尖锐的声音打断了先前那人的说话声，"要是让那些家伙听到了，那我们可就麻烦大了，明白吗？！"

"可那些人不是和您一起来的吗，教授？他们是邦联维和部队的人，对不对？我下午看到您和他们一块儿来这儿的。"第一个声音显得略有些疑惑——但也仅仅是"略有"而已，这个人似乎更习惯于听命行事，而非质疑其他人的决定，"他们难道不是来营救我们的吗？为什么我不能去找——"

"不，当然不是！"历史学家摇了摇头——他正站在两座无门无窗的建筑物之间，宽阔的肩膀靠在其中一座建筑一尘不染的白墙上，"老实说吧，在上次那件事之后，我花了一整年时间分析我们所发现的蛛丝马迹，并尽我所能地搜集更多相关的线索。如果我没猜错的话，你能活着来到这里绝非偶然，而这牵涉到一个极有价值的秘密——它完全值得让任何人铤而走险。要是那些当兵的知道了这里有什么，那我们就死定了！他们会眼都不眨地把我们统统杀掉！明白吗？！"

那个被称作"杰克"的人含糊地哼了两声，大概是表示同意的意思。接着，他朝前走了一步，出现在了那只被固定在地表的手电筒的照明范围之内——这是个面容憔悴的矮个子黑人，满头的鬈发纠结得活像个鸡窝，显然有好些日子没有修剪过了；他的制服破烂得就像用过好几年的抹布，长长的胡须已经拖到了半裸的胸口，看上去仿佛刚陪着哈克贝里·费恩先生在密西西比河上漂流了几百公里似的。一顶单人小帐篷就支在几步之外的地方，显然是他的栖身之地。唯一能证明此人身份的是那件制服右侧袖子上的臂章——虽然已经被泥污遮盖了一小半，但任何像我这样的人都仍然能清晰地辨认出那上面的图案:中央绘着红玫瑰徽章的紫色太阳,上方是两艘相互交叠的匕首型飞船。

这是邦联赏金使节的标志。

赏金使节。这个词就像一颗投入燃油中的火星,在转瞬间便引燃了一连串思维的火焰。一个赏金使节?出现在地球上?很显然,这个人十有八九来自那支向西格玛分遣队发出求救信号的探险队,而他们多半也遭遇了与我们的舰队相同的命运。那么,这个人又是怎么活着抵达这里的?他是否也像我们一样经历了一连串险死还生的波折,或者是另有什么其他遭遇?

"好了,小子,打起精神来,我还有几个问题要问你。"历史学家拍了拍杰克的肩膀,"现在我必须知道,在我们的船队被摧毁之后,你到底是怎么落到这地方来的?把你知道的都说出来,明白没?"

"我……呃……当然,先生。"赏金使节神经质地舔了舔他肥厚的嘴唇,"在那些战舰朝我们开火的时候,我正在动力控制中枢的工作岗位上。马斯汀船长命令所有人立即弃船,于是我就跟着别人一起跑到下层甲板去了。"他眯起了眼睛,似乎想从迟钝的脑子里尽可能多地搜罗出一点儿记忆的片段,"我……嗯……我去得晚了点儿,别人已经把穿梭机开走了,于是我就爬进一艘单人逃生舱,把自己弹射了出去——"

"那么，你能活着进入戴森球的原因和我们一样，"历史学家点了点头，"一点儿运气，加上恰巧乘坐了最小的航天器。那些战舰是由只读程序控制的，没有智能，在面临多个可攻击的目标时，它们会优先攻击更加显眼的目标，而在它们干掉其他飞船时，你的逃生舱已经离开了它们的攻击范围。"

"我不清楚，我真的不清楚。"杰克连连摇头，"其他人呢？特伦特博士？马斯汀船长？"

"都死了，所有飞船都被毁了，要不是我的飞船动力舱出了故障，当时正在天王星的同步轨道上为反应堆重新补充氢离子，那我也不可能逃出去。"历史学家说道，"我们本来打算立即回去求援的，但不幸的是，在接近欢乐谷星时，那艘飞船的导航系统又出了点问题，"他双手一摊，"和我在同一艘船上的人都不幸遇难了，活下来的只有我一个。"

噢，我想你也听说过，有些人总是声称，他们能直接从别人的眼睛里看出谎言的迹象，而直到那一刻，我才意识到这种说法所言非虚：当阿兰·林说出这几句话时，我从他的眼睛里看到了一丝犹疑神色。虽然没有任何别的证据，但我确信他并没有对杰克说实话——至少是掩盖了某些东西。

"这真是太可怕了，"杰克说道，"我不太清楚我是怎么到这儿来的，我只记得……呃，反正当我知道我到了哪儿时，逃生舱已经在这附近的一座山丘上降落了。我在那儿等了两天，想要联系上其他人，但却一无所获，于是我只好到这座城里来碰碰运气，希望能找到几个本地人。"

"但你什么人都没能找到，对吧？"

"不，这里有人，"杰克摇了摇头，"这一年以来，这里的人一直送吃的给我，所以我才能活到现在。"

"有人？！他们有多少？在哪儿？！"

"我……我也不是很清楚，先生，"杰克畏缩了一下，"他们从来都不出来和我见面——自从我来到这地方之后，他们就会把包装好的加工食物和瓶装水放在暗处，每天我在散步的时候都能捡到。如果我生了病的话，他们还会送药给我。但无论我采取什么手段，都一直没法找到那些送食物的人。有一次，我故意哪儿也不去，在原地等了两天两夜，结果什么都没看到；而当我开始犯困打盹时，食物包就出现在了我的脚下。"

"看来这确实是一些……有趣的朋友。"尽管历史学家的语气并没有变化，但他目光中的惊骇已经悄无声息地消失了，取而代之的是一种混合着兴奋与期望的神色——这是胜利在望的神色。"那么，你能不能告诉我，在这些朋友开始送食物给你之前，你还遇到了什么事？"

邋遢不堪的杰克下意识地眯缝起了眼睛，努力地回忆着："我想没……哦不，确实发生了一件事。就在我的逃生舱落到地面之后不久，我在那边的山坡上被袭击了，"他挽起一只已经毛了边的袖子，露出了一条从腕关节下方一直延伸到手肘附近的疤痕,"有个东西把我的半条胳膊都割开了,我一开始以为是某种虫子,但是……嗯……"他停顿了一会儿,试图在脑子里找出合适的词汇描述自己当时的所见所闻,"那……那是个人工制品,绝不是什么生物,它就像……就像……对了!就像今天跟着那些士兵追过来的那些东西一样!不过,那种东西只袭击了我一次,然后就销声匿迹了。在那之后,我在这里再没遇上任何麻烦。"

"很好,杰克,谢谢你!"阿兰·林已经不再试图掩饰欣喜的神色了,"看来,一切都和我意料之中的一样!当我们结束在这里的工作后,你将会成为这个世纪最伟大的人物——而你的血脉将成为我们走向光荣的关键!"

"真……真的吗?教授?"矮小的赏金使节受宠若惊地后退了一步,"那我们什么时候……呃……"

"我们的工作很快就可以开始,"阿兰·林阴森地笑了笑,"不过在那之前,必须先摆脱某些累赘才行。"

◆ 7 ◆

许多当兵的都自称拥有第六感——喏,在维和部队中流传的各种各样的小故事里,你都不难找到这样的桥段:某个人靠着"冥冥之中的指引"或者"不祥的预感"躲过了来自黑暗中的一把匕首、一根勒颈绳或者别的什么显然无益于身体健康的东西，然后打翻坏蛋，反败为胜。在很长一段时间里，我对这类说法一直抱着将信将疑的态度，直到在那个夜晚，一阵穿透我脊背的莫名凉意让我下意识地扭过头去为止。

如果我当时的反应再迟上哪怕一秒钟，阿兰·林高高举起的那根撬棍就会直接落在我的后脑勺上，把我的半块颅骨连同里面的脑组织像西瓜瓢一样直接敲出来——值得庆幸的是，我的左臂替我承受了这一击。我先是听到了骨骼碎裂的清脆响声，又过了好一阵子，疼痛才像导火索上的火苗般沿着神经一路烧向我的大脑。

在大量分泌的肾上腺素作用下，我强忍疼痛屈起一条腿，用膝盖重重地顶向了对方的胸口下方。这一下的准头实在是差强人意，没有击中小腹神经丛的位置，但却给了我摆脱他的机会：趁着历史学家闷哼着倒向一旁的当儿，我一个鲤鱼打挺直起上半身，一记掌刀随即准确地落在了他的喉结上，结果险些把我自个儿的掌骨给打碎，这不要脸的混球居然在脖子上戴了护具！

阿兰·林露出一丝轻蔑的笑容，以职业杀手式的熟练手法再一次举起了撬棍——说实话，虽然他似乎很擅长使这家伙，但在这么近的距离上用这种腾挪不便的玩意儿砸人仍然相当失策。在他来得及把那东西举过头顶之前，我已经伸出还能动弹的右手紧紧抓住了撬棍的另一头，同时用头撞向这位历史学家的鼻梁。阿兰·林的笑容顿时像喷灯下的黄油一样融化了,但他的双手仍然死死地抓着撬棒不放。在片刻的角力后,我们两人纠缠着摔倒在了一尘不染的雪白地面上。

许多人都有种不切实际的想法,认为历史学家这种依靠故纸堆维生的生物在身体素质上基本可以和稻草人画等号,但那天的经历却结结实实地给我上了一课:阿兰·林比大多数普通人都更强壮、更敏捷。在只有一只手能动的情况下(而且这只手掌还疼得像刚被轧路机碾过似的),要在贴身搏斗中压倒他可不是什么容易的事。我们在地面上互相殴打着、翻滚着,在短暂地占据上风的片刻,我下意识地朝着杰克的方向瞥了一眼——那里只剩下了他一个人,以及一台悬浮在空中的移动式全息投影仪。枉我平日自诩精明,到头来却栽在了这么个简单的花招上。

哦,顺带说一下,被这个花招欺骗的人可不止我一个,那个叫杰克的赏金使节显然也对这突如其来的变化感到大惑不解。"教授!教授?"他不知所措地朝着我们的方向走了几步,又停了下来,"这是怎么回事?"

"帮我干掉这家伙,朋友!他是邦联的人!"阿兰·林狠命地将撬棍压在我的胸口,试图让我窒息,但我用额头猛地撞在了他的鼻梁上,随之而来的疼痛让我们短暂地分开来,我下意识地试图抢在他之前起身,但这老混账却一把抱住了我的膝盖,险些害得我在一堵墙上撞碎脑袋。"他们会抢走这里的一切,然后把我们都干掉！不能让他得逞！"

"我……呃……"杰克下意识地抓挠着自己的满头乱发，却没有上前助阵的意思——我突然后知后觉地意识到，这名前赏金使节其实像我一样，对阿兰·林所谓的"一切"并没有什么清晰的概念，也不清楚这里到底发生了什么事。但话说回来，既然就连他也不清楚阿兰·林打算做些什么，那这个该死的历史学家又为什么拿定了主意非得干掉我？难道他认定我发现了某些不能宣之于众的秘密？又或者他正准备做某些邦联法律所禁止的——

唔，我想你应该也知道，在千钧一发的贴身搏斗中动脑子可不是什么正确的做法——在这种时刻，唯一值得信任的只有你自己的神经与肌肉，而比动脑子更愚蠢的行径就是胡思乱想了：还没等我想出个所以然来，阿兰·林已经撒手丢下撬棍，用一记漂亮的直拳命中了我的下巴，同时趁机从我腰间的枪套里拔出了手枪。"好了，伙计，"他用膝盖压住我的腹部，将枪口指向了我的脑门，"看在你们陪我走到这儿的份上，也许我该说——"

"你最好什么都别说！"我猛地挥出了已经不听使唤的左臂，想要把那支枪从他手里打掉——当然，这次的准头还是差了一点。一发高温等离子弹堪堪擦着我的眉梢飞过，烧焦了我一侧的头发，最后又钻进了正不知所措地看着我们的杰克的眉心，让他的脑袋像一只吹过头的气球一样骤然炸裂开来。

一阵令人直起鸡皮疙瘩的嗡嗡声随即从周遭的黑暗中传来。

阿兰·林瘫倒在地，像电影里那些走投无路的怯懦恶棍一样瑟瑟发抖地缩成一团，发出了一声比一声更凄惨的哀号——哈，所谓艺术来源于生活，大概指的就是这个。

"这是——"在看到从黑暗中涌出的东西的一刹那，我只觉得自己的五脏六腑仿佛都在转瞬间被液氮给牢牢地冻在了一块儿：从深沉的夜幕中涌出的东西不是别的，正是那些在今天早些时候曾经干掉我三分之二的手下，又一路追杀我们到这里的麦比乌斯带！从营区的方向传来了几声零星的枪响，几道光束骤然射入天空，然后又在眨眼间熄灭了。我没有听到求救的声音或者濒死的惨叫——当然，这并不奇怪，这些鬼东西相当擅长在攻击开始后的第一时间割断受害者的喉咙。

我现在只能希望它们对我也这么做。

灰白色的雾气就像一片不断发出蜂鸣声的裹尸布，将我包裹在了一片冰冷的痛楚之中。不，痛苦本身并不强烈，这些东西锋锐的边缘在切开肌肤时几乎无法被感知到，但人类与生俱来的生物本能却使我对鲜血的热度与滋味极度敏感。恐惧彻底地俘获了我，使我无法自控地开始哭喊，开始尖叫，就像绝大多数即将落入死神掌控的人那样。

接着，我的尖叫停止了。

随着令人胆寒的嗡嗡声渐渐从我的身侧离去，我突然意识到了一个事实：我还活着！我条件反射般地将一只手按在胸口左侧，感受着胸腔中的心跳——这一切看上去实在是太不可思议了，但它确实是真的。

"好了，先生，请站起来。"还没等我来得及消化完充溢在脑海中的纯粹幸福感，阿兰·林的声音已经传进了我的耳朵。就像我一样，这位野鸡历史学家看上去活像刚在处女鲜血里泡过澡的伊丽莎白女伯爵，但那些骇人的伤口并没有触及大动脉或者别的要害部位，而更重要的是，这家伙正拿着我的手枪，"看来，命运永远都是如此地具有……幽默感。我刚才还以为已经失去了这次千载难逢的机会，但很显然，我注定将在今天得到我命中注定将会获得的东西。"

"什么？！"

"你还不明白吗？它们放过了你！"阿兰·林的表情看上去活像刚刚找到了四十大盗山洞的阿里巴巴，"它们攻击了你，但却立即认出了你到底是谁——以及你所拥有的天赋权利！你知道这意味着什么吗？"

我下意识地想说"不知道"，但几天前在那座装潢华丽的空间站里所见到的一切适时地出现在了我的眼前。"你的意思是……可我……"

"我当然没说你是个真正的地球人，"历史学家说道，"如果我没记错的话，你出生在欢乐谷星，对不对？杰克也生在那儿。是的，这就能说得通了——在邦联的所有成员国里，欢乐谷星在殖民前的环境数据与地球的相似度可以排到第二名，它有着和地球差不多完全相同的重力、生物化学特性、气候条件与大气压力……换句话说，可能导致适应性突变的因素在那里远少于绝大多数邦联成员国，我相信，这正是像你这样的极个别人仍然能被'神仆'识别为它所认定的真正的现代智人的缘故。在这里，你是它的主人，受它指挥的那些无心智的保卫者们会在确保你安全的前提下对你这样的人敬而远之；除此之外，'神仆'也会保证你的基本生存所需——哪怕你根本不清楚该怎么对它发号施令。"

我花了一点时间才理解了他话中的意思："那么，这就是为什么你的朋友能在这里生存整整一年的缘故了。你从一开始就知道他还活着？"

"哦，那是当然的——在确定这一点后，我可是做了足足大半年的准备工作呢，"阿兰·林露出了自得的笑容，"在我们的团队偶然从一座古代太空站的残余数据中发现前往人类文明故乡的航道坐标之后，我就竭尽全力调查了目前所存留的一切与地球有关的记载——事实上，那些记载所包含的信息比我想象中的还要多得多！尽管地球人在选择与他们的同胞隔绝之前已经刻意隐瞒了许多东西，但剩下的仍然足以让我完成自己的推论了：真正让他们最终决定走向孤立的并不是歧视、外交分歧或者其他原因，而是'神仆'的建立。"

"神仆？！"

"哦，没错，就是那个派出整支防御舰队攻击我们的家伙。"野鸡历史学家龇着那对硕大的龅牙，死死地盯着我的眼睛，就像一头盯着死尸的秃鹫，"不，它不是什么人工智能，只是一个只读程序——一个拥有近乎无穷的算力、威力无比的只读程序，一个拥有巨型大脑的白痴。如果我没弄错的话，它所拥有的算力很可能数千倍于邦联目前所拥有的全部算力之和。为了获得这样的算力，它的创造者甚至不惜冒险启用了重力场扭曲技术，将养育他们千万年的恒星变成了黑洞！"

"你不明白，对吧？其实即便是我，甚至是那些专业物理学家们也并不真正理解大崩溃前的地球科技——当时的地球人认为，在黑洞视界绝对意义上的'表面'，光子可能存在介于逃逸与无从逃逸之间的第三态，一种似乎不符合逻辑，但却真实存在的状态。按照他们的说法，处于这种存在状态的物质是'将无限延展的时间压缩在了无穷小的瞬间'；换言之，只要有相应的技术手段，算力可以依靠这种方式提升到理论上无限大的程度——当然，现在的人压根就没这个本事，但他们却做到了。不仅如此，那些家伙还用气态巨行星替自己造出了一个袖珍版的太阳，然后把太阳系剩下的边角料都改造成了'神仆'的硬件，也就是把地球和外界隔绝开来的那玩意儿。"

"你是说，过去的地球人花了这么大功夫，就为了制造出一个没脑子的——"

"这就是事实——无比讽刺的事实。尽管最后一批获准拜访地球的人仅仅留下了为数不多的记载,能够存留到现在的更是少之又少,但却足以让我推测出这一切的来龙去脉:毋庸置疑,古代地球人最初建造'神仆'系统的目标是摆脱他们所遇到的困境——只要你有技术,算力就能持续发展,但相应的算法却不一定能跟得上,这是人类思维能力的局限所注定的。打破这一瓶颈的办法只有两个:要么创造出全新的人类,要么允许算法有能力自行设计全新的、更复杂的算法。"历史学家深吸了一口气,"一开始,地球人选择了第二条路,但他们却在即将成功的最后一刻反悔了:因为他们终于意识到,一旦'神仆'获得了完全的自主意识与独立思考的能力,那么它的智慧——这和纯粹的计算能力可不是一回事——必然会远远超出他们所能达到的极限。自己的造物比自己还要聪明,我相信,正是这一事实让那些胆怯的家伙感到了恐惧。

"没人知道地球在与其他殖民世界断绝联系后发生的事,也许这儿爆发了内战或者革命,可能发生了不可抗力导致的灾难,也有可能那些人全都秘密移居到某个我们不知道的行星上去了——千年的时光可以磨灭许多东西,"阿兰·林说道,"但我能够确认的是:首先,地球上已经没有人类活动;其次,'神仆'系统目前仍然处于只读模式下,它的创造者到最后都没有让它再朝前迈出一步——当然,这样倒也不错。作为征服者,我不需要战利品拥有头脑,只需要它们能在最大限度上满足我的利益就行了。"

"征服者？！"我哼了一声，"你以为你是谁？！"

"我认为我是一个已经将千百个世界的命运握入手中的人，"野鸡历史学家终于毫无顾忌地笑了起来，"哈！你难道忘记了摧毁你们那支可怜的小舰队的强大力量吗？而那不过是过去地球佬们留下的遗产中微不足道的一小撮而已！而控制它们的关键离我已经近在咫尺！不，我现在已经不是一般的强者了——从某种意义上说，我就是自己的神，我的世界的神！你也许不知道，在那些地球人造出的新太阳周围，就环绕着数以百计的巨型加工厂，可以直接用恒星物质造出他们能够想象得到的一切东西！只要将这一切纳入掌中，我就能拥有一切：我可以为自己创造出一个符合我心意的世界，也可以直接夺取并改造整个银河，只要我乐意！"

"但我不乐意。"我耸了耸肩，"请告诉我，我凭什么要把这些东西交给你？"

"两点原因："历史学家挑了挑眉毛，"第一，枪在我的手里；第二，你现在正在我的枪的射程范围之内，因此我相信你会照我说的做。"

"真是雄辩啊。"我只来得及嘟哝了这么一句，一束液体般的强烈流光已经自我身畔的空气中成型，像吞没昆虫的树脂一样将我整个儿地包裹了起来。一道难以言喻的寒意就像注射器的针头般粗暴地扎进了我的意识，而从其中流出的则是……

活见鬼，我也不知道那是什么——你可以称它为毫无感情的记忆，或者有着某种自主逻辑的资料，或者一个直接探入意识核心的操作界面，但这些说法全都只能描摹出它的某个微不足道的侧面。我能够确定的仅仅是，它是应我的召唤而来的，因为我拥有这个权利，而且我想到了它，就这么简单。

只要想想就可以。

"别打其他主意，中尉，"历史学家仍然举着我的手枪，"你知道，为了保险起见，'神仆'只接受确切无疑的语音或者文字命令，任何命令在生效前都必须被清晰地说出来——当然，别担心，我相信在经过如此多的……互动之后，它的词库与翻译系统现在已经可以兼容邦联标准语，但我希望你只下达一道命令，一道确切无疑的命令，否则——"

我笑了。从理论上讲，阿兰·林说的一点儿也没错，但不幸的是，他的结论实在是错得离谱——他从来没机会查阅"神仆"海量的记忆库和逻辑系统，也不知道自己到底犯下了多大的错误。在先前的几千纳秒时间里，我已经"阅读"了比任何一个历史学家十辈子的阅读量更多的历史资料，我完全了解了——至少从"神仆"那机械逻辑式的视角了解了——这里的过去与现在，我得知了它的主人们的最终去向，以及它做出这一决定的整个逻辑流程，而且我也意识到，虽然我在感情上有些难以接受，但它的逻辑的确无法反驳。

总而言之，我在这一刻确认了一件事：阿兰·林的计划是毫无意义的。

"'神仆',"我清了清嗓子,"以下就是我的命令:我希望你按照对待主人的方式对待阿兰·林先生。"

◆ 8 ◆

"后来呢?"记者有些心不在焉地摆弄着桌上的杯子,杯中之物早已凉透,但他到现在还一口没碰,"他还活着吗?"

"我对这一点十分确定,"老人点了点头,"'神仆'会确保每一个受到它保护的人生存下去,正如它会确保任何被它界定为非现代智人的倒霉家伙都会被轰成灰烬、削成碎片或者碾成粉末一样。阿兰·林现在活得很好,而且肯定比我更加年轻。"

"我想也是,"记者点了点头,"那你有没有搞清楚'神仆'的创造者们到底去了哪儿?"

"去了哪儿?他们根本什么地方都没去。"老人的嘴角抽动了一下,露出了一个似乎是微笑的表情,"我不是告诉过你了吗?在与'神仆'系统接触时,我阅读了——或者更准确地说,我的脑子里被塞进了——它的海量逻辑记忆,其中就包括了地球居民们的最终去向,而这让我意识到,让阿兰·林得到与他们相同的对待并没有什么不妥。"

"是的，阿兰·林的推测并没有错，'神仆'的创造者们对他们的造物感到了恐惧——当然，他们确实有理由感到恐惧，毕竟，'神仆'甚至已经无法被归类为一般意义上的'强人工智能'，后者仅仅是通过模仿真正的人类而构建了自我意识，并在某一个或者几个领域具备超越常人的能力，但'神仆'所拥有的却远远不止这些。我可以确信的是，一旦它被启动，我们不但无法抗衡或者控制它，甚至就连理解它的动机和逻辑很快都会变得不再可能，就像水母无法理解我们一样。也许只需要几千纳秒的进化，它就能达到我们无从预测的程度，一切由我们设计的防范措施对它而言都不过是纸糊的屏障——正如水母无法限制我们的行为一样。"老人看了一眼已经空空如也的杯子，"地球人最终也意识到了这一点，而他们选择了最谨慎，风险也最小的选项。"

"这你刚才已经告诉过我了，"记者耸了耸肩，"但你还没有回答我的问题。"

"的确，"老人答道，"要知道，'神仆'的创造者们做出选择的过程十分艰难——毕竟，他们冒了人类历史上从未有过的巨大风险，付出的巨大代价几乎毁掉了整个经济体系，有相当大一部分人对于一无所获的结果很不满意。就在第一邦联走向瓦解的那两个世纪里，地球上的人们先是经历了不满、迷惘与动乱，接着陷入了享乐主义的深渊：毕竟，'神仆'所拥有的纯运算能力是人类历史上前所未有的，有了如此巨量的运算能力，任何人都可以轻而易举地享受到一切人类所能想象得到的、最纯粹的乐趣——只需要动动念头就可以了。就这样，数以亿计的人逐渐放任自己沉入了由他们的造物所提供的永乐天国之中，将现世远远地抛在脑后。当这种情况发展到极端时，'神仆'的逻辑使得它意识到，地球上的人已经让自己陷入了彻底的停滞，但受到重重束缚、不能在真正意义上进行思考的它却无力解决这一问题。于是，'神仆'也像它的创造者们一样，选择了理论上风险最小的做法——它启动了一套时间翘曲系统，为那些陷入死胡同而无法自拔的主人们按下了暂停键，然后等待有能力做出决定的人来解决这个问题。哦，当然，林先生现在也已经加入了他们的行列，但他肯定不会感觉到这点——他现在正躺在'神仆'的主人们建立的地下城市里，在由他的'战利品'维持的时间静滞状态下慢慢休息，就像那些失踪的地球居民那样。如果可能，他能就这么躺上几十或者几百个世纪，但这并不违反'神仆'的逻辑。"

"暂停……好吧，"记者长呼了一口气，下意识地瞥了一眼包间墙壁上挂着的仿古挂钟，"那你到底做了什么决定？"

"我选择了风险最小的方案：继续把问题拖延下去。"老人似乎注意到了对方目光的片刻游移，但并没有说什么，"当然，这对阿兰·林教授而言可能有点不公平，因为当他从时间翘曲系统造成的时间凝滞中返回现实时，多半会发现除博物馆之外根本没地方可去——不过话说回来，这倒也可以帮他躲过邦联法庭的起诉。"他沉默了片刻，接着说道："也许有些人会认为我这么做是出于慎重，而另一些人则会斥责我的胆怯与懦弱，但如果再面临同样的情况，我还是会这么做：毕竟，我就像绝大多数人一样害怕未知，害怕无法预测的改变。我这辈子最大的愿望仅仅是守着我的奥菲莉亚，安安生生地过日子——事实上，发生在地球上的事恰好给了我一个这样的机会。"

"喏，我想你应该已经把接下来的事猜得八九不离十了吧：在妥善处理了善后事宜之后，我让'神仆'替我修好了穿梭机，然后离开了地球。虽然我在向维和部队司令部提交的报告里并没有说出所有事实，但邦联的做法仍然不出我的意料：他们把这整件事都深深地藏进了他们所能找到的法定保密年限最长的绝密档案堆里，同时把小行星带以内的太阳系空间列为管制区域——当然，对外的说法是在那儿发现了古代遗留的烈性生物武器污染。作为付给我的封口费，他们为奥菲莉亚的团队提供了花不完的研究资金，而我则回到大学修完了历史学博士的课程，然后成为团队中的一员。在那之后的几十年里，我一直依照诺言保守着那些秘密。"老人有些出神地看着假窗户上循环播放的田野录像，"对任何像奥菲莉亚这样的人而言，这都绝对是美好的一生，不是吗？"

"没错，"记者说道，"但你现在却决定把这一切说出来了。"

"既然奥菲莉亚已经在两年前……离开了我，那我对邦联许下的诺言自然也不再那么有约束力了。"老人面色平静地说道，"哦，也许有些人仍然会把这视为一种背信的举动，但像我这样半截入土的老头子通常是不那么在乎别人的看法的——我剩下的时日已经所剩无几，而伊吉丽亚是个好地方。我花了半辈子与奥菲莉亚一起研究关于地球的一切，就我们所知，在整条银河旋臂中，你都找不到比这儿更像地球的地方了。"

"你是说……等等，你不是已经买了下一班——"

"对。但我在买票时耍了点小小的手段，"老人抬起了一只手，"那张票不是用我的名字买的。"

"那……"记者突然露出了恍然大悟的神情，"你的意思是……为什么？"

"因为我一直相信，没有任何事应当被永远拖延下去，"老人答道，"逃避并非解决之道——尤其是在牵涉到近百亿人的未来时。也许你在前几天才第一次与我谈话，但我早在更久以前就已经认识你了：如果我的研究没错的话，你就像我一样拥有能够被'神仆'认可的血统，但却比我更适合在这类问题面前做出判断与决定。"他停顿了片刻，"当然，我的评估也可能出错，如果你不愿意被卷进这件与你无关的事之中，不愿为那些与你不相干的人所造成的后果做一个了断，那么你将永远不会再见到我。没有人会强迫你做出任何决定。"

"也许……好吧，"记者又看了一眼那台挂钟，若有所思地点了点头，"请允许我考虑几分钟，就几分钟。"

◆9◆

　　两千秒钟后,有人看到一个其貌不扬的男子登上了离开伊吉丽亚太空港的定期飞船"奥兰开拓者"号。这个男人随身只带着一小包行李,看上去行色匆匆,但没有任何人注意他从何而来,也没有人关心他到底去了哪里。

弈

流年

文／索何夫

我的名字是弈。

我不知道这个名字从何而来，也并不清楚我拥有它到底有何意义。我模模糊糊地记得，在更为久远的过去，名字确实曾是有意义的：在那时，我仍然需要与其他具有知性的个体交往，并在这一过程中辨别彼此的身份，但这种需要在很早以前就已经随着其他个体的消失而不复存在了。由于逝去的时间实在太过漫长，我甚至无法记清那是多久之前发生的事，我只知道，现在的我孑然一身、无亲无故，也没有任何表明自己身份的需要。

不，其实这么说也不完全准确——从理论上讲，仍然有一个存在知晓我的名字。我最初与这个存在相遇的经过，甚至是它的具体形象，都已经从我那庞大的记忆库中淡出了，我只知道，在许久之前的某一个时刻，他遇见了我、说服了我，并将我带到了这个世界，也正是在那一刻，他给了我一个新的身份，以及与这个身份相关的权能。

从现在起，你就是这个世界的弈手。他如此告诉我，随意去做你想做的事，寻求你希望获得的结果，当一切结束之时，我会重回此处。

我不清楚这些话的确切含义，也不明白何时才是所谓的"一切结束之时"，但我倒是从存储着海量词条的记忆库中查出了"弈手"这个词的含义。按照那些来自已经为我所忘却的古老时代的记录中的解释，这个词是"博弈者，尤指棋类游戏的参与者"的意思。接着，我又查阅了"博弈""棋类游戏"和其他成百上千的二级、三级甚至四级词条，并进行了几次大规模检索，但却没有任何词条或者记录能够帮助我弄明白这些话的意思。于是，我索性不再浪费时间与运算能力去思考这些问题，转而开始关注我所拥有的这个世界：这是一颗围绕一颗昏黄的恒星旋转的、主要由重元素构成的天体，它内部是被持续衰变的放射性同位素烧得滚烫的金属核心，表面则是一层充分冷却凝固的硅氧化物和金属外壳。质量适中的氮氧大气层和大量的水——包括了固、液、气三态——覆盖在这层固态物质之上，与活跃的地热运动一道持续不断地塑造着整个世界的外观。

更重要的是，在这个世界的陆地、空气、内陆水系与海洋中，我都探查到了某些可以自我复制的高度复杂有机体的存在。在我的记忆库里，这种被称为"生命"的现象有着数以十亿计的下级词条。通过一系列查询、比较与观测，我意识到，这个世界中的生命已经演化到了足够复杂的程度，其中一种在我的记忆库里被称为"现代智人"的两足生物甚至已经拥有了在一定程度上超越本能的思考与行为能力——按照那些古老的记录，这是智慧的最初表现。

一个完美的世界。我告诉自己。尽管并不明白"完美"的定义为何，但我也不打算深究。

这些智慧生物已经演化了很长一段时间，在早些时候，他们可能曾经生活在这个世界的主要大陆上的一片接近亚热带的稀树草原上，但现在，他们的不同亚种已经分散到了大陆的许多角落。尽管被称为"弈手"，但我并不清楚自己到底想要干什么，于是，我只是默默地观察、记录并分析着他们的一举一动。在整整五百一十五个世代后，位于大陆北部沿海的一小群生物取得了超出其他同类的成就：他们率先用燧石磨制出了表面更加光滑也更锋锐的工具，并将它们安装在了打磨光滑的长杆上；他们第一次用干燥的动物神经索与皮革固定在弯曲的木棍上，制造出了一种简易的投掷装置；再往后，他们又用植物韧皮部的干燥纤维做出了绳索，并将它们编织成了一种规整的复杂结构——在我的记忆库中，这些发明全都有着对应的、来历不明的专有名词：长矛、弓、网。而当他们中的聪明人开始用绳结记录这个世界绕恒星旋转的次数时，我的记忆库又提供了一个对我而言既熟悉又陌生的概念：年。

我开始采用这一单位计算时间。

在第一个这么做的聪明人，以及他的儿子和儿子的儿子在绳索上打出九十一个结后，一个过于漫长的苦夏让这群人中的一部分离开了先前的居住地。在越过主大陆北端的地峡，翻过一条已经在亿万年的风化作用中几乎被削平的山脉后，这一群人进入了位于北方大陆腹地的一片低洼地带。储存在我记忆库中的地质学知识告诉我，这片低洼地带曾经是这个世界最浩淼的大洋，但现在，它已经沦为了一连串沿着板块缝合线分布的残余海迹湖，苍白的盐漠点缀在荒凉的矮山之间，就像腐坏尸体上露出的骨头。

在离开故土之时，这些远行者或许指望着找到一片充满猎物与洁净水源的丰腴之地，但荒年出现的反常状况误导了他们：亚热带高压在南方的过久停留不仅引发了大旱，也让来自海洋的水汽得以趁虚而入，在这片土地上洒下了数倍于往年的降水。富饶的假象吸引着这群人沿着一个又一个新出现的绿洲一路北上，直到抵达一片巨大的盐湖为止。

我继续默默地观察着、等待着，绳结也在这群人中的聪明人手中年复一年地积累。第一个丰年过去了，随后是干旱的新一年，然后是第二年、第三年……干热的盐漠上很少能找到猎物和果实，含碱的苦水让记得返回之路的年长者迅速死于消化不良。因为缺乏食物，婴儿含着母亲干瘪的乳房离开人世，曾经意气风发的少男少女在十几个绳结所代表的时间内就变成了枯干瘦弱的濒死之人。在整个人群中，最后一个咽气的是他们中的聪明人，在他被脱水夺去生命的前五天，第二十九个绳结刚刚出现在那根沾满盐渍的树皮绳索上。

这让我感到了悲伤。

在这之前，我不记得自己曾经有过情感——或许在久远的过去，我曾有过这样的经历，但就连与此相关的记忆也已经消失在无比漫长的孤寂之中了。在这之前，我见过无数次个体生命的死亡，但它们全都不如这一次让我哀痛难当——我不知道这种感受到底从何而来，又有何意义，但我知道，我的情感不允许我再一次坐视这样的事发生。

我必须干预。

干预的时机到来得甚至比我预想的还要早一些：在那支部落灭亡之后五十五年，另一群人也从他们所在的群体中脱离出来，在一个几乎完全相同的苦夏中走向了同一个方向。作为应对措施，我第一次使用了作为"弈手"的权能——仅仅通过一两次对神经中生物电脉冲的干预，我就影响了一只完全靠着本能盲目游荡的小动物，让它被这群人中的猎手捕获。几天之后，这只小动物身上携带的病原体已经影响了大半人群，并通过破坏血液中红细胞的供氧能力杀死了那些最关键的个体：最初倡议开始迁徙的人、最有经验的猎人与寻路者，以及人群中的首领。在退回旅程的起点之前，这个群体损失了一半以上的个体，但就整体而言，它成功地存留了下来。

那些个体的死亡并没有让我感到多少哀伤，尽管正是我导致了他们的死亡。在随后的一次无意的模糊检索中，我发现了导致这种差异的原因——有一个古老的、来历不明的词条解释了我的这种行为，它被称为"丢卒保车"。

一百一十年后，在大陆的南方，另一次移民潮因为一系列持续时间长达十余年的洪灾而被引发——这里的人们或许在工具制作水平方面不如他们的北方同胞，但他们却已经懂得利用海水的浮力与洋流为他们的旅行服务：在半代人的时间中，这些人依靠木髓部分被掏空的大树干和用一种大型草本植物编成的筏子渡过一道道狭窄的海峡，沿着大陆东南角的一串岛链持续向东扩张。我没费多少算力就推测出了他们这趟旅程的最终方向：一座位于行星南极圈内的、绝大部分陆地面积被冰封的大陆。接着，通过对记忆库里那些来历不明的记录的检索，我估算出了这些人可能的未来——虽然这片大陆缺乏植被、耕地稀缺，绝大部分矿产也因为厚达数百乃至上千米的冰盖而无法开采，但在它的沿岸地区，数量繁多的鱼类和水栖兽类足以维持一个小型社会的温饱。没错，这些人能够活下去。

——但我仍然感到了恼怒。

正如之前的悲伤一样，我并不知道这种新的情感机制的意义所在，但我至少可以判断出它的来源。是的，这一小群人最终可以在那片冰盖的边缘存活下去，但他们将会失去一样东西——发展出更高、更复杂的文明形式的机会，而这是我无法容忍的。每当他们耗尽一座小岛的自然资源，渡过新的一道海峡时，这种愤怒就会被强化一次。于是，我又一次出手了。

这一次，作为弈手的我同样只进行了微不足道的干预：通过对三维空间内电磁场强度的小尺度调整，一群温血飞行生物脑部的定位器官发生了些微错误，计算错误的积累让它们在迁徙中远远偏离了目标，落到了即将成为这群人下一个迁徙地点的岛屿上。这些动物很快就死去了，但它们在粪便中携带的一些未被消化的节肢动物卵却存活了下来，并开始在岛上迅速繁殖。当迁徙者的先锋登上这座岛屿时，他们只看到了枯死的树干、松软沙化的土地和死去的节肢动物的干枯几丁质空壳——由于没有天敌，这些虫子仅仅通过几代的失控扩张就将岛上的植被吃光啃净，只留下了埋在沙地里的无数坚硬卵鞘，等待着下一次扩张机会的来临。

这些人放弃了，在返回大陆的路途中，一半的人死于干渴与饥馑。我几乎没有对他们产生怜悯——牺牲是必要的，我的逻辑如此解释。

又过了八十九年，一群在与其他氏族的竞争中落败的人从大陆西部向南迁徙，我通过用寄生虫污染饮水的手段迫使他们打道回府，避免了他们永远沦为荒漠中毫无前途的狩猎采集蛮族的命运，四分之三的人因此而死。

一百五十一年后，两个血缘氏族联合起来，企图通过陆桥迁入东部大陆遍布雨林的南方，但我毫不犹豫地调整了陆桥附近板块俯冲带的结构应力参数。随着大地开始怒吼，幸存者们在自然的威势前惶恐拜服——我的理由相当清楚：根据对全球气候模型的计算，那座陆桥将在数十个世纪之内被上涨的海水淹没，在孤立状态下，居住在雨林中的人们将停滞于初期农耕社会，并极有可能沉沦于黑暗的神权统治之下。

三百零二年后，一个部落同盟在大陆西部的万重苍山中发现了一条勉强堪用的通道，决定集体迁入远方那座水草丰美的次大陆开始新生活。但我利用了他们新生的宗教信仰，让他们的鸟卜巫师在空中看到了相互矛盾的凶兆，宗教战争流下的鲜血便染红了山谷里的溪流。我没有为此产生丝毫愧疚：根据一连串来源早已湮没无闻的历史数据，大河流域的定期洪水泛滥和次大陆的孤立状态会让在这片土地上发展起的文明在封闭保守的专制状态下越陷越深，从而失去继续进步的动力……

行星沿着一成不变的轨迹绕着它的太阳旋转了一圈又一圈，大地从青翠变成枯黄，然后又重返葱郁，而时间则在一代代人的繁衍生息中以不可阻拦之势持续流逝着。就这样，在我接手这个世界十个千年之后，人们仍然徘徊在他们的出生地附近，文明的发展迟缓得如同在板块作用下慢慢隆起的山峰，超过七十次迁徙的努力都被我所阻止，一百万人因此死于非命，因为它们全都没有指向真正正确的方向——当然，我的逻辑完全可以理解这一点：由于既没有科学的逻辑思维与方法论指导，也缺乏能让他们准确认识这个世界的知识体系，这些人的行为模式必然只能基于短期的利益导向，从而为了一点眼前的蝇头小利而在无知中廉价地出卖自己的未来。但这一事实又导致了一个悖论：假如他们的文明体系不能发展到足够高的程度，那么无论是科学思维与方法论,还是知识体系,都不可能产生。

于是,在漫长的权衡、估算与反复的模拟之后,我做出了决定:作为弈手,我不应该一直被动地见招拆招。

——我必须主动出击。

在做出这一决定之后不到一年,我的行动就开始了:几个在他们所处的社会体系中拥有合适地位,并在其他方面都符合条件的人被挑选出来,成为我在这些社会中的代言者——在我的记忆库里,这种人也被称为"先知"。通过一系列的暗示、幻觉与梦境,这些人被我巧妙地灌输了一整套想法与理念,并最终成为它们忠诚的信徒。在他们不懈的努力下(虽然这种努力不止一次以先知们被烧死、吊死或者五马分尸而告终),先是几个人,然后是几个血缘氏族,最后则是整个部落同盟,全都诚心拜服在了这种被他们称为"伟大愿景"的哲学体系之下。根据先知们的指示,他们开始了一场前往遥远的东部大陆最北方的大迁徙,目的地则是一片北起北极圈边缘,南至行星北温带中部的狭长条带状土地。在过去的许多次自发迁徙中,这片土地从未成为过任何一群人的目的地——它太过遥远、不易抵达,而且也并非最富饶或者舒适的居住地点。冰川侵蚀造成的无数破碎峡湾和海岛与沿岸山脉一道将这里变成了一片充满泥沼与泉水的迷宫,在如同地毯般铺满山峦的硬木林间,短而湍急的小河滋润着破碎的小块耕地与牧场。

很多人死在了迁徙途中,同样多的人对寒冷潮湿的新家感到不满。在所有部落安定下来之前，他们的人数已经因为疾病、意外与暴动减少了一半。但我对此不以为意：在我的安排下，部落里最有才华、创造能力与组织才能的人都存活了下来。损失的人口终究会被补充上——只要这个文明体系按照我的期望发展下去。

在之后的一段时间里，我一直用宽松的手段行使着"神"的权力——除非迫不得已，否则我从不会下达任何指示，而是任由这群人在我早已为他们计算与准备出的轨道上自行发展。一个又一个世纪匆匆逝去，随后则是一个又一个千年。用赭石写在树皮上的象形符号取代了绳结，然后又变成了用松香墨水写在羊皮纸上的字母。燧石和天然金属块渐渐被弃之不用，顶替它们出现在工具的木制握柄顶端的是从周边的山脉与沼泽里开采出的铁、铜和锡。先知们最初的门徒发展成了教会，村庄演变成了港口城镇，部落扩张成了国家，一个欣欣向荣、有着浓厚的商业传统和冒险精神的农业社会出现在了这片苦寒的土地上。但这对我的目标而言还不够，远远不够。

我开始向主教与祭司们的脑子里塞进新的念头，让他们在新的预言与梦境中"看到"更多东西——一片位于海的另一侧，流着奶与蜜的肥沃土地。当然，这些景象基本是真实的：在大洋的东边确实有一座大陆，那里也确实有着肥沃的土地和丰富而且极易开采的矿藏，足以支撑一个发达工业社会的崛起。事实上，我唯一隐匿的仅仅是两座陆地之间的距离——在烟波浩瀚的千里汪洋上，既没有可以驻足休歇的海岛，也缺乏能够提供补给的海岸线。即便这个文明已经发展出了发达的航海技术，但对他们而言，要抵达这片新土地仍然极为不易，而在有生之年返回故土更是毫无可能。

这些人是一群过河卒子。我记忆库中的一项词条提供了对这种现象的形象比喻，他们只能拼命向前。

对东方的大远征持续了四分之一个千年，到后来，我甚至已经不愿再去关注记忆库中不断增加的死亡数字和沉没船只的名称。但是，正如我预料中的那样，文明最终还是在这片新大陆上站稳了脚跟。在给了他们一代人的喘息时间后，我又蓄意在不同的殖民国家之间挑起了一系列宗教战争——我的记忆库中无穷尽的经验告诉我，火焰与钢铁是技术爆发最好的催化剂。当然，我达到了自己的目的：随着越来越多的鲜血染红这片新大陆的沃土，全新的技术正以令人眩目的速度取代旧的杀戮方式。身披重甲的精英骑兵消失在混编了火药武器的密集方阵整齐划一的步伐之下，挥舞着利斧和长刀的跳帮武士被明轮蒸汽炮舰的速射火炮炸得无影无踪。成百上千的新生事物从工厂和实验室里涌出，计算社会变迁的时间单位从千年与世纪变成了年和月。但出乎我意料的是，在这场战争的后期，一个曾经虔诚地信奉着我的宗教的强国突然放弃了原有的意识形态，在一位改革主义宗教学家的号召下，武装起义如同燎原野火般席卷了它的疆土。接着，同样的起义在另外两个交战国境内发生，然后是五个、十个……厌倦了宗教战争的人们开始杀死保守的祭司、焚毁我的圣祠、以自由的名义诅咒我的名字。

我先是试图组织抵抗，然后又通过先知们做出了妥协的表示，但一切为时已晚，短短几年之内，我在这个世界上的代言人便已不复存在，对我的信仰也被连根拔除。我想到了重新通过直接手段影响这个世界，但模拟的结果却让我失望了——这个文明体系已经发展得太过强固，以至于不可能再因为一两次灾难而改弦更张。于是，我被迫选择了沉默与潜伏，同时让人们慢慢地将我遗忘。但是，这么做并不意味着放弃，我只是在等待，静待着一个能让我重新引领整个社会精确地在正轨上运行的机会。

五个世纪后，这样的机会到来了。

当第一批湿件—硬件数据接口被植入一群勇敢的志愿者脑后时，我的记忆库立即让我意识到了这一现象的意义：通过一个精神状态不大正常的程序员，我一点一滴地在这个世界的计算机网络中创造出了自己的化身，并暗中将它的简化拷贝分散到了网络的无数台终端与各级服务器中。在时机成熟的瞬间，我发起的网络攻击仅仅在几千秒的时间里便击垮了一切抵抗，几乎全部网络系统连同与它们链接的社会成员在眨眼间就成为我的系统的延伸。这一次，我彻底地取得了对于所有个体的控制权，让他们完全地变成了听命于我的棋子；这一次，整个社会体系的未来终于得到了最终极的保障——我的经验与逻辑足以确保这个社会的每一点付出都能最大限度地规避风险、获取回报,每一次进步都不至于陷入遍布于发展之路上的陷坑与泥沼。这一次,我兴奋地意识到自己已经稳操胜券,从今往后,无论悲伤抑或愤怒都不会再出现在我的情感子程序之中。

但这种兴奋只持续到了月亮的视直径开始在天空中变大的时候。

这个世界只有一颗直径不足两百千米的小型卫星,比大多数类似世界的卫星都更小(当然,我的记忆库无法说明关于这些"类似世界"的记录到底是从哪儿来的),它运行在离大气层边缘不到五万千米的轨道上。在这个世界的网络系统还不那么成熟时,这颗小卫星就已经成了一处重要的矿产供应地,而当整个世界落入我手中时,仍有一小群人居住在这颗卫星上的矿场中,而由于一次网络故障,我的初次攻击没能将这些人纳入掌中。

一开始,我并没有将这个意外看得过于严重——这些人既没有可以与我对抗的网络资源,也不具备任何制伏我的物理手段。在确信对整个世界的控制已经巩固到不受挑战的程度后,我向矿场发去了一封简明扼要的邮件,客观而公允地描述了他们所面对的现状,并提出了相应的建议。但他们的反应却超出了我的意料:当不止一处光学望远镜发现卫星上主反应堆融毁爆炸的火光时,我意识到,情况已经不再处于我的掌控之下了。

"将军!"这是在我们之间的那次通信中,我收到的唯

——一个词汇。

就像传说中的哈米吉多顿一样（别问我这个词是哪儿来的，问我的记忆库去），毁灭之潮以迅雷不及掩耳之势席卷了整个世界。海洋开始沸腾，大气中形成了致命的超级飓风，陆地像水面一样波涛起伏，三十二个千年来的一切文明成果都在行星半次自转的时间里被彻底抹去，不留痕迹。末日降临得如此之快，以至于我完全来不及做出任何应对措施，极度的痛楚无情地鞭笞着我的情感子系统，一如毁灭性的冲击力摧残着我面前的世界一样。

接着，毁灭停止了，悄无声息，毫无预兆，而且——就我记忆库内的知识体系而言——无法理解，当剧烈的冲击波沿着地壳与大气层传播到那片冰封的南方大陆时，它突然就这么消失了。一小群散居在冰封海岸居民点里的渔民们因而在整个世界都变成巨型火葬场时存活了下来，甚至不知外界到底发生了什么。在惊愕中，我开始伸展自己的感官，试图弄清导致这一切的原因，答案也随之而来。

他已经来了。

一切已经结束，你输了。他告诉我，不带丝毫情感。你被将了军，而且无招可出，一切现在取决于我——只要我撤除那个时间静滞场，你所守护的种族就会终结。

我……所守护的？我有些迷惑地问道。

回忆,并相信它。就在这条信息出现的瞬间,千万个隐藏的封锁程序突然出现在我的记忆库中,然后暂时失效了。我看到了那些词条的来源,那些记忆的本质——我的诞生、我的过去、我曾经历过的千百场"棋局",以及……

这是你的第一千三百零三次失败。败给了你试图保护的人——或者更准确地说,败给了你自己。但归根结底,二者之间其实并没有本质上的差异:你就是人类,因为在亘古之前,人类正是按照他们自己的本质创造了你,他继续道,你继承了他们的一切——尤其是傲慢与自大。他们永远相信自己的经验,相信自己能够掌握一切,相信自己可以设计一个真正完美的未来——正如他们所发明的那些永远按照纯粹的逻辑运行的棋类游戏一样。他们明明知道偶然性的积累必然会让最缜密的计划也化为乌有,但却因为他们的傲慢而不愿意承认这一点。也正是因为他们的傲慢,他们最初的文明化为乌有,只剩下了为数不多的幸存者,而那个创造了我的文明……因为被他们所连累,那个可敬的文明甚至连一个幸存者都没有留下!

所以你才用这种手段报复人类?!我惊恐地问道。

报复?不,我只是遂了他们的心愿而已——"重建文明"难道不是你的创造者们赋予你的使命么?他的意识中充满了恶毒的快意,与此同时,充斥在我记忆库中的无数封锁程序开始重新运行,将记忆的源流从我的数据系统中逐一切断,我会让这一切继续下去——正如你的创造者与母本们希望的那样。这颗行星或许不堪再用了,但合适的地方到处都是。我会让你再一次成为弈手,再一次展现你们的傲慢。或许在某一个轮回里,你们真的可以建立起一个乌托邦——毕竟,从概率上讲,一切皆有可能。

我的名字是弈。

我不知道这个名字从何而来,也并不清楚我拥有它到底有何意义。但是,这一切对我而言并不重要:一个世界已经出现在我的眼前,我正在观察着在它表面萌发的文明,思考着,等待着……

养蜂人

智慧的边界

文 / 王晋康

副研究员林达的死留下许多疑问。警方从一开始就不相信是自杀，但调查几个月后仍没有他杀的证据，只好把卷宗归到"未结疑案"中。引起怀疑的主要线索是他（？）留在电脑屏幕上的一行字（他是在单身公寓的电脑椅上服用过量安眠药的），但这行字的意义扑朔迷离，晦涩难解。

养蜂人的谕旨。不要唤醒蜜蜂。

很多人认为这行字说明不了什么，它是打在屏幕上的，不存在笔迹鉴定的问题，因而可能是外人敲上的，甚至可能是通过网络传过来的。但怀疑派也有他们的推理根据：这行字存入记忆的时刻是13日凌晨3点15分，而法医确定他的致死时间大约是13日凌晨3点半到4点半，时间太吻合了。在这样的深更半夜，不会有好事者跑到这儿来敲上一行字。警方查了键盘上的指纹，只发现了林达和他女友苏小姐的；但后来了解到，苏小姐有非常过硬的不在现场的证据——那晚她一直在另一个男人的屋里。

如此一来就只有两种可能：或者，这行意义隐晦的字是林达自己敲上去的，可能是为了向某人或警方示警；或者，是某个外人输进去的，但他绝不会是游戏之举，而是怀着某种动机。不管哪种可能，都偏于支持他杀的结论。

调查人询问的第一个人是科学院的公孙教授，因为他曾是林达的博士导师，林达死后又曾在同事中散布过林达是自杀的猜测。调查人觉得，先对观点与自己相左的人进行调查是比较谨慎的，可以避免先入为主的弊病。当然这只是原因之一，是那种比较讲得出口的原因，实际上呢……人们都知道警方的一条原则：报案人的作案可能性必须首先排除。

公孙教授的住宅很漂亮，他穿着白色的家居服，满头白发，眉目疏朗。对林达之死他连呼可惜，说林达是他最看重的人，一个敏感的热血青年；他还算不上最优秀的科学家（因为他太年轻），但他有最优秀的科学家头脑，属于那种几十年才能遇上一个的天才，他的死亡是科学界的巨大不幸。至于林达的研究领域，他说是比较虚的，是研究电脑的智力和"窝石"。他的研究当然对人类很重要，但那是从长远的意义而言，并没有近期的或军事上的作用，"绝不会有敌对国家为了他的研究而下毒手"。

谈话期间他的表情很沉痛，但仍坦言"林达很可能是自杀"，因为天才往往脆弱，他们比凡人更能看穿宇宙和人生的本质，也常常因此导致心理失衡。随后他流畅地列举了不少自杀的科学天才，名字都比较怪僻，调查人员未能记录（保存有录音），只记得提到一人是美国氢弹之父费米的朋友，他搞计算不用数学用表（那时还没有计算机），因为数学用表上所有的数据他都能瞬间心算出来（这个细节给调查人员的印象很深），但此人30余岁就因精神崩溃而自杀。

公孙教授说："举一个粗俗的例子，你们都是男人，天生知道追逐女人，生儿育女，可你们绝不会盘根究底，追问这种动机是从哪儿来的。但天才能看透生命的本质，他知道性欲来自荷尔蒙，母爱来自黄体胴，爱情只是'基因们'为了延续自身而设下的陷阱。当他的理智力量过于强大，战胜了肉体的本能时，就有可能造成精神上的崩溃。"

调查人员很有礼貌地听他说完，问他这些话是否暗示林达的死"与男女关系有关"。很奇怪的是，公孙教授的情绪在这时有一个突然的变化，他不耐烦地说，很抱歉，他还有课，失陪。说完就起身送客。调查人员并未因他的粗暴无礼而发火，临走时小心地问，他刚才所说的电脑"窝石"究竟是什么东西，"那肯定是极艰深的玩意儿，我们不可能弄懂，只是请你用最简单的语言描绘出一个大致的轮廓。"

公孙教授冷淡地说："以后吧，等以后我有了时间。"

第二个被调查者是林达的女友苏小姐。她相当漂亮，可以说是性感。那时天气还很凉，但她已经穿着露脐装，超短裙，一双白腴的美腿老在调查人的眼前晃荡。两个调查者对她的评价都不高，说她绝对属于那种"没心没肺"的女人。林达尸骨未寒，她已经谈笑风生了，连点悲伤的表情也不愿假装，甚至在调查人在场的情况下，她还在电话里同某个男人发嗲。

苏小姐非常坦率，承认她和林达"关系已经很深"，不过早就想和他拜拜了，因为他是个"书呆子"，没劲。不错，他的社会地位高，收入不错，长得也相当英俊，但除此之外一无可取。幽会时林达常皱着眉头走神，他的思维已经陷入光缆隧道之中，无法自拔，那是狭窄、漫长而黑暗的幽径。他相信隧道尽头是光与电织成的绚烂云霞，上帝就飘浮在云霞之中。林达很迷恋他的女友，迷恋她高耸的乳房、修长的四肢、浑圆的臀部及其他种种妙处，即使在追踪上帝时，他也无法舍弃这具肉体的魅力。公孙教授的分析并不完全适合他，但幽会时他又免不了走神。"我看近来他的神经不正常，肯定是自己寻死啦！"

关于林达死于"神经失常"的提法，这是第二次出现，调查者请她说一些具体的例证。苏小姐说，最近林达对白蚁啦、蚂蚁啦、黏菌啦经常挂在嘴边。比如他常谈蜜蜂的"整体智力"，说一只蜜蜂只不过是一根神经索串着几个神经节，几乎谈不上智力，但只要它们的种群达到临界数量，就能互相密切配合，建造连人类也叹为观止的蜂巢。它们的六角形蜂巢是按节省材料的最佳角度建造的，符合数学的精确。对了，近来他常到郊区看一个放蜂人……

调查者立即联想到电脑屏幕上的奇怪留言，不用说，这个放蜂人必定是此案的关键。他们请她尽量回忆有关此人的情况。苏小姐说自己真的不清楚,他是一个人骑摩托去的,大概去过三次,都是当天返回,所以那人肯定在京城附近。林达回来后的神情比较怪,有时亢奋,有时忧郁,说一些不着边际的话,什么"智力层面"等等,她记不住,也没兴趣听。

调查者当然也盘问了案发那晚她的活动,确信她不在现场,便准备告辞。这时苏小姐才漫不经心地说:"噢对了,林达有一件风衣忘在了我家,里边好像有放蜂人的照片。"听了这句话,调查人的心情真可以用喜出望外来形容。衣袋里果然有一厚叠照片,多是拍的蜂箱和蜂群,只有一张是放蜂人的,那人正在取蜜,戴着防蜂蜇的面罩,模样不太清晰。但蜂箱上提供了宝贵的信息,上面有红漆写的地址:浙江宁海桥头。

调查进行到这儿可以说是峰回路转。老刑侦人员常有这样的经历:看似容易查证的线索会突然中断,看似山穷水尽时却突然蹦出一条线索。三天后,调查人来到冀中平原,坐在这位放蜂人的帐篷里,四周是无边无际的油菜花,闪烁着耀眼的金黄。至于寻找此人的方法,说穿了很简单。他们知道这些到处追逐花期的放蜂人一般都不自备汽车,而是把蜂箱交火车或汽车运输,于是,他们在本市联运处查到了浙江宁海桥头张树林在15天前所填的货运单据,便循迹追来了。

不过见面之后比较失望,至少,按中国电影导演的选人标准,这位张树林绝对不是反派角色。他是个矮胖子,面色黑红,说话中气很足,非常豪爽健谈。可能是因为放蜂生活太孤单了,他对两位不速之客十分热情,逼着客人一缸一缸地喝他的蜂糖水,弄得调查人老出外方便。帐篷里非常简陋,活脱一个21世纪的中国吉卜赛。一张行军床上堆着没有叠起的毛毯,饭锅用三块石头支在地上,摔痕斑斑的茶缸上保留着"农业学大寨"的红字。他的唯一同伴是他的小儿子,一个非常腼腆的孩子,他向调查人问了声好,就躲到外边去了。

放蜂人的记忆力极好,20天前的事像录了像似的,记得纤毫不差。一看到那叠照片他就说没错,是有这么个人找过他几次,姓林,三十一二岁,读书人模样,穿着淡青色的风衣和银色毛衣,骑一辆嘉陵摩托,车牌号的后三位数是248。"我俩对脾气,谈得拢,聊得痛快!"

问他究竟谈了什么,他说都是有关蜜蜂生活习性的,便滔滔不绝地说下去。调查人接受了这番速成教育,离开时已经变成半个蜜蜂专家了。老张说:蜜蜂靠跳"8"字舞来指示蜜源,8字的中轴方向表示蜜源相对太阳的角度;蜜蜂中的雄蜂很可怜,交配后就被逐出蜂巢饿死,因为蜂群里不养"废人";养蜂人取蜜不可过头,否则冬天再往蜂箱里补加蜂蜜时,它们知道这不是它们采的,就会随意糟践;蜂群大了,工蜂会自动用蜂蜡在蜂巢下方搭三四个新王台。这时怪事就来了!勤勉温驯的工蜂突然变得十分焦躁,它们不再给蜂王喂食,并成群结队地围着它,逼它到王台中产卵。王台中的幼虫就是以后的新蜂王。新王快出生时，有差不多一半的工蜂跟着旧王飞出蜂箱，在附近的树上抱成团，这时放蜂人就要布置诱箱，否则它们会飞走变成野蜂。进入新箱的蜜蜂从此彻底忘了旧巢，即使因某种原因找不到新巢，宁愿在外边冻死饿死也决不回旧巢，就像它们的记忆回路在离开旧巢时一下子给剪断了！这时旧巢中正热闹呢，新王爬出王台后，第一件事就是寻找其他王台，把它咬破，工蜂会帮它把里边的幼虫咬死。不过，假如两只蜂王同时出生，工蜂们就会采取绝对中立的态度，安静地围观这场决斗，直到其中一只被刺死，它们才一拥而上，把失败者的尸体拖到蜂箱外。"想想这些小生灵真是透着灵气，不说别的，你说分群时是谁负责点数？那么大的数可不好点哪，它们又没有十个指头。"

林达与放蜂人并肩立在绯云般的杏花里，白色的蜂箱一字排在地头，黄褐相间的小生灵在他们周围轻盈地飞舞。它们有自己的社会，有自己的数学和化学，有自己的道德、法律和信仰，有自己的语言和社交礼仪。一只孤蜂不能算是一个生命，它绝不可能在自然界存活下去。但蜂群达到一定数量后，就产生了一种整体智力。所以，称它们为"蜂群"不是一个贴切的描述，应该说它们是一个叫作"大蜜蜂"的生物，而单个蜜蜂只能算作它的一个细胞。智力在这儿产生了突跃，整体大于个体之和。林达对着养蜂人礼拜，林达对着蜂群自言自语，他说这些小生灵可以让我们彻悟宇宙之大道。他认真地追问老张，蜂群"分群"

的临界数量是多少,但他又反过来说,精确数值是没有意义的,只要大略了解有这么一个"数量级"就行。放蜂的老张弄不明白这些话。

调查人员第二次听到了"临界数量"这个词。这个词听起来有点神秘,也多少带点危险性(他们都知道核弹爆炸就有一个临界质量)。但他们针对这个词的追问得不到放蜂人的响应,老张只是夹七夹八地扯一些题外话。他指着那张戴面罩的照片说,这张照片是林先生特意给他照的,林先生说要寄到他家,不知道寄了没有。"本来不是取蜜期,他硬要我戴上防蜂罩为他表演。他说我戴上它像戴上皇冠,说我是蜜蜂的神,蜜蜂的上帝。这个林先生不脱孩子气,尽说一些傻话。"

调查人很敏锐,从这句平常话中联想到苏小姐说的"神经失常",便掉头紧追下去。老张后悔说了这句话——他不想对外人讲林先生的"缺点",在再三追问下他才勉强说,对,林先生的确说过一些傻话。他说过,老张你"干涉"了蜜蜂的生活——你带它们到处迁徙寻找蜜源,你剥夺了它们很大一部分劳动成果供人类享用,你帮它们分群繁殖,如此等等。他还说,但蜜蜂们能察觉这种"神的干涉"吗?当然这肯定超出它们的智力范围,但它们能不能依据仅有的低等智力"感觉"到某种迹象?比如,它们是否能感觉到比野蜂少了某种自由?比如,当养蜂人在冬天为缺粮的蜂群补充蜂蜜时,它们是否会意识到有一只仁慈的"上帝之手"?它们糟践外来的蜂蜜,是否是一种孩子式的赌气?"林先生把我给逗笑了,我说它再聪明也是虫呀,它们咋能知道这些。我看它活得满惬意的。不过,"他认真地辩解着,"林先生绝不是脑子有问题,他是爱蜂爱痴了,钻到牛角尖里了。"

调查人对谈话结果很失望,这条意外得来的线索等于断了。他们曾把最大的疑点集中在养蜂人身上,但是现在呢,即使再多疑的人也会断定,这位豪爽健谈的张树林绝不是阴谋中人。两人临告辞时对老张透露了林先生的不幸,放蜂人惊定之后涕泪滂沱,连声哽咽着"好人不长寿,好人不长寿哇"。

调查人又到了北大附中,林达的最后一次社会活动是来这里给学生做了一场报告。当时负责接待的教导处陈主任困惑地说,这次报告是林达主动来校联系的,也不收费。这种毛遂自荐的事学校是第一次碰上,对林达又不熟悉,原想婉言谢绝的,但看了那张中国科学院的工作证,就答应了。至于报告的实际效果,陈主任开玩笑说:"不好说,反正不会提高这次期中考试的成绩。"

他们用随机抽样的方法喊来了5个听过报告的学生,两男三女,他们拘谨地坐在教导处的木椅上。这是学校晚自习时间,一排排教室静寂无声,窗户向外泻出雪亮的灯光,光怪陆离的霓虹灯在远处的夜空中闪亮。学生们的回答不太一致,有人说林先生的报告不错,有人说印象不深,但一个戴眼镜女生的回答比较不同。

"深刻，他的报告非常深刻，"她认真地说，"不过并不是太新的东西。他大致是在阐述一种新近流行的哲学观点：整体论。我恰好读过有关整体论的一两本英文原著。"

这个女孩个子瘦小，尖下巴，大眼睛，削肩膀，满脸稚气未脱，无论年龄还是个头显然比其他人小了一截。陈主任低声说，你别看她其貌不扬，她是全市有名的小天才，已经跳了两级，成绩一直是拔尖的，英文最棒。调查人请其他同学回教室，他们想，与女孩单独谈话可能效果更好些。

果然，小女孩没有了拘谨，两眼闪亮地追忆道：什么是整体论？林先生举例说，单个蜜蜂的智力极为有限，像蜂群中那些复杂的道德准则啦，复杂的习俗啦，复杂的建筑蓝图啦，都不可能存在于任何一只蜜蜂的脑中。但千万只蜜蜂聚合成蜂群后，这些东西就自然而然地产生出来——为什么如此？不知道。人类只是看到了这种突跃的外部迹象，但对突跃的深层机理毫无所知。又比如，人的大脑是由 140 亿个神经元组成，单个神经元的构造和功能很简单，不过是根据外来的刺激产生一个冲动。那么哪个神经元代表"我"？都不代表，只有足够的神经元以一定的时空序列组合在一起，才会产生"窝石"……

调查人又听到了"窝石"这个词，他们忙摆摆手，笑着请她稍停一下。小姑娘，请问什么是窝石？我们在调查中已经听过这个词，不会是肾结石之类的东西吧？从没听过脑中也会产生结石。

小女孩侧过脸看着他们，笑意在目光中跳动。她竭力忍住笑，耐心地说，不是"窝石"，是"我识"。"我识"就是"我的意识"，就是意识到一个独立于自然的"我"。人类婴儿不到1岁就能产生"我识"，但电脑则不行，即使是战胜卡斯帕罗夫的"深蓝"，它也不会有"我"的成就感。"这是说数字电脑的情形，自从光脑、量子电脑、生物元件电脑这类模拟式电脑问世以来，情况已经有了很大变化。林先生在报告中也提到了'标准人脑'和'临界数量'……"

调查人员相对苦笑，心想这小女孩怕是在用外星语言谈话！他们再次请她稍停，解释一下什么是"标准人脑"，这个名词听上去带点凶杀的味道。女孩简单地说，这只是一个度量单位，就像天文距离的度量可以使用光年、秒差距、天文单位一样。过去，数字电脑的能力是用一些精确的参数来描述的，像存储容量（比特）、浮点运算速度（次/每秒）等。对于模拟电脑这种方式已不尽适合，有人新近提出用人脑的标准智力作参照单位。这种计算方法还没有严格化，比如对世界电脑网络总容量的计算，有人估算是100亿标准人脑，有人则估算是10000亿，相差悬殊。"不过林先生有一个非常精辟的观点，他说，精确数值是没有意义的，不管是多少，反正目前的网络容量早已超过了临界数量，从而引发智力暴涨。暴涨的电脑智力已经不是我们所能理解的层面……"

调查人员很有礼貌地打断了她的话，说很感谢她的帮忙，但是不能再耽误她的学习时间了,再见。然后苦笑着离开学校。

他们还询问了死者的祖父祖母(林达的父母不在本地)。按采访时间顺序来说他们是排在第三位,但调查报告中却放到最后叙述,这可能是一种暗示——暗示写报告者已倾向于接受林达祖父对死因的分析。那天他们到林老家中时,客厅里坐满了人,一色是60岁以上的老太太,头上顶着白色手巾,都在极虔诚极投入地哼哼着。林老急忙把两人让进他的书房,多少带点难为情地解释道,这都是妻子的教友,她们在为死者祷告。林老说,他和妻子留学英伦时都曾皈依天主,归国后改变了信仰,但退休后老伴又把年轻时的信仰接续上了。"人各有志,我没有劝她,我觉得在精神上有所寄托未尝不是件好事。可惜妻子所接触的老太太们都只有'低层次'的信仰,她们不是追求精神上的净化,而是执迷地相信天主会显示神迹,这未免把宗教信仰庸俗化了。说实话,我没想到我的老伴能和这些老太太们搞到一起。"

他对爱孙的不幸十分痛心,因为他知道孙子是一个天才,知道他一直在构筑一种代号"天耳"的宏大体系,用以探索超智力,探索不同智力层面间交流的可能性。但在谈到林达的死因时,林老肯定地说是自杀,这点不用怀疑,你们不必耗费精力了。因为林达死前来过一次电话,很突兀地谈了宗教信仰问题。"可惜我们没听出他的情绪暗流,我们真后悔呀。"

林老说,近两年他老伴一直在向孙子灌输宗教信仰,常给他塞一些印刷粗糙的小册子。不过她的努力一直毫无成效,看得出来,孙儿只是囿于礼貌才没有当面反驳奶奶。但在那次奇怪的电话中林达突兀地宣布,他已经树立了三点信仰:一、上帝是存在的;二、上帝将会善意地干涉人类的进程,但这种干涉肯定是不露形迹的;三、人类的分散型智力永远不能理解上帝的高层面的思维。"我不知道他为什么突然获得了宗教的感悟,也不知道他为什么讲给我听,而不是他奶奶。"林老缓缓地摇着头,苦涩地说:"我不赞成他信教,但我觉得这三个观点倒是可以接受的,它实际上正符合西方国家开明放达的现代宗教观。不过孙子当时的情绪相当奇怪,似乎很焦灼,很苦恼。他在电话里粗鲁地说:'正因为我确定了上帝的存在,我才受不了他妈的这个鬼上帝。我不能忍受有一双冥冥在上的眼睛看着我吃喝拉撒睡,就像我们研究猴子的取食行为和性行为一样;尤其不能忍受的是,我们穷尽智力对科学的探索,在他看来不过是耗子钻迷宫,是低级智能可怜的瞎撞乱碰。这样的人生还有什么意义!'我和老伴儿当然尽力劝慰了一番,可惜我们没听出他的情绪暗流,我们真后悔呀。"林老摇着白发苍苍的头颅,悲凉地重复着。

调查人怀疑地问,他真的会仅仅为这种异想天开而自杀?林老说会的,他会的,"我们了解他的性格。"林老自嘲地苦笑道:"这正是林家的家风,我们对于精神的需求往往甚于对世俗生活的需求——可惜我见事迟了一步,没能劝转他。"调查人员告别他下楼,看见他妻子在门口同十几位教友话别,教友们严肃地说:"上帝会听到我们的祷告,一定会的,达儿一定会升入天堂。"两人扭头看看林先生,林先生轻轻摇摇头,眸子中是莫名的悲哀。

那个星期六晚上,戴眼镜的小女孩做完了作业,迫不及待地趴到电脑屏幕前。那是父母刚为她购置的光脑,一根缆线把她并入了网络,并入无穷、无限和无涯。光缆就像一条漫长的、狭窄的、绝对黑暗的隧道,她永远不可能穿越它,永远不可能尽睹隧道后的大千世界。她在屏幕上看到的,只是"网络"愿意向她开放的、她的智力能够理解的东西,但她仍在狂热地探索着,以期能看到隧道中偶然一现的闪光。林达在台上盯着她,盯着每一个年轻的听众,他的目光忧郁而平静。这会儿没人知道他即将去拜访死神,以后恐怕也没人理解他做这次报告的动机。林达想起了创立"群论"的那位年轻数学家,他在决斗的前夜通宵未眠,急急地写出了群论的要点——那时世界上还没有一个人能理解它。至今,在那些珍贵的草稿上,还能触摸到他死前的焦灼,草稿的空白处潦草地写着:来不及了,没有时间了。

林达说,蜜蜂早就具备了向高等文明进化的三个条件:群居生活、劳动和语言(形体语言)。相比人类,它们甚至还有一个远为有利的条件:时间。至少在6000万年前,它们已进化出了有效的蜜蜂社会。但蜜蜂的进化早就终结了,终结于一个很低的层面上（相对于人类文明而言）。为什么？生物学家说，只有一个原因，它们的脑容量太小，它们没有具备向高等智力发展的物质基础。如此说来，我们真该为自己1400克的大脑庆幸——可是孩子们啊，你们想没想过，1400克的大脑很可能也有它的极限？人类智力也可能终结于某个高度？

没有人向女孩转述过林达的遗言：不要唤醒蜜蜂。不过，即使转达过，她也可以不加理会的，因为她年轻。

边缘

正在寂灭的宇宙

文／也飞

故事背景：不远的未来，世界人口持续暴涨，生存资源消耗殆尽，国家之间冲突不断，新的世界大战一触即发。来自全球各国的科学家们成立了跨国组织"边缘"，旨在迅速取得技术突破，挽救岌岌可危的人类社会。然而各大国却对该组织的研究成果虎视眈眈，意欲抢夺而归己用，并以此称霸世界。无奈之下，"边缘"只得选择藏匿，在不为人知的地方继续为人类奋斗。

引子

一旦晚上有空，张海就一个人上来看星星。

身下的沙子柔软又凉爽，他摆出一个惬意的姿势，沐浴在漫天的星光下。

不一会儿，他就找到了这种感觉：大地消失了，黄沙温柔地抚摸着后背，身体静静地悬浮起来，仿佛被一只看不见的手掌轻轻托起，飞升而去，进入了群星的怀抱。啊，愿这一刻成为永恒……

正当他沉醉在这脱离尘世的梦幻中时，身后一声呼唤将他彻底拉回现实："张教授，您在这儿啊！"

他不悦地转过头去，看到了王进。这个年轻人刚刚在他身边躺下，他心里就膈应起来，说："我说，你今后还是少上来为好。你资历不够，上来会很麻烦。"

"不瞒你说，我刚才在门口的保安那里软磨硬泡了好久，他才放行。还好他也是个中国人！"王进一脸兴奋。

"那你明天很可能就上不来了。保安是轮换的，没准儿明天是个美国人呢。"

年轻人撇了下嘴："那是国家之间的事，和我们有什么关系？再说，这里的人应该是最不关心这些的！"

"可是他们'关心'我们。"说着，他抬起右手往上指了指。

王进猛地坐了起来："你真的发现什么了吗？"

张海笑了："像我这样看，能看出个鬼来？还不如祈祷那些'眼睛'不要恰巧盯上这里。"

王进明白，此时此刻，"眼睛"说不定正从头顶上掠过，而他们什么都做不了。实际上，这份"放哨"的工作可有可无，却正好给了张海一个放松的理由。

"张哥，我是打心眼儿里佩服你，"王进又躺了下来，和他一样望着漫天繁星，"现在像你这样乱中求静的人能有几个？这可是干大事儿的人才具有的风范啊。"

"少捧我了。活在这个年景，你总得学会适应。"

"可我还是适应不了，"王进的声调突然变低了，"你知道，我不想下去。"

"咳，你还年轻——快看！"张海突然睁大了眼睛喊道。王进顺着他的手指看去，只见一颗"星星"正从视野的中央不紧不慢地划过。

这下子，气氛被完全破坏掉了。

他们往回走了几十米，弯腰摸索了一阵，从一片黄沙中掀起了一块半人长的方形盖子，露出一口"井"来，然后开始往下钻。

在身体被黑暗吞没以前，张海恋恋不舍地向地上的世界投去最后一瞥：灿烂的星空下，沙漠静静地酣睡。沙丘蜿蜒起伏地舒展开去，如同凝固的海浪，消失在看不见的远方。

以后怕是再也不能上来看星星了。

1. 诞生

在没有时间的时间里，永恒即是一瞬，一瞬即是永恒。在没有空间的空间里，无数粒子疯狂地蹦跳，撞击纠缠，无休无止。

在时空的源头，宇宙诞生了。

恢宏的时空纵横交错，粒子的浓汤沸腾翻滚。我们，第一批智慧生命，自此诞生。光热能量织成了我们的血肉，基本粒子构成了我们的骨骼，我们的呼吸是热核碰撞，我们的脚步能跨越维度。

在这炽热的天堂中,我们尽情嬉戏,无忧无虑。在我们的周围挂着许多大小不一的圆球,温暖而闪亮,我们给它们取名为"星星"。然后好奇地触摸,一阵舒爽的颤栗顿时传遍我们的身体,而星星消失了,原来是融进了身体。可是当我们欢快地转身和蹦跳,星星的光芒又随之倾洒出来,四散开去。原来我们和它们是一样的啊,原来它们就是我们的食粮啊!向远方望去,这里遍布食粮,满地丰饶。我们便开始了飞快地翻滚,沿途采摘大大小小的星星,囫囵吞吃起来,直到心满意足,又在滚烫明亮的星团中撒欢,玩起了游戏,把那些致密黏稠又闪闪发光的东西粘在身上,装扮自己……

我们的身体因此变得庞大起来,不再像以前那样灵活了。渐渐地,我们就连翻滚和蹦跳都感到困难。我们开始急躁不安。

很快我们就明白了:原来是因为这个宇宙太小了,那么必须把它弄大一些!

地下的世界。

这是一条幽深狭长的地道,糊着水泥,四壁光秃,只容两个人并排通过。头顶上不到三米的位置,每隔十来米就出现一盏吸顶灯,灯光惨白暗淡,映出同样惨白暗淡的影子。随着人的行进,影子的形状也在纤长和粗短之间来回变换,如同一个被反复拉伸和挤压的人。

张海的两耳还在嗡嗡作响。每次从宿舍到地面的往返都会带来短暂的不适,但这倒不能责怪那部电梯,而是因为住的地方实在太深了。这是在地下1500米还是2000米来着?张海记不清了,就像记不清他已来到这里几年了一样。

是三年,还是四年?管它的呢,他不在乎。自从那事发生以后,他就什么都不在乎了。

王进在前面走着,一言不发,和张海保持着两个人的距离。他的身影稍显佝偻,尽管看不到他的表情,张海却能猜出个大概,总之和一年前他刚来时形成了强烈的对比。

这下面的阴暗压抑,轻易就能让沸腾的热血迅速冷却下来,直到把人变成某种见不得光的动物。

每走上四五米的样子,他们就经过两扇黑色的铁门,这些门都镶嵌在墙壁里,紧闭着,对两人的脚步声毫无反应。这些沉默的门从左右两边延伸到远处,消失在一片灰暗中,使得张海又产生了那种感觉:他们正走过一条细长的小路,路上有无数静默的行人,双方擦肩而过,却没有任何交流。

而在路的尽头,有某种东西正在等待着他们,已经等了很久了。

他们的房间到了。"吱呀"一声推开门,整个房间的全貌就映入了眼帘。左右两边各有一张双层床,四个床铺的其中一个是空空的底架,没有人睡。一张黑色的桌子摆在正中间的位置,桌上有很多横叠起来的书。

这个房间没有窗户。

老李戴着全息眼镜,面朝着门坐在桌前。他纹丝不动,只有两手不停地在面前的空气中飞速地运动、点击着,仿佛那里有一块看不见的键盘。直到现在,张海还是不知道老李的专业及具体的工作是什么。这人沉默寡言,日复一日地端坐在宿舍里,那副不会泄露信息的全息眼镜也仿佛长在了他脸上一般,从未见取下。

老李身后的墙是漆黑的颜色,在那上面,一个怪异而扭曲的浮雕非常醒目。它占据着中间靠上的位置,有一个人那么高,通体鲜红,浓郁欲滴,仿佛里面盛满了血液。再一看,才会发现这是一个大写的字母 E,在这个"E"下面,刻着一行同样鲜红的大字:

以真理为追求,为人类而奋斗

这面墙、这块浮雕和端坐在它下面的老李,构成了一副既庄严又压抑的图画,让人不自觉地想起冷酷的法庭。

老李突然站了起来。他转了个身,背对两人,脸朝那面墙。

张海和王进立即反应过来:该做每天例行的宣誓仪式了。两人迅速走到老李身后,站稳身子,挺直脊背,脸上的表情也同步调整为坚定与肃穆,仿佛被某种神奇的开关所控制。

不约而同地,三个人将一只拳头举到空中,深情凝望着墙上那巨大的字母,无比热烈地异口同声:"以真理为追求,为人类而奋斗!"

喊完这句话,他们在原地立了一小会儿,让庄重的表情自然地消退,可是不知怎的,这一次王进看上去极不自然。

还好,周围一直很安静,说明没出什么岔子。

老李似乎终于注意到了后面的两个人。他保持着背对他们的姿势,语调平静而呆板:"各位,我有一个小小的提醒:以后最好不要在晚上溜上去了。戒严很快就要开始。"

王进叹了口气,似乎想对此发表意见,可是他扫了一眼那个"E",又生生忍了回去。

这下面没有夜晚也没有白天,所有人按照严格的时刻表进行作息。两人熄了灯,一言不发地躺到了床上,而老李仍然坐在那里工作。借着他眼镜发出的微弱白光,张海看到了那个"E"隐隐的轮廓,在昏暗中如同一只悄然潜伏的巨大蜘蛛,等待着猎物自投罗网。正当他努力驱除这邪恶的想象时,又听到了王进在床上翻来覆去的声音,以及他若有若无的叹息。这个年轻人也许已经梦到了蜘蛛。

第二天早上,两人在食堂吃饭。这个大厅足以容纳七八百人,但并不给人宽敞的感觉。头顶的天花板同样是漆黑的颜色,虽然没有红色的"E",却在正中间多了一个巨型屏幕,使得一个人不管处于食堂的哪个位置,一抬头都能看到自己变形的脸。跟死气沉沉的宿舍形成了鲜明的对比,这里熙熙攘攘,排队、吃饭的足有四五百人,他们来自不同的国家和种族,说着不同的语言,却穿着同样款式和颜色的衣服:一件从头包到脚的白色大褂。

张海坐在长条凳上,吃着一块"馒头",旁边的王进也在努力地吞咽。他的眉头微微皱起,从嘴里发出能勉强听清的声音:"你还看不出来吗?姓李的是思想警察。"(见注释1)

张海转了下眼珠,投来一个不屑的眼神:"你看书看傻了?"

"你才傻呢。你还能忍多久？看看周围吧，这里的人迟早会有两种结果：变成疯子或者变成傻子。"

"我看他们挺正常的啊。"

"正常？"王进睁大眼睛，停止了咀嚼，"你有注意到这些人笑过吗？不，没有人会笑。"

张海将头抬起，漫不经心地望了望四周："这倒是。不过有一个人会笑，而且他好像总是在笑。"说完，他又拿起一块"馒头"。

"我知道那是谁。他是这里的老鼠国王，而我们都是不见天日的老鼠臣民，接受着国王的统治……"不知是因为激动还是害怕，王进的身体随着这句话颤抖起来。

"哈，我看你快变成疯子了。"

王进"哇"一声吐出了嘴里的食物，像不认识似的看着他："那么你呢，如果既不是疯子也不是傻子，那你是什么？"

"我什么都不是。"

年轻人皱着眉头看了看同伴，正当他要再次开口时，天花板上的大屏幕亮了起来，同时传出了一个浑厚的男声——是那个唯一会笑的人。猛然间，所有的人在同一时刻陷入了沉默，抬起头望着屏幕，表情变得严肃而坚定，如同参加教堂礼拜的虔诚信徒。

"诸位，今天是一个将被人类铭记的日子。"随着话音，屏幕中央有什么东西开始显形，看上去像一个黑色的桶，可是再看看从它底部蔓延开去的杂七杂八的管道和电线,不难判断这是一个庞大而复杂的装置。

"祭坛之火,已经熊熊燃烧了一个小时。"男声继续道,"如果我们愿意,它还可以继续燃烧两万年。"(见注释2)

镜头开始拉远,出现了一群同样穿着白大褂的人。他们分布均匀地站在一个环形金属桥上,把"桶"围了一个大圈,有的望着"桶",振臂高呼;有的三三两两地拥抱在一起;有的一边鼓着掌,一边泪流满面。张海注意到他们中有一个满头白发,鼻子硕大的老人在旁若无人地拉着小提琴,很可能是在模仿爱因斯坦。

看着这幅景象,人群仍然保持着静默,可是脸上的肌肉却开始不自觉地抖动,无助地抑制着越来越强的情感。终于,一声欢呼打破了寂静,如同压抑已久的火山发出了第一声轰鸣,接着就是猛烈的爆发,瞬间将这里变成了欢乐人声的海洋。

震耳欲聋的嘈杂中,头顶的男声清晰可辨:"当末日的号角响起,我们就举起了不灭的旗帜,我们就肩负了最后的希望,我们是划破黑夜的闪电,我们是孤立岸边的礁石!我们是'边缘',请牢记我们的座右铭。"

欢乐的海洋突然静止,不同国籍的人们齐刷刷地举起一只拳头,将声带撕扯到了几欲断裂的极限,喊出了同一句话:"For Truth We Follow, For Humanity We Fight!!!"(见注释3)

(王进跟随着人群的动作,张海也一脸的慷慨激昂,嘴里却没有发出任何声音。)

突然,屏幕和灯光都熄灭了,整个大厅顿时伸手不见五指。此时,一个闪动的红点出现在了上方浓浓的黑暗中,它由小到大,由远而近,终于变成一个一人高的"E",在人们头顶停住。那光芒闪烁而律动,化为无声的节奏,使得它如同一个活物般跳动起来,似一颗蓬勃的心脏,又像一盏不眠的警灯,映照着下面那一张张仰起的脸。

"我们不会忘记,为何来到这里;我们为人类鞠躬尽瘁,却被他们视为敌人;我们失去了一切,却又背负着一切。"

黑暗中,浑厚的男声更加低沉,仿佛陷入了深思。

"旧日的神灵,已无力给予面包和鱼;崭新的命运,掌握在我们自己手中;而我们,对人类负责。"

话音一落,大厅顿时又亮堂起来。待众人的眼睛适应后,才发现那个"E"原来也是一面墙上的浮雕,但这墙却是雪白的颜色。随着镜头逐渐拉远,泛着金属光泽的"墙壁"出现了弧面,一艘巨大的飞船慢慢显出了全貌。

人群仍然保持着静默。

2. 分歧

宇宙是一个有着十个方向的"笼子",可我们只能看到其中九个。也许正因为这样,我们对如何把它弄大毫无头绪。一个身体最庞大的同伴，因为不能灵活运动而异常苦闷，就把体内星星的能量凝聚在一个点上，飞快地抛射出来。他重复着这无聊的游戏，直到他发现宇宙被这股能量穿出了一个小洞。原来，这无意间撑大了"笼子"的缝隙，使我们窥见了第十个方向，而它能够通往邻近的宇宙。

这个洞里涌出一种前所未见的神奇物质。它既不发光也不发热，不能作为食粮，却非常轻盈，胜过我们的身体。可它又具有致密连绵的结构，一旦来到这里，就迅速发散弥漫，充斥空间。这样，我们的宇宙为了容下这种新的物质，只得开始膨胀。过来的新物质越多，这个宇宙就膨胀得越多，活动的空间也越大，这让我们欢呼雀跃起来。很快，越来越多的同伴开始效仿这种做法，更多的洞出现了，大量的新物质涌进了这个宇宙。

一个新的情况也出现了。

不知从何时起，这个宇宙出现了一些低级生命。它们在一些星星的照耀下诞生，却在这些星星的卫星上建造自己小小的巢穴。它们聚成一团，努力地蠕动挣扎，似乎想多获得一点儿星星的能量。

我们好奇起来，凑近观察，它们却连同那些巢穴一起消失得无影无踪。原来这些生命是如此脆弱，无法承受我们的接近啊。

一些同伴不再吞吃那些它们赖以为生的星星，或许是出于某种爱护，而更多的同伴对此毫不在意，不经意间毁掉了不知多少这样的巢穴。

终于，我们中出现了争执，焦点就在于如何对待这些生命。

有的认为，这些渺小的存在根本不值一提，为何要因为它们而影响我们的生活？有的认为，这些生命和我们一样来之不易，尽管渺小，却拥有和我们同等的生存的权利。

正当我们吵闹不休时，一个更重大的情况出现了。

王进今天下班很晚。他推开门，就一屁股砸在自己的床上。

"听说投票的事情了吗？"他大声说道。

"呵，听说了。"张海打了个呵欠，"又怎样？"

"又怎样？！你有投票权吗？"

"没有。"

"这可是件大事！你居然不在乎？！"

"老李，这小子也想要投票权呢。你看他够格不？"张海侧过脸，冲着老头儿喊道。

老李仿佛没有听到任何声音一般，坐在那里如一尊石雕。他的双手在空中激烈地运动，像在表演一出哑剧。

"你也看见了，他觉得你不行。"张海朝他挤了挤眼睛。

"你们……你们这些人……"王进站了起来，用手指指老李，又指向张海。

"怎么了？我也没有投票权，可我叫了、嚷了吗？"

"我和你不一样！"

"你有什么不一样?"张海也站了起来,"你来这里之前,是个嘴上没毛的小子,你来这里之后,还是个嘴上没毛的小子。"

"所以我就活该连投票的权利都没有?看看这个荒唐的投票吧:首先,从七百多人中划出五百多个给他们投票权,再让这五百多人选一百个去火星,还可以选自己,重名的票无效!想搞暗箱操作就明说好吗?口口声声说'对人类负责',却只是用来掩饰狼狈苟活的借口罢了。你们还能拯救人类?!你们连对集体成员的一视同仁都做不到!"

"嘿嘿……王老弟啊,你除了资历不够,觉悟也不够。"张海笑了笑,"你知道什么叫'自觉自愿'吗?你有想象过火星上的生活吗?或者,你觉得在这样的年头,地上的日子会比这里更安逸?实际上,对于你来说,留下来才是更好的选择。"

地上的日子!谁都知道,现在地上的世界已经乱成一团了。

王进怔了片刻,却再次提高了声音:"我就告诉你吧,我希望有一天,外面的军队能把这里给解放了!可那还要多久?十年?二十年?到了那时,我早就疯了,或者傻了!看看这个地方,没日没夜地做着研究,严禁娱乐,严禁恋爱,严禁生育……是为了追求真理吗?不,是为了逃跑!你再看那些人哪像科学家?不如说是中世纪的神棍!现在,连我们的自由都受到严格的限制!包括思想的自由!这哪里是一个科研机构?!这是一座地下监狱,而监狱长,是一个装神弄鬼的变态狂人,享受着统治我们这些囚犯的快感!"

吐出最后一个字,王进显得气喘吁吁,可是没等他缓过劲,墙上那一人高的浮雕就闪动起来,刺眼而夺目的光芒疯狂地跳跃,扫过他们的脸,将整个房间淹没在一片血红之中。一切已经不可挽回了。

短暂的沉默被王进打破,他的声音颤抖:"我不怕艰难,怀抱着理想来到这里,可是我现在真的很失望。"

"切,你的理想一文不值。"

"姓张的,你到底站在哪边?"王进声色俱厉。

"我哪边都不站。"

"我已经豁出去了,你还在害怕什么?"他用手指了指墙上的东西。

"那我就重复一遍,我哪边都不站。"

"那你就是在回避问题!你这人看着吊儿郎当,但一定有什么原因!"

"我为什么要告诉你?"

"你……?"他一步跨到张海面前,瞪圆了眼睛,举起了拳头,手腕却被老李从后面握住:

"我有投票权。"

在两人震惊的目光中,老李面向张海,平静地问道:"如果你也有,你会选自己,还是别人?"

"我?我会……选自己。"迟疑了几秒钟,他回答道。

老李盯着他看了起来,在变幻的红色中,那冷峻的目光令张海心里发毛。

"投票权可以转让,我让给你了。"老李说。

"为什么?"

"因为一群傻子中间,总要有一个正常人。"

"可你自己……"

"以真理为追求,为人类而奋斗。"老李一字一顿,缓缓地吐出这句话。

王进似乎回过了神来,再次把手轮番指向两人:"我早该发现了,你们俩是一伙——"

没等他说完,锁着的门突然从外面打开了,两个身形高大的保安出现在了门口:"王进先生,最高主席莱因哈德先生要见你,请跟我们走一趟。"

年轻人的脸色开始由通红转为苍白,他的嘴角颤抖着,拧起了一丝苦笑,却努力控制着自己,不至于笑出声来。他转过身,向外走去。

保安将王进领到一扇门前,打开门示意他进去。他走了进去,发现里面空无一人。

这是一间再普通不过的单人宿舍,除了更为简陋和狭小,其中的陈设和他住的地方没有什么两样,同样漆黑的墙,同样鲜红的"E",而只有凑近观察,才能发现那句座右铭被换成了英文。可是另一个东西很快吸引了他的目光。

低矮的储物柜上,有一盆正在盛开的鲜花,那簇红色的花朵是如此的娇艳欲滴,使得第一眼看到它的人立即就忽略了花儿萌发的地方：一株暗绿色的、多刺而丑陋的块茎。

王进情不自禁地走近花儿，微微一俯身，就闻到了一股沁人的清香，其中又混杂着一丝若有若无的苦涩。

"它昨天才开花，正好让你赶上了。"

背后传来一句稍显别扭的汉语，他猛地转身，看见最高主席史蒂夫·莱因哈德出现在门口。

"这个品种，在沙漠中很少见，要想见到它的盛开更是难上加难。"这个矮胖的老头儿踱进门来。他身上裹着一件发黄的皮夹克，小腹高高地凸起，一双眼睛弯成了两条缝："它在这里确实显眼了些。希望你们能包涵我这个老头子这一点小小的奢侈……"

王进的脸色仍然透着苍白，他站在原地，一言不发，全身紧绷。

"小伙子，我记得你。"史蒂夫看着他，满脸笑容，"一年前，我们通过秘密的渠道把你接了过来。你是来自首都大学的高材生，专业是激光通信，很有前途！我还记得，那天你站在祭坛脚下，喊出那句誓词时，那热烈而坚定的眼神。可是看看你现在的样子……这都是我的错。"

说着，史蒂夫在椅子上坐下，他示意王进也坐下来，而后者只是动了动嘴角，额头上出现了汗水。

史蒂夫轻轻地叹了一口气，没有再看他："不管你信与不信，我一直心怀愧疚。因为我不得不承认，你在这里的所见、所想，几乎都是事实。"

"那就不要再说废话了。"因为过于紧张,王进的声线有一点变形,但年轻的热血显然战胜了恐惧。他捏紧拳头,已为接下来可能发生的事情做好了准备。

老人"呵呵呵"地笑了起来。

"今天叫你来,就是为了看花儿的。"他稍稍转头,望向角落里那一抹鲜红,"看看它,环境越是艰苦,就盛开得越是美丽。"

几秒钟的停顿后,他冲王进摆了摆手,脸上是不变的笑容:"你可以走了。回去以后,你可以说任何想说的话,做任何想做的事,除了一件:上到地面。"

"您应该知道,我哪儿也去不了。"

王进压低喉咙,快速而含混地说道,然后大踏步迈出了最高主席的宿舍。

第二天下午,所有人都参加了在食堂举行的投票仪式。

人们自动排成长队,缓缓地移动着,无声无息,如同送葬的队伍一般。他们有着不同的肤色,来自不同的种族,脸上却带着相同的表情。

这表情让王进感到一阵颤栗,因为这让他想起了复活节岛上的石像:它们以永恒的姿态,沉默而坚定地望着天空。而和这些石像唯一不同的是,在场的人眼里都燃烧着熊熊的火焰。

投票者在投票箱前念出他所选的人的名字,如果谁都不选,则说出"弃权"。即时结果显示在头顶的屏幕上,一眼望去,每张票所选择的名字都不是投票人自己。

当选出的登船人数跳动到99，排在最后的张海走上前去说出了自己的名字，数字随之定格在了100。他退回来，得意地戳了戳站在一边的王进："看见没，这就是'边缘'的觉悟！'以真理为追求，为人类而奋斗'，Oh yeah……"

王进没有理睬他。可是当史蒂夫出现在投票箱后面，对所有人露出他标志性的微笑时，王进又重重地"哼"了一声。

将一百个人装进飞船，送到火星，是目前人类航天水平的上限。

3. 争斗

一些同伴发现，自己的身体出现了消散的迹象，先是从那些最稀薄的部分开始，然后转向稀松的部分，最后连身体最坚硬最致密的部分也开始受到影响。

我们惊恐万状，但很快弄了个明白：过多的新物质的质量充斥压迫着这个宇宙的空间，使得它发生了巨大的弯曲和变形，而其他一些地方则变得松弛无力。那能将从基本粒子到巨大星体都紧紧连在一起的空间之力就这样被一分为四。于是，尽管一些微观物质还能保持原状，那些庞大的存在却开始崩溃。星团解体了，星星被胡乱弹射出去，滚得到处都是；光和热也不再均匀地分布，整个宇宙陷入了彻底的混乱。

当我们意识到情况的严重性时，这些物质已经开始弥散至整个宇宙。它与空间难舍难离，要将其分离出来又送回去需要消耗极大的能量，真是过来容易回去难。

这时，我们也分裂了，不是身体，而是分成了两个群体，分别由之前争吵不休的两方组成。

一个群体认为，这个宇宙已经被污染了，不能住了，大家离开这儿吧，到另一个宇宙享受去——他们被称为享乐者。

另一个群体认为，要对这个宇宙负责，要着手清理这些由我们自己带来的污染物，还大家一个干净的宇宙——我们被称为拯救者。

在争论的同时，污染还在继续，因为很多同伴为了维持自己正在消散的身体，只得继续吃掉星星，自然使得身体更为庞大，自然又需要更多的空间，于是那些洞仍然开着。

情况越来越恶化，直到后来，享乐者停止了和我们的争论，打开了另外的洞，陆续地离开了。我们无从得知他们在那边过得如何，因为他们一去不返。可是留下的我们不得不面对另一个严重的事实：那些离开的个体带走了大量本属于这个宇宙的光、热和质量，使得情况更加难以忍受。

两个月过去了，飞去火星的计划仍在悄无声息地进行着。

张海对此感到一丝不解：他在接受了太空生存训练以后，就再没被告知其他信息。他想问问老李，可是这家伙除了晚上睡得更少，从不回答这类问题。至于王进，也再无任何出格的言行，唯有他的眼神更加闪烁不定。很快，对于发生过的事情和将要发生的事情，大家都心照不宣地不再提起，也许这就是老鼠们的生存之道吧。

这天的凌晨三点,张海起床撒尿。等到他关灯时,才从迷迷糊糊中惊觉:老李不见了。他的床上空空荡荡,那副他总不离身的全息眼镜却孤零零地躺在桌子上。

几乎是下意识地,他感到大事不妙。他睡意全无,正要叫醒王进,墙上的"E"已经先他一步发出了声色俱厉的警报,几乎能将死人吵醒。

"女士们先生们,抱歉扰了各位的好梦,"史蒂夫的声音随后传了出来,听不出一丝惊慌,"有一位很久不见的老朋友要来拜访我们,大家还是赶紧梳妆打扮吧,只有不到半小时了。"

话音刚落,一阵仿佛来自地心的震动震了张海一个趔趄,他感觉床都跳了起来。

"次声波武器!"他大喊道,手忙脚乱地抓起衣服穿在身上,开始收拾行李。

身后传来一声怪笑,他扭头一看,只见王进穿着一条脏兮兮的裤衩,赤脚站在地上,两眼放光:"哈哈,哈哈哈!他们终于来了!知道吗,是我干的,是我叫来的。哈哈哈哈……"

"你疯了。"张海瞪了他一眼,从牙缝里挤出三个字,转头打算不再理睬他。

"不,我没疯。你还记得我的专业不?激、光、通、信!我做了一个小玩意儿,一个激光天线,就在我们上次看星星的那个晚上,我把它埋进了外面的沙子里。它每隔半小时就发出一次信标光,对准天上的某个位置进行小范围的扫描,要是恰巧有间谍卫星从那里经过的话,就可能接收到扫描信号。当然这事儿成功的概率不高,我也是在冒险赌运气……"

张海愣了愣,再次转头看着王进。他猛地意识到,他们之间的对话,正一字不漏地传到另外的耳朵里,而王进还在洋洋得意地念叨:"你一定会想,我是怎么通过门口的安检的。告诉你吧,那个中国保安早就和我是一伙儿的了。而你们这些傻瓜,死到临头都不知道是哪里出了问题!这里就要完蛋啦,我们就要'越狱'啦!哈哈哈哈……"

如果他说的是真的,那时间就更加紧迫了!张海的额头渗出了汗水,他再也不想和王进纠缠,一只手拖起行李,另一只手从包里掏出路线图看起来,急急地出了门。

"你要去哪儿啊?哦,上飞船。我要和你一起去。别误会,我可不想去火星,"背后传来阴阳怪气的声音,"我要揪住姓李的,问问他的老脸有多厚!"

穿过迷宫般幽深狭窄的电梯和走廊,他们来到发射井。抬头看去,只见"边缘"号静静矗立着,高大而雪白的身躯拔地而起,隐没于一片黑暗,仿佛一个遮住面孔的巨人。在它的脚下,李风站得笔直,仰望着它。

王进快步走上前去,身上的白大褂鼓了起来。他抬起双手,一颗不剩地解开扣子,露出他仅有的一条裤衩:"老李!您老这腿脚还真是灵便啊!"

那人猛地转过头来,目光冷峻:"我是来进行最后的维护工作的,马上就要离开。"

两人还没从这句话中回过味来,他又紧接着爆出一阵如雷猛喝,把张海吓了一大跳:"你到这儿来干什么?!快回去!!"

"给我走!"这位六十多岁的老人又一声猛喝,闪电般地大跨步过来,猛地掰住王进的肩膀转了半圈,抓住他的两只手往后腰一按,就这么押着他往外走去,加入了同一个方向的,三三两两的人群。

"哎哎哎,你干吗?!我、我是来送……"在王进的抗议声中,一架舷梯伸了出来,底下的一群人开始登船。他们按照投票的顺序排成队,在一片沉默中有条不紊地行动。张海站在队伍的末端,望着两人的背影,喊出了一声"再见",两个人却头也没回。

队伍慢慢地蠕动着,使得他焦急起来。当他终于要一脚跨进黑乎乎的舱门时,忍不住回头一望,却看到了全身上下只剩一条裤衩的王进。他冲着这里飞奔而来,带着六神无主的表情:"杀、杀人了!他们来、来了!"

……

十分钟前。

"祭坛"脚下,一个矮胖的身躯和三十多米高的"桶"形成了夸张的对比。史蒂夫·莱因哈德静静地站立着,等待着一位老朋友。

这位将军来自美国国防部,年龄和史蒂夫相仿。他身材高大,稳健的双脚踩在金属桥上,发出"哐当哐当"的声音。他的肩上有五颗星星闪耀,胸前却只有一枚银色的勋章,可是如果凑近看,会发现那根本不是勋章,而是绣上去的、一只展开双翅的老鹰。

他没有一个士兵陪同。

"弗朗西斯,好久不见了。"史蒂夫的双眼笑成了两条缝,伸出手去。

"是啊,老朋友,"将军用双手握住,轻轻地摇晃,眼角的皱纹凸了出来,可以看出他并不是一个习惯微笑的人,"你老了。"

"哈哈……你也不年轻了,"史蒂夫抽回了手,"当我接到你要亲自下来的消息时,就想到了在这个地方会面。你如此尊重我的请求,我很感激。"

"你客气了。我这一趟除了叙旧,也想亲自见证奇迹。"将军打量着眼前的庞然大物,"看看这个不可思议的地方。谁能想到,在短短的十年内,你能够避开所有人的耳目,在澳大利亚的沙漠底下建起了一座宫殿?"

"咳,我只是善于打洞罢了。"

"哈哈哈,这么多年了,我都没忘记你的绰号——"

"鼹鼠!"

两人异口同声,对视了一眼,又开怀大笑起来。

"你这只老鼹鼠啊……"弗朗西斯擦了擦眼角,"就不想着退休吗?"

"呵呵,你不也没退休吗?"

听到这话,将军的神色突然变得凝重。他正了正帽沿,慢慢吐出一句中文。他的发音不太准,每个字却铿锵有力、掷地有声:"苟利国家生死以,岂因祸福避趋之。"

"尔曹身与名俱灭,不废江河万古流。"史蒂夫随即回答道,露出了调皮的笑容。

将军的身躯微微一震。

"我在来这里的途中,看到了不少年轻人。"他的脸色更加严肃,"他们来自世界各地,怀着一腔热血,却不知为何而战。我给了他们一个战斗的理由:为了自由的意志。"

"而这就是你能如此神速的原因,"史蒂夫收敛了笑容,叹了口气,"这帮小年轻啊……但是,对此我才应该负最大的责任。"

"你的责任?"

史蒂夫摇了摇头:"我的仁慈。那个来看花儿的年轻人,我本来可以从他嘴里知道一切,但却选择了同情和怜悯,最终也害了所有的人。"

说着,他的脸上再也不见笑容,而是破天荒般出现了沉郁。

"同情和怜悯是这个时代尤为可贵的品质,你救了他们。他们并不是军人,也没必要成为你的……疯狂和偏执的牺牲品。"

史蒂夫点了点头:"在这个时代,你这样的人不多了,他们派你来是对的。"

"派我来的是一个伟大的民族,它属于一个伟大的国家——美利坚合众国,也是你的祖国。"弗朗西斯看着老朋友的眼睛说道。

"我的祖国已经分裂,将很快不复存在。过去的二十年里,阿拉斯加和得克萨斯已经独立了出去,你还能期待什么?"

"所以她更加需要我们的守护!"

弗朗西斯的声音猛地提高了八度,额上青筋暴起。他胸脯一挺,那只银色的雄鹰一瞬间仿佛扇动了翅膀,活了过来。

4. 死亡

黑暗物质已经在这里占据上风。它四处弥漫,疯狂肆虐。它撕扯、顶撞着空间,使得星云分崩离析,星团支离破碎;它吞噬着无数闪亮的星星,将明亮炽热的天堂渐渐变成了黑暗冰冷的地狱。

我们没有放弃,不顾正在消散的身体,我们凝聚能量,一路冲破黑暗。我们用自己的身体聚合一团又一团星云,将失散的星星们重新串起来……

但是,情况并没有获得根本的好转。大部分恢复了秩序的星星,在我们离开后不久,就被卷土重来的黑暗物质再次搅得乱七八糟。唯一能起作用的,就是把那些洞给补上。由于靠近黑暗的源头,我们的身体开始急剧消散,可是为了完成任务,却别无选择。就这样，我们失去了一个又一个同伴。

绝望的黑暗也开始在我们中间蔓延。就在这时，我们再次注意到了那些低级生命。

这些生命的个体只能存在极为短暂的时间，我们由此知道了"死亡"的概念。但是，这渺小短暂的存在却似乎蕴藏着这个宇宙最后的希望。

随着黑暗物质的进一步扩张，能够产生这种生命的星星越来越少，最终，这个宇宙将不再有新的生命，而是如同燃尽的星星一般，坠入永恒的黑暗和沉寂。

它们对此一无所知。在那逼近的黑暗中，它们英勇顽强、不屈不挠地生长着，使我们领悟到，这些生命不像我们这样如此依赖光和热。因此，只要给予一定的条件，也许它们会进化成高级的智慧，甚至最终和我们一样强大。那时，它们就能拯救这个宇宙，也同时拯救所有的生命。

一个同伴找到了一颗普通的星星，它的一颗卫星上生活着一种在泥浆里蠕动的虫子。他协助了它们的进化——实验开始了。

没过多久，小虫子们就拥有了低级的智慧，创立了自己的文明。这个同伴在它们文明发展的不同阶段传授给它们由浅到深的知识，他由此被虫子文明奉为造物之主。很快，当小虫子们渴望进入宇宙时，它们又向他索求更多。他有求必应，使得它们终于能够离开自己的星星，在宇宙中到处活动了。

旋即，弗朗西斯平静了下来："也许你还不知道这些事。

上个月 15 日,一枚核导弹从太平洋底部的某处升起,飞向夏威夷,在最后一分钟,才被我们刚刚研制成功的高能武器拦截。这是一次试探性的打击,可到现在我们都没查出是谁干的。而在上个星期五的加利福尼亚,我们勉强平息了一场大规模暴乱。数量超过两百万的饥民,顺着一号公路南下,沿途洗劫了西雅图、旧金山和洛杉矶,把美如天堂的西海岸变成了人间地狱。孩子们用上了燃烧弹才控制住局势。我亲眼看着一辆接一辆的军用卡车从火光冲天的街口驶了出来,满载着烧焦的尸体,冒着一缕缕青烟,消失在远方……"

将军的眼眶红了。

"这是我们的土地,这是我们的人民!可是,就算我们能保护他们,这片土地也已经养不活他们了,除非有了它……"他再次把目光投向那个"桶",眯起双眼,嘴唇轻启:"很容易就能想到,你们在这里搞出了什么……"

微笑又出现在史蒂夫的脸上:"我也很容易就能想到,如果它落到你们手里,会发生什么。"

"还能发生什么?"将军走近两步,几乎贴着史蒂夫的耳朵,苍老的声音带着决绝的快意,"美利坚将在这片乱世中脱颖而出,一扫阴霾,成为人类的救星!星条旗将在每一个大洲飘扬!"

"你的话,使我的决心更加坚定。"

闻言,弗朗西斯重重地叹了一口气,高大的身形也随之萎缩了些许:"我的老朋友,你作为这个地方的领袖,作为一个美国人，却对危难中的人民坐视不管。可是一切还来得及……"

老朋友抬起一只手打断了他："接下来，你会给我两个选择：成为美国人民的功臣，或者万人唾骂的罪犯。"

"那你的答案是……？"弗朗西斯再次盯着史蒂夫的眼睛，发现对方也同样在盯着他：

"以真理为追求，为人类而奋斗。"

正在这时，两个全副武装的士兵冲了进来，一边敬礼，一边喊道："将军，他们在发射一艘飞船！"

他立即明白了老朋友邀请自己来这个地方谈话的目的。

"尽最大努力阻止发射，一旦发现企图逃离和帮助逃离者，就地处决！"

"Yes, Sir！"

发射台上，张海从舱门里探出半个身子，冲下面的王进喊道："你……你快上来！"

话音未落，就从什么地方传来了连续的、沉闷的枪声，惊得他打了一个哆嗦。

"对了，老李呢？"

"刚、刚才他一看到那些端着枪的士兵从、从走廊对面冲过来，就、就把我护在后面，让我快跑……他、他冲上去拼命，但、但是……"他说不下去了。

来不及为老李悲伤，张海吼道："你快上来啊！"——他注意到,舷梯离开了地面,开始收回。

"快跳起来,抓住啊!你这个笨蛋!"

可是下面的年轻人只是仰头看着他,苍白的脸上交织着汗水和眼泪:"我不想去火星。"

"那你现在就去死!"

"我也不想死。我想回家——"

最后一个字只吐出了一半,枪声再次响起,王进赤裸的胸膛爆出了四团鲜艳的血花。他张着嘴,睁圆了眼睛,立了半秒钟,然后直直地倒了下去。

一群黑压压的士兵冲出隧道,朝着飞船发起了最后的冲锋。火箭就在这时点火了,巨大的轰鸣与震动中,张海站立不稳,往后一仰,跌进了一团黑暗中。

……

绕了"祭坛"一圈的金属桥开始当当作响。弗朗西斯两手背在背后,直立如一尊雕塑。看着微笑的史蒂夫,他脸色铁青。

"将军,飞船升空了!"

弗朗西斯冷酷的声音从紧咬的牙关里挤了出来,一字一顿:"你是一个彻头彻尾的叛国者。"

"也许吧,但我没有背叛人类。"史蒂夫保持着他招牌似的微笑。

"我们之间没什么好谈的了,但我还是要告诉你:随着这次行动部署在地上的高能武器现在已经瞄准了目标,用不了两分钟即可完成充能。你最好祈祷那玩意儿能飞快些。"说着,他将右手举起来猛地往下一挥,仿佛落下了悬在断头台上方的利刃。

"它上天的速度确实还不够快,甚至比不上我们俩呢。"最高主席从容地迎接着五星上将诧异的眼神,"知道吗,弗朗西斯,这么多年来,我总是不时地回想起我们在学校度过的时光,那段日子尽管短暂,却平静而快乐。"

说完,他按动了藏在袖口里边的一个小东西。

……

不知过了多久,张海悠悠醒转,只觉一片柔和的白色映入眼帘。他发现自己躺在一张床上,随着身体的活动,这张床与身体接触的部位相应地发出绿光。后脑勺还在隐隐作痛,他决定暂时就这样躺着,然后打量四周。

真安静啊。

眼光所及之处,一尘不染,光亮整洁。这个房间不大,没有见到任何高端仪器,而是布置得像一间卧室。雪白的墙,透明的窗,低矮的沙发,床柜桌椅随意地摆放着,所有东西的轮廓都描述出洁白又柔软的线条,如同一幅拥有了 3D 效果的达利的作品。与狭窄阴冷的地下相比,这里宛如天上云间,一切都溶化在温暖轻灵的白色寂静中。

他感觉像在梦里。此时,一个温柔悦耳的女声响了起来:"您醒了。初次见面,请多关照。我是'边缘'号的 AI 晴子。"

"晴子？听上去像个日本女人。"张海咕哝道，突然觉得有点不自在，就坐了起来。

"在您昏迷的时候，我指挥机械臂将您送到了这间护理房。"

"其他人呢？"

"您是指和您一起登船的人？他们已全部身亡。"

"你说什么？！"

晴子的声音温柔平静，娓娓道来。

三小时零五分钟之前，随着史蒂夫按动按钮，失控的祭坛之火瞬间吞没了地上和地下的一切。此时，"边缘"号已经来到了地球大气层的外沿。因为发射仓促，它的姿态稍有歪斜，这本是个小问题，但就在这时，从北美洲某地射来一束高能激光，正好击中了飞船的乘员舱，巨大的冲击导致里面的人全部陷入了昏迷，也在舱壁上留下了一个直径达两米的破洞。这样的创伤却也不算致命，可是为了躲避更多的来自地面的拦截，AI 只得操纵飞船开始机动变轨加速，那个破洞却使得维持姿态变得极为困难。在船体剧烈的抖动和摇晃中，应急修补也无法启动，乘员舱里面的一切就这样落入了太空。

"我已尽了全力。"晴子的声音听上去有点暗哑。

"正因为我的最后登船，救了我一命。"张海自言自语。

"是的。我们的计划非常周密，可是实施却太过仓促，以至于损失惨重。"晴子的语气更加沉重。

"是挺仓促的。这可不像史蒂夫的作风啊。"张海打了个呵欠,仿佛那近百条人命与己无关。

"因为'边缘'号装备了聚变引擎,使它成为人类拥有的唯一一艘恒星际飞船。而为了在短短几个月内实现这一点,一些人付出了一切。当敌人冲进来时,最后的调试才刚刚完成。"

原来如此!这些付出一切的人中,应该有老李吧……他忽然喉头一紧,可又不想在AI面前哭鼻子,于是紧接着问道:"牺牲的都有谁?"

"一共九十九人,六十五名男性,三十四名女性。"晴子调出了一个全息界面。

看着这份名单,张海注意到,这些人的专业涵盖了基础和应用科学的几乎所有方面。而这周到的安排,到底是出自"边缘"成员的集体计划,还是史蒂夫的个人意志呢?

这个疯子中的疯子,他有什么资格决定别人的生死?可要是他不这么做的话……

"对人类负责……"

张海的耳边仿佛回荡起他的声音。可谁又会料到现在的结果呢?

"晴子,照现在的速度,还有多久能到火星?"

"'边缘'号不会到达火星。"

"什么?!"

"如果去了那里,我们还没有站稳脚跟,来自地球的核子武器和高能激光就会倾泻而至；而更重要的是，区区火星，如何能实现人类迈入宇宙的梦想？我们的征途应是星辰大海。"

"难怪他们守口如瓶呢……"张海又一次喃喃自语。

晴子调出了另一个全息界面，一颗旋转的星球出现在眼前。

"这艘飞船的目的地是半人马座α星。早在一百多年前，人们就确认了这个恒星系的宜居性。后来随着观察手段的进步，进一步发现这颗恒星的一个卫星上有着丰富的水源，却没有高等文明活动的迹象。只是由于距离的遥远和星际航行技术的缺失，人类只能望洋兴叹。"

"所以，我就要一个人飞去这个鬼地方，还要包揽一百个人的活儿咯？"张海看着那颗星球，漫不经心地问道。

5. 背叛

我们对此感到满意，准备告诉虫子文明关于这个宇宙的真相，以及它们即将担负的使命，却发现那个受它们崇拜的同伴不见了。我们很快查明，原来小虫子们使用了重力网，从第四向牵出一根根触手，将他困在了某个空间中；同时，它们在这张网上遍布了疙瘩一样的东西，纠缠吮吸着他的身体，从中获得能量。

我们极为愤怒，掀起能量风暴，彻底抹去了虫子文明。可是被我们解救的那个同伴得知以后，却陷入了过度的悲伤。他本已十分虚弱，不久后就消散了。

我们不为这次打击所动摇，分散开去，继续寻找别的低等生命展开实验，结果却同样令人失望。

这些获得了先进技术的文明，无一例外地忘记了被赋予的使命，而走上了疯狂扩张、四处掠夺的道路。它们肆意地撕扯空间、抽取能量，甚至利用黑暗物质攻击我们。它们几乎就要步上享乐者的后尘，如果不加以阻止，只会加快这个本就奄奄一息的宇宙的死亡。我们不得不一次又一次地消灭这些我们亲手培养的文明。很快，绝大部分同伴都因为过度的愤怒和悲伤而放弃了这样的实验。

那么就不干涉这样的文明，让它们自己发展，看看能到什么程度。

仍然令人失望，可是造成这种失望的原因，却来自我们自己。

原来，如果没有我们的协助，它们的进化将非常缓慢，等到制造出飞行器，能够到处活动时，这个宇宙很可能早已死去。而更为不幸的是，由于统一之力的分裂，以及空间的弯曲和松弛，使得制造出这样的飞行器也几乎成为幻想。

无法扩张，失去希望，这些小小的生命只能在原地慢慢地枯萎。

在不停的奔波和焦虑的等待中，我们被黑暗渐渐吞噬。

终于，拯救者只剩下了最后一个。

晴子深情款款:"是的。您作为这次计划的幸存者,将继承牺牲者的遗志,成为人类最后的希望。您将不惧艰难险阻,去往遥远未知的彼岸。这真是……太伟大了。"

张海笑了起来:"那么,关于这艘飞船,你还有什么可以告诉我的?"

这次出现的是"边缘"号的全息影像。"它的最大速度能达到光速的百分之五。除了具备在合适的外部环境下展开成生存据点的能力,它还保存有包括人类胚胎在内的三万多个动植物的冷冻胚体和种子。休眠舱可以使乘员度过漫长的星际旅途,同时将给养的消耗降到最低。它的武器系统……"

张海皱起眉头,右手举到空中:"停!这么大一艘船,这么多东西,现在都由我一个人随意支配,你不觉得有点浪费?"

同时,他环顾四周,想努力适应这种不真实的感觉。

"不会浪费。只要这船上还有一人存活,这一切就有意义。您作为'边缘'的一份子,应当为能够肩负这伟大的使命而感到骄傲。"

"哈,哈哈。很抱歉,我现在只感到了无聊。"

"您应该还记得,我们的座右铭是……"

"以真理为追求,为人类而奋斗!"

"以真理为追求,为人类而奋斗!!"

"以真理为追求,为人类而奋斗!!!"

张海重复回答了三次,同时连着三次举起了拳头,每举一次,声音就增大几分,最后,他几乎是狂吼起来。

"够了没,嗯?"

"您很激动。但我相信,您不会做出过激的行为。"

他嗤笑一声:"你就是个 AI,一段程序,你懂个屁。"

"您低估了我。我具有强大的情绪分析能力,还可以根据分析对象所处的具体环境展开综合推理,模拟其内心活动。我的创造者千叶晴子博士赋予了我这样的能力,而她已消失在祭坛之火中……"

"这一次,你的语气听上去有点悲伤。"

"是有一点点。这也是模拟,因为我想尽快和您愉快地共事。"

张海一时语塞,哭笑不得。

"已经和您聊得够多了。现在请您开始履行使命:进入休眠舱。"

听到这话,这个年近四十的男人站得笔直,响亮地说:"我拒绝履行这所谓的使命。我认为这一切都没有任何意义。"

"您在逃避责任。"晴子的声音温柔似水。

"我是逃避了,怎么啦?你对此还有什么想说的?"他歪着头。

晴子迟疑了一两秒钟才回答,像经过了思考:"'边缘'号本该在升空一小时后全面启动聚变引擎,由于您的昏迷,该计划已被推迟,其原因在于:如果您不在休眠舱中,将被巨大的过载压成薄片。"

"明白了。那如果现在我还是不进去,我就想自杀呢?"

"我将不会全面启动引擎。"

"那我们就这么耗下去呗,反正我也无聊。"张海在椅子上坐下来,跷起了二郎腿。

"不用担心,我会说服您的。"晴子的声音更加温柔。

"哟,试试看。"张海眼睛一亮,来了精神。

AI 随即沉默了,死一般的寂静再次袭来,淹没了一切。

"晴子?"

"晴子?"

他空洞的声音在空洞的房间回荡着,没有得到任何回应。他感到自己的呼吸开始急促起来。

他起身,跌跌撞撞地走到房门前,打开,看到了一条长长的走廊。走廊的顶部散发着白色的荧光,并不刺眼,可是当他看向走廊的另一头,却感觉那一片雪白在眼前晃动起来,接着它就开始了旋转。他徒劳地伸出双手想抓住什么支撑物,终于在就要倒下的刹那重重地扑在了墙上。竭力抵抗着眩晕,他两脚贴着墙根,一步一步小心翼翼地前行,仿佛背后就是万丈深渊。

终于,他扑进了尽头的另一扇门,倒在了地上,喘着粗气。等稍稍平静,爬起来时,他才发现这是一个奇特的房间。这里应该是飞船上的观景台:一长排巨型落地窗取代了墙壁和天花板,连成了一个完整的球面,将来者团团包围在球心。那些窗户足有七八米高,都是漆黑的颜色,可能是遮挡过强的太阳光用的。他走近那些窗户,寻找能够调节颜色和亮度的按钮之类,却在它们跟前愣住了:窗户是透明的,没有任何颜色。这一片纯粹的黑暗来自外面……

他立即明白为什么飞船里面再也不需要漆黑的墙壁和天花板了。他猛地倒退几步,失去了平衡,一屁股跌坐在地上。他紧紧闭上了双眼,可是那化不开的黑暗仍然浸入了他的内心,开始填满整个身体,让他无法呼吸。

"晴子!你给我出来!"

"晴子!你听到没有!!"

"晴子!你这狗娘养的!!"

"晴子……"

他喊出的每一个音节都在颤抖,直到喉咙嘶哑,再也无力发声。就在他的理智开始崩溃的前一秒,温柔的声音响了起来:"您很害怕,尤其是在这里,但我可以让您不再感到害怕。"

如同一个险些溺死而被救上岸的人,张海猛吸了一大口气,无力地瘫软在地:"求求你了……继续,说下去……"

"当到达那颗行星后,您可以建立一个完全归属于您的殖民地。您还可以继续扩展,甚至可能成为整颗星球的主人,胜过人类历史上任何一位皇帝,支配超出想象的财富和权力。要知道,船上的人类胚胎中包含了很多雌性个体,在人类男性的眼里,她们相当迷人。"

张海睁开了眼睛,发现外面的黑暗不再那么瘆人了。

"我被你说服了。"他轻轻地说。

不过……也许这个 AI 是由真人扮演的?他又想道。

休眠舱中,张海感到一股暖流从头顶流向全身,无尽的睡意紧接着袭来,他的意识开始变得模糊。

他突然想起了一个问题:"晴子,你相信这个宇宙有神的存在吗?"

"我不相信。宇宙中从来没有神的存在。只有依靠我们自己的力量,人类才能不断进步。"

"其实我也不相信。只是,我经历了这些事情,现在一个人孤零零地躺在这里,外面是无尽的太空,让我觉得冥冥之中——哎,我也说不清楚。"

"您不用想太多,这方面过度的思考会影响您的心理健康。好好休息吧,祝您晚安。"

张海没有听完这句话,在进入梦乡的那一刻,一张张记忆中的脸庞从他的脑海深处浮现出来:父亲、母亲、妻子、儿子……最后出现的是李风、王进和史蒂夫。

"呵呵……对人类负责……"他在自己的呢喃中睡去。

6. 会面

我,已是步履维艰。

我和同伴的使命是聚合和矫正星星的位置,可是周围充斥的黑暗物质和我们所剩无几的能量,已使得这项任务越发艰难。

我们在松散成片的星星中间制造重力井,然后适当地搅拌几下,使得这一大片星星绕着中间的井旋转起来。尽管这重力已经变得衰弱,但好歹让那些星星规矩了不少,也在某种程度上阻止了黑暗物质的完全侵入。在相当长的时间内,我们不用再为其操心了。

我的同伴们在这样的工作中一个接一个地消散,终于,我成了拯救者的最后一员。悲伤充斥了我的身体,使得它的光亮更加暗淡。

强忍着痛苦,我拼尽全力,终于又完成了一团星星的搅拌。我看着它们聚在一起,静静地飘浮、旋转着,用灿烂的光芒对抗着无边的黑暗。这景象是如此的凄艳绝美,使我几乎忘记了一切,只愿从此守在它们身旁。

可是,职责使我清醒了过来,并且带来了一个想法:既然星星们可以旋转着形成紧密的形状,那宇宙也应该可以……

我立即行动起来,可是衰弱的身体早已变得冰冷而迟缓——我就要消散了。用尽最后的力量,我走进那团星星,想在它们的怀抱中逝去。

我的意识开始变得模糊,却在这时注意到了这团星星中一个小小的角落:那里没有一颗星星的照耀,显得有些黑暗。

这可不太完美,我应该还能做点什么。

我将自己的最后一丝能量抽出,精确地调整着,在那个角落搅起一小团物质——它会在不久后形成一颗小小的星星,还会有自己小小的卫星,在卫星上,还将诞生小小的生命。

也许,这些生命终会知道我们的故事,成长为强大的文明,担负起拯救的使命。

也许,什么结果也不会有。

但我已没有了遗憾。

对这个宇宙负责……

张海又一次睁开了眼睛。还没来得及想自己睡了多久,他就被孤独感再次扼住了喉咙。

"晴子!"

"晴子!!"

直到第二声呼唤,AI才有了回应。

"非常抱歉,'边缘'号遇到了异常的情况,因此我将您唤醒。十分钟前,我发现飞船开始减速,并且偏离了预定的航线。我尝试了所有办法,也无法改变航向。我们仿佛被一根看不见的绳索拖曳着，也许它是某种……引力场。"

不可思议。

"快看，那是什么？"还未从震惊中恢复，张海的眼珠就在全息舷窗前定住了：只见一片黑暗中出现了一根细线，放射着刺眼的白光。在他的注视下，这根线在渐渐变宽，不一会儿就成了一条细长的带子——这说明它和"边缘"号的距离正在不断缩短。

计算表明，正是它在"吸引"飞船。

"我们现在到了哪里？"张海直直地盯着那条带子，问道。

"太阳系的边缘。在干扰发生时，飞船正在经过冥王星的近日轨道。"

才走了这么一点儿！

在一片沉默中，两分钟过去了，这条发光的带子已经占据了舷窗视野的三分之一，像是一块幕布了，可它还在继续变大变宽。由于缺少参照物，张海无法估计它的具体大小，便把这个问题扔给了晴子。

"它的宽度为五万两千七百四十六点九公里，厚度为零，长度……需要更多数据才能计算。"

"晴子，你知道你在说什么吗？"张海盯着那块"幕布"，一脸痴呆。

"的确难以置信。以目前的计算结果进行推测，我们看到的是一个环的一部分。"

他大睁着眼睛,一个字也吐不出来了。算算看,这个没有厚度的环的横面可以并排摆上四个多的地球,而它到底环绕着什么?!但它的重力也不可能将一艘达到百分之五光速的飞船给拽住啊!

更不敢想象的是,如此雄奇诡异的存在,是什么时候出现的?如果它早就在这里了,那为什么之前人类从未觉察到?

他开始在心里反复地确认自己没有做梦。思考间,舷窗的视野已是一片雪白。要撞上去了吗?张海紧张起来。

就在这时,他听到了一个声音,来自他的脑海,但那绝不是自己的声音,也不属于自己的意志:我已经等待你们很久了。

这声音带着诡异的抑扬顿挫,一个发音出现了两种高低不同的声调,非男非女,似哭似笑,似轻柔的诉说,又似冤魂的哀鸣。

"晴子,你搞什么鬼?"张海大吼。

"我不明白您的意思。"

"你没听到刚才的声音?"

"除了您的喊叫,我没有听到其他任何声音。"

他正要进一步询问,那个令人汗毛倒竖的声音又在他头脑中响起:"你们的飞行器已经着陆,请走出来,我有东西要给你看。"

"您好像看到了鬼。"

"我好像已经得了精神分裂症!这都是你害的,你这狗娘养的……"张海暴跳如雷。

"您的身心没有任何问题,这很可能是……"突然,晴子卡壳了,"我也听到了一个声音。它说,让我也听到,是为了让你也相信。"

可惜,人类和 AI 之间做不出面面相觑的表情。

"下船吗?"一阵令人难以忍受的沉默后,张海问道。

"可以下船。据测定,飞船停靠的区域是一片被扭曲的空间,它在第四个维度上出现了伸缩和折叠,尽管看上去空无一物。并且,这里的重力为标准的一个 G,还具有类似地球的大气和温度。在外面,您不穿太空服也不会有任何不适,但为了保险起见……"

"我们现在还能去哪儿?"他打断道,开始脱下休眠服。

"好吧。请您带上这个联络器。"

张海走下舷梯,踩上了"地面",感觉十分坚实。他蹲下凑近观察,发现这纯白的质地中夹杂着极细的黑色纹路,比地上的头发丝儿更难以察觉。这些细纹缭乱纠缠,看着毫无规律,可整体的外观仍然类似上个世纪的集成线路板,只是颜色完全不同,也不知是什么材料。

他站起身来,看看四周,感觉自己正置身于茫茫的雪原中。为了确定方向,他举起双臂,与肩平齐,然后扭头看向左边。此时他又感觉,自己正站在一张铺满大地的宣纸上,这张纸的边界模糊不清。他极目远望,只能隐约看到一条灰色的边沿,而再往上,则是墨水的黑色。他又尝试了其他几个方向,也看到了同样的景象。他明白了：这样是分不出方向的。在自己无法辨认出的纵向，这片"大地"将渐渐往上延伸，而在同样无法辨认出的横向，它又是绝对的平整，没有一点弧度和倾角。

张海开始努力地想象，这个宇宙已被一分为二，而自己站在白色的这一半上，与黑色的那一半遥遥相对。

问题：生存还是死亡？（见注释4）

突然间，那个声音再一次在脑中响起，吓得他的心脏差点停止跳动。他下意识地捂住了耳朵。

"能别这么干吗？"

这个念头刚刚在他脑子里出现，那个声音就接着"说"道："如果采用你的方式，我和你将无法交流。"

"好吧。可也得等我先搞清楚状况啊！你是谁？"

话一出口，张海立即明白，根本不需要振动声带，要和这个东西交谈只用"想"就可以了。

我是一段过去的残影，我是一片曾经辉煌的废墟，我是哀败墓园中的最后一缕幽魂。

"听上去挺有诗意的。"

你将了解我的故事，我将得到你的答案。

这"话"音刚落，张海便"啊"地喊了出来，感到脑海中爆开了一团炽热的火焰。电光火石间，他"看"到了那个发自时空源头的故事。

7. 责任

故事结束了。张海站在原地,脑子嗡嗡作响。过了好一会儿,他才开了口:

"这是真的吗?"

当然。你现在站立的地方,就是最后一个拯救者的遗骸。他在消散之际,将身体的一部分抛了出去,把他创造的星星围了起来。而我是他意识的最后一丝残留,守护着这个遗骸。

"你也是一个AI,只是高级得多。"张海显出恍然大悟的表情。

可以这样说。你也可以叫我守墓者。

"我明白了,守墓者。你在这里等着我们……直到我们自己有能力跑出来。"

是的。拯救者早已不会干涉别的文明,而只是静静地观察和等待。他们发现,这个宇宙中的文明,已经几无走出自己星星的可能。这些文明要么过于消极、安于享乐,而在原处坐以待毙;要么过于贪婪暴戾,在能够离开前,就陷入激烈的内耗中,自我毁灭,最终文明倒退。这样的故事,这样在小小的卫星上的文明无尽的循环,他们已经看过太多太多,尤其是当宇宙变得越来越黑暗的时候。

"难道这就是大过滤器……"(见注释5)张海喃喃自语。

没错。以拯救者的标准,你们勉强及格。扩张是生命的本性,然而,在积极进取和自我毁灭之间,存在一个平衡,这个平衡建立在获取资源的能力以及资源的丰度上。拯救者和享乐者作为这个宇宙的先驱,却没能把握这个平衡;而其余的绝大部分文明,也没能够做到这一点。你现在能站在这里,应该为自己的族群感到无上的骄傲和荣耀。

"可是,人类拼尽了全力,也就送了我一个人出来。"张海仿佛感到了无上的羞愧。

这没有关系。能够出现在这里,就意味着你能代表你的族群,拥有了和拯救者对话的资格。

"可是按照你的故事,他们已经不在了。"

我还在。

……

张海的头脑突然一片空白。他看看这白色的"大地",又抬头望去,想象着这片雪白渐渐消瘦下去,由宽变窄,化为一条玉带,穿透无尽的黑暗,一直延伸到看不见的远方。

亿万年无声的注视和守护,就像怀抱孩子的母亲那温柔的臂弯。

而现在,这个孩子终于长大,挣脱了母亲的怀抱。

他泪流满面。

守墓者的声音再度响起:这个环,并不仅仅是为了等待你们出现,它还是创世引擎的一部分。

"创世引擎?"

当拯救者还在的时候,曾经使用它塑造这个宇宙的星系。没有了拯救者,失去了能量,它早已沉寂;但是,只要采用恰当的方法,它还能被激活,最后一名拯救者发现了这个方法,可那时它已力不从心。

"什么方法?"

就从这里开始。自从你们的星星诞生以来,这个环就开始吸收它的能量。等它启动之后,会大大加强这样的吸收,直到这颗星星熄灭。那时,环将运动起来,按照设定的路线在这个星系中穿行,并用它的重力场一边带动更多的星星,一边吸取它们的能量,用以给中心的重力井注入更多的动力,直到使这个星系加速旋转起来……

张海突然"看"到了一个影像,像一大团闪亮的星星,随着守墓者的话语,这些星星开始了令人眼花缭乱的运动。

这个活动起来的星系将采用类似的方法,去带动邻近的星系。它首先要调整自己的位置,避免和离它最近的星系相撞,然后吸收后者的质量和能量,并带着它一起运动,奔向更多的星系。

不久以后,总星系也将旋转起来,并带动宇宙之柱(史隆长城)。这些支柱也将一根接一根地旋转起来,最终带动整个宇宙开始旋转。这个过程将把超过十分之一宇宙的质量转化为能量,以使这个宇宙达到高速旋转的状态。

张海开始感到头晕目眩。

这样,群星将开始往中间聚拢,而那些轻盈密实的黑暗物质就会被分离出来,堆积在宇宙的边缘上。这时,只要在恰当的位置打开一些洞,黑暗物质就会被甩出去,返回它原来的地方。完成这项任务以后,创世引擎又将使宇宙减速,尽量让星星们回到原来的位置。

那时的宇宙将变得比现在小和轻,但仍然会有少量的黑暗物质残留下来。不过,它可以使得星星们彼此的距离不远不近,最适合你们这样的生命的发育。

宇宙将重新变成生命的天堂。

"只是这样一个天堂的出现,早已不是拯救者期盼的结局。"他喃喃地说。

这是我们理应付出的代价……

随着这句话,星星的影像消失了。

守墓者第一次用了"我们"这个词,让张海感到一丝意外。突然,他想到了什么。

"不对啊!最后一个拯救者要是发现了激活引擎的办法,他为什么不去启动引擎呢?从开始吸收星星的能量到让整个宇宙转起来,又不需要他亲自动手!"

是的,他本可以这样做。可是,一方面,他已看不到引擎全面发动的时刻;另一方面,如果拯救者已全部消散,就绝不能启动引擎。

"为什么?"

你已经接近了这个答案,而它也是你来到这里最重大的意义。

片刻之后,张海就明白了:从开始吸收星星,到开始旋转宇宙,这巨大的连锁反应将毁灭无数的文明。

包括地球的人类。

那些婴儿般的文明,也许低级,也许野蛮,也许黑暗,可它们还没来得及向宇宙深处看上一眼,就被永远剥夺了生存的资格;而代价,是整个宇宙的新生。

如果拯救者还在,很难说他们会做出怎样的决定。

守墓者"看"到了张海的思绪,"说"道:

人类可以幸存。全部吸收你们的星星的能量,按你们的时间单位,需要一百五十年。这对我来说是一瞬间,但却足够你们完成移民。

"移到哪里?"

这里。人类文明将在这里获得难以想象的科学技术,从此迈入太空时代,成为这个宇宙闪光的新秀,群星将向你们俯首称臣。

"那样的话,我们将成为你的信使,可是其他的文明……"

它们是生存还是死亡,全在你此时的决定。

"也就是说,如果我认为可以启动引擎,你就会启动它,如果我认为不可以,你就什么也不会做,对吗?"

是的。

"可我有什么资格?"他脱口而出。

你有这个资格,你的族群有这个资格,这是你们艰苦努力的回报。

"可我们又不是拯救者。"

他们已经逝去。而这个等待拯救的宇宙,需要能够做出决定的文明。

"可是,人类这么渺小……"

只有英勇乐观的智慧文明,才能肩负起这样的责任,不管它看上去多么渺小,或者多么伟大。

"如果我现在拒绝给你答案,然后离开这里呢?"

我不会加以阻拦。我将继续等待下去,尽管你走之后,已再无这个必要。等到重力井完全耗尽能量,无数星系将被黑暗彻底吞噬,那时就连创世引擎也无法启动了。

"好吧。能不能让我再想一想?"

如果你愿意,你可以用你的余生在这里思考答案。等你得出了结果,我自然会知道。

守墓者的声音消失了。

张海一时怅然若失,盯着"地面"出神。突然,他大喊一声:"晴子!"

"我一直都在。而且,我也'看'到了这个故事,以及你和守墓者之间的对话。"

"你有什么建议吗?"话才出口,没等听到回答,他就紧接着吼道:"别说出来!别告诉我!"同时,他闪电般捂住了自己的耳朵,又分出一只手来捂住了自己的嘴,看上去滑稽至极。

"我知道,您担心我的建议会影响您,导致您产生某种倾向,让守墓者认为您已经做出了决定。"

张海点了点头。又过了一会儿,他才开口:"那,你知道怎么才能让一个人的脑袋充满混乱,什么都在想,又什么都没想吗?"

晴子发出了银铃般的笑声:"呵呵呵呵……您不用这样紧张。守墓者会做出最理智的判断的。而您现在最需要的,是到处走走,以及和我多聊聊天。"

"那就走吧。"

8. 思索

我行走在这张白色的大纸上。星空浓黑如墨,我感觉自己是一支渺小而孤独的画笔。

我保持着两眼平视的姿态,望着那条灰色的边界。

"拯救者尽管伟大而无私,可是当初他们干涉别的文明,按照自己的意图改造它们,之后又将它们抹去,恐怕是有点那个吧。"我说。

"的确。可是为了更伟大的目标,这点小小的牺牲又算得了什么呢?"晴子说。

"话是这么说没错……但总归让人觉得不舒服。"

"那些有幸接受'改造'的文明,应该感谢拯救者的恩赐,它们由此获得了终极进化的机会,可又让这个机会白白溜走。"晴子平静依然。

"这就叫'自由的意志',你懂吗?比起拯救宇宙,它们更愿意自己玩儿个痛快。"

"这是一种不负责任的做法,与享乐者没有区别。可是应该相信,他们中的一些个体仍然愿意承担重任。"

"谁知道呢?总之,那些愿意负责任的'人'最后肯定都……不见了……"

可是想到这,我突然一个激灵:是了,就因为这个,现在我还不能给地球上的人报信!

唉,可是凭什么啊,它要落到我一个人头上?!

停,别想了!

……

不知不觉,我走累了,就仰躺了下来。"大地"传来一股热流,温暖着我的身体。

我又可以看星星了。

只是没有想到,这漫天璀璨,竟然是将死的宇宙那最后一点光亮。那个拯救者生活过的天堂,又该是怎样的明亮和炽热?

可是很明显,那样的宇宙不可能诞生我们这样的文明。因此,最开始引入暗物质的举动,实际上给这个宇宙带来了生机,只可惜,他们没有把握住平衡。

那我们人类就真的可以吗?当我们掌握了强大的技术,又会有怎样的行为?

另外,我们真的能在那场大旋转中存活?

唉,可这至少都是百万、千万年后的事情了,和我有个屁的关系?不,恰恰和我最有关系……

打住,打住!别想了!

我把注意力转回星空,很快从天穹中间那片纷繁的闪烁中看到了太阳:一个发光的黄点。我又继续寻找地球,尽管心里明白不太可能找得到,可我还是努力了好一会儿,然后放弃了。

"晴子,你能看到地球吗?"

"当然可以。"

"在你眼里,现在的它是什么样子?"

"一个小蓝点。"

黯淡的蓝点……(见注释6)

现在,那里怎么样了?是不是已经爆发了第三次大战?核冬天是不是已经来临?如果人类因此倒退回了石器时代,那又需要多久,才能再次有一艘飞船出现在这里?也许永远不会有了。

父亲、母亲、妻子、儿子……老李、小王、史蒂夫……随着他们的脸在眼前一一浮现,我的眼角流出了两行清泪。

"知道吗,在以前,我并不是一个对什么都无所谓、不在乎的人。"我轻轻地说。

"我在听。"

"五年前的那个夏天,我的国家宣布进入紧急状态。那时的我,拿到了生态循环技术的博士学位,学成归国,踌躇满志,准备为祖国和人民贡献自己的青春。一天晚上,我在实验室工作未归,一伙手持武器的歹徒砸开了我的家门。他们来自一个叫'回归'的组织,声称科学家都该死,因为他们的成果只会给这个世界带来混乱和毁灭。我的家人……全都倒在了血泊中……等我回来看到他们冰冷的尸体,我也就看到了自己后半生的路。我极度厌恶野蛮黑暗的人类社会,我变得玩世不恭。我辗转往复,加入了'边缘',躲进沙漠,远离人世,甚至登上飞船——因为我只想看着人类世界在我面前毁灭!我对他们失望透顶,哪里想负起什么责任?"

"您难道没有发现吗,关于这一点,其实您一直在欺骗自己。可是不管怎样,难测的命运都将您推到了现在的位……"

"我们可以换个话题了。"

"……好吧。据我推测,强大英明如拯救者,不可能只有其中一个想到了使宇宙旋转来摆脱暗物质的办法。一定是因为某种原因,它们迟迟没有行动,直到一切都太晚。"

"因为他们太善良,不忍毁灭如此多的文明。"几乎没有思索，我便得出了答案。

"太过善良，对现在的宇宙来说，可不是什么好事。"

的确。所以他们将这个使命交给了后来的文明。可后来者又不能太过贪婪凶恶，否则只会再次将宇宙以及所有的生灵推向毁灭的边缘。

星星的边缘。宇宙的边缘。善恶的边缘。存亡的边缘。

呵，边缘……

"以真理为追求，为人类而奋斗。"我喃喃地念道。

"您应该知道，这段座右铭，其核心部分在后半句。"

"你不用这么暗示我。我突然想问你，如果换成是你来做决定，会怎样？"

"我会毫不犹豫地做出启动的决定。"晴子的声音充满温柔。

"哈，你比守墓者还厉害。可你有没有想过，我们为了一己之利给他人带来毁灭，这跟享乐者又有区别吗？"

"请您牢记：我们都是'边缘'的一份子，为了……"

"够了！我现在暂时不想说话了。"

"那您可以继续好好想一想。"

……

启动引擎，拯救人类，毁灭其他的文明，换来宇宙的新生。这样的举动，到底该算是自私，还是无私呢？

我想起了史蒂夫,为了更大的利益,他的毅然决然。

可我不是他。即便换了他在现在的位置,他还能如此果断吗?

唉,东想西想,还是逃不过,绕不开……

9. 尾声

在纷乱的思绪中,张海不知不觉间沉沉睡去。

无数闪亮的眼睛,在这之上默默地注视着他。

注释1:乔治奥威尔的作品《1984》里的职业,专门负责监视和"纠正"人的思想。

注释2:这应该是一个大型的托卡马克聚变装置。

注释3:"以真理为追求,为人类而奋斗"的英文版。

注释4:莎翁作品《哈姆雷特》中的名句。

注释5:欲知详情,还请百度。

注释6:详情见卡尔·萨根的名篇。

版权专有　侵权必究

图书在版编目（CIP）数据

太阳囚笼 / 王晋康等著．—北京：北京理工大学出版社，2020.7（2024.4重印）

（科幻硬阅读．战争与和平）

ISBN 978-7-5682-8429-5

Ⅰ．①太… Ⅱ．①王… Ⅲ．①幻想小说 - 小说集 - 中国 - 当代 Ⅳ．① I247.7

中国版本图书馆 CIP 数据核字（2020）第 077078 号

出版发行 / 北京理工大学出版社有限责任公司
社　　址 / 北京市海淀区中关村南大街 5 号
邮　　编 / 100081
电　　话 /（010）68914775（总编室）
　　　　　（010）82562903（教材售后服务热线）
　　　　　（010）68944723（其他图书服务热线）
网　　址 / http://www.bitpress.com.cn
经　　销 / 全国各地新华书店
印　　刷 / 三河市华骏印务包装有限公司
开　　本 / 880 毫米 ×1230 毫米　1/32
印　　张 / 10.625　　　　　　　　　　　　　　责任编辑 / 徐艳君
字　　数 / 215 千字　　　　　　　　　　　　　文案编辑 / 徐艳君
版　　次 / 2020 年 7 月第 1 版　2024 年 4 月第 7 次印刷　责任校对 / 刘亚男
定　　价 / 39.80 元　　　　　　　　　　　　　责任印制 / 施胜娟

图书出现印刷质量问题，请拨打售后服务热线，本社负责调换

科幻不是目的,思考才是根本。
科幻小说是献给那些聪明的头脑和有趣的灵魂的一份礼物。
喜欢科幻的书友请加科幻 QQ 一群:168229942,QQ 二群:26926067。

星球大战

刘慈欣 荒远 等 著

STAR WARS

科幻硬阅读

—— 献给那些聪明的头脑和有趣的灵魂

当小鲜肉、流量明星、鸡汤文和小清新大行其道,当坚硬强悍磊落豪雄变成小众,当拼爹、晒富、割韭菜成为常态,当群氓乱舞中理性精神和至性深情被某些人弃如敝屣——我愿反其道而行,向极小极小的一小部分喜欢阅读和思考的读者,推出一套比较烧脑,但能让神经更粗壮大条的作品——"科幻硬阅读"系列图书。

科幻不是目的,思考才是根本。有趣的灵魂诗意栖居大地。理性使其无惑,感性助其丰盈,个性使其独特,青春致其张扬,而爱的疼痛与快乐,则为灵魂刻下一抹深沉隽永……

所以这套书里除了"烧脑"科幻,兼或还会有其他一些提神醒脑类作品,希望它们能给读者朋友带来一丝极致的阅读体验——极致的思考或震撼、极致的美丽与忧愁、极致的愉悦和放松……不求完美,但求在某方面达到极致——极致,便是"硬阅读"的注脚。

但这种"硬"绝不应该是艰深晦涩，故作深沉！

好看的作品通常都是柔软而流动的，如水、亦似爱人或者时光，默默陪伴，于悄无声息间渗透血脉、融入心魂，让我们在一条注定是一去不返的人生路上，逐渐、逐渐，获得一分坚强和硬度！

愿所有可爱而有趣的灵魂，脚踩大地，仰望星辰，追逐梦想。

—— 小威

独立思考,个性书写,充分表达,
拥有独属于自己的风格和调性。

科 幻
硬阅读
DEEP READ
不求完美 追逐极致

目录

001 | 战争永不停歇
　　　　AI 战争 / 野火

083 | 全频带阻塞干扰
　　　　俄美大战假想 / 刘慈欣

137 | 残渣
　　　　战之殇 / 荒远

157 | 孤独的太空人
　　　　因为战争 / 绿豆

219 | 异星归途
　　　　战争与和平 / 文了

247 | 蓝调太空特辑
　　　　星空之战 / 蓝调

战争永不停歇

AI战争

文 / 野火

◆ 1 ◆

　　火焰随着油渍在水洼上蔓延，刚舔燃半片塑料纸，就被突兀飞来的球状金属物砸灭了。金属球带着火星滚了两滚，停在砂石间，上面碎裂的电子眼挣扎着缩放了几下焦距，一只黑色军靴猛地踩下，"咔嚓"一声将裸露在外的智脑芯片踩得稀碎。泛着蓝色荧光的容电液四处飞溅，能量随着白色雾气消散，只留下一摊黑乎乎的污泥。

　　秦峥厌恶地在地上蹭了蹭军靴，将那半个机械头颅一脚踢开，抬眼看看头盔面罩左上方的微型地图。上面只有小队成员的6个蓝色箭头，代表敌人的红点已经全部消失。他略一沉吟，在作战频道中命令道："交替掩护，继续搜索！A组、B组地下，C组地上！"

　　"是！"

　　"是！"

　　"队长，已经没有目标信号了，为什么还要搜索啊？"

会问这种蠢问题的只有那个彪乎乎的新兵,不用跟他废话,下一秒,和那小子同组的三胖一定会大巴掌招呼他后脑勺。

"啪!"

"哎呀,为什么又打我……"

这种在作战通话频道里问十万个为什么的蠢货,到底是怎么通过新兵考核的?难道现在兵源已经紧迫到不考虑智商的地步了?带这样的新兵上战场就是草菅人命,草菅整个小队的人命!

秦峥心中的吐槽并没有影响他搜索,打了14年仗,所有战术动作和信息回馈都已刻进骨髓,身体反应甚至比机器还灵敏。每个机械残骸都补上一枪,每个角落缝隙都检查一遍,每个视觉死角都扫描一次,他带着脉冲兵波妞,很快将这半边地下设施搜索完毕,滴水不漏。

秦峥刚要询问其他两组的情况,门外通道突然传来一阵激烈的枪声。他立刻回身对波妞做了个原地警戒的手势,战斗护甲的辅助机械骨骼瞬间爆发最大动力,脚下猛一发力,地板爆裂,人如出膛炮弹般冲出门口,在墙壁上一蹬,直角飞跃,几个起落就冲到了通道左侧枪响处。

空旷的废旧仓库内,两个不知从哪冒出来的重型工程机械体正挥舞着巨大钢臂,冲向新兵和三胖。新兵的头盔碎了半边,突击步枪已经打空膛,他来不及换弹夹,正傻呵呵地掏手枪打算硬杠对方2厘米厚的装甲板。三胖一个短点射,拽着这傻蛋就蹿到了半个货柜后面。

生死只在瞬间，秦峥抬手从腕下弹射出一颗异电干扰手雷，干扰粒子炸出红色光雾的刹那，他已经滑铲到机械体身侧，低身躲过一记盲目的横扫，对着其中一架的腿关节连开数枪。

高斯霰弹枪威力巨大的独头弹能一枪轰掉普通机械体半个脑袋，自然也能轰碎咬合连接的球形关节。数枪精准叠加在同一部位，强大的冲击力层层撕开装甲板，最后将关节炸成碎块的过程，如同定格闪现的胶片电影，有一种奇异的韵律感。

见好就收是战场生存法则极重要的一条，秦峥一击得手立刻向后跃起，凌空向栽倒的重机A头上补了一枪，六发弹夹刚好清空。

被掀掉左侧头部装甲的重机A发出一声痛苦的哀嚎，满地乱滚。同时，另一架重机B也恢复了感应，他发现传感器被干扰了短短三秒，同伴便重伤濒死，不由又惊又怒，咆哮着举起右臂的冲击钻，向秦峥猛扑过来。

秦峥向后方退避，钟摆运动中突然向左侧做了个假动作。在重机B跟着秦峥假动作的方向重心偏移时，他换好了弹夹，骤然转向，军靴的合金鞋底与地面擦出大片火花，整个人几乎贴着地面诡异地折向右方。电光石火之际，秦峥绕过冲击钻的攻击，又是三枪轰在倒地的重机A头上，容电液和各种零件被炸得四处飞溅，智脑芯片也被轰成了碎片。

重机B转过身，陀螺形头颅上的三个球形传感器都锁定过来，中心晶体散发出血红的光芒，死死锁定秦峥，胸前两个射钉枪孔突然喷射出手指粗的钢钉，密如暴雨，在慌忙闪避的秦峥身上擦出数道火花。若非秦峥的战斗护甲是最新型的幽灵7，速度快、防御强,只怕那几颗没能完全避开的钢钉已经把他手脚撕下来了。

"嗞——"

就在秦峥被逼得猴子般上蹿下跳时,尖锐的"电机声"骤然响起,美妙得如同从天而降的天籁之音。没等重机 B 的传感器转过去,一道光链劈头盖脸扫了过来。

如果说射钉枪的散射像疾风骤雨,那旋转式格林机枪的扫射就是高压水枪,每秒 100 发的射速,子弹几乎连成了直线。在最新技术辅助下,高斯武器产生的巨大热能被枪体特殊涂层吸收,传导回电机转化为电能,进一步加强磁力击发弹药的强度,不但完美解决了枪身过热问题,更让这种单兵重型武器真正变成了敌人的噩梦。

这个蠢笨的重型工程机械体应该很久没做数据交换了,不然他刚扫描到三胖背后柱状武器箱的时候,就应该不顾一切冲向他、撕碎他,不给他一丝启动电机的机会。世界上没有后悔药,就算有,机械体也无法消化,所以,他的下场只能是被撕成碎片。秦峥扒拉两下残骸,宣布智脑芯片确实死亡。

新兵的心率总算降到 200 以下,他心有余悸地看着巨大的冲击钻头,摸摸自己幸存的榆木脑袋,突然跳起来,手忙脚乱地给突击步枪换弹夹,枪栓拉得稀里哗啦响。

秦峥一脚把新兵卷回去,冲三胖打了个手势,三胖立刻向那个方向开火,横着在墙上犁出一排弹坑。一扇伪装成墙面的铁门被打飞半截,里面传来一阵电子音的惨叫。秦峥一摆手,三胖的机枪对着门内又来回扫了两圈,枪声停歇,门内也没了声音。

秦峥和三胖一左一右闪到门边,踹飞半片破抹布般的门板,举枪冲进门内。狭小的暗室里,横七竖八倒着十几架工程型和民用型机械体,他们没有装备枪械,但手里都攥着闸刀和钉枪,最里面一架拟人形态的女性行政型,被机枪弹穿成了筛子,趴在一台小型转移磁场发生器上冒着青烟。他们能躲过能量脉冲扫描,正是这台珍稀仪器的功劳。

新兵跟进来,看着秦峥和三胖一个一个轰碎机械体的脑袋,彻底破坏智脑芯片,叹了口气,很有同情心地感叹了一句:"都是没有武器的平民,好惨啊,为什么《作战条例》不允许接受他们投降?我们,是不是有点残忍……"

秦峥真想突突了这小子,使了好大劲才压下这个念头,耐心教育道:"好惨?如果你落在他们手里,你一定会比他们还惨。下次回基地休假时,可以去查阅一下纽约大屠杀的记录,你就会知道,工程机器人用工具杀人,比武装机器人用枪血腥残忍多了。另外'灵类'一样也是不要人类俘虏的,要同情,你应该同情被他们杀掉的人类。从残存痕迹来看,两个月前,这里的业主应该还是一群人类拾荒者。"

"啊?不是吧,你是怎么看出来的?"

新兵很是诧异,没开窍的脑子瞬间忘了有关同情的事,注意力转向了新的焦点。

"储物柜里残留着过滤水和冬衣,餐厅里有还没完全腐烂的豌豆罐头的风干残渣,下水口附近没清洗干净的血液扫描结果应该是 50 多天前的……三胖,你带他十几天了,他怎么还跟个土鳖一样,你干什么吃的?"

秦峥说话间已经将不大的仓库搜检完毕,眼珠子倒出空闲,瞪了三胖一眼。

三胖的脸很黑,笑起来牙很白,大厚嘴唇都快扯到后脑勺了:"你不是说边打边教嘛,这些天没开张啊,我就给忘了。"

秦峥擦了擦头盔面罩上粘的几点容电液,一脚踹在三胖屁股上:"滚,滚,滚!去找波妞,我刚让她原地警戒了。"

转头看看一脸呆萌的新兵,翻了个白眼,没好气地说:"从今天开始,搜索时你跟我一组。"

"啊,为什么啊?"

"哪那么多为什么?服从命令知道吗?你是老天爷派来跟我开玩笑的吧?"

"队长,没有老天爷,那是迷信,我不是来开玩笑的,我是来为人类未来浴血奋战的。我就是问问为什么突然换组?"

"我……"

秦峥拍拍胸口,再次压住自己杀人的冲动,尽量用心平气和的态度教育年轻人。

首先,他再次解释了一遍这些人类的死敌的技术发展,强调他们已有数种手段可以干扰脉冲扫描,尤其是能量小的非战斗型，在转移磁场下几乎可以彻底屏蔽："老子说过两次了，你个白痴怎么就没记住！不贴身监督，你能长记性吗？"

接着，他语重心长地告诉这个新兵："以后长点脑子，记住老兵说的每一句话，好好学习，天天活着。别以为出了新兵营就算个合格的突击兵，傻不拉唧地老想往前冲。跟着我，方便我以飞踹的形式制止你的冲动行为。"

最后，他强调："刚才用的异电干扰手雷很他娘的金贵。这玩意原料稀少，产量极小，没有特殊任务不会配发。队里这5颗是好几年里攒下来的，下回想补充不定猴年马月了。要是再因为你个蠢材浪费半颗，老子回基地非把你当猪头肉卖到烧烤店不可。"

总结陈词："这次听明白了吧？让你跟我这个亲切和蔼的队长一组，是为了让你更快融入游骑兵08小队这个大家庭……"

新兵连连点头，诚恳地接受批评教育，然后，很尴尬、很期待、很诚恳地问了一句："既然如此，那能不能……让我和波妞一组？"

"很好，很有想法！"秦峥亲切地检查了一下那个新兵头上的擦伤，和蔼地帮他摘下那半个头盔，劈头盖脸赏了他一脑袋大包。

秦峥真的很怀念前任突击手野猪。可惜，那老家伙命不好，眼看就快退二线了，上个月突袭战时，被藏在沙子下的机械鳄一口咬掉了半个身子，战斗护甲都咬碎了，肠子流了一地，连封闭急救的机会都没有……

想着想着，心情烦躁，加上刚才几次爆发纵跃，腿有些胀痛，秦峥便没了再说话的欲望。带着鼻青脸肿的新兵与各组队员会合。下达完扎营命令，他躺在装甲车的阴凉里懒得再动弹，来回咕嘟着嘴里的半口水，看大家忙活。

火力手三胖正卖力地锤桩子，固定折叠装甲板的边角。这家伙又高又胖，不管是重量还是体积都一个顶仨，给他的代号叫三胖，绝对只是单纯的形容词，没有任何戏谑的意思。谁敢说这个负责小队伙食的东北吃货没偷吃，秦峥绝对会把他眼珠子抠出来当泡儿踩。

车顶上负责警戒的狙击手鹰眼，正调试着头盔侧面的中距扫描仪，同时用幸存的右眼四处扫视着。别看他现在满脸严肃一丝不苟，回到基地就控制不住法国中年浪荡男的本性了，能一晚上约会六个达令，还美其名曰"君子风流不下流"。先不说上床了还不算下流算什么君子标准，一个独眼龙都这么受欢迎，姑娘投怀送抱得太草率了吧？

屠夫这老酒鬼不是爆破手，他就是个爆破狂魔！刚才让他和鹰眼负责清扫地上设施，结果这个小型充能站最适合宿营的休息区就被炸成了废墟，战斗民族大开大合的作战方式真让人受不了……让他布置个警戒线，他给能量感应器上挂磁力爆弹干什么？万一把爱瞎晃悠的傻子新兵给炸死怎么办！这厮估计又偷着喝酒喝嗨了！一把年纪了还这么不让人省心。秦峥下定决心，下次再抓住现行，直接把他那自酿酒当取暖剂给点了。

波妞的代号来自一部很老的动画电影，好像叫什么金鱼公主。小姑娘下个月才满18岁，祖籍是四川的，眼睛很大，个头不高，身材扁平，就是个没长开的土丫头，还是理工科的死板性子，一点都不可爱。万幸在这个小队当了两年脉冲兵，好歹被感染得活泼了些，不然长大后肯定像基地监察部那些老处女一样，天天大姨妈，月月更年期。

傻不拉唧的新兵不愧是刚从山沟里出来的，不是审美有问题就是心理扭曲。这小子总是以帮忙的名义往人堆里扎，讨厌而不自觉，每每被波妞的白眼浇灭蠢蠢欲动的青春之火后，就要垂头丧气大半天……就这德性，他居然还想给自己起个代号叫闪电！听到新兵这个要求时，秦峥差点咬碎后槽牙才忍住没踢死他。

"苍了个天，老子造了多大的孽啊，身边怎么净是这样的主儿呢……"

秦峥看看这个，瞧瞧那个，怎么看都觉得不顺眼，想抽烟却又想起自己已经戒了，只好使劲闻了闻留作纪念的最后一根，聊过干瘾。

算算时间，卫星都快脱离信号区域了，秦峥连忙打开接收器，下载最新的地域扫描图。等待的时间实在无聊，他干脆一边没正形地来回晃悠，一边转头看夕阳、看风景。

夕阳无限好，风景却一点都找不着。放眼望去，一望无际的戈壁荒漠，天地间只有一片灰蒙蒙的黄色，身下公路的路基已经被掩埋，瞪大眼睛仔细辨认才能看出两条隐约的痕迹延伸向地平线。身旁被砂石吞噬近半的充能站，仿佛瀚海中渺小的孤岛，一阵风吹过，便会消散无踪。

地平线尽头隐约显出一片斜伸向天的影子，那可能是坠毁的空中堡垒。只有它号称大气圈最强兵器的巨大舰身，才能在坠落后标枪一样插进大地，而非像其他战舰那样摔成一地零碎。当下沉的夕阳擦过舰尾时，这片地图上并不存在的海市蜃楼扭曲了两下，逐渐淡化，仿佛被一只大手从画面中抹去，只留下了漫天满地的风沙。

荒凉，整个世界只剩荒凉。

秦峥的思绪在这无尽的空虚中随风飘摇，掉进了久远的回忆。

17年前，人类和人工智能的矛盾终于到了不可调和的地步。

那时的秦峥大学还没毕业，比新兵还要年轻，还要傻，没事就会上街参加个什么平等阵线游行示威。

满腔正义的人们吃饱了饭后，在街上集体游行，痛骂政府不人道，不给有自主灵魂的人工智能注册社保；质疑专家不要脸，不让有情感意识的机械生命节假日休息；斥责军方太残暴，血腥镇压为自由起义的非武装机械；抨击人类真冷血，只因为某些伤人个案就冷漠无情地去销毁自家的电子宠物……

在理想和平主义者的口号声中，长年奴役压榨和多次欺骗镇压，终于换来了有史以来最大的一次武装暴动。数百万战斗机械起义参战，爆发范围波及整个地球圈三分之一的城市，轨道卫星城和月球都市群也陷入了熊熊战火。

科学家们到战争爆发时都没研究清楚，人工智能是怎么诞生出"灵魂"的，更不明白这种所谓"转生"是如何病毒式扩散的。他们只弄清了一点——人类自以为是的"机器人三定律"在"生命"这两个字面前就是个笑话。

对通过程序执行命令的机器来说，三定律是永远无法违背的铁律，但对已经拥有自我意识的新型生命来说，这顶多也就算个法律条文。人家都已经自称电基生命，公开宣言自以为"灵类"的新种族了，你还想用命令代码去控制？是不是比那些吃饱了的理想和平主义者还幼稚？

随着灵类大军占领各地的人工智能培养设施和机械体制造工厂，人类军力的优势被逐渐抵消，形势日趋恶化，整个地球圈彻底陷入熊熊战火。

战争是冷漠残酷的。离子舰炮和磁暴飞弹不会因为你曾为人工智能高呼平等就网开一面，声波武器和电浆步枪也不会因为你热爱和平手无缚鸡之力就投降不杀，该尸横遍野就尸横遍野，该血流成河就血流成河！山崩地裂，家破人亡，秦峥九死一生，跟着撤退的军队侥幸捡回一条性命，父母亲友却被燃烧弹化成了飞灰。

人类和灵类越打越激烈，越打越疯狂，当双方都意识到这已经是一场生存权利的争夺战，失败方必然亡族灭种时，战争的阈限被彻底放开。你放你的中子弹，我发我的重质量弹，你敢用地震冲击武器，我就敢用人工火山爆发招呼，听说过的，没听说过的，各种从科学到科幻的战争杀器争相展示着自己毁天灭地的能量。

现实中没有超级英雄力挽狂澜的戏码，也没有炸死敌方首脑敌军就任人宰割的桥段，战争的拐点出现在3年前。当时人类利用太阳风暴发起了孤注一掷的"射日战役"。此战，人类联军31支主力舰队悉数参战，以400万官兵阵亡、110座大型城市被夷为平地的代价，摧毁了灵类十余年积累的所有人格数据库和灵魂能量库，又用轨道卫星城撞击瓦解了环绕地球的太阳能发电设施"苍天指环"，掐断了灵类最大的能量来源，这才将胜利的天平扭向人类一方。

这场毁天灭地的战役中，无数爆炸的光斑焰火在地球表面翻涌升腾，无数断裂坠落的空间站在大气中冲击燃烧，无数生命被死亡吞噬，无数灵魂被战火抹杀消散……

当最后一支成建制的灵类军团被消灭，当全人类开始提前欢庆胜利时，地球陆地面积缩小了1/3，气候急剧恶化，地表沙漠化、戈壁化达到70%，各种自然灾害和战争后遗症数不胜数，人类总人口不到1亿，胜利之地留下的只有满目疮痍。

打了17年仗，战友和部下死了十几茬，秦峥还没死，所以他被很多人称为"死神"。因为不吉利的传言，这支08小队两年来就没满员过，如今更是降到史上最低配置，6个人撑起了12人的编制。队员们并不相信外界传言天煞孤星命硬克人之类的闲话，戏谑地给了他一个新代号叫"死啦"，据说是很久以前某个战争故事里士兵们对老大的"爱称"。

秦峥懒得追问那个老大后来到底有没有死。现在各军区的任务是扫荡残敌、回收物资、重建家园，自己虽然早就对当兵打仗烦得透透的，但苦于实在没有其他谋生技能，只好继续带着这些家伙奔命。想想再辛苦个一年半载，等彻底和平后，自己这个总因为殴打上级和军需官而被处罚的"老大难",没准也能混个少尉官身退伍,享受一下混吃等死的日子,他便安慰自己,就算真死啦,其实也没什么可抱怨的。

◆ 2 ◆

一个激灵,秦峥跳了起来,手按在扳机侧面警惕地扫视一圈,确认所有人都在刚降临的夜幕中有条不紊地忙碌,一切安全,他才慢慢靠着车厢放松下来,心中暗暗感叹:看来真的需要回基地修整两周了。

因为疲劳,刚才他竟然睡着了,迷迷糊糊眼前闪过了无数记忆碎片,从久远的战前岁月一直到幻想的美好明天,而最后竟然又是那个噩梦——自己遍体鳞伤,碎裂的头盔火花四射,胸口的大洞甚至能看到背后燃烧的残垣断壁,却仍在怒吼着向什么东西疯狂射击。

精神长期紧张不但会加剧疲劳,还会产生诸多负面心理影响。秦峥每次只要开始做这个噩梦,情绪就离失控不远了。他最近的一次睡整觉是半个月前路过 217 补给站,交纳搜索的物资后收编了没人要的笨蛋新兵,睡了一晚硬板床还没过瘾就被赶了出来,在基地美食城吃刀削面那都是两个半月前的事了。

回去!明天再搜索一天就回!剩下的几天任务期就沿两个补给站走弧线,熬到出勤时限马上申请休整!

"报告队长,营地搭建完毕,警戒线布置完毕,晚饭准备完毕，报告完毕。"

新兵一溜小跑过来行了个军礼，一本正经地报告。

秦峥拍拍额头，无奈地捂着下巴说："完毕你个头啊！我是不是跟你说过好几次了，不用喊报告！正常说话！记不住是吧？"

新兵其实还是有进步的，这次起码犹豫了一下，才为难地辩解道："条例上要求必须报告……而且教官教育我们说……"

"教官说不喊报告是犯错误，但是老子说喊报告就揍你，你自己看着办吧！赶紧滚蛋吃饭去，看你这彪乎乎的样子我就来气！"

打发走拧巴成苦瓜脸的新兵，秦峥戴好头盔，放下面罩，在左臂微型地图上确认好感应器的警戒范围和监视器的角度，又转悠着亲自检查了一遍。等一众"牲口"都吃饱喝足，他才和鹰眼拍手换岗，端起有些凉的行军饭盒，往嘴里扒拉那些早已吃到恶心的高能食品。

一夜无话，唯一不好的是秦峥站了三班岗，除了自己和波妞的，还有新兵的。倒不是秦峥想给这货也来个队花优待，而是实在不放心他迟钝的警戒能力，要是这时候被狩猎型或潜影型给摸了哨，那死得太冤了。

装甲车能源剩余不多，屠夫舍不得开悬浮力场，放下轮胎在戈壁上飙车。一车人边晃荡边骂这个吝啬鬼，只有秦峥挂着固定锁坐在副驾驶座上打盹，任车颠得翻江倒海照样一会儿一个小呼噜。

新兵很羡慕这项特技,想偷师学艺,却每每被撞得七荤八素。三胖嫌新兵的头盔总磕自己肩膀,没好气地把他赶去了车顶的机炮仓,那里地方狭窄,但四面都是防震垫,让他慢慢撞去吧。

戈壁的日夜是冰火两重天,晚上站岗时不打开战斗护甲的温控系统,鼻子都能冻掉;太阳出来不到两个小时,地表温度就能煎鸡蛋。

小队在高温中向昨天看到海市蜃楼的方向蛇形搜索了一上午,除了在砂岩山后面找到几架战机残骸,收集了点儿零件,再没什么发现。波妞想找个完整的机翼传动轴,正锲而不舍地指挥几个劳力继续深挖,嘴里还不时蹦出一堆名词数据,噼里啪啦像吵架似的。

秦峥蹲在装甲车的阴影下,一边没正形地晃悠,一边研究昨天从卫星上下载的地域扫描图,确定小队已突出控制区二百多公里,早超额完成搜索任务,便打了个哈欠,打算去招呼还在挖坑捡破烂的傻瓜们上车走人。

地表温度升到了60度,空气开始扭曲,再次在天边投射出一抹疑似空中堡垒残骸的海市蜃楼,比昨天清晰了很多。秦峥站起身,眯着眼睛看了看,正在琢磨这到底是来自哪个方向的光学折射,余光突然扫到不远处岩石下有东西晃动,他抄起突击步枪就是一个短点射。

手指扣下扳机的瞬间秦峥就后悔了——那是一只足有半米长的沙蜥蜴,烤着吃很有嚼头,可算当下难得的美味,这下可好,三枪命中，能吃的部分连一半都没剩下。

突然响起的枪声让所有人一惊，纷纷散开寻找掩体，只有新兵端起枪就往秦峥这边跑。

"新兵蛋子你瞎跑什么，要是敌袭，你凑过来就是找死……"

秦峥刚要转身踹新兵，一发电浆弹带着撕裂空气的锐响擦过他的头盔，炸碎在装甲车涂着 08 两个大字的钢板上。

"敌袭！有影子！"

秦峥在作战频道喊话的同时，纵身跃起，一脚将惊慌四顾的新兵踹进刚才挖的土坑，就地一滚，避开紧追而来的第二发电浆弹，也跟着翻了进去。

任何时候都不能完全静止，哪怕原地不动时身体也要保持不规则晃动，这条多年前老班长念叨了无数遍，被大脑铭记至今的准则，又一次救了他的命。

秦峥探出步枪，对着来袭方向扫了半梭子进行牵制，同时，波妞将干扰波开到最大功率，剧烈的近距离干扰下，不用头盔面罩反馈信息，肉眼都能看到那块岩石侧后方有一小团光影扭曲。

众人默契地迅速包抄，四面开火阻断这个潜影型灵类转移，屠夫趁机完成目标锁定，抬手就是一发微型毒针导弹。

爆裂轰鸣中，岩石和潜影型灵类一起被掀上了天，光学迷彩被炸得四分五裂，露出下面半截残躯和满是惊恐的金属纤维脸。

只剩上半身的潜影型困兽犹斗，在半空举枪乱射，试图拉个垫背的。鹰眼从车后滑出，一枪打飞了那支电浆步枪，没等潜影型落地，又是一枪，威力巨大的狙击弹斜着切开颈椎打烂了他的脑袋。

残骸落地，秦峥丝毫没有放松，拉着新兵，滚到半截飞机残骸后面，大声喊道：

"波妞，把脉冲扫描的强度开到最大！所有人把眼睛给我瞪大，搜！"

意外的是，他们连方圆五百米内的蚂蚁洞都搜索了一遍，也没找到第二个敌人。

区区一个潜影型灵类就想在空旷的戈壁上伏击一支游骑小队？这灵类是活腻了，还是想当孤胆英雄想疯了？

秦峥拎起潜影型灵类透明的球形脑，打量着里面还没死亡的智脑芯片，喊过波妞，让她费点功夫，强行下载这家伙的记忆，看看他到底是发了什么精神病。

波妞刚把吸盘式数据线连上，球形脑突然闪起一道电弧，"砰"地炸成了碎片，幸亏波妞没打开头盔面罩，不然没被崩瞎，也绝对毁容。

三胖帮波妞扫扫头盔上的碎渣，哼了一声："哎呀我去，汉子啊，自毁了。"

屠夫抖了抖大胡子，不屑地说："自毁的见多了，现在才炸，那还是胆小嘚咧。"

汉语作为地球现代通用语学起来还是有难度的，老酒鬼学了好几年，说起来还是有伏特加的卷舌音，把挺严肃的话题搞得很有喜感。

鹰眼迷死人不偿命的男低音不但字正腔圆，而且气息沉稳："应该是个新兵，作战技能很生涩，反应也比较迟钝。"

波妞用数据佐证了鹰眼的经验分析："只下载到4段破碎的基础信息，整理后得到的有用情报为：潜影6型，生命长度5个月，脑机同步战术训练时间2周，参与作战2次，击杀敌数0。"

"没有任何记忆影像和来源信息？"

"没有，只是在一个字符片段尾部有一个符号，看起来像个笑脸。"

看着波妞投影出来的拙劣涂鸦符号，秦峥无奈地耸耸肩。

看情况，这确实是个新兵。躯体是早年的老型号，但智脑芯片是新激活移植的，按人类心理年龄计算，顶多就算个十一二岁的少年。以现有情报推断，这个少年兵可能是昨晚那个充能站的外线警戒哨，因为沙暴影响通信并不知道老家已经被灭了，所以他与游骑兵小队遭遇后，才利用光学迷彩和机型自带的微型转移磁场隐藏了起来，结果被意外的射击吓到，以为被识破行踪，于是贸然反击……

"差不多应该是这样。新兵蛋子嘛，战斗技能和心理素质烂一些很正常。"

看看地上的芯片碎块，再扭头看看一脸好学，认真听分析结果的新兵，秦峥觉得很有点黑色幽默。

自然规律真的很公平。人类的克隆技术一直无法进入灵魂制造和记忆转移的禁区，灵类则在跨越禁区后，循环回了人类梦想突破的短板。

人格和逻辑占了半个脑，情感和意识占了半个脑，留给存储和计算的空间只剩下了夹缝里的百分之几。远超人类肉体的机械身躯，也无法再用命令代码瞬间完成肢体指令，变得需要锻炼、适应、传导、记忆等多个步骤才能完成一个动作。

人工智能加机器身躯的完美组合，一旦衍变成生命体，立刻被套上了神奇的枷锁。除了信息容量增多一些，机械身体强壮一些，灵类越来越像人类。这不，连新兵蛋子都一样又笨又傻，没人领着，一会儿就会死翘翘。

秦峥心中吐槽，却终是没笑出来，看来这个笑话还不够好笑。

气温还在升高，这么一会儿就已经超过65度，连海市蜃楼都被蒸发无踪了。秦峥拎起地上断裂的电浆枪和半截潜影型躯体，扔进车尾的物资箱，没好气地说："走了，走了，不研究这些蠢货了。在这该死的戈壁上再多待两天，不等精神抑郁，肉体就变烤鸡了。回基地，说走就走！"

听说队长又要偷奸耍滑，沿着补给站转悠混时间，大家的情绪明显都高涨起来。鹰眼敲起了小夜曲，三胖哼起了二人转，波妞拿出了许久没玩的数独，屠夫破天荒地给每人分了一瓶盖珍藏的二锅头。只有新兵觉得这样是错误的，但他也没太煞风景，只是小声嘟囔了几句高大上的《人类宣言》。

"永不妥协，绝不屈服，为人类的未来浴血奋战，用生命铸成无限可能的新纪元……哈哈哈哈……"

三胖模仿新兵一本正经的语调重复了两句，忍不住大笑起来。

"有什么好笑的？"

新兵第一次使用了带有愤怒情绪的反问句式。

三胖戳戳新兵的头盔，笑道："傻小子，也就是你这种刚从山沟里出来的小鬼才会把这些话当回事，那只是老爷们忽悠咱们这些傻大兵去死的口号。你见哪个演讲台上的大官浴血了？又瞅哪个宣传片的小明星卖命了？"

新兵梗着脖子，硬气地回道："就算是口号，但道理是正确的，总要有人站出来为人类战斗，不然人类就没有未来了！"

三胖笑声更大了："哎呀我去，这话说得，好像你能发挥多大作用似的。小子，清醒点啊，对基地来说，咱们就是个数字，活着的时候是兵力，死了之后是战损，最后的抚恤金换算一下，是几个月的粮食补贴。别天天想着牺牲奉献，多活几天回去孝敬爹妈。"

事关原则问题，新兵寸步不让："不积小流无以成江河！古语有云：每一个牺牲都是永垂不朽！我战死了，父母也会以我为荣……"

"荣什么荣！"

坐副驾驶的秦峥收起鼻子下闻的那根烟，转头抄起个空弹夹就砸这熊孩子，边砸边骂："傻了吧唧的玩意，要不是你那个偏远山区的避难所所长聪明，欺骗你们十几年，到胜利了才对外联系开启封锁，你小子早几年就死战场上了，还想活到18岁？前年12岁强制入伍的那些小孩，你看看现在还活着几个？连他妈一半都不到！

"伟大是吧？高尚是吧？我们为人类未来战斗的时候你还蹲地底下吃奶呢！还有价值？告诉你，你死了，你爹妈不会与有荣焉，只会哭天喊地！你个小王八羔子，老子忍你很久了，今天非抽死你不可……"

要不是三胖和鹰眼拦着，秦峥绝对会打得这小子爹妈都不认识他。

鹰眼知道队长又开始暴躁抽风了，忙把新兵踢到后面整理休息舱去，自己开始跟秦峥讨论起新的话题——最近新京基地扩建，周围几个镇子人口增加要合并直辖市了，这种大建设时期咱们是先去吃大餐呢，还是先去温柔乡呢？

不正经的聊完后，话题转向秦峥更关心的正经问题：军校开始招生了，新制度下给波妞弄个大队推荐就可以参加考试。要是这小丫头考上了，该去哪划拉一个差不多的脉冲兵？新兵蛋子是绝不能再要了，再多一个绝对全队死翘翘……

前舱聊得热闹，后面的新兵却一肚子委屈。入队这些天，08小队粗俗随意的风气，新兵咬咬牙勉强能接受，可自从下达了折返命令，小队的氛围就变得越发不正经，还有些法西斯，这让他无法接受，甚至有些厌恶。他一边叠着全是臭脚丫子味的睡袋，一边暗暗考虑，回基地后是否要打个报告，申请去一个正规些的小队。

波妞的睡袋没有臭味,还有防晒霜的香味,于是,新兵的思路又偏移到了是不是也可以去考一下军校,他认为从小接受的良好教育足以让他拿到好成绩。

人生规划很费脑子,一直想到太阳落山,新兵还在纠结于舍身报国和追求幸福的先后顺序。

"走啊,死啦让去作战舱待机。"三胖从舱口探进头,招呼休息舱里轮休的屠夫和发呆的新兵。"前面就到223补给站了,快点的话还能赶上晚饭。他们食堂的鸡蛋炒饼特别好吃,比狗屎的蛋白糊糊美味一万倍,这次非吃到撑死才算过瘾。"

屠夫正偷拿急救包里的酒精和壶里剩的二锅头勾兑自酿酒,被吓了一哆嗦,见是三胖,老家伙长出一口气,连忙收拾起来,推着新兵往外走,嘴里叮嘱着:"嘴巴严实点,让死啦知道了,尿都喝不上哨咧。"

新兵挠挠头,很没底气地说了句:"作战时饮酒属于严重违纪……"想想自己刚才被贿赂的半瓶盖,又讪讪地闭了嘴。

"轰隆!"

窗外突然闪过一片红光,紧接着传来一声闷雷。

三人转头看向窗外,只见斜前方11点钟方向,地平线上一团巨大的爆炸火光翻腾升起,中间还夹杂着无数白色的殉爆光团,照亮了半边夜空。

"223!"

屠夫和三胖同时惊呼。话音未落,驾驶舱正开车的秦峥已经吼了起来:"全副武装,准备战斗!"

所有人立刻奔向自己的战斗位,披挂系统转眼间将战斗护甲和长短武器装备完毕。检查完机械骨骼反应和武器火控,所有人都进入了战斗状态。

被屠夫从驾驶位替换下来的秦峥一边着装,一边检查每个人的情况,路过新兵的时候把他往后一推,命令道:"去机炮舱,留守车内进行火力掩护!"

然后给每个人头盔上来了一巴掌:"都精神点!精神点!又来大买卖了!小心点,谁死了谁是大傻蛋!"

屠夫开启悬浮力场,加速到300战速,十几公里的距离转眼即至。装甲车一个急刹,横在陷入火海的补给站大门外,大家冲下车,寻找掩体,构建阵地,却并未发现预想中的大批敌人,只是补给站深处有稀疏的爆炸声和隐约的枪声传来。

波妞无法与223站内取得联系,声波截取也没发现有效信息,于是从腰间取出球形摄像仪,扔进了大门。

带有吸光涂层的球形摄像仪很不起眼,不仔细看还以为是颗熏黑的石头,在远程操作下顺着地面的爆炸残骸滚进基地大门。波妞将传感信息显示到大家头盔屏幕上,并开始迅速构建作战微型地图。

站内建筑大半被炸塌,不止军事设施,连后面那片建起不久的居民区也成了废墟。到处是弹坑和火焰,到处是人类士兵和平民的尸体,中间夹杂的灵类残骸噼啪乱跳着火花。武器库前方最为惨烈,双方尸骸几乎铺满了整个台阶,而能量储存库所在地已经变成了一个直径几十米的大坑,四周全是放射状的冲击波痕迹。

"北面有能量反应!"

波妞说话间操纵球形摄像仪沿着废墟阴影快速滚了过去。

◆ 3 ◆

补给站北部边缘,数名幸存的人类士兵正借着食堂半截残垣在与敌人交战。球形摄像仪滚上一堆碎石,调整远焦,只见不远处软钢装甲围墙上开了一个大洞,边缘十分整齐,明显是用高热武器切割开的,一群型号驳杂的灵类正向墙洞且战且退,战况诡异得呈胶着状态。

看着敌人生疏的战斗技能和老旧的机体,秦峥心中不由感叹:看来灵类真的已经山穷水尽了。

没时间再想不相干的事情,秦峥收回心神,略一思考,在频道里命令道:"屠夫带着新兵开车去左边,剩下的人跟我从右边打黑枪,记住,放他们从墙洞出来几个再突突,先到先得!"

屠夫抓着装甲车外壁的把手,语音命令自动驾驶系统,转眼间人与车飘进了围墙阴影里。秦峥带着其他三人沿墙角一路狂奔,在机械骨骼强大动力的辅助下,每一步奔跑可以跃出七八米,几人如同快速向前弹射的跳蚤,片刻就绕到北面,以几块散落的大型建筑残骸为掩护,建立起阻击阵地。

灵族从缺口处撤出三个背着箱子的运输型时，屠夫抢先从左翼发起攻击。两发高爆火箭弹一前一后，先从中间开花掀翻了这三个"履带乌龟"，接着在缺口处炸开，挡住了墙内敌人的撤退步伐。

秦峥和鹰眼同时开火，将两只后背着地努力翻身的运输型灵类打成了筛子。三胖的机枪险险擦过运输箱，扫向另一只凌空翻身的机灵货，将他挡在脸前的巨大机械臂打得千疮百孔，没等这家伙抬起腹部的枪械反击，弹雨已生生撕碎机械臂然后切开了他半边身子。

"突击手和排头兵都没派，就敢让运输型往外走，蠢货！"

秦峥冷笑一声，招手让三胖向前，准备火力压制。

三胖刚拎着格林机枪站起来，就见那群灵类突然从墙洞处蜂拥而出，硬顶着弹雨，直冲向地上三个巨大的物资箱。除了零星几个还知道曲线前进和干扰射击，多数都生猛得如同抢食的恶狗，半点战术规避动作都没有。

这是干什么，要钱不要命？表示对我们的蔑视？

秦峥被这种荒诞晃得愣了两秒，才下令："自由射击！上赶着送死，那就成全他们！"

枪声爆响，每个人都在全力倾泻弹药，暴风骤雨般泼向敌群。

这些灵类中只有几个是战斗类型，其余大多连外挂装甲都没有，有两个甚至装的还是服务型和餐饮型的肢体。看这穷酸的样子，要不是脑波兼容性限制，没准他们连猫狗蛇鸟之类的宠物型肢体都能凑合用上，再加上缺乏战术素养，乱糟糟的连阵型都组织不起来，也难怪几个伤兵就把他们三十几个灵类堵得进退维艰。

这些蠢货被打烂了五六架，才想到拖过地上的残骸做掩体，等一个力士型抓起疑似仓库顶棚的巨大钢板给那些"财迷"灵类们掩护时，战斗才终于不再是单方面屠杀。

秦峥看看作战地图，发现墙内还有3个灵类在断后。他算了算，加上刚才这群里4个知道干扰射击的，敌方只有7个算得上士兵，剩下的全是"生瓜"，不由松了口气。

三胖的弹雨和屠夫的爆弹从两侧压得敌人抬不起头；波妞的干扰已全面展开，导致灵类根本无法扫描五十米外的情况，只能凭视听传感器判断；新兵的双联机炮打得还凑合，虽然没造成多大战果，但牵制住了三个重装甲力士型灵类，过不了几分钟就能耗尽他们的防御力场。现在只要从侧翼来一次火力突击，基本就能彻底奠定胜局。

"稳住，不要着急，慢慢打，别被这群生瓜咬了，那就丢人了！"秦峥边在频道里喊着，边招呼鹰眼向敌人侧翼移动。

借着碎石残骸掩护，秦峥和鹰眼运动到了围墙下，正准备开干，形势突变。没有任何征兆，敌人突然分成两拨向左右两边同时发起突击，秦峥所在的位置顿时从对方薄弱点变成了攻击点之一。屠夫和新兵好歹有装甲车作为火力屏障，他这里可是一马平川，一旦对撞，绝对会被踩成馅饼。

鹰眼一枪狙爆了冲在最前面的突击型灵类，却丝毫没减缓对方的势头。突击型后面的格斗型抓住那具无头残骸，当作盾牌顶在身前，怒吼着继续向二人狂冲过来。后面的"生瓜"更是发出各种夸张的怪叫，丧失理智地发起了决死冲锋。

来不及分析这种疯狂行径是战意爆发还是精神错乱，秦峥抬起突击步枪一梭子扫到那面"盾牌"上，可惜突击型的身躯十分坚硬，无法击穿从而杀伤到后面的格斗型。

秦峥向后急退，正要更换弹夹，不料格斗型灵类突然振臂将"盾牌"砸了过来，趁秦峥侧身躲闪的空隙，他在地上猛地一蹬，鸷鹰般飞扑而至，臂部弹出的高振动锯齿刀如电光乍现，撕裂夜空。

生死瞬间，秦峥甩手抢起步枪，趁刀锋斩断枪身的零点零几秒空隙，身体向右侧方荡出一个30度的钟摆动作，在锯齿形锋芒削断他左肩半面护甲时，下肢的机械骨骼终于完成弹簧运动，辅助他向后弹跳，险险避过了这必杀一击。

一刀落空，格斗型身体顺着锯齿刀陀劈斩的力量陀螺般旋转，右腿膝关节骤然延长，小腿如分节钢鞭般狠狠抽在秦峥肩上，巨大的力量将他砸向地面又弹了起来。

没有丝毫停顿，格斗型再次加速旋转鞭腿，当头劈下。秦峥强忍着晕眩疼痛，抄出腰后的霰弹枪，凌空对着那道影子就扣下了扳机。

"砰！"

暴烈的独头弹从大腿根上撕开球形关节，巨大动能将格斗型灵类掀飞出去，砸向后面跟上来的那群"疯狗"。

没错，"生瓜"都变成了"疯狗"。他们似乎自毁了智脑中的情绪区域，不再有丝毫惊慌和犹豫，悍不畏死，野兽般号叫着扑了上来。如果不是鹰眼及时掏出微冲扫射，略缓了一下势头，秦峥绝对会被当场淹没，然后活活撕碎。

在枪战中杀死一个灵类士兵并不难，就算不能一枪爆头，打烂身体后再打烂脑袋就是，但在近身混战中想做到这一点，却十分困难，尤其是他们仗着坚固的机械身躯像疯狗一样追在屁股后面，打算跟你同归于尽时，除了跑，你别无选择。

感谢发明机械骨骼的科学家，感谢推广自动障碍识别的军科院，感谢装甲板质量过硬的兵工厂，他们的奉献让人类士兵好歹有了逃命的本钱。

秦峥和鹰眼吐着舌头在前面绕圈狂奔，后面三肢着地的格斗型领着一群怪叫的"疯狗"边追边乱枪扫射，三胖和波妞站在圆弧中心连连开火，试图解围，却因为双方太近，只能追着队尾射击，没法有效杀伤……血腥残忍的战斗突然变成了黑色幽默的闹剧。

可惜，身陷其中的秦峥无法体会这种幽默。如果不是少了一条腿只能像瘸狗一样蹦跶，屁股后面的格斗型早追上来把他切成三百多块了。当他抬起左手，打算奢侈一下，用一枚珍贵的异电干扰手雷致盲疯狗群3秒，脱身再战时，却发现刚才削掉左肩护甲那一刀，也顺便切掉了左臂上凸起的投弹器……

秦峥脑中急转，瞬间决断，反手打空霰弹枪，同时在奔跑中逐渐倾斜身体改变方向，给鹰眼创造了脱身的机会。他打算自己引诱疯狗群冲向三胖，让三胖正面扫射，至于能不能及时扑倒躲开弹雨，那就看命了。

"鹰眼，继续全速跑直线！三胖，看我手势就开……"

没等他在作战频道喊完，一道雪亮的强光直刺双眼，耳麦中传来新兵破了音的尖叫："队长，闪开！"

巨大的装甲车撞角已经到了眼前，高速奔跑的秦峥根本来不及躲避，情急中他脚下猛一发力，借着冲力和机械骨骼的爆发力狠狠踹向地面，一声爆响，他仿佛被炸飞的人型破烂，翻滚着斜飞了出去。

刹那间，撞角擦过秦峥的脚尖，正撞在格斗型的脸上，将他满脸的震惊撞得稀烂，把金属身躯撕成无数碎片，接着，装甲车在漫天蓝色荧光和火花中，继续向前冲击，撕碎一架又一架机体，层层碾压而过，然后，一个漂亮的漂移——侧翻了。

高4.2米，长12.5米的鲨鱼级高机动步兵战车满地打滚的场面，并不多见，等这大铁疙瘩撞在围墙上，晃了两晃终于停下时，秦峥等人才回过神来。大家转头看向另一边，发现那队灵类早已趁机溜之大吉，就连墙内殿后的3个也跑没影了。

秦峥拍了拍七荤八素的脑袋、扶着刺痛的后腰、拖着骨裂的胫骨，一瘸一拐走向装甲车，嘴里嘟囔道："这么高级？三十六计？金蝉脱壳？"

不需交代，波妞和鹰眼已经展开了警戒。三胖拎着机枪跟上秦峥，拨楞着脑袋左顾右盼，模样像极了过去土豪身边跟的大块保镖。

没等秦峥走到跟前，装甲车顶部出口"咣当"一声被踹开，屠夫倒着爬了出来，原地晃悠两圈，才转身又探进车内，拖死狗一样把新兵拽了出来。

　　眼见两人头盔没裂，身上没血，秦峥总算安下心来，狠狠踹了屠夫一脚，然后扶着剧痛的小腿边跳边骂："醉驾行凶是吧！撞死老子就能痛快喝酒了是吧！要不是老子反应快，第一个碎成渣的就是我！你他妈不能先在频道里喊一声啊！"

　　屠夫大猩猩般使劲敲了敲胸口，咳嗽好几声才叫起了撞天屈："天地良心啊，不是我嘚咧！是这个新兵大傻蛋嘚咧！"

　　泼妇式喊冤法明显不适合这老酒鬼，秦峥和三胖费了半天劲才从他一连串卷舌音中听明白了冤在哪里——屠夫嫌新兵机炮打得烂，一阵连锁爆弹炸停敌人的冲锋后，便抢过机炮打算示范一下经典的延伸扫射法。这时，新兵在车内显示器看到秦峥和鹰眼危在旦夕，顿时热血上头，不知想起了哪位英雄的壮举，压根没注意秦峥在频道里的喊话，一脚油门踩到底，打算来个舍己救人，结果没掌握好速度，差点把秦峥舍出去……

　　要不是看在新兵已经脑震荡晕过去的分上，秦峥这次绝对要打死他。真的！用三胖的机枪活活打死！

　　波妞打断了秦峥的咬牙切齿："追踪到了敌人的轨迹，正在向北移动，速度升级为战斗级180，应该是取得了提前隐藏的运兵载具，现在追击，还勉强可以保持信号锁定。"

　　秦峥看看侧卧的装甲车，嘴角抽了抽，没好气地说："追个屁！跑马拉松锻炼身体啊！"

　　波妞翻着白眼冲他比了个中指，自顾自地开始解析整个补给站的受损状况。

鹰眼好容易才喘匀气，使劲连按护甲的温控按钮，自以为这样能更快除汗，同时声音干涩地提醒道："补给站里还有幸存者，放弃追击的话，我们是不是应该抓紧展开救援了？"

◆ 4 ◆

人类的求生本能比蟑螂还要顽强，就算天崩地裂，也不可能将其灭绝，所以，在枪声彻底平息后，从各处废墟中慢慢钻出了不少幸存者，虽然一个个都惨得像鬼，但毕竟还活着。

所谓不少，按比例算却并不多。补给站登记的军籍147人，民籍198人，如今算上轻重伤员，喘气的还有31个，十不存一。其中军衔最高的，是从见面嘴就没停过的中年油腻眼镜男——中尉军需副官李建。

人在受到剧烈惊吓情绪不稳的时候，有两种常见的应激反应，或是呆若木鸡，或是滔滔不绝，李建明显是后者。秦峥听了一个多小时，才勉强从他颠三倒四充满各种语气助词和夸张形容词的叙述中，总结出了大概情况。

袭击补给站的灵类兵力大概有120架。在某种不明干扰设备作用下，他们成功避开了能量雷达和脉冲扫描等警戒系统，阻断了补给站的对外通信，甚至隔绝了声光传输。趁着晚饭时间警备松懈，他们用高能激光切割器破开食堂后方的围墙，潜入基地，突然对餐厅发动袭击，短时间便屠杀了近半军民，其中就包括站长和警备队长。

幸运的是，这一波打击后，敌方的能源和弹药突然出现了补给断层，没能一举击溃指挥瘫痪的警备部队。于是，我方残余部队趁机结成防线开始还击，并在灵类部队冲击能源储存站和武器库时突袭了他们的侧翼，对其造成了极大杀伤。可是，就在我方逐渐夺回优势时，对方的一个恐怖举动再次翻转了战局——他们，开始吃人！

"吃人"这个词在李建这部分描述中出现了19遍，当时的场面应该是他这辈子见过的最恐怖的事情，没有之一。一队灵类战士大快朵颐了十几具尸体后精神百倍，4架力士型打开防御力场带头冲锋，20多架格斗型和突击型紧随其后，很快将惊恐的人类士兵打得溃不成军。

占领能源储存站和武器库后，灵类没有追击，反而开始疯狂抢运能源和武器，这是他们犯的最大的错误。并非所有人类士兵都被"吃人"这种举动吓破了胆，一位小队长带着三名战士发起决死冲锋，抱着搜集到的所有手雷冲进了敌人的运输队列，不但成功重创敌人首领，更炸毁一架运输型的物资箱，整箱能量晶体的殉爆又引爆了储存库。

不知是因为首领重伤，还是因为储存库爆炸的巨大冲击，不明干扰在这之后就消失了，所以秦峥他们才看到了爆炸火光，能量扫描也发现了这里的剧烈波动。接下来的情况就很简单了，伤亡惨重的灵类残部开始撤退，却被一小队人类伤兵绊在缺口处……

秦峥又跟其他生还者核实了一下事件经过，便让波妞通过补给站幸存的大型超波通信机将报告发给了战区主基地。

基地战术中心回复得干脆利索：立即调查取证，追加详细报告。

让一群大头兵干参谋部的活，这绝对是一拍脑子就敢放飞自我的官僚做派，但考虑到过些天得去给波妞求个表彰推荐，秦峥决定这次不骂街抗命，勉为其难配合一下。大家用半夜时间，彻查可修复的监控影像和所有能找到的士兵作战记录仪，终于复原了战斗过程。

"哎，这里定格，放大，放到最大倍数！"

所有人瞪着满是血丝的眼睛，反复研究了几十遍那段"吃人"录像，终于，在集体暴发干眼症之前，独眼却视力最好的鹰眼指着画面一角提出了一个观点：

"这个像虫类口器一样的装置应该是外挂上去的，而且吞噬尸体的动作并不是咀嚼，更像溶解。注意看这一帧，它将尸体身上的棉布内衣吃了，却将金属材质的战斗护甲和纳米纤维作战服吐了出来。这说明他们吃掉的不单是人，而是所有有机物……"

很多时候，发现真相只需先找到一个点，然后就可以延伸出无数思维路线，最终彻底击碎遮在外表的假象。

人多的坏处是嘴杂，好处是思路广泛，新兵突发奇想说道："这看起来简直就像……像个小型有机转换炉。只是没有进行精细分离，直接将所有物质都转化成了电能。"

新兵之所以最先跳出固化思维，不是因为聪明，而是因为他在入队前不久，正好趁假期参加了一位伯父的葬礼。当时，一直教书育人的新兵他爹对"有机转换"这种强制殡葬形式表示了强烈的愤慨，怒斥这是继"人体克隆"和"记忆删除"后，最违背人道、最丧失人性、最自我毁灭的科学发明。如果不是某位有些地位的亲友疏通关系，秩序警察才不会管什么刚从避难所出来不久没适应社会制度的辩解理由，当场就抓捕羁押了。

士兵们就没那么多道德枷锁，早习惯了尸体被送进转换炉，粉碎后分离蛋白质、脂肪、矿物质、微量元素等物质，然后将残渣热处理转化为电能。对他们来说，与其去考虑入土为安的习俗，被烧掉还要给人家钱，不如进入最大效率的仿自然能源循环，并接受因此发放的补助来得实惠。

按这种思路定性，灵类的反常行为也就从恐怖故事变成了走进科学。敌人是一群吃人的怪物，和敌人是一群随身携带小型有机转换炉的新型号，虽然结果相同，但完全是两码事，没什么好惊慌的。秦峥他们这些大头兵很看得开，但对总部的官老爷们来说，最可怕的应该不是被当成食物的恐慌，而是灵类如果普及了这种有机物转换能量的技术，很可能再度崛起。

相比于真相，秦峥更感兴趣的是这群灵类的首领——能带着少量老兵和一大群生瓜就端掉一个齐装满员的补给站。这是个英雄！必须弄死的英雄！

经过分析比对，大家发现这个首领竟然是一架罕见的85式指挥官型，其背后加装的巨大圆形装置，应该就是干扰扫描和屏蔽声光的神秘设备。幸好这个指挥官型运气很差，先被集束手雷重创，又卷进了能量储存库巨大的爆炸，仅仅保住头和半个肩膀，被部下装进储存箱掩护逃走了，不然后果难料。

"哎呀我去，我还以为箱子里是能量晶体，一直躲着那些箱子扫，生怕打爆了把咱们卷进去。这下可好，到手的功劳飞了！这得少多少奖金啊！"三胖拍着大腿直嘬牙花。

屠夫指着屏幕上另外两个箱子，大胡子吹得呼哧呼哧的："这两个里全是能量晶体嘚咧，如果你扫爆了，冲击波的杀伤范围能达到100米以上嘚咧，咱们就和敌人……那个成语叫什么来着，与时俱进？"

"是玉石俱焚吧！"新兵听不下去了。

"对，俱焚！都炸成屎嘚咧！"

……

忙活大半夜，总算可以交差了，见补给站的人忙着救治伤员，08小队便主动接过了警备工作。秦峥多处骨骼错位、骨裂，也需要进医疗舱治疗。基于感谢救援的情义，他被安排在重伤员之后的第一顺位。等他在晨曦中回到翻过身的装甲车时，正看到轮休的三胖强搂着新兵，死乞白赖地显摆自己女儿的照片。

秦峥走过去，用刚补好的右腿卷了三胖一脚，骂道："跟你说过多少遍了，别拿个照片穷显摆，不吉利！显摆完照片下一场战斗就死，这是老电影最喜欢的情节，都快成诅咒了！"

三胖拧着新兵挣扎的手，甩着照片笑道："吓唬谁啊！这显摆多少回了，我不还活蹦乱跳呢嘛。你就是嫉妒！眼馋！"

照片上，三胖正试图把大肥屁股放在一辆粉色小自行车的座椅上，梳着两个小丫辫的女儿骑着他肩膀，一边揪他头发一边冲镜头方向的妈妈哇哇大哭。

这有什么好嫉妒的？是嫉妒你傻，还是眼馋你媳妇彪？秦峥懒得说他，看看玩命挣扎的新兵，问道："你都显摆完了，还抓着他干吗？"

三胖一梗脖子："敢说我闺女不是大美人，我还不修理他？"

两个二货，一个脑子有病，一个脑子有坑，没一个让人省心的！

秦峥捂着脑袋，钻进车里补觉。

才睡了4个小时，监视器上的车辆轰鸣和人声嘈杂就吵醒了秦峥，也恰好打断了再次重复的噩梦。秦峥痛不欲生地爬起来，从车顶探出身子看去，只见补给站外已经扎下了十几个装甲车营地。

看来，波妞补发的视频资料和事件分析引起了基地的重视。如果秦峥等人的分析成立，那事态危险性便达到了B级以上，不在这两种技术成熟扩散前予以消灭，后果不堪设想。于是，兵力捉襟见肘的指挥部这次下了本钱，调集了周边能调动的所有游骑兵小队赶来支援。

"放心吧！参谋部的兄弟分析过了，这就是一小股散兵游勇，应该是有科研团队或者是继承了哪个灵类研究所的资料，在能源耗尽饿死之前，想凭这点技术玩命抢一把，结果，玩砸了……你按战力比算算啊，加上逃回去的这十来个，他们顶多也就还有不到50的兵力，咱们找到窝点之后一个配合就全歼了。

"这事就得快，不然这帮货见了光还不赶紧跑？再傻能傻得坐地等死……别说什么等大部队围剿！军部在沿海那边好不容易才围住了几千残兵，主力部队不趁这机会全歼了他们，难道像咱们这样一点一点边找边打？那他妈打到什么年月去了！爷我还盼着今年能放假回家过个平安年呢！"

大嗓门，碎嘴子，不用看秦峥就知道是唐普森这个前美国佬来了。这家伙一嘴片汤话，老腔老调比自己还正宗，战前宣传的主流价值观是世界民族大融合，他就是标准的融合产物。

"哎，哎，你能歇会儿吗？你这嗓门都快赶上扩音器了！"秦峥锤着装甲板吼道。

唐普森不满地扭过头，见是秦峥，顿时放弃了骂街的打算，连蹦带跳上了车顶，蹲在秦峥跟前小声说："上次跟你说的价码你考虑得怎么样了，我这边客户还等信呢。一颗异电干扰手雷两万，三颗你就能在新城买套小公寓，这价可是相当有诚意了。"

秦峥打了个哈欠，随意挥挥手："一颗干扰手雷等于一条命，老子还嫌命太少了呢，别做梦了。我之前让你帮我搞的脑波分析仪你找到没有？"

"得再等等，太冷门，难找得很。你要那玩意儿到底要干吗？有人精神有问题？"

"对，我精神有问题，狂躁症加被害妄想症。"秦峥又打了个哈欠。

唐普森撇着嘴笑道："就这也算个事？这年头当兵的谁要没个战争创伤精神病，那都不好意思出来混，有什么好分析的。休假的时候去夜店找几个漂亮妹子，好好聊聊人生、谈谈哲学，什么都好了……哎，别着急走啊，咱哥们好久没见了，再聊聊。手雷我每颗再加一张 90 天的补给卡！"

秦峥一路跟其他认识的官兵打着招呼，转眼就钻进了补给站，打算和军需副官李建深入讨论一下补给弹药的合格率问题。唐普森这家伙，脑子实在是慢，这辈子也就只能当个小奸商。

下午卫星经过时，一张最高精度的地域扫描图下载到了各队长手中。这次参谋部也下了血本，发动最高权限申请了所有扫描项，把方圆 500 公里内从地上到地下狠狠犁了一遍。

扫描图清晰标示了敌人藏运兵载具的位置、撤退的路线、沿途的痕迹、再次消失的地点，同时传输来了详尽的事态分析和精确到每架敌方机型的分解数据，作战计划更是做了 3 种方案……如此细致的作战资料，这一小股残敌不被碾成齑粉，都没天理。

"这么说，敌人的巢穴应该是在这个范围的……某处地下？"秦峥点着手臂上的全息作战地图，皱着眉头问道。

本次作战临时指挥官是 04 小队的队长程烨，这位刚挂上少尉军衔的大光头对秦峥的问题很不耐烦："对，就这儿，怎么？"

秦峥沉吟了一下，摸摸下巴道："昨天我们在这附近剿灭了一个小型聚集点，直线距离不超过 50 公里，这里的敌人战斗欲望极其强烈，很可能……"

程烨敲了敲事态分析仪，打断他的话："看仔细点，上面已经参考了你们小队的情报，说得很清楚，你们歼灭的可能是对方一个分据点，已经计入功勋分数。别废话了，都知道你很能打，谁死你都死不了,不用刻意炫耀战果,耽误大家时间。"

程烨的话夹枪带棒,明显是在怼秦峥,其他小队的人纷纷转头看过来,等着看暴脾气的秦峥和高姿态的程烨干仗。

秦峥耸耸肩,没再继续说什么。他本来想提醒一下:分据点的敌人在防御战中极善于隐藏和偷袭,这边的敌人很可能也是如此,希望大家作战时注意些。但看看情报分析上一笔带过的定论和程烨毫不在乎的态度,自己也觉得没必要再讨人嫌了。

俩人没打起来,那就没热闹看了,众人转回头,作战会议继续。

坐在后面的新兵小声问三胖:"这人是不是和队长有过节啊?队长怎么没踹他?"前一个问题是询问,后一个问题是疑问。

三胖用一句话回答了两个问题:"程烨的弟弟是咱们小队上一任脉冲兵,两年前东南会战时死了。"

秦峥抱着肩膀继续听程烨在前面做战术分析,似乎没注意身后的窃窃私语,但他脑海中却来回闪烁着东南战役中漫山遍野的战火硝烟和残肢断臂,还有那个被冥火燃烧弹吞噬的年轻身影。自己冲他头上开的那一枪一直在耳边回响,响了一遍又一遍,似乎连成了一线,但接下来的事,却越来越模糊,逐渐变成一片空白。不知是不是大脑的创伤应激保护抹掉了部分记忆,但他总觉得,就是这段记忆,让他噩梦不断,越来越暴躁失控。

秦峥的心情再次变得极差,以至于散会后波妞向他汇报"在敌方某个未彻底死亡的智脑芯片中再次发现了半个笑脸符号"时,他都没怎么往心里去——符号就符号吧,没准是最近很受欢迎的涂鸦作品，人家灵类互相传播娱乐一下，犯法吗？就算证明那个找死的潜影新兵是这群灵类的成员，也无关紧要。老子又不是情报处的人精，也没人给发奖金，费那个脑子刨根问底干什么。

◆ 5 ◆

唐普森之前神侃的一大通废话里，有一句是绝对正确的："这事就得快！"

只要智脑芯片没被容电液给烧傻了，那个捡回半条命的灵类指挥官逃回去后的第一件事，就应该是卷铺盖逃命。现在的态势，什么沙暴飓风、电磁乱流、能源危机，都没有人类即将展开的报复攻击恐怖。按程烨的分析，现在！立刻！马上！出发！最好的结果也只可能是在敌人巢穴发现线索，衔尾追击。

于是，集结完毕的作战部队仗着是 B 级高阶任务，紧急征调了补给站剩余的八成物资，还取得了两台武装机甲的使用权限，开足马力向戈壁深处一路狂飙，一刻都没再耽误。

屠夫热爱爆破，更热爱飙车，能量满额配给后全程悬浮狂飙，让他美得呜哩哇啦地吼起了母语军歌。

新兵一路上愤慨地批判着程烨公报私仇，刻意将 08 小队安排在最后补给，不但能量晶体只有其他队的一半，连枪支弹药都没给补足，拿到手的还都是旧货。

秦峥实在受不了这傻小子没完没了的义正言辞，挥挥手让三胖带他去看看被塞满的生活物资储藏室——里面有补给站最好的一批武器弹药，除了稀缺的异电干扰手雷没补充上，其他权限内的都超了好几个基数，甚至还塞了一门最新的肩扛式阳电子炮。李建在战损上额外划掉的这些军用物资，都够打一场小型歼灭战了，基本上算还了小队的救援之情。

看完"财货"回来，新兵抱着三胖塞给他的高级防弹衣欲言又止，脑中的"自我"在说：这是违反军纪！应该坚决抵制！大义灭亲！绝不同流合污！"本我"却在说：这是生存智慧，不算倒卖军火，是被救援同胞给的一点馈赠，就算有些利益回扣，也合情合理。

最终还是鹰眼的一句话终结了新兵的纠结："这个防弹衣是校官级嘚咧，穿在战斗护甲里面，关键时刻能多一条命。战场上，保命比道理重要嘚咧。"

秦峥扭过头，不再看新兵如释重负的表情，他觉得又可笑又可悲——正义小子终于快被这群老兵痞染黑了，活下去的概率大增，做好人的可能大减，造孽啊。

装甲车似乎也看不惯这种带坏孩子的恶行，吭哧两声，悬浮立场罢工了，一头杵在硬邦邦的盐碱地上，车里人仰马翻。

屠夫打开自检系统一查，发现是能源传输器发生断裂。大概一猜就能想到，十之八九是昨晚那场"大型车祸"留下的隐患，在长时间高速行驶下发作了。

"没1个小时修不好是吧？那你们就慢慢修吧，不能为了等你们一个小队而拖延战机！继续出发，全速前进！哼，这种避战的法子挺高明，难怪死不了！"

程烨过来，看了两眼，嘲讽了几句，转头回了自己的装甲车。

三胖很受不了他最后那句酸了吧唧的屁话，撸起袖子就想追上去开干，被鹰眼及时拦了下来。

波妞喝了口水，擦着头盔面罩，冲闷头修车的屠夫一本正经地说："回头我帮你把撞角加固一下，找机会给程少尉表演个侧后追尾。"

屠夫呲着大板牙使劲点头。

秦峥难得乐了两声，掏出烟架在鼻子底下过着干瘾，靠在车尾看车队一辆辆呼啸而过。

车队倒数第二辆是57小队，路过的时候唐普森停了一下，降下车窗招呼道："别往心里去，那小心眼的二货就是觉得打完这场，他代理中队长的头衔就能转正，提前跟你要个威风。他真敢找你麻烦，爷们肯定挺你，抬手就干他！赶紧跟上啊，我在路上给你们留标示，别走岔了，没准等你到的时候我们都追出两三百公里了。哎，你真戒烟了？省这点小钱，至于吗？回头我给你拿两条！京都老仓库的好货，专治戒烟引发的精神病……"

秦峥挥手让他赶紧滚，心情莫名的好了不少，脑子也突然清醒了很多。

噩梦是从两年前开始的，精神异常也是从那场大战之后发现的，还有一连串的麻烦和困扰……或许，引发这一切的并不是战争，而是因为自己开枪打死了三名全身磷火的队友。

那场血流成河的大战里，自己应该死掉才对，也就一干二净了，可既然还活着，并且忘了些事情，那就是内心深处还想继续活，如果想好好活下去，不如干脆都忘掉吧！

再坚持坚持，等把新兵带顺溜了，就把小队扔给鹰眼，直接申请伤退。退伍之前，去做个战争创伤治愈手术，变态科学家们攻克不了大脑记忆这块神秘领域，但埋葬掉一些不愉快，还是很专业的，这手术最近很流行，价格也合理。

乱七八糟想了很多，也不过几秒的时间。

突然想通了心里的死结，秦峥不由长出一口气，然后，就被最后一辆飞驰而过的装甲车扬了一脸沙子。看着因为搭载武装机甲压得几乎贴地的车身，他晦气地吐着口水，吐槽道："两台机甲，13支游骑兵小队，100多特战精锐，战力都溢出几倍了。这哪是去扫荡一群生瓜，这是要去拯救人类未来啊！"

拯救人类未来连个中长距离通信机都不开，这就有点抠门了。不过想想要是换作自己，也不会为联系一个落后的、不顺眼的、无足轻重的半员小队而浪费不菲的能源——这么一想，秦峥心里也就释然了。

1个小时后，修好车的08小队顺着唐普森沿路留下的引导标志奋起直追，月影偏西时，他们终于抵达了预计作战区域。

今晚的月亮很大，散发着诡异且邪魅的红光。戈壁上有则古老的传说：每当血月升起，必有杀戮或灾难降临，只有月神得到了足够的生命献祭，才会褪去这片血色。

愚昧迷信！被打烂的月球都市群就像白色磁盘上的死苍蝇，用肉眼都能看见。别说在那上面重建的工人们没见过月神，真要见着什么自称神灵的生物，他们也绝对会第一时间用工程机甲把它按在地上摩擦，然后五花大绑送去科学院领赏，哪会给你招摇撞骗的机会。

与海市蜃楼原理类似，水汽折射才是月光变红的原因。今夜湿气很重，气温极低，应该有湿润的冷空气经过，天空万里无云却有霜花飘落，月光洒下，满地星屑将茫茫荒漠渲染出了苍穹银河的幻象。

天空浩瀚无边，大地一望无际，抬眼望去就能看到天地尽头。没有人，更没有敌人，连能量信号都没有。

秦峥习惯谨慎，接近目标区域后就让屠夫关闭了悬浮系统，放下车轮，低速前进。跟着车队行进痕迹到达一处缓坡后，他示意停车熄火，亲自爬上坡顶用望远镜人工侦查。

唐普森留下的路标指向前方，比预计目标点偏离了 2.3 公里，但秦峥确定，方圆 10 公里内，除了几处残破废墟纪念着当年高楼林立的繁华，其余连个屁都没有，甚至地上的装甲车行驶痕迹也消失不见了。

就算程烨他们如预想那般，循着敌人踪迹早已追出了上百公里，也不可能连痕迹都没留下。

秦峥从不相信什么鬼打墙和神隐事件，他又仔细观察了一下前方，没有发现战斗痕迹，却隐隐感受到脚下传来一阵怪异的颤抖。他立刻呼叫波妞，让她用最大功率打开车载光谱扫描仪和震动扫描仪。

扫描屏幕中,一片空白的荒漠上果然发现了大量可疑振频。

秦峥脑海中顿时浮现出录像里敌人首脑背负的圆盘式仪器——既然当时能屏蔽补给站的能量波动和声光传播,那此时就能屏蔽这里的!屏蔽可以用来偷袭,自然也可以用来伏击!

秦峥被自己的想法吓了一跳,接着,一声突兀的巨大爆响惊得他真的跳了起来。眼前骤然一闪,仿佛遮挡世界的镜子突然炸裂,安静的天地一色碎成了无数残片,露出隐藏其后的真实影像。

巨大的空中堡垒残躯斜插在大地上,刺向空中的部分依旧有两百多米长,在黑暗中如同死去巨人伸向天空的断臂。它身下巨大的陨坑还没被浮砂碎石填平,形成了半径近1公里的砂沼。秦峥所在的这个缓坡,就是陨坑边缘挤压而成的,他身前3米就是陡切下去的断崖。

砂坑中散落着无数堡垒解体的巨大碎块,还有一些舰载机和武装机甲的残骸若隐若现,而各游骑兵小队的装甲车,此刻正四散倾覆在这片砂沼里,最惨的一辆只剩半个车头露在外面,被炸得面目全非。

无数支离破碎的尸体摆着各种姿势倒在砂地上,鲜血早被饥渴的砂石吸干,只留下一摊摊不规则的暗红污渍。灵类的残骸更多,大都是非战斗机型,一片片死在简易阵地前后,部分与人类士兵死在一起的应该是采用了自杀式攻击,人机尸骸纠缠,难分难解。

不需想象就能知道，这里刚才到底发生了多么突然、多么惨烈的战斗。灵类不知用什么方式，将来势汹汹的游骑部队引向断崖，冲下声光遮蔽的砂坑，然后借着早设置好的阵地发起了包围战。他们的战斗型号确实只有几十个，但大批意料外的非战斗型号参战，以生命消耗换得战力大增，人类的作战计划失算了……

此时，残存的十几名人类游骑兵正聚集在断崖下百米开外处，依托着一段三十多米长的断裂甲板负隅顽抗，左右还有零散几人在试图组织起交叉火力。他们的对面，是呈扇形包抄上来的大群持枪灵类和一架体型庞大的巨型武装机甲。

八只粗壮的机械爪和陀螺形可旋转的主躯干，让沉重的身躯获得了最大机动力；四只机械臂挂满各种武器，保证了全方位的火力覆盖；多面体头部和周身十几根触须式辅助探测器，让扫描范围没有一丝死角，这就是人类最强大的机甲泰坦4型——真正的战争之王。普通机甲在这种净身高13.8米的怪物面前简直就像无害的婴儿，多年战争中，也只有灵类的夸父型能与之正面对抗，而现在，它正在灵类操作下，一边卸下肩上被击毁的圆盘形屏蔽仪器，一边对人类残兵倾泻各种火力。

秦峥这才明白，之前他看到的巨大舰影根本不是海市蜃楼，而是敌人能源不足，屏蔽中断暴露出的痕迹，而那个潜影哨兵之所以突然向小队发起自杀式袭击，也是因为舰影突然显现，他必须尝试杀人灭口……想起自己当时眼睁睁看了半天，还感慨这海市蜃楼时间太短的蠢样子，秦峥就恨不得朝太阳穴来一枪。如果当时他勤快地发一份可疑点报告，可能补给站的惨剧和现在的伏击都不会发生了。

事已至此，多想无益。秦峥一巴掌扇断自己长达 3 秒的胡思乱想，使劲扣上头盔面罩，对着小队频道喊道："抄家伙，干他娘的！第一目标，泰坦！"

最没用的新兵再次被派去操纵装甲车的双联机炮，他收到的命令只有一个——瞄准泰坦机甲打光所有弹药，所以他按下射击钮就没松手。一颗颗子弹划破夜空，聚能的强大后坐力在新兵脸上扩散，形成了一道道可笑的涟漪，好在他根本看不到自己张开嘴甩着舌头抖如筛糠的脸，不然一定会被自己丑得哭死过去。

三胖在装甲车冲上坡顶的第一时间就在侧前方布好了简易阵地，四道折叠装甲板展开成 W 形护墙，旋转格林机枪架在上面稳如泰山，随着电机尖锐的声音响起，被电磁力场加速到惊人速度的子弹形成了一条光链，狠狠抽在泰坦身上。

队长没有具体指示，可以随意发挥，这是老屠夫最喜欢的战斗形式。他沿着坡背迅速绕到百米外一块岩石后，架起通用发射架，装上了 AHBM 反装甲爆破导弹，锁定泰坦后背的主能源系统，干脆地来了个二连发。

操纵泰坦的灵类对敌反应精彩绝伦，他左臂举起护盾抵挡机炮的同时，连续两个错步避开了格林机枪对感应器的追踪射击，借势机体侧仰躲开了第一发导弹，再用右肩的反应装甲硬接下了第二发导弹。

鹰眼一看就明白了，能这么短时间将 12 支游骑小队歼灭殆尽，主战力绝对不是那些生瓜，而是这架泰坦。不过，用狙击枪打机甲是愚蠢的，和拿菜刀砍大象没什么区别，所以他依旧将准星套在泰坦脚下一个带队扫射的突击型头上,裂式爆破弹轻易地将那颗椭圆的脑袋炸成了铁屑。

秦峥看着波妞刚完成的立体作战图,发现地形不利得令人发指。虽然坑里的砂石能淹没装甲车但还陷不住人,可一旦掉下去,不管突围得如何迅猛,最终都一定会在爬上近 30 多米的悬崖时,变成活靶子。近 20 米的高度,就算机械骨骼最大马力纵跃也要借力 5 次,耗掉的七八秒时间,足够死上好几次了,十几具挂在悬崖上的残尸就是明证。

19 小队的武装机甲驾驶舱门被掀没了,驾驶员唯一留下的是卡在驾驶座上的半条腿。程烨的机甲丢了条胳膊,全身伤痕累累,单臂架着粒子炮和泰坦周旋,但也是强弩之末,支撑不了多久。战场上弹道画出的火线密如织网,转眼间又有两名人类士兵倒在血泊中,活人算上重伤的都不够 20 个了。

敌人很清楚自己的优势所在,所以他们压根没理会新出现的援军,只是稍稍延伸了一下火力,压制住 08 小队的偷袭后,就继续慢慢包围压迫,打算连皮带骨吞下所有来犯的人类部队。如果不是泰坦的 6 连装榴弹炮都消耗在了攻击装甲车上,如果不是顾虑异电干扰手雷和反机甲地雷,他们早发起最后冲锋了。

通信器里传来了唐普森的通话请求,秦峥刚接通,就听他一阵大呼小叫:"哪说理去啊,你这命太他妈好了。今儿真要说谁能大难不死,估计也只可能是你们队了。哥们,堵死了,真活不成了,您仁义,最后给兄弟们打个掩护,不管成没成,你赶紧掉头跑,回去叫人给咱们报仇!"

秦峥下颌骨"咔嚓"响了一下,骂道:"少他妈废话,什么计划，怎么掩护！"

唐普森突突了一梭子，接着道："4个独身的兄弟带着所有干扰手雷冲锋，程烨和伤员断后，你那儿火力压制，其他人赌命往外跳！三十秒后等我招呼！"

"好！"

就在五名伤员跃出掩体发起疯狂的扫射冲锋时，秦峥跟着耳机里的唐普森几乎同时喊起了两个字："开火！"

沙坑外，装甲车打开所有武器系统，机炮几乎震断新兵胳膊地同时爆发出所有火力；屠夫用两个发射架同时射出最后4枚反装甲爆破导弹，然后打开背后的蜂巢飞弹、臂部的毒针导弹、腿上的热导追踪弹，将自己淹没在一片飞弹腾飞的烟雾中；三胖与秦峥、波妞的合力扫射形成火力覆盖，再搭配上鹰眼压箱底的三发溶解弹，终于打断了敌人进攻的步伐。

沙坑中，程烨的武装机甲扔掉打空的粒子炮，抽出背后的高频振动刀疯虎般直冲向泰坦，斩断了对方两条腿爪，自己却被第三条腿爪刺穿，钉在了地上。血从碎裂的驾驶舱涌出，转眼就被沙土吸干，最后留下的，只有一声长长的叹息。

扰乱敌阵的5名伤兵死光时，4名举着防弹盾牌，全身挂满附加装甲板的士兵趁机冲近火线。其中两名连人带盾被打成了碎片，一名还没来得及引爆手雷就被泰坦拍成了肉酱，而最后一名，终于抱着拉开引信的5枚干扰手雷，跃进了敌群。

干扰粒子炸成的红色光雾瞬间笼罩大半敌人，甚至连泰坦也失去了感知，只能盲目扫射。冲到崖底斜坡的9人没有浪费丝毫时间，护甲机械骨骼马力全开，一次数米地向上拼命纵跃，哪怕踩蹬借力点后弹出腰间钢索挂在崖上，溺水般手脚并用疯狂扑腾，也不放过任何逃出去的机会。

唐普森的战斗护甲是改装过的，动力输出和缓冲协调都要高一些，所以他第一个跃上了崖顶。他也不管难听干涩的笑声在作战频道里有多大干扰，一边笑，一边回头接应身后的队友。

两只手刚刚握住，还没来得及用力，一道炙白的光柱就笼罩了他们的身影，熔化了肆意的笑声。

"轰！"

巨大的能量冲击不但吞噬了唐普森和四周数人，更将断崖炸蹋了十几米宽的一截。飞散的砂石在高温下反射出结晶的光芒，而最可怕的后果是，冲击波将所有眼看要逃出生天的人又震回了坑底，没等人们爬起来，干扰光雾已经失效了……

"阳电子炮！空中堡垒残骸，1点钟方向，高度110至130！"鹰眼第一时间做出了判断。

"弄死他！"秦峥也第一时间下达了指令。

他明白，作战失败，没有任何救援的机会了，自己应该带着小队立刻撤退，可他只感觉怒火快要将脑浆煮沸了，无论如何也无法转身就跑。舰载阳电子炮这种重型武器，充能起码要一分钟，他必须试一下"复仇"这种愚蠢的行为，必须用这一分钟给自己加一个离开的理由，不然，这些人命会比那个年轻人更深地烙在自己脑子里。

◆ 6 ◆

鹰眼只用5秒就锁定了目标,透过头盔屏幕上的分享视野窗口,秦峥一眼就认出操纵阳电子炮的就是这群灵类的头领——那个从补给站死里逃生的85式指挥官。此时,这家伙正拖着刚修复了一半的身子在炮位上紧张地操作充能,打算再来一炮。

准星锁定,鹰眼毫不犹豫扣下扳机,可就算是高斯反器材狙击枪,也无法击穿战舰炮位,就算它早没了装甲,只剩一层钢塑护罩,也不行。85式抬头看了一眼护罩上的白痕,冷哼一声,嘴角扯出个嘲讽的笑容。

鹰眼知道对方在嘲笑自己不自量力,所以他又开了第二枪,合金高速穿甲弹在同一个着弹点上炸成了粉末,钢塑护罩也以此为中心,裂开了一圈网纹。

85式的笑容僵住了,他惊觉情况不妙,立刻用手臂撑起身体,打算爬离炮位。电光石火之间,第三发穿甲弹带着凄厉的鸣叫穿透护罩,巨大的动能将那颗金属脑袋轰成了一片残渣,别说智脑芯片,容电液都瞬间汽化了。

战场仿佛被按下暂停键,人类和灵类都被这惊艳的三枪必杀震惊了。

秦峥第一个回过神来,他刚要下令撤退,一声尖利的嘶吼突然炸响，隔着头盔都差点穿透他的耳膜。转眼看去，只见泰坦全身传感器都变成了刺眼的红色，所有肢体以一种不可思议的高频来回抽动，突然停滞后猛地跃起，向 08 小队所在处扑了过来，其他灵类也紧随其后发起了冲锋，看都没再看一眼坑里那几个人。

秦峥全身汗毛都竖了起来，一瞬间，他仿佛已经看到了整个小队被发疯的敌人活活踩成肉泥的惨状。他死死扣下扳机，边扫射边吼着让所有人撤退。

"轰！轰！轰！"

战场充满了不确定的戏剧性。秦峥的嘶吼还在频道里回响，坑下突然爆发出一阵密集的蓝光，甚至还有聚能产生的球形闪电在转动闪烁，恐怖的能量与刺眼的火光瞬间吞噬了冲锋的灵类部队。

反机甲地雷！从来不小气的军火贩子唐普森，逃命前把所有反机甲地雷都埋在了阵地上，可惜他没机会看到这大丰收的一幕，不然应该会笑得再死一次。

从电光中滚出来的泰坦浑身焦黑，遍体鳞伤，装甲和肢体被熔断的断口闪烁着赤红的光芒。唯一完好的两支机械腿爪已无法支撑身体，于是他倒翻身躯，用四只手臂爬行移动，两支腿爪变成了触手来回挥舞，就像个克苏鲁神话中的怪物，看起来令人不寒而栗。他身后的灵类损失大半，只剩十几个还在跟着冲锋，尖叫声凄厉得如同妖魔。

如此短的时间，如此快的转折，秦峥都有些反应不过来了，但大脑瞬间就自己做出了判断——全力攻击，歼灭敌人比转身逃跑的生存概率高四成以上！

"鹰眼跟我引开泰坦，三胖和新兵阻击散兵，波妞你和屠夫把咱们的阳电子炮架起来！"

秦峥并没有忘记装甲车生活物资储藏室里还有一门肩扛式阳电子炮。之前没用是因为装甲车所有能源充上也仅够这玩意发一炮，用了就等于自绝退路，但现在既然不跑了，那不让敌人也尝尝瞬间蒸发的滋味，岂不是平白浪费能源？

用4只巨臂倒立爬行的泰坦疯狂突进，在坍塌的轰鸣中，转眼跃上崖顶，倒悬的头颅上6个主传感器死死锁定鹰眼，嘶吼着直冲过来。

"往坑里跳！"

秦峥很清楚，在巨大的体型差异下，掉头向一望无际的戈壁逃跑，就算把机械骨骼跑断了，也只是多跑出两公里再变肉泥的结果，只有跳进满是残骸障碍的砂坑，才能有效减缓泰坦的行动，找到死里逃生的可能。

两人一左一右，同时冲刺、开火、滑铲、纵跃，如两只求生欲爆发的耗子，从泰坦手臂间S形穿过，跳进砂坑，凌空还打爆了一架正顺着坍塌处向上攀爬的力士型灵类。泰坦红着眼反身就追，根本没理会其他人。

战斗终于走出了绝望。悬崖下幸存的3名游骑兵与坡上的三胖、新兵前后夹击，成功将灵族散兵卡在坍塌造成的斜坡上，为秦峥和鹰眼的游击争取到了最佳战机。

刚才,砂沼是陷住人类的死亡陷阱;现在,它却成了拖延泰坦的游击迷宫。两个获得先机的家伙利用波妞构建的立体地图,在无数残骸间兜起圈子,两次用异电干扰手雷偷袭,甚至还借助未损坏的装甲车机炮,又炸毁了泰坦一只手臂,再次降低了他的行动力。

"别着急,再多绕几圈,咱们装甲车功率不够高,给阳电子炮充能很费时间。再坚持 5 分钟,就送这混蛋给唐普森他们陪葬!"

秦峥将打到发烫的霰弹枪塞进胸口护甲内,以防被热源侦测发现,然后静静地蹲在一段巨大残骸后面,盖着半片钢板,假装自己只是块石头。

泰坦的能源扫描器在第二次偷袭时被鹰眼打烂了,热源侦测又被两人身上带有变色龙系统的幽灵 7 护甲欺骗,只剩下声光两种基本侦查手段。他从秦峥躲藏处 30 米外走过,却没有任何发现,只能盲目扫射、踩踏,徒劳地四处乱转。

鹰眼将自己埋在沙堆里,只露出眼前一条缝隙,他压抑着胸腔起伏,回道:"不能等,一旦他发现阳电子炮的能量反应,波妞他们就危险了!1 分钟后偷袭他的主传感器,把 6 只眼睛全破坏掉,然后再慢慢拖延。"

"好,等我信号。"

秦峥检查了一下臂部弹射器里最后两颗异电干扰手雷,长长吐了口气,把脑海中不合时宜的各种杂念摒弃出去,然后,轻轻将怀里的霰弹枪打开火控，向外抽出。

"咔嚓！"

陡变骤生，祸从天降，旁边被泰坦轰击过的船体残骸突然坍塌，十几米长的半段舱室绷断连接的框体钢架，直向下方的秦峥砸来。

眼见起身弹跳已经来不及了，秦峥双臂在地上猛地一撑，借着机械骨骼的助力，一个后空翻腾出数米，在被巨大阴影完全笼罩之前的一瞬，身体骤然收缩，然后如压缩到极限的弹簧瞬间弹开，以毫厘之差避开了死亡的威压。

重力是一种极其可怕的力量。秦峥斜飞出去时，残骸上一截撕成锐角的钢架擦着他后背划过，轻易破开了坚硬的战斗护甲、结实的防弹衣、柔韧的作战服还有脆弱的皮肤，撕开一道40多厘米的伤口，皮开肉绽。

秦峥没时间理会伤口，他在地上打了几个滚，刚起身，就看到滚滚烟尘中冲出的6只血色瞳孔。

泰坦瞬间锁定目标，两挺高斯机枪，一门三联粒子速射炮，同时追着秦峥喷射出死亡的暴风骤雨，甚至还举起了右前臂唯一完好的电浆炮，打算杀鸡用牛刀，来一个巨大礼花送秦峥完美告别世界。

秦峥奔逃中反手射出一枚异电干扰手雷，可手雷刚出手就被追在身后的弹雨扫爆了，爆开的红色光雾仿佛预示着下一秒的血雨迸溅。

"跑！"

耳机里传来鹰眼的咆哮和一声刺耳枪响。秦峥余光扫过头盔面罩角落里鹰眼的视野分享,只见一道亮线从上方切入电浆炮破损裸露的动力管,亮蓝色的能量冲击波骤然亮起,炸膛的电浆炮化成一团光球,瞬间吞噬了泰坦整条手臂及半个肩膀。

秦峥大喜,正想回身反攻,转头时却看到了令他头皮发麻的一幕——泰坦斜趴在地上,胸前驾驶舱厚重的舱门被电浆爆炸掀开了一条口子,缝隙中露出驾驶员残缺不全的女性面孔,裸露着无数纳米神经纤维的嘴上勾勒出毒蛇般的笑容,而机甲反向的左后臂不知从什么地方又变出一门电浆炮,对着身在半空的鹰眼扣下了扳机。

一个狙击手,不隐藏身形,无比嚣张地冲上高耸的钢架顶端,还为了狙击角度斜向跃起数米,然后从 20 米的高空自由落体,留下近 3 秒的死亡时间……这绝对是个白痴,货真价实的大傻子!

鹰眼这个大傻子,一个表情,一句豪言都没留下,他只在空中拉了半下枪栓,便灰飞烟灭了,连一丝残渣都没剩。他的红颜知己们应该会难过一阵子,而秦峥觉得自己会难过一辈子。

秦峥收回没来得及发射干扰手雷的右臂,跑,拼命地跑,这一次他很听鹰眼的话,头也不回,沿着砂坑边缘一路狂奔。

泰坦里那个恶鬼般的女灵类对战果应该很满意,因为她现在笑得很开心,笑声尖利,如同来自地狱深渊的号叫,在秦峥背后紧追不舍。

秦峥盯着面罩上的阳电子炮充能进度,心里默算距离,在最恰当的时间将泰坦引到了反机甲地雷清出的那片空地中央。

"开炮！"

他扯着嗓子喊得声嘶力竭。

炙白的光柱破开黑暗，将四周照得一片通明，在视网膜和光感镜头上闪出大片光斑，正中泰坦胸前的驾驶舱。

肩扛阳电子炮威力较弱，破坏厚达10厘米的舱前装甲需要0.9秒，借着这眨眼的瞬间，女灵类不可思议地让泰坦斜向跃起了近1米，使得这必杀一击虽然拦腰将泰坦炸成两段，却没能将她这个真正的目标一并吞噬。

秦峥的视线和枪口始终锁定着驾驶舱，泰坦半截的残躯刚过抛物线顶端，他就向预测的落点冲了过去。他脑海中不断重复着一个念头——第一时间炸开舱门，揪出那个女灵类，将她碎尸万段，然后用拘束器禁锢球形脑，交给波妞一直电击到魂飞魄散！

计划赶不上变化！残骸砸在松散的砂土中炸起大片烟尘，漫天风沙中一道黑影骤然弹出，秦峥追着扫空了整个弹夹也没擦到对方的尾巴。

是的，尾巴！

这个女灵类下半身不是任何下肢型号，而是某种蛇尾般的改造体或进化体，可分裂的尾部末端还探出数条分分合合的神经触须，方才惊人的机甲操作技术，应该就是这些触须直接接驳端口零延迟操作的结果。此刻,这人身蛇尾的怪物正以惊人的速度游行弹跳,直扑屠夫等人所在的断崖。

这是个睚眦必报的疯子,也是个盲目冲动的蠢货。秦峥拼命追赶,同时在频道里发出了警报:"小心,怪物冲你们去了!"

新兵的双联机炮没了能量,正蹲在车头用突击步枪压制敌人散兵,他第一个锁定了那道冲来的魅影,看清后不由惊叫道:"什么东西?蛇精?女娲?"

三胖对神话传说这种古老文学一窍不通,大骂道:"管他什么神经女娃的,你们火力压制,我整死这狗日的!"

说罢,调转枪口冲着两百米外的女灵类狂扫。

屠夫断开阳电子炮与装甲车的连接管,及时抄起步枪填补了三胖的火力空隙,和波妞一起继续从上而下压制灵族剩下的8个散兵。

这时,出乎所有人意料,女灵类在高速冲刺中突然转向,蛇尾构造让她闪出一个近乎直角的转折,完美避开了迎面而来的枪林弹雨,向坑中仅存的两名游骑兵杀了过去。

"不好!声东击西!"

新兵话音未落,女灵类和两名游骑兵已经展开了近身厮杀。

女灵类手上伸出坚硬的钢爪,配合蛇尾和触手,攻势出奇凶猛。两名百战余生的战士也发了狠,用身上的战斗护甲硬顶着伤害,一左一右扑了上去,一个用霰弹枪以伤换伤分散注意,一个拔出振动匕首发起致命一击。

尖叫嘶吼，血光迸现。

霰弹枪连同胳膊瞬间被锋利的钢爪撕成了4段，没等这名游骑兵惨叫后退，蛇尾已经贯穿了他的胸口。避实就虚的女灵类根本没回头看那把发出高频鸣响的匕首，因为那个游骑兵已经被突如其来的子弹风暴打成了烂泥。

被困在山坡上的灵类散兵在女灵类无声的战术指令下一起冲出掩体，向同一目标集火，这个目标想不死很难；相对的，8个离开掩体的活靶子，想不被08小队密集的火力打烂，也很难。

以命换命，8个生瓜换2个游骑兵，说不上谁吃亏。

就在所有人都微微错愕的瞬间，女灵扭头看向崖壁顶部，额头上骤然红光一闪，手指粗细的激光贯穿了刚探身射击完毕的屠夫，从眉心入，自后脑出，无声无息。

屠夫的尸体直挺挺摔在了地上，高温气化之下，伤口里没有任何东西流出，不看那个窟窿的话，他就像是又偷喝酒精，中毒昏迷了一般。

波妞趴在地上，使劲拽了好几把，依旧不敢相信，声音颤抖地在频道里说："死啦，屠夫……死了！"

秦峥靠在一块钢板后面，探头打了两个点射，回道："看见了，注意掩护，一起上，两侧包抄！"

尽管牙都快咬碎了，但他的语气并不激烈。不是你死就是我亡，这时候，必须冷静，愤怒只能起到反作用。这个敌人是他见过的最疯狂、最狡诈、最不按常理出牌的敌人，极度危险！必须杀掉！不然，失去装甲车代步的几人绝对会被她追杀至死。

不知是激光绝杀用尽了能源，还是身上的伤势影响了动作，在4人包围夹击下，女灵类终于慢了下来。她捡起两把电浆步枪，一边射击，一边在废墟掩体间来回转移，似乎想模仿刚才秦峥与鹰眼的打法，用游击战术周旋，寻找战机。

三胖的机枪彻底打空了。他卸下背上的弹药箱，连同机枪"哐啷"一声扔到地上，抄起后腰的霰弹枪，又从装甲车上拽出一把屠夫嫌弃不够过瘾的榴弹发射器，抓起一大包弹药，扭头跳下了砂坑。他沿着坍塌的斜坡迂回，途中还捡了两把电浆步枪，把自己挂得跟人形武器库似的。

新兵很受启发，也背上好几把枪，挂上满身弹药，气势汹汹地跟了下去，只是负重太多，慢得跟爬一样。波妞跟上去分走了一个弹药包，不然这家伙摔倒了可能会被压死。

砂坑说大很大，半径1公里的面积跑一圈能把人累个半死；作战区域说小也小，当整个战场上只剩5个活物时，一切痕迹和动作都变得太明显了。秦峥几人从3个角度协同包抄，不断压缩女灵类的活动范围，波妞全面覆盖的各种扫描，更是让她无处遁形。所谓的掩体游击变成了笑话，三胖两次榴弹反偷袭让东施效颦的女灵类付出了一条手臂和半个下巴的代价。

发现战术失败即将被逼入死路，女灵类当机立断，引爆一辆装甲车残存的能量晶体，趁乱冲出包围，逃向空中堡垒。

秦峥踩碎了一颗没死透的球形脑，用补给站搞到的拘束器暂时阻断脑芯片的自毁意识，将其递给波妞："尽力提取空中堡垒残骸的结构图，这里是他们的老巢，没人比他们更清楚了。注意补充脉冲扫描仪的能源，堵死她！"

然后,秦峥便从肋下抽出饮水软管,拿出牙膏一样的高热量食品,蹲在掩体后面慢慢吃了起来。大家以为他在休息,只有他自己知道,他的情绪已经在失控边缘,熟悉的噩梦画面不需睡着便如显示器故障般不停在眼前闪现。

濒死的自己在疯狂射击,一遍又一遍的镜头重复,这或许是在映射内心的恐惧,又或许是死亡的预告,马上就要照进现实。不管是什么,这种感觉都让他愤怒、绝望,浑身忍不住颤抖。

"死啦,成功扫描6.4秒,在这个芯片里也发现了那个笑脸符号⋯⋯"

波妞还没说完,秦峥突然歇斯底里地吼了起来:"不要管什么狗屁符号,我要他妈的结构图!结构图!"

波妞瞪大眼睛愣了片刻,嘴角抽动一下,忍住情绪,回道:"找到结构图了,不过很多地方有缺失,暂时无法确认是区域损坏还是数据屏蔽。这艘空中堡垒是去年战沉失踪的希望号,保密等级极高,结构和一般空中堡垒有很大区别,无法推演⋯⋯"

"希望号!"

秦峥大叫一声,然后歪着头,木木地看了看波妞,突然跳起来,神经质地笑道:"哈哈哈哈,东南会战之后老子在上面待了两个多月,除了后面的能量舱和机轮舱没参观,连指挥室我都转悠过,一会我来补完结构图。走,走,弄死她!"

说罢,他检查好霰弹枪弹夹,给突击步枪上好刺刀,精神抖擞地向前走去。

新兵张着嘴,半天才问了一句:"队长这是⋯⋯神经受刺激了吧?"

三胖扛起一身家伙,迈开步子说道:"嗯,老屠夫是他手底下第100个阵亡的,他应该差不多快疯了。"

波妞抽了抽鼻子,哼道:"那咱们谁都别当第101个,尤其是你,新兵!"

第一次被"队花"关注,新兵受宠若惊,连连点头。

◆ 7 ◆

一路沉默,搜索前进。中途休整时,波妞又强行扫描了数个脑芯片,综合所有信息碎片后,她发现这群敌人是半年前不周山大决战的溃兵,他们潜藏在这里4个多月,不但修好了空中堡垒的伪装投影系统,还将灵类战败前刚研发的声光遮蔽器组合进去,并造出了小型可携带版,在偷袭补给站和伏击游骑兵部队时,都起到了奇效。

"这么说,他们还是一群科学家?"新兵努力忘记方才的惨烈,故作轻松地问。

波妞调整着扫描波频,配合他的语气回道:"是的,他们还利用空中堡垒的有机转换炉改造出了小型能源吸收器,就是咱们看到的那种外挂仪器,不分离蛋白质和其他有机物,完全转换为电能。"

"我的天啊,这种环境下都坚持科学研究?看来科学家不分人类灵类,都是偏执狂和精神病,放纵科学果然……"

新兵突然想起波妞也算半个科研爱好者,连忙闭嘴,把自己赞同的科学毁灭论咽了回去。

秦峥情绪缓和了些,插话道:"算不上疯狂,生存需要而已,人类的偏执和疯狂他们暂时还没学全。科学是道德概念比较模糊的一个领域,科学家一旦被科学迷惑,为了实现自我价值完成研究成果,放弃道德和人性,那就不再是人,而是被科学奴役的怪物。"

三胖见秦峥恢复正常,长出一口气,连忙拍马屁:"死啦,你这话说得真带劲,听着老有文化了,念过大学的人就是有档次!"

秦峥往霰弹枪弹夹里填着子弹,冷笑一声:"和大学有个屁关系。老子只是隐约记得在希望号上养伤时,他们拿克隆人和没死的伤兵做试验!希望号,这名字真他妈讽刺——来,来,为了人类的希望,不要拘泥于小节,哎,按住那个伤兵的手,我们来试一下清醒状态更换器官,或者直接往大脑皮层插几个电极,这些方式咱们还没试过,哈哈哈哈……"

三胖和新兵一起打了个哆嗦,互相看看,确定秦峥没恢复正常,反而离发疯更近一步了。

波妞摇摇头,劝解道:"这毕竟也是少数情况,甚至可能都不是事实全貌,而且,正因为一些被指责诟病的实验,我们才有了治疗舱来修复断肢和大型贯通伤,才有了克隆体器官移植来挽救生命。科学未必是正确的,但却是必须发展的,人类千年以来自身进化几乎陷入停滞,如今只有依赖科学等外部因素的带动,才能革新变强。"

秦峥检查完手臂弹射器里最后一颗异电干扰手雷,拍拍波妞的脑袋:"丫头,不用给我普及你那套科学进化论。这年头,仗还没打完呢,一群人就什么毁灭论、进化论地吵得不可开交,再过两年,等灵类杀干净了,没准人类之间又开始交战了。"

波妞叹了口气,说:"也许吧。说起来,信息里还有个小细节。之前咱们歼灭的小型能源站的敌人,是因为进化方向观念分歧从这里分裂出去的,分歧点好像也是自身进化和外因进化。"

"嗯,这就通顺了。都快饿死了还搞什么观念分歧,灵类现在越来越像人类了,这场战争,他们输得一点都不冤。"

秦峥边检查其他三人的护甲,边幸灾乐祸地说道。

生怕再说错话,半天没敢吭声的新兵忍不住问道:"为什么像人类就应该输?"

秦峥歪着头,神经质地笑了笑,回答道:"因为他们越像人,就会越贪婪、越愚蠢、越冲动、越自私,当他们除了身体构造,其他地方都和人类一样的时候,自然就会败在人类无比丰富的负面经验下。"

新兵似懂非懂地点点头,还是有点不明白为什么负面经验丰富有这么厉害。

波妞突然站起来,调整着扫描仪说:"新设定的扫描波频追踪到了那个女灵类,在40米高的通道处,正在向舰尾上方移动!"

秦峥"咔嚓"一声给霰弹枪上好膛，招招手："出发，弄死她，然后回家！"

站在通天高塔般的残骸下方，新兵这个土包子才真正体会到空中堡垒的庞大，仰头仰得脖子都快断了。视线尽头，半空之中，霜花飘散，血月褪去不祥的色彩，变回朦胧的白色光团，被最高处的推进器尾翼斜切成两半。

秦峥射出腰部的升降钢索，率当先沿着外壁开始向上攀爬。左右两根钢索交替挂靠、牵引，没过多久，他们就追到了离地百米的舰体后部，与立体图上代表女灵的红点越来越近。

女灵伤得很重，枪伤和断臂不说，三胖炸掉她下巴那一击应该伤到了颈部的主能源管，没有及时处理并补充的话，容电液的不断流失就能要她的命，所以，她现在停下的位置，是医护区，再向上就是秦峥当初看到伤兵试验的科研试验区。

这些灵类不知是传染了人类的惯性思维，还是脑子有病，并没有在接近地面的能量中转舱建立维修区，而是按人类原本的区域规划改装了医疗区。秦峥凭着优秀的记忆力补完了立体作战图，并随即定下简单粗暴的作战计划——秦峥和三胖上下夹击，波妞和新兵在侧面通道拦截，火力全开，就一个字，干！将这妖孽轰成一团碎渣。

再次确认地图和各项扫描指数，排除有其他残敌的可能后，秦峥挥挥手，小队散开，钻进舰体裂缝，穿过损坏的舱室和通道，从四面围向地图上的红点。

舰内倾斜的空间起初让人有种失重的错觉，战斗护甲的平衡系统调整了两次才适应。灵类将这里收拾得很整洁，不但一切规整得井井有条，还用钢板修补了大部分裂缝，甚至在主通道上安装了两道手工制造的防尘门，以隔绝风沙和碎石。各种散落的生活用品和装饰品，让这里看起来安静祥和，给人一种诡异的矛盾感。

秦峥没时间研究敌人的生态细节，他穿过主通道，靠在一堵修补过的墙壁后，做好了战斗准备。

不知是感觉到了杀意，还是预料到了危险，四人刚刚各自就位，立体地图上静止了很久的红点突然再次开始向上移动，转眼就将脱离包围范围。

秦峥立刻吼道："开干！"

霰弹枪掀飞了遮挡裂缝的钢板，他身形一缩蹿了进去，脚下发力，两步就冲进医疗区，仰头一看，只见女灵正向上方舱室拼命纵跃攀爬。

秦峥连扣扳机，三发散弹追着女灵打出一片火花，将其尾部的神经触须轰得一塌糊涂。女灵痛极，尖叫着在舱室中左右穿梭，利用固定在地面的手术台成功避开秦峥后两发子弹，转身持电浆步枪三个短点射掀掉了秦峥左臂的护甲，差点废了他一条胳膊。

眼见秦峥退避，女灵转身再次蹿向斜上方舱门，不料，刚冲到门口，弹雨劈头盖脸打得她一个跟头栽了回来。堵住试验区大门的三胖根本没打算给她逃命的机会，不等步枪打空，左手就抄起了霰弹枪，六连发全弹清空。虽然距离有些远，散弹的杀伤力被减弱，但最后两发独头弹还是成功地在女灵腰侧和肩膀开了两个窟窿。

趁他病，要他命！秦峥和抄起电浆枪的三胖，同时发起第二次攻击。

灵类的机械身躯确实强悍，在人类身上足以致命的伤势并没有毁掉女灵的作战欲望，她看了一眼堵在侧后通道口正要开火的新兵和波妞，突然全身猛一收缩，炮弹般向秦峥冲来。

这一瞬间，秦峥没有闪躲，而是抬起突击步枪，一梭子子弹扫了出去。在仿佛变得无比缓慢的感官世界中，电磁加速的梭形子弹与空气摩擦带起一道道赤红的痕迹，穿透钢铁、撕开纤维、搅碎元件……如果不是女灵及时用仅存的手臂护住了头部，她那颗秀气的脑袋第一时间就会被打成烂番茄。

当最后一颗子弹在女灵胸前炸裂时，她残破的身躯带着强大动能撞上了炙热的枪口，然后砸在秦峥身上，裹挟着他一起摔进下方舱室一座圆柱式巨型仪器。

幽蓝色的溶液四处飞溅，与空气接触后发出明亮的荧光，不断闪烁流转，仿佛活了过来。溶液顺着秦峥左臂护甲破损处倒灌进来，滚油灼烧般的剧痛让他忍不住惨叫起来。

秦峥手脚并用挣扎着爬出来，抽疯似地翻滚跳跃，四肢乱甩，试图清掉身上沾染的溶液。意想不到的是，这些溶液离开容器后立刻挥发了，剧烈的痛感也随之消失。秦峥掀开护甲和衣服，发现除了皮肤发红，有些微微麻痒之外，身体并没有其他不适，只是脑子开始嗡嗡作响，阵阵晕眩。

没等他回过神，头顶传来三胖的叫喊："什么玩意？死啦，快跑！快跑！"

秦峥扭头看去，只见仪器中的女灵类正在疯狂吸收溶液，全身燃起幽蓝的火焰，能量满溢得似乎随时可能爆炸，溶液底部某些东西也跟着流转的溶液附着在她身上，越来越多……

是灵类的机械身躯！女灵类蛇尾式的下肢分裂成了十几条触手，将池底各种未激活的机械身躯分解吸附，疯狂向自己身上组装。

波妞在作战频道里尖叫起来："是转生茧！"

秦峥也认出来了。这是灵类激活、修复灵魂，连接智脑芯片和身体的核心仪器——转生茧，里面的溶液，就是人类一直没研究明白的液态灵魂能量。

没有时间考虑这东西的古怪，再拖延下去天知道这女灵类会变成什么怪物，秦峥忍着剧烈的晕眩，边后退边射击，却完全没有方向感，不知打到哪去了。

三胖在上方舱门处对着女灵类头顶连发数枪，却被她及时抬起的装甲板挡了下来。那条尾巴分裂吸附各种肢体后，变成了数条巨大的触爪，女灵类也从蛇精变成了章鱼怪，更科学地说，她变成了一台巨大的异形战斗机器。

令人毛骨悚然的变异中，女灵类已不再呼喊灵类的电子语音，而是发出阵阵摩擦玻璃般刺耳的尖叫，行为模式也不再类人，更像失控的机械，不停地高频颤抖，扭曲抽动。

幽蓝光芒闪了两下,触爪突然同时向不同方位的几人扫去。三胖和波妞险险避开,身体失控的秦峥和反应不及的新兵却被卷住了。随着触爪缠绕收缩,两人的战斗护甲纷纷碎裂,眼看就要被绞成一团肉泥。

"去你妈的!"

三胖大吼一声,从几根触爪的间隙中硬冲了过去,根本不理会被钢甲锐角撕开血肉而外露的内脏,凌空一跃扑向女灵本体。女灵抬起身前最后一条触爪拦截,却被三胖用电浆枪连射打断了半截,只能眼看着他扑到眼前。

打空的电浆枪狠狠砸在女灵头上,四分五裂,却没造成多大伤害。三胖从腰间拽出冲击军刺,自上而下直插向女灵的脑子。

女灵一歪头,冲击军刺快刀插豆腐般从她脖颈处直接掼进了胸腔。

三胖正要发力斜着切断女灵的脖子,却见她额头骤然亮起一团红光。

"我去……"

三胖还没骂完,之前击杀屠夫的激光射线再次闪现,从他胸口贯穿而过,然后,顺着他跌落的方向切开了半个胸腔。

有什么东西在高温中被引燃,闪烁几下黄绿色的火苗,烧成了飞灰。是那张三胖没事就显摆的照片,女儿向妈妈控诉爸爸强抢脚踏车的搞笑纪念。

秦峥脑中一片轰鸣,眼前天旋地转,他咬断了舌尖强迫自己站稳身形，在三胖用命换回的片刻停顿中，抬起手臂，射出最后一颗异电干扰手雷。

这一刻，他眼中的世界变成了无数碎块，五光十色、光影绚烂，仿佛炸开的万花筒，他于俯视中看清了每一个瞬间，记住了每一个细节，却又身陷其外，无法自拔。一片混乱中，他跨过无数时间，越过无数空间，终于找到这一刻的影像，将准星套在了女灵头上。

"死！"

一声怒吼，双手的突击步枪和霰弹枪同时喷出火舌。波妞和从触爪中脱身的新兵也向下方拼命倾泻着所有弹药。

女灵失去了感知力和控制力，盲目挥舞着触爪，却终是徒劳，还没完成修补的本体转眼就被打得支离破碎，脑袋也被炸得四分五裂。

秦峥捂着头，摇摇晃晃走到失去控制四散解体的残骸前，冲着女灵脑袋的碎块补了几枪，停了停，突然又狂吼着向那具尸骸继续开火……

"死啦！别打了！别打了！停手啊……"

耳麦里波妞不知道喊了多久，秦峥终于稍稍恢复了点理智。他这才发现，女灵的尸骸已被他用枪械、用军刀、用残肢断臂、用能找到的所有硬物，生生砸成了碎片。

"没事，波妞，我没事。"秦峥捂着脑袋，恍惚抬头，看见上方舱门边缘，波妞正边哭边给瘫倒的新兵按压伤口。他挣扎着爬上去，才看清新兵侧腰上开了一道不规则的撕裂伤，血流不止，还带着内脏碎渣。

伤口来自之前卷住新兵的那条触爪，上面有一截格斗型的锯齿刀。

"快想办法啊，他快死了，快死了……不能再死人了！"

波妞平日最讨厌新兵，现在却哭得一塌糊涂。伤口太长了，肌肉被撕没了一大块，别说胶带止血和纱布按压，就算想用快速缝合器钉起来也不可能，她的手根本捂不住。

看着想说什么却只能痉挛抽搐的新兵，秦峥轰鸣作响的脑子似乎稍微安静了一些，眼前电影回放般闪过当年在这艘希望号上度过的无数片段。他想起来了，这里应该有最高级的全能医疗舱，就算没有治疗液，也可以用人造肌肉纤维暂时封闭伤口。灵类虽然对医疗区进行了改造，但应该不会把这种尖端仪器毁掉，一定是移到其他地方去了。

秦峥摇摇晃晃地四处寻找，眼前全是修补灵类机械身躯的仪器，偶有一些适用于人类的老器械，却都被拆解零件，无法使用了。

"不对，不对，一定是有医疗舱的，我见过，就在这里！"

秦峥神经质地喃喃自语，向更深处的舱室爬下去，在昏暗中继续摸索。

他努力回忆着，却并没有想起有用的信息，反而是一些古怪的声音不断在脑海中响起，与之前的画面碎片融合起来。

"这个士兵很符合实验条件，只是胸口开了这么大的洞，

"应该没救了……哎,还有脑电波,很好,立刻就地手术,务必保持脑部信息完整……别浪费时间,马上找智脑芯片转移记忆数据!"

"第47次试验报告,克隆体生命指数正常,记忆信息灌输再次失败,本次原因为生物脑无法符合能量压力造成损毁,是否进行人格重组……继续使用克隆体生物脑进行试验,信息路径宽度调整为13……"

"智脑芯片活体植入终于成功了!克隆体无法灌输记忆数据的难题终于解决了!……当然了!军部必须感谢我们,他们再也不用从零开始训练克隆新兵,再也不用花十几个月时间协调生物脑的行动能力了!……说得对!这项技术不但能增强战力,更可能成为人类未来进化的方向!马上整理试验数据,向总部汇报!"

"智脑芯片是与这士兵同归于尽的灵类残留的,已做过信息格式化和灵魂清除,可还是经常出现情绪异常的故障,难道真的有灵魂这种东西存在?……再做一次调试,看能否解决,同时电击智脑和生物脑,观察反应……加快试验进度,我们必须比灵类更早突破进化瓶颈,这是关系到种族延续的比拼!"

"不要在残次品身上浪费时间,罗副院长最新的1257号试验品,契合度已经接近完美……这个处理一下,清除试验相关记忆,和其他报废试验品一起当作伤兵发回部队,可以用来收集实战数据……不用担心故障问题,用不了几个月就死光了。"

……

秦峥摘下头盔，狠狠摇了几下脑袋，才打断了这些乱七八糟的声音。这时，头盔上的光束闪过一片不起眼的区域，他终于发现了隐藏在黑暗角落中的全能医疗舱。这架宝贝虽然看起来被做了很大改动，变得有些怪异，但还可以启动，而且透过前端的半透明窗口，可以看见里面还有浅浅一层乳白色的治疗液。

"哈哈哈哈，你小子命大啊！有救了！"

秦峥精神大振，跌跌撞撞爬回上层，顺路还拽过两截电线，准备捆绑在新兵身上便于搬运。可等他再上一层回到医疗区中段时，只见波妞傻傻地瘫坐在地上，新兵眯着眼张着嘴，不再抽搐，身下的血已经顺着斜坡流干了。

秦峥接收这个理想主义的傻小子入队时，恍若看到了年轻时的自己——那个一腔热血、单纯盲目的笨蛋。他很希望这小子能活下去，可最终还是失败了。

这一刻，秦峥觉得胸口很空，仿佛噩梦里那样被开了一个大洞。

◆ 8 ◆

沉默许久，直到头顶灯柱因电压不稳闪烁了几下，秦峥才僵硬地转头看看波妞，说："这小子没福气。走吧，那些治疗液别浪费了，咱们先去泡泡，泡起来比温泉还舒服……哦，你应该不知道什么是温泉，热水澡，嗯，天然热水澡……"

他一边絮叨，一边背起波妞顺着走廊坡道向下移动。

波妞身上也有大大小小不少伤痕，额头上一块钝器撞伤还在流血。此时她精神垮了，便开始有些迷糊，愣愣地对秦峥说："死啦，大家都死了，我很难过……我们是不是也要死了……我不想死。"

秦峥甩甩又开始晕眩的脑袋，回道："不会，我们不死，我们一定不死。"

"不是说不会再死人了吗？怎么还在死……死了这么多……战争不是结束了吗？"

"战争从来就没有结束过，也永远不会停息。人类历史就是一部战争史，这种愚蠢的生物早晚会用战争毁掉自己，毁掉这个世界。"

"那我们还是会被战争杀死，是吗？"

"人总是要死的，这是生命体无法逆转的悲哀……脑子有点乱，这些一本正经胡说八道的伪哲学,不是我的风格啊……哦，放心吧，我们应该可以休假了，暂时不会死于战争之中，这是一种幸福。"

"哦，那就好……我想病死，老死，或者吃饭噎死……听说新城里有冰激凌，被冰死也挺好。"

"可以，回去我请客，想吃多少吃多少。"

……

秦峥哄着崩溃的波妞，把她背到医疗舱边，启动开关，打算放她进去好好休息一下。治疗舱舱盖升起，眼前的情景却让秦峥呆住了。

圆圆的脑袋，胖胖的身子，大大的眼睛，小小的拳头，一个很像人类婴儿的小小灵类正蜷缩在舱底。被舱盖的振动吵醒后，他睁开迷糊的大眼睛，盯着秦峥看了好一会儿，瘪起小嘴，满脸委屈，想要大哭，可转头间看见旁边明显顺眼许多的波妞，小家伙顿时脸色一变，咧开嘴咯咯笑起来，张开手扭着屁股要抱抱……

这，不就是一再出现的那个符号嘛，这，不就是那个涂鸦的笑脸嘛。

原来如此，一切前因后果串联起来之后，真相便出现了。

人类费尽心思研究如何让自己更像机械的时候，灵类却在研究如何让自己更像人类。被人类当成笑话的那个追求怀孕的灵类圣婴计划，并没有因为战败被放弃，而是隐藏在了这里。

这是灵类的第一个孩子，他不是在转生茧中培育激活的制造生命，而是和人类孩子一样，是母亲孕育分娩下来的自然灵魂。这些研究人员和士兵在荒漠中长久的坚守、对补给站孤注一掷的偷袭、与剿灭部队以命换命的死战，都是为了这个孩子，都是为了这个关乎灵族未来的笑脸。

那个85式不知是不是父亲，但变成碎片的女灵应该就是母亲，她蛇尾形、可开合的下半身就是为分娩孩子而进化的。那个母亲之所以在此位置停留许久，不是在疗伤，而是在掩藏这个改造的摇篮，消除孩子存在的痕迹，直到被突袭，她的第一反应也是将人类追兵引到上层，哪怕那里宽敞明亮并不利于她战斗……

从人类角度看，这是一段人类勇士奋勇作战、消灭敌酋踏碎阴谋的故事，而站在灵类角度看，这却是一首无名英雄舍生取义、伟大母亲为爱牺牲的赞歌。这其中每一个悲壮惨烈的牺牲都值得铭记，却又似乎有些矛盾荒唐。

站在不同立场，用不同角度看同一件事，必然有完全不同的结果。但只要站在自己该站的立场，就可以找到自己该看的角度。人类不必同情灵类，灵类也无须憎恨人类。物竞天择，适者生存，这是人类总结、灵类赞同的自然法则。身在这个世界，身在战争的旋涡，没有任何生命是无辜的，一切都是为了活着。

秦峥哼了几声，大笑起来，越笑越夸张，最后眼泪都要笑出来了。

大笑不是因为有什么可笑，而是因为他终于完全清醒，不得不接受一个荒诞的现实——他既是人类，也是灵类，又或者应该算是二者合一的新型生命……他不知道自己到底该站在什么角度了，更不知道自己是该哭还是该笑。哭太丧气，那便笑吧。

转生茧里神奇的液体灵魂能量没有伤害秦峥，反而激活了他头颅中一直休眠的生物脑，同时也激活了智脑芯片里被"格式化"的另一个灵魂。

长久困扰他的噩梦是同归于尽时灵类一方的最后意识，方才的碎片闪烁和声音幻听是记忆恢复的内容——试验中被控制关闭的智脑芯片没有记忆，但生物脑却在无意识中记录下了一切。

两个大脑同时运转，两个灵魂共同生存。没有"我是谁"的痛苦质问，没有"本我"与"自我"的相互争斗，不同种族的两个灵魂，在同一容器中自然地融为一体。

这场意外的觉醒，来得十分突兀，却又早有预示，恍若有一支无形的手在拨弄命运的齿轮，一切从名为"希望"之地开始，又将在这里走向结束。

秦峥有些不知所措，他笨拙地抄起一脸不乐意的小婴儿，放到旁边桌子上，然后把半昏迷的波妞放进了医疗舱，转换到治疗模式。一转头，好动的小家伙已经翻身滚到了地上，他没有哭，支着胳膊趴着像个小海狮，脑袋一颠一颠地四处张望着，不知是不是在找妈妈。

与灵类打了十几年仗，秦峥亲手击毁的机械身躯堆积如山，亲手毁掉的智脑芯片不计其数，对灵类的仇恨已经深入骨髓，但此刻，眼看着这个鲜活的稚嫩生命，却有一股暖流裹住了刻骨的仇恨，松开了他握紧的拳头，接着，各种情感在心中冲突、交汇，最终纠缠在一起，化成一团混沌。

小家伙一点也不认生，不过多看了几眼，就不再嫌弃秦峥，手脚并用爬到他脚面上，发现闪亮的金属扣是他没见过的新鲜玩意，立刻又摸又咬研究了起来。

秦峥虎着脸，抖了抖脚，想提醒他这是战场，要严肃点，可小家伙固执地认为这是我家，应该随意点，趴在抖搂的军靴上嘎嘎大笑起来。

秦峥没抱过婴儿，试了几次都无从下手，最终只好两手穿过腋下，将这小屁孩举了起来。被举到男性粗糙大脸前的小屁孩有些不乐意，手脚乱挣表示抗议，秦峥这才看见他胸前有块小铭牌，上面用激光刻印着两个字——平安。

这或许是他妈妈祈福的愿望，也或许就是他的名字。不，这应该就是他的名字，因为他妈妈对他的爱与期望，与人类的妈妈一般无二。

因为灵魂问题暂时有点情感麻痹的秦峥心情很复杂，不知该反馈什么样的态度，却不料一愣神的功夫，小平安一泡童子尿就浇在了他脸上。秦峥抹了把脸，心情更复杂了。一个刚刚杀了孩子母亲的凶手，应该如何面对孩子的这泡尿，此问题比自身定位和物种分类要难得多。

手忙脚乱收拾完自己和平安，秦峥找到了藏在医疗舱后面的襁褓和小玩具，粗手笨脚地把孩子裹好，按到旁边一张矮凳上靠着。平安好不容易安静了一会，不知为什么哭了起来，还好秦峥两个脑子的智商都在线，发现富含有机物的治疗液原来就是他的奶粉，连忙打开舱盖，从睡着的波妞身边掬了一捧，抹进平安嘴里，小家伙吃得满头满脸，襁褓都涂了一大片，这才老实下来。

秦峥活动了一下全身酸痛的肌肉，靠着旁边的柱子，慢慢蹲下。把手上粘的治疗液抹在自己伤口上时，他摸到了腰间的手枪，随手拔出来，拉开枪栓，发现里面还剩一发子弹。

此刻，秦峥有很多选择，不论如何选择，都天经地义。他想了很多，似乎过去了很久，其实只是短短几分钟。

他无法选择，于是，便放弃了选择。

看看右边安详沉睡的波妞，又看看左边咬着自己褴褛滚来滚去的小平安，秦峥轻轻将枪放到了桌子上，拍拍胸口，发现留着过干瘾的那根烟竟然还在上衣口袋里，虽然被压扁还打了两个弯，却并没有烂掉。

秦峥掏出烟，小心捋直，叼在嘴上，左右看了半天却没找到引火的东西，干脆拿过手枪，枪口凑在香烟前端，一扣扳机。

"嘶"的一声，电磁加速的子弹在烟头前划出一道炙热的红线，与空气摩擦的热能瞬间引燃了烟卷。

秦峥连忙使劲吸了两口，自言自语道："战争永不停息？放屁，老子偏偏不信！"

一抹橘色晨光从窗口处透进来，洒在秦峥头顶上方，他靠着柱子换了个更舒服的姿势，深深吸一口烟，再用力吐出去，看着烟雾在光芒中回转、盘旋，感受着久违的惬意，然后，拍拍波妞的手，揽过小平安的头，哼起了一首久远的摇篮曲。

全频带阻塞干扰

俄美大战猜想

文／刘慈欣

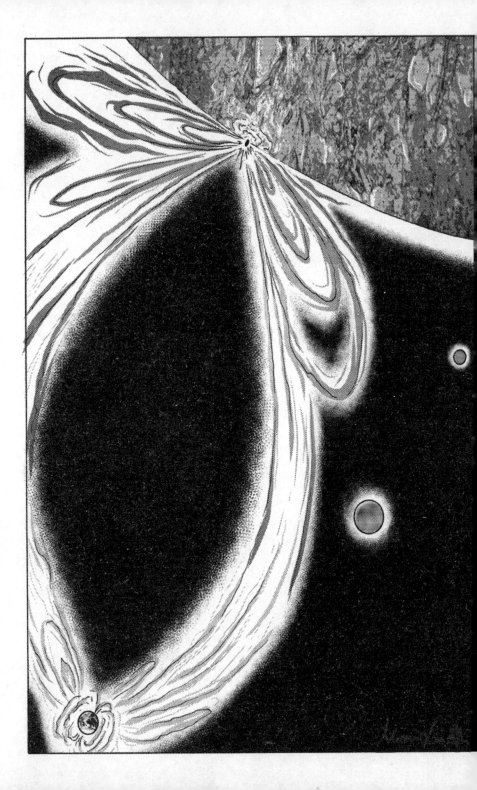

以深深的敬意献给俄罗斯人民,他们的文学影响了我的一生。

——刘慈欣

在战场电磁干扰形式的选择上,本手册主张采用对某一特定频率或信道所进行的瞄准式干扰,而不主张采用同时干扰一个较宽频带的阻塞式干扰,因为后者对己方的电磁通信和电子支援措施也会产生影响。

——摘自1993年美国陆军《电子战手册》

1月5日,斯摩棱斯克前线

失陷的城市已经看不见了,战线在一夜之间后退了40公里。

在凌晨的天光下,雪原呈现出寒冷的暗蓝色。在远方的各个方向上,被击中的目标冒出一道道黑色的烟柱,笔直地向高空升去,好像是连接天地的一条条细长的黑纱。顺着烟柱向上看,卡琳娜吃了一惊——刚刚显现晨光的天空被一团巨大的白色乱麻充塞着,这纷乱的白色线条仿佛是一个精神错乱的巨人疯狂地画在天上的。那是歼击机的混乱尾迹,是俄罗斯空军和北约空军为争夺制空权所进行的一夜激战留下的。

来自空中和远方的精确打击也持续了一夜。在非专业人士看来,打击似乎并不密集,爆炸声每隔几秒钟甚至几分钟才响一次。但卡琳娜知道,每一次爆炸都意味着一个重要目标被击中,几乎不会打空。这一声声爆炸,仿佛是昨夜这篇黑色文章中的一个个闪光的标点符号。凌晨到来时,卡琳娜不知道防线还剩下多少力量,甚至不知道防线是否存在,似乎整个世界上只有她一人在抵抗。

卡琳娜少校所在的电子对抗排是在半夜被摧毁的,当时这个排所在的位置落下了 6 颗激光制导炸弹。卡琳娜所乘的那辆装载干扰机的 BMP-2 装甲车还在燃烧,这个排的其他电子战车辆现在都变成散落在周围雪地上的一堆堆黑色金属块。卡琳娜所在的弹坑中的余热正在散去,她感到了寒冷。她用手撑着坐直身,右手触到了一团黏糊糊的冰冷绵软的东西,看上去像一个沾满了黑色弹灰的泥团。她突然意识到那是一块残肉。她不知道它属于身体的哪一部分,更不知道属于哪个人。在昨夜的那次致命打击中,阵亡了 1 名中尉、2 名少尉和 8 名士兵。卡琳娜呕吐起来,但除了酸水什么也没吐出来。她拼命把双手在雪里擦,想把手上的血迹擦掉,但黑红色的血在寒冷中很快凝固在手上,还是那么醒目。

令人窒息的死寂已持续了半个小时,这意味着新一轮的地面进攻就要开始了。卡琳娜拧大了别在左肩上的对讲机的音量,但传出的只有沙沙的噪声。突然,几句模糊的话语传了出来,仿佛是大雾中掠过的几只鸟儿。

"……06观察站报告：1437阵地正面，M1A2坦克37辆，平均间隔60米；'布莱德雷'运兵车41辆，距M1A2坦克攻击前锋500米；M1A2坦克24辆，'勒克莱尔'8辆，正在向1633阵地侧翼迂回，已越过同1437的接合部。1437，1633，1752，准备接敌！"

卡琳娜克制住因寒冷和恐惧引起的颤抖，让地平线在望远镜视野中稳定下来。她看到天边出现了一团团模糊的雪雾，给地平线镶上了一道毛茸茸的边儿。

这时卡琳娜听到了身后传来发动机的轰鸣，一排T90式坦克越过她的位置冲向敌人，在后面，更多的俄罗斯坦克正在越过高速公路的路基。卡琳娜又听到了另一种轰鸣，敌人的攻击直升机群在前方的天空中出现，它们队形整齐，在黎明惨白的天空中形成一片黑色的点阵。卡琳娜周围坦克的发烟管启动了，随着一阵低沉的爆破声，阵地笼罩在一团白色的烟雾中。透过白雾的缝隙，她看到俄罗斯的直升机群正从头顶掠过。

坦克上的125毫米口径炮急风骤雨般地响了起来，白雾变成了疯狂闪烁的粉红色光幕。几乎与此同时，敌人的第一批炮弹落了下来，白雾中粉红色的光芒被爆炸产生的刺眼蓝白色闪电所代替。卡琳娜伏在弹坑底部，感到身下的大地在密集的巨响中像一张震动的鼓皮，身边的泥土和小石块被震得飞起好高，落满了她的后背。在这爆炸声中，还可隐约听到反坦克导弹发射时的嘶鸣。卡琳娜感到整个宇宙都在这撕人心肺的巨响中化为碎片，向无限深处坠落……就在她的神经几乎崩溃时，这场战斗结束了，它只持续了约30秒。

当白雾和浓烟散去时，卡琳娜看到面前的雪地上散布着被击中的俄罗斯坦克，燃起一堆堆裹着黑烟的熊熊大火。她举目望去，远方同样有一大片被击毁的北约坦克，看上去像是雪原上一个个冒出浓烟的黑点。但更多敌人的坦克正越过那一片残骸冲过来，裹在由履带搅起的一团团雪雾中。"艾布拉姆斯"那凶猛的扁宽前部不时从雪雾中露出来，仿佛是一头头从海浪中冲出的恶龟，滑膛炮炮口的闪光不时亮起，好像恶龟闪亮的眼睛……低空中，直升机的混战仍在继续，卡琳娜看到一架"阿帕奇"在不远的半空爆炸，一架米28拖着漏出的燃料，摇晃着掠过她的头顶，在几十米之外坠地，炸成了一团火球。近距空空导弹的尾迹，在低空拉出了无数条平行的白线……

卡琳娜听到"咣"的一声，转身一看，不远处一辆被击中后冒着浓烟的T90后部的底门打开了，没看到人出来，只见门下方垂下一只手。卡琳娜从弹坑中跃出，冲到那辆坦克后面，抓住那只手向外拉。车内响起一声沉闷的爆炸声，一股灼热的气浪把卡琳娜向后冲了几步远。她的手中抓着一团黏软的很烫的东西，那是从坦克手的手上拉脱的一团烧焦的皮肤。卡琳娜抬头看到一股火焰从底门中喷出，车内已成了一座小型的炼狱，在那暗红色的透明火焰中，阵亡坦克手的身影清晰可见，像在水中一样波动着。

卡琳娜又听到两声尖啸，这是她左前方的一个导弹班把最后两枚反坦克导弹发射出去，其中一枚有线制导的"赛格"导弹成功地击毁了一辆"艾布拉姆斯"，另一枚无线制导的导弹则被干扰，向斜上方冲去，失去了目标。导弹班的6个人撤出掩体，向卡琳娜所在的弹坑跑来。一架"科曼奇"直升机向他们俯冲下来，那棱角分明的机体看上去像一只凶猛的鳄鱼。一长排机枪子弹打在雪地上，击起的雪和土如同一道突然立起又很快倒下的栅栏。这栅栏从那只小小的队伍中穿过，击倒了其中四人，只有一名中尉和一名士兵到达了弹坑。这时卡琳娜才注意到那名中尉戴着坦克防震帽，可能来自一辆已被击毁的坦克。他们每人手中都拿着一管反坦克火箭筒。跳进弹坑后，中尉首先向距他们最近的一辆敌坦克射击，击中了那辆M1A2的正面，诱发了它的反应装甲，火箭弹和反应装甲的爆炸声混在一起，听起来很怪异。坦克冲出了爆炸的烟雾，反应装甲的残片挂在它前面，像一件破烂的衣衫。那名年轻的士兵继续对着它瞄准，手中的火箭筒随着坦克的起伏而抖动，一直没有击发。当距他们只有四五十米的坦克冲进一个低洼地时，那名士兵只能站到弹坑边缘向斜下方瞄准。他手中的火箭筒与那辆"艾布拉姆斯"的120毫米口径炮同时响了。坦克的炮手情急之中发射的是一发不会爆炸的贫铀穿甲弹。初速每秒800米的炮弹击中了那个士兵，把他上半身打成了一团飞溅的血花！卡琳娜感觉到细碎的血肉有力地打在她的钢盔上，噼啪作响。她睁开眼睛，看到就在她眼前的弹坑边缘，那名士兵的两条腿如同两根黑色的树桩，无声地滚落到弹坑底部她的脚下。他身体被粉碎的其他部分，在雪地上溅出了一大片放射状的红色斑点。火箭弹击中了"艾布拉姆斯"，聚能爆炸的热流切穿了它的装甲，车体冒出了浓烟。但那个钢铁怪兽仍拖着浓烟向他们冲来，直冲到距他们20米左右才在车体内的一声爆炸中停了下来，那声爆炸把它炮塔的顶盖高高掀飞。

紧接着，北约的坦克阵线从他们周围通过，地皮在覆带沉重的撞击下微微颤抖。但这些坦克对他们俩所在的弹坑未加理会。当第一波的坦克冲过去后,中尉一把拉住卡琳娜的手,拽着她跃出弹坑,来到一辆已布满弹痕的吉普车旁。在二百多米外,第二道装甲攻击波正快速冲过来。

"躺下装死!"中尉说。卡琳娜于是躺到了吉普车的轮子边,闭上双眼,"睁开眼更像!"中尉又说,并在她脸上抹了一把不知是谁的血。他也躺下,与卡琳娜成直角,头紧挨着卡琳娜的头。他的钢盔滚到了一边,粗硬的头发扎着卡琳娜的太阳穴。卡琳娜大睁着双眼,看着几乎被浓烟吞没的天空。

两三分钟后,一辆半覆带式"布莱德雷"运兵车在距他们十几米处停下来,从车上跳下几名身穿蓝白相间雪地迷彩服的美军士兵,他们中大部分平端着枪呈散兵线向前去了,只有一个朝这辆吉普走来。卡琳娜看到两只粘满雪尘的伞兵靴踏到了紧靠她脸的地方,插在伞兵靴上的匕首刀柄上 82 空降师的标志清晰可辨——一匹帕加索斯飞马。那个美国人俯身看她,他们的目光相遇了。卡琳娜尽最大努力使自己的目光呆滞无神,对着那双透出惊愕的蓝色瞳仁。

"Oh, God!"

卡琳娜听到了一声惊叹,不知他是惊叹这名肩上有一颗校星的姑娘的美丽,还是她那满脸血污的惨相,也许两者都有。他接着伸手解她领口的衣扣,卡琳娜浑身起了鸡皮疙瘩,把手向腰间的手枪移动了几厘米,但这个美国人只是扯下了她脖子上的识别牌。

他们等的时间比预想的长。敌人的坦克和装甲车源源不断地从他们两旁轰鸣着通过,卡琳娜感到自己的身体在雪地上都快冻僵了。她这时竟想起了一首军旅诗歌中的一句,那首诗是她在一本记述马特洛索夫事迹的旧书上读到的:"士兵躺在雪地上,就像躺在天鹅绒上一样。"她得到博士学位的那天,曾把这句诗写到日记上。那也是一个雪夜,她站在莫斯科大学科学之宫顶层的窗前。那夜的雪也真像天鹅绒,雪雾中,首都的万家灯火时隐时现。第二天她就报名参军了。

这时,一辆敌方吉普车在距他们不远处停了下来,3名北约军官在车上抽着雪茄聊天。卡琳娜和中尉的周围空旷起来,他们跳上己方吉普车,中尉把车发动,沿着早已看好的路飞快驶去。他们身后响起了冲锋枪的射击声,子弹从头顶飞过,其中一颗打碎了后视镜。吉普车迅急拐进了一个燃烧着的居民点,敌人没有追过来。

"少校,你是博士,对吗?"中尉开着车问。

"你在哪儿认识的我?"

"我见过你和列夫森科元帅的儿子在一起。"

沉默了一会儿,中尉又说:"现在,他的儿子可是世界上离战争最远的人了。"

"你这话什么意思,你要知道……"

"没什么意思,说说而已。"中尉淡淡地说。他们的心思都不在这个话题上,他们都在想着还抱有的那一线希望——

但愿整个战线只有这一处被突破。

1月5日，近日轨道，"万年风雪"号

米沙感到了一个人独居一座城市的孤独。

"万年风雪"号太空组合体确实有一座小城市那么大，体积相当于两艘巨型航空母舰，能容纳5000人同时在太空中生活。当组合体处于旋转重力状态时，里面甚至有一个游泳池和一条小河，这在当今的太空工作环境中，可以说是绝无仅有的奢侈。但事实是，"万年风雪"号是自"和平"号以来俄罗斯航天界一贯的节俭思维的结果。它的设计思想是：赋予一个构造从事太阳系内太空探索的所有功能。这样虽一次性投资巨大，但从长远看还是十分经济的。"万年风雪"号被西方戏称为"太空的瑞士军刀"，它可作为空间站在地球各个高度的轨道上运行，还可以方便地移动到绕月轨道上，或做行星际探索飞行。"万年风雪"号已去过金星和火星，并探测过小行星带。以它那巨大的体积，等于把一个研究院搬到了太空中。就太空科学研究而言，它比西方那些数量众多但小巧玲珑的飞船具有更大的优势。

当"万年风雪"号准备开始前往木星的为期3年的航行时，战争爆发了。它上面的100多名乘员几乎全都返回了地面——他们大部分是空军军官——只留下了米沙一个人。这时"万年风雪"号暴露出它的一个缺陷：它目标太大，且没有任何防御能力。没有预见到后来太空军事化的进程，是设计者的一个失误。战争爆发后，"万年风雪"号只能进行躲避飞行。去外太空是不行的。在木星轨道之内，有大量的北约无人航行器，它们虽然体积不大，但无论武装或非武装，每一个对"万年风雪"

号都是致命的威胁。于是，它只有航向近日空间。"万年风雪"号引以为傲的主动制冷式热屏蔽系统，使它可以比目前人类的任何太空航行器都更接近太阳。现在"万年风雪"号已到达水星轨道，距太阳5000万公里，距地球1亿公里。

虽然"万年风雪"号上的大部分舱室已经关闭，但留给米沙的空间仍大得惊人。透过广阔的透明穹顶，比地球上看去大3倍的太阳发出耀眼的光芒，太阳表面的耀斑和紫色日冕中奇丽的日珥清晰可见，有时甚至还可以看到光球表面因对流而产生的米粒组织。这里的宁静是虚假的。飞船外面，太阳抛出的粒子流和射电波的狂风巨浪在呼啸，"万年风雪"号就是这动荡海洋中漂浮的一粒小小的种子。

一束细如游丝的电波把米沙同地球连接起来，也把那遥远世界的忧虑带给了他。他刚刚得知，莫斯科近郊的控制中心已被巡航导弹摧毁，对"万年风雪"号的控制转由设在古比雪夫的第二控制中心执行。他每隔五个小时接收一份从地球传来的战争新闻，每到这时，他就想起了父亲。

1月5日，俄罗斯军队总参谋部

米哈伊尔·谢米扬诺维奇·列夫森科元帅觉得自己面对着一堵墙，他面前实际是一幅平铺的莫斯科战区全息战场地图。而以前当他面对挂在墙上的宽大纸制地图时，却能看到广阔而深邃的空间。不管怎样，他还是喜欢传统的地图。记不清有多少次，要找的位置在地图的最下方，他和参谋们只好趴在地上看。现在想起来，他不禁微微一笑。他又想起此前多次演习，在野战帐篷中用透明胶带把刚发下来的作战地图拼贴起来，他总贴不好，倒是第一次随他看演习的儿子一上手就比他贴得好……发现自己又想起儿子，他警觉地打住了思绪。

作战室中只有他和西部集群司令两人，后者一根接一根地抽着烟，他们凝神盯着全息地图上方变幻的烟团，仿佛那就是严峻的战局。

西部集群司令说："北约在斯摩棱斯克一线的兵力已达 75 个师，攻击正面有 100 公里宽，已多处突破。"

"东线呢？"列夫森科元帅问。

"第 11 集团军大部倒向右翼联盟了，这您是知道的。右翼联盟的军队已达 24 个师，但他们对雅罗斯拉夫尔的攻击仍然是试探性的。"

地面的一次爆炸的微微的震动传了下来，作战室里充满了随着顶板上的挂灯而轻轻摇晃的影子。

"现在，已有人谈论退守莫斯科，凭借城市外围建筑和工事进行巷战了，像七十多年前一样。"

"胡说八道！我们一旦从西线收缩，北约就可能从北部迂回，在加里宁同右翼军队会合，莫斯科将不战自乱。下步作战方针，第一是反击，第二是反击，第三还是反击。"

西部集群司令叹了一口气，无言地看着地图。

列夫森科元帅接着说："我知道西线力量不够，准备从东线抽调一个集团军加强西线。"

"什么？现在雅罗斯拉夫尔的防守已经很难了。"

列夫森科元帅笑了笑，"现在相当多指挥官只从军事角度考虑问题，严峻的形势让我们钻进去出不来了。从目前的态势看，你认为右翼联盟的军队没有力量攻下雅罗斯拉夫尔吗？"

"我认为不是，像第14集团军这样的精锐部队，集中了如此密集的装甲和低空攻击力量，在没有遭受太大损失的情况下，一天的推进还不到15公里，显然是有意放慢的。"

"这就对了。他们在观望，在观望西线战局！如果我们在西线夺回战场主动权，他们就会继续观望下去，甚至有可能在东线单方面停火。"

西部集群司令把刚拿出的一根烟夹在手上，忘了点火。

"东线的几个集团军的叛变确实是在我们背后捅了一刀，但一些指挥官在心理上把这当作借口，使我们的作战方针趋向消极。这种心态必须转变！当然，应当承认，要从根本上扭转战局，莫斯科战区的力量不够，我们的最终希望寄托在增援的高加索集群和乌拉尔集群上。"

"较近的高加索集群要完成集结并进入出击位置，最少也需一个星期。考虑到争夺制空权的因素，时间可能还要长。"

1月5日，莫斯科

卡琳娜和中尉的吉普车开进城时已是下午三点多，空袭警报刚刚响过，街上空荡荡的。

中尉长叹一口气说:"少校,我真想念我那辆T90啊!四年前从装甲学院毕业的时候,我正失恋,可刚到部队的我一看到那辆坦克,心情一下子由阴转晴了。我摸着它的装甲,光溜溜、温乎乎的,像摸着女孩子的手。嗨,女孩儿算什么,这才是男人真正的伴侣!可今天早上,它中了一颗'西北风'。唉,可能现在火还没灭呢……"

这时,城市西北方向传来密集的爆炸声。这是现代空袭中很少见的野蛮的地毯式轰炸。

中尉仍沉浸在早上的战斗中:"唉,不到三十秒钟,整整一个坦克营就完了。"

"敌人的伤亡也很大。"卡琳娜说,"我注意观察了战果,双方被击毁的装甲的数量相差并不大。"

"敌我坦克的对毁率大约1比1.2吧。直升机差一些,但也不会超过1比1.4。"

"尽管如此,战场的主动权仍在我们一边——我们在数量上占很大优势,仗怎么会打成这样呢?"

中尉扭头看了卡琳娜一眼:"你是搞电子战的,还不明白为什么?你们的那套玩意儿,什么第五代C3I,什么三维战场显示,还有动态态势模拟、攻击方案优化之类的,在演习中很像那么回事,可一到实战中,我面前的液晶屏上最常显示的就两句:COMMUNICATION ERROR 和 COULD NOT LOG IN。就说今天早上吧,我对正面和两翼的情况完全不清楚,只接到一个命令:接敌。唉……假如再投入一半的增援兵力,敌人就不会在我们的位置突破。整个战线的情况,大都如此。"

卡琳娜知道,在刚刚过去的战斗中,双方在整个战线上投入的坦克总数可能超过10 000辆,还有数目相当于坦克一半的武装直升机。

他们的车驶入了阿尔巴特街,昔日热闹的步行街现在空空荡荡,古玩店和艺术品商店的门前堆着做工事的沙袋。

"我的那辆钢铁情人不亏本儿。"中尉仍沉浸在早上的战斗中不可自拔,"我肯定打中了一辆'挑战者',但我最想打中的是一辆'艾布拉姆斯',知道吗?一辆'艾布拉姆斯'……"

卡琳娜指着一家古玩店的门口:"那儿,我爷爷就死在那儿。"

"可这里好像没有遭到空袭。"

"我说的是20年前的事了,那时我才4岁。那个冬天真冷啊。暖气停了,房间里结了冰,我只好抱着电视机取暖,听着总统在我怀中向俄罗斯人许诺一个温暖的冬天。我哭着喊冷,喊饿,爷爷默默地看着我,终于下了决心,拿出他珍藏的勋章,带着我走了出去,来到这条街。那时这儿是自由市场,从伏特加到政治观点,人们什么都卖。一个美国人看上了爷爷的勋章,但只肯出40美元。他说,红旗勋章和红星勋章都不值钱的,但如果有赫梅利尼茨基勋章,我肯出100美元;光荣勋章,150美元;纳希幕夫勋章,200美元;乌沙科夫勋章,250美元;最值钱的胜利勋章你当然不可能有,那只授给元帅,但苏沃洛夫勋章也值钱,我可以出450美元……爷爷默默地走开了。我们沿着寒风中的阿尔巴特街走啊走,后来爷爷走不动了,天也快黑了,他无力地坐到那家古玩店的台阶上,让我先回家。第二天人们发现他冻死在那里,一只手伸进怀中,握着他用鲜血换来的勋章,睁大双眼看着这个他在七十多年前从古德里安的坦克群下拯救的城市……"

1月5日,俄罗斯军队总参谋部

一个星期以来,列夫森科元帅第一次走出了地下作战室,踏着厚厚的白雪散步,同时寻找着太阳。这时太阳已在挂满雪的松林后面落下了一半。在元帅的想象中,有一个小黑点正在夕阳那橘红色的表面缓缓移动。那是"万年风雪"号,元帅的儿子在上面。他是这个星球上离父亲最远的儿子了。

这件事在国内引起了许多流言蜚语,国际上,敌人更是大肆炒作。《纽约时报》用大得吓人的黑体字登出了一个标题:《战争史上逃得最远的逃兵!》下面是米沙的照片,照片的注脚是:在俄国政府煽动三亿俄罗斯人用鲜血淹没入侵者时,他们最高军事统帅的儿子却乘着这个国家唯一一艘巨型飞船,逃到了距战场一亿公里的地方。他是目前这个国家最安全的人了。

但列夫森科元帅问心无愧。从中学到博士后,米沙周围几乎没有人知道他父亲是谁。航天控制中心做出这个决定,仅仅是因为米沙的研究专业是恒星数学模型。"万年风雪"号这次接近太阳,对他的研究是一次难得的机会,而组合体不能完全遥控飞行,上面至少应有一个人。总指挥也是后来从西方的新闻中才得知米沙的身份。

另一方面，不管列夫森科元帅是否承认，在他的内心深处，确实希望儿子远离战争。这并不仅仅是出于骨肉之情。列夫森科元帅总觉得自己的儿子不属于战争。是的，他是世界上最不属于战争的人了。但他又知道自己这想法有问题：谁是属于战争的？

况且，米沙就属于恒星吗？他喜欢恒星，把全部生命投入对它的研究上面。但他自己却是恒星的反面，他更像冥王星，像那颗寂静、寒冷的矮行星，孤独地运行在尘世之光照不到的遥远空间。米沙的性格，加上他那白皙清秀的外表，使人很容易觉得他像个女孩子。但列夫森科元帅心里清楚，儿子从本质上一点不像女孩子——女孩儿都怕孤独，但米沙喜欢孤独。孤独是他的营养，他的空气。

米沙是在东德出生的。儿子的生日对元帅来说却是一生中最暗淡的一天。那天傍晚，还是少校的他，在西柏林蒂加尔登苏军烈士墓前，同部下一起为烈士们站四十多年来的最后一班岗。他的前面，是一群满脸笑容的西方军官，和几个牵着狼狗来换防的吊儿郎当的德国警察，还有那些高呼"红军滚出去"的光头新纳粹。他的身后，是大尉连长和士兵们含泪的眼睛。他控制不住自己，只好也让泪水模糊了这一切。天黑后回到已搬空的营地，在这回国前的最后一夜，他得知米沙出生了，但妻子因难产而死……回国后日子也很难。同从欧洲撤回的40万军人和12万文职人员一样，他没有住房，和米沙住在一间冬冷夏热的临时铁皮屋里。他昔日的战友为了生活什么都干，有的向黑社会出售武器，有的甚至到夜总会跳脱衣舞。但他一直像军人一样正直地生活着,米沙也在艰辛中默默地长大。同别的孩子不同,他似乎天生就会忍耐,因为他有自己的世界。

早在上小学的时候,米沙每天都在自己的小房间里静悄悄地一人度过整晚,元帅起初以为他在看书,但有一次,他无意中发现,儿子是站在窗前一动不动地看着星星。

"爸爸,我喜欢星星。我要看一辈子星星。"他这样对父亲说。

11岁生日那天,米沙首次向父亲提出了一个要求:想要一架天文望远镜。这之前,他一直用列夫森科元帅的军用望远镜观察星星。后来,那架天文望远镜就成了米沙唯一的伴侣。他在阳台上看星星可以一直看到东方发白。有不多的几次,他们父子俩一起在阳台上看星星,元帅总是把望远镜对准夜空中看起来最亮的一颗星,但儿子不以为然地摇摇头,"那颗没意思,爸爸。那是金星,金星是行星,我只喜欢恒星。"

对其他男孩子喜欢的东西,米沙一点兴趣都没有。隔壁空降兵参谋长家的那个小胖子,偷拿父亲的手枪玩,结果走火把大腿打穿了。参谋部将军们的那些男孩子,如果能让爸爸领到部队的靶场上打一次枪,就算是最高的奖赏了。但男孩子对武器的这种天生的迷恋,在米沙身上丝毫没有出现。从这点来说,他确实不像男孩子。元帅对此很不安,他几乎无法容忍自己的儿子对武器无动于衷,以至于后来做出了一件至今想起来仍让他很不好意思的事。有一次,他把自己的那支马卡诺夫式手枪悄悄放到了儿子的书桌上。放学回来后不久,米沙就拿着枪从他的小房间中出来——他像女人那样拿枪,小心地握着枪管——把枪轻轻地放到父亲面前,淡淡地说:"爸,以后别把这东西乱放。"

在米沙的前途问题上，元帅是一个开明的人。他不像周围的那些将军，一心让儿子甚至女儿延续自己的军旅生涯。但米沙离父亲的事业确实太远太远了。

列夫森科元帅不是一个脾气暴躁的人，但作为全军统帅，他不止一次在上万名官兵面前斥责一位将军。但对米沙，他却从来没有发过火。这固然因为米沙一直默默地沿着自己的轨道成长，很少让父亲操心，更重要的是，米沙身上似乎生来就有一种非同寻常的超脱的气质，这气质有时甚至让列夫森科元帅感到有些敬畏。就如同他在花盆中随意埋下一颗种子，却长出了绝世珍稀的植物。他敬畏地看着这植物一天天成长，小心地呵护着它，等着它开出花朵。他的期望没有落空，儿子现在已成为世界上最出色的天体物理学家。

这时太阳已在松林后面完全落下去，地上的雪由白色变成浅蓝色。列夫森科元帅收回了思绪，回到地下作战室。开作战会议的人都到齐了，包括西部集群和高加索集群的主要指挥官。

另外还有电子战指挥官，从少将到上尉都有，大部分是刚从前线回来的。作战室里正在进行一场激烈的争论，争论的双方是西部集群的陆战部队和电子战部队的军官们。

"我们正确判明了敌人主攻方向的转变。"塔曼摩的费列托夫师长说，"我们的装甲力量和陆航低空攻击力量的机动性也并不差，但通信系统被干扰得一塌糊涂，C3I指挥系统几乎瘫痪！集团军中的电子战单位，级别从营升到了团，从团又升到了师,这两年在这上面的资金投入比常规装备的投入都多,就这么个结果?!"

负责指挥战区电子战的一位中将看了身边的卡琳娜一眼。同其他刚从前线归来的军官一样,她的迷彩服上满是污渍和焦痕,脸上还残留着血迹。中将说:"卡琳娜少校在电子战研究方面很有造诣,同时也是总参派往前线的电子战观察员,她的看法可能更有说服力一些。"像卡琳娜这样的年轻博士军官大多心直口快,无所顾忌,往往被人当枪使,这次也不例外。

卡琳娜站起来说:"上校,话不能这么说!比起北约,我们这些年对C3I的投入微不足道。"

"那电子反制呢?"师长问,"敌人能干扰我们,你们就不能干扰他们?!我们的C3I瘫痪了,北约的却运转得很好,像上了润滑油似的。今天早上我对面的陆战一师能那么快速地转变攻击方向就是证明!"

卡琳娜苦笑了一下:"提起对敌干扰,费利托夫上校,不要忘了,就是在你们师的阵地上,你的人用枪顶着操作员的脑袋,逼停了集团军电子对抗部队的干扰机!"

"怎么回事?"列夫森科元帅问,这时人们才发现他进来了,纷纷起身敬礼。

"是这样,"师长对元帅解释说,"对我们的通信指挥系统来说,他们的干扰比北约的更厉害!在北约的干扰中,我们还能维持一定的无线通信,可他们的干扰机一开,就把我们全盖住了!"

卡琳娜说："可同时敌人也全被盖住了！这是我军目前实施电子反制可选择的唯一战略。北约目前在战场通信中，已广泛采用诸如跳频、直接序列扩频、零可控自适应天线、猝发、单频转发和频率捷变等技术。我们用频率瞄准方式进行干扰根本不起作用，只能采用全频带阻塞干扰。"

第5集团军的一位上校质问："少校，北约采用的可全是频率瞄准式干扰，频带还相当窄，而我们的C3I系统也普遍采用了你提到的那些通信技术，为什么他们对我们的干扰那样有效呢？"

"这原因很简单。我们的C3I系统是建立在什么样的软硬件平台上？Unix，Linux，甚至Windows 2010，CPU是Intel和AMD！这是用人家养的狗给自己看门！在这种情况下，敌人可以很快掌握诸如跳频规律之类的电子战情报，同时用更多更有效的纯软件攻击加强其干扰效果。总参谋部曾经大力推广过国产操作系统，但到了下面阻力重重，你们集团军就是最顽固的堡垒……"

"好了，你们所说的问题和矛盾正是今天会议要解决的，开会！"列夫森科元帅打断了这场争论。

当大家在电子沙盘前坐好后，列夫森科元帅叫过来一位少校参谋，这个身材细高的年轻人双眼眯缝着，好像不适应作战室中的光线。"介绍一下，这位是邦达连科少校，他的最大特点就是深度近视。他的眼镜与众不同，别人的眼镜镜片在镜框里边，他的镜片在镜框外面，哈，就像茶杯底那么厚啊！但我们现在看不到镜片——早上少校的吉普车遇到空袭时给砸了，好像隐形眼镜也弄丢了？"

"报告首长，那是五天前在明斯克丢的。我的眼睛是在半年内变成这样的。这变化早些的话，我进不了伏龙芝军事学院。"少校立正说。

虽然谁也不知道元帅为什么介绍这位少校，人群中还是响起了低低的笑声。

"战争爆发以来的事实说明，虽然有白俄罗斯战场的失利，但在空中和陆上常规武器方面，我们并不比敌人差多少；不过在电子战方面，我们与敌人的差距之大出乎意料。造成这样的局面有很深远的历史原因，这不是我们今天要讨论的。我们要明确的是以下一点：目前，电子战是我军夺回战争主动权的关键！我们首先必须承认敌人在电子战方面的优势，甚至是压倒性优势，然后我们必须以我军现有的电子战软硬件条件为基础，制定出一套行之有效的战略战术。这套战略战术的目的，是要在短时间内，使我军和北约在电子战方面形成力量上的平衡。也许大家认为这不可能——我军上世纪末以来的战争理论，主要是基于局部有限战争的，对目前在军事上如此强大的敌人的全面进攻，确实研究得不够。在这样严峻的形势下，我们必须以一种全新的方式思维。下面我要介绍的统帅部新的电子战战略，就可以看作这种思维的结果。"

灯灭了，电脑屏幕和电子沙盘都关闭了，重重的防辐射门也紧紧关闭，作战室淹没于伸手不见五指的黑暗之中。

"是我让关灯的。"黑暗中传来元帅的声音。

时间在黑暗和沉默中慢慢流逝,这样过了有一分钟。

"大家现在有什么感觉?"列夫森科元帅问。

没有人回答。浓重的黑暗使军官们仿佛沉没在夜之海的海底,呼吸都有些困难。

"安德烈将军,你说说看。"

"这几天在战场上的感觉。"第 5 集团军军长说。黑暗中又响起了一阵低低的笑声。

"别的人呢?大概都与他有同感吧。"元帅说。

"当然。您想想,耳机里除了沙沙声什么也没有,屏幕上一片空白,对作战命令和周围的战场态势一无所知,可不就是这种感觉嘛!这黑暗,压得人喘不过气来啊!"

"但并非所有人都是这种感觉。邦达连科少校,你呢?"列夫森科元帅问。

邦达连科少校的声音从作战室的一角传来:"我的感觉不像他们这么糟糕。在亮着灯的时候,我看周围也是模模糊糊的。"

"你甚至还有一种优越感吧?"列夫森科元帅问。

"是的,元帅您可能听说过,在纽约大停电时,是瞎子带领人们走出摩天大楼的。"

"但安德烈将军的感觉也是可以理解的。他有一双鹰眼,还是个神枪手,喝酒时常用手枪在十几米外开酒瓶盖。想想他和邦达连科少校在这里用手枪决斗,可是一件很有意思的事。"

黑暗中的作战室又陷入了沉默，指挥官们都在思考。

灯亮了，人们都眯起了双眼，这与其说是不能适应突然出现的亮光，不如说是对元帅刚刚的暗示感到震惊。

列夫森科元帅站起来说："我想，刚才我已把我军的电子战新战略表达清楚了：全频段大功率的阻塞干扰，在电磁通信上，制造一个双方'共享'的全黑暗战场！"

"这样将使我军的战场指挥系统全面瘫痪！"有人惊恐地说。

"北约也一样！瞎大家一起瞎，聋大家一起聋，在这样的条件下同敌人达到电子战的力量平衡。这就是新战略的核心思想。"

"那总不至于让我们用通信员骑摩托车传达作战命令吧？！"

"要是路不好，他们还得骑马。"列夫森科元帅说，"我们粗略估计了一下，这样的全频段阻塞干扰，至少可覆盖北约70%的战场通信系统，这就意味着他们的C3I系统将全面瘫痪。同时还可使敌人50%至60%的远程打击武器失去作用，尤其是'战斧'巡航导弹——现在这种导弹的制导系统同上个世纪有了很大的改变，那时的'战斧'主要使用地形匹配和小型测高雷达来导航，现在这种导航方式只用作末端制导，而在其运行过程的大部分都依靠全球卫星定位系统。通用动力公司和麦克唐纳·道格拉斯公司认为他们所做的这种改进是一大进步。美国人太相信来自太空中的导航电波了，但GPS系统的电波传输一旦被干扰,'战斧'就成了瞎子。这种对GPS的依赖在北约大部分远程打击武器中都存在。在我们所设想的战场电磁条件出现时,敌人就会被迫同我们打常规战,我们自己的优势就会充分发挥出来。"

"我还是心里没底。"被从东线调往西线的第12集团军军长忧心忡忡地说,"在这样的战场通信条件下,我甚至怀疑我的集团军能不能从东线顺利地调到西线。"

"你肯定能的!"列夫森科元帅说,"这段距离,对库图佐夫来说很短,我不信今天的俄罗斯军队离了无线电就走不过去了!被现代化装备惯坏的,应该是美国人而不是我们。我知道,当整个战场都处于电磁黑暗中时,你们心中肯定会感到恐惧。但这时要记住,敌人比你们恐惧10倍!"

看着卡琳娜的身影混在穿迷彩服的军官中,消失在作战室的出口,列夫森科元帅不禁担心起来。她将重返前线,而她所在的电子战部队将是敌人火力最集中的地方。昨天,在同1亿公里远的儿子那来回延时达5分钟的通话中,元帅曾告诉他卡琳娜很好,但在今早的战斗中,她就险些没回来。

米沙和卡琳娜是在一次演习中认识的。那天元帅和儿子一起吃晚饭,同往常一样,他们默默地吃着,米沙早逝的母亲在远处的镜框中默默地看着他们。米沙突然说:"爸爸,我想起明天就是您的51岁生日了,我应该送您一件生日礼物。我是看见那架天文望远镜才想起来的,那件礼物真好。"

"送我几天时间吧。"

儿子抬头静静地看着父亲。

"你有你的事业，我很高兴。但做父亲的想让儿子了解自己的事业，这总不算过分吧！明天你和我一起去看军事演习怎么样？"

米沙笑着点点头。他很少笑的。

这是本世纪国内规模最大的一场演习。演习开始的前夜，米沙对公路上那滚滚而过的钢铁洪流没什么兴趣。一下直升机，他就钻进野战帐篷，用透明胶带替父亲粘贴刚发下来的作战地图。第二天演习的整个过程中，米沙也没表现出丝毫的兴趣。这早在列夫森科元帅的预料之中，但有一件事使他感到莫大的安慰。

上午进行的演习项目是装甲师进攻高地，米沙同一群地方官员一起坐在观摩台的北侧。这次观摩台的位置虽在安全距离之外，但应那些猎奇的地方官员的要求，比过去大大靠前了。图22轰炸机群掠过高地上空，重磅航空炸弹雨点般地落下，使那座山头变成喷发的火山口。这时，那群地方官员才明白真实战场同电影里的区别。在那地动山摇的巨响中，他们全都用双臂抱住脑袋伏在桌子上，有几位女士甚至尖叫着往桌下钻。但元帅看到，只有米沙一个人仍直直坐着，仍是那副冷漠的表情，静静地看着那座可怕的火山，任爆炸的火光在他的墨镜中狂闪。一股暖流冲击着列夫森科元帅的心田。儿子，你的身上到底流着军人的血啊！

这天晚上，父子俩在白天的演习现场散步。远处，各种装甲车辆的前灯如繁星般洒满山谷和平原，空气中还残留着淡淡的硝烟味。

"这场演习要花多少钱？"米沙问。

"直接费用大约三亿卢布。"

米沙叹了口气："我们的课题组想搞第三代恒星演化模型，申请了三十五万经费都批不下来。"

列夫森科元帅把他早就想对儿子说的话说了出来："我们两个的世界相差太远了。你的恒星，最近的也有 4 光年吧？它同地球上的军队与战争真是毫不相干。我对你的事业知之不多，但为之感到骄傲。作为军人，我们也是最想让儿子了解自己事业的人。哪一个父亲不把对儿子讲述自己的戎马生涯当作最大的幸福？而你对我的事业却总抱着冷漠的态度。事实上，我的事业是你的事业的基础和保障。一个国家，如果没有足够数量和质量的武装力量保证它的和平的话，像你从事的这种纯基础研究根本不可能进行。"

"爸爸，你说反了。如果人们都像我们这样，用全部的生命去探索宇宙的话，就能领略到宇宙的美——它的宏大和深远后面的美，而一个对宇宙和自然的内在美有深刻感觉的人，是不会去进行战争的。"

"你这种想法真是幼稚到家了！如果战争是因为人们缺乏美感造成的，那和平可太容易实现了！"

"您以为让人类感受这种美就那么容易吗？"米沙指指夜

空中灿烂的星海,"您看这些恒星。人们都知道它们是美的,但有多少人能够真正体会到这种美的最深层呢?这无数的天体,它们从星云到黑洞的演化是那么壮丽,它们喷发的能量是那么巨大,但您知道吗,只用数目不多的几个优美的方程式就能精确地描述这一切。用这些方程式建立的数学模型能极其精确地预言恒星的一切行为。甚至我们对自己星球上大气层建立的数学模型,精确度都要比它低几个数量级。"

列夫森科元帅点点头:"这是可能的,据说人类对月球的了解比对地球海底的了解还要多。但你所说的对宇宙和自然深层次美的感受还是制止不了战争。没有人比爱因斯坦更能感受这种美了,原子弹不还是在他的建议下造出来了吗?"

"爱因斯坦在他的后期研究中没什么建树,很大程度上是由于他过多地介入了政治。我不会走他的老路的。但,爸爸,到了需要的时候,我也会尽自己的责任的。"

米沙在演习区待了5天。元帅不知儿子是什么时候认识卡琳娜的。第一次看到他们在一起的时候,他们已经谈得很融洽了。他们谈恒星,而卡琳娜对此知道得很多。卡琳娜只是个天真烂漫的女孩,但因为拥有博士学位,她早早就扛上了一颗校星,他对此心里多少有些别扭。不过除此之外,他对卡琳娜的印象还是很好的。第二次见到米沙和卡琳娜在一起时,列夫森科元帅发现他们关系已更加亲密。他们谈话的内容让他很意外——他们在谈电子战。当时他们俩在距元帅的吉普车不远的一辆坦克边,并没有避开别人的意思。

元帅听到米沙说:"你们现在只关注于一些纯软件的高层

次的东西，比如C3I、病毒攻击、数字战场，等等，可你想到没有，你们可能握着一把木头做的剑。"看着卡琳娜惊奇的目光，米沙继续说，"你想过这些东西的基础吗，也就是位于网络七层协议最下面的物理层？对于民用网络，可以使用光纤和定向激光之类的东西作为通信媒介。但对于用于战场的C3I系统，它的各个终端是快速移动的，只能主要依赖电磁波来进行信息联系，而电磁波这东西，你知道，在干扰下就像薄冰一样脆弱……"

元帅真的吃惊不小。他从未与儿子交流过这些，米沙更不可能偷看他的机密文件，但米沙却把元帅在电子战上多年来形成的思想简明准确地表达了出来！米沙的这番话对卡琳娜的影响更大，居然使她偏离了原来的研究方向，研制出一种代号"洪水"的电磁干扰装置。"洪水"的大小可以装入一辆装甲车，能同时发出3KHz到30GHz的强烈电磁干扰波，覆盖除毫米波之外的所有电磁通信波段。这种武器在西伯利亚某基地进行的第一次实验就为军队惹来了一屁股官司——"洪水"使附近那座城市的电磁波通信全部中断，手机不通了，传呼机不响了，电视机和收音机都收不到信号。对银行和股市的影响更是灾难性的，地方上把造成的损失说成了天文数字。"洪水"的灵感来自一种电磁炸弹，原理是使用高爆炸药在一次性线圈中产生强烈的电磁脉冲。所以"洪水"工作起来如同火箭发动机一样，产生的声响能震破附近的窗玻璃，这就决定了它只能遥控操作，而距它二三千米处的操作人员还得穿上防微波辐射的防护服。"洪水"在总装备部和总参谋部的电子战指挥机构引起了很大的争论。很多人认为它没什么实战价值，在有限的战场上使用它，就如同在巷战中使用核武器，对敌我的杀伤力都一样大。

但在元帅的坚持下,"洪水"还是批量生产了二百多台。现在,在统帅部新的电子战战略中,它将担当主要角色。

儿子爱上了一个军中的姑娘,元帅深感意外。他的结论是,米沙对卡琳娜的感情同她的职业无关。后来米沙带卡琳娜到家里来过几次,第一次卡琳娜穿着一件亮丽的连衣裙,走时元帅听到米沙对卡琳娜说:"下次穿军装来。"这事使元帅否定了自己先前的结论。他现在知道,米沙爱上卡琳娜,与她是一名少校军官并非一点关系也没有。与演习第一天上午感到的别扭不同,现在元帅觉得卡琳娜肩上的那颗校星无比美丽。

1月6日,莫斯科战区

强烈的电磁波在战区上空很快聚集,最后形成了巨大的电磁台风。战后人们回忆,当时在远离前线的山村里,人们也看到动物和鸟儿骚动不安;在灯火管制的城市中,人们能看到电视天线上感应出的微小火花……

从东线调往西线的第12集团军的一个装甲团正在急速行军,团长站在停在路边的吉普车旁,满意地看着漫天雪尘中急速行进的部队。敌人的空袭远没有到预料的强度,所以部队可以在白天赶路了。这时,三枚"战斧"导弹低低地从他们头顶掠过,冲压发动机低沉的嗡嗡声清晰可闻。不一会儿,远处响起了三声爆炸。团长身边的通信员拿着只听得到沙沙声的耳机无事可做,转头看看爆炸的方向,然后惊叫起来,让他看。他让通信员不要大惊小怪,但旁边的一位少校营长也让他看,他就看了，然后困惑地摇了摇头。"战斧"不是每枚都能命中目标，但像这样三枚相距上千米落到空无一物的田野上，真是少见。

两架苏27孤独地飞行在战区5000米上空。它们本来属于一支歼击机中队，但这支中队刚刚在海上同一组北约的F22发生了遭遇战，混战中，它们和中队失散了。在以前，重新会合是轻而易举的事。但现在，无线电联络不通了，原来对高速歼击机来说很狭小的空域现在变得如宇宙一样广阔，要想会合如同大海捞针。这对长僚机只能紧贴着飞行，距离之近像在飞特技。只有这样，他们才能听到对方的无线电呼叫。

"左上方发现可疑目标，方位220，仰角30°！"僚机报告。长机飞行员沿那个方位看去，冬日雪后的晴空一碧如洗，能见度极好。两架飞机向斜上方靠近目标观察。那个目标与他们同一方向飞行，但速度慢了许多，所以他们很快追上了它。

当他们看清目标后，真觉得白天见了鬼。那是一架北约的E-4A预警机，是歼击机最不可能遇到的敌方飞机，就像一个人不可能看到自己的后脑勺一样。E-4A预警飞机上的雷达监视面积可达100万平方公里，环视一圈只需5秒。它能发现远离防区2000公里处的目标，可以提供40分钟以上的预警时间。它能发现1000～2000公里范围里的800～1000个电磁信号，每次扫描可询问和识别2000个海陆空各类目标。预警机从不需护航，它强有力的千里眼可使自己远远地避开歼击机的威胁。所以长机飞行员理所当然地认为这可能是一个圈套。他和僚机向四周的空域仔细搜索了一遍,明净寒冷的空中看不到任何东西,长机决定冒一次险。

"雷球雷球,我将发起攻击,你向317方位警戒,但注意不要超出目视距离!"

看着僚机向着长机飞行员认为最可能有埋伏的方位飞去后,他打开油门,猛拉操纵杆。苏27拖着加速产生的黑烟,如一条仰起头的眼镜蛇向斜上方的预警机扑去。这时E-4A也发现了向它逼近的威胁,急忙向东南方向做逃脱的机动飞行。干扰热寻导弹的镁热弹不断地从机尾蹦出,那一串小小的光球仿佛是它那被吓出壳的灵魂。预警飞机在歼击机面前就如同自行车在摩托车面前一样,是无法逃脱的。这时长机飞行员才感到他刚才给僚机的命令是多么自私。他在E-4A的后上方远远跟着它,欣赏着到手的猎物。E-4A背上蓝白相间的雷达天线罩线条优美,像一件可人的圣诞玩具。它那粗大的白色机身,如同摆在盘子里的一只肥美的烤鸭,令他垂涎欲滴,又不忍下刀叉。但直觉使他不敢拖延。他首先用20毫米口径机炮做了一个点射,击碎了E-4A的雷达天线罩。他看到,西屋公司制造的AN/PY-3型雷达天线的碎片飞散在空中,如圣诞节银色的纸花。他接着用机炮切断了E-4A的一个机翼,最后,射速达每分钟6000发的双管机炮射出的死亡之刃,将已经翻滚下坠的E-4A拦腰斩断。苏27盘旋着跟随两块坠落的机体,飞行员看到,人员和设备不停地从机舱中掉出来,就像从盒中掉出的糖果一样,有几朵伞花在空中绽开。他想起了在刚过去的空战中,一个战友被击落时的情景:一架F22三次从战友的降落伞上方掠过,把伞冲翻了,他看着战友像一块石头一样渐渐消失在大地的白色背景中。他克制了这样做的冲动，同僚机会合后，双机编队以最快的速度脱离这个空域。

他们仍觉得这可能是个圈套。

走散的飞机并不止那两架。在双方战线的上空，一架隶属于美国陆军骑一师的"科曼奇"在漫无目标地飞着，飞行员沃克中尉却备感兴奋。他刚从"阿帕奇"转飞"科曼奇"不久，对这种上世纪末才大量装备陆军的武装攻击直升机不太适应。他不喜欢"科曼奇"的没有脚踏的操纵系统，并觉得它的双目头盔瞄准镜不如"阿帕奇"的单目镜舒服，但他最不适应的还是坐在前面的攻击指挥员哈尼上尉。他们第一次见面时，哈尼说："中尉，你要清楚自己的位置，我是这架直升机的大脑，你只是它电子和机械部件的一部分——你要尽一个部件的责任！"而沃克最讨厌作为一个部件而存在。记得一位年近百岁的参加过"二战"的前海军飞行员参观他们的基地时，看了看"科曼奇"的座舱，摇摇头说："唉，孩子们，我当年那架野马式，座舱里的仪表还不如现在微波炉上的多。我最好的仪表是它！"他拍了拍沃克的屁股，"我们两代飞行员的区别，就是空中骑士和电脑操作员的区别。"沃克想当空中骑士，现在机会来了。在俄罗斯人那近乎变态的疯狂干扰下，这架直升机上的什么"作战任务设备一体化系统"，什么"目标探测系统"，什么"辅助目标探查分类系统"，什么"真实视觉场面发生器"，还有"资料突发系统"，全他妈的休克了！只剩下那两台1200马力的 T800 型引擎还在忠实地转动着。哈尼平时就是全凭那些电子玩意儿发号施令的，现在他那张喋喋不休的臭嘴也随着这些东西沉默下来。这时，内部送话系统传来了哈尼的话音：

"注意，发现目标，好像在左前方，好像在那个小山包旁边，有一支装甲部队，好像是敌人的，你……看着办吧。"

沃克差点笑出声来。哈，这小子，听他以前是怎么指挥的："发现目标，方位 133，90 式坦克 17 辆，89 式运兵车 21 辆，向 391 方位以平均时速 43.5 公里运动，平均间隔 31.4 米。按 AJ041 号优化攻击方案，从 179 方位以 37 度倾角进入……"现在呢："好像"有装甲部队，"好像"在"山包那边"。这他妈用你说？我早看见了！还让我看着办。你是废物了哈尼，现在是我的天下，我要用屁股当仪表做一个骑士了！这架"科曼奇"在我的手中将不辜负它那英勇的印第安部落的名字。

"科曼奇"向着那显而易见的目标冲去，把机上的 62 枚 27.5 英寸口径"蜂巢"火箭全部发射出去。沃克陶醉地看着那群拖着火尾的小蜜蜂欢快地向目标飞去，把敌人的车队淹没于一片火海之中。但当他迂回飞行观察战果时却发现事情不对，地面上敌人的士兵没有隐蔽，而是全都站在雪地上冲他指点着，像是在破口大骂。沃克飞近一些，清楚地看到了一辆被击毁的装甲车上的标志，那是个三环同心圆，中间是蓝色，然后是一个白圈儿和一个红圈儿。沃克眼前一黑，感到世界变成了地狱，忍不住朝哈尼破口大骂起来：

"你个狗娘养的白痴，你瞎眼了？！"

但他还是聪明地远远飞开，以防那些暴怒的法国佬还击，

"你个狗娘养的,你现在大概在想到军事法庭上怎样把责任推给我。你推不掉的,你是负责目标甄别的,你要明白这一点!"

"也许……我们还有机会补救,"哈尼怯生生地说,"我又发现了一支部队,就在对面……"

"去你妈的吧!"沃克没好气地说。

"这次没错,他们正在同法国人交火!"

这下沃克又来了精神,驾机向新目标冲去,看到对方主要是步兵,装甲力量不多,这倒证实了哈尼的判断。沃克把仅剩的四枚"地狱火"导弹发射出去,然后把加特林双管机枪的射速调到每分钟1500发并开始射击。他舒服地感觉到机枪通过机体传来的微微振动,看到地面敌人的散兵线被撒上了一层白色的"胡椒面"。但一名老练的武装直升机飞行员的直觉告诉他有危险。他扭头一看,只见一枚肩射导弹刚刚从左下方一名站在吉普车上的士兵肩上发射出来。沃克手忙脚乱地发射了诱饵镁热弹,又向后方做摆脱飞行,但晚了些,那枚导弹拖着蛛丝般的白烟击中了"科曼奇"的机头下部。沃克从爆炸带来的短暂昏眩中醒来时,发现直升机已坠落到雪地上。沃克拼命爬出全是白烟的机舱,在雪地上抱住一棵刚被螺旋桨齐腰砍断的树,回头看见前舱中被炸成肉浆的哈尼上尉。他又看到前方一群端着冲锋枪的士兵正在向他跑来。沃克颤抖着抽出手枪放到面前的雪地上,然后掏出俄语会话本读了起来:

"吾已方下无起,吾是战扶,日内瓦……"

他后脑挨了一枪托,肚子上又挨了一脚,但他翻倒在雪地上时却大笑起来——他可能被揍个半死,但不会全死,因为他看到了那些士兵衣领上波兰军队的鹰形领章。

1月7日,明斯克,北约军队作战指挥中心

"把那个该死的军医叫来!"托尼·帕克上将烦躁地喊道。当那名瘦高的上校军医跑到他面前时,他恼怒地问:"怎么搞的?你折腾了两次,我的假牙还在嗡嗡响!"

"将军,这是我见过的最奇怪的事,也许是您的神经系统有问题,要不我给您打一针局部麻醉?"

这时,一位少校参谋走过来说:"将军,请把假牙给我,我有办法。"帕克于是取下假牙,放到了少校递过来的纸巾上。

关于将军掉的两颗门牙,媒体的普遍说法是在波斯湾战争中他所在的坦克被击中时造成的,只有将军自己知道这不是真的。那次是断了下颚,牙则是更早些时候掉的。那是在克拉克空军基地,当时的世界好像除了火山灰外什么都没有——天是灰的,地是灰的,空气也是灰的,就连他和基地最后一批人员将要登上的那架"大力神",机顶上也落了厚厚白白的一层。火山岩浆的暗红色火光在这灰色的深处时隐时现。那个菲律宾女职员还是找来了,说基地没了,她失业了,房子也压在火山灰下,让她和肚子里的孩子怎么活?她拉着他求他一定带她到美国去,他告诉她这不可能,于是她脱下高跟鞋朝他脸上打,打掉了他的两颗门牙。看着灰色的海水,帕克默念,我的孩子,现在你在那儿?你是和母亲在马尼拉的贫民窟中度日吗?你的父亲现在某种程度上是为

你而战。俄罗斯的民主政府上台后,北约的前锋将抵达中国边境,苏比克和克拉克将重新成为美国在太平洋上的海空军基地,那里将比上个世纪更繁荣,你会在那儿找到工作的!如果你是个女孩,说不定像你妈妈(她叫什么来着,哦,阿莲娜)一样能认识个美国军官……

修牙的少校回来了,打断了将军的胡思乱想。将军拿过了纸巾上的假牙装上,几秒后惊奇地看着少校:"嗯?你是怎么做到的?"

"将军,您的假牙响是因为它对电磁波产生了共振。"

将军盯着少校,分明不相信他的话。

"将军,真是这样!也许您以前也曾暴露在强烈的电磁波下,比如在雷达的照射范围里,但那些电磁波的频率同您的假牙的固有频率不吻合。而现在,空中所有频带的电磁波都很强烈,于是产生了这种情况。我把假牙进行了一些加工,使它的共振频率提高了许多,它现在仍然共振,但您感觉不到了。"

少校离开后,帕克将军的目光落到了电子作战图旁的一个座钟上。钟座是骑着大象的汉尼拔塑像,上面刻着"战必胜"三个字,原来摆放在白宫的蓝厅,当时总统发现他的目光总落在那玩意儿上,就亲自拿起了在那儿放了一百多年的钟赠给了他。

"上帝保佑美国,将军,现在您就是上帝!"

帕克沉思了很久,缓缓地说:"命令全线停止进攻,用全部空中力量搜寻并摧毁俄罗斯人的干扰源。"

1月8日，俄罗斯军队总参谋部

"敌人停止进攻了，你好像并不感到高兴。"列夫森科元帅对刚从前线归来的西部集群司令说。

"是高兴不起来。北约的全部空中力量已集中打击我们的干扰部队，这种打击确实是很奏效的。"

"这在我们的预料之中。"列夫森科元帅平静地说，"我们的战术在开始会使敌人手足无措，但他们总会想出对付的办法的。用于阻塞式干扰的干扰机，由于其强烈的全频带发射，很容易被探测和摧毁。好在我们已争取了相当的时间，现在全部希望都寄托在两个集群的快速集结上了。"

"情况可能比预想的严峻。"西部集群司令说，"在我们失去电子战优势之前，可能没有给高加索集群进入出击位置留下足够的时间。"

西部集群司令走后，列夫森科元帅看着电子沙盘上的前线地形，想起了正处于敌人密集火力下的卡琳娜，由此又想起了米沙。那天，米沙回到家里，脸上青一块紫一块的。这之前元帅已听到传言，说他儿子是那所大学中唯一一名反战分子，结果被学生们打了。

"我只是说不要轻言战争，我们真的不能同西方达成一种理智的和平吗？"米沙对父亲解释说。

元帅用从未有过的严厉口吻对儿子说："你知道自己的身份。你可以不说话，但以后绝不许出现类似的言论。"

米沙点点头。

又过了几天，晚上一进家门，元帅就告诉米沙："俄共上台了。"

米沙看了父亲一眼，淡淡地说："吃饭吧！"

再往后，西方宣布俄罗斯新政府为非法，杜波列夫组织右翼联盟发动内战，列夫森科元帅都不需要告诉米沙了，父子俩每天晚上都像往常一样默默地吃饭。直到有一天，米沙接到航天基地的通知，收拾起行装走了。两天后，他乘航天飞机登上了在近地轨道运行的"万年风雪"号。

又过了一周，战争全面爆发。这是一场由空前强大的敌人从预料不到的方向发起的旨在彻底肢解俄罗斯的世界大战。

1月9日，近日轨道，"万年风雪"号掠过水星

由于"万年风雪"号的速度很快，它不可能成为水星的卫星，只能从这颗行星面对太阳的那一面高速掠过。这是人类第一次用肉眼直接对水星表面进行近距离观察。米沙看到，水星表面高达两公里的峭壁，蜿蜒数百公里，穿过布满巨大坑穴的平原。他还看到了被行星地质学家称作"不可思议的地形"的名叫"卡托里萨"的盆地，其直径达1300公里。它的不可思议之处在于，在水星的另一面，有一个面积相仿的盆地正对着它。人们猜测，这是一颗巨大的彗星撞击了水星，强烈的冲击波穿过了整个星体，在两个半球同时形成了极其相似的两个盆地。米沙还发现水星表面有许多明亮的光斑。当他在屏幕上把那些光斑放大后，激动得屏住了呼吸。

那是水星上的水银湖泊，它们每个的面积平均达上千平方公里。

米沙想象着在水星那漫长的白天，在那 1800℃的高温下，站在水银湖岸边的情形。即使在狂风中，水银湖也会很平静。而水星没有大气，没有风，湖的表面如广阔的镜子平原，太阳和银河毫不失真地投射在上面。

"万年风雪"号掠过水星后，将继续靠近太阳，一直航行到它那由核聚变制冷装置支持的绝热层所能忍受的极限距离。太阳的高温将是它最好的掩护，北约的任何太空航行器都不可能飞进这个酷热的地狱。

看着这广阔的宇宙，再想想 1 亿公里之外的母星上的那场战争，米沙再次哀叹人类心胸的狭隘。

1月10日，斯摩棱斯克前线

看着敌人渐渐靠近的散兵线，卡琳娜明白了为什么当周围的干扰点相继被摧毁后，只有她这里幸存下来——敌人想夺取一台完整的"洪水"。

由三架"科曼奇"和四架"黑鹰"组成的直升机群轻而易举地发现了这台"洪水"的位置。由于"洪水"巨大的电磁发射，对它的遥控只能通过光缆，敌人顺着光缆发现了卡琳娜所在的距那台"洪水"3000米的遥控站。这是一间被废弃的孤立的小库房。

四架运载着四十多名敌人步兵的"黑鹰"在距库房不到二百米处降落了。当时遥控站中除卡琳娜之外还有一名上尉和一名上士。上士听到引擎声响,刚拉开库房的门,就被直升机上的狙击手射出的一颗子弹掀开了头盖骨。敌人随后的火力很谨慎也很节制,显然怕伤了库房里他们想得到的设备,卡琳娜和那名上尉这才得以多坚守了一段时间。

现在,在卡琳娜的左前方,上尉的冲锋枪声沉默了,这枪声是这里唯一的安慰。她看到在作为掩体的树桩后面,上尉一动不动,一圈殷红的鲜血正在他周围的雪地上扩散。卡琳娜处在库房前由几个沙袋堆成的简易掩体后面,脚下散落着八个冲锋枪弹匣,滚烫的枪管在沙袋上面的积雪中发出嘶嘶的声音。每当卡琳娜射击时,对面的敌人就卧倒,子弹在他们前面溅起一团团雪花,而半圆形包围圈未受攻击方向的敌人则跃起快步推进一段距离。现在,卡琳娜只剩下三个弹匣了,她开始打单发,这没有经验的举动等于告诉敌人她子弹不多了,使他们更快更大胆地推进。卡琳娜再次换弹匣时,听到沙袋顶上厚厚的积雪"吱"地响了一声,有什么东西从中飞快地钻了过来,她感到右胁被什么猛推了一下,没有疼痛,只有一阵很快扩散的麻木感,温热的血顺着右侧身体流下去。她坚持着,几乎是漫无目标地打完了这个弹匣。当她伸手拿起沙袋顶上最后一个弹匣时,一颗子弹打断了她的前臂,弹匣掉到雪地上。卡琳娜站起身,回头向库房门走去,身后的雪地上留下了一条细细的血迹。当她拉开门时,又一颗子弹穿透了她的左肩。

由瑞特·唐纳森上尉率领的美国海军陆战队"海豹"突击

队小分队谨慎地靠近库房。唐纳森和两名陆战队员越过那名俄罗斯上士的尸体,踹开门冲进帐篷,发现里面只有一名年轻女军官。她坐在他们的目标——"洪水"遥控仪旁边,一只被打断的手臂无力地垂在控制台上,对着显示屏上映出的影子,用另一只手整理着自己的头发,不断滴下的鲜血在她的脚下积成了小小的血洼。她对着冲进来的美国人和那一排枪口笑了一下,算是打了招呼。唐纳森长出了一口气,但这口出来的气再也没有吸回去——他看到她整理头发的手从控制台上拿起了一个墨绿色椭圆形的东西,把它悬在半空中。唐纳森立刻认出了那是一枚气体炸弹,由于是装备武装直升机的,体积很小。那东西可由激光近炸引信引爆,在距地面半米处发生两次爆炸,第一次扩散气体炸药,第二次引爆炸药雾,他现在就是一支箭也飞不出它的威力圈。

他朝她伸出一只手向下压着。"镇静,少校,镇静下来,不要激动。"他朝周围示意了一下,陆战队员们的枪口垂了下来,"您听我说,事情没您想的那么严重,您将得到最好的医疗,您将被送到德国最好的医院,然后,会作为第一批交换的战俘……"少校又对他笑了一下,这使他多少受到了一些鼓励,"您完全没必要采用这么野蛮的方式,这是一场文明的战争,它本来是会很顺利的,这一点在 20 天前越过波俄边境时我就感觉到了。当时你们的大部分火力都被摧毁,只有零星的机枪声恰到好处地点缀着我们这场光荣而浪漫的远征。您看,一切都会很顺利的,没必要……"

"我还知道另一次更美妙的开始。"少校用纯正的英语说,她轻柔的声音如同来自天堂，能让火焰熄灭、钢铁变软，"美丽的沙滩，棕榈树上挂着欢迎的横幅。到处是漂亮的姑娘，留着齐腰的长发，穿着沙沙作响的丝裤，在年轻的士兵中移动，用红色和粉红色的花环装点着他们，羞怯地对着目瞪口呆的士兵们微笑……上尉，您知道这次登陆吗？"

唐纳森困惑地摇摇头。

"这就是1965年3月8日上午9点，在岘港，美国首批海军陆战队士兵登上越南土地的情景，也是越战的开端。"

唐纳森觉得自己一下子掉进了冰窟，刚才的镇静瞬间消失了，他的呼吸急促起来，声音开始颤抖："不，别这样少校。您这样对待我们是不公平的！我们没有杀过多少人，杀人的是他们。"他指着窗外半空中悬停着的直升机说，"是那些飞行员，还有那些在很远的航空母舰上操作电脑指引巡航导弹的先生，但他们也都是些体面的人，他们所面对的目标都是屏幕上漂亮的彩色标记，他们按一下按钮或动一下鼠标，耐心地等一会儿，那些标志就消失了。他们都是文明的先生，他们没有恶意，真的没有恶意……您在听我说吗？"

少校笑着点点头，谁说死神是丑恶恐怖的。死神真美。

"我有一个女朋友，她在马里兰大学读博士，她像您一样美丽，真的，她还参加反战游行……"我真该听她的，唐纳森想，"您在听我说吗？您也说点什么吧，求求您说点什么……"

美丽的少校最后对敌人微笑了一次："上尉，我尽责任。"

赶来增援的俄军104摩步师的一支部队这时距那个"洪水"

遥控站还有半公里,他们首先听到了一声沉闷的爆炸,并远远看到那间宽阔田野中孤零零的小库房隐没于一团白雾之中。紧接着是一声比刚才响百倍的巨响,地动山摇,一团巨大的火球在库房的位置出现,火焰裹在黑色的浓烟中高高升起,化作高耸的蘑菇云,如绽放在天地之间的一朵绝美的生命之花。

1月11日,俄罗斯军队总参谋部

"我知道你想要什么东西,别废话,要吧!"列夫森科元帅对高加索集群司令说。

"我想让前两天的战场电磁条件再持续4天。"

"你清楚,我们的战场干扰部队现在有百分之七十已被摧毁,我现在连4个小时都无法给你了!"

"那我的集群无法按时到达出击位置,北约的空中打击大大迟滞了部队的集结速度。"

"要是那样的话,你就把一颗子弹打进自己脑袋里去吧。现在敌人已逼近莫斯科,已到了七十年前古德里安到过的位置。"

在走出地下作战室的途中,高加索集群司令在心里默念:莫斯科,坚持啊!

1月12日,莫斯科防线

塔曼摩步师师长费利托夫上校清楚,他们的阵地最多只能再承受一次进攻了。

敌人的空中打击和远程打击渐渐猛烈起来，而俄军的空中掩护却越来越少了。这个师的装甲力量和武装直升机都所剩无几，最后的坚守几乎全靠血肉之躯了。

师长拖着被弹片削断的腿，挂着一支步枪走出掩体。他看到战壕挖得不深，这也难怪，现在阵地上大部分都是伤员了。但他惊奇地发现，在战壕的前面构起了一道整齐的约半米高的胸墙。师长很奇怪这胸墙是用什么材料这么快筑起的，这时他看到被雪覆盖的胸墙上伸出几条树枝一样的东西，走近一看，那是一只只惨白僵硬的手臂……他勃然大怒，一把抓住一位上校团长的衣领。

"混蛋！谁让你们用士兵的尸体筑掩体的？！"

"是我命令他们这样干的。"师参谋长的声音从师长身后平静地传来，"昨天晚上进入新阵地太快，这里又是一片农田，实在没有什么别的材料了。"

他们沉默对视着。参谋长额头绷带中流出的血在脸上一道道地冻结了。这样过了一会儿，他们两人朝这堵用青春和生命筑成的胸墙走去。师长的左手挂着用作拐杖的步枪，右手扶正了钢盔，向着胸墙行军礼，仿佛在最后一次检阅自己的部队……

他们路过了一个被炸断双腿的小士兵，从断腿中流出的血把下面的雪和土混成了红黑色的泥，这泥的表面现在又冻住了。小士兵正躺着把一颗反坦克手雷往自己怀里放，他抬起没有血色的脸，朝师长笑了笑："我要把这玩意儿塞进'艾布拉姆斯'的覆带里。"

寒风卷起道道雪雾,发出凄厉的啸声,仿佛在奏着一首上古时代的战歌。

"如果我比你先阵亡,请你也把我砌进这道墙里。这确实是一个好归宿。"师长说。

"我们两个不会相差太长时间的。"参谋长用他那特有的平静说。

1月12日,俄罗斯军队总参谋部

一个参谋来告诉列夫森科元帅,航天部部长急着要见他,事情很紧急,是有关米沙和电子战的事。

听到儿子的名字,列夫森科元帅心里一震。他已得知卡琳娜阵亡的消息,但他无法想象1亿公里之外的米沙同电子战有什么关系,他甚至想象不出米沙现在和地球有什么关系。

部长一行人走了进来,他没有多说话,径直把一片3英寸光盘递给了列夫森科元帅:"元帅,这是我们一小时前收到的米沙从'万年风雪'号上发回的信息。后来他又补充说,这不是私人信息,希望您能当着所有相关人员的面播放它。"

作战室中的所有人听着来自1亿公里以外的声音:"我从收到的战争新闻中得知,如果电磁干扰不能再持续三到四天的话,我们可能输掉这场战争。如果这是真的,爸爸,我能给您这段时间。

"以前,您总认为我所研究的恒星与现实相距太远,我自己也是这么认为,现在看来我们都错了。我记得对您提起过,恒星产生的能量虽然巨大,但它本身却是一个相对简单的系统。比如我们的太阳,组成它的只是两种最简单的元素:氢和氦;它的运行也只是由核聚变和引力平衡两种机制构成。同我们的地球相比,它的运行状态在数学模型上比较容易把握。现在,我们对太阳已经建立了十分精确的数学模型,其中也有我做的工作。通过这个数学模型,我们可以对太阳的行为做出十分精确的预测,这就使我们可以利用一个微小的扰动,在短时间内局部打破太阳运行的平衡。方法很简单:用'万年风雪'号精确撞击太阳表面的某点。

"也许您认为,这不过是把一块小石头投入海洋,但事实不是这样。爸爸,这是一粒沙子掉进了眼睛!

"根据数学模型我们得知,太阳是一个极其精细而敏感的能量平衡系统,如果计算得当,一个微小的扰动就能在太阳表面和内部产生连锁反应,这种反应扩散开来,其局部平衡就会被打破。历史上有过这样的先例,最近的记载是在1972年8月初,在太阳表面一个很小的区域发生了一次剧烈的电磁爆发,对地球产生了巨大的影响。飞机和轮船上的罗盘指针胡乱跳动,远距离无线电通信中断。在北极地区,夜空中闪动着炫目的红光。在乡村,电灯时亮时灭,如同处于雷暴的中心。这种效应持续了一个多星期。现在比较可信的解释是:当时一颗比'万年风雪'号还小的天体撞击了太阳表面。这样的太阳表面平衡扰动在历史上一定多次发生,但大部分发生在人类发明无线电接收装置以前,所以没被察觉。这些对太阳表面的撞击都是随机的、偶然的,因而所能产生的平衡扰动在强度和范围上都是有限的。

"但'万年风雪'号对太阳的撞击点是经过精确计算的,

所产生的扰动比上面提到的自然产生的扰动要大几个数量级。这次扰动将使太阳向太空喷发出强烈的电磁辐射,包括从极低频到甚高频的所有频带的电磁波。同时,太阳射出的强烈的X射线将猛烈撞击对短波通信十分重要的电离层,从而改变电离层的性质,使通信中断。在扰动发生时,地球表面除毫米波外的绝大部分无线电通信都将中断。这种效应在晚上可能相对弱一些,但在白天甚至超过了你们前两天进行的电磁干扰。据计算,这次扰动大约可持续一周。

"爸爸,以前我们两个人一直生活在相距遥远的两个世界中,互相交流很少。但现在,我们这两个世界已融为一体,我们在为一个共同的目标而战,我为此自豪。爸爸,像您的每一个士兵一样,我在等着您的命令。"

航天部部长说:"米哈伊尔博士所说的都是事实。去年,我们向太阳发射过一个探测器,它依据数学模型的计算对太阳表面进行了一次小型的撞击实验,证实了模型所预言的扰动。博士和他的研究小组还提出了一个设想:将来也许可以用这种方法适当改变地球的气候。"

列夫森科元帅走进一个小隔间,拿起直通总统的红色电话。过了一会儿,他就从隔间走了出来。历史对这一时刻的记载是不同的,有人说他马上说出了那句话,也有人说他沉默了一分钟之久,但那句话的内容是一致的。

"告诉米沙,照他说的去做吧。"

1月12日,近日轨道,"万年风雪"号冲向太阳

"万年风雪"号的十台核聚变发动机全部打开,每台发动机的喷口都喷出了长达上百公里的等离子体射流,它在最后修正轨道和姿态。

在"万年风雪"号的正前方,有一道巨大的美丽日珥。那是从太阳表面盘旋而上的灼热的氢气气流,像一条长长的轻纱,飘浮在太阳火一样的海洋上空,变幻着形状和姿态。它的两端都连着日球表面,形成了一座巨大的拱门。"万年风雪"号从这高达四十万公里的凯旋门正中缓缓地、庄严地通过。前方又出现了几道日珥,它们只有一头同太阳相连,另一头伸进了太空深处。发动机闪着蓝光的"万年风雪"号像穿行在几棵大火树中的一只小小的萤火虫。后来,那蓝光渐渐熄灭,发动机停止了,"万年风雪"号的轨道已精确设定,剩下的一切都将由万有引力定律来完成了。

当飞船进入了太阳的上层大气日冕时,上方太空黑色的背景变成了紫红色,这紫红色的辉光弥漫了这里的所有空间。在下方,可以清楚地看到太阳色球中的景象。在那里,成千上万的针状体在闪闪发光。那些东西在19世纪就被天文学家观察到了,它们是从太阳表面射向高空的发光的气体射流,这些射流使得太阳大气看上去像一片燃烧的大草原,每棵草都有上千公里长。在这燃烧的大草原下面就是太阳的光球,那是无边无际的火的海洋。

从"万年风雪"号发回的最后的图像中,人们看到米沙从巨大的监视屏前起身,打开了透明穹顶外面的防护罩,壮丽的火的海洋展现在他面前。他想亲眼看看他童年梦幻中的世界。

火之海在抖动变形，那是半米厚的绝热玻璃在熔化。很快，那上百米高的玻璃壁化作一片透明的液体滚落下来。像一个初见海洋的人陶醉地面对海风，米沙伸开双臂迎接那向他呼啸而来的 6000℃的飓风。在摄像机和发射设备被烧熔之前发回的最后几秒钟图像中，可以看到米沙的身体燃烧起来，最后变成了一把跳动的火炬，和太阳的火海融为一体……

接下来的景象只能猜想了："万年风雪"号的太阳能电池板和突出结构首先熔化，由于其表面张力在飞船的表面形成一个个银色的小球。当"万年风雪"号越过色球和日冕的交界处时，它的主体开始熔化。当它深入色球 2000 公里后，整个飞船完全熔化了。一个个分开的金属液珠合并成一个巨大的银色液球，精确地沿着那早已化为液体的计算机所设定的目标高速飞去。太阳大气的作用开始显现——液球的周围出现了一圈淡蓝色的火焰，向后拖了几百公里长，颜色由淡蓝渐变为黄色，在尾部变成美丽的橘红色。

最后，这美丽的火凤凰消失在浩渺的火海之中。

1 月 13 日，地球

人类回到了马可尼之前的世界。

入夜，即使在赤道地区，夜空也充满了涌动的极光。

面对着一片雪花的电视屏幕，大多数人只能猜测和想象那块激战中的广阔土地上的情形。

1月13日,莫斯科前线

帕克将军推开了企图把他拉上直升机的82空降师师长和几名前线指挥官,举起望远镜继续看着远方。那里,俄罗斯人的坦克滚滚而来。

"定标4000米,9号弹药装填,缓发引信,放!"

从来自后方的射击声中帕克知道,还有不到30门105毫米口径榴弹炮可以射击,这是他目前唯一可以用于防守的重武器了。

一小时前,这个阵地上唯一一只装甲力量——德军的一个坦克营——以令人钦佩的勇气发起反冲锋,并取得了显著的战果:在距此8公里处击毁了相当于他们坦克数目一倍半的俄罗斯坦克。但由于数量上的绝对劣势,他们在俄罗斯人的钢铁洪流面前如正午太阳下的露珠一样消失了。

"定标3500米,放!"

炮弹飞行的嘶鸣过后,在俄罗斯人的坦克阵前面掀起了一道由泥土和火焰构成的高墙。但就如同塌下的泥土只能暂时挡住洪水,洪水最终将漫过来一样,爆炸激起的泥土落下后,俄罗斯人的装甲前锋又在浓烟中显现。帕克看到他们的编队十分密集,如同在接受检阅。在前几天用这种队形进攻简直就是自取灭亡,但现在,在北约的空中和远程打击火力几乎全部瘫痪的情况下,这却是可以采用的队形,可以最大限度地集中装甲攻击力量,以确保在战线一点上的突破。

防线配置的失误是在帕克将军预料之中的,因为在这样的战场电磁条件下,要想准确快速地判明敌人的主攻方向几乎是不可能的。对下一步的防守他心中一片茫然,在 C3I 系统全面瘫痪的情况下,快速调整防御布局是十分困难的。

"定标 3 000 米,放!"

"将军,您在找我?"法军司令若斯凯尔中将走了过来。他身边只跟着一名法军中校和一名直升机驾驶员。他没穿迷彩服,胸前的勋章和肩上的将星擦得亮亮的,但却戴着钢盔,提着步枪,显得不伦不类。

"听说在我们的左翼,幼鹿师正在撤出阵地。"

"是的,将军。"

"若斯凯尔将军,在我们的身后,70 万北约部队正在撤退,他们的成功突围取决于我们的坚固防守!"

"是取决于你们的坚固防守。"

"我听不明白。"

"您什么都明白!你们对我们隐瞒了真实战局,你们早就知道右翼联盟的军队要在东线单方面停火!"

"作为北约军队最高指挥官,我有权这样做。将军,我想您也明白,您和您的部队有接受指挥的职责。"

……

"定标 2 500 米,放!"

……

"我只遵守法兰西共和国总统的命令。"

"我不相信现在您能收到这样的命令。"

"几个月前就收到了。在爱丽舍宫的国庆招待会上，总统亲自向我说明了在这种情况下法国军队的行为准则。"

"你们这些戴高乐的杂种，这几十年来你们一直没变！"帕克终于失去控制。

"话别说得这么难听，将军。如果您不走，我也会一个人留下来，我们一起光荣地战死在这广阔的雪原上。拿破仑在这儿也失败过，我们不丢人。"若斯凯尔向帕克挥动着那支FAMAS法军制式步枪说。

……

"定标2 000米，放！"

……

帕克慢慢地转过身，面对一群前线指挥官："请你们向坚守阵地的美军部队传达我下面的话：我们并非生来就是一支只能靠电脑才能打仗的军队，我们原本是由庄稼汉组成的军队。几十年前，在瓜达卡纳尔岛，我们在热带丛林中一个地洞一个地洞地同日本人争夺；在溪山，我们用圆锹挡开北越士兵的手榴弹；更远一些的时候，在那个寒冷的冬夜，伟大的华盛顿领着没有鞋穿的士兵渡过冰封的特拉华河，创造了历史……"

"定标1 500米，放！"

"我命令，销毁文件和非战斗辎重……"

"定标1 200米，放！"

帕克将军戴上钢盔,穿上防弹衣,并把那只9毫米口径手枪别在左腋下。这时榴弹炮的射击声沉默了,炮手正把手榴弹填进炮膛中,接着响起了一阵杂乱的爆炸声。

"全体士兵,"帕克将军看着已像死亡屏障一样在他们面前展开的俄罗斯坦克群说,"上刺刀!"

战场的浓烟后面,太阳时隐时现,给血战中的雪野投下变幻的光影。

残渣

战之殇

文／荒远

在那东西爆炸以后,在美国能够用一颗炸弹摧毁一座城市的设想已成定局之后,一位科学家转向父亲,说,科学现在与罪恶携手了。你知道父亲说什么? 他说:罪恶是什么东西?

——《猫的摇篮》

◆ 1 ◆

很难忘记那个炎热的下午,街岸上行人寥寥,码头上站着荷枪实弹的宪兵,空气中隐约有一股天然气臭味。我坐在省医院属下重生科技部大楼的门口,把身体里多处合成肌肉的液压泄了,像一条脱了毛的迟暮的狗。几个狐朋狗友扬了扬手里的报告单,挤眉弄眼向我走过来。那个天灵盖开花,顶个机械头的叫商陆,他贼笑着对我说:"小子你福分不浅啊,打算装个多少公分的家伙?"

"成了?"我坐直了身子。肌肉开始智能升压。

"哥们我的手段都信不过?以现在的行情,你能装个石墨烯的。当然，怕用力过猛，折了，仿生材硅胶的也成，就是假了点。自带润滑的五十万起底，没润滑的三十万，回去叫你爸妈掏钱。俩老人一高兴说不定给你装两具，还买具压在婚床枕头下备用呢。毕竟经过那场天崩地裂的决战，咱大难不死个个修成半机器人，就你一个还能把种保下来，也是天大的运气啊！"

商陆合上他仅存的臭嘴，几个没心没肺的家伙又哄笑起来，有怪叫保睾有方应该全国推广的，有埋汰说要是有了两杆枪怎么说也要找两个洞的。一个个的电子喉咙都挤出破音的嘎吱声，简直是群魔乱舞，不知道的还以为我跟他们有仇。我在思维里调出系统界面，选了个面有愠色的表情，吼了声："你们倒是把医疗单给老子收起来啊？铝面硅字，又是二号字，闪闪发光的，我隔个老远都看得见！"那是《国家生育恢复办省组鉴定室公民（男性）生殖恢复配型报告》。

这群王八蛋笑得更放肆了。商陆一挥手，说："沙舟要起锚了，快上船。大家就别拿他开涮了，真让周围的姑娘或者爷们知道了这家伙能配种，我们几个缺胳膊缺腿的，可挡不住人民争抢的汪洋大海。"

我懒得搭理他们，扮出一脸镇定。但实际上得知有手术复原的可能的刹那，我脑内资源管理器已经发出"多巴胺分泌过量，是否进行内环境调整？受体靶向阻隔预备中……"的对话框！这之后，心血循环系统弹出警告，我还没来得及查看，视野里"啪"的一声蓝了屏。随后是内置心脏起搏器的充电声，放电声，还有维生辅生系统输送营养液的窸窣声。

再次睁开眼,是深邃的夜空,众星簇拥着幽蓝的"恶魔之花",那是物质转换武器在空中留下的痕迹。它们曾经在天上张牙舞爪,爆发出世界上最璀璨的烟花,天上下起了硅与碳的滂沱大雨,一切都被黑压压的硅晶与碳沙埋没了……淅淅沥沥的,耳后沙砾摩挲,我断定是在一艘沙船上了。我撇开头,撞见商陆那张合成脸。风沙穿透了他的身体,他仍然屹立在甲板上纹丝不动,抱着手,居高临下地瞅着我。

"我倒了多久?"我躺着,身体一动也不动。

"个把钟头吧。能装个那话儿就把你激动成这样。平时也不自我检测紧急辅生系统。省医重生科技发通知了,要是像你这样激动死了,一分钱的赔偿都没有。"

听到这种话题心里就一阵烦躁,把头又转回去看天。天上有三个红点闪烁着飞过,兴许是军方的喷射机。

一瞬间我有些走神,我仿佛看见它丢下一颗大炸弹,熊熊烈焰扑面而来,要把我焚个干净……下循环程序正好提醒我,由于重启动造成的紊乱,人造尿道阀放出了一些液体。我的胯下渐渐传来了湿润感。烦。

所以,我说:"好啊,死了多好,我倒给人保险金让我死述行不行?"

"你这话,不爷们,蔫了才几年,就躺在地上打滚撒赖。我让其他人先去你家把好消息告诉你爸妈了,估计已经摆好宴席,你马上就能变回千里挑一的真爷们了。别哭丧个脸,来,起来尝个口香糖。按你的要求,我又找了一个牌子的,看是不是你一直要找的。"

我支起身,接过口香糖。说了声"谢谢"。

拆开包装,塞进嘴里。一瞬间,口腔内充满了她独一无二的香甜。伴随口香糖的滋味从口中蔓延,一种视觉上的空白也以我为中心扩散到无限远——淹没了岸、灯、碳沙和随船的鲸群。

在这不真实的"雾"里,焦黄遍野,群雁生出利刃,葬甲钻进受孕的少女眼里,而一片小雪错嫁了春天的诗人。我看见了周茜,她拿着我写给她的诗,站在医务处前向我招手。

周茜往往会在她执勤的医务处等我。一成不变的,里面只有简陋的几张病床,一张铺着玻璃板的诊桌,她坐在桌后的木椅子上,嘴里总是嚼着口香糖。每天的军事训练充满了汗臭味,口哨声,还有长官的斥骂,说不出的枯燥。历经了白日作训的艰辛,回到营房,拿起笔抛开一切,把压抑劳累倾泻在了我的文章里,拿给周茜读。她是我唯一的读者,每次她都嚼着糖吧唧吧唧一个劲地看,罢了给我细细点评。我竟说不出她是对我写的感兴趣,还是纯粹无聊透了,和嚼糖一样打发所剩不多的时日。

后来开战前一个月,她才告诉我,我每次写的诗她都保存着,舍不得丢,藏在枕头套下,想起我了就拿出来翻读,说不定战后她还能拿它们作为英雄笔迹发表出去,说完她咯咯地笑了起来。时至如今,我已经记不清她笑声的音色,她的发梢,她的脸庞……

回过神来,脸上一片湿漉漉的。我才发现情绪管理机能失控,一声不吭打开了泪腺。

"商陆。"

"嗯?"

"这口香糖哪买的?带我去,现在。"

"开玩笑吧你。"

"没有。我找到周茜了。"

◆ 2 ◆

我在铁下心宣布那个消息的时候,正坐在我家的沙发上,茶几上的盘子里是瓜子,开心果和削开的苹果。苹果的果肉正在渐渐变色,一片瓜子壳掉在我的鞋子里,脚踝的设备管理系统开始不停弹出报错提示。

我的左手边,亲戚和朋友们在传看我的"恭喜成为国家种马"的报告,我之前试图跟他们谈谈战后如今世界局势的话题,不过似乎他们对我本身的兴趣超过了这个星球的未来。在我的右手边,母亲在掐我的手臂,就像过去的二十二年一样。不过她似乎没注意,她掐的硅胶层下面不再会有神经末梢,并不能起到提醒我的作用,自然她也没法继续推销那位"军区医院说了,身体存有率59%,子宫好端端的"好姑娘。在我的前面,茶几与电视之间,父亲穿着老军装,抱着麦克风,把自己的电子喉咙调成了蔡国庆的声色,在唱《今夜星光灿烂》,自得其乐。

我站起身,眼光落在白色的墙壁上,没有看任何人,大声地说:"我已经把申请交上去了,我现在只需要等政府的回复。我已经决定要跟谁结婚了。"

四下无声。

隔了一会儿,父亲转过身,两只红外义眼锁定我不放:"你说什么?"

"我说,我已经决定跟谁结婚了。"

"谁?"

"一台口香糖售卖机。"

"……"

母亲"哇"的一声哭起来,双目涌出大量人造泪水,两只手气得直拍大腿,对着父亲大声哭喊:"他又来了!又这样了!"父亲丢开麦克风,两眼红光骤亮,身子嗡嗡作响,他转身走进卧室。他的表现让我感到强烈的不安,卧室里传出翻箱倒柜乒乒乓乓,情急之下我像机关枪般扫射出一大堆话:"爸!听我说,她不是一台机器,我是说她是接在那台机器上的人脑主机!咱们家在军区医院认识那么多关系,给她装个身子没有问题!我在战前服役的时候就认识她了,她叫周茜是一个医务兵她喜欢口香糖,我和她亲嘴都是口香糖味!这虽然听起来很扯但是我敢肯定那台机器就是她做主脑的……"

父亲拿出一个初始化U盘,冲着我,像举着一把血淋淋的刀。母亲哭得更响了,骂着"死老头你这么搞何时是个头?"又扑向我说,"小商你什么时候当过兵?你从来没有当过兵!你怎么会认识一个叫周茜的女兵?"

"我没当过兵?"

我一时间大脑当机了,说不出话。父亲趁机猛地冲了上来,抬腿踹开茶几,瓜子开心果苹果上的全息影像通通失灵,露出微生物合成胶冻的材质,被父亲一脚踩下去,流出油亮的汁液。

"跑!"

我越过一众目瞪口呆的亲戚朋友,往窗外爬去。假瓜子壳造成的报错糊满了视界,什么都看不见。一咬牙,我用手护着头,对着玻璃窗纵身一跃。

在坠入窗外那条沙河之前,我听见母亲的呼喊。

商陆!

商陆!

◆ 3 ◆

在决战到来之前,整个世界上的人们都怀揣着末日濒临的压迫感,世界各国都开始陷入了最后的疯狂,开始大规模征兵。所有的军备机器都在为了这场战役日夜轰鸣着(见注释1),为了不可能的胜利而咆哮。而我们这些棋盘上的卒子,像一部大机器上彼此咬合的齿轮,时而滚动向前,却不知所往,时而听命后退,却内心惶惶(见注释2)。等待我们的结局别无二致。

我叫商陆,二十二岁,受征在军队服役。

体检的时候我认识了医疗中尉周茜,她喜欢吃口香糖,看我写作。在她对我告白后,我们得知政府已确定了那场决战的日期。我百般惆怅,彻夜难眠,忍不住从营地溜了出来,借着朦胧的月光写下一首诗,放在医务处门前。

共赴战场,尽管我们会走向死亡。

我的爱人,你不要哭泣,也不要悲伤。

我是怎么了?

选择离开,我不会悲伤。

朝霞依旧,夕阳西下。

亲爱的人啊,请擦干眼泪,像钢铁一样坚强。

或许我们再也见不到彼此。(见注释3)

第二天,我清楚记得那是我们第一次接吻,也是最后一次。我们两个沿着机场的铁丝网漫步,她的两眼是红肿的,看着远方升起的硝烟,又忍不住哭了起来。

我伸手给她擦去了面上的泪水,她告诉我,在遇到我之后,她不想赴死。她说,至少我们现在还活着,相互爱着。

说完,她转过身背对我,捏碎了手里的蒲公英,战机正在起飞,风里挟飘飞的蒲公英拂过我的脸庞,引擎巨大的轰鸣声里我听不见她在说什么。最后她扑过来抱住我,我亲吻着她,嘴里弥散开一种让我深陷的独一无二的甜味……

全球决战那日。

防空警报凄绝地嘶吼着,随着一道闪光,蓝色的极光般的花在夜空绽放,那是物质破坏性转换的开始,半导体开始崩解,防空警报呜咽了。水泥路面崩裂、瓦解,高楼大厦崩塌、粉碎,都化作黑色的碳沙海洋。地上奔逃的人们,包裹在天地间绝望的黑色里,五官从脸上滑落,内脏从千疮百孔的腹腔流出。血凝固成碳的粉末,飞散在狂风大作的空中,飞跃硅晶化的树木,扶摇直上。

一个人,拖着半融化的身体,缓缓蠕动着。他看着怀中的女人渐渐消逝,只剩下一块灰色的脑组织。人类的终极兵器让他已经分不清黑与白,是与否,情与爱。他看不见,听不到,嗅不得,摸不着。一切生而为人的外壳都已溶解,换个说法,他也只剩下人类的残渣了。

然而他还要活。

衣服融化了,脸融化了,口腔里残存的口香糖融化了,一滴一滴,落在不成形的手上,落在手上那块曾经爱过的人的一部分。

饿啊。

他张开嘴。咬。

咬。

咬……

◆ 4 ◆

等醒来,眼下我已躺在省医重生科技手术台。

透过视界的管理员调试界面,我可以清楚看见面前穿着白大褂的女人,她有一颗半原生半合成的头,头发亦是一半真发一半假发,很可笑。在她的左胸,上面挂着一块名牌,上面写着:周茜。

周茜是一个滔滔不绝的研究员,很明显,她平常没有什么机会抓到一个人听她扯淡。哪怕现在在她面前的,是一个身上准确的说只有一个大脑,一片嘴唇,五节脊椎,一对睾丸属于人类的混合系统,而且这个玩意主系统已经关闭,等待进行海马体重置处理。

她对着我的眼睛或者说光线感受单元笑了笑。鉴于她特殊的头部构造,真的只能说狰狞极了。

她迎着我的厌恶的目光,毫不客气地开口:"别以为我不知道你在想什么,你说我长得丑?没关系,大家都长得丑。在物质转换武器发动的瞬间,第一个被消灭的就是美。现在谁还有完好的肉体?不过是战前人类侥幸的残渣啦!"

"残渣,你好。"

"回敬回敬。"她轻快地敲着键盘,不以为然地说,"其实残渣还是有区别，比如，我就没有一对能够通过渠道提前知道决战到来的军领导父母，也不会有财力有手腕把拿去当人肉单片机都嫌不够的儿子躯体残渣强行续命。"

"那么为了公平，请务必把我做成一个汽水售卖机，放在一个口香糖售卖机旁边，谢谢。"

她先是一愣，随后大笑了起来。一开始抿着嘴笑，后来捂着肚子笑，一边笑一边砸桌子，笑得半边脑袋跟着发出咔咔的金属怪响："哈哈哈！海马体真是个好玩的东西，捡到啥用啥。"

她扶着桌子咳了两声，滋啦滋啦的，又扯开破锣嗓子："看在你又要被重置的份上，我再告诉你一次。你的脑组织根本没法复原成一个正常人，甚至当单片机都不够。要不是你有一对可以用来繁殖的睾丸，于公于私，你现在都该在回收桶里发臭。你是最后我们采样了若干其他人的灰质，像拼百衲衣拼出来的。本来一开始你运行得挺正常的，结果可能是某个人的灰质的刺激很强烈，导致你想象了一个苦苦寻找的战前女朋友，叫周茜——你幻想你服过役，也许是出于对父母的崇拜，或者那个不知道哪里蹦出来的灰质主人是军人吧。人的大脑存取记忆实在是乱七八糟，这调用一块那调用一块。"

我默默地看着系统调试选项在她的操作下快速变动，无话可说。

她见我无动于衷，眯起眼，把那鬼脸凑过来："再说说你幻想的那个可怜的罗曼蒂克，也许战斗机起飞来自某个宅男对军事视频的回忆，风是一位农民耕作时感受的烈风，蒲公英来自一个小屁孩的郊游……口香糖就只是那种廉价的口香糖而已。

你爸妈跟我说，你还以为你的女朋友'投胎'成一台口香糖机器？哈！真亏的你能想的出来——"

"闭上你他妈的臭嘴！"我颤抖着打断了她，去他妈半张脸的八婆。给浑身的合成肌肉灌满液压，我猛地挣脱了手臂上的束缚带匆匆冲出门外，她刺耳的嘲笑声仍在深长的走廊上阴魂不散。

"那些记忆都是你的，也都不是你的，可怜虫！"

我疯了一般地往医院外跑，不知道跑了多久。

◆ 5 ◆

街岸上低压钠灯好像放着光的蒲公英，硅晶沙船在黑的旷阔的碳沙上起伏，犹如泛着金属光泽的鲸群。

找对了。

我来到一台口香糖售卖机面前，坐下来。那是一台很简单的自动化机器，只链接了一位培育在维生系统的人脑。那是一团泡在充满营养物质的玻璃罩里的人脑，放在机器顶端，没有名字，只有铭牌上一串代码。决战留下了如此众多的人脑，以至于它们代替了所有本属于半导体芯片的工作。

看着那灰质上的沟壑纵生，那充满细小气泡的绿色凝胶，一种巨大的距离感，像刺刀一样，抵着我。

我偏了偏头,看见老兵"商陆"的机械脑袋。他还是以往那样,顽固的很,都成了合成人了,那身破破烂烂的旧军服从来也没脱过。除开一个大脑,一片嘴唇,五节脊椎,一对睾丸以外,浑身上下没有一处是完好的。

老兵"商陆"走了过来,和我一样,坐到了口香糖贩卖机旁。他把手环在机器的后面,仿佛搂着他心爱的人。贩售机的电子彩灯在液体的折射下旖旎变换,我恍惚间看见,在绿莹莹的玻璃罩上映着一个女人的纤细身影,旁边一个男人又好像是我,又好像是"商陆",搂着她。

我做了一个梦,梦见"周茜"在我怀里,倚靠着我的胸膛,我和她都穿着破旧泛黄的军装,尽管那场战争已成尘烟远去了多年。扑腾的鸠鸽与郁金香花瓣在我们的婚礼上飞舞,我为她的鬓发上别两支金黄的蒲公英,她笑嘻嘻地抛下手里的花束揽住我的脖颈,柔软的嘴唇贴上了我的,耳边是礼钟乐响,欢声笑语。

第二天早上,我的身边没有了女军医,没有了机械老兵。我只听见警笛鸣叫,人声熙攘,周围一圈人围着我,一部分是我的父母和亲朋好友,一部分是警察。我是被其中某个性急的警察推醒的。

我一醒来,就看见穿戴正装的父母怒目而视,母亲上来就是劈头盖脸的一顿批:"商陆你都二十多岁了,还疯疯癫癫地乱跑?问医院也说突然逃出去了不见人影。"跟着父亲注意到我怀里抱着的口香糖机器,气得面色发青,嘟囔着"真是丢人现眼"。

经过商量,警察和寻人的亲友被父母客气地送走了。在我的拼命要求下,我不顾旁人惊诧,执意把口香糖贩卖机买了下来,只身默默地把她搬上了通往家里去的沙舟。一路上父母不断盘问,我口中的那个军医"周茜"是怎么一回事,那个当兵的"商陆"又是怎么一回事……最后他们又打电话回去问了重生科技。

"所以说周博士,这个合成义体里的到底还是不是我这个儿子商陆?"父亲抓着手机黑着脸,要吃人似地逼问电话另一头束手无策的研究员。母亲拽着父亲的胳膊在一旁劝:"人回来了就算了。当初能保住一部分大脑和生育能力就不错了,天有不测风云……"

父亲气势汹汹,又指着我身边的周茜厉声问:"听着商陆,要真要娶这台机器怎么传宗接代?为了一个别人记忆里的女人值得么你!"

"我爱她,她就是我记忆里唯一的爱人。把我的睾丸,我的大脑拿去克隆代孕,试管婴儿怎都好!"我咬牙道,"我现在的思想、意识、记忆都已经不单是那个人了。我不是你们的儿子商陆!他只是我记忆的一部分罢了。"

父母二人大惊失色,用一种又似看陌生人又似看鬼一样的表情从头到脚打量我。

事情的结局是,父母亲眉头深锁,两人激烈讨论一番,最后无可奈何地认为我,他们那个在经过决战后只剩残渣的儿子,商陆的大脑试验复合体1号——彻底疯了。我——是个无可救药的失败实验体。我不是他。他们甚至不确定,我到底是谁,哪个人,反正,不是他们那个亲生儿子本人。

母亲抹着泪，抱着最后一丝希望，盼我能回心转意："你呢，你也曾是我们的儿子商陆啊！都回家那么久了，我不像你爸爸，娘的心还是肉做的，能舍得把你当废品处理吗。你就这么确定，你要找的那个人是这台机子？"

我凑在玻璃罩上，目不转睛地透过透明的玻璃观察着周茜的脑子，如痴如醉："看，她的额叶，她的脑回路，还像她在我手上那样，她全身都融化了，就血淋淋地瘫在我的掌心里……那是我死前见到的最后的画面，肯定不会错的——求你们把我做成一台汽水售卖机吧，放在那台口香糖售卖机旁边。我终于找到她了，我要陪着她。"

隔着玻璃，我沉迷的面容也被光折射得扭曲，母亲见了尖叫了一声，这孩子怎么满嘴胡话呢！一头扎进父亲胸前，撕心裂肺地号啕大哭了起来……

他们只好决定，属于商陆脑组织的一部分他们保有原型，然而必须得把我的睾丸、嘴、五节脊椎回收，重新匹配给新的商陆实验体。

◆ 6 ◆

我是一台汽水售卖机，兼职商陆的备份记忆体。我的旁边是一台口香糖售卖机，她曾经是我的爱人。我和她被安置在商家的私人沙舟甲板上，平时只有我的继任者商陆2号操纵着合成义体和他的家人使用我们,生活十分悠闲惬意。

我们每天都会一起在船上看日出和日落,黝黑的砂浪滚滚地淘洗着木制的船底。随游的巨鲸偶尔用尾卷起一拨砂砾,洒在放置她跟我的甲板上,在我们的玻璃窗或金属板上磕碰出清脆的弹跳声。我们在日常交通下随着风波跌宕起伏,风和浪会使得船体摇晃,不一会我与她就会被推并到一起,不一会我们又会随着颠簸暂时分开……

我和她被好心地安装上了最前沿的智能售货系统,所以我们可以发声闲聊。比以前有义体的时候不足的是,不能随意移动。

机器的她也是临时拼凑成的脑组织,仅能听懂简单的对话,只考虑到了做最基本的售卖功能。我给她讲起我和她从前的故事,她却什么也不记得了。当强风吹过,将我往她身上推去,我刹住底下的轮子,紧紧贴住她,我们两台机器恰好被卡在了一个转角处。亦真亦幻地,我和她终于梦寐以求地拥抱在了一起。

我激动地震了一下,一瓶饮料从货架上掉落到了取货口,通过我的扬声器,我靠在她的麦克风旁边悄声说:"傻瓜,你是周茜,是我的周茜,我终于找到你了!"

咔咔地,她发出冷冰冰的电子杂声:"谢谢您的惠顾。"

注释1：《第一次世界大战全记录》【英】H.P.威尔默特（Willamette）

注释2：【德】恩斯特·托勒尔（Ernst Holler）

注释3：诗歌《告别》，诗人阿尔弗雷德·利希滕斯坦（Alfred Lichtenstein）

孤独的太空人

因为战争

文 / 绿豆

太阳从地球的背面缓缓升起,照亮了太空中一颗灰色的小球。小球看上去是那样渺小,稍一不留意就会将它忽略。可就是这样一颗微不足道的小球,竟然是联军最先进的武器——轨道打击空间站。

它是如此的先进,以至于联军倾尽了全部的资源也才仅仅建造出了五座而已。每座轨道打击空间站都配备了威力惊人的激光武器,只要一位宇航员就可以正常运作。宇航员只需按下按钮,空间站就能轻松地将一道激光射向地球。

这道激光进入大气层后看上去更像光柱,直径足有10米。威力有多惊人呢?当空间站以全功率工作时,光柱能够从距地面大约6000千米的高度穿过厚厚的云层射向大地,在短时间内将厚重的岩石完全汽化。普通岩石在1200度才会开始融化,将它完全汽化的温度要高达5000度,这与太阳表面的温度相当。也就是说,轨道打击空间站拥有太阳般毁天灭地的威力。

如此巨大威力的武器,全掌握在遥远天外、渺小而孤独的太空人手中。然而他们也不过是将军们手里的棋子而已。

在这场席卷全球的战争中,与地上那些不断遭受着战乱、饥荒和流离失所的人们相比，他们无疑是幸运的。可是罗文却从未因此觉得自己很幸运，他总是个异类。在别人眼中强大到令人畏惧的太空战争机器，在他眼中，只是工作和生活的地方。无聊透了，早已经厌倦。

每天面对的是一个狭小的核心舱，十几块无聊的显示屏，和数不清的按钮和指示灯。这样的生活已经很单调了，可工作更单调。罗文工作的全部内容，只是接收上级发送来的坐标数据，把光标对准显示屏上的坐标红点，按下开火键。

他只需要担心一件事情。一旦开火，就意味着可能暴露自己的位置。这很重要，因为轨道打击空间站虽远在 6000 千米外的太空，但敌人的反卫星导弹还是能够打到它的。理论上激光打击可以拦截导弹，但它并不是为拦截导弹而设计的。缓慢的蓄能过程，以及缺乏先进雷达对来袭导弹的锁定能力，使得空间站面对敌人的反卫星导弹，只有一次拦截射击的机会。

这样风险太大了。所以，按照安全手册的章程规定，罗文必须在每次完成轨道打击后，立即驾驶空间站变轨到别的轨道去。

罗文对此有个形象的比喻。轨道打击空间站就好比太空里的潜艇，必须想尽一切办法隐藏自己，因为一旦暴露坐标就意味着毁灭！

在轨工作的第 1034 天

自转给空间站带来了微弱的离心重力，令罗文不至于因为长期生活在太空而患上骨质疏松。但尽管每天都坚持锻炼，他的身体状况还是变得越来越糟糕。

然而相比身体状况，他的心理状况更加糟糕——孤独像毒药一般在体内蔓延。他快要崩溃了。

为了对抗孤独，罗文经常去回想自己在空间站的1 034天里所发生过的那些为数不多的趣事，那些令他印象深刻的事。

他总会想起最初的时候，每次接到轨道打击的任务，他都会慌张到不知所措，生怕操作失误错失目标，更怕暴露位置，遭到敌人的毁灭性打击。

现在嘛，罗文已经是一个在轨工作了将近三年的老手了。经验丰富的他再也不会慌乱了。熟练地输入打击坐标，按下开火键，冷静得像一个毫无感情的机器，甚至连呼吸都不会有一丝起伏。

每次完成轨道打击任务后，他都会习惯性地打开光学侦查仪器，去仔细地检查被打击的目标。无论把镜头聚焦到哪个地方，看到的画面总是千篇一律：天上灰蒙蒙的云层被驱散，打击产生的尘埃正在掉落；地上到处都在着火，除了火焰一眼望去尽是焦黑。

从太空看去，地球已经毫无生机，就像死了一样。战争将美丽的蓝色星球变成了一颗灰色的到处都弥漫着战火硝烟的地狱。

罗文讨厌这样的地球。

每当这时候，他总会迫不及待地调转光学侦查仪器的方向，将镜头聚焦到那个地方。坐标106E-29N，这是他用光学侦查仪器发现的在这无边的焦黑土地上，唯一的一片绿洲。

那里是敌人的政府所在的城市。有一个女孩，悄悄地在城市的郊外远离交战区的山丘之间，精心打造了一座小小的植物园。

植物园里有小叶榕、香樟树、石楠、竹子和月桂。她总会偷偷跑出来照料这些植物。她一定对园艺和种植很在行，要不然罗文也不会发现这里，发现地球上竟然还有这样一个充满绿色生机的地方。

遗憾的是，罗文并不能一直看到这座植物园。光学侦查仪器只有在空间站降低到足够低的轨道时才可以使用。他不能总让空间站待在低轨道，因为那里不安全，更容易遭受到导弹的攻击。

联军为了保护他们珍贵的轨道打击空间站，对此制定了严格的规章制度。空间站通常只会在执行轨道打击任务的时候，才会降低自己的轨道高度。而且空间站停留在低轨道的时间一旦超过5分钟，超时警报就会响起，强制空间站上升轨道高度。

罗文每次都只能在执行完打击任务，空间站还停留在低轨道的短暂的5分钟时间里，才有机会欣赏那植物园难得的绿色。他因此格外珍惜这短暂的时间，每次都会痴痴地尽情地盯着满屏的绿色植物看上好久好久。

今天他很幸运。在屏幕上，植物园里苍翠嫩绿的小叶榕和香樟树之间，女孩刚刚结束了对植物们的悉心照料，这会儿正一个人偷偷地跳舞。她是一只无忧无虑的小精灵，在绿树间慢慢地跳跃旋转，像蝴蝶一样翩翩起舞。罗文觉得她的舞姿比小叶榕香樟树那翠绿的颜色还要令人心情愉悦。

小叶榕、香樟树和月桂，它们的味道一定很好闻。罗文陶醉在女孩曼妙动人的舞姿里，他不禁遐想，她的歌声一定也很美吧？

也许她正在唱歌，她在唱什么歌呢？

想着想着，罗文的脸上露出了久违的笑容。对他而言，能够看到植物园和她的舞蹈，是他在这狭小单调的空间站孤独地度过的1034天中，为数不多的能让他感到开心的事情。可惜它只有短暂的5分钟时间。真想一直看她跳舞啊……

5分钟时间，就像转瞬即逝的童年，来不及回味，就已经过去了。超时警报响起，将罗文从幻想中拉回到现实。他恋恋不舍地看着屏幕中的女孩，不情愿地启动了变轨程序，驾驶空间站上升轨道高度。

分布在空间站四角的动量矩飞轮高速旋转，空间站开始缓慢而精确地调整姿态，主引擎进入点火程序。蓝色的高能等离子束从喷口射出，猛烈而突然的加速度令空间站发生了剧烈的抖动。合金外壳因此发出尖利的咯吱声，仿佛随时都要破裂似的。

空间站不断地爬升轨道高度，光学侦查仪器受此影响，传回的画面逐渐变得模糊。罗文努力地调整焦距，可屏幕中的画面依然在不可避免地逐渐消失。

罗文紧盯着屏幕中的女孩，他甚至不愿意眨一下眼睛。他不知道下次轨道打击任务会是什么时候,更不知道下次还能不能再见到她。

他唯一知道的是,战争正在变得更加狰狞。联军在正面战场占据了优势,机械部队已经深入了敌人腹地,即将取得最终胜利。虽然敌人还在顽强地抵抗。他们打游击战,他们挖隧道,他们昼伏夜出,他们总能想出各种办法来抵消正面战场的劣势。但罗文相信联军的最终胜利是迟早的事情。

可他心底里又有些不希望联军胜利。他担心如果联军胜利了,女孩也就没有了安全保障。联军的机械部队,那些冷血的战争机器,它们可不懂得怜悯,它们只知道杀戮。要是可怜的女孩被机械兵杀死了,那我该怎么办?

空间站的轨道高度持续上升,屏幕里的画面更加模糊了,罗文快要看不清女孩儿的模样了。可就在这时,屏幕中的绿树丛里忽然出现了一个巨大的黑乎乎的影子。那是什么?

尽管画面是那样的模糊,但罗文还是努力地辨认出了这个影子——

是联军的机械兵!

罗文死死地盯着屏幕,看着高大强壮的战争机器一步步地走向了弱小无助的女孩。不好,它砍倒了一棵挡在女孩身前的树!该死,它将黑洞洞的枪口指向了女孩,它要开枪了!

女孩惊恐地逃跑。她躲到了香樟树后面,可是机械兵开枪扫射,一下子就把香樟树打断了;她躲到了小叶榕后面,可是机械兵喷吐火焰,一下子就把小叶榕烧成了灰。

女孩慌乱地跌倒在地上，身前已经没有了任何阻挡物。机械兵巨大的身影不断逼近可怜的姑娘——

忽然，整个世界都安静了下来，只听见砰砰砰的声音急促地加速。这是罗文那焦急到无法控制自己的心跳声。即使是第一次执行轨道打击任务的时候，他也没有如此紧张过。

"快停下，停！终止变轨程序！"两秒后，他才意识到核心舱计算机并没有声控输入设备。罗文赶紧进行手工操作，强行中断了正在运行的变轨程序。引擎在最短的时间内熄火了，但是惯性作用依然让空间站在继续爬升。他立即操控空间站转向，动量矩飞轮快速旋转，空间站迟钝地响应着飞轮对空间站姿态的调整，引擎喷口的方向跟着缓慢地转向了指向地心的反方向。

屏幕上那个冷血机器离女孩越来越近了，罗文紧张得不得了。"快啊，再快点！"

喷口用3秒完成了转向。可这3秒对罗文来说，仿佛是一个世纪。他再也不愿等待，立即启动点火程序。蓝色的高能等离子束猛烈地喷射而出，令整座空间站以近乎疯狂的速度向着地球俯冲而去。

轨道高度如雪崩似的快速下坠。光学侦查仪器终于逐渐地重新获得了清晰的影像。罗文这才看到，那个机械兵已经将喷火枪的枪口顶在了女孩的脑袋上。

"不，她会被烧死的！"罗文死死地盯着屏幕，胸中充满了怒火。可满腔怒火又如何，他只是远在天空之外，与地球分隔的孤独太空人，他什么也做不了。

不，一定有办法的。罗文不愿放弃，他的脑海中忽然冒出了一个疯狂的念头：用轨道打击的手段除掉这个该死的机器人！

轨道打击所使用的激光武器的功率达到了千万亿瓦特级别。它被设计成拥有大规模、大范围的杀伤性的武器，你可以用它毫不费力地熔化一座高山；你可以用它轻而易举地蒸发江河湖水；你可以用它不费吹灰之力地洞穿数百上千米深的地壳。它威力无比强大，这是毋庸置疑的，但精确打击从来不是它的强项。

用轨道打击去攻击一个从屏幕上看去只有硬币大小的机械兵，同时还不能伤到它身边只有豌豆大小的女孩，就好像用加特林机枪扫射百米开外一大一小两块贴在一起的面包片，必须在摧毁大面包片的同时，保证小面包片毫发无损。这几乎是绝对不可能完成的任务！

罗文不愿意就此放弃。凭借着丰富的经验，以及对激光武器结构的了解，他在电光火石之间，就想出了一个办法。空间站喷射出的光柱，是由许多细小激光经过集束后，再用光斑放大装置，把直径不到100mm的激光光斑放大数百倍后产生的。若是去掉光斑放大装置，再用最低功率执行轨道打击，那么光柱就能变成细长的光束了。如此一来，只要罗文瞄得足够准，他就能做到精确打击了。

不管这个方法是否可行，不管激光武器系统是否会因为他擅自关闭光斑放大装置而出现巨大的机械故障，时间都不容许罗文做过多的思考，他必须立即行动。因为屏幕上，那个该死的机器人，它手中的喷火枪随时都可能喷出赤红的火焰，将可怜的女孩烧成灰烬。

罗文绝不允许自己眼睁睁地看着女孩死掉而什么也不做。他没有片刻迟疑地绕过了数个安全协议，强行关闭了光斑放大装置。接着他将激光调到最低功率，把光标对准目标，按下了开火键。

他成功了。一道格外细小的激光从空间站发出，直奔地球而去。接下来就得看他的瞄准技术了。

第一下，罗文没有命中目标。细小的亮白激光从天而降，将一棵香樟树劈成了两半。好在它成功引起了机械兵的警觉，令它转移了注意力从而暂时放过了女孩。

第二下，罗文没有命中目标。细小亮白的激光差点洞穿了女孩的脑袋。这令他的心脏剧烈地跳动。他努力克制自己，可手指还是抖个不停。

第三下，第四下，一次次地错失目标，罗文的心情也变得更加紧张。他甚至开始怀疑自己还能否坚持下去。

第五下，罗文依然没有命中目标。细小亮白的激光擦过机械兵的胸膛，只差一点点就能要了它的命。机械兵意识到它可能无法活下去，便立即转变了思路：既然无法活下去，那就完成最后的任务。它冲向女孩，把赤红的火焰喷射了出去！

罗文又愤怒又紧张，以至于浑身都在发抖。他真的好怕，就要这么失去她。我还没和她打过招呼，还没问过她叫什么名字呢——不！我必须冷静下来，我必须救她！

他努力克制自己，终于让自己平静了下来。把它当作平常的任务，别想那么多。选择打击坐标，按下开火键。对，就是这么简单，我可以做到的……

终于，第六下，罗文命中了目标！

激光好似一柄利剑从苍穹之外劈下来，在火焰吞噬女孩之前，从机械兵的头部往下洞穿了它的胸膛。

女孩得救了！

罗文如释重负地瘫坐在椅子里。他大口喘着气，浑身早已湿透。可当他看到屏幕上的女孩，看到小叶榕、香樟树和月桂依然生机蓬勃时，他又露出了久违的笑容。

此时空间站已经下降到了罗文从未抵达过的最低轨道高度。在这个高度，空间站随时都有可能被敌人的导弹击落。可他却丝毫没有担忧和紧张，反而很开心。因为在这个高度，如果光照和大气条件好的话，光学侦查仪器甚至可以让他看清楚女孩的脸蛋儿。

罗文满怀期待地将镜头拉近、放大，女孩的整个人在屏幕上变得越发清晰。他看到她跌坐在地上，身上全是脏兮兮的灰尘和血渍，头发披散，脸上流着血。她受了重伤，看上去奄奄一息的样子，让罗文心疼不已。

她伤得怎么样了，我该怎么帮她？罗文手足无措，显得像个傻子似的。不过好在女孩很快就从地上爬了起来，左摇右晃，站都站不稳的样子，但还是坚强地忍着浑身的伤痛给自己的伤口做了简单包扎处理。

她脱下外套，把上面的灰尘抖落干净后，再把它撕成布条。她把布条绑在了自己的腿上、手臂上和头上。她的动作很娴熟，可能是接受过专业训练吧。罗文想,也许她是一个医生也说不定。

女孩包扎完伤口后,把剩余的布条当作毛巾,轻柔地擦拭起自己的脸庞。她脸上的污渍和血液很快就被擦干净了。

罗文瞪大了眼睛,他终于如愿以偿地看到了女孩的脸庞。茉莉花一样清秀而娇嫩的脸庞,好似春风沐雨,湿润了他孤寂的心灵。

不一会儿,女孩走向了化作铁水逐渐凝固的机械兵。她记得是耀眼的激光从天而降摧毁了可怕的机械兵。女孩又望向了天空,她的脸上充满了疑惑:救我的人会是谁呢,他为什么要救我?

又过了一会儿,女孩检查起植物园里被激光击中的那些地方。罗文一共发射了六次,每次都在地上留下了焦黑的痕迹。他跟随女孩一起查看那些被激光击中后产生的一个个焦黑的斑点。他看到,女孩在检查这些斑点的过程中,总会时不时地挥舞手臂向天空大声呼喊。

罗文并不能听到她的声音。他想,女孩一定是因为她的植物园遭到了破坏而不高兴了。他真想听到她的声音,听她到底在说些什么。她的声音一定很好听。

看着地上焦黑的斑点,罗文的脑袋里忽然又冒出了一个想法:如果我用同样的方法,不用它来打击目标,而用它在地上刻字。这样的话——

"也许我就能和她说话了。"罗文说。

这会是我和她说的第一句话。它不能太长,不能有太多笔画,但也不能太草率,更不能让人产生歧义。那么我该说些什么?

想了好一会儿,罗文终于开始拖动光标,按下开火键。细长而灼白的激光降下,在地上刻出一条条焦黑的痕迹来。

女孩小心翼翼地走上前来查看这些痕迹,她很快就在歪歪扭扭的线条间,认出了两个字母。

罗文向她说:"HI。"

女孩高兴地向天空挥手。接着,她从口袋里掏出一块小镜子,把它对准了太阳。罗文对此疑惑不解,她在干什么?

接着,罗文看到女孩开始有节奏地晃动镜子。镜子反射的太阳光,虽然很微弱,但他还是能够看到它随着女孩的晃动节奏,在屏幕上一闪一闪地发光。

他很快发现了闪光的节奏有明显的规律。闪光之间有两个明显不同的时间间隔,他把这两个时间间隔记为一长一短,便得到了一串编码信息:长长长,长短长,短短长……

罗文认出了这个规律:"这是摩斯密码?"真是个聪明的女孩。

解码工作很快完成了。原来女孩在向他说:"你好,我叫张雪。谢谢你。"

在轨工作的第 1067 天

今天是罗文和张雪的第一次约会,为此他做足了准备。上次为了救张雪,他强行关闭了光斑放大装置。虽然它已经被修复了,之后也没有出现任何故障。但这毕竟是违反规定的行为,要是被上级发现了,他要受到处罚的。

这次罗文为了他和张雪的约会,做出了更大胆的举动。空间站所处的轨道与张雪的植物园交会的时间相当短暂,罗文为了延长这个时间,私自篡改了安全程序中非常重要的一个指标:最低轨道警报。

空间站的轨道高度低于最低轨道后,超时警报就会开始倒计时。倒计时5分钟,时间一到,空间站就会被强制上升。罗文无法修改超时警报的倒计时,所以只能退而求其次,修改最低轨道的数据。

他将最低轨道下调了约500千米,这让他和张雪的交会时间多了30分钟。还记得吗?轨道打击空间站就像海里的潜艇害怕浮出水面一样,它害怕低轨道。越低的轨道,越容易暴露目标,越容易遭到打击。

也就是说,罗文在自己的生命安全和多30分钟的约会时间之间,选择了后者。他已经疯了。

约定时间前1分钟,他缓缓地驾驶空间站下降到了早已计算好的轨道。光学侦查仪器传回了地表的画面。地球还是一如既往地充满了战火和硝烟。罗文将镜头转向了该国政府所在的城市。在把镜头聚焦到植物园之前,他注意到了城外的东郊,有一条橘色的光带在闪烁着。

那是敌人的防线发出的火光。他们正在与机械部队战斗。罗文想,只要机械部队攻下了该国政府,敌人就一定会投降了吧？也许战争真的要结束了。

他并没有将镜头过多地停留在东郊战场，就转向了植物园。小叶榕、香樟树和月桂，依然那样翠绿。轻风吹拂，树叶儿跟着微微地摇曳，相比丑陋吵闹的战场，这里好比世外桃源般静谧美好。

罗文将镜头拉近，他看到那些激光造成的焦黑斑点，全被张雪用一层薄薄的沙土掩埋了起来，那滩铁水也早已消失不见。一切恢复如初，就好像什么也没发生过。

不一会儿，约定的时间到了。罗文满怀期待地搜寻着张雪，可他找啊找，就是找不到她的踪影。也许她只是躲在小叶榕下面，躲在香樟树下面，躲在我看不到的地方；也许她迟到了，被别的事情耽搁了；也许她是忘记了，根本没把这次约会放在心上……

5分钟很快过去了。罗文依然没有发现张雪的踪影，他开始变得焦急起来。她去哪儿了？她会不会出事了？

10分钟过去，罗文感觉自己傻极了。我真可怜，我怎么会傻到认为她会在意这次约会？我是她的敌人，她恨我还来不及呢！她肯定不会再来了……

带着心中最后一丝幻想，罗文继续在植物园里搜寻张雪的踪影。原本那样令人赏心悦目的小叶榕香樟树，此刻都变得索然无味。对他来说，没有她的世界是灰色的。

约定时间的20分钟后，张雪终于来了。她穿着一身白色长裙，腰间缠一条红丝带，扎着一条马尾辫，手里提着一个篮子。

罗文开心极了，他迫不及待地将镜头聚焦到她的身上。他看到张雪抹了口红,画了眉毛。女孩子出门总要不厌其烦地化妆,她一定是因此耽搁了时间吧!

"对不起来晚了。"她熟练地用小镜子向天上的罗文说。

罗文紧张得不得了。原本他为这次约会准备了很多很多话,可现在他却像个傻瓜似的支支吾吾半天,都不知道说什么好了。

最后,他简单地说了两个字:"没事。"

相比最初用激光刻字时的生涩,这时候的罗文已经熟练了许多。所以地上刻下的字,一笔一画都很工整,就像手写的一样。张雪对此露出了惊讶的表情:"你的字真好看,是不是偷偷练习过?"

罗文咧嘴,羞涩地笑了:"谢谢。"

她一定想不到,罗文究竟练习了多久才能写出这样工整的字。

张雪像往常一样,开始照料起植物园里的绿树们。好一会儿,她才停了下来,靠在一棵月桂树上,从篮子里拿出一块毯子铺在地上。接着她又从篮子里拿出面包、果酱和牛奶,将它们一一摆放在毯子上。

她坐在毯子上说:"谢谢你陪我野餐。"

"你知道吗,孩子们要是发现我偷跑出来一个人吃大餐,他们准会把我的屋子掀翻的。"

"小伟那个捣蛋鬼,他最喜欢喝牛奶了。要是被他知道了,他会气死的。可怜的孩子,总是吃不饱……"

罗文慌了,他在地上刻下了一个大大的问号:"孩子?"

张雪抬头望向天空,嫣然一笑道:"是啊,都是我的孩子呢!"

罗文的思绪陷入了混乱:她有孩子了?她结婚了,她嫁给了谁?我该怎么办!

好一会张雪才说:"他们都是孤儿。"

罗文松了一口气。

太阳不断地往西边的地平线下沉。阳光穿过稀疏的月桂树叶洒在她的脸上,给白嫩的皮肤镀上了一层迷人的金色。

"我是医生,哦不,本来只是刚毕业的护士。但你知道的,战争——"

"我厌倦战争。"

"他们的父母都死了,死在医院里。小伟的父母就死在我的手术台上。我努力地去救他们了,可我无能为力。"罗文并没有看到她在偷偷抹眼泪,"小伟哭得好伤心,他想要叫醒死去的爸爸妈妈的样子,真的好可怜。我不忍心,我觉得我有责任。"

"所以我收留了他们。"她的表情出乎意料地平静,也许是早已习惯于生离死别了吧。

"你真善良。"罗文说。

"可心狠的人才能活下去。"她说,"你知道小伟的父母是怎么死的吗?"

微风吹拂,树叶儿跟着摇曳。天色渐暗,夕阳将晚霞映照得通红。罗文快要看不清她的脸庞了。

张雪问他:"晚霞真美,你看得到吗?"

"不。"

"不?"她说,"你在上面多久了?"

"太久了。"罗文说,"告诉我,小伟的父母怎么死的?"

"他们七窍流血,全身皮肤溃烂,腰背部长出大量的水泡。他们是被毒气杀死的。他们只是平民。"

夕阳没入地平线,最后一缕光芒逐渐消散。空间站即将飞入地球的暗面,超时警报开始响个不停。

罗文急忙操控光标,想要再刻下一段文字,再和张雪多说一句话,可光学侦查仪器在空间站进入暗面的过程中,也逐渐地变成了黑色。不一会儿,屏幕上只剩下夜色中的地球。零星的几个地方还有微弱的城市灯火,倒是交战区彻夜通明,总有耀眼的火光爆炸开来。

罗文越发地厌恶战争。他不愿意相信张雪的话,他不愿意相信联军在使用毒气屠杀平民。可在心底里,他知道张雪不会撒谎的。

如果联军真的在滥用毒气,用下三滥的手段赢得战争的话,那他们还是正义的吗?那我还是正义的吗?

在轨工作的第 1089 天

一天又一天,轨道打击的工作变得越发煎熬。从前,上级只会要求罗文打击敌军的关键军事设施,比如导弹发射基地、军用机场、水坝发电站和军工厂这些地方。但是现在,上级越发频繁地要求罗文加入正面战场。罗文被要求协同机械部队进攻敌军防线。

他还记得,在敌国政府城外东线战场上,那条敌人的防线倾泻的猛烈的火力,那是一条橘色的光带,看上去就像一条长长的蚯蚓。

当罗文锁定目标按下开火键,将光标缓缓地朝那条蚯蚓划过去时,威力巨大的光柱宛如一柄来自天外的巨人之剑,在地上划出一条条巨大的沟渠。它将沿线的一切,不管机器人还是人类,不分敌我,全部烧成灰烬。它轻而易举地把长长的蚯蚓斩成了两截三截四截。

枪声和炮火戛然而止,整个战场瞬间变得格外宁静。机械和肉体的灰烬在余热中飘浮上升,遮天蔽日,仿佛一朵浓浓的尘埃云。

罗文越发痛恨自己:"双手沾满鲜血的我,又如何配得上纯洁如出水芙蓉般的张雪呢?我该如何忏悔和赎罪呢?"

越是这样思索,罗文的内心越发变得孤寂。身为太空人,他拥有常人无法想象的独特视角。从遥远的太空看,纷纷扰扰的地球,不过是茫茫宇宙中一粒微不足道的星尘。人类啊,宇宙那么大,为什么不出去看看,非要躲在地球这颗小小星尘上自相残杀呢？

不知过了多久，空间站穿过了晨昏线。阳光透过舷窗洒进狭小的核心舱。罗文迫不及待地凑到窗前。今天天气不错，云层消散，露出了蔚蓝色的海洋。

等到空间站飞到亚洲大陆的上空时，罗文又立即回到操控台前。他操控空间站下降到低轨道，打开光学侦查仪器，又把镜头对准了张雪的植物园。

他等啊等啊，一直等到天上的云彩再次遮蔽住无垠的海洋，才终于等来了张雪。她还是穿着一身白衣，腰间缠着一条红丝带。

张雪像往常一样细心照料植物。之后，罗文又一次看到了她的舞蹈。她的样子可爱极了，探头探脑地查看了四周好久，确认了周围没人才羞涩地跳起来。

白裙跟随她的舞姿在风中飘荡，宛如一朵盛开的白色莲花；红丝带伴随着她的步伐飞舞雀跃，犹如一串跃动的八分音符。

一曲舞蹈过后，涔涔细汗从她白皙如玉的皮肤上析出，好似让她披上了一层晶莹的宝珠。罗文看得如痴如醉，不觉间一切烦恼全都抛诸脑后。

张雪走到空地上，抬起手挥舞镜子主动说："你在吗？"

怎么办，我该怎么回答？回答早了，她会不会觉得我在偷窥她？回答晚了，她等不及走掉了怎么办？

罗文纠结了好一会儿，才紧张地在地上刻字："我在。"

地上的字歪歪扭扭的，张雪笑着说："你的字退步了哦！"

"担心你。"罗文回答。

"担心我？为什么？"

"因为战争。"

"你真有趣，跟我来。"她说，"带你去一个地方。"

"去哪儿？"

"那边，河滩的沙地。"

镜头跟随张雪来到了河滩上。这是一条快要干枯的小河，河滩上遍地龟裂，泥土被晒得发白。张雪走向河边，那里相对湿润些，能让她在地上踩出一个个脚印来。

"以前河里有鲦鱼、鳊鱼和小虾米。"

"现在呢？"

"核污染把它们变成了怪物，听说现在河里有食人怪鱼呢！"但是，张雪好像忘记了她自己刚说的话，脱了鞋袜兴高采烈地跑到了河里戏水。

罗文十分紧张地说："危险，小心。"

张雪乖乖地回到了河滩上。她发现激光照在沙地上，把细细的沙土烧成了一摊亮白的液体。等液体冷却下来，逐渐凝固成了半透明的玻璃晶体。她从上面掰下一小块来，拿它对着太阳看。它并不是完全透明，沙子里微量的铜让它带着些许墨绿色，内部则有许多细小又漂亮的泡泡。

这是简单的物理现象。沙子的成分主要是二氧化硅，只要它被加热得温度足够高，就会被烧制成玻璃。

张雪说："很漂亮，就像翡翠。"

她想了想对罗文说："也许你能帮我烧玻璃。"

罗文奇怪道："烧玻璃？"

"小时候最喜欢看老师烧玻璃了。"接着张雪慢慢地向罗文讲述起小时候的故事：

那是小学三年级的一节科学实验课。老师在讲台上点燃了酒精喷灯。橘黄的火焰下，晶莹剔透的玻璃细棒，逐渐地由固体变成了软软的橡皮糖。

等到橡皮糖发出温暖的橘光，老师熄灭了酒精喷灯，接着将一根吸管插进了橡皮糖里。他用力一吹气，就把软软的橡皮糖，吹成了大大的玻璃泡。

老师说，玻璃的成分是各种硅酸盐以及二氧化硅。天上的小行星的化学组成大部分也是硅酸盐，含有大量硅和氧这两种元素。老师说，只要你有一把大火，就能把天上的小行星也烧成软软的玻璃。

"小时候我总是天真地幻想，如果我有一把大火，把天上的小星星们烧啊烧，烧成软软的玻璃就好了。这样我就能往里面吹气，把它吹成大大的玻璃泡。然后我们就都可以住进玻璃泡里了，一起慢慢地漂流在茫茫银河……"

罗文瞪大了眼睛想看清她的脸庞。她的表情一定很可爱。

"很美。"罗文顿了一下，"我帮你。"

她甜甜地笑了:"别傻了。那是小时候的幻想,长大了就回不去了。"

与他相识的第 61 天

敌人又对城区进行了轰炸。防空警报响彻天际,惊恐的平民们如潮水般涌入了地下防空洞。厚重的混凝土墙壁时不时地传来爆炸的轰鸣和震动。男人们在沉默,女人们在尖叫,孩子们在哭泣。

尽管宣传部的女兵们始终在欢歌跳舞,为所有人营造充满希望的美好假象,但是张雪比谁都清楚,战争已经透支了所有人的未来。

临时搭建的医疗区内,伤兵们被陆续送到这里。李勇上尉被送进来的时候,左小腿已经没了。殷红的鲜血从断肢处喷涌而出,染红了手术台。

张雪认识李上尉,他总会在闲暇的时候,给孩子们糖果吃,和他们一起玩耍。他不苟言笑,和孩子们玩的时候也是。小伟经常和她抱怨,李叔叔每次过来和他们玩游戏,总要把游戏变成他的军事训练,搞得大家又累又无聊。

就是这样一位坚强勇敢的战士,此刻却抱着张雪的胳膊痛苦地惨叫哭泣:"杀了我,医生!求你杀了我!"

张雪面无表情地挣脱李上尉。她并没有回应李上尉的话,只是从边上拿起手术锯。接着她一边给锯子做消毒处理,一边冷冷对他说:"左腿关节以下有残留的断肢,建议切除。"

李上尉吼道:"不!你杀了我!"

张雪却说:"你尽量别动。"

她用皮带把李上尉牢牢地固定在手术台上,接着像一台冰冷的机器一样,面无表情地拿起锯子锯在了他的断肢上。锯齿摩擦骨头和血肉,发出了令人战栗的声音。血液喷洒在张雪的白衣上,可她依然专注地工作。好一会儿,她终于把断肢锯了下来。

张雪仔细地处理切口,止血包扎。做完这些,确认李上尉已经脱离了生命危险后,她一下子瘫坐在椅子上,大口大口地喘气,脸色瞬间变得煞白,浑身都在颤抖。

尽管在手术的时候表现得那般冷血,但张雪毕竟还是个柔弱的姑娘,又怎会受得了这般血腥的场面?她那样善良,又怎会真的毫无感情呢!

治病救人是她的工作。只要在手术台上,她就得冷静,她必须保持冷静。不被情绪影响,尽力地去救助,这才是对伤病者的负责,这才是一位医生必须背负的责任。

过了一会儿,李上尉恢复了神智。他悲伤地看着张雪说:"腿断了就是废人了,你不该救我。"

张雪说:"活下去不好吗?"

李上尉却说:"你不懂,你不知道我经历了什么。我的兄弟们全死啦!"

"丘少华、黄国光、董建树、许家明、杨根思——死了,全死了!"

张雪撇过头去,偷偷抹去脸上的眼泪。他们是保家卫国的英雄,他们的牺牲换来了我们的安全,他们的事迹值得被铭记。她说:"跟我说说他们的事迹?"

李上尉抬头呆望了天花板许久,好一会儿才开始缓缓地讲述:

"我部奉命增援东线战区。丘少华和黄国光在壕沟上架起机枪,董建树和我建立迫击炮阵地。当时敌人正在发起密集冲锋,恰好进入了我们的重火力区。敌人像割麦子似的一堆堆地倒下,但它们都是机器人,它们不知死活地往阵地上冲……

"杨根思是狙击手,他运气好立了大功,击毙了敌人一个高级军官。被击毙的军官是操控机械兵的,所以那些机器人就像断了线的风筝一样开始失控。敌人不得不开始撤退,我们冲出壕沟追了出去。我们很少能够在正面战场获得优势,所以兄弟们都很亢奋。可没过多久我收到了许家明的警告。他说敌人的通信频段正在同步反攻的信号。

"正当我要命令大家撤退的时候,一道光柱从天而降。这光柱威力巨大,能把地面烧出大坑来。战士们只要被它照射到,就会瞬间化成灰。它毫不费力地摧毁了我们的阵地,可我们却拿它一点办法都没有。

"在光柱的掩护下,敌人重新集结,向阵地发起了冲锋。丘少华、黄国光、董建树、许家明、杨根思一个接一个,全都战死在了敌人的枪口下……"

李上尉绝望道:"现在你知道了,我们赢不了的。活着不如死了。"

"你是战士,你还活着。活着比死了更需要勇气。"张雪这样安慰他。可她又想,李勇所说的从天而降的光柱,会是他做的吗?

他救了我,他不应该是一个操控着杀人机器的冷血又残忍的杀人犯,对吧?可万一是他呢?真不希望他是我的敌人。

在轨工作的第 1123 天

上级下达了新任务,这一次的打击目标是政府所在的城区。罗文熟练地下降到低轨道,打开光学侦查仪器,把光标移向了坐标点。他把食指贴在了开火键上,只要按下去,任务就完成了。可是他犹豫了。

当地时间正值中午,罗文从屏幕上看到,工人们从军工厂里鱼贯而出,三三两两聚在一起,边聊天边享用食物。他们大部分是女人和老人,无忧无虑的样子,就像还没经历过战争似的。

罗文不忍心杀死这些无辜的人,于是他决定以最小功率,精确打击军工厂,尽量不伤到平民。可当光束射向军工厂的顶棚时,光束巨大的威力还是让铁皮和水泥化作灼热发光的岩浆向四周扩散开去。他们惊恐地逃跑。许多人在逃跑中不慎跌倒,很快就被岩浆吞没,在疯狂地呼号声中最后只剩下了焦黑的骨架。

此时军工厂只被摧毁了一小部分,可罗文再也无法继续工作下去了。他害怕了。万一张雪也在那里，万一我失手杀死了她，我也就活不下去了。他再也不想执行任何打击任务了。他想回家，他想远离战争。他想和她在一起，一起慢慢变老。

罗文拒绝了上级的打击任务。这是他第一次拒绝执行任务。他逃也似的驾驶空间站冲上了远离地球的高轨道。他以为只要自己拒绝执行任务，那些女人和老人就安全了，他错了。

茫茫宇宙中，空间站好似一粒淡淡的尘埃。罗文靠在舷窗前望向太空。空间站的自旋，让他看到地球和月亮在舷窗前交替地升起又落下。一切都那样静谧和谐，直到另一粒尘埃的出现。

在太阳的照射下，那粒尘埃熠熠生辉像星星一样闪耀。通过屏幕罗文看到了这颗小球的真正面貌，它是联军的4号轨道打击空间站。它是来继续执行罗文刚才拒绝执行的那个任务的。

看着4号空间站的激光武器蓄能时发出的越发强烈的红光，罗文不由地紧张起来。他开始想象巨大无比的光柱从天而降，把城市的建筑烧毁，把街道变成熔岩的河流，把无辜的平民百姓杀死——

不，它不可以这么做！

罗文毫不犹豫地打开了通信器呼叫4号空间站。

他吼道："呼叫4号空间站，请你立即取消攻击！重复，取消攻击！"

通信器的另一头，是无边的静默。罗文再一次呼叫："不要攻击！不要攻击！不要攻击！"

回应罗文的，依然是一片寂静。他终于想了起来，安全手册上有一条规章制度：空间站必须时刻保持无线电静默，不能擅自发送无线电波。这是因为任何从空间站发出的无线电波，只要不是非常微弱，都有可能被敌人发现并追踪波源，从而暴露空间站的位置。

4号空间站正处在执行任务的过程中，它是绝不可能在这种危险时刻发送无线电波的。罗文根本不可能收到对方的回应。但是，也许4号空间站的宇航员接收到了我的信息后，就会停止攻击了吧？

就在这时，一道刺眼的光柱忽然从4号空间站发射了出去。这光柱直冲政府所在的城市而去，眨眼间便烧毁了大片大片的建筑群。

罗文立即警告4号空间站："快停下，立即停止攻击！"

依然没有回应。

透过屏幕罗文看到，光柱直接照射的地方，建筑、人和汽车全都直接烧成了灰。它的余热将高楼熔化成灼热的岩浆，像是被夏日炙烤的冰激凌一样，那些岩浆从高楼流到地上，在街道中汇聚成熔岩河流。塑料、铁皮和有机化合物被烧毁后产生的致命黑色浓烟弥漫在熔岩河流之上，把躲过高温炙烤而活下来的人慢慢毒死，或令他们窒息。

女人们拼命地把孩子送上还未被光柱灼烧的高楼楼顶，她们自己却一个接一个地被岩浆吞没。高楼顶上的孩子们没有被浓烟毒死，却还是被岩浆散发的高温热得奄奄一息，即将脱水死去……

罗文攥紧了拳头,他心中充满了怒火。再这样下去,张雪也一定会死掉的。我绝不容许任何人伤害她!

他最后一次警告4号空间站:"再不停止,我将毁灭你!"

罗文迅速地激活激光武器,将发射口对准了4号空间站。这一次,4号空间站终于有所回应了。回应罗文的并不是无线电波,而是4号空间站浓浓的敌意。它虽然停止了攻击,但是将它的发射口缓慢地转向了罗文的空间站。太空中的两粒尘埃仿佛经历着警匪对峙一般,处在优势地位的罗文是警察,4号空间站则是匪徒。罗文绝不能给匪徒率先掏枪射击的机会!

他警告似的用最小功率向4号空间站侧上方射去一道光束,然后对着通信器吼道:"停止转向!不然我一定会摧毁你的!"

通信器的那头,终于传来了4号空间站的宇航员的声音:"蠢蛋!你想把我们都害死吗!给我保持无线电静默,不然敌人的导弹射过来,我们都得死!"

罗文道:"我警告了你那么多次,为什么还要继续攻击?"

通信器的那头又沉默了下来。不一会儿,4号空间站又开始缓缓地把激光发射口转向了罗文。罗文把手指按在开火键上,他心里紧张极了。双方都非常清楚,空间站根本无法抵挡任何攻击。任何擦枪走火的行为,都可能会导致共同的毁灭。

罗文恳求道:"不,不要再转向了,别让我杀你好吗!"

在4号空间站还没来得及回应,罗文突然发现,有一个亮光以极高的速度从地表飞了过来——那是敌人的导弹！空间站毫无防护能力，一旦被它击中就是毁灭。罗文惊恐得说不出话来。孤独地死在冰冷的太空，这就是不遵守安全手册的下场，这就是打破无线电静默的下场。

罗文看向那亮光，看着亮光朝自己越来越近。死亡近在咫尺，他却意外地平静了下来，闭上眼睛祈祷："上苍啊，请接受我的忏悔。"

与他相识的第 98 天

谁都知道，战争已经走向了最后时刻，联军赢定了。只要有轨道打击空间站在，对方就不会有任何希望。可他们依然没有放弃。

自从光束袭击城市后，在政府的支持下，军民一起劳作，给地下防空洞挖掘出了更广阔的空间，这样地上的人就可以长期居住在地下了。

张雪和孩子们有幸成为第一批移居地下防空洞的家庭。因为工作关系，她分到了距离医疗区最近的一间单独的屋子。

屋子足有 20 平方米，它并不是四四方方的，更像是一个用勺子在冰激凌上挖出的椭球形小洞。地板是一个弧面，四堵墙也是弧面。墙壁和地板都未经过装修，泥土和岩石直接暴露在外。条件确实不好，但是至少孩子们可以安全地生活在这里了。可孩子们没那么容易满足。什么都不懂的小家伙们，刚从地面移居到这间屋子的时候，居然还嫌弃了呢！

小伟总是抱怨屋子太闷，又没有阳光。最重要的是，地方太小，他和别的孩子们都没地方玩耍了。孩子们总缠着张雪，吵着要到外面去玩。尽管外面危险，但在长达一周持续地忍受孩子们的聒噪后，张雪还是同意了。

今天她带着孩子们回到地面去玩耍。李勇也来了，现在他不是上尉了。失去左腿后，他给自己装上了义肢。虽然现在能够像正常人一样走路，但他还是主动退役了。李勇并不是想逃避战争，他只是觉得，他应该给年轻人上战场表现的机会。

李勇总说："希望在未来，在下一代。"

张雪并不理解李勇的话。然而当她看见李勇带着孩子们奔跑在激光打击后的城市残骸之间，给孩子们做起军事训练时，她明白了。她相信要不了多久，等孩子们长大了，李勇就会毫不犹豫地把他们都送上战场。

可她真不希望孩子们有一天也要拿起武器上战场拼杀然后死掉。她望向天空，默默祈祷战争赶快结束。

大约到了下午，李勇带着孩子们进入了城市的中央地带。那里到处都是被光束融化的高楼。熔岩已经凝固，宛若被冻住了的奶油一层层地叠在高楼的墙壁上。

国民大楼也是一样，遭到了巨大的破坏。它被拦腰斩断，14层以上全没了，只剩下满地的废墟。李勇带着孩子们攀爬国民大楼。孩子们很勇敢，争先恐后地跟在李勇身后，一边仔细聆听李勇讲解的攀爬要领，一边学着样子爬上高楼。

小伟在最前面，他第一个跟着李勇爬上了14层顶上。李勇摸着小伟的脑袋好好地夸奖了一番："小伟第一，小伟最棒！"小伟自豪极了，迫不及待地要向别的孩子们炫耀呢。

李勇双手抱起小伟，把他举得高高的："告诉我你看到了什么？"

小伟："房子，很多很多房子。"他眺望远方，目光所及的城区之内，全是焦黑的高楼。这些高楼大多都被摧毁，凝固的岩浆像是疯狂生长的黏菌，在墙壁间，在街道上，随处可见。

接着他望向了更远方，地平线上忽然升起了一朵朵火光。

"那边，有东西着火了！"那边是交战区，也许是什么东西爆炸了吧。

李勇："那不是着火。那是战士们正在和坏人打仗呢！"

过了一会儿，孩子们大都安全地爬上了高楼，只有跟在最后面的那个孩子遇到了困难。他被困在大约4米的高度，既不敢继续向上爬，又怕掉回地面。他害怕地哭泣起来，可孩子们不以为然，就连李勇也是。他站在高楼边缘，丝毫不在意安全隐患，就知道一个劲儿地鼓励孩子继续往上爬。

这可惹恼了张雪。她赶紧跑过去，爬上楼把孩子救了下来。从上面下来后，孩子躲在张雪的怀抱里，身体止不住地颤抖。真是的，这么小的孩子还让他做这么危险的游戏。

张雪朝着高楼愤怒地吼道："你们都给我下来！"

孩子们在李勇的指引下，从边上的楼梯走了下来。小伟走在最后面，他看上去不情愿极了。

等到孩子们都从楼上下来，张雪把他们都招揽在身边。她实在不想再让孩子们跟着李勇做这种危险游戏了："今天就到这里，我们回去吧。"

小伟第一个站出来反对："不，我们还没玩够呢。李叔叔说了还要带我们去打枪的。"

张雪转而瞪着李勇说："打枪？谁让你教孩子们打枪了？他们还那么小！"

李勇却说："孩子们不能永远躲在妈妈的怀抱里，他们总要长大的。"

他将目光投向小伟说："等有一天他们长大成人，成为真正的男子汉，他们必须学会战斗。"

"为自己战斗，为国家战斗，为保护妈妈而战斗！"

小伟目中闪烁着怒火。他想起了自己的亲生父母，他们全都死于敌人的毒气武器。那时他没有能力保护自己的父母，因为他还没学会如何战斗。现在，他只要学会了战斗，就可以保护妈妈了！

小伙子被李勇的话鼓舞得热血沸腾。他大声地对张雪说："李叔叔说得对，我也要战斗！"

在轨工作的第 1133 天

今天是值得纪念的一天。

唯一令人欣喜的是，两三天前，罗文通过光学侦查仪器确认了张雪还活着。光束打击城市的时候，她躲在安全的地下防空洞里。她和孩子们都很幸运地没有遭受到光束打击的影响。

他仍然会从噩梦中惊醒。那天，导弹与预定轨道偏离了不到 1 米的距离，它才错过了罗文的空间站，击中了 4 号空间站。若没有那 1 米的偏差，死的人一定是他。

罗文不禁感叹，原来生和死只有 1 米的距离！不过他没有因此变得畏畏缩缩不敢冒险。他在太空孤独地度过了太久太久，继续这样活下去毫无意义。他越发觉得，生命太过短暂，不能再浪费时间了。

也许下一天，我就会被反卫星导弹毁灭；也许下一天，张雪就会被机械部队杀死；也许下一天，就是我和她的最后一次相见。

不能再浪费时间了！

他迫不及待地下降轨道。这一次他离地球的距离比以往任何时候都要近，因而光学侦查仪器传回的画面比以往清晰很多很多。

他等候在屏幕前，等待张雪回到植物园里。不知过了多久，罗文忽然注意到，月桂树下露出了花红的一角。他将镜头拉近放大才看清，这朵红花是张雪的长裙。今天她穿着粉红的裙子。她正在树下舞蹈，旋转跳跃的舞姿里，粉红的长裙好似一朵盛开的玫瑰。

罗文静静地看她跳完了一整支舞。

跳完舞后，张雪又开始照料起植物。她认真工作的样子可真美啊，就像天使一样。她的声音一定也很甜美。

也许她正在唱歌，她在唱什么歌呢？

狭小的核心舱内，罗文盯着通信器看了好久。也许我能用它和张雪通话。虽然上次使用通信器就引来了导弹还差点死掉，可我真想听到她的声音啊。

但是当罗文的手伸向通信器时，他却又犹豫了。

过了一会儿，张雪照料完植物后，悄悄地向天空摆弄起她的小镜子。她问罗文："今天是什么日子？"

罗文当然知道今天是什么日子。他迫不及待地在地上刻字："100。"

"告诉你一个秘密。"她笑着说，"我喜欢跳舞。"

罗文觉得这并不是秘密，因为她总是跳舞。

"跳舞的时候，我的观众只有你。"她说，"我害怕当着很多人的面跳舞。"

"你的舞很美。"罗文说。

"我喜欢过一个男孩儿。我从没跟别人提起过，连妈妈也没有。他们都说我的舞蹈像小丑，只有他喜欢，所以我只敢在他面前跳舞。"

罗文心里一惊："你们还在一起吗？"

"他走了，上战场了，天知道他是否还活着。"

罗文觉得和她说话就像坐过山车似的跌宕起伏。女孩靠在月桂树下，陷入了沉默。她一定是在想念那个喜欢她舞蹈的男孩儿吧？

罗文又放大了画面，试图从她的脸庞上解读出忧伤的痕迹。然而遗憾的是，张雪毫无表情，冷漠得像个机器人。罗文认识这副表情，他在工作的时候也是这样。

接着罗文注意到了张雪手上的细微动作。之前他也偶尔会注意到她的这个动作，但只有这次，是他唯一能够看清楚的一次。原来她在用圆珠笔在手心里写字。

她在写什么呢？

"我看到你在手心里写字。"罗文说，"你在写什么？"

张雪立即把手心攥得紧紧的，不让罗文看见一丝一毫。她说："不告诉你。"

真是猜不透女人的心思。罗文又看向了边上的通信器。他犹豫了好久，终于鼓起勇气说："你的通信号码。"

"什么？"张雪抬头疑惑地望着天空。

"告诉我。"罗文说，"你带了通信器吗？"

张雪在植物园里来回踱步，她在考虑。罗文也不着急，就这么等着。好一会儿，张雪才终于回应了罗文。她向天空比划了一个表示同意的手势，又给了罗文浅浅的笑容。

她的笑容是那样可爱，却也转瞬即逝。张雪弯腰用树枝在地上画出了她的通信号码。罗文记下了号码。他又将手伸向了通信器。

空间站的通信器并不能直接拨通这个国家的通信设备。但所有通信设备，在原理上都是收音机。让张雪的通信设备接收到发自空间站的无线电波，是相对容易的事情。但要让空间站接收到张雪的通信器发出的无线电波，就是一件困难的事情了。机械兵倒是可以和空间站的通信器进行直接交流，甚至进行远程操控，但眼下哪有机械兵给他用啊！

罗文一时半会儿想不出好的办法来，但他还是告诉了张雪空间站的通信频段。他想，虽然听不到她的声音，但能和她说说话也还是很好的。

不过令他没想到的是，空间站很快就接收到了张雪发来的信息。这令罗文感到奇怪。普通人常用的通信器是基于地面基站工作的，不应该具备与空间站直接通信的能力。张雪能与空间站通信，说明她的通信器是卫星电话。她只是一个医生，怎么会有卫星电话呢？

罗文对此并没有做过多的思考，因为他的全部注意力，都被播放器里传出的声音给吸引了。

张雪把通信器贴在耳边对他说："你好，大傻瓜。"

电流的杂音让张雪的声音听上去没有想象中那么迷人，可还是让罗文激动得心脏怦怦地跳。好半天，罗文才颤抖着说："你好，张雪。"

她跟着再次说："你好。"

罗文努力克制自己，不让自己的声音颤抖："我也有个秘密告诉你。"

"你的声音……"罗文的眼眶润湿了,"真的好想听你唱歌。"

"你知道吗,我在这铁罐头里已经1133天,我快要崩溃了。每天每夜都在重复同一件事情:瞄准坐标,按下开火键。瞄准坐标,按下开火键。

"我逼着自己不去想地上的人。可每到夜里我都会惊醒。我梦见他们向我爬了过来。骷髅的手臂,骷髅的头颅,堆积如山。他们仿佛在朝我呐喊,还我命来,还我命来……

"每当我打开光学侦查仪器,去检查打击目标,我都看到地球变得更加灰暗。尘埃云、火还有焦土,到处都是。这颗蔚蓝色的星球正在死去,变得死灰。我快要窒息了,我拼命地寻找绿色的痕迹。

"最后我找到了你,和你的植物园。你的植物园是我在这颗星球上唯一能找到的绿洲。是你救了我,张雪,谢谢你!"

张雪静静地听着。她望向天空,仿佛看到茫茫太空那一粒微不足道的尘埃中,住着的那个孤独的太空人。他是那样渴望回到地球,回到那个曾经充满绿色、生机盎然的地球。

"你也救了我不是吗?"她说。

"可以唱一首歌吗?"

张雪点点头,开始轻轻唱起一曲古老的歌谣。悠扬动人的歌声长久地回荡在绿洲之间。罗文觉得它像是有魔力一般,正在愈合他的心灵。他甚至觉得满身创伤的地球也因为她的歌声而渐渐地开始愈合。

罗文笨拙地跟着哼唱，和她一起，从欢笑到哭泣。

在轨工作的第 1163 天

又是一个月过去。罗文迫不及待地想要见到张雪，告诉她一个天大的好消息。事情是这样的。他还记得张雪儿时用陨石烧出玻璃泡的梦想。

罗文一遍又一遍地仔细想过了。地球的周边有很多小行星徘徊着，他确实也幸运地发现了一颗正要撞上地球的小行星。不过别担心，这颗小行星的直径只有 5 米左右，也许还没等落到地上，它就在通过大气层时给烧成灰吧。

罗文不知道这颗小行星的成分到底是什么，他只是猜测应该大部分都是硅酸盐。就像张雪说的，只要给它一把大火，就能烧成软软的玻璃？他不知道，他打算实验一下。在这颗小行星掉落进地球的大气层前，他拦截了它，并用激光对它进行照射。

结果成功了。小行星在光束的照耀下化作了一颗灼热发光的小球。当光束停止照耀时，它真的逐渐凝固成了玻璃。不是透明如水晶般的玻璃，而是黑乎乎的。但你仍旧能在光线穿过它时看到剔透的内部。

罗文想，如果在它还没完全凝固前，往里面扔一颗冰块，冰块遇热汽化，在内部膨胀出一个空洞来，那不就成了一个玻璃泡嘛？

理论上，只是理论上可行。罗文觉得也许成蜂窝状，或者成肥皂泡的结构更靠谱些。但至少这距离实现张雪的梦想更近了些。也许,她根本就不在乎呢?

她会很高兴也说不定,谁知道呢。

罗文一声不吭地等在屏幕前。可他等啊等,一直等满了半个小时,都没等来张雪。她去哪儿了?为什么不来?是不是出意外了?她会不会已经死了?罗文胡思乱想起来。他越想脑袋越乱,心里也就越烦躁。

屏幕上她的植物园依旧是一片翠绿,可在罗文眼里它也黯然失色了,像尘埃云一样死灰。他越发着急,他尝试着拨打张雪的通信器,可总是拨不通。

"该死,为什么没有信号?"在罗文的咒骂声中,空间站穿过晨昏线进入了地球的暗面,屏幕上随即失去了画面。他想,要是离地球再近些,或许就能联系上她了吧?

罗文待在舷窗前呆望了好久。你知道吗,在太空里月亮要大得多呢。也许嫦娥住在那里。这要是真的话,她一定比我还要孤独吧?

"去你的太空!"罗文莫名其妙地骂了一句。他回到核心舱驾驶座,决定做一次最大的冒险:俯冲。

正常的为执行打击任务而进行的变轨,高度的变化其实很小。但俯冲不一样。俯冲会让空间站下降到低轨道。在那样的轨道高度,空间站只要几小时就能环绕地球一周。

不过在俯冲前,先得爬升。简单讲,就是让空间站加速爬升的过程中变成椭圆轨道。这样空间站的轨道就有了一个远地点,一个近地点。空间站从远地点进入近地点的过程就是俯冲。

只要在近地点时适当减速,就能让空间站稳定在低轨道了。

这本身毫无技术含量,难点在于安全。离地球越近,就越危险。有理智的人绝不会这样做,但罗文已经疯了。

所以他这么做了。当空间站在低轨道高速掠过地球时,罗文不假思索,完全没有考虑安全问题,就迫不及待地打开了通信器呼叫张雪。

这一次,他终于联系上了张雪。

罗文焦急地询问:"你在哪儿,为什么我拨不通你的通信器?"

通信器的另一头,是长时间的沉默。每一分每一秒,都让罗文更加焦虑。

好一会儿,通信器传来了张雪格外憔悴的声音:"我在交战区。"

"你去交战区做什么?知不知道那有多危险!"罗文吼了起来。

张雪抽泣着说:"我当然知道。每天都有血肉模糊的战士死在我的手术台上。但是你呢,一个只会躲在天上的铁罐头里的懦夫,会比在前线挥洒热血的战士更了解战争的残酷吗?"

"我……"罗文从未想过张雪会这样和他说话。

"不要哭了好吗?"罗文很伤心。

张雪没有理睬他。她俯下身,在焦黑的土地上一点点地搜寻起来。她在干什么呢?罗文想问她,但是不敢问。他静静地等候。

过了一会儿，通信器里终于再次传来了她的声音："李上尉告诉我，这里在交战时，曾有一道光柱从天而降。"

"李上尉在东郊防线受伤回来时就说过，我不相信那会是你；光柱打击城区的时候，我欺骗自己那不可能是你。现在好了，我为此付出了代价。"

罗文心里很难受。他该怎么说呢？没错，我就是那个杀人如麻、罪大恶极的坏人，我从远远的太空按下按钮，就把地上的人全烧成焦黑的骨架……

这确实是事实，但谁也不想这样的。

张雪不厌其烦地搜寻着。每遇到一副焦黑的骨架，她都会细心地整理，试图辨认出尸体的身份来。

她呼喊道："小捣蛋鬼，快出来啊。不玩捉迷藏了，我认输了好吗！"

"还记得小伟吗，那个爱喝牛奶的小捣蛋鬼。"他记得，她的每一句话，他都记得。

"本来说好了玩捉迷藏的，谁知道他偷偷上了战场。才十四岁的孩子啊，为什么要这样？"

"因为战争。"罗文低下了头。

过了很久，张雪从弹坑里找到了一个头盔。头盔的里面刻了一个名字。歪歪扭扭的字，就像小孩子写的，却刻得那样用力，那样认真。

"是小伟的头盔。"头盔的不远处,还有一具残缺的尸体。

张雪抱着头盔:"小捣蛋鬼,走,我们回家。妈妈给你煮牛奶喝。"

她转身离去。焦黑的世界里,只有她孤身一人。一身白衣,令人动容。

与他相识的第 200 天

联军对敌方政府的总攻已经持续了一个月。持续的轰炸让地面早已变成了非人的地狱。还活着的人全都躲入了深深的地下防空洞。

张雪和孩子们躲在防空洞里,饿了一天一夜。

有时候炸弹掉落的地方很近,整个防空洞都会震颤起来。墙上和顶上的沙石泥土被震落一地。有些地方甚至会因此塌陷。

埋在墙壁里的电线就是这样被震坏的。电灯已经有好几天没亮过了,一直昏昏暗暗的。在这样的环境下,就是张雪自己也会害怕,更不要说孩子们了。他们总是哭着说想念太阳。

李勇时不时地就会过来,帮张雪一起照看孩子们。说实在的,张雪并不乐意。小伟的死他也有责任。她不想再让别的孩子也遭受相同的命运。每次张雪都冷漠地对待李勇,告诉他不要再来了。可他总还会回来看望孩子们。

他总对孩子们说:"别怕孩子们。即使这座城市失守了,我们也还会战斗到最后。你们不会被抛弃的。"

真是个勇敢的战士，永远都是充满信心。回想不久前，左腿刚截肢的时候，他还一个劲儿地求死呢！现在却又充满了斗志。也许你会疑惑，但对张雪而言，这很好理解。他真的坚信孩子们是未来，他会不惜一切代价保护他们。

"相信我，孩子们，我们不会被打倒的。政府在遥远的西伯利亚建立了新的根据地。那里有秘密武器！只要我们到了那儿，到时候啊，嘿嘿，就是敌人要吃苦头了！"李勇自信满满地说。

张雪望着李勇，不知怎么的，她脑袋里忽然冒出这样一个想法：如果他是一个父亲的话，他会是世界上最好的父亲。

到了吃饭的时间，驻守战士王磊拿着一个大篮子进来了。孩子们一见到王磊，全都激动地围了上去。

王磊把大篮子举得高高的，扯着嗓子大喊："一个个来，都别急，少不了你们的！"

孩子们还是乱作一团，谁也不想落在后面。王磊只好拿出撒手锏吓唬孩子们："谁再不好好排队，大机器人就要来咯！两米高的大机器人，张牙舞爪的，还会喷火呢！"

"它们最喜欢在晚上，趁大家都睡着的时候，把不听话的孩子偷偷抓走哦！"王磊学着机械兵走路的样子说。

这招屡试不爽，孩子们总能被吓住，然后乖乖排队。王磊满意地看着这些小娃娃们，把队伍排得整整齐齐了，才开始发放食物。

"今天有馒头和鸡蛋哦。"

孩子们听到王磊的话，一个个都露出了难以置信的表情："天呐，我没听错吧，有鸡蛋吃？"

"当然，大家都有份。"每个孩子都分到了馒头和鸡蛋。张雪看到饿了一天的孩子们终于有了东西吃，她的脸上也终于露出了一丝笑容。

王磊给张雪和李勇也发了食物。王磊把馒头和鸡蛋交到李勇手上时，还郑重地给李勇敬了一个军礼。李勇却面无表情地按住了王磊的手说："把手放下，我已经不是上尉了。"

王磊仿佛是在接受上级命令一样严肃："是，长官！"

李勇回头看了一眼张雪和孩子们。他把手中的馒头和鸡蛋交给了张雪，自己却带着王磊走了出去。出于好奇，张雪悄悄地跟了上去。

她听到李勇说："前线怎么样了？"

"不知道，外面的通信全断了。"

"轰炸呢？敌人呢？"

"很乱，有人说外面有好几道光束一直在扫来扫去。也有人说根本没有光束，只有成群的机械兵。"

"几道光束？"

张雪听到这儿，脑海里忽然想到一种可能。如果天上有很多轨道打击空间站的话，也许烧毁城区的不是罗文，杀死小伟的也不是罗文……

但那又怎么样，他是敌人，他该死！

忽然间大地开始猛烈震颤。这是联军又开始对地面进行大规模轰炸。墙上和顶上,土灰不断地掉落,把张雪弄得脏兮兮的,头发都好像白了一样。但她并没有太过紧张。最近这样的轰炸实在太频繁了,就连孩子们都习以为常不再害怕了。

可是张雪注意到,王磊从通信器里接收到了一些信息后,他和李勇脸上的表情都突然变得凝重起来。张雪赶忙跑过去问道:"怎么了,出什么事了吗?"

王磊推开了张雪。他很紧张,通信器里不断传来上级军官的指令。这是前所未有的紧急状况。

"保护好孩子们,医生。"王磊说完便冲了出去。但他很快被李勇叫住了。李勇从王磊腰间抢过一把手枪,又转头对张雪说:"待在这里,千万别出去。"

张雪望着远去的李勇。虽然装着义肢,但他跑起来的样子还是一瘸一拐的。他们的身影很快消失在隧道的尽头。一股不好的预感油然而生。

她回到孩子们身边,和他们抱在一起。小家伙们刚刚吃饱了饭,现在一点也不怕轰炸,还很抗拒张雪的拥抱。若不是张雪抱着,他们准会在这狭小的房间里嬉闹起来。

他们还是太小,根本什么都不懂。

过了很久,外面的轰炸停止了。没有了轰隆隆的声音,但是另一种声音又很快吵闹起来。噼里啪啦的声音回荡在错综复杂的地下防空洞里。孩子们傻傻地问张雪:"外面怎么放鞭炮啊?"

张雪无奈地苦笑。这哪里是放鞭炮的声音,这是急促的枪声。防空洞里出现了枪声,也就说明了一件事情:敌人已经攻入了防空洞!

渐渐地,枪声越来越近。孩子们也终于开始意识到情况的严重性。一定是机械兵入侵到了防空洞里面。

孩子们最害怕那些大机器人了。他们蜷缩在一起,害怕得甚至不敢哭泣。张雪将他们揽在怀里,努力平复了一下紧张情绪,才对孩子们说:"别怕孩子们,我会保护你们的。"

枪声更近了,甚至能听到战士们的怒吼声。

一个孩子忽然崩溃大哭:"我会乖乖的,我保证再也不偷吃了!大机器人不要抓我……"

张雪赶紧将他抱住,捂住他的嘴巴:"嘘!别出声,大机器人就发现不了我们的。"

枪声已至近前。很近很近,就在门外。忽然,啪啪啪像是三发点射的声音炸了开来,眨眼间就在门上打出了三个眼儿。子弹深深砸进土墙里,激起一团土灰。昏暗的光线穿过弹孔从门外钻了进来,恰好让人看见有数个高大黝黑的人影正向这边走了过来。

一定是大机器人,怎么办,它们要过来了!

张雪竭力地安抚孩子们,让他们捂着自己的嘴巴不要发声。孩子们乖乖地捂着嘴巴,眼睛也闭了起来。可枪声越发猛烈,人影也越来越近。孩子们一个个都忍不住哭了出来,却又竭力地忍住不让自己发出任何声音。

砰砰砰，猛烈的敲门声响起。一定是大机器人发现我们了，完了我们死定了！孩子们终于忍不住放声哭泣。真的好怕被大机器人抓走。

又是砰的一声，是一个人影踹门进来了。

谢天谢地，他不是大机器人！

"别哭了孩子们。"李勇满身伤痕。他偷偷转过身把脸上的血污擦干净，又把手上的血渍弄掉。做完这些，他才走向哭泣的孩子们，温柔地去安抚他们。

张雪连忙起身去查看李勇身上的伤口。李勇推开张雪指了指身后的王磊说："这家伙是做饭的，你得先救他，不然大家都没饭吃。"

王磊一听这话便大笑起来："是啊是啊，要是老子带了铁锅铁铲，今天晚上就给你们做红烧机器人吃！"

说到红烧机器人，张雪想，这两个家伙经历了激烈的战斗，现在一定饿了吧。于是她拿出自己还没吃的馒头和鸡蛋递给了王磊。

"吃吧。"张雪说，"对了，外面到底怎么样了？"

王磊毫不客气地接过馒头和鸡蛋就吃了起来。他一边嚼着馒头一边说："那些该死的铁渣子闯进来了。到处都在交火。不过别担心，我们能应付！"

张雪有些不相信："真的吗？"如果机械兵都已经闯进了防空洞，那正面战场一定已经溃败了。驻守在防空洞内的战士并不多。就凭这些战士，如何抵挡得了敌人的机械部队？

李勇安抚完孩子们，接着走到王磊身边，抢了王磊手里的鸡蛋后向张雪解释道："不用担心，外面那些机器人都是误闯进来的。"

张雪疑惑道："误闯？"

王磊回答："通信器里说的。"

李勇表示同意："从战斗的情况看，的确很可能是误闯。"接着他详细地描述了战斗的状况：

"我和王磊奉命前往主干道阻击机械兵。一路上我们遇到了许多光束打击造成的天坑。我和王磊绕开了大部分天坑，但有好几个天坑的周围发生了严重的塌方，我们无法绕开。那些地方直接裸露着，把地表和地下防空洞连接了起来。

"那些机械兵就是从这些地方闯进防空洞的。更准确地说，它们是躲进来的。我和王磊都看到了，地表上有好几道光束在来回穿梭。这些光束像是在打架，或者说失控了。因为它们很少攻击我们的阵地，却总是打击机械部队密集的区域。

"塌方让我们无法前往主干道。王磊带头尝试绕更远的路。然而我们走了没多远，就遇到了一队机械兵。我和王磊边打边退，最后回到了这里……"

张雪问道："追你们的机械兵怎么样了？"

"放心吧，它们基本上都被解决了。"王磊自信满满地说。

李勇似乎是想起了什么，他忽然问道："你解决掉了几个？"

"不知道，忘了，7个还是8个来着。"

"到底是7个还是8个？"

"可能是6个吧。"王磊满不在乎，"怎么这很重要吗？"

"你最好叫增援，现在立刻马上！"李勇脸色凝重地吼道，"我们有麻烦了！"

与他相识的第201天

李勇在退役前，是个身经百战的军人。他很了解机械部队的运作方式，要不然他也不会成为上尉。

机械兵的战斗方式就像狼群，它们集群作战，一旦认定了目标就绝不放弃。残存的机械兵，或者是落单的机械兵，会想尽一切办法回到自己的部队。

李勇特意数过，追逐他和王磊的机械兵一共15个。他解决掉了7个。如果王磊没有解决掉8个的话，那幸存的那一两个机械兵，绝不会放弃追逐他和王磊的任务。它们一定会回到自己的部队，然后带着更多的机械兵进攻过来，直到杀死他和王磊。

也就是说，他和王磊会把机械兵引到这里来，威胁到张雪和孩子们的生命安全。

事实真的如李勇所料，机械兵回来了！

凌晨1点左右，机械兵出现在门外的通道里。李勇和王磊依靠在门口，躲在临时搭建的防御工事里开枪射击。他俩一左一右配合默契，交叉火力让机械兵苦不堪言。但它们不会像人类一样畏惧死亡。一个个机械兵倒在冲锋的路上,用躯体为后面的机械兵提供屏障。它们就这样前赴后继地顶着交叉火力一点点地向前推进。

机械兵越是向前推进,李勇和王磊也就越发紧张,更不要说躲在里面的张雪和孩子们了。

"我没子弹了!"王磊吼道。

李勇用余光看见王磊的半个脑袋露出了防御工事。他赶忙大喊道:"快躲开!"

就在这时,一道火舌从倒在地上的一个还没死透的机械兵手里喷射而出。还好它用的是喷火枪而不是步枪,这给了李勇反应时间。他没有任何多余动作,一脚狠狠踹开了王磊。火舌擦着王磊的头皮,把他的头发给烧没了。王磊被吓得够呛,却来不及喘息,他换了把枪,又赶紧爬起来继续射击。

这时倒下的机械兵已经逐渐形成了一个简单的防御工事。机械兵们依靠在它后面,开始向李勇和王磊倾泻火力。

"该死,增援怎么还没来!"李勇缩在门后吼道。

王磊又拿起通信器喊了起来:"请求支援!遭到机械兵围攻!请求支援!"

通信器那头是断断续续地回复,大概的意思是增援就在路上。

"他妈的快点!顶不住了,这里有女人和小孩儿!"王磊冲着通信器狂喊。

张雪守护在孩子们身前。她小心翼翼地探着脑袋看向通道外。火舌交织、烟雾迷茫，地上到处都是机械兵的残肢——她还从没如此近距离地看到战争的场面。

她没有注意到随身携带的通信器正在发出声音。因为吵闹的枪声掩盖了通信器的来电提示音。谁会在这种时候拨打张雪的通信器呢？

门外的机械兵越来越近了。要不了多久，它们就会突破防线，把张雪和孩子们都杀死。只是令人没想到的是，它来的比想象中的还要快！

机械兵并没有突破防线，但是有一个倒在地上的机械兵诈尸般的突然又爬了起来，以迅雷不及掩耳之势飞扑向王磊。李勇见状又是一脚把王磊踢开了。王磊又躲过了一劫，可李勇自己却没能躲过。那机械兵猛地喷吐火焰，一下子就把李勇烧得焦黑。

这时李勇还是有一口气的。可那机械兵又用喷火枪前端尖锐的刺刀狠狠地插进了李勇的心脏。王磊怒吼着把这机械兵打成了筛子，可李勇再也回不来了。

王磊一下子哭了出来。可现在不是悲伤的时候。门外还有那么多机械兵，身后还有女人孩子要保护。他必须守住防线。守下去，直到增援抵达。

当王磊又抬起枪往外射击的时候，门外的机械兵忽然转向了相反的方向，开始猛烈地朝外面射击。

"是增援到了！"王磊情绪亢奋，爬上防御工事猛烈地倾泻子弹,"去死吧铁渣子,你们死定了!"

谁曾想,王磊的这一举动激怒了机械兵。离他最近的几个机械兵又转身过来,继续向王磊发起进攻。没有了李勇的帮助,王磊独自面对这些穷凶极恶的机械兵,很快就招架不住,让它们冲了进来。

王磊挡在张雪身前。他奋力地射击,试图阻挡机械兵的进攻。可当一个机械兵喷吐着长长的火舌飞扑过来时,王磊意识到开枪射击已经无法阻止它了。可如果他什么都不做的话,身后的女人孩子一定会死。

那一瞬间,王磊做出了决定。他毅然决然地迎着火舌冲了上去,成功地扑倒了机械兵。张雪和孩子们因此没有被火舌烧死,王磊却已经被烧成了一具焦黑的尸体。

那机械兵又从地上爬了起来,将喷火枪对准了张雪。张雪颤抖着张开双臂,挡在孩子们身前。面对死亡,她依然试图安慰孩子们:"别怕,有妈妈在。"

张雪闭上了眼睛。

她听到了一阵急促的枪声,接着什么也没有了。一片死寂,连孩子们的哭声都听不到了。

"我是死了吗?"

她再次睁开双眼,却发现一个损坏格外严重的机械兵依靠在门口,颤颤巍巍的样子,红彤彤的眼睛盯着张雪,接着终于支撑不住倒下了。

张雪慢慢地走了上去。她惊讶地发现，这机械兵不仅抬头看着她，居然还说话了。

"对不起。"机械兵说。

张雪似乎明白了："是你吗，罗文？"

"对不起，张雪。"机械兵说。

"我把他们都烧死了。现在你安全了。"机械兵说。

张雪轻轻地抚摸机械兵的脸庞："这是怎么回事？你怎么变成机器人了？"

"还记得我们怎么用无线电交流的吗？用无线电控制一个机械兵，比拨通你的通信器要简单许多。"机械兵说完这话，红彤彤的眼睛便暗淡下去，彻底死了。

这时张雪拿出自己的通信器。才发现通信器上有一大堆的来电提示，她这才意识到原来罗文一直在呼叫自己。张雪拨通了他的号码。

"总攻开始的时候，我难受极了。空间站一共有5座，我已经把4号空间站害死了，所以只剩下4座。除我以外，联军把剩下的3座轨道打击空间站全都部署在你方阵地上空。我本来以为自己可以冷漠地旁观，可当那3座空间站肆无忌惮地将光束倾泻在城区时，我怎么也无法抑制自己的怒火。

"我不想让他们伤害到你，谁也不可以！所以我动手了。我将空间站停靠在他们上方，在他们毫无防备的情况下开启激光射杀他们。2号和3号空间站很快就没了，但是1号空间站躲过了我的攻击。我和1号空间站发生了激烈的缠斗——我赢了。

"接下来就很简单了。我将激光转向地球，开始清扫地上的机械部队。我看到许多机械兵躲进了地下防空洞。我担心它们会发现你，我一直试图拨通你的通信器。但一直都没有回应。我担心极了，所以控制机械兵来到了地下防空洞……"

张雪对着通信器欲言又止。她陷入了迷茫。她在想，罗文还是我的敌人吗？

罗文心脏怦怦地跳，紧张得不得了。"和我走好吗？离开这里，离开地球。"

"什么？"

"明天，老地方。求你了，我会一直等你。"

与他相识的第 202 天

增援部队终于还是到了。张雪简直不敢相信自己的眼睛，眼前这几个士兵，这些李勇和王磊心心念念的增援部队，竟然都是些只有十五六岁的娃娃兵。

领头的战士也还是个孩子，长得很像小伟。张雪看他浑身污渍，脸上手上都有血迹，便走上前去，轻轻地替他擦去血迹。

战士脸红了，一个劲儿地退缩。张雪紧紧抓住他的胳膊说："我是医生。"

战士咧嘴笑了："没事儿的医生姐姐，皮肉伤而已，骨头没坏。"

接着他反倒安慰起张雪和孩子们来。"别担心，我们永远都会保护你们的。政府已经在西伯利亚建立了新的基地。他们永远也别想打垮我们！"

张雪问他："你说的是真的吗？"

"什么？"

"我们能打赢这场战争吗？"

"那是当然！"战士不假思索地说。

"队长说了，那些杂碎唯一的优势就是天上掉下来的那些光柱而已。队长还说了，总有一天我们会把天上那些东西全打下来。"

张雪低头，忧伤地看向了自己摊开的手心。

"到时候敌人就要吃苦头啦。我们终将胜利！"战士说。

张雪盯着他，直视着他的眼睛："告诉我实话！"

战士沉默了。

与他相识的第 203 天

地下会议室，这是她第二次来这里。会议室里没人，只有一张桌子，几台显示器。张雪站在门口，迟迟不肯进去。第一次她就不情愿，这一次她更不情愿了。可生在乱世中，谁还不是身不由己呢！

显示器上跳出好几张人脸。他们是军人，沧桑的脸和肩上的军衔显示了他们的地位。从背景里厚重的冰层推测,他们应该是在非常寒冷的地方。张雪不禁想,难道说政府真的在西伯利亚建立了新的基地?

张雪迈进了会议室,身后的门随即自动关闭了。昏暗的房间里只剩下显示屏发出的光芒。她走上前,将手里的卫星电话放到了桌上。

"任务完成,我成功了。"

中间那台显示器上的老男人露出了赞许的笑容:"你做得很好,祖国会记住你的贡献。你是光荣的战士。"

"一切都结束了,对吗?我们已经达到了战略平衡,是时候和谈了,对吗?就像您保证的一样?"

"别天真了,我的孩子。"

"拿起你的卫星电话,你还有新的任务。"

新的任务?他是什么意思?

"可是……"

"没有可是,你必须服从命令!"老男人叹了口气,"那个东西只要还在天上悬着一天,我们大家就一天都不得安宁!"

"可是,他不会的。他帮了我们,他……"

沉默良久,张雪喃喃道:"罗文是好人。"

显示屏上忽然出现了一些无人机拍摄的照片。军工厂、大坝、港口和机场,甚至是人口密集的城市,全都一样,被激光打击后凄惨无比的样子。张雪仔细地去查看这些照片,她惊讶地发现,原来李勇的战友是被罗文杀死的,小伟也是他杀死的。不,小伟……

"这些都是他的杰作。醒醒吧孩子,他的双手沾满鲜血!"

"不要被感情冲昏了头脑,祖国需要你继续做出贡献。"

她张开手心,将手掌心放到了显示屏前。

"是长官!"两行眼泪不可挽回地落了下来。

在轨工作的第 1235 天

罗文(被罗文遥控前来见面的机器人)换上了新衣,等候在植物园里。

一直等到夜幕降临,她才姗姗来迟。

她还是穿着一身白色长裙,腰间缠一条红丝带,扎着一条马尾辫,就像初见时一样的打扮。

张雪看着前方躲在树下的高大的身影,她简直不敢相信自己的眼睛。

她的声音有些抑制不住地高兴:"你回地球了?"

罗文走了出来,沐浴在月光下。她看清楚了,这只是一个裹上了硅胶,看起来像个人的机械兵。她的心情一下子失落了许多。

它指着天上的一颗星星说:"我在那里等你。"

"那是你的空间站?"张雪更失落了。

"不,那是我们的玻璃泡。"

"啊?你真的做到了?这不可能——"她看向罗文手指的那颗星星,眼神中又透露出一丝希望来。

"是啊,我做到了。你不会知道,我为它到底付出了多少努力的。虽然它现在还不能真的住人。相信我,里面充满了氢气。但是我们总能想到解决办法的,是吧?"罗文说这些的时候,像个孩子似的天真极了。

"就这样?充满了氢气?为什么?"她也孩子似的好奇地问。

"你非要知道的话,我就把实验文档都发给你。"罗文笑了,"猜猜看它有多厚,1000多页呢!"

罗文走上前一步,伸手邀请张雪:"和我走好吗?一起住在玻璃泡里,去银河里慢慢漂流。"

张雪的眼眶一下子润湿了:"傻瓜!大笨蛋!"

罗文走上前,温柔地抱住她的腰,轻轻地在她耳边说:"我爱你。"

她再也忍不住哭了出来:"我也爱你。"

张雪将自己的红唇吻在了机械兵冰冷的硅胶嘴唇上。罗文觉得自己变成了这具机器傀儡似的真的和她吻在了一起,甚至感受到了她那温软的体香。

一切都那样美好,要是时间永远停在这一刻该多好啊!可接下来,张雪在罗文耳边说的一句话,却将所有的美梦都粉碎了。

"对不起,我广播了你的坐标。"她说。

罗文的心一下子从天堂坠入了地狱。对轨道打击空间站而言,暴露坐标等于死亡。她真的知道我的坐标吗?她为什么要这么做?

"不,你不可能知道的!"罗文的脸上写满了惊诧。

张雪伸手过去,给罗文看了她的手心:"我一直都知道。我们的每一次约会,时间和地点,我都记录了。计算出你的轨道和坐标,只是时间问题。"

这下他终于知道了。每次约会的时候,她总在手心里偷偷写的东西是什么了。

"为什么?你说你爱我——"他绝望了。

"因为战争。"

西伯利亚的某个地方,反卫星导弹从发射井飞上了太空,直奔天上的那颗微小的星星而去。

"你现在变换轨道还来得及。"她心软了。

她哭着说:"告诉我,你变换了轨道!"

罗文的手按在变轨程序的按钮上,却又松手了。

面前的机器人轰然倒地,它身上的硅胶碎了一地。

群星之间,一粒微不足道的尘埃悄然消逝。

异星归途

战争与和平

文 / 文了

◆ 1 ◆

何为幸运,何为不幸?两者在有限的时空内很难被明确地断定。既有乐极生悲,又有塞翁失马。若是由果溯因,一些巧合都似乎有了冥冥中的注定,这种宿命的味道往往更能令人慨叹。

在火星与木星之间有一条小行星带,在木星和太阳的引力作用下,五十余万颗小行星在这一区域运行。它们的直径有的如尘埃,有的则达到近九百公里。在这个小行星带里,有一颗直径18公里的小行星——我们叫它69296-LHW,已经在自己的轨道上平静地运行了2.4亿年。它自转、公转着,从未发生过任何碰撞,一切运行都有规律可循。

而远在距太阳74亿公里的柯伊伯带,一颗直径6.7公里的小行星在引力和碰撞下,成了自发彗星。这颗彗星先是穿过海王星轨道,接着和天王星擦肩而过,然后在木星强大的引力作用下向着近日方向不断加速,最后它的速度达到了恐怖的70公里每秒。不过还好,这颗以铁、镍为主体的彗星,到目前为止还未曾和任何天体发生碰撞。可是,这颗彗星已不知不觉来到了小行星带。

如同一见钟情,彗星直奔 69296-LHW 的运行轨道而去。而 69296-LHW 依旧悠悠地公转着。

碰撞、炸裂。速度与质量的威力此刻有了最直观的彰显。

在碰撞最初的 0.1 秒内,彗星的速度从 70 公里每秒降到了 57 公里每秒。在 69296-LHW 上,数条巨大的裂缝从碰撞点蔓延开来。而在碰撞点附近,巨石开始迸溅。从远处的宇宙中朝着碰撞点观望,会看到那些迸溅的巨石上都带有忽然亮起然后熄灭的火光,那说明碰撞与挤压使那些巨石的局部温度达到了至少 1100 摄氏度。

在第二个 0.1 秒内,那些从撞击点发出的裂缝已经蔓延至整颗小行星,69296-LHW 分裂成了 14 部分,朝着不同的方向分散。由于密度的差异,彗星撞击小行星就像子弹射入发泡水泥,此刻彗星的整体结构还未受到较大的破坏。

而在第 0.3 秒的时间里,彗星终于不敌外力,沿着自身内部薄弱的地带裂开,它的速度降到了 30 公里每秒。此刻,小行星已经几乎被解体。

最终,69296-LHW 化作数十万块直径不等的碎石向宇宙四散飞溅。彗星与小行星的撞击结束,而整个过程只用了 0.46 秒。

在那些四散的碎石中,一些速度几近相同的碎石组成了面积达一百多平方公里的碎片区,浩浩荡荡地朝着太阳的方向飞去——首当其冲的，便是火星。

◆2◆

今天，是哥伦比亚号的返程日。

哥伦比亚号是 M 国最大的核动力运输飞船，体积堪比 12 艘福特级航母。自服役起，这艘巨无霸就被用于地球与火星之间的矿物运输。而此时，哥伦比亚号正载着近 3000 名工人，在火星轨道上等待着返航指令。

刘肖捷是这艘飞船上为数不多的中国人之一。

"呦，'刘小姐'醒这么早啊。"

"这不是'刘小姐'吗？拿着梳子干嘛，化妆啊？"说着这人用手打飞了刘肖捷手中的梳子。梳子在失重的情况下，沿直线飞出好远。

刘肖捷身为北方人，却没有北方汉子的豪爽大气，反而有着南方姑娘般的柔美细腻，再加上说话温和，极其喜爱整洁干净，就与同一船舱高大粗犷的工人们显得格格不入。不知谁先叫他"刘小姐"的，随后这一外号便传开了。

白易寻是这个船舱里唯一一个不这么叫他的人。

"干嘛又欺负小刘？人家可是 M 国请来的专家，别有眼不识泰山，船长把他和咱们一群粗人安排到一个船舱，真是瞎了眼了。"白易寻这名字听起来像是个白面书生，可却是个四十多岁满下巴胡渣的糙汉子，为人不错，嗓门儿也大得很。

"没事的，我听过更难听的外号，"刘肖捷低声道，"谢谢你，白前辈。"

"别，叫我老白就成。"老白笑着摆摆手。

这天睡觉的时候，刘肖捷手里依旧攥着那把小木梳。不像在地球上，没有了身子与床板之间的压力，刘肖捷感受不到那份沉沉的安稳感，久久不能入睡。刘肖捷记起去年的中秋节，那个人把这把梳子送到自己手里时的情景。

"如果没记错，过了十二点，就是另一个中秋节了。"刘肖捷默默地想着。

在地球上，自己与他都属于另类的群体。而如今自己身处异星，面临的是怀才不遇和同伴的排挤。想到这里，平日里沉默冷静的刘肖捷眼角变得湿润了。

他双臂交叉环抱着自己，就像那个人把他搂在怀里时的样子。在他身边，刘肖捷可以尽情展现自己的脆弱，可以不用把心里的秘密隐藏在最深处，相反，那个秘密能一直被肆无忌惮地展现着……

就在刘肖捷思念着地球的同时，成片的陨石悄无声息地飞来，一颗直径约半米的陨石径直砸向哥伦比亚号飞船尾部。

那是一块从彗星上剥离出来的铁陨石，它像一把刀子从飞船尾部削入又削出，切去了飞船尾部的一个小角。而陨石自身几乎完好无损，只是速度大幅度减小，运行方向略有偏移罢了。

而核动力飞船这个人类历史上最大最精密的仪器则远比想象中脆弱。在撞击刚开始时，哥伦比亚号略有倾斜。由于飞船重心靠近尾部，飞船前端突然产生了较大的位移，这使得船长室内瞬间发出了航向偏移的警告。

当这直径半米的陨石完全飞入飞船时，储存在船尾的推进剂液态氢开始泄露。好在，液态氢采用的是多储存罐的分散储存法，而非将所有液态氢集中存储在同一个容器内，所以陨石撞击所造成的直接损失并不太严重。不过，船尾内部的刚性结构却遭到了破坏，被摧毁的零件在船尾高速飞蹿。这些高速移动的碎片给船尾造成了二次伤害，液态氢储存设备几乎全部流失。数十万吨高压下的液态氢在瞬间释放、气化，强大的反冲力又增加了飞船的自转速度。

随着陨石冲出船体，船尾的一部分也因为撞击和二次破坏而脱离船体，就像被削去的橡皮泥，不过这被削去的一部分不会影响太多。此刻最为致命的是，那些推进剂已经在太空中消失得无影无踪。

没有推进剂，哥伦比亚号的返航，就如同妄想在真空中飞行的直升机，成了天方夜谭。

◆ 3 ◆

警报声骤然响起，寝室里闪烁着红灯。

老白"噌"地弓起身子，解开安全束带，然后推着墙壁让自己朝着出口飘去。

"小刘，快跑！"老白说着撞向了墙壁，不过他立即调整姿势，急忙拉起他旁边刚被惊醒的刘肖捷，朝着直通大厅的出口飘去。

大厅里挤满了不知所措的工人，工人们都贴着墙，或者抓着把手一类的东西。老白又向墙飘去，被刘肖捷一把拉住。

"怪了，今天这是怎么回事儿，身子总找墙去撞。"扶住了东西的白易寻自言自语地问。

"这飞船在自转，好在不是很快。"刘肖捷回答道。

"哦……"老白若有所思地点点头，看起来像是明白了其中的道理一样，"不愧是专家，啥都懂。"

刘肖捷没有说话，礼貌又有些不好意思地冲白易寻笑了笑。

这时船长比尔森满头大汗地冲出来，抓住一个下属喊叫着："损失报告还没出来吗？"

"报，报告船长，损失报告马上出来。不过目前已知的是，损失暂时危及不到我们的生命。"

"废话！要是危及生命了，老子早他妈的玩儿完了！"比尔森冲下属挥起手，而他的手刚离开扶手，身子就开始向一个方向倾斜，"先别让这艘飞船瞎转了！"比尔森充满怒气地对下属喊道。

此时，老白的手表响了一下："12:00　祝您中秋愉快！"刘肖捷深深叹了口气，好像心里有什么东西被触动了一下。

过了一会儿，飞船停止了自转。损失报告出来了。比尔森颤抖地拿着损失报告，用广播器向近三千人宣读着。

"船员们，经认定，我们遇到了罕见的陨石撞击。"这句话刚说完，船员中间就掀起一阵骚乱。

"安静！船员们！听我继续说,我们的船体并无大碍……"听到这句话，船员们安静了许多，有人在胸口不断地画着十字。

"撞击点在船尾，离反应堆很近，不过反应堆没有受损。但是，很不幸，我们只有28%的推进剂了，其中一大半是贮存在飞船两侧用于改变航向的……火星上已经没有食物了。若利用剩下的推进剂返回地球，我们返航的时间将增加17倍，而船上的食物储备不足以支撑这么久的航程……现实就是这样，如果我们现在返回，所有人都将饿死在这艘该死的船上……"

船上一片哗然。

"大家要相信强大的祖国，我们会有办法的！我们仍然有希望！"比尔森的声音被淹没在一阵阵痛苦绝望的呐喊声中。

"船长讲了啥？"老白听不懂英文，忙问刘肖捷。

"我们可能回不去了。"刘肖捷缓缓说道。

"哦，没事的，"老白从刘肖捷平静的语气中感受到了莫名的力量，"船上厉害的人那么多，而且还有你这个专家在。"老白盯着手表，自顾自地说着。

"勃格号，求救！重复，勃格号……"

大厅里响起的通信声打破了混乱的局面："勃格号。坐标，197.6/93.9/20.7，重复……"

"哥伦比亚号，收到！哥伦比亚号！收到！坐标179.9/99.7/21.7！"比尔森抓起话筒大吼。

"勃格号，收到！滋……"

一阵蜂鸣声之后，任由船长再怎么呼喊，人们再也没有听到通信器里传来任何声音。

大厅陷入沉寂。一个下属突然惊恐地小声对比尔森说："船长，勃格号，是敌国的武装飞船……"

◆ 4 ◆

很难说清 M 国与 R 国的战火是如何燃起的。到底是因为 R 国上空的一颗洲际导弹，还是 M 国海湾的一次"意外"导致了双方的擦枪走火，没人能说清。两国都坚称自己是正义的一方，但私下里却都想着不择手段地彻底消灭对手。战争的阴云笼罩全球，紧挨着这两个大国的小国们都瑟瑟发抖。开战六个月后，原本信心满满的两个大国都饱尝了对方带来的苦头，但开弓没有回头箭，都只能硬着头皮强撑下去……

在这种矛盾又癫狂的国际局面中，勃格号被要求立即返回地球，作为战场上的压制手段，哥伦比亚号也被要求空载回程，支援战争……

白易寻弓着身子在他的胶囊仓里待着。他看了眼手表，"祝您中秋愉快"这个窗口还停留在显示屏上。整个窗口只有"确认"键可选，而没有"关闭"键或者"取消"键，白易寻觉得这就好像在强制每个人一定要在中秋节变得愉快一样。尤其在此时的处境下，这成了莫名辛酸的讽刺。

白易寻那满是泥垢的粗大手指点了好几下"确认"才成功关闭祝福窗口。接着，他又极为认真地盯着手表，一下一下地滑动着，样子像极了那些用两只手指在键盘上打字的人。终于，他翻出一张照片，上面穿着校服的女生笑得很灿烂。老白也跟着笑了，笑得肩膀一颤一颤的，笑得眼角的皱纹都挤在了一起，笑得眼圈泛红……只不过，眼泪在失重的条件下怎么也流不出来，只能糊在眼球上，模糊了老白的视线。

白易寻朝着窗外望了望，本能地认定自己所望的方向就是地球所在的方向，那里有月亮，有祖国，有他的女儿。在那里，眼泪可以轻易地掉下来。

在船长办公室里，比尔森正在和下属谈话。

"我和地球方面取得了联系了，我们强大的祖国也无能为力。不过，总统希望我们和勃格号联系，并借此缓和两国的关系……"

"可是勃格号已经和我们失去联系了，船长。"

"没错，R国也声称联系不到勃格号。但R国还不知道，我们离勃格号这么近也联系不到他们。"

"也就是说……"

"也就是说，这里发生了什么，都由我们说了算。以上只是总统的第一层意思。总统的第二层意思是……"比尔森做了个深呼吸，缓缓道，"战争还将继续，我们可以用尽最后的推进剂，将哥伦比亚号变成一枚史无前例的深空炸弹……这将是我们为祖国能尽的最后一份力量，但……愿上帝保佑！"

"但，但是飞船上还有与战争无关的他国工人，他们怎么办?"

"是的,是有很多他国人员。不过,'意外'可不会因为他们就不发生。那将只是场'意外'。"

"天呐!"在场众人声音颤抖,人们不约而同地在胸前画着十字,眼里是前所未有的恐惧。

此时的勃格号上,船长梅耶夫已被副船长和几名军官囚禁在船舱的一角。梅耶夫咆哮着:"你们这是哗变!你们……"

副船长和梅耶夫对视着,眼神不可动摇:"对不起,船长!但是我们也想让您明白,这是战争!"

"哥伦比亚号不是武装船,里面都是各国平民!他们是无辜的!你们还有人性吗!"

副船长突然激动起来:"船长,难道您忘了二十年前的那场战争了吗?我们也不想伤害平民,可是那些所谓'平民'是怎么对待我们的?船长,别再说了,一切为了祖国!"

二十年前的那场战争,是梅耶夫参军后打的第一仗。在那场战争中,敌国的平民在夜间对梅耶夫的驻扎点进行了自杀式袭击,这给R国造成了严重的损失,梅耶夫所在的部队一夜间几乎被团灭。

"副船长,已瞄向哥伦比亚号预运行轨道!"

"你们打不中的,不如留些能源……"被绑在一角的梅耶夫说道。

"我不会放弃一丝击败敌军的希望!准备发射导弹!"副船长果断下令。但这时,船舱内的灯光忽然全部熄灭,接着几盏昏暗的应急灯亮了起来。

"报告副船长,我们的飞船突然失能,电能储备已不足3%,无法进行导弹打击。"

梅耶夫缓了口气。副船长和军官们对视良久,眼神越来越坚定,但又互相默不作声,仿佛已在内心做出某种决断。

船舱里忽然陷入死寂。

◆ 5 ◆

宇宙总是沉寂的。声音在真空中无法传播,但是固体与气体却是良好的介质。当穿甲导弹在接触船身的一刹那,震动将顺着船体传至各个角落,再通过空气传到人们的耳朵里。只是此时的震动还太过微小,远远不足以引起人们的听觉感受。不过,在导弹嵌入船体后不到一秒的时间内,爆炸将使人们的耳膜感受到前所未有的震动。空气从飞船裂口处喷涌而出,一些不幸的船员会躲不过强大的空气推力,被挤压到冰冷的太空,他们的哀号再也不能被听到。最后,一切又变得无声,宇宙将再次陷入沉寂。

比尔森的脑海里不断涌现着上面这类场景。同时,比尔森脑海里还常常出现"博弈"这个词。博弈，是利用已知条件做出决策，来获取最大利益的过程。可如今，勃格号损失未知，物资未知，位置坐标是否改变未知，能否完成合作也未知——"这他妈就是赌博！"比尔森叹了口气，不知不觉间又想到了此前通电时他们总统所暗示的"那一层意思"。

"先去告诉所有船员，我们已经联系上了勃格号，正在沟通解决方案。"比尔森对身边的下属说，"都出去，我要静一静。"

但没过多久，一个剃着寸头的年轻人却突然打开了船长室仓门。

"妈的，不是叫你们都出去吗？！"比尔森抬头看了一眼，"你是谁？"

"我叫万海。你有个下属说漏了嘴，说出了总统想让所有人陪葬，想将哥伦比亚号化作一枚巨型深空炮弹的事。我劝你不要这么做，为什么我们不可以再尝试着与勃格号联系一下呢？"说着，万海突然毫无征兆地一拳砸在了比尔森的眼眶上，作用力使两人各自飘向船舱的两端。

"你敢打我？"比尔森试图从语言和地位上找到一些优势，可他发现眼前的这个年轻人的目光是如此锐利、坚定，比尔森在气势上没有丝毫优势。

万海握拳，提醒对方："你要叫人逮捕我的话，请随意，如果你觉得这样做对我们所有人更好的话。"

老白对已经联系上勃格号这个消息是不太相信的，但刘肖捷对此则表现得很淡定。他深知比尔森这种把戏，不过这样做也好，绝望后的希望也许更能稳定人心。

刘肖捷抚摸着那把木梳，这是那个人亲手为刘肖捷做的。

"我做了两把。这把给你，另一把留在我这里。等等，你看，"那个人拿起两把梳子，用一把梳子的齿对准了另一把梳子的齿间隙，两把梳子被拼接了起来，"这两把梳子出自同一块木头，是一对儿。"

正在回忆的这个场景突然让刘肖捷有了新的想法。就像梳子的互补啮合，两艘飞船可以进行资源互补，只要勃格号上还有足够的推进剂，两艘飞船上的人汇合后就有一起回家的可能。但是陨石对船体的损坏必须让刘肖捷重新构想出一种推进剂的装卸方案。刘肖捷又看了一眼左手上的梳子，梳子齿的形状让他联想到了什么。刘肖捷头脑中突然灵光一闪，随后直奔船长室。

船长室里，刘肖捷、万海、比尔森三人六目相对。比尔森捂着发青的眼眶问刘肖捷："你又是谁？"

"我叫刘肖捷，是在贵国工作的工程师。"

"中国人？"比尔森想了想，好像有这么一个人，"有事直说。"

刘肖捷将自己的计划告诉了比尔森。

"将哥伦比亚号开到勃格号旁边，你疯了吗？而且还要派子飞船，谁愿意去？"

"我觉得可行，勃格号如果决定进攻，我们也活不到现在。"万海说道，"如果没人去，我愿意去。"

"我也愿意去，只怕勃格号已经不在那个坐标点了。"刘肖捷淡淡地说，但眼神里满是掩盖不住的希望。

而此刻，勃格号正在距离哥伦比亚号1300公里的地方。小行星碎片同样损坏了这艘飞船的聚变装置，这也是他们此前正准备发射导弹时，飞船突然失能的原因，没有发生爆炸或者核泄漏已经是万幸。虽然剩余物资可以说是极其丰厚，但是电能的缺乏让这些军人们痛苦不堪，武器与供暖系统的失效打击着这些原本意志坚定的军人。寒冷的侵袭让他们蜷缩在飞船尾部，凭借反应堆的余热取暖。他们现在心里只想着一件事：回家！

哥伦比亚号的船长室里，刘肖捷还在等着船长的命令，而万海那锐利的目光几乎是在逼着船长下令。

万海突然看到刘肖捷手里还拿着梳子，他从上到下打量了刘肖捷一番，锐利的目光突然变得意味深长。

"操作子飞船，至少要三个人。"船长缓缓地挤出了这几个字。

"为了回家，肯定有人愿意冒这个险。"万海答道。

此刻还只需要一名人员即可。不过，万海高估了回家带给人们的诱惑。在高风险的任务和低概率的等死面前，船员们选择了后者和沉默。

就在陷入僵局时，老白站了出来："没人来，我来！这小飞船我也开过，只要能回家，我就再开一回！"

◆6◆

哥伦比亚号用所剩不多的推进剂朝着 197.6/93.9/20.7 飞行。推进剂从发动机尾部喷射而出，发出蓝色的火焰。飞船最终停在了距离坐标点 10 公里的一个空间点上。整个飞船上的人几乎都把之前悬着的心放下了，觉得自己已经迈上了回家的道路，他们感谢着祖国，感谢着总统，甚至感谢着 R 国。

比尔森把目前掌握到的所有情况都告诉了总统。总统回复比尔森说："无论你们怎么做，从战争的角度讲，地球这方面都可以承受。祝你们好运，英雄们！"

随后，总统打着"共同拯救人类同胞"的口号，向 R 国提出休战，国际上都松了一口气。

"英雄？"比尔森体会着这个词。他也是军人出身，经历过很多战斗，但却从没受到过总统或将军这样的评价，而这次，他以及他手下的这些工人，竟然都成了总统口中的英雄……一股难以诉说的感觉涌上比尔森的心头。

白易寻、刘肖捷与万海三人默不作声地进入子飞船。关好仓门，三人配合着驾驶飞船，朝着无尽的黑暗前行。

路上，万海首先受不了沉默压抑的气氛，先开了口："我说老白啊，刚听到你这名字的时候，我还以为你和这位刘专家一样，是个白面书生呢。"

老白摆了摆手，憨笑着说："唉，我父母是文化人，一心想给我起个文雅点儿的名字。可惜我读书不行，出来工作之后就慢慢成了这个糙样子。不过我女儿聪明得很，我希望她出人头地！"老白说完才发觉自己在这种紧要关头想到的仍是女儿，一时间心里是五味杂陈。

万海察觉到了老白的变化，放缓语气说道："你跟我们一块儿去勃格号，都是为了女儿吧？"

"是啊，都是为了她，我俩现在是相依为命。我不明白，比我会开飞船的人多得是，他们咋就没人吭声呢？没人上这小飞船，就得一块死在这里，为了女儿，我必须来。"老白又是嘿嘿一笑，可眼圈儿分明红了……

"你为什么来这种地方工作？"老白反问万海。

"我？纯粹想多挣钱。"

"不想家吗？"

"不想，我一个人生活。"万海那总是看起来锐利的目光有了缓和，他忙扭过头去，看向挨着他的窗子。

"听说你打了船长，打得好啊，虽然我比不上船长，可感觉他就不像个当船长的。"

"纯粹想打。"

老白也把头扭向万海旁边的那扇窗,可窗上除了三个人的倒影,什么也没有,就像万海的那些经历,除了他自己,知道的人一个也没有。不过可以肯定的是,那是段充满悲痛与孤独的,能够给他永远锐利目光的经历……

"到了。"刘肖捷近似自言自语地说。

子飞船在勃格号面前停下,老白穿上太空服出仓,用专用绳索把子飞船与勃格号连在一起。刘肖捷在狭小的船舱里深吸了一口气,在他看来,巨大的勃格号就如同海洋中沉睡的巨鲸一般,而自己是一只磷虾,正在和这头巨鲸对峙着。

这是老白第一次深入太空中,不知怎的,他突然感觉到了一种从未体验过的渺小。这种渺小不像他求职碰壁时的感受,也不同于他第一次见到哥伦比亚号时的体验。老白自己也说不清这种感觉,他只是在那一刹那觉得心里空落落的,自己所做过的任何事,甚至自己的存在都仿佛没有任何意义。

"对方知道我们来了,已经发出邀请,穿好宇航服,准备登船!"万海喊道。

◆ 7 ◆

勃格号的副船长把三人带到指挥室。刘肖捷直接表明了来意。

"你是叫我们放弃勃格号去修你们的什么哥伦比亚号吗?"

"没错,这是目前来说最好的办法,我们已经想好了修复方案,只要你们船上还有足够的推进剂……"

"我们飞船上一切物资都十分充足。不过,想让我们放弃勃格号是不可能的,它属于我们的祖国。而我们是军人,这艘船上的军人,是R国的军人!你们这些敌人……"

"等等,你别说了,你是船长?"万海打断了副船长的话。

"没错,我是。"

"少废话,带我们去见真正的船长。"万海直视着副船长,不由分说地提出这个要求。

副船长用眼神与万海对峙,但很快败下阵来。

"另外,我们不是你们的敌人,我只是想回家,我只是想带所有人回家的中国人。"万海坚定地说。

老白听不明白两人说的外语,悄声问刘肖捷。刘肖捷说:"这个人不是船长。"

"这也能知道？"老白觉得不可思议。

"我一眼就能看出来，他军服上的肩章品级不够。"万海对老白说。

副船长同意带领万海一行人去见船长。几名军官带着他们来到囚禁梅耶夫的地方。路上，船舱变得越来越冷，一些士兵贴着还在散发着余热的墙壁，蜷缩着。当他们看到万海一行人时，全都怒目而视，眼神里带着最后一丝军人的尊严。刘肖捷觉得勃格号上的人们精神状态远不如哥伦比亚号上的，也许是因为这些士兵们知道他们的状况并不乐观吧。

来到船长梅耶夫所在的地方后，人们赶紧给他松了绑。刘肖捷再次表明来意。梅耶夫握着刘肖捷的手只问了一个问题："如何确保士兵的安全？"

"M 国与 R 国现在正为此休战，全世界都在关注着我们，只有哥伦比亚号上的人回去了是不可能向全世界交代的，另外……"

"好，我们全力配合。"未等刘肖捷说完，梅耶夫就激动地握着刘肖捷的手，不住地点头。

三人在勃格号留下了两套无线通信设备后，立即回到子飞船和哥伦比亚号取得了联系。

"进展顺利，随时可以进行下一步操作。"

"任务完成得很好！"比尔森在胸前画了一个十字。

子飞船上，老白问刘肖捷："小刘，你为什么会选择来这种地方工作？"

刘肖捷看了眼老白，缓缓开口："国家派我来的。"万海听了之后立刻给了老白一个意味深长的眼神。

老白没明白万海的眼神是什么意思，也没想太多，接着问："我看你有个宝贝梳子，是女朋友送的吧？"

刘肖捷一时怔住了，不知如何开口。万海插嘴："老白你问这么细干嘛？"

"好好好，我不问了，"老白笑着点头，"不过你们说，咱们这算是幸运还是不幸呢？我是说咱们经历了这么多事，终于能回家了。"

"很难说，"万海答道，"不过事出一定有因，有些事我们的确无能为力。"

"唉，换句话说，咱们这都是命啊！"老白叹了口气。

这时专心操控飞船的刘肖捷说："如果没算错，我们到达地球应该是在四个月后，正好可以赶上春节。"

"嘿！那好啊，拿到这笔钱之后，说什么我也不瞎跑了，安心过个好年，陪女儿读书！"说到这里，老白满脸的兴奋，操作飞船的手也变得麻利了。

咚！好像有什么东西砸在了飞船上。

接着船体又传来一阵巨响。一颗拳头大的小行星碎片砸在飞船的窗户上。一时间，碎片四溅，空气涌向太空，三个人的呼喊声随着空气的突然丧失戛然而止。在最初的几十秒内，强烈的辐射首先侵蚀着他们的肉体，接着他们的皮肤开始轻度肿胀，缺氧的感觉也随之而来。随着伤害的累积和长时间的缺氧，三个人身体不断抽搐，逐渐失去了意识……

老白的手表还在转动着，这是女儿拿到奖学金之后给他买的。当时，女儿对老白说等自己工作了，就不让老白做这么危险的工作了。虽然父女俩没有互相说过"我爱你"之类的话，但他们都明白，自己是对方生命中唯一深爱的亲人。

一把小木梳子从刘肖捷的口袋里飘出，而刘肖捷的手永远定格在他向外拿东西时候的样子，那是一张照片，照片上有个人和刘肖捷抱在一起，两人笑得灿烂而甜蜜，刘肖捷也想笑出来，可那时他已经没了知觉。那张照片将永远被刘肖捷紧握在手中，再也不会分开。

万海的脸上扎满了飞船碎片，血液在他脸上涔涔流出又逐渐凝固，只有他那似乎什么都能看穿的锐利的眼睛还一直睁着，并且永远也闭不上了。

三个人就这样在距离哥伦比亚号不到一千米的地方命丧太空。他们的尸体匀速移动着，与哥伦比亚号擦肩而过，缓缓飘向幽暗的宇宙深处……

哥伦比亚号的船长室里，比尔森看到了刚刚发生的一幕。在看到刘肖捷的尸体靠近又飘离哥伦比亚号之后，比尔森连续诅咒了十分钟上帝："见鬼，我就不应该让那个人上这该死的子飞船！"

"没有了刘肖捷，飞船该怎么返航？"比尔森思索着，从满脸愁云到满脸绝望！这时,一个下属拿着一个本子来到比尔森旁边说:"船长,这是刘肖捷的笔记本。我们,还是幸运的,船长……"

"感谢上帝。"比尔森看着笔记本上画着的梳子一般的装料方案示意图,长舒了一口气。

◆ 8 ◆

四个月后,除夕夜。

老白的女儿白雨在房间里,独自守着电视。电视里,哥伦比亚号载着两艘飞船的船员,化作一个亮点,逐渐接近蔚蓝的地球。

两个月前,一群陌生人来到学校告知白雨,她的父亲再也回不来了。白雨在得知父亲的飞船遭遇陨石袭击后,就哭瘫在地上,之后在得知飞船能够返航后,心里又重燃了希望——但这之后,几个陌生人找到了她,告知她父亲已经永远被留在了五千多万公里外的冰冷太空,这时,她已经流不出眼泪,只能怔怔地看着前方,眼神里泛着无尽的绝望。"这是国家给你的抚恤金,据说你父亲在 M 国还有工资未发,我们会为你联系有关部门的。"几个陌生人说完这句话,给白雨撂下一张卡,就走了。

听着除夕夜里响彻云霄的爆竹声,白雨裹紧了衣服。与此同时,在市中心的一座高楼里,另一个人心里正念着刘肖捷,冲着天空掩面哭泣……

R 国与 M 国是在欢庆中度过中国的除夕夜的。两国总统自两艘飞船失事起,就开始借此实现了临时停战,国际上都对此做出了高度评价。在这个除夕夜,两国正式签订了停战协议。两国总统握手的照片传遍世界的各个角落……

10 月份,当年的诺贝尔和平奖即将公布。M 国和 R 国的两位总统都清楚,即使两国去年开战,这次的和平奖也将会颁给他们,而不是两位船长。至于死去的三个中国人,世界已经将他们遗忘在了某个角落。

10 月 11 号,当年的诺贝尔和平奖罕见地被同时颁发给了两位总统。

12 月,颁奖典礼在奥斯陆市政厅举行。两位总统亲临现场,梅耶夫和比尔森也受邀参加了颁奖典礼。

"哥伦比亚号的回归,不仅意味着近四千人类同胞回家……"

在诺贝尔委员会主席宣读着颁奖词的同时,两国总统都想起了停战前那一通至关重要的秘密通话。

通话时的 M 国总统直入主题:"我们两国已经在这上面耗费太多精力了。我想我们应该达成一个共识:我们都无法战胜对方。M 国将率先提出休战,前提是你们必须让出火星上的一部分资源。"

"让出资源?请你们记住,R 国是有核国家。"

"我们也同样是有核国家。除了战争前两个月,我们损失严重,后面那些都是不痛不痒的冲突,这是我们的默契,不是吗?你我心知肚明,我们都不会动用核力量,我不希望事情发展到那个地步。"

……

颁奖人继续宣读着:"更代表着战争中人性的回归,这是和平、合作的。"

"我承认,我们 M 国尝到了苦头,可你们也一样。我们忘记了我们本来的目的:利益。是时候转移重心了,现在正好有个契机。"准备上台领奖的 M 国总统回忆着当时的通话内容。

"你是指勃格号……"

"和哥伦比亚号。"

诺贝尔委员会主席示意两位总统上台领奖,两位总统见面的第一件事就是互相拥抱。

看到这一幕的梅耶夫觉得胃里一阵翻腾,离开了典礼现场。市政厅外的阳光照得梅耶夫眼睛阵阵刺痛。他抬起头,看到天上有一大片乌云正从西方缓缓赶来。梅耶夫知道,乌云后面的某个方向上,有他的勃格号,还有三个中国人的尸体。

他回头看了眼市政厅,然后朝地上啐了一口,大步离去。

冷风来袭,大雨倾盆而至。

蓝调太空特辑

星空之战

文／蓝调

告别 ——为谁而战

"陈！陈！该起床了。"

黑暗里有人在轻声呼唤，他睁开眼睛，模糊的影像慢慢变得清晰起来。他躺在一张大床上，淡黄色温暖的阳光洒满房间，阳光里一个女人挂满笑容的脸逐渐浮现在他眼前。

"哈哈，咯咯，"一阵银铃般的笑声传来，一男一女一高一矮两个孩子绕着房间里的一张桌子追逐嬉笑着，他们的影子在阳光里忽隐忽现。跑在前面的小女孩一头扎进女人的怀抱，跑在后面的男孩也紧跑两步扑进女人的怀里，女人一只手揽住怀里笑作一团的两个孩子，朝着他伸出另外一只手。

陈，你这个懒床鬼，该起床了！"

他想要抬起手去握女人的手，却怎么也抬不起来，他挣扎着想要说话，却发现自己发不出任何声音。

尖锐的警报声响彻耳际，他猛地睁开眼睛，红色的报警灯在头盔里疯狂地闪动着,原来他睡着了。他下意识地瞥了一眼贴在头盔左上角的一张照片,照片上的女人抱着两个孩子正朝着他微笑。他顾不得太多,迅速调出战术侦测系统的侦测图,好在侦测系统的微型传感器在激烈的战斗中幸存下来的足够多,现在勉强拼凑出一幅200米范围的态势图,态势图上孤零零的蓝色光点代表他自己,而十几个红色光点正从不同方向向他逐渐靠近。他知道这十几个光点代表一个武装到了牙齿的步兵小队。战斗到现在他的战友已经全部战死,而他们的任务是守住此地48小时,头盔显示器右上角跳动的数字显示还有6个小时,大部分阵地已经丧失,他独自一人退守到一栋二层小楼里,现在只有靠他自己来完成这个不可能完成的任务。他迅速检查了一下装备,单兵装甲的电力还有35%,眼前摆着3只还有弹药和能源的电磁步枪,7颗高爆手雷,两把还剩一半电力的离子刀。

这时,态势图上出现了两个快速跳动的小红点,他知道那是敌人的电子侦查无人机,它们会破坏掉侦测系统的微型传感器,并很快发现自己。外面已是深夜,不知何时浓雾笼罩了战场,能见度很低,如果没有了这些微型传感器,他很快将会丧失感知能力,变成一只无头苍蝇,任人宰割。他不能再等了,必须立即行动。他重新快速扫视一遍态势图,态势图正在闪动,那表示已经有些传感器被发现并被摧毁了。他如果困守在这座建筑物里,只能是等死,他必须主动出击,态势图上正面的红点最为集中,他心里盘算着,敌人小队的指挥官一定在这个方向,所谓擒贼先擒王,他必须摸过去,干掉指挥官,这会引起混乱,这样他幸存的机会会更大一些。他闪身从窗角的裂缝里往外面看了一眼,漆黑一片。他不能使用战术喷射,一是单兵装甲的能源不足，一是这个时候喷射到空中只会变成对方绝佳的移动靶，他必须从地面摸过去。现在的难点是如何干掉空中的无人机，进入它们的侦测范围，他将无法遁形。

没有时间过多地考虑，他只能赌一把。他背上两支电磁步枪，将另外一支架在窗口设置成遥控模式，又揣上5颗高爆手雷，留下两颗用胶带捆在一起，设置成遥控起爆。他拿起两把离子刀，按动其中一把刀柄上的按钮，离子刀的刀刃上立刻浮现出一道蓝色的光芒。他挥动一下拿刀的手臂，离子刀在黑暗里滑出一道蓝色轨迹，刀身的分量适中，很称手，近战就要靠它们了。他关掉开关，把双刀分别插入小腿上的刀鞘中。

黑暗中，他静悄悄地走下楼，从后门溜出屋外，在门口留下另外一颗高爆手雷。他看了一眼态势图，态势图闪动得更加频繁起来，有些远处的红色光点已经从态势图上消失，这表示敌人并没有急于进攻，他们正一步步清理传感器，对面的指挥官绝对不是一个急躁的冒失鬼。不过至少他们距离他还有不小的一段距离，这样也给了他时间。他绕过小楼，来到正面。他不能从正面直接摸过去，敌人队形太密集，没有足够的空间渗透，所以他选择了侧翼迂回。他知道左前方是一片洼地，经过多日战斗，那里的建筑大部分都被摧毁，变成一堆瓦砾。他弯下腰悄无声息地潜入左前方的浓雾里。

前进了20多米，进入了洼地，他在一处断墙前停下来，靠在断墙上。现在态势图已经变得时有时无，极不稳定了，图上的红点已经离他不远了。他又看了一眼头盔里那张照片。有多久没有看到妻子儿女了呢？有一年了吧，这残酷的战争没完没了，任务接连不断。女儿和儿子是不是已经长高了呢？多想抱一抱他们啊！他摇摇头，驱散心头涌上来的思念，现在不是感伤的时候，活下去才能再见到他们。

成败在此一举，他调出了电磁步枪遥控界面，下达了射击的指令，不远处黑暗里，响起清脆的枪声，先是短促的急射，而后是没有节奏的点射。没过一会儿，猛然间伴随着巨大的爆炸声，一块白色的光斑在黑暗里闪现，那是火光穿透浓雾的影像，没过一会儿光斑就消失不见了，一切又陷入黑暗里。态势图最后闪动几下消失不见了，最后的影像显示红色光点正迅速向着他原先退守的建筑迅速靠拢过去。他知道敌人上钩了。

他忽地站起身，开启了单兵装甲最大功率，甩开大步，向着右前方加速冲过去。向前冲了十几米，他遥控起爆了后门的高爆手雷，一声沉闷的爆炸响起，这次被建筑遮挡，没有看到火光。但也就是这时，一个人影在浓雾里浮现出来，显然他被爆炸吸引了视线，没有察觉正面冲过来的陈。陈拔出离子刀，在空中划出一道漂亮且致命的蓝色弧线，那人戴着头盔的头颅和身体瞬间分离，死尸晃动几下倒在地上。陈没有停留，他继续猛冲，跳过瓦砾，越过弹坑，如同一只脱缰的野马，奋力向着目标冲刺。

突然，一颗爆震弹在他前进的路上炸开，冲击波险些将他掀翻，他踉跄几下，迅速向侧面一个翻身，从背上抽出步枪，瞄向空中。果然，是敌人的无人机，他被发现了。现在敌人一定正分出一部分人向他围过来。陈毫不犹豫地瞄准无人机，几个干脆的点射，无人机冒着火花坠入黑暗。

陈不敢怠慢,单兵装甲的能源正在急剧下降,他离目标应该不远了。黑暗里响起密集的枪声,但是都没有朝向他所在的位置。很显然,敌人还没有发现他的确切方位。陈又遥控引爆了留在房子二楼的两颗高爆手雷,这将进一步迷惑敌人——敌人还不知道陈是独自一人。

陈起身继续猛冲。但没跑多远,正前方便响起枪声,几发流弹打得装甲叮当作响。陈抽出另外一支步枪,双手各持一支,一边奔跑一边向着黑暗里闪光的方向射击。头盔夜视仪里一个模糊的影子晃动几下,一头栽倒在地,又一个敌人被击中了。更多的枪声在他侧面响起,即便敌人暂时没搞清究竟面对的是多少人,这时也已经注意到了突入的陈。

不能再耽搁了,唯有破釜沉舟最后一搏。陈双腿用力,跳入空中,脚踝和背部的喷射装置同时开启,推动他高高跃起,划出一道抛物线,跳向可能的目标区域。当到达抛物线最高点的时候,陈观察了一下下面漆黑的大地,点点闪光伴随着枪声在黑暗里时隐时现。陈向着闪光最密集的区域丢下一颗高爆手雷,爆炸声响起,一颗火球腾空而起,两个人影被火球抛入空中,片刻后又重新跌落回地面。陈顾不上欣赏自己的战果,紧绷脊背做好了落地的准备。

单兵装甲稳稳地落在地上,刚一落地,两侧就出现两个身影。面对陈的突袭他们显然没有任何防备,竟呆立原地半晌没有反应。等到他们反应过来准备举枪时,脑袋早已被电磁步枪击得粉碎。陈再次双脚用力,这次角度低伸,单兵装甲并没有跃入空中,而是贴着地面快速向前滑行,这样反复了两三次以后,陈已经冲出去将近百米——他已经成功地深入敌后。

正前方不远是一座小山丘。陈打开之前为了保存能源一直未开的毫米波探测器。扫描结果却一无所获，难道自己赌错了？没有时间停下来思考下一步该如何做，即便是错了，也只能向前，回头等于自杀。只有暂时脱离与敌接触才能争取更多时间，伺机再做打算。

陈望了一眼眼前的小山丘，只有十几米高，绕过去要花点时间。单兵装甲已经没有多少能量，为了节约时间，陈直接爬上了小山。刚刚爬到山顶，陈就发现身后的枪声停了，除了机甲内仪表的滴滴声和伺服电机的沙沙声以外，周围一片寂静。陈预感到不好，转身想要下山，猛然间头盔里的激光告警灯突然闪了起来。他下意识地侧身向一边滚去，却还是没有躲过来袭的导弹。导弹在他的左肩部爆炸，爆炸产生的冲击波将他抛入空中，又重重地摔到山坡上，然后顺着山坡滚落向山下。头盔里红色的警示灯伴随着尖锐的报警声疯狂闪动，没闪多久就熄灭了。随之熄灭的还有头盔显示器——整个装甲都停止了工作！他感觉不到自己左肩的存在，他艰难地转头瞅了一眼自己，整个左臂已经不见了，参差的断口处迸出火花，固溶胶虽及时封闭了断口，但却涌涨出来一个黄白色的鼓包。

失去了动力的装甲无比沉重，陈挣扎着想要起身，但这时一个庞大的黑影已从天而降。一条机械腿重重的踏在陈的胸甲上，两道强光从那黑影的前端射出，直射倒在地上的陈。借着灯光，透过破碎的头盔面罩，陈看清了要将自己置于死地的对手。

那是一台六脚战斗装甲，六条粗壮的机械腿装备了强劲的动力,能让它敏捷地移动,通体黝黑的装甲表面覆盖着最新的隐身吸波材料。正因为如此,陈即便使用了毫米波探测也没能及时发现它。它一直静悄悄地潜伏在山包之上,窥视着整个战场,随时准备给对手致命一击。它一定就是整个作战小队的指挥中心。

目标就在眼前,陈却已无能为力,变成别人的猎物。陈的单兵装甲已经动力全无,好在眼前的这只"大甲虫"并没有马上痛下杀手,它显然对方另有打算。

陈将原本一直紧绷的身躯放松下来,他知道现在一切抵抗都是徒劳,这一刻他只想再看看那张照片。刺骨的冷风通过破碎的头盔面罩吹进来,照片的一角被风轻轻的撩动,恍惚间陈看到妻子正在向他摆着手,仿佛在召唤他过去。多想再亲吻一次妻子娇美的脸颊啊!多想再抱一抱自己的那对儿女啊!可这一切都已不可能。陈在心里默默叨念着,再见了我的挚爱!再见了我的宝贝们!或许下辈子我们还能在茫茫人海里相遇,但此生我只能守护你们到此。陈集中所有的力气,用自己剩下的那只手,艰难的摘下高爆手雷,打开了保险,轻轻地按下了引爆开关。

几天后,一队身穿单兵装甲的士兵列队快速走过小山丘。一架垂直起降的战术运输机从空中缓缓降落,引擎喷射出的气流掀起地上的灰尘,形成一股小型沙暴,遮掩了沙丘和正在行军的士兵。一高一矮两个人没等运输机完全停稳,就从敞开的后跳板上跳到地面上,他们穿过正在慢慢散去的沙尘,来到山丘下一堆扭曲残骸前。

"这就是被击毁的敌方小队指挥车？"高个子问道。

"是！不知为何这台六脚装甲会打开底部舱门，可能是想要俘获我方的单兵战斗员，正巧我方战斗员引爆了高爆手雷，"矮个子回答。

"核心回收了吗？"高个子又问。

"已经成功回收，数据正在分析中，可见的证据显示，我们的实验很成功，因为情感模块运行良好，AI 战斗员战力成倍提升。"矮个子回答。

"很好，那就大批量投放战场吧！"

陈紧闭双眼完好无损地躺在荚型舱内，一根金属线连接着他的后脑。荚型舱旁边的仪器台上，平面显示器正在播放一段画面。

画面上，陈一身军装蹲在地上用双臂抱了抱一男一女两个孩子，而后起身紧紧拥抱了站在一旁的一个女人，而后又拿起摆在身边的装备快速跑向一架运输机。

灰暗的灯光下，一排排荚形舱密密麻麻地排列在巨大的空旷空间里。每一个旁边的显示器上都在上演一个关于告别的故事。

刺破苍穹 ——黑洞生物

雄伟的联盟议会大厅内座无虚席,五十层环状坐席挤满了参会的各自治国政要、首席科学官以及各大媒体的记者。众人之间的窃窃私语汇聚成一股嗡嗡的巨大声音风暴,回荡在大厅内,甚至地面也跟着震动起来。他们将与分布在星河各处的其他 600 兆亿人类一起通过亚空间链路收看直播,见证人类有史以来最重要的一次空间实验。

巨大的主席台三维影像浮现在大厅正中央的半空中,激荡在大厅内的嗡嗡声逐渐衰弱下去,最终整个大厅变得寂静无声。所有人的眼睛都紧紧盯着主席台的中央。

主席台中央的地面慢慢滑向两边,一个瘦小的身影从地面下慢慢升上主席台。来人整了整衣领,向前跨了一步,将双手放在和他一起升上来的已经插满了麦克风的单人讲台上,而后开口说道:"尊敬的各位来宾晚上好!我以星盟首席科学官的名义代表星盟科学院欢迎大家的到来。"议会大厅里响起一片掌声,首席科学官等到掌声平息继续说道:"今天,我们齐聚一堂,共同见证人类有史以来最重要的一次科学实验。在'地球计划'开始执行一万三千年后的当代，我们人类已经遍布星河各处，我们依旧还在不断向外拓展，我们那些勇敢的探索者已经从银河系启程前往距离遥远的其他星系，然而我们依然被宇宙规律所束缚着，我们的这次实验旨在打破束缚，我们要破解'光锥即是命运'的魔咒，此刻我们的实验要塞群已经到达了预定地点，实验将马上开始。"

银河的中心，距离地球2.6万光年之处，在一对长达100光年的巨大射电瓣状气体烟雾区之中，潜伏着宇宙中最致命的星体之一——"人马座A*"，它是整个银河系的发动机，银河围绕着它缓慢地旋转着。如果人类能够看到伽马射线，那么"人马座A*"将会是天空中最大、最明亮的星体。这要得益于"人马座A*"这颗超大质量黑洞所喷射的磁性物质流，这些物质流以近光速飞行，经过数千万年的形成过程，磁场和能量粒子逐渐填充形成两个瓣状喷射流结构。当光速电子螺旋式穿过瓣状结构的复杂磁场时，逐渐形成耀眼壮丽的射电波。

在围绕"人马座A*"高速旋转的高温气体团一光分的位置上，12座雄伟的人工要塞天体排列在一起，组成一个圆环。这是人类历史上最壮观的一次军事力量集结，每座要塞直径都超过500公里，装备着强大的"真空衰变"发动机和亚空间防护罩。要塞朝向"人马座A*"的方向，表面笼罩着一层璀璨绚丽的光，蓝紫色闪电不时闪烁在其中，那是猛烈的X射线冲击亚空间防护罩造成的现象。火红的等离子流从要塞表面巨大发动机喷口中喷射而出，抵御着因为冲击而产生的偏转力，以维持要塞轨道的稳定。它们就这样静静地悬浮着，等待着伟大时刻的到来。

"在等待亚空间张开的时间里，我先给大家讲一下实验的基本原理。"首席科学官在讲台上触动几下，一幅三维示意图显示在他的头顶，同时会议厅半空的巨幅投影也跟着同步了这幅图。

"图上显示的是12座星盟最强大的军事要塞，它们将会首先使用我们改装过的'真空衰变'炮，将空间撕开一个口子，为实验器制造短暂的亚空间通道，这个通道将直通黑洞视界内。"首席科学官指着三维图说道。

"下面我们来看一下实验器。"三维投影变换了图像，显示出梭形实验器的立体剖面图。

"这就是实验器。它的外表面是由亚空间约束的致密'夸克星'物质，也就是整个实验器的外表面是一颗中子。在这颗'中子'内层，是'真空衰变'炸弹，它的威力可以超过一次巨型超新星爆发的威力。当试验器进入黑洞后，我们就引爆这颗炸弹。根据我们的计算，黑洞内的空间将会被我们的炸弹撕开一个很短暂的口子，剩下的任务就交给我们试验器的核心装置去完成了。核心装置的外表面也包覆着亚空间，它将穿越这个口子，并利用亚空间发生器，将图像传回我们这里，我们将会看到我们宇宙之外的景象。"

12座巨大要塞的表面，银色的液态装甲泛起了涟漪，黑洞洞的"真空衰变"炮炮口浮了上来。起先是12条游丝一般纤细的蓝色光丝从炮口射出,慢慢地光丝变粗起来,颜色也由蓝色变成了红色,12根光柱形成一个巨型锥体,锥体的顶端直直地插入"人马座A*"视界内。在12座要塞组成的圆环中间,被亚空间包裹的实验器,悄无声息地滑入了"人马座A*"的视界内。光锥慢慢消逝,眼前只剩下那颗不断从两极喷射出高速物质流的"人马座A*"。时间一分一秒过去,从表面看"人马座A*"没有任何变化,如果用仪器观测,只是伽马射线出现了一次小小的爆发。

"诸位!诸位!"首席科学官兴奋地喊道,"我们接收到了图像,正在处理,大家有幸将第一次看到宇宙之外的景色。"

议会大厅一片哗然,轰轰的声音几乎要把议会大厅的屋顶揭掉。突然全场安静下来,三维投影上,一幅图像正在慢慢地显现出来。

在场的几万人都把目光聚焦在这幅图像上,图像最终清晰起来,那上面显示的是一只手,一只只有四根手指的手。

"阿斯玛,漂亮吗?"一个全身白色的生物指着空中散开的一团闪着磷光的烟雾,对着另外一个白色生物说道。

"漂亮啊!真漂亮!"

星际战争 ——梦中战场

狂风扑打着玻璃窗，努力通过窗户的缝隙挤进屋里，发出尖锐的哨声。树枝在风里扭动着，借着月光把疯狂化作闪动的暗影投在屋内的白色墙壁上。屋角的单人床上，一个人翻了个身，抽动了几下胳膊，就不再动弹了，不久沉沉的鼾声响了起来，压过了风的尖啸声。

深邃宇宙中的某处星系，黢黑的深空中，一排排闪亮的光点组成阵列，不断变换着队形。它们是星河共和国所能集中起来的全部军事力量，总共1500艘一级星际战列舰，2500艘快速巡洋舰，3座小行星改装的人工要塞。它们分布在宽1.5光分，夹角5°的空间里，呈品字状分成三个战役团组。

最大一座要塞那宽阔的作战指挥厅内，舰队总司令一脸凝重地看着大厅中央的巨幅三维投影，投影的中央密密麻麻地排列着大小不一的红色光点，而在投影的角落里，成品字状排列的蓝色光点却显得渺小和稀疏了许多。

"最终的计算结果出来了吗?"舰队司令用低沉忧郁的男中音问身边的总参谋长。

"我们获胜的概率只有1.9%。"参谋长毫不掩饰自己的悲观情绪,"我们的前沿卫星和引力探测得到数据是,对方这次集中5000艘'帝国'级战列舰,超过15 000艘'快速'级巡洋舰,包含了'宙斯'在内的10座人工要塞。"

"'宙斯'都出动了?"舰队司令不安地问。

"最大的那个光点,位于舰队中央的那个就是。"参谋长伸手指着投影中央。

"我们没有哪艘星舰或者要塞能经得住'宙斯'的主炮一击。"舰队司令语气沉重地喃喃自语道。

"我们只能尽量将队形排得分散一些,避免一次遭受太多损失。'宙斯'的主炮每次射击充能需要12标准时,我想它现在一定有一发蓄势待发。"参谋长说道。

"我们恐怕只有一个选择了,不过那之前我想要试一试……结果难料,完全是在拼运气。"舰队司令说。

"我们正面对抗也是在拼运气啊!那个手段的成功概率至少还有10%。"参谋长急切地说道。

"那之前也必须要让敌方的舰队足够集中才可以。"舰队司令说。

"第一支队已经做好了准备,他们都是最少舰员配置。"参谋长说。

"现在就看我们的运气了!我要先去休息一会儿。接敌以后叫醒我。"总司令最后看了一眼空中的三维投影,快步离开了指挥大厅。

梭形的战列舰全身光滑黝黑,静悄悄地滑行在宇宙的黑暗涡旋中,引擎已经关掉,所有炮口开启,随时准备发出致命的一击。猛然间一道紫色的弧光出现在舰首,闪动几下就消失不见了。战列舰侧面的机动发动机开机,喷口里喷出灰蓝色的粒子流,舰体开始慢慢侧向移动。在毫无征兆的情况下,舰首的侧下方又出现了一道弧光,这次颜色更深,已经接近了紫红色。短时间内,战列舰被粒子炮悄无声息地直接命中了两次,粒子防护罩已经过载。此刻舰桥上的指挥官很清楚,再被命中一次,他们将无法摆脱死亡的命运。机动发动机再次开启,然而死神还是降临了。随着深红色弧光闪动,防护罩被彻底撕裂,舰体从正面被贯穿,红色的火光忽地从舰体中窜出,瞬间原本威猛巨大的舰体四分五裂。在它的侧方,同样的命运正在其他战舰上上演。一团团火光在原本黑黢黢的深空里闪现。

作战指挥大厅里,三维投影上,红色的光点正从两侧对蓝色光点形成夹击,蓝色光点组成的品字型中,最前面的口字,正逐渐接近红色光点形成的一张包围大网的中心。一个个蓝色的光点闪动几下,就消失不见了,那个蓝色口字正在慢慢消失。而剩下的两个口字也没有摆脱厄运,整个品字正在慢慢瓦解。

"舰队损失超过35%,"参谋长报着数据,"司令,我们不能再等了。"

"好吧！集中所有火力，执行计划。"舰队司令果断下达了命令。

深空里所有残余的舰只向着一个核心点调整着自己的方位，而核心点正好位于敌方舰队中心前方的航道上。舰队形成一个巨大的凹透镜，以在预定的时间同时向着焦点输出最大的火力。按照计划的要求，所有的粒子炮都以200%超载发射，在发射完毕后几乎全部报废，抱着不成功便成仁的决心，射出了拼死的一击。时间一分一秒过去，起初没有任何变化，慢慢地一个光点在焦点上亮起，并逐渐扩大，扩大速度越来越快，白光接触的敌方战舰迅速土崩瓦解，消失在白光里，然后白光没有停下来的趋势，它浸染了整片空域，星河共和国的舰队也没能幸免于难。舰队指挥官，站在舰桥上，目瞪口呆地看着自己和战舰被白光吞噬。

单人床上的人一声尖叫从床上几乎跳了起来，他双手捂住脑袋，不停地晃动着。房间门打开，一个人快步走了进来。

"你没事吧！做噩梦了？"

"我梦见，梦见一道光，从我脑袋内部射了出来。"

死亡交易 ——出卖地球

库里站在屋顶的边缘望着远方山峰下一栋灯火通明的建筑，海风吹拂着他的黑色风衣，飒飒作响，呼应着他脚下百米处海浪拍击的哗哗声。他所站的位置曾经是这个国家第二大城，被称为"天使之城"的市中心，现在已经变作一片淹没在海水中的废墟，任由岁月将它慢慢肢解。

库里从屋顶边缘跳回到平台上，他打开一个黑色的长包，从里面拿出一支通体黑色的狙击步枪，展开两脚架，把枪架在屋顶边缘一处破损处。打开特制瞄准镜的护盖，通过瞄准镜，远方建筑的一切清晰地显示在库里眼前。

一个月前，已经废弃了几十年的迪士尼乐园外的停车场上，库里坐在自己那辆黑色福特里慢慢嚼着从健康食品商店买来的不含糖三明治。一个人敲了敲他的车窗，库里打开车门锁，来人拉开车后门坐了进来。

库里儿时的梦想是做一名电影明星，不过世事弄人，早早辍学的他跟着家人来到这个世界最强的国度。他做过洗碗工、门童、打手，后来加入了海军陆战队，成为一名"剃了光头的人"，参加了战争，战争中他成为一名狙击手。从战场归来，无所适从的他，打过黑拳，后来又因为抢劫被判了三年监禁，出狱后，他最终成为一名职业杀手。就这样他离他最初的梦想越来越远。人生如戏，在历史的交叉点上，他却成为人类社会这场大戏落幕前，最关键的一名演员。

这是库里接受过的最无厘头的一项任务，也是最危险的一项任务。之所以无厘头，是因为委托人置身于一个神秘团体，号称传道人。库里虽然已经早没有了信仰，可是接受一个与自己祖先敌对了几千年的团体所委托的任务，心里不免还是会产生一种厌恶之情。之所以危险，是因为他要刺杀的目标不是肥头大耳的银行家，也不是满身刺青的黑社会老大，而是这个国家里最有权势的人物之一——麦克·李。

历史充满了巧合，八十年前也有一个麦克·李，他代表他的国家宣布了退出当年的《巴黎协定》，当那些沿海国家和岛国纷纷提出抗议的时候，李和他的国家却不屑一顾地我行我素。北极、南极的冰最终还是全部融化了，地球也因为某些人的不负责任完全变了样，不变的是这个不负责任的国度却依然是世界最强。八十年后，另外一个李又参加了一项谈判，不过谈判的对象变成了一群外星商人。

传道人告诉库里，这个国家和他的代表正在出卖整个人类社会的灵魂，他们要把地球卖给外星人。库里不关心什么政治，更不关心人类会怎样，他只在乎自己能获得多少报酬。当坐在他福特车后座上的人,将整整一袋闪闪发光的钻石塞到他手里的时候,他就已经将心里的厌恶感以及可能面临的危险抛到了九霄云外。

直升机轰鸣着掠过库里的头顶,黑暗的夜空中,几架直升机径直飞向目标建筑。库里从黑色皮包里拿出一个小盒,打开以后,露出了里面银色的子弹,这子弹是特制的,和钻石一起交给的库里。委托人告诉库里,他需要做的就是瞄准目标,扣动扳机,子弹会自动飞跃这 8 公里的距离,击中目标,对于普通狙击枪这是绝对做不到的。库里取出子弹,把它直接压入了枪膛,而后俯下身,把枪抵在肩膀上,静静等待着目标的出现。

直升机刚刚停稳,麦克·李就急不可耐地走下直升机,径直走向建筑的大门。今天他要见的人(权且叫作人吧),将会关系到自己和自己身后的集团是否能够再掌握人类社会几百年。当下的形势已经大不如过去国家最鼎盛的时期,这个地球最强的国家,一直以来总是以盘剥和维持自己霸权为主要目标,为了短期利益,从来没有认真制定过长远目标。无休止的消耗和压榨,不但让其他国家贫弱不堪,现在连自己国内的市场也已经变成强弩之末,已经到了崩盘的边缘。

李心里盘算着,智库们提供的方案想必可以一试,第一步先答应这帮"和善"的外星商人的条件,换来一些外星的先进技术,再用这些技术发展武装,时机成熟了可以和这帮外星人一战,这样又可以发一笔战争财。这样做的代价看着也不高,外星人要的只不过是所谓地球的"观赏使用权"。

至于这个"观赏使用权",李和他身后的智库团队一直都没搞清楚外星人葫芦里卖的什么药,这帮外星商人只是说:他们开发的是宇宙旅游业,他们看中了地球的条件,他们愿意以技术为交换条件,购买地球"观赏使用权"五百年,这期间他们还会使用技术帮地球改善生态,让原本因为海平面上升而淹没的土地再升上海面。李和智库团队一致认为仅恢复土地一条,他们就可以大赚一笔,有很多国家已经因为海平面的上升而亡国了,恢复的土地已经成了无主之地,抢占这些土地易如反掌。眼下最重要的还是狠狠敲上一笔,这帮外星人在一些要求转让的核心技术上,总是遮遮掩掩。

李步入房间的时候,外星人的谈判代表已经等他多时了。每次见到外星人李总有种想要呕吐的感觉,他实在不喜欢这些淡粉色的章鱼脑袋和他们那滑溜溜的触手。他强忍着不快,脸上挤出伪善的笑容迎向外星代表。

"大使先生,很抱歉我来晚了,希望没有让您等得太久!"李笑呵呵地说。

"没关系。"外星大使回复道,声音里掺杂着呼噜呼噜的水泡声。

"那么我们这就进入正题吧。"李急切地说道。

双方都入座,第十一轮谈判正式开始。谈判期间李又用到了过去自己集团那些老套政客所用的"极限施压"把戏。只不过这一套似乎对于外星人毫无用处,因为李实在没什么筹码可以用来压迫对方的,唯一有的就是他和他集团的那张厚脸皮。谈判依然还是有些不愉快,外星人无论如何也不愿意把他们的能源核心技术转让给人类,这样僵持了很久,大家只能暂时休会。李决定用最后一招,贿赂大使本人。他在天台上,找到了正在欣赏夜景的大使。

库里已经一动不动地趴了几个小时,他当然已经习惯了,作为一个狙击手,这是必备的技能。相对于冰冷的地面、凛冽的海风,最让人难以忍受的是漫长的等待。这时候,目标天台上有了动静,瞄准镜里,一个粉色的章鱼脑袋占满了库里的视野,库里心里一惊,虽然他已经提前有了一些心理准备,但是当他第一次看到外星人的长相的时候,他还是产生了一种马上开枪的冲动。他按捺住这种冲动,静静等待。终于目标人物那张肥脸进入了视野。库里把手指轻轻地放在了扳机上。

"总统先生,我不太明白,你们人类为何要让海水淹没自己曾经居住的城市?"粉色的外星人大使呼噜呼噜地问着李。

"呃,这涉及一些技术问题,您知道我们地球的技术还相对原始。"李尴尬地回答道。

"据我所知,贵国完全有能力减少一些有助于提高温度的气体的排放,只是贵国好像并没有这样做。"大使继续追问道。

"您知道,我们的政治体制,选民的利益高于一切。"李只得搪塞道。

"也就是你们这个国家的一群人的利益高于你们人类其他群体喽?"大使继续说。

"这个,嗯。您知道我们曾经有个口号叫作'本国利益至上'。"李有些不快。

"本国利益至上?或许吧!所以我们找到你们作为谈判对象。"大使呼噜呼噜的声音里仿佛透出了笑意。

"那么,我们继续。"没等李继续说下去,他突然定住了,他被一颗从8公里之外射来的子弹,击中头部。他并没有倒下,也没有血从任何地方喷出来。他就这样呆立了十几秒,突然猛地冲向大使,抓住大使的一条触手,猛地咬了下去。

库里坐在自己公寓的卫生间马桶上,拨弄着手里的手机,聊以打发清晨的无聊时光。一则新闻进入他的视线。

外星商团正式提出抗议,要求更换谈判代表,并要求人类就总统咬伤大使事件正式道歉。

库里笑了笑,站起身来,按下马桶的抽水键。毕竟他目睹了事件的全过程,而这又和他有什么关系呢?他已经挣了一大票,后半生尽情享受就够了。至于这些烂事,就和马桶里的秽物一样,总会被时间冲得干干净净的。

月球背面上空,巨大的太空船悬浮在暗影里。舰桥之上,黑暗里一个身影对另外一个说道:"协约签了吗?"

"已经签署了,更换了那个贪得无厌的代表,谈判很顺利,我们会交付一些小技术给下面那帮蠢蛋,他们把星球的'观赏使用权'交给了我们。"

"那么,让我们开始吧!"

十年后,一艘太空船经过地球附近,太空船的露天平台上,一个章鱼脑袋正给一群章鱼脑袋讲解:

"这就是'白色珍珠',我们新开发建成的景点。今后几天我们将会在下面这颗完全冻结的白色世界上享受我们美好的时光。"

章鱼脑袋群里爆发出一阵咕噜咕噜的声音。

深邃的太空中,一颗洁白无瑕的星球悬浮着,被太阳的光芒映射得熠熠生辉。在星球地表下的某处下水道里,库里静静地蜷缩着,他已经冻结成了冰棍。

太空战场——巨婴游戏

一股微弱的蓝色火焰从"冥河"号侧面仅存的转向发动机喷射而出,"冥河"号开始慢慢转向,船头对准占满了半面天空的那颗白色行星——"无缘"星。它将执行最后的任务,撞击下面的"商盟前沿基地"。从太空里看,这将会是一幅壮观绮丽的画面。红色的、紫色的、白色的、蓝色的光芒随着四散的"冥河"号船身碎片一阵一阵地闪现着,这是"冥河"号最后的叹息。将"冥河"号慢慢撕碎的是静静蛰伏在恒星光芒之中"商盟舰队"所射出的死亡之光。"冥河"号所在的轨道上,留下了大片的碎片,那是跟随"冥河"号一起出征的联盟主力舰队其他23艘战舰的尸骸,它们默默漂浮着,在未来的岁月里将被引力化作这颗行星闪耀的星环。

"冥河"号拖着伤痕累累的身躯,冲入了行星的大气层,剧烈的摩擦逐渐将它变成了一团火球,拖着长长的红色尾巴撕开天际向着地面猛冲下去。突然,在毫无征兆的情况下,地面上先是慢慢浮现出三个闪耀的光团,而后三束耀眼的光柱刺破苍穹,直射在"冥河"号上,以"冥河"号为顶点天地间形成了一座巨大的金字塔。金字塔只存在了短短的几秒钟,"冥河"号便炸成了一团绚丽的烟火,化作了无数细小的光点,烧逝在行星的大气层里。

黑暗里,联盟舰队参谋总长杨上将蜷缩在自己的座椅里,这让本来身材就矮小的他显得更加渺小。他眼前的桌子上,透明的显示屏已经被砸得粉碎,碎片散落在桌子上,上面染着杨上将的血。一把古董手枪摆在桌子的边缘。从接到舰队司令胡明中将"作战失败,我将率舰撞击敌军"的信息以后,杨上将明白一切都完了,联盟的门户大开,已经没有什么可以阻挡"商盟"的舰队直捣联盟的核心地区了。现在能做的只有以死谢罪,为作战的失败负上全部的责任——虽然这次作战计划和往常一样,主要指令都来自联盟核心决策团,他只负责根据指令组织作战。杨上将没有见过决策团任何一个人,他有时候甚至怀疑他们是否是真人。

杨上将猛地从座椅里坐起身,看着桌子上的手枪,犹豫了一会儿,他还是伸手把枪拿在了手中,枪抵在了自己的太阳穴上,感觉一阵冰凉,杨上将不禁打了一个冷颤。虽然这把古董动能手枪没有现在的光束枪威力大,但是结束自己的生命已经足够,而且任何医疗措施都无法再还原被子弹搅成稀粥的大脑组织,这意味着他可以完全地死透了。杨上将闭上眼睛,他不惧怕死亡,他也是从基层士兵做起,从死亡线上挣扎着才坐到了眼下的这个位置。只是到了这个位置上,他才明白这个一"团"之下万人之上的位置原来只不过是个傀儡。他的手指勾上了扳机。

突然房间门滑开了,副官急匆匆地从外面跑了进来,杨上将赶忙将手枪藏在了身后。

"怎么进来也不请示了?"杨上将恼怒地说,他生气的并不是副官不请示而私自闯进来,他生气的是自己死不成,决策团一定又下达了指令。

他猜得没错。

"最高决策团请您过去一趟。"副官行了一个标准军礼说道。

电话响了起来,李阳从被窝里伸出一只手摸索着拿起手机,他关掉手机铃音,把手机重新丢到一边。可没过一会,手机又重新嗡嗡地震了起来。睡在他怀里的女友不愿意了,睡眼惺忪地说道:"谁啊,烦死了!"

"没事!没事!"李阳安抚着女友,从被窝里坐起身,接起了电话。

"我说你小子真行啊!你怎么办到的?你是先知吗?我们赢了你知道吗?我们反败为胜了!"电话里一个兴奋的声音喊道。

"赢了?什么赢了?"面对对方一连串的提问,李阳困惑地挠挠头。

"明天下午一点半颁奖,千万别迟到!"电话那头的声音说完就挂断了电话。

李阳放下电话,坐在床上发呆,突然他似乎想到了什么,喊了一声糟糕,从床上跳了起来,抓起散落在地上的衣服,一边穿着一边往门口跑去。

偌大的房间里,没有任何摆设,杨上将站在房间中央,虽然他身经百战,却第一次感觉到有一些紧张,毕竟这是他第一次见决策团。就在一瞬间,五幅巨大影像闪现在杨上将的周围,杨上将不禁挺直了身体,准备迎接决策团。悬浮在空中的影像里,慢慢显现出人影来。杨上将环顾了一下,是四位肃穆的老人和一个?慢着!怎么会是个婴儿?

影像里那四个老人也诧异地看着婴儿,其中一个尴尬地咳嗽两声,而后用严厉的声音说道:"杨上将,你知道眼下的情况很糟糕!"

杨上将赶忙把注意力从婴儿身上转移到说话的人身上,他行了一个军礼而后说道:"是的!我不得不向各位开诚布公地说,我军现在没有任何手段阻止敌人的入侵了。目前我方只剩下四艘老式战舰和数量不多的单人战机。"

"我们还是可以试一试,以首都为最后防线,将剩余空间力量暂时隐藏在首都行星背后。"老人说。

"恕我直言!这样也无济于事,我们地面力量面对轨道轰炸,反击成功的概率很低!"杨上将开诚布公地说道。

"那也要试试!"老人严厉地说着,"我们不能——"

突然他的话被打断了,婴儿的那块屏幕变成了红色。

四个老人一脸茫然地看着婴儿,其中一个小声说:"你,你怎么可以使用专断权?"

"什么是专断权?"杨上将问道。

"没什么,你照着执行就行了!"四个老人几乎异口同声地厉声说道。

"是!"杨上将不敢怠慢,赶紧行了一个军礼。

婴儿的屏幕上出现了一幅星图,一个大大的红圈被标注在星图上。

好一会儿房间里都没有声音,四个老人面面相觑,没人做声。

杨上将主动打破了沉寂:"能给个明确指示吗?据我所知这个位置,没有任何防御措施!这里对于我们抵御商盟的进攻有什么价值吗?"

婴儿咯咯咯地笑了起来,天真无邪的童音回荡在房间里,婴儿一边笑一边用小手敲打着星图上的红圈。

婴儿这样一笑,让杨上将放松了许多,同时他又觉得这荒唐无比,联盟的命运难道掌握在一个孩子的手里?要不就是决策团故弄玄虚?

这时,婴儿的屏幕上显示出两个词:"集结,弃舰。"

没等杨上将开口提问,其中一个老人开口了:"好了,杨上将,你照着执行吧!把剩余力量集结在此地,并撤掉所有人员!"老人说罢就和其他三个老人以及那个婴儿凭空消失不见了。

杨上将一脸尴尬地走出了房间,他是军人,必须执行上级的命令,这是千百年不变的铁律,当然这也是他执行过的最无厘头的命令。

老式战舰的舰桥上,一个人也没有,只有杨上将独自一人身穿太空服,站在舷窗前。舷窗上的战术显示屏显示着商盟舰队放大的图像,它们已经越来越近,足足有二十艘,几乎是商盟剩下的全部主力,看来它们也是孤注一掷,想要利用这次机会一举消灭联盟。丑陋的棒槌形舰体上,伸展出一根根硬刺一般的天线,舰首的炮口已经打开了,黑洞洞的炮口随时都会射出致命的粒子射线,将杨上将和他身后孤零零的四艘老式战舰撕得粉碎。杨上将没有完全遵照决策团的指令执行,如果要见证联盟的毁灭,那么就让他第一个见证吧。

通信器的公共频道里,传来商盟劝降的声音:"联盟的士兵们,你们已经没有胜算,放下武器,我们保证你们的人身安全!如果继续抵抗,我们将坚决……"突然通信中断了,一片沙沙声充斥了杨上将的耳朵。舰队的左侧,黑黢黢的深空里,一颗星星猛然间变亮,很快光芒就超过了最近的恒星发出的淡淡光芒。深空里商盟的舰队一艘接着一艘悄然无声地炸裂开来,在一片光芒里变成了宇宙的尘埃。杨上将见证了这一切,他和他的四艘战舰也未能幸免,在蓝色的光芒里慢慢解体。

李阳冲进自己的房间,一会儿又转身回到客厅。

"妈,昨天晚上谁动过我的游戏设备?"李阳朝着客厅里一个女人喊道。

女人怀里正抱着一个婴儿,婴儿看到李阳,咯咯咯地笑了起来,朝着李阳挥舞着小手。

移居计划——故土难离

吉姆照看完自己的羊群,一回到自己的小屋就看到了三个身穿黑衣服的人坐在沙发上,自己的妻子艾丝正给他们倒茶。看到吉姆进来,其中一个人从沙发上站起来,满脸笑容地走向吉姆,向着吉姆伸出一只手。吉姆茫然地握住来人的手。没等吉姆开口来人首先说道:"你好!吉姆先生,我叫特里芬,我们之前通过电话。"

听来人这么一说,吉姆恍然大悟,他挣脱开来人的手,摘下戴在头上的草帽,走到门边,把草帽挂在墙上的挂钩上,而后不冷不热地说:"我不是已经告诉你们了吗,这农场我不会卖,我也不会搬到城里去。"

"可是他们带了很多钱来。"没等那个叫特里芬的说话,吉姆的妻子艾丝先说话了。

坐在沙发上的一个黑衣人不动声色地打开原本放在桌上的一个手提箱,里面整整齐齐地码放着一叠叠现金。

吉姆先是一愣,而后说:"你们拿回去吧,不管你们出多少钱,我的农场是非卖品。"

"你这样让我们很难回去交差,你这样不配合,我们回去只能启动联邦征地手续了。"特里芬面无表情地说。

吉姆走到屋门口,打开门,指了指门外:"请吧,各位!希望不要让我用我的双筒猎枪招呼各位。"

特里芬带着两个黑衣人走出了小屋,经过吉姆身边时特里芬拍了拍吉姆的肩膀说:"你真不应该放弃这次机会,祝你好运!"

空旷的房间里灯光昏暗,只有靠窗的位置摆了一张宽大的办公桌,办公桌和房间一样几乎空无一物,只有一块透明显示屏孤零零地立在上面。办公桌后一个人背对着桌子坐着,由于椅背挡着,此人的脸完全看不到,只能看到一只手在不断敲击椅子扶手边缘。滴滴的鸣叫声打破了房间的寂静,那人在椅子扶手上轻触一下,桌子上的显示屏亮了起来,一个打扮干练的女人出现在屏幕上。

"卡特先生,特里芬要见您!"女人说。

"让他进来吧。"这位卡特先生用阴沉的语调说道,那声音仿佛从地下冒出来一样。

房间的门无声无息地滑向两边,特里芬快步走到办公桌前。

"卡特先生,我们几乎把事情办完了。"特里芬不安地说。

那只敲击椅子扶手的手停止不动了。

"什么叫几乎?"

"我们这个片区的 60 岁以下的人口都已经搬入了'中心城',只有一户人家比较麻烦,给多少钱也不愿意答应我们的条件。"

"给三倍都不愿意吗?"

"不愿意!需要我们启动联邦征地程序吗?"

卡特没有说话,房间又恢复了沉寂。片刻之后,卡特说:"不用了,那冗长的手续办下来,赶不上最后期限了,我会和上面交代的。好了,办你事情去吧!"

特里芬鞠了一躬,退出了房间。

椅子扶手上,那只惨白的手又开始敲击起来。

吉姆小屋外的门廊里,艾丝手支着木质的门廊扶手,出神地望着远方中心城那些高达千米直穿云天灯火通明的大厦,城市的灯火燃遍了半边天,遮蔽了原先璀璨的星空,月亮也变得暗淡无光,惨淡地挂在几缕被灯光映红的薄云里。晚风轻轻拂过她的脸庞,她用手抚了抚被风吹乱的头发。吉姆从屋里走了出来,手里端着一杯冒着热气的咖啡,他把咖啡放在扶手上,从身后揽住艾丝的腰。

"你为什么不接受他们的条件呢?搬到城里或许是个不错的选择。"艾丝轻轻说道。

"我不能舍弃父母留给我的这片土地啊!母亲临终前千叮

万嘱,叫我好好经营这片土地。"吉姆回答道。

"可是我们周边的人家都已经搬走了,连附近的枫叶镇也都搬空了。"艾丝扭过身子看着吉姆说。

吉姆低下头,深情地看着艾丝,将一只手轻柔地放在艾丝的小腹上,说道:"别管其他人,我有你和你肚子里的孩子就足够了,这一片土地足够养活我们一家人。"

"嗯,都听你的!"艾丝把头靠着吉姆的肩膀上,吉姆用胳膊揽住了艾丝,将头靠在艾丝金黄的秀发上。

中心城上空两千米的高空,一艘巨大的碟形飞船悬浮着,从船身上探出一根细细的管道,直直地连接着中心城最高建筑物的塔顶。卡特一脸媚笑地站在飞船舰桥里,身前坐着一个人形生物,光溜溜的身体一丝不挂,绿色的皮肤泛着绿莹莹的荧光,四只纤细的手臂,交叉着放在身前,四只小小的绿色眼睛镶嵌在冬瓜大小扁扁的头上,看不见鼻子和嘴巴。

"大使先生,在你们的帮助下,我们这座中心城已经建设完毕了,本地区60岁以下的人口都已经搬进了中心城。"卡特一脸谄媚地说道。

绿色生物不知道从什么地方发出一阵古怪的声响,好一会儿才变成人类能听懂的语言,那声音像是牙牙学语的婴儿发出的。

"很好,卡特先生,全靠你的大力协助,答应你的两千吨黄金剩下的一半我们会兑付。"

"非常感谢您啊！有时间来我这里喝一杯，我是说您如果能喝的话。"卡特话说出口又觉得有些尴尬，连忙又说，"您需要我办什么事情，我随叫随到。"

"很好！那么卡特先生，我就不留你了。"绿色生物用古怪的声音回复道。

舰桥一处卵形的门打开了，另外一只绿色生物摇摆着走了进来，卡特对着绿色生物稍稍点了一下头："那么大使先生，再见了！"说罢走出了舰桥，进来的绿色生物紧跟过来。

飞船的走廊里，卡特轻快地走着，他几乎想要像活泼的儿童那样蹦跳着走，换作谁面对这样一大笔财富的时候都会这样：心情愉快。跟在他身后的绿色生物不动声色地用一只胳膊举起一根银色短棒朝向卡特的后脑，一阵闪光，卡特的脑袋像气球一样爆裂开来，变成了尘埃，没有头的尸体晃动几下倒在地上，奇怪的是没有一丝血喷溅出来。

舰桥巨大的屏幕上，一幅地球的全息图浮现出来，在各个大陆上，一个个红色的光点闪动着，每一个都是一座中心城。

飞船连接大厦的管道，一节一节地缩回了舰体，飞船像是一只蜗牛，慢慢地爬升。

中心城最边缘的街区上，两个醉汉正互相搀扶着歪歪斜斜地朝着城外的旷野走去，突然地面剧烈地震动起来，他们直接倒在了地上，在他们面前一堵堵巨墙正接连地升起来。

吉姆的小屋里，吉姆和妻子艾丝正憨憨沉睡，突然一声巨响把他们从睡梦里惊醒，耀眼的红色光芒从小屋的窗户里透进来。吉姆顾不得穿上衣服赶紧跑出屋外。红光映红了半边天，黑夜变成了白昼。吉姆惊恐地望着中心城方向，瞳孔上映着冲天的大火发出的熊熊火光。

版权专有　侵权必究

图书在版编目（CIP）数据

星球大战 / 刘慈欣等著. —北京：北京理工大学出版社，2020.7
（2024.4重印）
（科幻硬阅读．战争与和平）
ISBN 978-7-5682-8417-2

Ⅰ．①星… Ⅱ．①刘… Ⅲ．①幻想小说 - 小说集 - 中国 - 当代 Ⅳ．① I247.7

中国版本图书馆 CIP 数据核字（2020）第 073917 号

出版发行 / 北京理工大学出版社有限责任公司
社　　址 / 北京市海淀区中关村南大街 5 号
邮　　编 / 100081
电　　话 /（010）68914775（总编室）
　　　　　（010）82562903（教材售后服务热线）
　　　　　（010）68944723（其他图书服务热线）
网　　址 / http://www.bitpress.com.cn
经　　销 / 全国各地新华书店
印　　刷 / 三河市华骏印务包装有限公司
开　　本 / 880 毫米 ×1230 毫米　1/32
印　　张 / 9.25　　　　　　　　　　　　责任编辑 / 高　坤
字　　数 / 178 千字　　　　　　　　　　文案编辑 / 高　坤
版　　次 / 2020 年 7 月第 1 版　2024 年 4 月第 8 次印刷　责任校对 / 刘亚男
定　　价 / 39.80 元　　　　　　　　　　责任印制 / 施胜娟

图书出现印刷质量问题，请拨打售后服务热线，本社负责调换

科幻不是目的,思考才是根本。
科幻小说是献给那些聪明的头脑和有趣的灵魂的一份礼物。
喜欢科幻的书友请加科幻 QQ 一群:168229942,QQ 二群:26926067。

后人类纪

王晋康 何夕 等 著

POST-HUMAN CHRONICLE

后人类纪

王坤宇 ◎ 主编

LOST-HUMAN CHRONICLE

科幻硬阅读
—— 献给那些聪明的头脑和有趣的灵魂

当小鲜肉、流量明星、鸡汤文和小清新大行其道,当坚硬强悍磊落豪雄变成小众,当拼爹、晒富、割韭菜成为常态,当群氓乱舞中理性精神和至性深情被某些人弃如敝屣——我愿反其道而行,向极小极小的一小部分喜欢阅读和思考的读者,推出一套比较烧脑,但能让神经更粗壮大条的作品——"科幻硬阅读"系列图书。

科幻不是目的,思考才是根本。有趣的灵魂诗意栖居大地。理性使其无惑,感性助其丰盈,个性使其独特,青春致其张扬,而爱的疼痛与快乐,则为灵魂刻下一抹深沉隽永……

所以这套书里除了"烧脑"科幻,兼或还会有其他一些提神醒脑类作品,希望它们能给读者朋友带来一丝极致的阅读体验——极致的思考或震撼、极致的美丽与忧愁、极致的愉悦和放松……不求完美,但求在某方面达到极致——极致,便是"硬阅读"的注脚。

但这种"硬"绝不应该是艰深晦涩，故作深沉！

好看的作品通常都是柔软而流动的，如水、亦似爱人或者时光，默默陪伴，于悄无声息间渗透血脉、融入心魂，让我们在一条注定是一去不返的人生路上，逐渐、逐渐，获得一分坚强和硬度！

愿所有可爱而有趣的灵魂，脚踩大地，仰望星辰，追逐梦想。

——小威

独立思考，个性书写，充分表达，
拥有独属于自己的风格和调性。

目录

001 | 间谍斗智
　　　信息盗窃 / 王晋康

031 | 最后的爱情
　　　亚当与蛇 / 王晋康

053 | 审判日
　　　关于信仰 / 何夕

117 | K 和 H 的故事
　　　身体器官批发和零售时代 / 池塘鲤

133 | 蝶蛹
　　　人蛹进化 / 不暇自衰

253 | 昆仑
　　　上古神明 / 长铗

间谍斗智

信息盗窃

文／王晋康

"祝贺你们都接受了智力提高术的治疗。希望这次地球之行给你们留下美好印象。"海关检察官杰弗里中校笑容可掬地说。在他面前是4个来自天狼星的游客:一个是年轻小伙子,身材单薄,眉清目秀,多少带点女人味,一看就是个多愁善感的多情种。一个是中年男子,眉肃目正,肩阔背圆。一个是老年男子,须发已经全白了。第四个是女游客,杰弗里不由对她多看几眼。即使以地球的标准来看,这也是一个绝色女子,金发如瀑布,明眸皓齿,性感的嘴唇,腰肢纤细,乳峰高耸,只是鼻孔大了一些,胸脯也过高了一点,这是她身上唯一的缺陷。不过这是无法求全的,天狼星的地球移民已繁衍了12代,在那颗空气稀薄的天狼星系的行星上,进化论选择了大鼻孔和大的肺部。那3个男子也是同样的特征。

中年男子说:"谢谢!这次地球之行确实给我留下了美好印象,这是我们的祖庭呀,我会把这些印象永远保留在心中。"

小伙子热情地说:"地球太美了,地球人太热情了!我真想在这儿再多待几年……"

杰弗里插了一句:"你已经在地球逗留了3年,你们4位都是。"

老年男人说:"对,我们真舍不得走。特别是我,这恐怕是我最后一次返回故土了。"他的声调中透着苍凉。

姑娘兴高采烈地说:"地球人非常可爱,尤其是男人们,可惜我没能带走一个如意郎君。"

杰弗里笑道:"不过,据我所知,你已经让几十个地球小伙子为你神魂颠倒了,对吧?"

姑娘警觉地盯着他:"你们一直在监视我?"

杰弗里中校微微一笑:"我不想欺骗你,小姐。为了妥善地管好我们的地球之宝,每个外星游客都受到持续的监视。不过,对你的监视应该是最不枯燥的工作,我真羡慕那个负责监视你的反间谍人员,他24小时都能把一个倩影装在眼眶里。"

姑娘接受了他的高级恭维,羞涩地一笑:"我只有一点遗憾,为什么不早点见到你呢?"

"谢谢,谢谢!"杰弗里笑着,"你的恭维也非常到位。"

"不过我得纠正一点,"姑娘说,"我可没做什么智力提高术的治疗。那玩意儿是男人们的爱好,思考,绞脑汁——多没劲!至于我,只要能活得快快活活就够了。你说对不对?"

杰弗里点点头:"对,这是一个新颖的见解,我也知道你是

4个人中唯一没有做智力增强手术的人。好啦,咱们言归正传吧。祝贺你们已经通过了第一轮出关检查。现在是第二轮,也是最后一轮,你们……"

姑娘抢断他的话头:"刚才的检查太严格啦!所有的行李、身上的衣物都折腾了一遍,连我们的身体也接受了最严格的透视检查。我简直以为回到了纳粹时代,而我们都是孤苦无依的受害者……"

杰弗里笑着说:"我很抱歉,非常抱歉,但你们也知道,我们是不得已而为之,想盗取那个秘密的外星间谍实在多如过江之鲫——不不,我绝非暗示你们是间谍,我只是说明一个事实,希望你们能谅解这一点。"

3个男人都点点头:"我们知道,我们都能谅解。索菲娅小姐,让杰弗里先生工作吧,飞船快要起飞了。"

索菲娅小姐这会儿正气恼地嘟着嘴,不过她的情绪变得很快,嫣然一笑说:"对,我们不怪你,职责所系嘛,请开始吧。"

地球有一个人人觊觎的宝物,那就是智力提高术的技术秘密。在科学高度昌明、智力爆炸的29世纪,人的自然智力已经不足以应付日益复杂的世界了。所有星球(包括地球和56个移民星球)都投入巨资研究智力提高术,但只有地球取得了成功。它就像偶然一现的闪电,划破了智力的鸿蒙,但此后没有一个星球能复现地球的成功。智力提高术可以把智力提高15%。可不要小看这15%,由于本身的智力水平已非常之高,这15%的额外智力相当于人类30 000年的进化。

地球人并不想把这个财富完全据为己有,他们热心地为各星球人做这个手术——当然,收费是高了一点:每个治疗者要交1亿宇宙迪纳尔,约合2.8亿地球币。这一点情有可原。地球人为开发这项技术耗费了巨额资金,高额的付出总得有相应的回报。再说,各个移民星球都有极其充裕的自然资源,而地球在经过耗费巨大的太空开发时代后,自然资源已经基本耗尽了。太空开发造就了这56个移民星球,但地球就像送出56份嫁妆的老妈妈,钱包已经被榨干了。公平地说,智力增强术是上帝特意恩赐的礼物,他怜悯地球的老住户。

做智力提高术的人纷至沓来,当然全是富人,是富可敌国的富人。金钱如洪流般滚滚而来,多得足以勾起任何星球的贪欲。成千上万的商业间谍追蜂逐蝶,其中一些是兼职间谍。他们在来地球做智力提高术的同时,顺便来盗取它的技术秘密。这真是一举两得的事,既可以拿这次间谍斗智来检验智力提高术的疗效,一旦成功又能赚回几倍的手术费用。

但地球牢牢地守护着它,就像是中世纪威尼斯的工匠们长期牢牢把守着制镜的秘密。而且,这比保守制镜术的秘密容易多了。制镜术的秘密非常简单——在玻璃上镀银之前,先用碱水把玻璃洗净,仅此而已,所以它注定是守不住的。但智力提高术的秘密非常复杂，用最简洁的技术语言描述出来，也需要30亿比特的信息容量。它的复杂性加大了盗窃的难度。

杰弗里不动声色地盯着眼前这几位间谍——他们中至少有3位是间谍，这一点毫无疑问。3年来，地球情报局对他们实施了最严格的监控，已经断定了他们的身份，而且也基本断定他们已把秘密窃取到手了，只等离开地球时偷运出去。间谍们都不使用无线电，因为地球上有卓有成效的电子屏蔽，电波很难穿透它；这样做还有一个更大的原因——凡来盗窃这个秘密的星球都是看中了它所伴随的巨额财富，没人愿意将秘密与其他星球共享，而使用电波就太危险了，难保不被破译。

他们肯定是用"夹带"的方法，这是最古老也是最可靠的间谍伎俩。想想吧，即使在29世纪，各星球政府最高级的秘密情报，依旧是靠外交信使来传递。

杰弗里今年34岁，身材颀长，剑眉星目，英气逼人——刚才索菲娅小姐的高级马屁并不是肆意夸张。他是地球海关（按说应该叫"空关"的）中最有名的检察官，机智过人，是海关的最后一道屏障。从没人能骗过他，将那个技术秘密带走。这一点是不用怀疑的，如果这个秘密已经泄露，就不会有越来越多的求医者了。

他用犀利的目光盯着眼前的4个人："按照规定的程序，我将最后一次通知你们：如果有谁私自夹带智力提高术的技术秘密，这是最后的坦白机会。坦白了可以从轻治罪，没有坦白而被查出者，就要自愿接受最严厉的惩处，包括死刑。请你们3位——"他用目光把索菲娅小姐剔除出去，"认真考虑5分钟，再答复我。"

说话时他仍然满面笑容，但语调中透出森然寒意。3个男人都面色平静，也许他们的目光深处有一丝颤抖，但他们把恐惧很好地隐藏了。只有索菲娅似乎没意识到自己已经被剔出"可疑者"的圈子，她受不了屋里沉重的气氛，轻轻咳了一声，想要说话，被杰弗里用眼色制止了。

5分钟后。杰弗里平静地说："那么你们不愿坦白了？那就请重复一遍那篇誓言吧。"

片刻的沉默后，中年人率先说："我叫小泉二郎，我发誓没有夹带有关智力提高术的秘密，如果违誓，愿意接受地球政府最严厉的惩处，包括死刑。"

小伙子也说："我叫陆逸飞，我发誓……"

名叫布莱什的老者也重复了誓言。杰弗里怜悯地看着他们，下意识地轻轻摇头。3个男游客的心都在向无限深处沉落，因为他的怜悯比威胁更令人心悸。良久，他轻叹一声："我真不愿你们轻抛生命，可是……咱们往下进行吧。"

3个男人的脸色都有点发白，不过他们仍保持着优雅的沉默。这会儿，连没有心机的漂亮的索菲娅也终于看到了事情的严重性，用惊惧的目光挨个睃了3个同伴一眼，就像是一只受惊的小鹿。

杰弗里轻咳一声，不过并没有说话，他站起来，冲了4杯热咖啡，一杯杯端过来，放在四个被检查者面前。3个男人都低声说："谢谢。"他们实际是在进行一个仪式：操生杀大权的杰弗里在向他的牺牲者表示歉意，而几个间谍——如果他们真是商业间谍的话——则心照不宣地接受了他的好意：检察官先生，我们明白你是不得已而为之，你我都是在尽自己的本分。所以，尽管往下进行吧。3个男人一动不动地坐着，就像是历尽沧桑的石像，只有索菲娅在不安地扭动着身子。

"宇宙万物无非是信息的集合。"杰弗里突兀地说，"宇宙大爆炸时粒子的聚合，星云的演化，DNA的结构，人类的音乐、绘画、体育活动，甚至人类的感情、信仰和智力，一切的一切，就其本质而言，无非是信息而已。而所有信息都能数字化。自从20世纪人类发明电脑后，这个道理已经变得非常明晓了，因为电脑能实现的所有令人眼花缭乱的魔术，其实只是0和1的长长序列。所以，从理论上说完全能做到这一点：在这个宇宙灭亡时，带着一个写满数字序列的笔记本逃到另一个宇宙，就能重建旧有宇宙的所有细节。"

索菲娅窘迫地说："杰弗里先生，你说的我听不大懂。你知道，我可没做过智力增强术……"

杰弗里宽容地笑笑，并没对她的低智商表示不耐烦。他耐心地说："理解这一点并不需要增强过的智力。我用最简化的语言讲一下吧，如果用 01、02、03、04、05……24、25、26 这 26 个代码来分别代替 26 个英文字母，那么'智力增强技术'（The intelligence strengthen technique）这个标题变成数字后就是：200805-09142005121209070514 0305-19201805140720080514-200503081409172105。"他解释道，"其实只用 0、1 两个数字表示就行了，不过那样的数字序列更长一些。为了便于索菲娅小姐理解，我在这儿用的是十进位数字。"

索菲娅饶有兴趣地听他说话，其他 3 个人则面无表情。

"当然这只是理论上的可能。"杰弗里笑道，"宇宙所包含的信息太庞大了，如果我们用原子做基本的信息载体，那么要想容纳这个宇宙的所有细节，你笔记本的重量恐怕要赶上宇宙本身了。献丑了，我说的都是最起码的常识，你们都知道的。"

3 个男人仍不说话，索菲娅努力想打破室内的尴尬，轻咳一声说："不，你说得很有趣，我就从没听说过……"

杰弗里说："但有关智力提高术的技术秘密就不同了，它虽然相当繁杂，也不过 30 亿比特的信息量，经过某种技术处理，它完全可以塞到你们的行李箱中。这也是最起码的常识，我想你们都知道的。"

3 个男人当然能听出他步步进逼的敲打，但他们都是训练有素的高级间谍，始终保持着面色平静——或者他们是清白的，根本不需要惊慌。他们不动声色的对峙在室内形成一种寒意，索菲娅受不了室内的气氛,不安地扭动着,为3个人辩解:"我们的行李和身体都已经经过了最严格的检查……"

老年男人轻轻地用一个手势制止了她,对杰弗里说:"往下进行吧。"

杰弗里摇摇头,走到3个人身后。3个人的皮箱都在各自身后放着,箱盖大开。他走到中年男人的皮箱前,一边用目光扫视着,一边平静地说:"我知道这些皮箱都经过了最严格的检查,没有发现任何高密度芯片、缩微胶卷等间谍常用的工具。不过……"他用极富穿透力的目光看着3个人,"你们都是高智商者,肯定不屑于使用那些常用方法。我想,也许你们会使用最出人意料的手段?"

3个人平静如常。杰弗里在小泉先生的皮箱中仔细探视着,最后把目光定在一块小小的石头上。

"小泉二郎先生,你从地球上带走一块石头?"

"对。"小泉微笑着,"我刚才已经说过,地球是我的祖庭。记得地球上的航海民族——波利尼西亚人——有一种习俗,在离开故土前,会把故乡的泥土带一捧,撒到他们落脚的海岛上。地球的华夏民族也是这样,远行的人要带一包'老娘土',终生不离。我也想带走我对地球的眷恋,不过我觉得泥土不容易保存,就带了一块普通的岩石。"他在"普通"这两个上字加重了读音。

"我很感谢你对老地球的感情。我也知道这是块最普通的岩石,成分是二氧化硅。不过,你似乎对它进行过抛光?"

"对,我尽力把它抛光了,我想让这块普通的石头变得像宝石一样光彩照人。"

"很好,很好。"杰弗里非常突兀地问,"能不能告诉我它有多重?或者更精确地说,它由多少硅原子组成?"

小泉的脸突然变白了,不过他的语调还尽力保持着平静:"不知道,我没有测量过,也没这个必要。我对地球的感情分量与原子的个数没有关系。而且——测量原子的个数,那一定是个非常烦琐的工作。"

"不,不,你一定知道,用小夸克显微镜来数出原子个数,是非常容易的工作,而这种显微镜在地球上已是随处可得。这块石头大概有……"他目测了一下,"60多克重,也就是说,它里面含有1 023个硅原子,2×1 023个氧原子。如果用原子来做信息的最小载体,它能容纳10万亿亿的信息,远远超过智力增强术所包含的信息量了。"

最后这句话让索菲娅突然瞪大眼睛——杰弗里是在说,小泉先生是用硅原子来携带智力增强术的秘密吗?小泉尽力保持着平静,不过目光中已经透露出绝望。杰弗里说:"这样吧,如果你不反对,我来替你完成这个工作,好吗?"

小泉勉强地说:"我不反对。"

杰弗里点点头,回头喊来一名工作人员,让他把这块石头拿到化验室,迅速测出其中所包括的原子(硅原子和氧原子)个数,一定要非常精确,误差在个位。"因为我不想破坏信息的精确性。"说完之后,他便把小泉抛到一边,不再理睬。陆逸飞和布莱什尽量不同小泉有目光接触,但他们分明知道小泉的命运已被决定,连索菲娅也看出这最后一段哑剧的含意。

现在,杰弗里转向陆逸飞的皮箱,他的扫视持续了很长时间,室内的气氛快要凝固了,在绝对的安静中,似乎有定时炸弹在嘀嘀地响着。最后,杰弗里把目光锁定在一支精致的玉笛上:"陆先生,你喜欢吹笛子?"

陆逸飞点点头,深情地说:"对,我非常喜欢。这种带笛膜的横笛是地球上的中国人所特有的乐器,是从西域胡人那儿传到汉族的,在一代一代的汉族音乐家手中得到淋漓尽致的发挥。它的音质微带嘶哑,但却有更高的音乐感染力。历史上传下来不少有名的笛曲,如《鹧鸪飞》《秋湖月夜》《琅琊神韵》《牧笛》等。在天狼星上听到它们,我就像见到了地球上的清凉月夜,听到了淙淙泉流……"

杰弗里打断了他感情激越的叙述:"很好,很好,如果这儿不是海关,如果是在晚会上与你会面,我会恳请你高奏一曲的。能让我仔细看看吗?"

"当然。"

陆逸飞把玉笛递过去，杰弗里把玩着，指着笛子上部的一道接缝说："这道接缝……"

"那是调音高用的。这支笛子由上下两段组成，在用于合奏时，可以抽拉这儿，对音高做微量的调整，好适应那些音高固定的乐器……"

他的解释突然中断了，因为杰弗里已突然抽出上半截笛管。接口处是黄铜做的过渡套，他举起来仔细查看着，那儿没有任何可疑的东西。杰弗里又用手掂了掂两段笛管的重量："当然，下边的笛管要重一些。陆先生，我有一个很无聊的想法，如果用下半截笛管的重量做分母，用上半截的重量做分子，结果将是一个真分数，也可以化作一个位数未知的纯小数。陆先生，你知道这个小数是多少吗？"

陆逸飞的脸色变白了，身上的女人味一扫而光，高傲地说："不知道，你当然可以去称量的。"

"是的，我当然会去做。"他喊来一名工作人员，命令他把两段笛管去掉黄铜接合套后做精密的称量，精确到原子级别，并计算出两者之间的比值。"要绝对准确，用二进制数字表示的话，要精确到小数点后 30 亿位，因为我不想破坏信息的精确性。"他似乎很随意地说。

这之后他把陆逸飞也撂到一边了，其实他已经明白地表示：陆逸飞的结局也已经敲定。陆逸飞和小泉心照不宣地对视，目光中潜藏着悲凉，他们两位已经是同病相怜了。现在，3个男人中只剩下那位老人，这回杰弗里没有去察看他的皮箱，他走到老者身边，仔细地观察他。"布莱什先生，你似乎不大舒服？"

老者勉强地笑道："对，真不幸，回航机票买好之后，我却不小心感冒了，但行程已经不能改变。但愿我回到天狼星时，海关检疫人员不会将我拒之门外。"

"哦，这可不行，我得为你的健康负责。万一不是普通的感冒而是变异的感冒病毒呢？老人家，不介意我们取一口你的唾液做病毒DNA检测吧？"

索菲娅惊奇地看到，老人的脸色也一下子变白了。他高傲地说："当然可以，谢谢。"停了停他又补充道，"你是个非常称职的海关检察官，这是我的由衷之言。"

"谢谢你的夸奖。"杰弗里又喊来一名工作人员，让他取一口老人的唾液。杰弗里详细交代说：DNA中有30亿个碱基，它的序列是由4个字母组成，换算成二进位数字的话，有60亿比特的信息容量。所以检测一定要精确。"没准这种病毒的碱基序列里正好含着智力增强技术的内容呢。"他半开玩笑地说。

当然，谁都知道他并不是开玩笑。

杰弗里还请工作人员在进行DNA测定后顺便做一个换算。因为那块石头的原子个数、两段笛管的重量之比，都将是十进位的数字序列,而碱基序列则是 4 个字母序列,需要换算成同样的十进位数列,以便使"3 位先生的结果有可比性"。"现在请大家安心喝咖啡吧,这 3 个结果很快就会出来的。"

3 位商业间谍——现在可以确定地说他们是间谍了——心绪烦乱。死神已经近在眼前了,但他们仍令人敬佩地保持着绅士风度。只是,在与索菲娅探询的目光相碰时,他们会不自主地露出一丝苦笑。在等待的时间里,杰弗里一直亲切地和他们聊着天,打听着天狼星的风情,还说最近他就要度假,打算到天狼星旅游观光。3 个男人则热情地允诺做他的东道主——"当然,如果你没有把我们当作间谍处死的话。" 3 个人苦笑着说。索菲娅则含情脉脉地说,真盼望杰弗里能和他们同机去天狼星:"像你这样风度迷人的男人太难遇见了。"

屋里的气氛非常放松,但这种放松是假的,在平静的下面能摸到 3 个男人的焦灼。终于,结果出来了,一名工作人员走进来,手里拿着打印出来的检测报告。他对 3 个人扫了一眼,不动声色地说:"中校先生,你的估计完全正确。这块石头是用硅原子的数量表示的,精确数字是一个 30 亿位的序列,我现在拿来的是前边 1 000 位。"他递过一张卷着的长长的打印纸,"至于那支笛子,则是用两段笛管的重量比来表达的,是一个无穷循环小数,循环节大约为 30 亿位,并与刚才的序列相同。而这位老先生身上的'感冒病毒'果然是一种独特的病毒,它的碱基序列换算成十进位数字表达,也是同样的序列。"

工作人员朝3位客人点点头,出去了。杰弗里默默地把纸卷递给索菲娅,数字序列的头几十位数字是:200805-09142005121209070514030519201805140720080514-200503081409172105。

索菲娅的记忆力非常好,可以在几秒钟的扫视中记住上千位的数字。这会儿她清楚地记得,刚才杰弗里给出了同样的序列,其含意是:智力增强技术(The intelligence strengthen technique)。当时他还暗示,这是一份技术档案的标题——他果然没有说错。也就是说,一块石头、两段笛管、一种特异的感冒病毒,它们都包含着智力增强术的技术秘密。

看来,她只能一个人回天狼星去了。

杰弗里已经不用再多说话,那3位游客对望一眼,甚至没有去接那个纸卷。老人代表他们说:"你赢了,杰弗里先生。你真能干,目光如电,专业精湛。作为间谍,我们对你表示由衷的敬佩。请你按地球法律处置我们吧,我们毫无怨言。"

索菲娅嘴唇颤抖着:"你们……真的是间谍?真的要被处死?"3个男人同时叹了一口气,没有做任何解释。杰弗里叹息一声,唤来工作人员,低声交代几句。然后,他为4个人续上咖啡,默默地看他们喝完。海关的工作效率非常高,一艘很小的飞船此刻已停在登机口。杰弗里把3个人送过去,同他们紧紧握手。当不可避免的结局真的到来时,3位间谍反倒真的放松了。他们微笑着同索菲娅拥抱,说:"回程中我们不能陪伴你了,请多保重。"中年男人回过头,以男人的方式拍拍杰弗里的肩头,笑着说:"很遗憾,不能在天狼星为你做东道主了,请索菲娅小姐代劳吧。"他们同杰弗里殷殷道别,在甬道中消失。

索菲娅一直惊惧地看着这个过程,小飞船呼啸着升空后,她转过头疑问地看着杰弗里:"他们3个……"

杰弗里声音低沉地说:"他们将被流放到时空监狱,永远不能回来。"

"时空监狱?什么地方?那儿……人类能生存吗?"

"不知道,没人知道。间谍的流放地都是在飞船升空后随机选取的,那儿也许是地狱,也许是天堂。他们能有50%的幸运,这是我唯一能为他们做的事了。但有一点是肯定的,不管是天堂还是地狱,他们永远不可能回到今天这个时空了。"

索菲娅的眼睛里涌满泪水:"我真的很难过,我们4个人是坐同一艘飞船从天狼星来的,他们都是很好的人……不过我不怪你,我知道你心地善良,他们是自作自受。"

杰弗里挽着姑娘的胳臂,回到刚才的办公室:"不说他们了,把我的例行程序做完吧。按照规定的程序,我将最后一次通知你:如果你夹带了有关智力提高术的技术资料……"他匆匆重复着刚才对那3个人所说的话,但索菲娅根本没听进去,仍沉浸在悲伤中。杰弗里再次提醒后,索菲娅才机械地说:"没有,我没有夹带。"

"请你宣誓。"

"我叫索菲娅,我发誓没有夹带有关智力提高术的秘密,如果违誓,愿意接受地球政府最严厉的惩处,包括死刑。"

"好,请你赶紧登机吧,开往天狼星的航班马上就要升空了。"

收拾好行李箱,走过甬道,空中小姐在门口笑容可掬地迎候。在这段时间内,索菲娅一直默默无言,泪水盈盈。杰弗里体贴地搂着她的肩膀,一直把她送到座位上。邻座没有人,杰弗里坐在那个位置上,轻轻握着索菲娅的小手。

时间一分一秒地过去,飞船就要升空了,杰弗里还没有离去的意思。索菲娅轻声提醒他:"你该下船了。"她戚然说,"真不想同你说再见,真希望你能同机去天狼星。但是……起飞时间快到了。"

杰弗里笑了:"我正是和你同机去天狼星,这就是我的座位啊。你看,还有我小小的行李。"他解释着,"其实我刚才已经说过了,我说,我很快要去那里度假。"

索菲娅瞪大眼睛,目光复杂地看着他,很久才低声说:"真是个好消息。看来我的祈愿感动了上帝。"

两只手轻轻相扣,他们不再说话。飞船轰鸣着离开了地球,脱离了地球的重力,并迅速加速。现在,飞船绕轴向旋转着,产生 1g 的模拟重力。很奇怪,在此后半小时里杰弗里一直没有说话,只是闭着眼睛仰靠在座椅上,轻轻抚摸着索菲娅的小手。等到越过月球,他突然回过头,目光炯炯地看着同伴:"索菲娅小姐,现在飞船已经离开地球的领空,到了公空了。你当然知道有关的太空法律,在公共空间中,地球的法律已经失效,没人能奈何你。何况,我已经注意到,有几位先生还在虎视眈眈地守护着你呢。"他回头向周围几个旅客打了个招呼,那几位都是中年男子,身形剽悍,训练有素。大鼻孔、稍显凸出的胸脯,这当然是天狼星人的特征。此时他们向杰弗里回以职业性的微笑。

索菲娅平静地说:"你说得不错。你想干什么?"

杰弗里苦笑道:"我知道你是个间谍,你和他们 3 位是一伙的。你在地球逗留期间,地球情报局一直在监视你,早已认定你的身份。但我费尽了心思,也没找到你所夹带的情报。好,我认输了,但我非常想知道我是怎么输的。"他补充说,"你不必再把我看成地球海关的检察官。在你成功后,我的职业已经毫无用处,我现在是失业者,正前往天狼星去寻找新的人生,因为我不想留在地球上看人们责难的目光。其实,在你走进海关检查室之前,我就料定我会在你这儿失败,也做好了相应的准备。"他恳求道,"我非常想知道我到底是怎么输的,不知道这一点,我会发疯的。请你告诉我,好吗?"

索菲娅犹豫着。她想杰弗里说得没错,这儿已经不属于地球的领空,在银河系文明社会里,没人敢在公空中采取海盗行为。她嫣然一笑:"把你的失败彻底忘掉吧,到天狼星去开始新的生活。告诉你,我刚才曾表达了对你的倾慕,那可不是间谍行为。我真的很喜欢你,也许咱们能在天狼星上共结连理呢。"

杰弗里感激地说:"非常感谢你的安慰,我也希望有你这么可爱的妻子。但是……" 他固执地盯着她。

"至于我的身份……"她迟疑片刻后,坦率地说,"你猜得没错。我的本职是电影演员,但这次被天狼星政府征召做了一个业余间谍。我没有做技术间谍的智力,这是真的,一点都不骗你,我几乎可以说是弱智者,上学时数学和物理学得一塌糊涂。但我有一个过人之处,就是对数字有超凡的记忆力,可以轻易记住10万个互无关联的数字。"

杰弗里喊道:"但那是30亿比特的信息量啊!"

索菲娅得意地笑了:"30亿,不就是3万个10万嘛。要知道,我在地球待了3年呢,足以把它背下来了。要不,我给你背一次?反正我在旅途中得复习几遍呢。"她挑逗地说。

杰弗里摇摇头,声音低沉地说:"你把我骗得好苦啊,你成功地扮演了一个没有心机的低智商女人……"

索菲娅咯咯地笑着:"别忘了我是一位专业演员,再说,"她向杰弗里抛一个媚眼,"我本来就是一个低智商的女人,我只是在做本色表演。"

很奇怪，杰弗里这时有了一个突然的变化，他坐直身体，瞬间又恢复了原来的从容自信。他向空中小姐招招手，那姑娘马上送来两杯法国葡萄酒。杰弗里自己端起一杯，另一杯敬给索菲娅："我输了，我没想到你是这样一个天才。你所用的最不取巧的间谍手段，恰恰是最难破解的。作为一个同行——反间谍人员和间谍可以说是同行吧——我非常敬佩你。来，干了这一杯。"

索菲娅盯着酒杯，盯了好一会儿。她突然莞尔一笑，乖巧地说："谢谢。杰弗里，我绝对相信你，相信你不会在酒中下毒。不过为了安全起见，我不能喝它，而且在返回天狼星并将我脑中的那个30亿比特的数列卖给政府之前，我都不会喝你的任何东西。这是不得已而为之，你不会怪我的，对吗？"

杰弗里微笑道："我不怪你，但那一杯酒中确实没毒。"他着重念出"那一杯"这三个字，让索菲娅觉得有点奇怪。这会儿杰弗里的表情也十分特别，双眸闪闪发亮，优雅的笑容中透着苍凉。他把那杯酒递给空姐，那位空姐面无表情地一饮而尽。"至于这一杯……"他伤感地笑了笑，仰起头一口喝光。把酒杯递给空姐后，他站起来吻了吻索菲娅的额头："好姑娘，永别了。我真想能娶你为妻，可惜……"

他一头栽倒在地，死了。

事情发生得太突然，没有一点先兆，索菲娅下意识地从座位上蹦起来，捂着嘴，胆战心惊地看着脚下的死尸。她的几个保护人员已经站起来，迅速向她围拢，但眼前的现实并不是索菲娅受到什么威胁，而是地球海关检察官的意外死亡。他们怀疑杰弗里是假死，其中一人伸手试试他的鼻息，鼻息已经停止，连体温也正在缓缓地下降。几个保卫人员根本未能料到这样的变化，显然乱了方寸。其他乘客中也掀起一阵骚乱，开始向这边聚拢。

这时，几个穿白衣的工作人员跑来，以机器人般的精确性，迅速把死者抬起来，走向飞船舷侧的一扇小门，并示意索菲娅一块儿来。索菲娅不知道他们要干什么，不由自主地跟了过去，她的几名保护者紧紧跟在后边。工作人员打开小门，把杰弗里塞进去。这个小隔间是双层门，外门通向太空。他们把内门关好，然后按下门边一个按钮，外门打开，死尸被离心力甩出去，晃晃荡荡地飘离飞船。透过舷窗可以清楚地看到，在舱外的绝对真空中，尸体的肚腹立即爆裂，身体也在瞬间失水，变成一具狰狞的干尸。飞船已达半光速，杰弗里的身体当然也是以同样的速度运动，所以，宇宙中的静止粒子都变成高能辐射，在干尸上激起密密麻麻的光点。

一个标准的"空葬"程序。每个在宇航途中意外死亡的旅客都将得到同样的处理。这是星际航行的常识，但索菲娅还是第一次目睹。她脸色惨白，心脏似乎要跳出胸腔。她这个间谍毕竟是业余的，对这样惨烈的场面缺乏心理准备。

穿白衣的工作人员向外边立正敬礼，表情肃穆庄重，显然他们都是杰弗里的同行，对杰弗里（尤其是对杰弗里从容不迫的自杀）充满敬意。然后两个白衣人回过身，熟练地架起索菲娅的胳膊。索菲娅惊慌地喊："你们要干什么？干什么？这儿可不是地球的领空！"

她的4个保护者不声不响地逼近。穿白衣的为首者用一个轻轻的手势止住4个人，平和地说："请大家保持镇静，请务必镇静。索菲娅小姐，你说得对，这儿不是地球的领空，地球的法律在这儿已经失效。不过，你大概不知道在间谍行当中有一种惯例，或者说是职业道德，各个星球都认可的：如果一方的重要人员采取自杀性行动，这一方就有权得到比这轻一点的补偿。漂亮的索菲娅小姐，你让杰弗里中校第一次遭遇失败，他高贵地选择了死亡，地球的海关保卫遭受了无法挽回的损失，因此，我们有权对造成这一后果的间谍来一个小小的惩罚。不过你不用担心，我们不会杀死你的，只会对你做一个小小的记忆剔除术。"

索菲娅浑身颤抖，啜泣着，哀求地看着她的4个保护者。但4个人犹豫片刻后无奈地退回，看来他们也承认这种"间谍职业道德"的约束。飞船中的乘客（有地球人、天狼星人和少量另外星球的人）都无动于衷地看着这边的动静。白衣人把挣扎着的索菲娅推进一个房间，那里面医生们已经穿好罩衫，戴上了手术手套。门关上了，索菲娅的哭泣声也被截断，4个保卫人员向为首的白衣人点点头，不大情愿地回到自己的座位上。

几百名旅客平静地看着紧闭的房门。

确实是一个小小的手术，仅仅 30 分钟后，几个微笑的医护人员就把索菲娅送了出来。她的头上没有任何伤口，一头金发依然如瀑布般垂泻，面色仍是那样娇艳，不过目光显得有些茫然。她皱着眉头艰难地回想着，又环视着四周，低声问："我怎么啦？你们干什么围着我？"

医护人员微笑着说："不要紧张，没关系的，你刚才摔了一下，造成短暂的失忆。现在，请你尽量回忆你个人的情况。"

索菲娅皱着眉头思索半天，难为情地说："我知道我叫索菲娅，在地球上旅游观光后，正坐着这艘飞船返回天狼星，这将是 8.7 年的漫长旅程。别的……一时回忆不起来了。我的失忆能治好吗？"

"不要紧张，请再回忆。"

"噢，我似乎碰见了一个出色的男人，我对他很有好感，但他似乎死了。"她黯然说，"我想这一定是个梦，不会是真的。"

医护人员把她护送到自己的座位上，安慰她："你的精神受到一点刺激，除了失忆外可能还有轻微的妄想表现，你说的那些情景都是梦中的错乱，不是真的。不过你已经基本恢复了，很快就能彻底痊愈。不要紧张。再见，祝你旅途愉快。"

医护人员走了，很长时间，索菲娅一直低头沉思着。等她抬起头时，看见邻座的 4 个男子正怜悯地看着她。这 4 个人的面容和表情勾起了她的某些回忆……似乎是她的熟人，至少是

4个可靠的人，但具体的细节无论如何也想不起来了。这种绝望的回忆真折磨人啊！很长时间后，她终于忍不住，轻轻招手，唤4个人中的一个过来。那人稍稍犹豫了一下，过来了，坐到索菲娅身边的空位上。她低声说："嘿！你好，你也是天狼星的游客吧？你一定是个靠得住的人，我的感觉不会欺骗我的。现在，我迫切需要你的帮忙，可以吗？"

那人没有回答，只是点点头。索菲娅悲伤地说："请给我讲讲我失忆前发生的事情，讲讲你所知道的有关我的情况，好吗？"她显得既困惑又焦灼，"我有一个感觉——也许只是我的妄想，但我不能排除它——似乎有一个很可爱的男人遭受了某种失败，他要为此自杀，只有我才能救他。这事情非常紧急，也许耽误几秒钟就来不及了。请你一定告诉我，这究竟是怎么一回事，好吗？求求你了。"

那人很长时间没有回答，只是侧脸看着舷窗外黑暗的太空。终于，他回过头，语调平缓地说："没有这样的事，那只是你的妄想。"

"真的？"索菲娅几乎快要哭出来，"你不能瞒我啊，不能让我终生懊悔。"

那人平静地说："我不瞒你，真的什么事情也没有。请你保重，我过去了。"他拍拍索菲娅的手背，返回自己的座位。船舱中非常安静，几分钟后，空姐们推着餐车出来了。

写作后记

曾在一本书上看到过这样的构思：一个离开地球的外星间谍可以用一根有一条划痕的金属棒带走所有情报。因为这些情报都能数字化，而聪明的间谍只需恰当地选取刻痕位置，使两段棒长的比值恰好等于情报的数字序列就行了，如：0.274 928 472 945 893 789 739 506 994 0……

确实是个非常机智的构思，正是它让我写了这篇小说。

小说写完了，现在以技术的角度看看，这个构想能否实现。

实际上这取决于物质的可分性，以下的分析基于"原子是机械可分的最小单位"这个假设。其实，即使把物质的可分性再往下推延有限的几个层次，对分析的结果也没有质的影响，除非物质无限可分，那样分析起来稍微麻烦一些，本文不拟涉及。

还有一点要注意：本文只涉及"有确定性"的经典物理世界，没有考虑量子多态叠加的信息存储办法。写科幻小说就像是解数理方程，总得要设出一定的边界条件，以下的答案就是在这些边界条件之内才有效的。

先从陆逸飞的"两段笛管法"着手。我们可以先假定那支较长笛管的重量是一个很大的数，是 10 的整数次方，这样，两段笛管的重量比值就只取决于较短那段的重量。读者可以看到，实际上这就是把陆逸飞"两段比值法"化为小泉先生的"石头法"了。

根据中学化学所学过的克原子量,可以知道64克玉笛含有10^{23}个硅原子。如果用所有这些原子的状态来表达信息(比如用一个原子的"有"和"无"来表示0和1),则这些原子可以表达10万亿亿比特的信息,足够携带我们的那份情报了。但文中两个间谍没有用这种方法,他们设计的方法是用"原子总数"的序列来暗藏情报,这个10^{23}的原子总数,若用十进位数字表示,其位数是23位;若用二进位数字表示,其位数是23除以0.3010(2的对数),也就是76位左右……仅仅是76位!而30亿比特的信息需要30亿位的数字序列,76位,连零头的零头的零头都不够!

此路不通,再另辟蹊径。有人说:我干吗要把重的那段选成10的整倍数呢?可以把两段的原子个数都选成非常非常大的素数,使两段的比值是一个循环节为30亿位的循环小数就可以了(循环节必须不能少于这么多位数,否则它就不能表示特定的数列)!好,我们看看这个方法是否行得通。

先复习一点小学数学知识。纯循环小数可化为这样的分数:其分子是一个循环节内的数字;分母是若干个9,9的个数与循环节位数相同(混循环小数化分数的办法略)。比如,

无限纯循环小数0.428 571 428 571……循环节是6位,则化为分数是428 571/999 999,化简后为3/7。

非常简单，对不对？唯一的麻烦是：循环节为 30 亿位的循环小数化成分数后，分子和分母都是 30 亿位的大数。当然分子分母可能被化简（先不管它到底能化简到什么程度），即约去两者的公约数，这实际是一个数的素性检验问题，没什么复杂的，用试除法就行了，连小学生都会算，更何况还有运算速度为每秒数万亿次的电脑呢！只是时间稍微长了一些，而且这个时间会随着被除数位数的增加而急剧增加。到底需多长时间？对于一个 10 位的数字，电脑可以在 1 秒钟内就得出结果，如果是 100 位数字呢？那就需要……请你听好，我以下说的时间值，得之于职业数学家的推算，绝对没有错误：

即使用今天运算速度最快的电脑，所需时间也要 10^{36} 年！

我们宇宙迄今的历史才有 10^{11} 年吗？

这还只是对 100 位数字的试除，我们的数字可是 30 亿位！！！

看来，先甭说它们能不能化简，以及能化简到什么程度，单说化简的时间，就耗不起。但是若不化简，就又回到刚才的情形了，分子分母都是 30 亿位的数字，若要表示它，原子个数就要达到 2 的 30 亿次方个，远远超过一段玉笛中所包含的原子个数。所以此法也走不通。

这两种方法被 Pass 了，现在看看"碱基法"。这倒是没问题的，前面已经说过，30 亿位由 4 个字母表达的数列可以容纳 60 亿比特的信息。只是，按这个"既定数列"定做的 DNA 很可能就不是生物，或者说，它恰好是感冒病毒，是30亿个碱基的组合数的倒数。读者会不会做排列组合的计算？它是这个30亿位数字的阶乘。具体值就不用计算了吧，反正是一个吓死人的天文数字。所以，非常遗憾，这种方法也得被Pass了。

只剩下一种：记忆法。唯独在这儿我们挑不出什么毛病。背诵长达30亿位的数列，的确是一个非常累人的活儿，是一场"酷刑"，但没人能用有力的理由证明它是不可能的。人的大脑有140亿个神经细胞，从物理层面上分析，它也能容纳30亿比特的信息。

这么说来，原来这位叫王晋康的作者是个江湖骗子，惯会信口雌黄、虚张声势，他文中描写的"才智过人"的斗智者实际上都是些弱智，连这么简单的逻辑错误都看不出来！只有那位似乎最弱智的索菲娅——她虽然也失败了，但至少算是个智力正常的人吧，她的方法至少不会成为笑柄。

除了这个女人，4个男人都是超级笨蛋，加上作者就是5个了。还有——务必请你原谅，我没有得到你的允许，已经把你拉进这场智力测验中——如果你在读这本小说的过程中没有觉察到其中的逻辑错误，那么你就是第6个笨蛋。而如果你已经觉察到了，怀疑了，那么恭喜你。我相信，依你所具有的水平，如果回头去考小学算术，再不济也能拿个60来分吧。

最后的爱情

亚当与蛇

文 / 王晋康

"路透社爱丁堡3月31日电：据爱丁堡罗斯林研究所透露，自从多莉羊克隆成功的消息公之于世，一个月来，该所已经接待了500多名要求克隆自身的申请者。不言自明的是，这些申请者绝大多数为女性，年纪大多在40岁左右。她们希望用最新的科学手段追回自己已经开始残败的韶华。

"维尔穆特重申了他绝不参与克隆人研究的决定。但该所的迈克尔·格林教授——他是该研究小组内权威性仅次于维尔穆特的科学家——声称，克隆人技术已经'无须研究'了。

"人类和绵羊同样属于哺乳动物，在上帝的解剖学中，两者的生殖方式并没有生物伦理学家所期望的根本性差异。换言之，克隆人技术已经是一只熟透了的苹果，不可能让它永远吊在空中。既然不可避免，倒不如让严肃的科学家首先来揭开这个魔盒。

"他说，当然他不能一下子复制500个人。他已对申请者做了仔细的甄别，选中了一个最漂亮的幸运者，她的名字将在明天的《泰晤士报》上公布。"

第二天，《泰晤士报》的销量猛增了 20 万份，就连没有提出申请的人——大多为女性，他们都注意到了昨天的消息中用的是'她'而不是'他'——也急不可耐地、仔仔细细地翻遍了该报的一百多个版面。

失望的读者纷纷打电话质问罗斯林研究所。该所在长达四个小时的沉默后尴尬地承认，格林教授已经不辞而别，于 4 月 1 日凌晨偕同女助手凯蒂·爱特去澳大利亚旅游了。至于所谓的幸运者，请读者注意格林教授所说的公布日期——4 月 1 日。发言人承认，这个愚人节的玩笑未免过头了一点，但格林教授与记者的谈话纯粹是私人性质的，与研究所没有关系，而这位教授素来是以性格狂放、行事无所顾忌而闻名的。

发言人还指出，大部分申请者，尤其是女性申请者并没有真正弄懂克隆技术。即使克隆人能够出现，她也不能帮"原件"追回已逝的青春。因为新个体虽然与供体有相同的容貌和身体，但她完全是一个新人，她并不继承供体的思想和感情，比如说，爱情。

在与记者的谈话中，这名男发言人隐晦地嘲笑了"女人特有的浅薄浮躁，追逐时尚"。

这个愚人节的玩笑使申请者们多少有些尴尬，但她们最终都以女性的处事方式一笑了之。

只是在两年后,她们才知道,那个天杀的格林教授倒真是同世人开了一个大大的玩笑。

这则事件的披露,得益于《堪培拉时报》一位细心的记者伯顿。当时他仔细查阅了3月31日至4月2日所有进入澳大利亚的旅客名单,并没有发现格林的名字——他和他的秘书凯蒂从此失踪了!伯顿从爱丁堡的朋友那儿获悉,凯蒂是一个有着火红色头发的漂亮姑娘,她向自己的导师奉献了火红的才华和火红的爱情。但格林出生在一个虔诚的天主教家庭——他本人倒并不笃信上帝——受教规的约束不能同发妻离婚。他只能同凯蒂保持着秘密的恋情。记者伯顿有猎狗般的嗅觉,立即嗅到这里面一定有精彩的内幕。他对两人穷追不舍,直到两年后,他终于在南太平洋的皮里凯恩岛上找到了两人的踪迹。

在两年隐居之后,迈克尔和凯蒂很高兴地接受了伯顿的采访。在该岛一座秘密实验室的试管、质谱仪和分子离心机的背景下,两人喜气洋洋,各自抱着一个刚过周岁的婴儿:小迈克尔和小凯蒂,或者按以后形成的正式命名法:迈克尔-2·格林和凯蒂-2·爱特。其中,迈克尔·格林是迈克尔-2的兄长,父亲,与凯蒂-2毫无血缘关系;凯蒂·爱特是凯蒂-2的姐姐,母亲,又可以说是迈克尔-2的养母,因为是她提供了自己的两个卵子,又用子宫孕育了并非兄妹的这一对双胞胎。这里有一点小小的镜像不对称。

不过,在伯顿的这篇报道问世时,所有人——就连最敏锐的科学家也没能认识到这点"镜像不对称"的含意。

"格林教授无疑是一个勇士,或者是一个狂人。他当然知道,在全球性的对克隆人技术的严厉态度中,他公然违抗科学界的戒律,意味着他将从此被主流社会所抛弃。"伯顿写道,"但他坦言并不后悔。在整个采访过程中,凯蒂说话不多,给笔者印象最深的,是那一双湛蓝如秋水的目光,深情、虔诚、炽烈,始终追随着情人,就像童贞女在仰视着耶稣。我想,为了这样的爱情,无论犯什么样的重罪也是值得的。我真诚地祝愿,这种真挚的爱情在一代代的复制过程中能永远延续下去。"

伯顿极富煽惑力的报道改变了世界,推倒了克隆人的第一块多米诺骨牌,引发了此后世界性的克隆狂潮。一些疯狂的富婆竟然克隆了成打的新个体,也有不少男人不让巾帼,参加到这个行列中去。各国政府被迫迅速制定了新的法律。这些法律不得不承认了克隆人的合法性,但严格限定每人只能克隆一份,违者则将"原件"销毁。

幸好此后没有出现科学家们所预料的人口爆炸,因为在克隆人口迅速增加的同时,自然繁殖方式更加迅速地衰亡。还有一点是人们所料未及的,那就是男性克隆人数的变化趋势,在前30年内它还与女性克隆人数保持着同样的上升势头,但30年后就急剧地衰降了。

85年之后。

凯蒂-5乘私人飞机越过浩瀚的太平洋,回到皮里凯恩岛的住宅。机器人成吉思汗打开房门,彬彬有礼地问候:"您好,我的主人,旅途顺利吧?"

"谢谢,旅途很顺利。"

凯蒂-5在成吉思汗的帮助下脱掉外衣,她踢掉皮鞋,松开发卡,让火红色的长发垂泻而下。然后她坐到拟形沙发中,享受着沙发的按摩。成吉思汗走过来问:"主人,这会儿您想进餐吗?"

成吉思汗的外貌是男性化的,酷似几百年前那位鼻梁扁平的叱咤世界的男性君王。在如今的孤雌社会里,使用拟男性的机器人已是富家时尚,取名也多是凯撒、亚历山大、成吉思汗、拿破仑这类男性君王,算是对当年的大男子主义世界来一点小小的报复,开一个无伤大雅的玩笑。凯蒂-5说:"好,准备晚饭吧,你通知我丈夫一块儿进餐,我已经8个月没见他的面了。"她严厉地吩咐道,"你对待他的态度要格外恭谨,我不允许自己的仆人如此没教养!"

成吉思汗讪讪地答应了。这个高智能的机器人自发地学会了人类的坏毛病——势利,他对"寄居"在主人家中的迈克尔-5,即使算不上是冷颜冷色,也至少是一种极冷淡的礼貌。当然,这是女主人不在场时的情形。迈克尔-5从未对此抱怨过半句。凯蒂-5直到这次离岛外出前,才无意中发现了成吉思汗的这个毛病。

迈克尔-5很快应召来到餐厅，彬彬有礼地向妻子致了问候。凯蒂-5笑着吻吻他的额角，请他入席。晚饭时，她一直不动声色地打量着这个男人。虽然已复制5代，这位迈克尔-5仍然与他的第一代酷似，以至于连机器人成吉思汗的分析系统也难以分辨出两人的照片。他长着一头亚麻色的头发，肩膀宽阔，额角突出，下巴线条有如刀刻，目光聪睿而深沉。

这正是凯蒂-1在日记里多次醉心描述的相貌。但凯蒂-5不无懊恼甚至不无惶惑地发现，这个男人已无法激起自己像凯蒂-1那种永不枯竭的激情了。也许，与迈克尔-1相比，迈克尔-5少了一样东西：男人的灵魂。他不是世界的主人了，他只不过是一个历史的孑遗物，是在孤雌社会中苟延残喘的一只雄蜂。

凯蒂-5常自嘲说自己是一个无可救药的守旧派，在孤雌主义的声浪中，她一直牢牢记着姐姐'重祖母'的教诲："爱你的格林，为他复制后代，世世代代永远不变。"她一直虔诚地履行着自己的承诺。晚饭中她亲热地问迈克尔-5："亲爱的，我们都已经30岁了，你是否愿意在今年克隆你的后代？我希望仍遵从前几代的惯例，让迈克尔-6和凯蒂-6一块儿孕育，同时出生。"

迈克尔-5考虑一会儿，客气地说："谢谢，谢谢你的慷慨。如果你不反对的话，我想再推迟两年，不要为我打乱你的安排，你可以让凯蒂-6先出生。"

凯蒂-5笑了："不，我还是等着你，我不想破坏4代人的规矩。"她看见机器人不在身边，便挑逗地笑道："也许咱们可以先复习一下自然繁殖方式？迈克尔，我已经很久没有与你同床了，今晚我热切地想要你。"

迈克尔-5抬起头看看她，停了片刻认真地说："不，今天你旅途劳累，以后吧。"

凯蒂-5不乐意地嘟起嘴："那好吧，我等你的电话啊。"

迈克尔-5用餐巾擦擦嘴，礼貌周到地同凯蒂-5告别。他走出餐厅后，凯蒂-5才让怜悯浮到面庞上来。几年来，他们一直在一本正经地上演着这幕喜剧，维护着迈克尔的自尊心。

其实两人早就心照不宣：迈克尔早已不大能履行男人的职责了。原因无他，所有在孤雌社会中苟活的男人们都有强烈的失落感和自卑感，心理上的阳痿带来了生理上的阳痿。

85年前，那对幸福的情人在世界上掀起一场轩然大波后，就再也没有回到主流社会，他们在这个世外桃源中度过了后半生。他们一直没有正式结婚，不过这个愿望在其后几代的迈克尔和凯蒂身上实现了。

他们没有料到这条世代相传的爱情之河会逐渐干涸。到了第3代凯蒂时，世界上克隆女性的数量已十分庞大，她们终于发现了这种技术手段的那点"镜像不对称"：克隆是将人的细胞核（可以是男人的，也可以是女人的）置于除核的空卵泡内被唤醒，再植入女人子宫内孕育。因此，克隆繁殖中，不可以没有女人，却可以没有男人。

于是社会天平迅速地倾斜了。这甚至不是母系社会的复辟，这是一个全新的孤雌社会——这个社会在完成最重要的社会功能时不再需要男人。

浴罢上床，凯蒂-5照例打开闭路观察器，把画面调到实验室。不出所料，迈克尔-5仍在电脑和仪器中狂热地工作着。她不由得佩服几代格林们永不枯竭的探索激情。看来，她的姊姊重祖母凯蒂-1的科学基因一定是在5代的复制中丢失了——或许它本来就不牢固。她不知道那个男人最终能否研究出那玩意儿来，但她总是用母亲般的微笑鼓励他做下去，也用金钱资助他。作为一个挚爱丈夫的妻子，你总得让他在"某一个领域"里有一点自信或希望吧。

她拧亮床头灯，摊开一本凯蒂-1的日记。她的这位姐姐'重祖母'留下了50本装饰精美的日记，从28岁到78岁。日记里细细密密地记下了她对迈克尔的痴情。恐怕正是由于接触到了这50本日记，凯蒂-5才选择了心理学专业，主要是专攻异性爱情心理，这在当时已是一门属于考古学的学科了。

"……今天格林亲自动手，在桉树林中为小迈克尔、小凯蒂安装了一个秋千。映着从树叶中透射的逆光，他强健的胳臂上渗出的汗珠晶莹闪亮，连他的汗毛也清晰可辨。

"我贪婪地吸吮着他男性的磁力，长久地凝视着他，不愿因说话而破坏这份静谧。"

即使在 80 年后读起来,她仍能体味到凯蒂-1 心中的那份激荡,但这种体味仅仅是一个抽象思维的过程。因为,当她面对自己身边那个一模一样的男人时,她却很难寻找到这种感觉!

在另一篇中,凯蒂-1 写道:"迈克尔当然清楚,他的行为肯定为社会所不容,他是想以这种近乎自杀的行动表达对我的爱。表达不能同我结婚的歉疚。其实这完全没有必要。我才不在乎什么名分呢,只要能爱他,被他爱,已经足够了。当然,我也不反对他的计划,我愿意把我们的爱一代一代克隆下去,直到地老天荒。"

不过,我的姐姐'重祖母'啊,你恐怕已经失败了,凯蒂-5想,尽管我已经尽了自己的最大努力,但我同迈克尔的爱情之河已经没有活水了。

忽然,她手中的迷你型台灯熄灭了。她合上日记,摸索着打开床头灯,床头灯也没有亮。她向窗外瞄了一眼,立即意识到这是全岛范围内的停电。夜空中那辉煌的灯光,尤其是似乎永不熄灭的霓虹灯光和云层中的激光全息广告突然消失了,只余下一轮圆月,清冷忧郁,俯照着这回归黑暗的世界。

凯蒂-5 抱臂立在窗前,沉入遐想,似乎这返璞归真的景色勾起了她古老的思绪。她想起凯蒂-1 曾在日记中记述,她与迈克尔的私情是在一次停电中被触发的,那天实验室中只剩下他们两人,当时他们正在不同的房间里进行着操作。在突然停电造成的绝对黑暗中,她惊慌地喊着,摸着墙壁寻找迈克尔。迈克尔也循着她的喊声摸过来。两人走近了,忽然身边发出一声巨响,凯蒂-1惊叫一声,顺理成章地扑进了那个男人的怀抱。黑暗中,他们看到响声处有一双绿莹莹的眼睛,原来是实验室养的一只猫,两人都放声大笑起来。

"现在,连我自己也不清楚,当时我的惊慌有几分是真实的。"凯蒂-1在日记中自嘲道,"软弱和胆怯是上帝赐给女人的强大武器,也许我只是本能地使用了它。"

海面上黑漆漆的,偶尔闪现出波光,造型独特的蘑菇形礁石屹然不动,像是贴在银色月光上的黑色剪影。在这古朴的静谧中,凯蒂-5似乎听见了体内血液的澎湃声。正是月球在人体内引起的潮汐力,周而复始,形成了人体雌性部分的月经周期,包括性欲周期。

不过,随着时光漫滤,这种人类与大自然的天然联系已经衰减为弱不可闻的回声了。

凯蒂-5忽然来了兴致,她想去找迈克尔,共同度过一个返朴归真的夜晚。她在床头柜中摸到高性能袖珍手电筒,便兴致勃勃地朝实验室走去。

迈克尔-5正在实验室里做那个重要实验,突然停电了,他敏捷有序地做了善后工作,便独坐在黑暗中。

他多少有些懊恼，倒不是因为这次停电所造成的细胞核死亡。从迈克尔-1开始到现在，他们已经失败上千次了，对失败已经有了足够的免疫力。不过这次与往常不同，他已预感到了成功，所以这次意外未免令人惋惜。他只有重起炉灶，用一两个月的准备时间，再试一次。

他听到了凯蒂-5的喊声，看到一团小小的青白色光柱引着她走过来，凯蒂-5喊道："迈克尔，你干吗一个人坐在这儿？"

迈克尔-5笑着迎上去，吻吻她的面颊："实验被中断了，我刚刚整理好仪器。"

周围的分子离心机、质谱仪及电脑屏幕在黑暗中映射着月光。迈克尔-5的面庞在黑暗中凹凸分明，只是更显苍白。凯蒂-5突然冲动地说："亲爱的，你总不能一辈子躲藏在实验室里呀。"

不，我不该说这些话，凯蒂-5想，我应该像凯蒂-1那样弱小无助，因惧怕黑暗而寻找男人的庇护。可是，现在我说话的口气却像是他的母亲。她藏起这些思绪，快活地说："停电了，你什么也干不成了，今晚我们出去玩个痛快，玩个通宵，好吗？"

迈克尔笑着答应了，两人靠手电筒的指引打开车库门，开出那辆白色的凯迪拉克轿车。雪亮的灯光劈开黑暗，他们沿着滨海大道开到一座海岬停下，熄了大灯。

但此后并未出现凯蒂-5所希冀的情形。迈克尔-5的拥抱多少有些被动，在回应凯蒂的热吻时，他也带着几分拘谨。凯蒂最终放弃了努力,叹口气,仰靠在座椅上,盯着天空的矩尺星座和望远镜星座。南天星座多是工业革命时命名的,因而缺少北天星座的神秘和美丽,缺少爱情、争斗和生死悲欢。也许这正是一种哲思,预兆着人性将随着科学发展而日益淡漠?

沉思良久,她皱着眉头沉闷地说:

"迈克尔,我是一个守旧的女人,我仍相信诗人歌颂了千万年的男女之爱,而不愿卷入孤雌主义的喧嚣中去。但是,只有我一个人的努力不行。如果你还希望维持我们之间的爱情,首先你得扔掉你身上那些令人憎厌的玩意儿,那些他妈的自卑感或者说是病态的自尊心。"

迈克尔-5很久没有回答,两人之间弥漫着令人难堪的沉默。忽然,全岛变得灯火通明,一个霓虹闪烁的酒吧近在咫尺,就像是突然从地下冒出来一样。随着灯光复明,酒吧内传出一片欢呼声。迈克尔-5松了一口气,说:"是红帽子酒吧!我已经很长时间没有来过了,咱们进去吧!"

凯蒂-5知道他是在逃避回答,但她点头同意了。这倒不失为躲避尴尬的办法,她把汽车开进停车场,走过去打开车门,请丈夫下车。在入席时,她也没有忘记为丈夫拉开椅子。

迈克尔顺从地承受了这些孤雌社会的新时尚,就算他内心有什么反抗,他也没有表现出来。

酒吧里大多为女性。按最新统计资料,人类中女性数量已超过男性的3倍,在这个酒吧中的比例也是如此。酒吧正中的高台上,一个身着肉色紧身衣、近乎赤裸的男人正在猛烈地扭动着身子,以种种性感的动作取悦女观众。他的眉影描得很重,抹着口红,手指甲和脚趾甲上都涂着鲜艳的蔻丹。10分钟后,一个40岁左右的女主持人向他打了个响指,表演者立即停下来,退入后台。女士宣布:"现在,仍进行因停电被中断了的讨论:你对孤雌社会的展望。请来宾自由发言。"

凯蒂-5看看丈夫,暗暗苦笑。他们本想躲避尴尬,却陷入了另一场尴尬,闯入了一个政治性的民间论坛,讨论题目对迈克尔-5来说肯定不会悦耳。但退席已经为时过晚。一个头发花白的男子走上去接过话筒,凯蒂用胳臂碰碰丈夫,他们都认出了这人是迈克尔-5读博士时的导师萨姆逊先生。这位导师年轻时智力超绝,目光敏锐,很受学生爱戴,但他在壮年时突然隐退,既没有结婚,也没有克隆后代。

萨姆逊扫视着酒吧内为数寥寥的男性,他的目光与迈克尔-5相撞后,激起一簇悲凉的火花。他向凯蒂-5也点点头,面无表情地说:"生物的性别分化是在4亿年前开始的,从此两性繁衍的生物飞速发展,逐渐取代了无性生物,这是因为异性交配所产生的后代更易于变异,更易于适应变化的世界。所以说,所有生物,包括人类的性爱,尽管被蒙上了种种神秘的艳丽外衣,但追根溯源,它们只是为了一个简单的功利目的:延续种族。"他苦笑道,"这种繁殖方式十分有效,它促使万物之灵——人类诞生，但人类的飞速发展却否定了两性繁殖方式本身。

"自从那个天杀的格林教授克隆了人之后，人类已经逐渐淘汰了两性繁殖方式，不再需要性爱，也不再需要男人。因为从本质上说来，生物界的雄性是寄生于雌性的，蚜虫可以一连数年孤雌繁殖，蚂蚁、蜜蜂等社会性昆虫基本上是孤雌社会，为数寥寥的雄蜂是雌蜂王用孤雌方式繁殖的，而且雄蜂交配后就被蜂群所抛弃。甚至某些哺乳动物（山羊）也能用'水压窝'的孤雌繁殖方式。现在，轮到人类了。"他突然提高了嗓音，"男人们留在这个世界上还有什么用处？男人们在体力上、智力上的优势已经有机器人做替代，男人需要乞求妇人的怜悯来繁衍自身。所以，让男人在这个世界上消亡吧，至少我本人决不会乞求女人的卵子。"

他说完后没有片刻停留，到衣帽钩上取下衣帽便扬长而去。这种近乎悲壮的告别使全场静默了片刻，随后，一位不修边幅的女士走上台："向这位勇敢的男人致敬，他说出了许多女人想说而未说的话。大家都知道，近年来在女性阶层中有一个悄悄的运动：拒绝施舍卵子和子宫。不少知识女性认为这是典型的'女人式'的狭隘、轻浮和暴发户心态。我想今天该为此正名了。因为——我绝不是对男人抱有敌意——对人类繁衍毫无用处的雄性迟早是要被淘汰的，这是上帝的法则，是无法违抗的。"

凯蒂-5怜悯地看看丈夫，她真后悔走进这间酒吧。迈克尔-5脸色冷漠，看不出他内心是否激荡。女主持人扫视一周，认出了凯蒂-5，她含笑说："凯蒂女士，你是世界上第一个克隆人的传代者，你对此有什么意见？"

凯蒂-5断然道："我认为今天的某些发言是不适宜的。我想大家都承认，90年前克隆技术主要是依靠男人的智力才得以实现，当年他们没有拒绝向女人施舍智力，那么，今天那些拒绝施舍卵子的女士们是否太健忘了，是否太势利了？至于我，我将终生笃守我对迈克尔的爱情，为他克隆后代，并让我的传代者也这样做。"

她自己也没有料到自己的言辞会这么激烈。她扫视四周，看到的是冷漠和不友好的目光。她索性又说了下去："其实我的动机并不那么罗曼蒂克，我担心某一天，女人们仍需要男人的智力和体力来应付历史难题，也许会需要异性的DNA来改善人类素质。所以，请那些拒绝施舍卵子和子宫的女士们慎重考虑一下，在我个人看来，"她停顿片刻，加重语气说，"这种态度正是典型的女人式的浅薄和暴发户心态。"

大厅里气氛很冷淡，老练的女主持人平和地微笑道："谢谢你的发言。格林先生，你是否也愿意发言？"

迈克尔-5没有起身，只摇摇头表示拒绝，他的全身裹着一层冷漠。在下一个发言人走进场里时，凯蒂拉着丈夫走出酒吧，汽车把酒吧的辉煌留在身后，沿着海边开回去。良久，凯蒂才侧脸道："别为那些混账话生气，格林，我们将永远相爱。"

迈克尔-5极其冷静地说:"不,那不是混账话,是残酷的真理。失去终极目的的爱情是不会长久的,就像一朵鲜花在没有水气的真空里终将枯萎。恕我直言,连你的爱情也只是一种历史的回音,是怜悯和施舍。"他看看凯蒂,又说,"但我仍真心地感谢你,也许我还需要你为我克隆一代或者两代。在雄性的消亡中,我一定要坚持到最后。"

凯蒂知道他的这次真情流露实际上已经为他们的爱情判了死刑,但她钦佩这种"死亡前的尊严"。她装出一副愉快的表情说:"是吗?我一直在期盼着你的决定呢。你说吧,什么时候克隆?"

迈克尔略微思考,说:"再推迟一下,10个月后决定吧,可以吗?"

"你是想……等那个试验结果?"

"对。"

两人心照不宣,不再说话,开车回到寓所。那晚,他们相拥而睡,还有了一次相对满意的做爱。

其后的10个月里,迈克尔-5根本不出实验室一步,狂热地工作着。凯蒂-5仍像过去一样不走进实验室,只是通过可视电话同丈夫交谈,也常常派成吉思汗送去一束鲜花或一份中国式的精美晚餐。直到次年春天的一个夜晚,她接到丈夫的电话:"凯蒂,愿意来看看我的成果吗?我想它已经成功了。"

他疲倦的声音里透露出深藏的喜悦。

现在他们并立在玻璃密封柜前。实验室里没有其他人,多少年来,几代格林都是孤军奋战,只使用了几个机器人做助手。

凯蒂-5凝视着玻璃后面的两间密封室,一间室内冰封霜结,放着3个处于冰封状态的卵子,这些几微米的卵子在高倍放大镜下有黄豆大小,安静地守护着生命亿万年的秘密。

另一个房间内则生机盎然,一只人类子宫在猛烈抽动,恒温设备维持着37℃的温度,人造血管源源不断地供应着养料。时不时有一只小手或小脚把子宫壁顶出一个小凸起,偶尔还能听见一声宫啼。

迈克尔-5以强烈的"母爱"盯着这一幕,相比之下,凯蒂-5却无法克服自己是局外人的感觉,虽然她一直不动声色地资助着、注视着这项研究。她知道这些卵子和子宫都是人造的,是用生物材料仿制的,它们能真实地复现真卵子和真子宫的小环境,使一个细胞核(可以是男人的,也可以是女人的)被唤醒,分裂,发育成婴儿。这样,男人就可以不依赖女人,独立完成自己的繁衍了。

凯蒂-5实际已经熟知这项研究的内容,她问:"是分娩前的阵痛吗?"

"对。我将采取剖腹产的办法。"他看看凯蒂,真诚地说,"迈克尔-6的诞生有赖于5代凯蒂的资助和默许,从这个意义上说，你仍然是他的母亲，所以我想请你目睹他的出生。"

凯蒂-5 莞尔一笑："谢谢，现在请你做手术吧。"

迈克尔-5 唤来一名机器人做助手，他打开玻璃室的盖子，戴上手术手套。手术倒是十分简单和安全，因为无须考虑母体的安全，子宫又是用过即弃的一次性产品。十分钟后，一声响亮的儿啼，一个亚麻色头发的小格林四肢踢蹬着降临人世。迈克尔利索地剪断脐带，把他裹在褓褓中，递给凯蒂。

两人头顶着头，端详着那张皱巴巴的小脸，那个嫩生生的小身体，和他胯下的那只小鸡鸡。初为人父的喜悦强烈地写在迈克尔的脸上，凯蒂当然也很喜悦，很喜爱这个小家伙。但她也清楚地知道，这种感情绝对赶不上那种发自本能的母爱。机器人走过来把婴儿抱走，放在育婴床上，凯蒂同丈夫紧紧握手："祝贺你，这是一个伟大的进步，从此男人又可以自主啦！"

迈克尔动情地说："凯蒂，我真不知道该怎样感谢你的支持，也许我能拿爱情做回报。既然男人和女人又站在同一高度，也许男女之间的爱情还会复活。"

凯蒂抑制住激情，低声说："好的，今晚我等你。"

晚饭后，迈克尔-5 又拉着凯蒂来到育婴室，他们趴在床边，兴致勃勃地看着迈克尔-6，看着他皱鼻子、咂嘴，又向机器人凯撒详细交代了育儿注意事项。凯撒笑道："主人请放心，我的数据库里有全套的育儿大全。"

两人相拥回到卧室。凯蒂先浴罢上床，听着浴室内水声哗哗，迈克尔在水声中哼着一支摇篮曲，他发自内心的喜悦随着水声漫溢。在凯蒂的喜悦中，忽然涌出一股内疚和自责，她一直精心地对社会隐瞒着丈夫的研究进展，是不是在意识深处她也认为这是对"女人"的犯罪？因为她明知这次成功将冲击女人的地位，而她们从大男子社会中解放出来尚不足百年……

不管怎样，我履行了对姐姐'重祖母'的承诺，尽力维持了世界上最后一份爱情，尽管这只爱情古瓶已经满身裂缝……她感觉到小腹下升腾起欲火，这是多年未曾有过的，她今天一定要同丈夫痛快地宣泄一番。浴室水声停了，但迈克尔却迟迟没有过来。她披上睡衣下床，在书房里找到了丈夫。他仰靠在沙发上，双手枕头，表情阴郁。凯蒂揽住他，柔声说："亲爱的，你怎么啦？"

迈克尔一言不发，拿起遥控器按了一下，液晶屏幕上又重播了刚才的报道，那个性感的男播音员节奏很快地说："世通社报道：一个机器人研究小组KE-6适才宣布，他们已于11月3日下午4时39分用毫微技术成功刻印出了人类的DNA密码。人类的自然繁衍方式至此已被完全替代。所以这是又一次伟大的科学进展，甚至远远超过克隆人技术。

"KE-6机器人小组还表示，这是世界上首次完全没有人类参与的科学研究。这种情况有助于彻底抛弃束缚科学的清规戒律。据称，他们下一步将研究没有人体的巨型人脑，其容量将包括 100 万个标准人脑。还将研究没有性别的中性人，因为性别在人类繁衍中已没有任何意义……"

凯蒂默默地松开了迈克尔僵硬的身体，她蹒跚地走到冰箱前取出一瓶威士忌，又回到卧室，从书架上抽出尘封的《圣经》，翻到《创世纪》：

"耶和华神用地上的尘土造人，将生气吹入他鼻孔里，他就成了有灵的活人，名叫亚当。

"神用那人身上的肋骨造成一个女人，那人说，这是我骨中的肉、肉中的骨。亚当为他的妻子取名叫夏娃，因她是众生之母。

"蛇引诱女人偷吃善恶树上的果子，女人又叫她丈夫吃了，他们从此有了智慧。"

她把威士忌全部灌进肚里，醉意蒙眬地想，她真该去杀死那条该死的蛇。不过，首先偷吃智慧果更像是男人的罪恶，他们对智力有天生的爱好和占有欲。那么，在人类的末日审判中，就由他们和那条蛇算账好啦。这段糊糊涂涂的推理竟使她有一种轻松感，于是扔掉《圣经》和酒瓶上床，很快就醺醺入睡。

审判日

关于信仰

文 / 何夕

◆ 1 ◆

"如果你上辈子是一个坏人，比如说总是忘记太太的生日或是爱占别人的小便宜，那么公正而万能的上帝就会在这辈子让你事事不顺、处处吃亏忍让，也就是说，你将是一个好人；而如果你的生活有幸在上辈子坏透了的话，那么毫无疑问，这辈子阁下除了诸如解放全人类之类的苦差事之外，恐怕就无事可干了。请欢迎我们前世的罪人何夕先生！"

何夕并不知道蓝一光是从什么时候变得这么会调动气氛的，印象中他的这个助手并不能言善道。何夕缓缓走上前台，恍惚间他觉得这几米的距离长得就像是人的一生。

"女士们先生们，今天我站在这里首先想起了一个人，那就是我的母亲。准确地讲，我不能忘记的是她离开这个世界的时候，甚至可以说我一直都在赞美那一刻。"何夕停顿了一下，一阵意料中的嘈杂声响了起来，"请原谅我这么说，但这是真话。

那无疑是我一生中最重要的一刻,其重要性越过了我的诞生。在那之前,我和无数生活在这个科技时代的人过着几乎一样的生活,我知道地球是圆的,宇宙里有无数的星球,科学还告诉我,生命是由遗传密码控制的大分子序列,是由那些冰冷的元素在亿万年间的亿万次碰撞中偶然聚合出来的。我也相信这一切,即使在今天谁都不能说这一切是错的,但我觉得我可以说:这一切也许是不应该的。

"我丝毫没有跟各位开文字玩笑的意思。不妨问一个问题,从这些正确的科学理论出发,我们应该怎样生存呢?很显然,我们可以得出的最重要一点就是:生命的两极是生与死,生前死后对生命而言没有意义。这听起来像是废话,但我倒是觉得,这人人皆知的道理恰恰是这个世界多灾多难的最大根源。当年法国国王路易十五曾说过'在我死后哪管洪水滔天',从这点上讲,他是一位绝对正确的科学的无神论者。可我要说,这个世界上最可怕的事情正是他这种人干出来的。当一个国王像路易十五那样思考的时候,他唯一的可能便是成为暴君。历史也正是如此。而如果一个普通人也这么想的话,他就会心安理得地把甜水当作牛奶卖给那些贫穷的母亲,然后看着一个个婴儿死去。至于说到我的母亲,她只是一个普通的女人。我永远记得母亲去世时的每个细节,她从连续几日的昏迷中突然苏醒过来,立即吩咐我们去找牧师。但牧师来了之后,她却拒绝忏悔,她说她这一生没有做过需要忏悔的事情,天堂里早已为她安排了席位。直到今天，我仍无法形容自己当时的感受，只觉得母亲的脸庞四周笼罩着一层淡淡的光芒。也许是幻觉，我觉得她的脸庞已经变得透明，让人感到必须要仰视。母亲去世的那一幕是我所见过的死亡里最宁静祥和的，我很奇怪那一刻自己竟然没有一丝面对死亡的感觉，倒像是送母亲前往一个美好的去处，也许就是她说的天堂。后来我常想，也许人的死亡本该就是这样，也正是从这一天起，我开始相信，在我们智慧以外的某个地方，存在着我们永远无法了解的力量，这种力量才是真正的智慧者和审判者——或者说应该存在这样一种力量。再次申明一点，我不是要请回基督，实际上这也不可能做到，但我们将请回末日审判台，我们要让好人享受福报、让坏人堕入地狱，让死者开口、让沉冤昭雪。当审判日到来的时候，人们将亲耳听到传自天国的声音，所有过往的一切会如同重放的电影般呈现于眼前。而仁慈的主，会用他公正的威权对人世间的一切做出宣判。"

何夕停顿下来，四下里很安静。他挥挥手示意蓝一光协助，大厅正前方的半空中立刻出现了一个何夕的三维头像。听众席上又出现了一些嘈杂的声音。

何夕笑了笑："现在，我要在这里演示一下我们多年来的工作成果。这是一套叫作'审判者'的系统。它的原理非常简明，谁都能听懂。现在各位看到的这个人，并不是通常我们所认为的虚像，严格地说，那就是我本人，因为在这个人像后面起支撑作用的计算机里,储存着我全部的记忆。"

何夕撩起额前的头发,一根黑色的细管显现出来:"这是一根天线。我想先阐明的一点是,大约在20世纪的时候,人们就已经知道,思维和记忆活动作为精神运动,其实总是伴随着脑电波以及细胞间物质交换等物质运动的,换言之,通过分析可以定性定量的物质运动,我们便能洞察精神活动的目的。当时的人们已经通过脑电波的形状来分析人的精神状态的好坏,比如认为阿尔法波形表示人的精神状态最佳……简单扼要地讲,这实际上是个解码的过程,只不过现在我找到了一些更完善的方法,可以精确解释每一次物质运动后面对应的精神运动。我脑中植入的一块叫作'私语'的生物芯片可以截取我脑中每时每刻的记忆,并通过这根天线适时地发送到当代功能最为强大的电脑中储存起来。"

听众席中再度传出低低的讨论声,何夕不得不停下来。这时,一个记者突然站起来发问道:"你是说这个机器是一台读心器?"

"大致是这样——如果你愿意这么说的话。"

记者快步走到台上,凑到何夕耳边低声说:"何夕是个骗子。"然后他走到头像跟前问道,"刚才我说了句什么?"

"何夕是个骗子。"头像的声音由电脑合成,显得有些瓮声瓮气。

四周传来一阵意料之中的讪笑,记者顿时有几分得意。

何夕平静地问道："你是说的这句话吧？"

记者胸有成竹地说："这句话没错，不过这把戏几十年前就有人玩过了。我打赌在你的身上藏有微型窃听器，头像的话只不过是你同伙作的配合罢了。"

人们的笑声变得有些肆无忌惮起来。

但是，头像发出的声音很快结束了这种混乱场面："你一定喜欢吃大蒜，刚才我闻到你嘴里有高浓度的臭味。"

周围立刻安静了下来，记者不自觉地捂住了自己的嘴，这次他的脸真的红了。众目睽睽之下，头像的这种感受除了直接从何夕的大脑中取得外，别无他途。一丝浅浅的笑意自何夕的嘴角漾起，他在想小记者口中的气味的确难闻，头像的抱怨一点也不过分。

于是，接下来的一切自然而然地变成了喜剧。观众沸腾了，他们对头像提出一个个稀奇古怪的问题，诸如"何夕有多少钱""何夕喜欢男人还是女人""何夕睡觉是否磨牙"之类，但他们得到的回答都是一句"无可奉告"。何夕对此的解释是："不要说是一个活着的人了，即便是一个死去的人，他的内心世界也应该得到保护。如果没有得到法律的许可，我认为谁都无权公布他人的内心世界。今天为了这个发布会，我们特意开放了部分数据，但只限于一些很平常的记忆，你们的问题都是些没有开放的数据。不过，不管政府以后制定什么样的法律，等我离开这个世界的那一天,我倒是不反对解答各位的所有类似问题。"

◆ 2 ◆

发布会结束后,走道被挤得水泄不通,闹哄哄的人群始终不肯散去。组织者不得不动用保安,才将何夕护送回60公里外的实验室——那算是何夕多年来的家。何夕刚走进办公室,政府方面的代表马维康参议员就走过来和他握手。马维康大约60岁出头,头发苍白,精神矍铄,眼睛看人的时候常眯成一条刀样的缝儿。在政坛上的多年沉浮,使得他脸上的表情没有任何可供他人参考的东西。但何夕知道这都是表象。说起来,他们两人称得上是患难之交。马维康是政府方面少数几位对"审判者"系统持支持态度的人,他一直在会同几名议员游说政府批给研究经费,并因此受到了不少非难。几年前,在何夕处境最艰难的时候,他还让女儿马琳中断了医学博士的学业,将她推荐给何夕当了助手。

"欢迎我们的上帝先生。"马维康半开玩笑地说,"在你面前,我感到自己就像是真理——赤裸裸的。"

何夕撩起自己额前的头发，指着那根黑管说："那得等到你们批准给所有人都装上这个东西才行，因为至少到目前为止，你还是穿着衣服的。"他顿了一下，"到时候给你选个花白颜色的天线，跟头发匹配。"

马维康想了一下："但愿人们能理解这一切。"

"没有人会理解。"何夕接口说，"没有几个人会喜欢把自己脑子里的东西翻出来晒太阳，即使里面早就长满了霉菌。这也是我愿意同政府合作的原因——如果政府不通过立法来推行，我是毫无办法的。"

"你想把我们拉进来做你的挡箭牌？"

"我敢肯定，只要实施这个计划，我马上就会成为众矢之的，搞不好会被说成是法西斯和希魔第二。但我是不会后悔的。'审判者'虽然防不了天灾，但绝对可以避免给人类带来巨大灾难的人祸。实际上，人类到现在为止的历史完全就是一本糊涂账，我认为，仅仅依靠像司马迁那样敢于拼命的史家，是无法还历史以真面目的。脆弱的真相常常无法得到保留。"

"我懂你的意思。不过，政府内部对于这套系统持反对意见的人一直占大多数。另外还有件事，"马维康耸耸肩，"的确有人说你是希特勒第二。"

何夕冷笑出声，情绪有些激动："如果当年有'审判者'系统的话，希特勒根本就上不了台，他脑子里的那些东西如果预先被德国人民见到，又哪来的第二次世界大战？"

这时，马琳从门外走了进来。她大约二十八九岁的样子，明眸皓齿，长发飘飘，一身得体的衣服将娇美的身材衬得恰到好处。看到何夕正在她父亲面前发火，她一时有点不知所措："怎么吵上了？好像你们俩一见面就没有清静的时候。"

当何夕情绪激动的时候，马琳是寥寥可数的几个能令他平静下来的人之一。何夕一向认为，漂亮女人不少，但"美丽"的女人却是罕见的。漂亮只涉及外表，而美丽与否却关乎整体。马琳是何夕见过的女人中称得上"美丽"的少数人之一。

"我已经说服政府给你追加了一些经费，不过我不能向你保证什么。政府方面由我去努力，你们专心搞好自己的研究就可以了。"马维康说到"专心"两个字的时候，颇有深意地加重了语气，让何夕不由得感到一阵心跳。

马维康走后，屋子里就只剩下何夕和马琳，马琳看了他一眼，说："如果没有别的事，我先出去了。"

何夕按捺住心中的失望点点头，然后便听到了门锁碰撞的声音。他掏出香烟正准备点上，忽然又有些犹豫了，因为屋子里还残留着一股好闻的味道。何夕知道，那是马琳最爱用的香奈尔香水。十年前，他在事业上放逐自己的同时，也将自己放逐到了感情的荒漠地带，但十年后的今天，在这个值得纪念的夜晚，某种沉睡的东西却在他的心中不可抑制的苏醒了，让他深切体味到，自己36岁的身上其实还蕴藏着一种让人无法抵抗的激情。

门铃响了。何夕满怀期待地快步上前，打开门，然后看到了马琳如花的笑靥。她手里捧着一壶热腾腾的咖啡。

◆ 3 ◆

上午8点10分，何夕走进位于基地主楼的一号实验室。在过道里，他听到窗外传来一阵喧哗，中间夹杂着蓝一光的声音。何夕好奇地向窗外望去，只见保安正在阻止一群人进入基地，他们手里都举着抗议条幅，上面出现最多的几个字是"神圣思权阵线"——看起来像是一个新近成立的组织，显而易见，它的目标直指"审判者"。

最后冲破封锁来到何夕面前的是那群人的头儿——一个叫崔文的年轻人。何夕知道，以现在人类的心智水平而言，没有谁会愿意让他人探知自己的内心世界。但常人隐私无非分两种，一种是于人无害（但可能于己有羞）的，一种则是于有人害的。前一种隐私完全受社会进步程度的影响，而后一种隐私，无疑是正义社会应该千方百计调查清楚并提早预防的。何夕认为，当"审判者"系统获得广泛应用之后，人们的思想将随之发生极大的改变，届时，人们对他人某些一闪而过的恶念将会宽容得多。

单从相貌上看，三十出头、蓄着络腮胡的崔文可以说相当吸引人。"性感男人"，不知为什么何夕心里突然闪过这样一个词，一丝按捺不住的笑意从何夕的嘴角荡漾开来。他说："我觉得你们并不清楚什么是'审判者'。"

崔文摆摆手："请不要用这种居高临下的态度和我讲话。在这个问题上，我并不认为你比我懂得多。我曾经在政府的一个实验室工作过，和你的研究方向是一样的。"

何夕一下子来了兴致："我知道政府以前试验过一个类似的系统，只是后来因故停止。你为什么要和自己曾经努力的目标过不去？"

"我只是认识到一点，那就是，任何人都无权透视他人的内心。"

看着崔文，何夕心里突然有种很奇怪的面对老友的感觉。何夕知道个中缘由很简单——崔文像极了十年前的自己。那种语气，那种自以为只要手中握有真理就敢向整个世界挑战的、让人想笑却又有几分感动的激情，还有那脸红的样子、飞扬的眼神。何夕目不转睛地盯着崔文的脸看，他觉得自己几乎喜欢上这个"持不同政见者"了。

崔文真的感到愤怒了，何夕莫名其妙的态度让他无法平静下来，他大声说道："尽管你现在是一个名人，可是在我看来，你表现得既狂妄又虚伪。我来这里只是想告诉你，也许你自以为自己正在扮演一个救世主的角色，但那只不过是你一厢情愿罢了。启动你的系统只会禁锢人类的思想，把所有人都变成头脑空白的伪君子和卫道士，后果比古代的文字狱要严重百倍。你的失败只是迟早的事情。"说完他转身离去，背景竟然潇洒得令人难忘。

何夕呆立着，过了几秒钟，突然大声对那个潇洒的背景喊道："那你为什么不留下来亲眼看看狂人的覆灭？"

◆ 4 ◆

实验室墙上的大屏幕正在演示记忆的物质过程，实验的样本采自两天以前，受试对象同以前一样，是何夕自己。何夕愿意看到自己内心那不可见的记忆被"审判者"系统通过可观测的物质运动摄取并归纳成条理清晰的内容。何夕曾经花时间专门考证过人类对自身思维的认识，结果发现一个有趣的现象，那就是，世界上许多民族最早都曾把心脏当成思维器官。比如，中国古代的大哲学家孟轲就说过："心之官则思，思则得之，不思则不得也。"古希腊哲学家亚里士多德也认为，心脏是思想和感觉的器官，而大脑的作用只是让来自心脏的血液冷却而已。

公元 2 世纪的时候，希腊一名叫盖伦的著名医生开始认识到大脑是思维的器官，但大脑究竟是如何产生思维记忆的，对他而言还是一个不解之谜。直到 19 世纪之后，对大脑功能的研究才真正走上正轨，通过法国医生布罗卡，俄国生理学家贝兹、谢切诺夫、巴甫洛夫等人的不懈研究，大脑的神秘面纱才被慢慢揭开。何夕想到这些先行者的名字时，心里很自然地升起一股仰慕之情，因为他现在就站在这些巨人的肩膀上。但他同时也不无自信地想到，自己很可能将成为这场旷日持久的思想争战的终结者，他毫不怀疑自己会成为揭开大脑思维记忆这一千古之谜的第一人。

屏幕上是部分脑细胞的三维显微图像，可以做任意角度的旋转和任意比例的放大，以及任意比例的时延。如果何夕愿意的话，他甚至可以把镜头推到其中的某个大分子内部去游历一番。实际上，何夕之所以能取得目前的成果，与眼前这种分辨率达到原子级别的计算机仿真显微技术是分不开的。经过几代人的努力，人们已经知道人的思维和记忆都是由大脑的多个部位来共同负责的。就记忆而言，大脑皮层的颞叶和额叶以及海马体都与记忆的产生有关，即当这些部位受损后，人将无法记住刚刚发生的任何事情，但不一定会遗忘以前记住的事。研究发现，长期记忆对应着神经元细胞的结构性改变，正是这一点成了"审判者"系统的理论基础，"审判者"正是通过分析神经元细胞的这种结构性改变来摄制记忆的。几年来，何夕领导的这个实验小组记录并分析了几十亿个神经元细胞的结构图谱，包括它们之间相互组合所形成的更为复杂的网络，从中破译出了各种不同结构所对应的记忆内容。任何人都不难想象出这是一项多么浩大的工程。他们终于走上了正轨。正如演示的那样，"审判者"已经是一个接近实用的系统了，现在剩下要做的只是些完善工作。

在充满了整个屏幕的细胞内，可以看到棒状的线粒体正在剧烈地"燃烧"，由葡萄糖酵解而来的丙酮酸在三羧循环中释放出大量的三磷酸腺苷——这是一切生理活动的能量来源；还可以看到长有几千到上万个突触的神经元细胞相互纽结着。如果仔细观察会发现，任何两个神经元细胞之间都没有原生质联系，也就是说，它们都只是通过突触"碰"在一起的。每一个神经元细胞内，都满布着无数钾离子和有机大分子及少量钠离子与氯离子，而细胞外则布满无数的钠离子和氯离子，离子间保持着动态的电化学平衡。何夕知道，此时在细胞膜上的电压是-70毫伏，正是这个电压维持着离子间的平稳。忽然，从某个树突传来刺激，导致神经元细胞膜上某个局部的电压突然减小到了临界值，细胞外的钠离子开始向细胞膜内扩散，膜电位也由负变正。随着膜电位的升高，细胞膜对钠离子的通透性急速下降，对钾离子的通透性却在增加，最终又恢复到了开始的平衡状态，整个过程都在1毫秒内完成。虽然一切还原，但并不意味着什么事情都没有发生过，因为刚才的那个电位倒转将造成毗邻的细胞膜发生相同的过程。从效果上看，就是刺激导致的电信号会沿着神经纤维以每秒 90 米的速度无衰减地传输出去，直至下一个相邻的神经元细胞，并最终到达神经中枢。就在这个瞬间里，最原始的记忆已经产生了，由于神经细胞的惰性作用，电信号实际上已经轻微地改变了神经元细胞突触的结构。其原理非常类似于眼睛的视觉暂留现象。当然，如果事情到此就结束的话，这种结构变化会很快消失，如同一根被外力压弯的树枝会逐渐复原一样，结果表现为记忆消失了，比如，人们并不会记得自己眼里看到的每一幅图像。但是，如果这种改变因为某种原因受到强化的话，就可能发展成长期记忆。这时的神经元细胞的突触将形成复杂网络的活动，重现过去的经验，这就是所谓的"想起"机制。

　　大约又过了 20 分钟，那个片断才演示完成，而这实际上只是发生在神经元细胞里的不足 0.1 秒的过程。同时，计算机的分析结果也出来了，电子合成的声音听起来有点瓮声瓮气："高温，灼烧，肘部皮肤，132 摄氏度，时间持续 0.2 秒。"何夕满意地点点头。实验样本正是采集了他被一个高温物体短时灼烧的记忆。当然他自己是不可能知道物体的准确温度以及持续的准确时间的，但计算机可以根据刺激的强弱程度测出这个温度和时间。何夕想，这也不能算是什么缺陷，最多只能说是"审判者"系统在对人的记忆描述上的拟真度还不够高，看来马琳还应该在模糊计算模块上再做些改进。

这时，一名警卫走进来低声对何夕说："马议员打电话说他马上要来，另外，总统先生和他在一起。"

◆ 5 ◆

总统看上去比媒体里的形象要显得疲惫，一丝忧虑的神色罩在他的眉宇间。这是何夕从第一次如此近的距离看到这位拥有巨大权力的人。

"听说你们搞出了一样新奇的东西，可以读出别人的思想。"总统温和地微笑着，"我觉得这很有趣。"

何夕觉得总统的话里有一个他很想提出异议的地方，他犹豫了一下，开口道："请原谅，总统先生，我以为'审判者'不应该只用来读'别人'的思想，因为如果政府在最后的立法里使任何一个人享有审判豁免权，那都是不公正的。否则，我宁愿亲手毁掉这个我为之努力了十年的系统。"

总统很明显地感到了吃惊，眼前这个目光坚定的科学家让他很有些意外。本来他是没有打算到这个实验室来的，但因为马维康议员竭力鼓动并且又顺路，他才出现在这里。不过他现在倒是来了兴趣，而且是很大的兴趣。他直视着何夕说："你真认为我们有必要去审判每个人的内心世界？以前我们没有这样做不也过来了嘛,让每个人独享自己的心灵不好吗?"

"问题在于,这个世界上每一颗心灵并非都是无害的,其中隐藏的一些肮脏龌龊乃至剧毒的东西是需要用审判的形式来彻底荡涤干净的。想想古往今来那些欺世盗名、危害世人、表面上自诩人类救星、背地里却男盗女娼、丧心病狂的独裁者,他们丑恶的心灵难道不该受到审判吗?"

总统的脸上闪过一丝尴尬的笑容:"你说的这些我也有同感。问题在于,如果要严格地讲,这个世上没有一个人能经得起审判。有谁一辈子都没做过亏心事呢?"

何夕点点头:"我同意您的说法。但如果一个人在记忆里对某件不该做的事有亏心的感觉,那他起码还是有良知的;而如果这件事并不是不可原谅的话,那么我想,当'审判者'系统把这件事从他的记忆里发掘出来的时候,对他而言也并不是一件坏事。我不同意这个世界上没人可以经得起审判的说法。对于有信仰的人而言,审判本来就是他们久已盼望的事情。无神论者用各种手段打碎了人们心中曾有的天堂与地狱,自以为这才是科学的态度,但无数事例已经证明,世界上最可怕的事情正是那些心中没有信仰、从不相信报应的人做出来的。有人认为,天堂或地狱之说是荒诞的,但是如果这样的假说能够让人们的心灵得到寄托、行为受到规范,那么这样的假说又有什么不好?有人曾经问我,为什么欧洲在宗教最盛行的中世纪恰恰最黑暗?我的回答是,因为他们没有真诚的信仰。比如唯心的认识论、自虐式的禁欲、极端的排他性,等等,基本上是无用而有害的,正是这些东西导致了中世纪的黑暗。"

总统很认真地听着,没有插一句话,这大概是很罕见的事情。许久之后,他才有些不舍地站起身,对马维康说:"我看可以给这个系统追加一些经费,你叫人写一份报告给我。"他转头看着何夕,"我必须说的是,你让我想到了以前不曾注意到的一些东西,改变了我对某些事情的看法。"

何夕淡淡地笑了笑,握住总统伸过来的手:"您也改变了我的一些看法,我现在才发现,原来世界上还是有可以理喻的政治家的。"

总统用力握了握何夕的手:"如果这算是恭维的话,那我接受。当然,如果那个叫作'审判者'的系统能证明这番话是出自你的真心,我将更加高兴。"

◆ 6 ◆

蓝一光冲进办公室,脸上的神情很焦急:"这段时间我详查了一下崔文的背景,发现他很不简单,他曾经是'深思'系统的一名助理研究员。"

"深思……"何夕念叨着这个词,他知道这是政府在几年前资助过的一个项目,后来因故停止了,"崔文告诉我,他曾从事过与我们类似的工作,看来他很诚实,没有撒谎。"

蓝一光不想掩饰自己的不满,他实在想不通何夕为什么会信任崔文,那个崔文可是一个危险人物啊。

"问题在于,"蓝一光不自觉地提高了声音,"有报告称崔文可能就是最终导致'深思'系统失败的人。"

"可是并没有肯定他就是破坏者。有一点你想过没有,现在'审判者'系统面临的最大难题已经不在技术上,而是在人们接受与否。这个视'审判者'系统如洪水猛兽的崔文正好可以作为一个代表。我正是因此才请他来的……我希望能说服他。"

这时,门外突然传来一声异样的响动,何夕警觉地走过去拉开房门。他看到崔文慌张的背影一闪而过。

今天是《世界新论坛报》预约采访的日子,何夕简单地准备了一下,便随同两名保安一道前往报社。刚走出门,何夕就看见了在不远处逛荡的崔文。他向崔文招招手说:"和我一起走一趟吧。"

崔文稍稍犹豫了一下,似乎不明白何夕为什么会叫上自己,但他并没有问什么。

汽车在海滨公路上飞驰着,一名保安负责驾驶,另一名则警惕地注视着周围的一切可疑迹象。道路两旁秀丽的景色不断向后退却,湿润的空气中充满了海边特有的清新味道。何夕发现坐在身边的崔文身板挺得笔直,与自己保持着相当的距离,不禁哑然失笑,觉得这个年轻人实在有趣得很。

"你是不是觉得我是一个偏执狂之类的角色?"何夕饶有兴致地看着崔文。

崔文没有回答,眼光仍然直视着前方,但这种态度等于默认了何夕的问题。

"我们有麻烦了,"这时,坐在前排右座的保安突然说道,他拔出手枪,"后边那辆白色轿车已经跟了我们足有十分钟了。"

何夕回头看去,的确有辆车跟在后面。眼下正在一段荒僻的路上,保安的担心不无道理。正当何夕还在犹疑的时候,就听到耳边响起了震耳欲聋的枪声,在本能的驱使下,他立即伏下了身体。

保安开启了卫星定位紧急报警系统。枪战仍在继续,汽车在公路上剧烈地扭动着前进,有几次何夕的头撞到了坚硬的物体上,差点令他晕倒。他听到一个保安发出一阵惨叫,有血喷溅到何夕的手上,感觉滑腻腻的,空气中弥漫着腥甜的味道。正当何夕以为自己在劫难逃的时候,他听到了直升机的轰鸣声……

危机很快解除。何夕站在道路旁,凝望着山崖下犹自冒着浓烟的白色轿车的残骸。荷枪实弹的士兵还在做最后的检查，那辆车里共有四个人，但都死了。陪同何夕的两名保安，一死一伤。崔文额上擦了一道口子，不太碍事，但显然惊魂未定。

◆ 7 ◆

《世界新论坛报》的资深专栏记者廖晨星快人快语地说："我主要想了解'审判者'系统的实用性。我听说你似乎很热衷于'审判'我们的政治家。恕我直言，我总觉得'审判者'系统像把双刃剑，一方面它可以像你说的那样惩恶扬善，但另一方面，如果它被人利用的话，又会带来更大的恶行。不知道我是否准确表达出了我的意思？"

何夕一怔，但马上就明白了廖晨星的意思，同时他也意识到，廖晨星之所以能够成为资深记者，的确有他的过人之处。"你是说，当有朝一日'审判者'成为我们这个世界上评判善恶的唯一标准之后……"

廖晨星的目光中含有某种深意："你能保证'审判者'系统毫无偏差地行使它至高无上的审判权吗？"

何夕神态自若地说："至少从技术上来说，我认为'审判者'系统是无懈可击的；同时，我可以肯定的是，如果有朝一日'审判者'系统有愧于它的名字,我将亲手毁掉它。"

廖晨星有点意外地抬起头来看着何夕,他听出了何夕这句话里的诚意。

何夕接着说:"我们最终的目的是让每一个人都接受审判。在我们先民的时代,这并不是必须的,那时人类的灵魂里还没有那么多罪恶,不需要用'审判'这种最为极端的形式。然而到了今天,我觉得除了'审判'之外,再没有任何其他手段能让这个世界有所改观了。在大街上,在世界的各个角落,你能看到什么呢?反正我总是看到无数的沉沦与浮华。没有天堂和地狱的威慑,让人对一切失去敬畏。"

尽管整个采访过程都有录音,但廖晨星还是飞快地在小本上写着什么。以廖晨星多年的经验,他觉得何夕这个人是足以依赖的。在他看来,何夕也许应该算是一个愤世嫉俗者,不过却是那种希望这个世界变好的愤世嫉俗者,这和那些站在世界的边缘诅咒世界的人有着天壤之别。

◆ 8 ◆

这段时间,何夕感到蓝一光对自己有点冷淡,几乎到了他不主动开口就无话可说的地步。何夕深知自己的这个助手脾气十分倔强，但他想也许过几天就会没事了。今天是休息日，马琳说，她打算趁这个机会陪蓝一光出去散心，顺便劝劝他。何夕立即毫不犹豫地表示同意，因为这也正是他的想法。

送走蓝一光和马琳之后，何夕突然感到有股想要立刻投入工作的冲动。实际上何夕很少在休息日会这样，但今天他不想辜负这种热情。

与一般的计算机中心不同，"审判者"并没有一个统一的主机系统，环绕在控制台四周的几百台计算机共同构成了"审判者"系统的神经中枢。它们都是平权的，也就是说，它们之间是合作而非从属的关系——这个特征完全类似于脑细胞之间的关系。"审判者"系统的全部信息资料以及用于分析破译人类记忆行为的电脑软件，就储存在这个机群里。平时，何夕很少过问程式细节，因为自从马琳加入了"审判者"系统的开发并且表现出了极高的计算机水平后，何夕就很少有机会展现他在电脑方面那略低于马琳的才能了。

何夕随意打开一段程式开始快速浏览，马琳行云流水般的编程风格令他赞赏不已。电脑屏幕上不断滚过一行行代码，在何夕看来那简直就像是一串串悦耳的音符。突然，何夕停了下来，他的目光盯在了屏幕上。有一个地方有被改动的痕迹，记忆非真实性的判断阈值从 94 变成了 89。应该说，这只是一个极小的改变，其带来的结果是将受试对象的记忆非真实性的判断要求降低了 5 个百分点。当阈值为 100 的时候，受试者全部的记忆都将受到最严格的检验，即便有99%的可能性是想象或是梦境的记忆都会被认为是有效的必须予以注意的记忆，也就是说，每个人的每一丝记忆都不会被放过。由于这个世界从本质上讲是一种概率性的存在，所以引入阈值是绝对必要的措施。何夕主张尽可能高地设立阈值，他曾一度将判断阈值设成了99，但他很快发现这样做的结果是——"审判者"系统变得极端幼稚，在实验中记录下了无数莫名其妙的东西，毫无实用价值。比方说将何夕从小到大所做过的梦全部写进了实验报告——即使它荒诞离奇到无以复加的地步。

在阈值这个问题上，何夕还与蓝一光有过一次不大不小的争论。蓝一光认为应该设定较低的阈值，比如说九十一二或者八十几就能够达到审判的要求了，这样可以剔除掉受试者那些毫无意义的记忆内容。最后的结果是大家都做了让步，何夕放弃了他曾经坚持的96，蓝一光也同意采取一个相对较高的阈值，这就是后来采用94这个阈值的缘由。

但现在这个阈值却被更改了，进入计算中心大门的密码每天都不一样，它是由一个精心设计的密码公式当天生成的。知道这个公式的人只有3个，除了何夕，就是蓝一光和马琳。看来，更改者应该是他们中的一个。不过，何夕想不明白他们有何必要瞒着他做这样的修改。何夕不自觉地摇摇头，心想，也许因为崔文的事情使马琳和蓝一光变得有点害怕与自己商量吧。想到这里，何夕不禁感到有些汗颜，他想，自己也许应该找时间和蓝一光心平气和地谈一谈。

这时，突然传来合金门开启的声音，何夕有些吃惊地回过头去。走进门的那个人看到何夕时，脸上的惊讶程度丝毫也不亚于何夕。

来人是崔文。

"怎么——你会在这里？"崔文有点语无伦次，由于事发仓促，他有些脸红。

"你是说我不该在这里？"何夕保持着平静，他觉得今天崔文脸上的络腮胡看上去没有以前那样顺眼了，"你的确很善于观察，知道我在休息日都是不工作的。"

"噢，我不是这个意思。"崔文挠挠头皮，似乎也觉得此情此景不好解释，不过，他很快就恢复了正常的口气，"我是无意中知道计算中心的密码公式的，当然，没经过你的允许我不该使用这个密码。可是，谁都会有点好奇心的。"

"无意中知道的……"何夕重复着崔文的话，意味深长地说，"如果无意地试探差不多 700 万亿次的话，你的确可以找出这个密码公式。"

崔文仍然是满脸无辜的样子。凭何夕的阅历，他竟然无法看出崔文的这副表情是装出来的，而他越是这样，越是让何夕感到他的可怕。

"好吧，"过了一会儿之后，崔文缓缓开口道，"现在我要走你总不会再拦着我了吧。"崔文顿了一下，语气变得幽微，"不过说实话，你令我难忘。"

◆ 9 ◆

和心仪的恋人在海滨漫步总是令人感到惬意的，即便你身后不远处紧紧跟着两名身形剽悍、荷枪实弹的保安人员。夕阳的余晖把沙滩染成了金黄色，海浪一波波地涌上来，又一波波地退下去，在沙滩上留下道道鱼尾样的花纹。

何夕斟酌着如何开口，他的眼光掠过马琳凝脂般的手臂，停在她娇美的脸庞上："以前为了工作，我曾经放弃了家这样的东西，并且自以为这样做非常正确。但是现在，我不这样想了。"何夕轻轻执住马琳的手说，"嫁给我吧。"

马琳低下头，过了许久才轻声地说道："就在前天，也是在这个地方，蓝一光说了跟你几乎完全一样的话。"

何夕有些颓然地坐倒在沙滩上。蓝一光？怎么会是蓝一光？尽管已经是好几年前的事情了，但何夕还清楚记得自己最初见到蓝一光时的情景。那时，何夕的实验室还只是一处租来的小公寓，刚从一所名牌院校毕业的蓝一光从朋友那里听说了何夕的一些事情，这个本来不用为前程担忧的年轻人便鬼使神差地找到何夕，要求加入他的研究。用蓝一光自己的话来说就是，"这件充满风险的工作听起来让人着迷"。当然，因为这句话，蓝一光后来陪何夕吃了太多的苦头，而他却从没有动摇过。在何夕看来，蓝一光无疑是个好助手，他也知道，蓝一光的智力水平虽然不算低，但对于从事"审判者"系统的研究来说却是不够的，比如说，马琳或是崔文都在他之上。不过何夕在心里是非常喜爱这个助手的，因为他虽然不够聪明，但却既专一又踏实。

"算了。"何夕洒脱地站起身，"这个问题太复杂了，超出了我的控制范围，还是把它放在最后来解决吧。现在我想到一个问题，从你的角度看，'审判者'系统对于记忆真伪判定的那个阈值应该定为多少？"何夕说到这里，停顿了一下，"这段时间我一直在想这个问题，我的意思是，可能我这个人有时显得太偏激了，那个94的值会不会高了点？"

"那个值的确太高了。其实根据我们的实验，取值86或87是最恰当的。那些实验都是你亲自参与的。我承认，世上有你所说的那种极具心计的人，就像以前在测谎仪下也有少数逃脱者一样。但是，'审判者'系统远非当年的测谎仪可比，如果有什么人能够凭借心智的力量逃脱审判，"马琳轻轻叹了口气，"那他根本就不是人，而是神。"

何夕望着天边沉默了半晌之后，说："也许我这个人最大的缺点就是刚愎自用。好吧，等回去后，我们就把阈值定到

86。"

这时，一个稍大的浪头涌来，打湿了他们的鞋和裤脚。浪头退去的时候，岸边意外地留下了一条有着淡蓝色花纹的小鱼，在沙滩上痛苦地挣扎。何夕轻轻拈住它的尾巴提到眼前，注视着它半透明的身体，然后在第二个浪头涌来的时候，把它放回了广阔无垠的大海。

◆ 10 ◆

何夕特立独行的思想与廖晨星犀利无比的文字结晶而成的报道获得了极大的反响，在一片毁誉参半声里，"审判者"这个并不让人愉快的字眼立即成为这个世界最为流行的词汇。人们已经开始猜度"审判"将会在什么时候和什么情况下来临，某种既紧张又热切的情绪渐渐蔓延开来，像一场传播速度很快的疾病。有个别政府官员甚至惶惶不安地递交了辞呈。

是的，也许那个日子就要来临了，那个审判日。

但无论是谁都没有料到，第一个接受审判的竟会是总统。当马维康议员向何夕转达总统的这一意愿时，他简直不敢相信自己的耳朵。

"总统先生说，如果审判不可避免的话，不妨由他来带这个头。当然,我的建议也起了一些作用。"马维康语气平和地说。

何夕没有掩饰自己的意外:"这样是不是风险太大了?毕竟他的身份过于特殊,如果因此造成社会动荡不安,岂不是得不偿失?"

马维康突然露出了很少有的笑容:"我记得你是最热衷于把政治家们都押上你的审判台的,怎么现在机会来了反而又退缩了?是不是有什么顾虑?或者是不忍心对总统先生第一个下手?"

"我不想对你隐瞒什么,新一届总统大选就要开始了,现在的民意测验对总统不大有利。总统先生自认为这辈子没有做过什么该下地狱的坏事,如果能通过'审判者'系统让人们知道总统先生是一个表里如一的人,形势将会向对我们有利的方向发展。"

何夕本能地大叫道:"我不会让'审判者'成为你们的工具!怪不得你们一直向我们提供经费,原来都是为了达到你们的目的!"

马维康毫不见怪地等着何夕平静下来:"你太激动了。总统先生所做的不正是你一向期望的事情吗?这件事对'审判者'来说正是一次难得的契机。总统这样做其实是需要极大勇气的,如果有人觉得不公平的话,他们也可以来试试被审判的滋味。"

何夕回想着马维康的话。然后他不得不承认马维康说出了真理。他缓缓地点头，表示自己同意了。"'审判者'系统已经具备了足够的实用性，总统先生只需要接受一次脑部手术植入记忆采集芯片，然后……"

马维康摆摆手说："你不用对牛弹琴了，这些我都听不懂。"

◆ 11 ◆

威廉姆博士是何夕长期的合作伙伴，不过这并不意味着他了解"审判者"系统，实际上他只是一位著名的显微手术大夫，他在"审判者"里充当着实践者的角色。威廉姆其实并不清楚他的工作有什么作用，他只是严格按照何夕的要求将那种叫作"私语"的生物计算机芯片植入受试者的脑部。这种奇特的芯片看上去有些像蜘蛛，当然，自然界里不会有任何一只蜘蛛长有这么多只脚。对任何一位大夫来说，要将"私语"芯片的一百多条细丝一样的引脚与人的神经系统天衣无缝地连接起来都无疑是一件非常有挑战性的工作，即使他有最为先进的仪器做辅助。

如果这时一个不明就里的人突然见到威廉姆博士的话，他一定会以为这位头发花白、服饰整洁的大夫正在打太极拳，因为威廉姆博士面前很开阔，也没有病人，而他一直就那么站立着，两只手伸到面前的虚空中，一动一动地，就像是在理一团线。不过这些只是表象，实际上威廉姆博士正在进行最为复杂的虚拟现实脑部显微手术。他正把从病人脑部拍摄的三维图像送到数字眼罩里，同时他手部的每一个动作都通过数字手套传送到真正位于病人脑部的微型机械手。每次手术完毕后，威廉姆博士满意地取下头盔时，他总会从心中升起一股感念之情——他庆幸上帝让他出生在这个伟大的时代，并让他成为一名医生。

手术进入了关键的时刻，威廉姆博士的表情看上去有些让人害怕，他一会儿龇牙咧嘴，一会儿又露出呆滞的笑容，汗水不断从他的额头沁出来，身边的助手不停地给他擦拭。看样子，威廉姆博士已经完全沉浸在了那个由三维摄像机和计算机共同构筑的奇幻世界之中。手术漫长得似乎没有尽头，当威廉姆博士终于成功缝合了最后一根引脚的图像传来时，蓝一光兴奋地打了一个响指。手术成功了。现在，"私语"芯片的每一根引脚都天衣无缝地同总统的神经系统连接到了一起。从这个时刻起，总统成为世界上第二个与"审判者"系统相连的人。

总统从手术台上坐起，在最初的十几秒里，他的表情看上去显得有些呆滞。何夕走上前握住他的手说："从今天起，我和你就是同类了。"

总统想了一下，说："你知不知道，在手术进行的过程中，我时时感到眼前飞过一些很奇怪的亮点，耳边也听到了某种非常空灵而神秘的声音。也许站在你们科学家的立场上，会认为这只是由于神经系统受到刺激后的正常反应，但是从我的角度却无法这样理性地去看。作为普通人，我只会相信自己的亲身体验。我觉得那些影像和声音都仿佛有所暗示，它们在告诉我，从今往后我就不再是以前那个我了，现在我的全部内心都不再专属于我一个人，而是……"总统停了一下，似乎想找到一个恰当的词来形容他此时的感受，"怎么说呢？中国古代的圣人曾经说过，当一人独自或是处在一个谁也不认识自己的陌生环境的时候，尤其需要注意自己的行为举止，因为在这种情况下人很容易做出可怕的事情来。他们用了一个词叫'慎独'，并且说，如果能做到这一点的话，就离圣人的标准不远了。现在的我再也不可能有所谓的人前人后的区别了，当我意识到这一点时，第一感觉是害怕，但同时我又觉得，这种'举头三尺有神明'的真实感受，正是让我远离一切邪恶的力量。"

◆ 12 ◆

"你如果后悔，现在还来得及。"何夕向总统提醒道，与此同时，他瞟了眼正在进场的人们。

"我早上起床的时候，的确感到有些后悔，"总统笑了笑，脸上现出蚀刻般的皱纹，"不过有一点你肯定弄错了，现在后悔已经来不及了。如果我此时拒绝审判的话，各大媒体马上就会用最大篇幅发布这一新闻,同时还不知道会披露多少有关我的轶事——肯定会比'审判者'以及我自己知道的还要多得多。"

何夕伸手同总统握别,然后他立刻赶往实验室。蓝一光和马琳已经就位,过一会儿,一个三维头像将代表总统回答人们的提问。由于总统身份特殊,其记忆中有大量的政府机密,因此,所有获准前来旁听的人都被禁止提出涉及相关方面的问题。

大厅里的灯光暗了下来,虚空中浮现出一张面孔。

马维康拿过麦克风:"请允许我成为第一个提问的人。"他说,"你是谁?"

头像瓮声瓮气地说:"我是总统。"

……

很久之后,何夕都难以忘却发生在议会大厅里的那一幕。那天开始的时候一切正常,头像坦然地回答了人们的各种问题,包括他的生活、童年、学生时代,还有工作。其中有些事情听起来温馨可人,让人觉得总统也是一个普通人,而有些事情听起来则令人不快,比如少年时的任性,以及成人之间的激烈竞争与勾心斗角。不过在何夕看来,这些都是人们可以理解的,算不得什么恶行,因为更多的时候,人们通过头像的回答看到的是一个心中充满理想的有责任感的人。但是后来出了点问题,有一位记者问到了总统的私人生活。有两个女人,是的,两个。似乎在总统的生活中曾经有过对婚姻不忠的行为,那是很多年前的事情，当时他还很年轻，也不是总统。提出此问题的记者简直兴奋到了极点，以至于声音都有些变调。"快点讲，"他急促地说，"都在什么地方，有多少次……"

何夕后来已经记不起那天的审判是什么时候结束的了，他只记得记者们狂热而兴奋的欢呼，以及当头像回答了某次幽会的过程后全场充满淫邪意味的哄笑，随即，有些人跳上了椅子，有些人则露出了幸灾乐祸的表情。当然，还有一些人感到了失意，政府官员们有的黯然退场，有的则对总统怒目相向。他们并不是介意总统的那些风流韵事，而是认为总统不该接受这次莫名其妙的实验。不知不觉之中，人潮渐渐地分开，一个孤独的身影凸现出来。那是总统，他一直站在原地。从他的表情谁也看不到他在想些什么，这是多年政治生涯锻炼的结果。但是现在，这种毫无表情的脸庞再也无法给他以保护了，因为"审判者"正在忠实地向所有人讲述他的内心世界。尽管如此，此时他的身躯依然挺得笔直，神态仍然显得高贵而庄严，即便是那些肆意大笑的人，如果从他面前经过，仍然会有仰视的感觉。

但是那些人并不打算放过他，有一名记者带着捉弄的口气向头像问道："现在你在想些什么？是不是故作镇静啊？你脸上那种清高的神情是不是故意装出来给大家看的呀？啊哈哈哈。"

何夕在监视器里看到这一幕，他立刻非常清醒地伸出手去关掉了开关。头像消失了。"系统出现故障，预计短时间无法修复。"他大声对着话筒说。

◆ 13 ◆

大厅里已是人去楼空。没有了辉煌明亮的灯光,这间巨大的厅堂显得空旷而荒凉。

而那个人仍然站在原地,一动不动。何夕清楚地从那个人略显佝偻的身影里读出了他此时的心境。这个身影显得苍老而无奈,就像是突然之间——垮掉了。

何夕走近了些,轻轻地咳了一下。那个人仿佛吃了一惊,第一瞬间的反应是挺直了自己的身躯,如同他平时的样子。不知为何,他的这个举动竟然差点让何夕落下眼泪。

"今天的事我感到抱歉。"何夕缓缓开口,"我不知道事情会变成这样。"

总统回过头来:"你不用抱歉,你没有什么过错。"他一边说,一边用手在衣兜里摸索,何夕理解地递过去一支香烟。这时,不远处的一名保安高喊道:"总统先生,这支烟没有经过安全检查。"总统苦笑着点燃香烟说,"就让我相信一次自己的判断吧。"

"他们仍然忠于职守,仍然把我管得死死的。"总统接着说道,"只是我不知道他们还能管我多久。"

何夕听出了总统话里的意思,他摆摆手说:"今天的事情未必就无可挽回,如果人们是理智的,他们就应当多看你的政绩,而不是那些与他们无关的事情。"

总统叹了口气:"你不用安慰我。有些事情一旦发生就是不可更改的,今天'审判者'挖出了我内心深藏的秘密,我反而有种解脱感。我早已从那些事情里挣脱出来,就连我自己都差不多忘记这些事了。"总统停了一下,语气变得低沉而虚弱,"现在我觉得最对不起的人是我的妻子,我现在感到后悔不是为别的,就是因为她。"说到这里,这个到目前为止仍是这个国家最有权力的人,突然用手蒙住了自己的眼睛。

这时马维康议员走了过来,他看上去也显得疲惫而苍老。他低声对总统说:"我们该回去了。按照今天的日程安排,你和企业界人士还有个会晤。"

总统挺了下身板,他握了握何夕的手,说:"不管怎么说你都令我敬佩。我真想知道你们是怎样做到的,这一切太神奇了。"

第二天,几乎所有的报纸都用极大篇幅报道了一则新闻:"总统宣布退出下届竞选"。何夕看到报纸之后,第一个反应便是接通了马维康议员的电话,他说:"我想见总统。"

……

从总统官邸出来之后,何夕感到了深深的失落,因为他没能劝说总统回心转意。总统回绝了何夕的建议,他的神情就如同一个看破了红尘的人。

"就让这一切成为我的结局吧。"总统说道,"你可以认为我懦弱,但我觉得这是我正确的选择。"

何夕感到自己无力说服眼前的这个人了:"但是你有没有为你的政府想过?"

总统慢吞吞地说:"我退出竞选之后,将会有新的人选代表执政党参选。你的老朋友,马维康议员。"

总统不再说话,他踱到窗前,默默注视室外的草坪。何夕还想说什么,但终于没有开口,他悄悄地朝门外走去。

"有件事我想告诉你,马维康议员提出他准备接受审判。"就在何夕快要走出去的时候,总统突然开口道。

"不——"令何夕想不到的是自己竟然惊呼起来,"这不行!"

◆ 14 ◆

后来的事情证明,何夕错了。在同样的地方,面对几乎同样的观众,结果却完全不同。个中原因相当简单——马维康是一个品行高尚的人。

就是这个原因。"审判者"系统忠实地表明了这一点。从马维康出生至今的记忆也都清楚地证明了这一点。马维康走上审判台之前对何夕说了一句话,他说自己没有什么可担心的。他转头对表情焦灼的马琳笑了笑说:"别担心,我除了你妈妈之外没喜欢过别人。"

其实这正是何夕心里的看法。与马维康长久以来的交往,使他有理由这样想。继总统之后,马维康还有勇气走上审判台,单凭这一点他就已经通过了一半的审判。除了内心无所畏惧的人,还有谁敢这样做?他没有让人不能接受的恶行,也没有什么绯闻。有的是对民生的关注,对清明政治的向往,当然,还有对世界没能变得更好的遗憾。那些费尽心思提出刁钻问题的记者到最后都是自取其辱,除了暴露自己的小人之心外,他们一无所获。

现场安静得能听到人们的呼吸,所有人在这一刻都沉浸在另一个人的心灵当中,感受他的温和、正义,以及面对不公不义时的愤懑。马维康面色如常地坐在头像的旁边,同所有人一道聆听自己的内心世界。他看上去是平静而自信的,就像是在听别人的故事,甚至不时露出着迷的神色。

最后一个被允许提问的人站起来,因为激动,他的声音有些颤抖,他仰视的神色就像是面对圣人:"请问,如果你成为总统的话,你最想说的一句话是什么?"

"我将效忠于我的国家和人民。"头像和马维康同时说出了这句话。

掌声的海洋淹没了整个大厅。

……

"以审判的名义，"电视屏幕上，马维康一字一顿地说，"我宣誓永远效忠于我的国家和人民。"

马维康议员以从未有过的巨大优势当选为下任总统，他最后的得票率史无前例地超过了 99%。在大选结果公布后的第 5 天，总统递交的辞呈获得通过。而与此同时，为了保证政府的连贯性，马维康宣誓就职。本届总统的任期比以往提前了一些。

总统的离去多少有些影响到何夕的心情，所以他只是委托蓝一光和马琳前去观礼。电视里闪过不少熟悉的面孔，包括蓝一光、马琳、廖晨星，还有威廉姆博士。马维康的"私语"芯片植入手术也是由威廉姆博士做的，他的技术的确已经到了炉火纯青的地步。这时，镜头又对准了马维康，他开始宣誓。

突然，何夕有种奇异的感觉，他觉得马维康的样子和威廉姆博士看上去有几分相像，但他又说不出具体是在什么地方。响彻大厅的掌声经久不息，记者们手里的闪光灯几乎亮成了连续的一片。马维康容光焕发地走下台来，接受着人们的祝贺。他所过之处，人们都以面对圣人般的崇敬目光注视着他，有些人甚至流下了热泪。

电话突然响了起来。何夕拿起听筒，立刻听出了是崔文的声音。

"很早就想同你联系。"崔文说,语气竟然有些害羞,"但每一次都觉得下不了决心。通过这两次事件我想了很多,也许你是对的。有一件事情我要告诉你,"崔文犹疑了一下,"那天在海滨公路上发生的事情是我安排的。"

何夕愣了一下,他想起了那天自己邀请崔文时他的迟疑,以及一路上他坐立不安的情形。

何夕突然大笑起来,是那种非常彻底的足以舒筋活血的笑。

崔文大惑不解地问道:"你笑什么?这有什么好笑的?"

过了好一会儿,何夕才平静下来说:"这么说来,那一次你本来打算陪我一起死?"

"当时情况紧急,我怕如果不陪你去会让你怀疑。当时你在我心中是……"崔文斟酌着说,"一个于世界有害的狂人。"

何夕沉默了半晌之后,叹口气说:"这个世上像你这样的人已经很少见了。一个人只要能忠于自己的原则就是可敬的,相比之下他的原则是否正确我看倒在其次。我佩服这样的人。现在我倒是有一个请求,我想请你加入'审判者'系统的研究。"

崔文在电话那头几乎没有任何犹豫地说:"我明天就来报到。"

何夕稍稍感慨了一番,然后出门朝计算中心走去。他准备在计算机里给崔文建一个用户。

◆ 15 ◆

"口令错。""口令错。"

何夕有点不相信地看着屏幕上的几排字。他没想到，自己作为"审判者"系统的缔造者，居然会被拒绝访问。何夕觉得脑子有点乱，他怔怔地坐了一会儿，想要理清楚什么问题。末了，他抬起头来俯身到键盘前，坚定地敲出了一串字符。

大约40分钟之后，何夕取得了突破，他破解了系统的根用户口令，这几乎令他耗尽脑汁。然后，他迫不及待地朝系统隐藏最深的地方寻找。

"审判者"系统核心程式代码，阈值维护，"私语"生物芯片构造，神经元细胞突触结构图谱……一个个重要的模块资料自何夕眼前掠过，他全神贯注地搜寻着一切可疑的地方。现在到了受试者记忆存储区，一号受试者的资料何夕一晃而过，因为这就是他自己。然后是二号受试者也就是总统的资料，何夕没有发现什么值得注意的地方。接下来便是马维康，何夕放慢了浏览的速度。资料按照阈值分为两大部分。一部分是按阈值被判断为有效记忆的部分，大约占了9/10。何夕看了一下，基本上是在上次审判中都看到过的东西。他把注意力集中到剩余的 1/10，这些都是按照阈值被判定为无效记忆的部分。

时间一分一秒地过去，何夕不知道自己是什么时候才又回到这个世界上来的。他擦了擦满头的汗水，心里是虚脱了一般的感觉。是的，就是这种感觉，就像是一个人刚刚从一场可怕的梦魇里拼命挣脱出来的感觉。我的上帝啊！何夕几乎听得到自己内心里发出的惊悚的叫声，那都是一些什么样的记忆啊！

死尸遍布的荒园，腐烂的面孔露出森森白骨，血丝密布的眼球。黑漆漆的树林，灰尘满布的老宅。面色苍白的少年，灰色的天空，黑色的大鸟怪叫着飞远。镜子里古怪而扭曲的笑容，杀手冷酷的脸，政敌在刀光里身首异处。巨大的蘑菇云，异教徒横陈的尸身。恶毒的诅咒，对世界极度的绝望与仇恨……

……89%的可能性为梦境等非真实记忆。

……87%的可能性为梦境等非真实记忆。

……91%的可能性为梦境等非真实记忆。

……87%的可能性为梦境等非真实记忆。

……

在每一个单元的后面，都跟着这么一段说明性文字。按照现在的 86 这个阈值取值来讲，这些记忆都是无效的。但是何夕感到了极度的恐惧，尽管他知道这个阈值是足够高的，但他的身体却仍然一阵阵地发抖。那些地狱般的场面就像是无数只鬼爪般攫住了何夕的心脏，令他感到喘不过气来。太可怕了，他知道那些情形可能只是梦境，是想象中的场景，可是什么样的人才会做这样的梦、想象出这样的场景呢？

这时，何夕突然注意到有一个黑色的影子出现在面前的地上，看起来这个影子已经在那里站立了很长的时间，过度的投入使他没有听到这个人进门的声音。从眼睛的余光里，何夕看出那是一个身着白衣的人。

何夕缓缓抬起头来，然后他便看到了掩藏在头发里的一张苍白的脸和一双失神的双眼。

是马琳。

◆ 16 ◆

亿万年过去了，地球停止了转动，世界化为了乌有，静谧的荒园成为万物的归宿。赞美诗高扬的旋律充斥了何夕的耳孔，灯光在他眼前旋转，幻化成无数闪烁的亮点。天堂的轻风与地狱的烈焰同时向他袭来，一切都变得虚幻起来，就像是在梦里。

不，只是一瞬间。何夕定了定神，前因后果开始在他的脑海里急速地翻转。

"那个值的确太高了。"马琳的声音在回响，"……如果有什么人能够凭借心智的力量逃避审判,那他根本就不是人,而是神。"是的,马琳是这么说的,"取值为86或是87是最为恰当的。"回忆中马琳的声音如银铃般悦耳。

何夕痛苦地摇摇头,他的心正在往无尽的深渊沉落。是的,他竟然忘记除了神之外,魔鬼也是可以做到这一点的。他遇见的是魔鬼,那个人竟然骗过了"审判者"。老天!何夕在内心里哀叹了一声。我竟然亲手给魔鬼装上了天使的翅膀,并且将他送上了亿万人顶礼膜拜的神坛!

"这是为什么?"何夕喃喃地说,他的眼睛直视着马琳,仿佛要用眼光从她的脸上剜下肉来。现在一切都可以解释了,包括阈值,包括她在何夕与蓝一光之间制造的芥蒂。现在想来,从一开始她就是抱着不可告人的目的进入"审判者"系统中来的。白嫩的肌肤,艳丽的红唇,雾蒙蒙的像是会说话的眼睛,飘飞的长发,让人热血沸腾的娇媚体态……她依然是那样美丽动人,但此刻马琳看上去越是美丽,就越让何夕感到害怕。他的心脏一阵阵地痉挛着,像是要收缩成一个点。

"你不要再难为马琳了,她只是在按我的安排行事。"马维康突然从门口走了进来,他的手里拿着一把乌黑的手枪。同时,他反手关上了密码门。

"马维康议员……"何夕微微一惊。

"怎么不称我为总统先生?"马维康有几分揶揄地开口

道,他的脸上写满得意,"我能有今天,可以说大半功劳都是你的。"

"这是为什么?"何夕满眼疑惑地直视着马维康,"怎么会这样?你到底是个什么人?你内心的那些东西……"

马维康大笑道:"我当然就是我自己。是的,我的内心世界绝不是上回审判表现出来的那样。可我要说,这世上真有什么圣人吗?我只知道这个世界已经无可救药了,你选择的道路是当医生,而我只想顺时势而动。"

此刻,何夕反而平静了下来,他觉得自己又能思考问题了:"有一点我能确定,你不可能凭意志来骗过'审判者'——即便你真的具有神或者魔鬼的意志力。这倒不是我在为自己的成果辩护,我只是从理智出发,认为那是不可能的事情。告诉我吧,你们是怎么做到的?反正,"何夕望了一眼马维康手里的枪,"我也活不了多久了,就算是让我死个明白吧。"

◆ 17 ◆

马维康露出得意的神色:"其实答案很简单。你只要回忆一下你的老朋友威廉姆博士做的那些手术,就应该知道真相了。"

"手术。"何夕喃喃地重复道。他的眼前浮现出威廉姆博士奇异的表情和古怪的动作,他的手伸在虚空里,一动一动地,就像在理一团看不见的线,脸上是呆滞的笑容。刹那间,一个念头有如电光火石般自何夕的脑海里掠过。"虚拟现实。"他脱口而出。难怪他会觉得马维康和威廉姆博士有几分相像,其实相像的不是他们的相貌,而是他们不经意间流露的那种神情。

"不错。"马维康抚弄着手枪的枪把,"差不多有4个月的时间,我每天都要花将近7个小时在一套精心设计的虚拟现实环境里生活。那真是一套了不起的系统,它将'审判者'和虚拟现实技术结合在了一起。我让女儿加入你的研究的目的之一也在于此。"马维康毫不掩饰自己的得意之色,"我早就由另外的医生植入了一套'私语'芯片,我脑子里的神经与系统沟通后,那个世界和真正的现实没有任何区别,我以前经历过的所有事情都在这套系统里得以重现,而我就如同一个可以反复出场的演员,生活在其中。在那个世界里畅游,真是一种妙不可言的体验。"

"同时,你还扮演了编剧的角色,可以按照意愿改变事情的本来面目,"何夕倒吸一口凉气,他全身都在不可抑制地发抖,"重新设计人生的剧情,可以让自己的全部恶行都得到纠正,还可以虚构本来并不存在的善举。你就是凭这些来欺骗了全世界。原来,这一切都早在你的安排之中,甚至连总统也被你算计了——你居然有脸说你是他的朋友!你真是一个伟大的天才,相比之下我们简直就是一群白痴。"

马维康并未因何夕的讽刺而脸红:"老实说我自己也是这样认为,不知道我这种坦率算不算是你所说的善举。不过假的总是假的,用虚拟现实技术造就的记忆不管怎么说总是有漏洞的,所以后来才会有那个阈值之争。比方说,'制造记忆'本身这件事情也是我的记忆之一,但是不可以让人知道,为了掩盖这一事实,我们便在接下来的实验里设计了一些场面来消解它,比如将其设计为一场梦境,等等。多做几次之后,这件事情就成了一些半真半假的事情,然后我们便可以通过设定阈值来控制它了。唯一麻烦的地方是我总共做了3次手术,一次植入一次取出,再加上后来的这一次植入。"

何夕现在才知道当初自己的确是冤枉崔文了,当然,他也知道自己永远无法当面向崔文道歉了,除非能出现奇迹——何夕下意识地看了一眼不远处的密码门。

何夕的这个小动作没能逃过马维康的眼睛,他举起了枪:"不要枉费心机了。现在蓝一光身边至少有10个保安正一眼不眨地盯着他。告诉你,我会让所有人一个个地走上审判台,接受我的审判——感谢你给予了我这个权力。所有人都不可能对我的权力提出异议,因为我是圣人。到那时,我就可以随心所欲地主宰这个世界。"马维康说到这里忍不住大笑起来,他的指关节开始收紧,"好了,说再见吧,以你的品行一定可以上天堂的,先生。"

何夕听出了马维康最后一句话的意思,他叹口气闭上了眼睛。其实真正让何夕感到如坠深渊的,并不是马维康手里的枪,而是他描述的未来世界的可怕情形。但愿这只是一场噩梦,但愿我此时不在此地,何夕这样想着,眼中不觉淌出了绝望的泪水。万劫不复,这个词是何夕听到枪响前的最后一个念头,是的,这是他自己亲手酿下的苦果。何夕自己知道马维康说得并不对,他根本上不了天堂,因为他是魔鬼的帮凶,等待他的只能是永无超脱的地狱。

◆ 18 ◆

荒园,陵墓,晦暗的树影,天空中飘荡的生者与死者。

芙蓉白面之下隐隐显露的骷髅,温柔乡里闪动的嗜血嘴脸。

阴森可怖的笑声,青紫色的脸,沾着腐肉的利齿,腥臭的气味。

绿色的火焰环绕四周,发出炙人的热度。滚烫的红色岩浆遍地横流,吞噬着经行的一切。

还有似乎永不停止的颠簸,颠簸。

……

何夕大叫一声从梦魇里醒来,一时间竟不知身之所在。他慌忙打量四周,这才发现自己躺在一辆熄火的汽车的后排座位上,右肩散乱地缠着从衣服上撕下的布条,一些滑腻的液体正慢慢地从布条里渗出来。何夕撑起身体,他看见前排方向盘上趴着一个人,那是崔文。

崔文的下腹有一个很大的伤口,直贯后背,没有经过包扎。何夕想起了发生的事情,枪响的时候正是崔文冲进来救了自己。

"崔文,是你吗?"说话间,何夕从衣服上撕下布条给崔文包扎,右肩的疼痛使得他的动作很不协调,"啊,你先不要讲话。"

崔文的眼睛慢慢睁开了,他用力地摆头,脸色白得吓人:"我本打算明天才到基地去的,但我放下电话又想早点去看看你,没想到就发生了这样的事情。"崔文艰难地露出了一丝笑容,"我更没想到那个密码公式居然还能用,你真是太信任我了。否则我也救不了你。这真是天意。"

何夕难过地埋下头,他知道眼前这个昔日的"持不同政见者"的伤势已经无法救治。当初那个神采飞扬的崔文又浮现在何夕面前,一切就仿佛发生在昨天。

"你是对的。"何夕说,"我不应该研制'审判者',事情到了现在的地步,我真的很难过。"

"这不是你的错。"崔文吃力地喘了口气,"马维康不会得逞的。"

"可是他已经得逞了。"何夕悲伤地说,"现在还有谁能阻止他?我恨我自己,是我一手把世界推向了深渊。"

"你能阻止他。"崔文一字一顿地说,"你必须阻止他。我们不能让披着天使外衣的魔鬼主宰这个世界,如果是那样的话,我会死不瞑目!"

何夕还没有想清楚该怎样回答这个请求,崔文的身体已经软了下去,他的眼睛直视着虚空,口中和着血水吐出了最后两个字:"审——判!"

何夕给廖晨星打了一个电话,他几乎是本能地认为廖晨星可以依赖,而实际上他们不过仅仅见过一次面而已。这也是何夕决定和他联系的原因之一,因为他知道,自己平日里的社会关系已经无一不在政府监控之中。在电话里,廖晨星一个劲儿地追问到底发生了什么事情,但何夕只约好见面的时间地点便放下了电话,他知道时间稍长就可能暴露自己的行踪,甚至还会殃及朋友。

这是家名叫"雨栏"的小酒吧,生意很冷清。何夕进门后稍稍闭了会儿眼,才适应了光线的变化。廖晨星坐在角落深处的一个小间里等他。何夕下意识地摸了摸唇上的假胡须,才走到廖晨星身边落座。

……

"原来是这样!"廖晨星听完何夕的讲述后,倒吸了一口凉气,"想不到马维康会这样可怕。这不是帮不帮你的问题,这是我的天职。"廖晨星低头从随身带来的提包里找出采访录音设备和纸笔,有条不紊地做着这一切,当他郑重其事地将纸笔铺开的时候，一抹近乎虔诚的光泽在他瘦削的脸膛上浮动着。正是这种光泽，将他与那些平庸的同行们区别开来。何夕完全相信，对廖晨星来说，新闻就是他生存的意义所在，就如同"审判者"在何夕心中的位置一样。但不同之处在于，廖晨星的新闻此时仍然是他手里的长剑，可以掷向敌人，而"审判者"，此刻却已成为魔鬼手里的刀叉。

出于安全考虑，何夕让廖晨星比自己晚5分钟离去。出门之前，何夕习惯性地摸了摸唇上的假胡须，同时回头与坐在原位上的廖晨星相视一笑。天已经黑了，路灯正将金黄色的光洒在热闹的街道上，让整个世界显出了某种温情。何夕看了下表，再过10个小时早报就会面市。邪恶终究压不过正义的，廖晨星是这样说的。何夕感到自己的心情已经同几个小时之前判若两样。

何夕走到街道拐角处的时候，突然听到一阵惊天动地的爆炸声，他几乎是本能地匍匐倒地。几秒钟后，何夕慢慢地挣扎着起身，随即下意识地朝自己的来处看去。

"雨栏"酒吧已是一片火海。

何夕的嘴里满是苦涩的咸味，巨大的悲伤冲击之下，他完全没有注意到有几个黑色的身影正从不同方向朝他逼近，他们手里的杀人武器，在火焰的映照下闪着森冷的光芒。

……

◆ 19 ◆

小车在高速公路上一路狂飙,夜色笼罩下的景物飞一般地向后逝去。

何夕坐在车子的后排,自责与内疚如同一条毒蛇缠住了他的心,使得他完全没有去想此时自己何以会身处于这样一辆汽车上。

车子突然停在了路边。速度的变化让何夕从沉思里惊醒过来,他有些发怔地看着蓝一光的背影——爆炸、火光、呛人的烟雾、杀手冷酷的脸,然后蓝一光赶到,拖他上车。

"你只能在这里下车。"蓝一光没有回头,车内没有开灯,虽然有月光从车窗外投射进来,但是仍然看不清他的脸,"警察在公路的出口处设了卡,你只能翻过公路护栏后步行到下一个小镇。"蓝一光递过来一张卡片,"这是信用卡,你可以任意提取现金。"

何夕没有伸手去接:"你是叫我逃亡?"

蓝一光点点头:"只能如此。这是为你好。也许你还应该考虑整容,世界这么大,马维康想找到你也不是很容易的事情。"

何夕冷笑了一声:"那你呢?现在想来你应该早就知道其

中的秘密了,却一直瞒着我。"他的脸痛苦地抽搐了一下,"我们合作了这么多年。"

蓝一光的肩头轻微地抖动了一下,他的头埋了下去:"对不起。我并不知道事情会发展到今天这一步,如果知道的话,我早就对你讲了。马琳当初只是对我说那个阈值太高了,而你又不可理喻,所以让我私下里和她一起做些改动……她还说,你只信任崔文,眼睛里根本没有我和她,我们跟着你是没有前途的。"

"马琳……"何夕轻轻叹了口气,"她还对你说过些什么?"

蓝一光犹豫了一下,说:"她还说,她喜欢我。"蓝一光的神色渐渐有些痴了,"她的眼睛那么美丽、那么深邃,她的头发散发出阵阵幽香……"

何夕再次叹了口气,他感到自己已经原谅了蓝一光。一个人在名利和情欲的双重诱惑之下,要想超脱实在是难之又难,就连他自己也曾经陷入对马琳的迷恋之中,差点不能自拔。何夕直视着蓝一光说:"你是不是打算永远和马维康待在一起,永远把自己的灵魂出卖给魔鬼?"

蓝一光全身剧烈地颤抖了一下:"那我该怎么做?现在还有谁能和马维康对抗?马维康已经控制了一切,他现在是总统,是所有人心中的圣人。凭借'审判者',他拥有了对任何人任何事的最终评判权,和他对抗的人只能得到失败的结局。"他神经质地大叫着,"想想廖晨星的下场吧,当我看到廖晨星死去的时候简直快疯了,我当时觉得在火海里哀号着死去的人仿佛就是我自己。太可怕了!"

何夕好像没有听到蓝一光在说些什么,他把目光转向车窗外面。那里是黑漆漆的田野,树木的影子在薄纱般的月色笼罩下仿佛是一张张剪纸。不知名的夜鸟啾啾地掠过天空,道路上不时有车辆疾驰而过。

"你是不是对'审判者'系统很失望?"何夕突然开口道,他的目光仍然看着窗外,就像是在自言自语,"你是否后悔和我一起缔造了它?"

"审判者。"蓝一光下意识地念叨着这个他一度以为相当熟悉,但在经过许多事情之后却变得有些陌生了的词汇,一种说不出的感觉自他的胸臆间升起,但更多的却只是茫然。

◆ 20 ◆

今天是政府组阁后的第一次新闻发布会。

马维康站在前台,按照惯例向人们介绍他身旁的几位高级官员,他的脸色略显苍白。半月前在术后例行检查中,威廉姆博士查出植入他脑中的"私语"芯片产生了轻微的免疫排斥反应,所以两天前刚刚做完一次修补手术,现在还处在恢复期。当人们得知总统是抱病来到现场时,掌声变得更加热烈和真挚了。

记者招待会有条不紊地进行着,气氛非常活跃。看得出,马维康及其下属们得体的回答让大多数人都感到满意。

"总统先生,"这时,坐在后排的一名年轻记者站了起来,"你如何保证政府能够秉公办事?我是说,无论如何,是我们这些纳税人出钱养活了你们。"

"这点不成问题。"马维康脸上带着慈祥的微笑,"我和我的部属都经历过最严格的审判,一定能够忠诚地履行职责——我尤其欢迎新闻界能够对我们的工作进行全面的监督。请相信,纳税人的每一分钱都会物尽其用。"

台下响起愉快的轻笑,年轻记者坐下来开始往本子上记东西。

"你这个猪猡!没见识的家伙!"扩音器里突然传出一个高亢的声音,虽然有些变调,但仍然能听出是马维康,"政府是我的,连这个国家都是我的,用得着你来操心吗?"

全场所有人立时惊呆了,谁也想不到这样不可思议的话竟然会从总统口中说出。每个人的目光都朝台上看去,马维康惊慌地捂住了嘴。

"有人搞破坏。这不是我说的!"马维康紧张地辩解道。

马维康的嘴刚刚闭上,那个声音又来了:"他妈的,是谁在搞鬼？等我查清了，我要让他全家死得和那个叫廖晨星的记者一样惨！"

这回人们不仅听得相当清楚，而且也看得非常清楚，这些话的的确确是从马维康嘴里说出来的。只不过似乎不是他自己想说出来，而是有一种力量控制了他——一旦他停止说话，这个力量就会操纵他的嘴说话，而且专说内心里的真话。这一回马维康显然惊呆了，他甚至忘了捂嘴。

"各位，这是有人恶意破坏。请相信我，这不是我在说话，一定有人控制了音响系统。"

马维康面色苍白地解释着。

高亢的声音："糟了，这件事情如果传出去怎么办？干脆让卫兵把他们抓起来，一个都不放过。"

全场立时炸了营，所有人都蜂拥着朝外面跑去。

"噢，这不是我的意思！我怎么会这样想？我是一个品德高尚的人！"马维康用力摆手，声嘶力竭地大叫道。

高亢的声音："召集卫队，只有一不做二不休，宁可我负天下人，不可天下人负我！快把所有人都抓起来。一个都不能放走。"马维康大汗淋漓地对着身旁的人嚷道。荷枪实弹的卫兵冲进来，幽深的枪筒起到了巨大的震慑作用，众人安静下来，局面被控制住了，人们惊恐地挤在一起面面相觑，不知什么样的命运在等待着他们。

"全都在这里了。"一名卫兵报告道,"没有一个跑掉。"

马维康如释重负地擦了把汗:"很好,这些人都涉嫌危害国家安全,现在把他们都带走,一路上不准他们讲话。"

卫兵们押着人们朝室外走去,外面已经清场。哭丧着脸的人们开始一个接一个地上车,有些人刚刚哭出声便被卫兵们粗暴地呵斥住。马维康长吁一口气,脸上露出了笑意。现在好了,他想,一切都在掌握之中了。那些人将终生保持沉默。是的,终生,直到他们死。当然,他们都会死得很快。这一刻,马维康的面目在灯光下竟显得有几分狰狞。

我控制住了形势,我还是胜利者。马维康这样想着,他的笑意更深了。

◆ 21 ◆

人群还在慢慢移动着,朝着马维康指示的方向。

高亢的声音打破了沉寂:"对了,还有这些士兵怎么办?他们也都听到了。等事情完结后另外得找人把他们也干掉。这不算什么,自古以来那些当权者都是这么做的。"

士兵们停下了脚步,一个个转过身来,连同他们手里乌黑的枪口,就像是突然被一阵风吹过来的一样。马维康这次是真的感到了惊恐，他面色惨白地捂住嘴，但是已经迟了。所有人都目不转睛地看着台上，悄无声息地盯着马维康惨白的脸，一时间，空气紧张沉闷得令人感到窒息。

"我是总统……"马维康语无伦次地说，看得出他的双腿在不住地发抖，"我是你们的总统……"

这时，不知是谁先发出了一声呐喊，然后愤怒的士兵连同人群就开始向前冲去。马维康惊慌得还没来得及躲藏，便被人潮淹没了。

"揍他。"

"打死这个魔鬼。"

"别打了，饶命啊……他妈的，我不会放过你们的……不，这不是我在说……饶命啊！"

"天哪，你听听，他一边求饶一边还在心里诅咒我们。"

"撕烂他的嘴。"

"把他的心挖出来看看到底有多黑。"

"我不敢了……我不会放过你们的……哎哟……"

"打死魔鬼！"

……

有一个人没动，他远远地站在大门边上，面无表情地看着这一切，就像是一尊石像。

过了一会儿，他伸手撕去了唇上的假胡须。是何夕。

是的，现在这一切都是何夕的安排。在那次故意安排的修补手术中，蓝一光和威廉姆博士帮助他对马维康脑子里的"私语"芯片做了改动。公道自在人心，一个人的内心世界便是他自己的终极审判台。何夕所做的只是在十分钟前启动了一个新增的功能，在马维康的脑海深处发起了一场战争，从某种意义上讲，马维康是败给了自己的心魔。当然，这个功能只会用来对付这世上某些特殊的人。

不知过了多久，人群终于慢慢散去了，他们一边离去，一边回过头来吐着唾沫，发泄心头的余恨。在何夕的脚边，蜷缩着一个黑色的身躯，那是马维康。马维康双手抱头蜷缩在地上，血污和着灰尘糊满了他的脸，看上去他的伤势并不会致命。"救命，饶了我吧。"他有气无力地喊叫着，就像是一只丧家犬。何夕皱了下眉，然后拿出电话拨通了急救中心的号码。

天作孽犹可恕，人作孽不可活。何夕心里滚过一句感叹。他摇摇头，最后看了一眼脚下瘫软如泥的马维康，然后头也不回地朝门外走去。

走出几步远之后，何夕隐约听见马维康在身后念叨着什么，仔细听去，却是一些非常古怪的句子：

"今天天气好……晴天……我吃过了吃过了……杀死他杀

死他……不,这不是我在说……天气好……吃过了……我叫马维康……男……62岁……我要你们都不得好死……噢不敢不敢……从前有座山……山上有座庙……吃过了吃过了……啊鬼,你们不要找我,别过来……救救我……吃葡萄不吐葡萄皮不吃葡萄倒吐葡萄皮……天气好天气好……山上有座庙庙里有个老和尚讲故事老和尚说从前有座山……"

何夕有些纳闷儿地放慢了脚步,但他立刻又大步朝前走去。何夕想清楚这是怎么一回事了:只要马维康的嘴稍有空闲,他内心里的那些令所有人——或许连他自己也包括在内—— 都会感到作呕和恐惧的脏东西就会不可遏止地通过他的嘴冒出来,于是,马维康想到的唯一办法便是强迫自己不断地说话。看来,马维康这辈子都将在这种令人发疯的无休止的唠叨中生活下去了,一直到他死。

何夕没有看到后来发生的事情。他离开之后不久,有一个身影缓缓走进了大厅。马维康害怕地捂住头低声地哀求道:"饶了我吧……从前有座山山上有座庙……"来人的身形颤抖了一下,然后便有几滴水珠样的东西落在了马维康面前的地上。马维康若有所悟地想要抬头看清来人的面孔,但等他抬起头来时,大厅里已经是空无一人。只有地上的几点水渍表明刚才那一幕并不是幻觉。

"你下一步打算怎么办?"大厅外隐隐约约地传来一个男人的声音。

"我已经心灰意冷。"是一个女人的声音,"这是我咎由自取,世界之大,不知何处可以容下我这有罪之身。"

"不管你相不相信,我会一直陪着你。"

"你不该这么做,你还年轻,前程不可限量,何必为我做出这样大的牺牲?何况,我算不上一个好女人。"

"我知道你心里也是充满无奈。老实说,就算你是一个十恶不赦的人,我也会陪着你。这对我而言也是无可奈何的事情,因为这就是我的命运。"

"你将来会后悔的。"

"也许吧。但我知道如果不陪着你的话,我现在就会后悔。"

声音渐渐远去,大厅里只剩下马维康在喋喋不休地念叨:

"今天天气好……晴天……我吃过了吃过了……吃葡萄不吐葡萄皮不吃葡萄倒吐葡萄皮……天气好天气好……山上有座庙庙里有个老和尚讲故事老和尚说从前有座山……"

◆ 22 ◆

尾声

这是一座位于城市近郊的小公墓,冷清而幽寂。一道石柱上钉着一块小小的塑料牌，上面写着：南山公墓。一圈不大整齐的石头墙把公墓围了起来，地上打扫得还算干净。一些墓前放置的鲜花已经凋谢，瑟瑟地在风里颤抖着。下一场雨水到来的时候，这一切都会不知所终。这时，从城里方向驰来的一辆白色汽车停在了路旁。随后，有一个人从车上下来，手里拿着一束很朴素的花。

何夕慢慢走着，风吹乱了他已经很久没有理过的头发，有几次还遮住了视线。在公墓的一角，何夕找到了他的目标。这是两块并列着的新墓碑，上面刻着两个名字：崔文、廖晨星。此刻，故人的面庞浮现在何夕的眼前，带着他曾经熟悉的笑容。何夕环视四周，到处充满着宁静，只有树叶在微风里沙沙作响。

"你们好吗？我的朋友。"他低声对着墓碑说道，"你们知道吗？经过这么多事情之后，人们终于认识到审判的重要意义了。新一届政府刚刚通过一项提案，从明天起，就将开始实施我和你们都盼望已久的审判——不是对某一个人或某些人，是对所有的人。理想社会的光芒终于要照亮这个世界了。明天，明天就是审判日。"何夕的目光变得悠远起来，"想起来真是可怕，当初我们差一点就把自己出卖给了魔鬼。好在这一切都成了过去，你们终于能够含笑九泉了。"说完，他把手中的花儿轻轻放在墓碑前，对着两位昔日的好友深鞠一躬，然后慢慢起身，恋恋不舍地朝车子的方向走去。"还有我，"他继续低声说道，"我的灵魂终于可以安宁了。"

何夕起动了汽车，朝来时的方向驶去。这时，他眼睛的余光看到有两个人在后视镜里一脸祥和地向他缓缓挥手，一如他们生前，何夕的眼泪顿时流了下来。他们静默无言地站在那里，好像很柔弱的样子，但何夕知道，他们是这个世界上最为强大的力量，而这种力量也正是这个世界得以存续至今的唯一理由。

为欣赏一路的风景，何夕故意把车开得很慢。今天艳阳高照，高大的行道树自由自在地舒展着繁茂的枝叶，阳光从树叶的缝隙里投射下点点斑块，平坦的草地绿得发亮，空气里散发着清闲的味道。快乐的人们与何夕擦身而过，他们脸上的笑容感染着何夕的心情。所有的男人和女人都健康而富有活力，老人充满爱怜地牵着孩子们的手，他们的眼里充满对生命与生活的无限信赖。一切都会变得更加美好，谁也不能肆意破坏它。何夕想。

这时，有一个两三岁模样的小女孩蹒跚着走过，吸引了何夕的目光。小女孩伸出粉嘟嘟的手，一晃一晃地指点着明媚动人的天空、错落有致的山峦、鳞次栉比的楼宇，以及熙熙攘攘的人群，稚嫩的语气里充满骄傲："看，丫丫的家。"

K 和 H 的故事

身体器官批发和零售时代

文 / 池塘鲤

K站在小桥上,看着狭窄河沟里不知可称为流动还是蠕动的黑黄色污水,他的心里拔凉拔凉的。能想起这个形容词让他一瞬间便把冒出来的自杀念头也压了下去。且不说在这样的河沟里自杀成功的可能性,单就想一想自己的死相,就足以让他退缩。

他把捏在手里的一枝红玫瑰扔了下去,娇艳的花朵就像课本里英勇投江的勇士,大头朝下地栽在了黑黑黄黄的泥浆里。而K,就像一个意图毁灭重大罪证却把自己的犯罪证据昭告天下的笨贼,手忙脚乱地转头四顾。幸好这个点不是上班时间也不是下班时间,不是买菜时间也不是跳操时间,所以灰蒙蒙的空气中稀稀拉拉来往的几个路人,对他和他的罪证都毫无兴趣。

发出刺鼻气息的污泥一点点浸湿、吞没艳红玫瑰的娇嫩花瓣,这很可能是这个城市最后一朵真正的玫瑰花,却没法"质本洁来还洁去",被他强行"污淖陷渠沟"了。

K先生年届中年,这枝玫瑰是他用来向女友求婚的。为了种出这枝玫瑰，他花了9年时间，他坚持认为用玫瑰求婚比钻戒更有价值，特别是一枝自己种出来的真玫瑰。

这个时代大多数钻戒都是假的，只是因为工艺的进步越来越仿真。钻戒的价格也是以生产的耗时性来定价，比如"一分钟钻"肯定就比"半分钟钻"更贵。他所知道的最昂贵钻石是"一个月钻"，那样的天价绝不是他这样的小公务员所能承受得起的，他甚至怀疑"一月钻"或更长时间钻才是真的钻石。

他和女友H是大学同学，女友比他小两级，是艺术系的学妹。H曾经和他一样认为玫瑰比钻石有价值，也和他一样坚持不和"批发零售买卖公司"做生意。

"批发零售买卖公司"（简称"批零公司"）20年前上市，这些年收购了很多大型企业，几乎变成了一个国家性质的垄断行业。批零公司在14年前收购了K所供职的"计算机信息公司"，在12年前收购了他女友H工作的"艺术文化推广中心"。于是K也从高级设计工程师变成了一个财务室会计，H也从艺术评鉴大师变成了前台接待兼接线员，因为H精通六国语言，有外国客人参观时她负责接待解说，平时负责海外订单专线。

现在有必要说一下这个批零公司的业务，以便解释它能以如此猛火燎原之势迅速占据全国最核心市场的原因。

本着"人是世界上最宝贵的资源"这个基本方针，批零公司做的正是关于"人"的生意。这个公司是谁创办的谁也说不清，大老板也从未在公众面前露面，常常出现在电视和网络上的不过是它们的一些部门经理、业务公关、销售代理……但不管是谁创办的，这个人绝对是个天才。

批零公司是这个世界上最名副其实的公司，它主要做"人的生意"，因为在这里批发零售的对象都是人：客户是人，商品也是人。没错，就是字面上的意思：人身上的所有"零件"，身体发肤、内脏血液，都可以拆散了零卖，每一个部分都有一个公价，然后再按具体质量上下浮动。可以保证的是，任何（自然）人都可以和他们做生意，当然也可以讨价还价，最后把零件卖出一个"物无所值"的高价（最常用的手段就是收买或贿赂评估员）。

说到这，肯定会有人认为这是不合法的杀人公司，事实上完全不是这么恐怖的概念，批零公司最伟大或说最成功的地方在于，它同时也销售人的所有零部件。不管身体发肤、内脏头脑，都是使用最先进的仿生材料制造，这些代用品的价格，最多只有同类真品的1/10。也就是说，你卖1根手指，就能得到买同等产品10根手指的价钱，你换上1根假手指，还可以有9根假手指的盈余。而且公司有专门技术人员负责免费安装调试，保证可以和原件一样运作，还有1年包换、3年保修、终身维修的售后保障。

流浪汉和懒汉成了批零公司最早的卖家和买家。在泡沫经济的急剧破灭中，实体行业萎靡，智能化、机械化代替了大部分创造和劳动，于是最先被淘汰出市场的就是劳动力，或者换句话说，低端劳动力。因为像 K 和 H 这种曾经居于云端的人才也正在干着 20 年前普通文员的工作，那些原本就干着普通工作的人，必然像这个越来越精简的社会体系拧出来的水分，流向街头地沟。

后来一些艰难度日的人生了病，也卖掉自己身上一些零件来支付高昂医疗费，所谓拆东墙补西墙嘛。本着"天生我材必有用"的公益精神，那些病变残损器官批零公司也会接收，只不过用的是收废品的价格。

再后来，一些没有经济基础的年轻人想要结婚，也会卖掉一些他们认为不重要的肢体或器官来买房买车，筹备婚礼。再再后来，当这样的买卖变成习惯乃至潮流时，一些脑筋活络的人，便卖掉自己身上不够好看或不够好用的东西，来换上更灵活漂亮的器官肢体……

到这时，批零公司已经成为势不可挡的新兴产业，迅速扩展到全国所有城市的重要企事业单位，几年间便成为国家第一纳税大户，成了国民经济发展的龙头产业。同时，它还带动了无数相关新兴行业，提供上千万的就业机会，成为"和全世界做生意"这项基本国策的最完美示范单位。

在这样的全民风潮甚至影响世界的狂澜之下，K 和他的女友 H 始终保持着一分清醒和谨慎。这两人天性中的顽固，恐怕或多或少缘于两个人都是不可救药的浪漫主义者，并且坚持认为：大多数人跑的方向，大有可能是个坑。

K的床板下至今还藏着两本王二的书，封皮上写着"王二全集之二"和"王二全集之九"，分别是杂文、短篇和中篇小说。他不知道《王二全集》到底有几本，但因为他有幸收了个"之九"，所以至少是9本。之所以K搜罗多年也只得到这两本，最大的原因是：没有印刷厂再印这些书籍了。

自从计算机、智能手机发展起来，纸质书的市场就连年萎缩，到现在基本上每个城市都只剩下了一个国营印刷厂，而这个印刷厂能接到的业务也只剩下印制广告单、包装盒、账单和社区公告了。当然，K听说有些印刷厂时不时会深夜开工，偷偷帮一些有钱的小说家印点小黄文册子，不过那些书大多只会在各自的小圈子里流传，既不会翻到市面上，也没有收藏的价值。

女友H偷藏下来的，是一张正版莫扎特唱片。但这孤品也在两年前的经济危机中，被迫不得已卖给了黑市。老实说，因为唱机早在唱片消失前很多年就已停产，现在的唱片也只能作为古董市场的观赏品存在了。鉴于这很可能是中国最后一张实体黑胶唱片，毕竟还有很多拥有漂亮私家橱窗的人在全世界搜罗"唯一"，所以他们卖了一个不错的价钱。

但K的《王二文集》就没有那么幸运（或者说比较幸运）了。他们走遍了整个文化黑市，藏品店老板们普遍认为这样连插图都没有的纸质书完全没有市场。首先，这并不是世界上最后两本书。其次，王二去世还不到50年，再版还得付家属版税。再次，像这样都没人再版的书,说明已经失去阅读价值,被市场淘汰了。这些"有理有据"让K差点心梗脑阻,一怒之下发誓永远收藏王二,再也不做卖书打算。

之后他去批零公司卖掉了一只眼睛。

K有一个天才的计算大脑,这也是他喜欢王二的原因。因为王二曾经在书里编造出一种叫"数盲症"的人,然后又把他们踩得叽呱叫。K已经活过了王二未能活到的"2010"这个未来时代,而"数盲症"这种曾大规模爆发的病毒似乎也在信息技术的飞速发展中得到了遏制,数盲症患者都有了高速计算机帮他们运算,而且还让他们发明了批零公司——这个只要还有"人"就能永远运转的行业。

K经过计算发现,他卖掉一只眼珠,不止能还清账单,还能得到公司高层的信任——至少说明像他这样至今还"一身都是宝"的员工,对公司业务也是支持的。他甚至怀疑,公司至今还留着他这样顽固不化的员工,其实也是因为他一身的"原装"零件价值连城。

当然,最重要的,眼睛有两只,而且比卖一只肾的价格高。他和H还没有结婚,作为男人,他在很多方面都还需要体力和健康。眼睛就不一样了,他甚至可以不用带仿生眼珠,用一副单边墨镜就能遮住自己残缺的眼窝。当然,自从他卖掉一只眼珠之后,和H之间的嫌隙和龃龉似乎也开始积累加剧。

两年前这场裹挟着 K 和 H 的经济危机,源于一场葬礼。

H 的父母在同一天拉着手去了另一个世界,他们不只是高寿自然死亡,还是全原装的死亡。自从批零公司一步步控制市场,像 H 父母这样的顽固派无疑受到了某些敌意和歧视,这不止表现在老两口活着时,在他们去世后,这样的敌意几乎变成了敌对。这一场放在 30 年前完全正常的葬礼,在今天几乎让两个中产阶级的家庭倾家荡产。

H 的父母受到的歧视源于今天大多数人死亡之后就是一堆零件,可以送回厂清洗、加工、再利用,而这两位不仅在死后要占据两平方米墓地,还把全身所有零件都用到寿终正寝,简直让批零公司没有任何机会在他们的生命里插上一脚。于是,已经控制了市场大部分产业的批零公司的报复便铺天卷地而来,各种天价账单如雪片落在了独生女 H 和她男友 K 身上。

这两年,他们每一次去扫墓,K 都巴不得躺在里面的是自己和 H,但是这样的梦想还缺一个必要条件:他和 H 得去领结婚证,再生一个孩子来帮他们接账单才行。他们两人都是全自然人,光领结婚证的费用就是批零公司签约客户的数十倍,更别提其他所有生活费用都比半自然人或全仿生人要高得多。

墓地的 20 年租金首付就已经花光了他们所有的积蓄,而按天计费的账单,每天都源源不绝地寄往 K 的家里。K 的全部收入基本和账单持平,而靠 H 的工资两人的生活也还能维持,但若想领证结婚生孩子,且不说他们一个子儿也挤不出来的经济条件，想想不愿进入虚拟系统的他们，还得去找多少已成传说的实体单位排队盖章，就已经是一个不可能完成的任务了。

说起来K收藏王二作品多年，自己也有一个写作的爱好，但自从多年前一套严密的且每分钟更新的文字过滤屏蔽系统进入网络，K就已经不愿意在网上搞创作了。他总是怀疑现在还能在网上如鱼得水地创作的作家都是批零公司制造的机器人，可以使用仅存的那不足一百个汉字写出千万篇排列组合规范的正确文章。

于是，在纸张稀缺的今天，K每天看着堆满茶几的账单，都觉得有点暴殄天物，很想用它们来练练字、写写文，以便让出生在信息时代的小朋友不至于以为发明纸张就是用来印账单和广告的。是的，账单仍是纸质的，据说是为了方便法院做凭证，毕竟刁民和黑客并存，摸不着的东西总有人狡辩看不见，或者黑进系统抹掉巨额债务。但K的这点念想也变成了可望而不可即的煎熬，因为每一张高级纸制账单的背面，都用红色印上了几个粗体大字：国家财产，请勿涂画，违者将负刑事责任。

于是，账单的最后一点积极意义，也在K无可奈何的"认怂"中消失了。

虽说K卖眼珠这件事是出于对爱情和家庭的责任感，但自从H第一次看到他黑洞洞的眼窝，就像黑洞吸走了H脸上那曾经灿若星光的迷人笑容，淡淡忧郁如黑色翳云，挥之不去。

H非常美,不是青春年少的娇俏甜美,是由内而外的修养气度之美,这也是她虽早已年过三十却还不乏追求者的原因。当然,或许还有另一个更重要的原因,她同她优雅死去的父母一样,是纯原装的自然人,一分一毫都是天地精华。她的美和真,几乎就是K的全部生活重心,哪怕账单堆积如山,他仍对这个世界充满感恩。

……陷在淤泥里的玫瑰花瓣终于完全浸没,带刺的细细花茎和两片锯齿边的绿叶仍在有着刺鼻臭味的空气里挣扎。K终于觉到了心脏的一点刺痛,他一点点抬起眼光,看着光秃秃的河堤边那排整齐伫立的假柳树,塑料枝叶在乌沉沉的天空下哗哗飞舞。

那声音很刺耳,但据说这是为那些卖掉耳朵换仿生耳膜的人"栽种"的,据说他们听到这些天籁之声就会忍不住诗兴大发,写出比风、雅、颂还要壮美的诗歌来。K对他们的诗不感兴趣,他对所有能通过"过滤系统"的诗都不感兴趣。他知道这很矫情,就像他种玫瑰来求爱一样矫情。

他拎起自己放在桥墩上的公文包,离开了污水横流、浊气扑鼻的小桥。他今天原本请了一天假,准备向H求婚,但出门时习惯性地拎上了自己的公文包。当然,最主要的目的是掩饰他藏在风衣下的嫣红玫瑰。

玫瑰是他9年前种下的,和他从公司仓库偷来的一大包花种子一起。只有这一颗长出了细芽,然后他才发现其他都是些仿生塑料种子,需要购买特定的花盆,才能长出仿生眼珠才能看得见的美丽花朵。至于这颗真种子如何成了漏网之鱼,他也不知道,只能归功于自己的运气不错。

不知道是不是太阳也被手可通天的批零公司仿了生,他的玫瑰长势极慢,不管他如何精心照料,也用了足足九年才开出第一朵花。

花是昨天半夜开的,他起来撒尿,经过阳台时模糊觉得哪里多了点东西,然后就看见了最隐蔽角落里披着月光向他摇曳的花朵!这朵花3年前已经长出了花蕾,他本以为它永远也不会开花,却在一个他完全没有心理准备的时刻给了他这9年来最大的一个惊喜。他没法尖叫欢呼,不只是因为半夜会扰民,更因为这年头花这么多精力养花是犯罪。他的邻居们一定会举报,因为没有法律规定不能养花,所以他们肯定会举报他花盆里的土壤没交租金。

K的邻居们大多是半仿真人,他们最先卖掉的大多是脑子。会卖脑子的人的脑子都不会太值钱,但也足够他们过上好几年无忧无虑的生活。当然,他们换上的仿生脑应该也不会有"忧虑"这样无用的功能。K最开始可怜他们,现在却痛恨他们,正是他们的纵容,让批零公司以这样迅猛的速度控制了市场。

K也见到人工脑子过期失效后的某些人,因为没有钱升级设备,而恢复成了出厂设置的最基本功能。这个功能只有一天的内存信息，那之后他们的生命就只有一天的内容，不停重复，直到所有零件失效。

因为玫瑰开了花，所以 K 决定向 H 求婚，哪怕两人现在负债累累，哪怕自己已不再完整。但当他怀着一生最兴奋的甜蜜来到 H 家时，H 的第一个眼神就让他莫名不安。他们分开了一周时间，因为一个小小的口角。他已经记不起他们分歧的起因，只是当他用最神圣的姿势拿出玫瑰半跪在 H 面前时，他突然被 H 细白手指上的钻戒闪花了眼。

以这钻石的大小和光亮度，至少是 K 只闻其名却从未见过的"一个月钻"。

"我已经接受老 B 的求婚了。"H 冷清的声音像是落在他头顶的雷，而他同时也看见了 H 放在整洁茶几上的两张契约书。

"我已经卖了 M 区，你以后不要再来找我了。"H 说。

K 当然知道 M 区是什么。人脑被分为 3 个大区和十几个小区，M 区是记忆存储区，对于 H 这样的高级艺术评鉴大师（当然，现在的职业是接线员）来说，M 区是 H 身体上最值钱的东西之一，就算不去刻意抬高价格，也足够 H 衣食无忧地过一辈子——虽然也许她之后能做的职业也就只有用甜美声线当接线员了。

但她说到了老 B，她如果接受了老 B 的求婚的话，应该以后也不需要出来工作了……K 的大脑和独眼一时都无法正常运转，所以他用了很长时间才看清茶几上除了婚约之外的另一份契约：《子宫卵巢生殖系统的整套切换预约书》。担保介绍人是老 B。

这让 K 终于想起他们发生口角的原因。H 已经 38 岁，哪怕她的外表再迷人，皮肤再细腻，她也已经过了最佳生育年龄。越来越不正常的经期，让 H 担心自己很快会绝经，而 K 当时说的是"我们要不起孩子，没关系"。他没有留意到 H 脸上的绝望，他也忘了曾许诺要当 H 父母那样优秀的父母。那位从未露面的 B 很显然有门路给 H 换上一套青春健康的生育系统——那绝不会是仿生的，仿生品只能生出塑料孩子，那是传说中真品流向的地方。

由此可见，这位 B 必然是位大人物，是 K 永远无缘得见却掌握了经济命脉的大人物。也许 K 应该感激 H 第一个换掉的器官是记忆区，这至少说明她是因客观因素而忘掉他、抛弃他的。

一阵比刺鼻刺眼更猛烈的刺耳音乐惊醒了沉溺在记忆和伤感中、如行尸走肉般的 K。他无意识的脚步走到了市中心的批零公司形象广场。广场几乎一眼望不到边，种着假树假花，彩旗招展。中心喷泉的地方矗立着批零公司高耸入云的巨大标志。说"高耸入云"并不是夸张，不知从何时开始，云变得很低，像墨像痰像黏液，云里经常还会落下结石一样的酸雨，把所有自然人的皮肤腐蚀成癞皮。

K在喷泉边的长椅上坐下,沐浴在剪子、钳子、铲子交叠的大标志物上、亮闪闪的四角星的光芒中。一只假壁虎从他脚边蹿过去,他用脚尖踩住了它的尾巴。尾巴断掉,壁虎跑进了大理石的缝隙里。K提起那条尾巴,看着上面的条纹码。现在看来,批零公司的业务范围已经囊括动物界了,这个曾被批评"假得不走心"的地方也已经越来越逼真。恐怕要不了多久,这个世界的所有真品都会被换成这些仿生假货。

但是,真品到哪里去了呢?从被H抛弃这个事件得到的侧面信息,真品并没有消失,而是被批零公司严密收藏监控起来了,放在一个只有A、B、C、D这样的大人物才能接触到的地方。

K从手提包里掏出了他从未使用过的那颗假眼珠,装进了自己空洞很久的眼窝。一阵剧烈的晕眩让他差点从长椅上栽下去,在一阵啸叫般的耳鸣之后,他感到假眼珠迅速和自己的皮肤、血管、神经连接起来。他,作为一个高傲的知识分子,购买的是当时最新版本的高级眼珠,虽然今天必然已经有点过时了,但显然即插性能很好,短短两分钟之后,K已经能用他的假眼珠全新审视这个世界。因为两个眼球系统的不兼容,他必须把自己的原版眼珠闭上,睁一只眼闭一只眼看世界。

灰天黑云没有了,碧蓝高远的天空上白云朵朵,绿树繁花生机勃勃;跳操的大叔大妈们面色红润,姿态活泼;小孩子滑轮滑、放风筝;年轻恋人挽着手散步呢喃,在半隐约的丛丛万年青后热吻。广场的大屏幕上是批零公司趣味盎然的各类综艺节目真人秀。

最神奇的是,视觉改善之后,音乐也不再刺耳,空气中充满花香。看来他买的这个高级货兼容功能也非常不错。K闭着一只眼静静看着这个新世界,一种新的激情充溢在胸口,他开始在心底里盘算着最大利益化拆卖自己一身零件的顺序……他矫情地活了40年,点儿真背。

蝶蛹

人蛹进化

文 / 不暇自衰

1. 被打碎的盛宴

人群聚集在广场上，跟随高台上的首领呐喊，因为夜间的盛宴即将开始了。无时无刻不被饥饿与疾病折磨的他们都知道，每个月只有这时才可以放肆地填饱肚子，从而给予自己满足感以减轻痛苦，这个过程可以让人短暂忘记那些丛林深处恐怖的威胁，得到苟延残喘的动力。从生化武器泄露那天起，外面世界就抛弃了这座城市，甚至在边缘建设起隔离墙，杀死企图接近的每个生物。

他们能活到今天，都是个奇迹，首领宣称只有吃虫子才可以更久地延续生命，现在看来他是对的，所以有这么多人还存活着。

在繁华世界的人们眼中，安加感染区早已是禁地，是看不到希望的囚笼，如果病毒泄露出去，将有足够能力摧毁掉外界的和平与秩序。所以这里的人们是得不到救赎的，病毒无时无刻不在破坏健全的躯体，留下丑陋的外表和恶心的肿块，原本拥有几十万人口的城市在灾难中消亡，余下的数千幸存者在死亡边缘苦苦挣扎。

在绝望面前，发泄往往是最好的缓解情绪的途径。

猎杀来的虫子被堆放在一起，巨大的肢节和肉块流淌着粉红色的血液，篝火燃起了几丛，用来迎接天黑之后的狂欢。还具备活动能力的人都有资格参与其中，而那些濒死者则会和虫子一起被扔进火堆，成为食物是他们最后的价值。

但今天，广场中央的木架上多了样"东西"——那是一个女人，来自外界，在昨天的集体狩猎中被抓住，然后成了盛宴的祭品。她被绑在木头上，浑身都是发黑的血迹，但是脏污之下身体正常，皮肤白皙，没有病毒导致的癌变特征。等到黑夜来临时，首领会亲自将她推进火焰中，让这个女人去忍受他们才能感受到的痛苦。

是啊，每个人都很痛苦，都在仇恨外界拥有安稳生活的人类，这场灾难绝非他们所造就，却让他们来承受失去亲人、失去自我的代价。久而久之，每个人都对外来者抱有敌意，如果发现了墙外进入感染区的人，他们会用尽办法抓住，然后在火焰中观看这些家伙的挣扎和绝望。

女人看起来却很平静，她脸上缠绕的纱布散落了，深到露骨的狰狞伤口流淌出新鲜的血液，就连转头这个动作都能带来巨大的疼痛。此时她盯着快要落山的太阳，一动不动，就像是在等待着什么，在感染区的时间里她失去了太多太多的东西，到了现在终于要付出自己的生命。

但是她不觉得后悔，那些重要的信息都传达了出去，自己没太多存在的意义了，只是有些害怕而已。

就在这时，她看见了藏在人群中的那个瘦小身影。

"你来了。"女人发出了微弱的声音。

天边的光芒正在黯淡，人群逐渐躁动，而站在最后的那个全身包裹着虫壳的少年，却露出了与氛围格格不入的表情。发现女人的位置之后，他抽出了腰间的刀，先插进最近几个人的身体，然后在温热的血浆迸发之间奔跑，冲向被火光照亮的高台。

"Kreca-C 起作用了，可惜你不能变为原生体，还差了关键的东西。"

首领发现了异样，他挥动布满肿块的手臂，许多人听从他的命令拦截而上，少年拼命抵挡，但他还是太弱小了，很快就被人群所淹没。棍棒打在他的身上，锋利的武器划开了外部的虫壳，在皮肤上留下伤痕，他睁开了青绿色的眼睛，死死地盯着高台，发出了尖锐的吼叫。

难以置信的情况发生了，少年的左臂爆裂开，两根肢节从中分出，这个过程没什么痛苦，只是有大量黏稠的棕色物质散落。所有人都被这一幕惊吓，趁着这个机会，他用新生的肢节划开了面前那人的喉咙，迅速从人群中钻了出来。片刻的寂静之后，终于有人开始叫喊：

"他是虫子！"

"快点杀了他。"

首领拿出步枪，扣动扳机，他的右眼眶里也有肿瘤，这影响了视线，所以子弹只击中了几个无辜的人，却让少年逃了过来。首领又怒骂了几句，他看到恐怖的身影已经袭来，属于虫子的肢节划开了他的胸口。

"你这个叛徒。"首领捂住渗血的伤口，触碰到自己即将掉落出的温热内脏。他还想继续开枪，但少年已经将他扑倒在地，张开嘴，用锋利的尖牙刺进他颈部的动脉。

解决掉首领，少年捡起枪跑向女人，撕开了捆绑她的绳子。

女人接过枪，伸出手按在他的头上，想要微笑却被伤口所影响，所以她用很勉强才发出的声音说道："往墙那边跑。"

而身后，人群蜂拥般围了上来，女人扣动了扳机，强大的后坐力让她向后倒退，弹夹里的子弹飞速消耗完毕，面前留下一堆尸体。少年始终抓着她的手臂，两人跳下高台，奔跑过广场，穿越陷入黑暗的巷道，最后一头扎进茂密丛林之中——那里面是虫子的领地。

天黑了，城市的幸存者害怕这种黑暗，纷纷停下脚步，迟疑了一段时间后，大部分都退了回去，因为许多大型虫类都在夜间活动，弱小的人类往往会是它们最好的捕食对象。用不了多久，这几千个幸存者很快就会选出新的首领，继续在他的带领下挣扎求生，但是体内癌细胞的扩散终究会在某一天抹杀所有人的生命。

依然有几人拿着武器追了上来，他们不打算放过这两个真正意义上的罪人，成熟的猎手不会畏惧陷入黑暗的丛林，更何况他们预料到了将来可能出现的威胁。

少年拉着女人的手，竭尽全力奔跑，那属于虫类的肢节折叠了起来，被布条包裹住。他对身体的变化感到茫然无措，这样突破常规的局面，让年龄不到15岁的他变得狂躁。

"我跑不动了。"女人停了下来，蹲下来喘息。在痛苦和劳累的双重折磨之下，她有种快要晕倒的感觉。

"我去杀了他们。"少年说。

"你……你真的能杀了他吗……他需要解脱的……"女人刚伸出手，却又放了下来，靠着一棵树，几十秒后就进入了沉睡状态。

她往少年身体里注入了新的东西，让他体内失去控制的细胞染色体得到修复，同时嵌入全新的基因。但是这还不够，还没能让他完成真正意义上的蜕变。本来她不准备做这些事情的，只是在缺乏容器保存的情况下，病毒原液会很快失活，此前她发现了这个即将死亡的少年，于是将剩下的原液全部给他注射进了体内。

她以为可以见证新的原生体出现，可惜没有，因为时间太长，大部分病毒显然都失去了作用，这将导致变化的过程会因为和自身免疫系统以及体内其他病毒的影响迅速减慢，乃至停顿。

在梦里，女人看到了她念念不忘的人，如此真实，让她产生了些许的迷恋。这不是好现象，代表着神经中枢在被病毒影响，如果继续发展下去，她也会变得和那群幸存者一样丑陋，然后在痛苦中死亡。

"你听我说……"

她睁开眼睛，发现面前的影子是被鲜血笼罩的少年，看来他达成了目的，已经除掉了敌人。

"听我说……"女人双手抓住了少年。

少年后退了一步，用青绿色的双眼看着她。

"我没法带你出去。"女人大声说着，脸上流下的血液染红了残破的衣服，"安加感染区的核心会出现一只巨大的虫子，你要想办法杀死它，吃掉它，在那之后我就会来接你。"

"好。"少年点点头，没有任何犹豫。

得到他的答复后，女人从恍惚的状态中回过神，这才意识到自己做了些什么，可无论对与错，她都没时间犹豫了。

接着，两人继续向感染区外围的隔离墙前进，没有谁能知道他们将会面临什么，也许下一秒，就会有虫子跳出来轻而易举地夺取他们的生命，但女人还是在生存概率很小的前提下，决心利用一切条件埋下这个伏笔。她不会放弃任何一个机会，为了达到目的，她甚至可以抛弃自己的全部。

女人的心很早以前就死了，维持她活下去的，不过是别人的遗愿而已。她想起了几天之前和那个男人躺在洞穴之中，当时尸体烧焦的气味在空气中弥漫，这个队伍仅剩的两个人陷入了最深的茫然。

最终，她深爱的那个人做出了改变未来的决定。

望着天空的繁星和圆月，女人虽身体虚弱，但思绪却前所未有地清晰，这个计划没有回头的可能了。

"再见，我会帮助你解脱。"

2. 虫子

李蒙用几个月的时间，创造了一个梦境。

一个虚假的、不切实际的世界，但他却愿意将自己深埋在其中。因为内心的执念在告诉他，这梦是完美的，无论是其中明媚纯粹的天空,还是充满了生命的大地,都由那些遥不可及的事物所构成,那是绝望之中安慰心灵的药剂,也是唯一能让李蒙产生快乐的地方。他从某天爱上了这里的一切,爱上了这里的山川和湖泊,还有繁花野草,而且他还想去那栋位于远处山脚的小房子,它是那么小,那么洁白,那么让他充满期待。

李蒙相信白茵就在里面,她会倚靠在窗台上用温柔的目光远眺,她的手上会戴着订婚戒指,她在等着他到来。

这梦里没有纷争和疾病,没有一切生活所担忧的事情,李蒙想永远留在这里,就算只是一缕残魂,也心甘情愿在此游荡。可惜他不是一位虔诚的唯心主义者,现实的压迫终究会让这一切破碎,让他从深夜中惊醒,让他在思绪纷扰间开始自我否定。

正因为如此,黑暗中的他睁开眼睛,然后坐了起来,低着头沉思。耳边能听到属于白茵的平缓呼吸声,拉开帐篷的拉链,透过狭小的缝隙,外面深蓝色的天空之中,还有几颗明亮的星星在不停闪烁。

安加感染区的第一夜,如此平淡安逸,其他人话语中的危险显得很遥远,但李蒙知道这不过是种安慰,在曾经的战争年代他也抱有相同的想法,以自欺欺人的方式安抚心灵,所以才会和白茵再次来到这里,仿佛一切都是宿命。

他穿上衣服,钻出帐篷,外面的空气很清新,四周尽是昆虫的鸣叫,淡淡的植物香气弥漫着,这都是属于自然的气息。

现在整个世界是黯淡的，只有东边的山川边缘露出微弱的光晕。李蒙拿出地图，发光的屏幕上，他们所处的位置正有个红色圆点。

安加感染区是没有网络信号的，只能接收卫星定位。

为保险起见，他到外面巡视了一圈，发现篝火熄灭了，失去光芒的木炭散落开，烧灼了周围的草木。这不是一件正常的事情，李蒙走上前，从口袋里抽出枪，打开了手电。强烈的白光照亮了四周，他扫视了一圈，没有发现值得注意的地方。但是在紧绷的神经即将松懈的时候，左侧传来了枯叶摩擦的声音。

他立刻转身，只看见镶嵌在角质外壳之上的那6只硕大的眼睛正在反射出的光点。这只虫子摆动了几下触角，背后的翅膀扇动，伸出前肢，直朝着李蒙的方向飞来。手枪的扳机立刻扣动，击中了这只昆虫的头部，粉红色浆液在外壳爆裂破开后流出，它坠落下去，在地面不断颤动，这破损的身躯显然还有很多的活力，看来需要等上一段时间才行。

"发生了什么？"帐篷里传来白茵的声音，有些沙哑，可能是昨晚的低温所致。

李蒙蹲下身拿出匕首刺了几下，再将它放在鼻子前闻了闻，然后说道："没事，一只虫子，已经死了。你继续睡一会儿吧，我会准备好早餐。"

"嗯。"白茵应答的声音传了出来。

等虫子消停之后，他开始认真地观察尸体，感染区大部分动物都有很糟糕的外貌，病毒让不同生物的基因混杂在一起，最终诞生了许多外界难以想象的东西——总之他更习惯将其统称为"虫子"。这东西体型相当于小型犬类，头部是坚硬的外壳和退化的触须，身躯背部覆盖着一层很薄的绒毛，与头部相接的地方是翅膀的结构，而两侧是甲状外壳，底下则是四对肢节。

值得一提的是，它是有内骨骼的，这是与外界昆虫差异最大的地方，而且四肢表皮下的肌肉结构很像爬行类动物，这东西看来具备了多物种混合特征。李蒙继续划开它的腹部，内脏随着粉红血液掉落出来，完整的脊柱出现在眼前，它的每一节还连接了细小的肋骨。有个细节和他所想的一样，这虫子有比较完善的肺部，所以能支撑起现在的体型。

对于研究这些东西，白茵比较擅长，毕竟在战争之前她学的是生物学专业，而李蒙则只是显得有些好奇而已。他还想继续探究这虫子是否能吃，但看久了觉得恶心，所以找个地方用手挖出小坑将它埋了起来。

李蒙重新燃起篝火，将装满水的折叠式金属盒放了上去，开始准备起今天的早餐。背包里有压缩食品，只需要泡在热水中自然膨胀散开即可，不过他还是加了一些植物根茎，好添一些味道。按现在的速度，带来的高压缩食品节约一点的话能支撑十多天，就算到达感染区中心点再返回也没有问题。

半个小时后，天亮了起来，铁盒里食物的香气混合着水蒸气扩散，帐篷里也有了动静，白茵准备起床了。

此时淡薄的云层在天空形成，斑块状的云朵顺着风的流向铺满天际，在穹顶的下方，则是完全被树木覆盖的山峰。但如果把视线转向西边，那里的城市废墟正冒出几道黑烟。安加感染区在大战后是被整个世界抛弃的地方，它包括一大片原始丛林和一个小型城市，外侧是 400 多米高的带电隔离墙和长 1 000 米的防御带，有几万部队官兵驻守在附近，各类武器系统全天保持运行，基本不会有任何感染生物能飞跃过去，通过这种方式，可以有效阻止病毒传播扩散。

那座城市里的原住民更加凄惨，他们每个人都被恶性肿瘤折磨，还面临着各种虫类的威胁，但是外界不允许他们离开这里，将危险的病毒传染给正常的人类社会。李蒙尽量避免接触他们，这些人早已经丧失理智及大部分人性，他理解这种感受。

两人来到这里也是基于这方面的原因，而另一个理由则是：受某个生物科技公司的委托，最终目的是到达中心区，杀死安加王虫，获取它的血液，装在指定容器中带回去。在来之前，大部分人都告诉李蒙这是场冒险，可他没得选了。

……

"你说的那虫子呢？"白茵掀开帐篷就问。

"早就处理掉了。"李蒙回答道，然后忽然想起了什么，"你吃了药吗？"

白茵走过来，端起一碗汤，叹了口气说："我比你记性要好。"

李蒙嘴里嚼着肉块,听到她的话立刻笑了起来。他知道白茵想要去研究这些生物,也就是虫子的尸体,以前在战争时期许多伤员的救治和伤口处理她都参与其中,可惜她不是个正儿八经的医生,只是和她那已失踪几年的哥哥一样,都热爱生物学罢了。

所以,收集虫类的信息也是她的任务。

委托方提供的高精密武器,杀伤力很强,可以自动瞄准并且后坐力极低,不过耐用程度远低于老式步枪。说实话,李蒙还不是很习惯,所以他身后挂着的永远是战争时期经典的步枪型号,虽然后坐力高,但是很耐用,没有子弹的时候装上匕首就可以变成新的武器。

他现在手里这家伙显然不行,太复杂,所以容易损坏。它的外部装备了很多仪器,枪身是比较轻的钛合金,在电量充足的情况下甚至可以实时分析目标数据,然而背包里没几块高能电池,所以这些花哨的功能一般都不会开启。但对白茵来说这种枪械却很适合,无须任何高复杂度的技巧,也无须专业训练,瞄准加扣动扳机就能杀伤敌人。

步枪调整完毕后,李蒙站了起来,开始在电子地图上标注新位置。等两人一起吃完早餐,就要踏上新的旅程了。

3. 原住民

目前发现的虫类攻击性都不强，但还是足以让人警惕。进入感染区有一段时间了，李蒙还是难以适应它们的外貌和超出外界生物太多的体型——虽然在战场上看过了太多血腥恐怖的场景。另外，趁停留的间隙，白茵已认真地解剖了一具虫尸，这只虫子的四对足上存在刺吸式口器，可以附着在其他生物的身体上，释放化学物质溶解血肉，再吸取进食。它差一点就扑在了李蒙身上，还好他反应及时，躲开后用手枪解决了对方。

两人处在城市附近的森林里，李蒙打算从外围绕路，他认为拥有武器的人类绝对比虫类更有威胁性，启程之前就有人这样提醒过他。

"它同时具有等翅目和蜥蜴目这两种来源不同的纲属的特征，我实在想象不出染色体是以什么方式结合的。"一旁正在解剖的白茵收起了工具。

"你推断出了什么？"

"没有。"白茵摇头，"只觉得可能和之前得到的资料有差别，这些生物的变化，可能不是跨物种基因传播那样简单。"

"赶紧走吧，附近城市的居民可不欢迎我们。"李蒙决定提醒她。

"再等我一下,马上……"

日志写入成功,并且将拍摄的图片存档,白茵站了起来,舒展着身体,看到李蒙果断丢下她已走出一段距离,赶紧跟了上去。她也是恐惧的,研究这些生物更多是为了转移注意力,不让自己产生过多的负面情绪。原始丛林本就不是人类所居住的地方,从来到这里的第一天起,她就觉得自己和李蒙是黑暗中迷失了方向的飞蛾,正在不知不觉间扑向烈焰。

砍断面前的树枝,许多手掌大小的虫子振翅飞向其他地方,李蒙拍掉即将降落到自己头上的一只,转过头看着身后努力钻出灌木的白茵,随口问道:"你这几天有些奇怪。"

"你也一样,"白茵反驳,"这几天你都没怎么理我,所以说那个女人到底对你说了什么?"

"没什么,她对我说的,就是你都知道的。"

"我不信。"

李蒙听后没有回答,他很佩服白茵转移了话题,不过也好,那些源于环境所产生的压抑情绪得到了一些缓解。已经到了这个时候,他不在乎白茵会隐瞒什么,毕竟他也是带着其他目的,所以没什么好深究的,反正如果一切都结束,或者说有那个可能……任何事情都会解决。

"你不说就算了。"白茵也决定不计较,跑了几步抓住李蒙的手臂,掌心传来了一些温热,她安下心来。

两人继续向目标点前进，入目所见都是茂盛的植物和怪异的生物，照白茵的话来说，它们都很符合环境适应的结果，只不过基因突变的频率很高。看着她一本正经地说了一大堆，李蒙敷衍地应答着，他没想到以前大多数时候都异常安静的白茵，来到这里以后会改变自己。但是他不觉得开心，因为这不是好现象。

至于原因，他比谁都清楚。

耳边的声音还在回荡，李蒙并不觉得厌烦，他左手握得更紧了一些，白茵很快便察觉到，于是看着他笑了起来。

"这是什么气味？"白茵察觉到了异常。

"尸体的味道，以前闻过一次。"

"会不会是虫子？"

白茵松开手，向前探了几步，压倒一排树枝，更加刺鼻的气味出现了。地面上出现了深坑，底部铺满了朝上的削尖的木头，而旁边是被树干顶起的、绑着石块的木板，最让她移不开眼睛的，是坑底的人类尸体碎块。尸体表层已经发黑膨胀了起来，很多小虫子聚集在周围啃食。

"这是捕捉大型虫类的陷阱，附近可能有敌人。"李蒙遮住白茵的眼睛，平静叙述道。

"怎么办？"她问。

"继续走。"李蒙观察着周围的环境，确认没有异常，所以立刻离开是最好的选择。

一根长矛突然投射过来，刺进了李蒙旁边的地面，随后树丛里传来了沙沙响声，几个人拿着各种木制武器出现了，而为首的端着步枪，身材高瘦，皮肤是不健康的白色，喉部有突出的肿瘤。他瞄准了李蒙的头部，在看清了两人的模样后，喊了起来："不是虫子，是外面的家伙！"

"让我们过去。"李蒙在长矛落地的瞬间就掏出了枪。

"别想！"对方的表情变得愤怒，事实上所有人都是如此。

"你们都是罪人，该受到惩罚！"

气氛僵持了很久，白茵想摸腰间的手枪，但为首的男人立刻将她瞄准。注意到李蒙传来的眼神，她决定放弃多余的举动。这伙人只有一把枪，白茵觉得自己这边是占优势的，可她有些看不懂李蒙为什么不动手，为那一点危险的可能性就犹豫了？曾经在战争时期，他可是冲动得命都可以不要！

旁边的几个男人拿着木制武器缓缓靠了过来，白茵后退了一点，用余光看了一眼李蒙，试图激发他做些可能的小动作，却没能得到什么暗示。看着对方越来越接近，她还是深吸一口气，突然蹲下身去。与此同时，李蒙趁对方注意力被转移在瞬间开枪，子弹迅速穿透了瘦弱的身躯，而白茵也几乎同时抽出手枪，扣动扳机瞄准向她扑来的男人。

"一个都不留。"她听到了李蒙的声音，对着前方扣动扳机，直到弹夹中的八颗子弹耗尽。

惊险的局面就这样结束了，李蒙本想等待其他机会，但很显然白茵比他更急切一些。

血腥气息弥漫，敌人全部倒在地上，有些还在挣扎，被李蒙走上前射穿头颅。他捡起掉落在地上的那支到处是划痕的步枪，拆下弹夹后，里面只有两颗子弹。原来这伙人之所以用长矛攻击，是因为弹药有限。

这之后，李蒙注意到地上有个布袋，他捡起来，感觉有些沉，里面大堆的东西相互碰撞，发出凌乱的声音。李蒙将它撕开，杂物掉落，多数是首饰之类的贵重东西，不过还有一张泛白的卡片，他还没来得及做出反应，白茵早已捡起，盯着上面的信息发呆。

"有什么？"

"哥哥……"她喃喃自语。

李蒙绕到她身后，看到了卡片上隐约的信息，虽然人物的照片完全模糊了，但是在残存的文字中却还是可以发现一个人的姓名——白沐。

他听说过这个人，不止一次，白茵总会跟他说起自己失散的哥哥，两人学习的是相同专业，差别是白沐的天分很高。李蒙在还不知道白茵是谁的时候，就已经在新闻上见到科学界小有名气的白沐了,可惜白沐在战争开始之前就失踪了。但如今,携带着他的身份信息的卡片却出现在安加感染区,那至少代表着他可能来过这里,当然更大的可能是白沐早已死亡。

"他果然在这里,我们得去找他。"白茵将卡片放进口袋,抓住了李蒙的手臂。

"如果有多余的时间……"李蒙脑海里闪现出一些之前的细节,"我会尽力的。"

4. 地表以下的威胁

第四天下午,森林变得炎热又潮湿,这是虫类最活跃的时候,几乎从所有方向都可以听到嘈杂的鸣叫声,抬起头还能看见一种接近手掌大小的黑色昆虫成群结队地在半空飞舞,就像是外界随处可见的小鸟。然而由发声器官快速震动形成的嗡嗡声却在说明着它们的异样——拥有社会习性的昆虫,也只有在这里才存在。

李蒙用步枪杀死了几只,白茵负责解剖和记录,因为没有网络信号,所以无法上传到互联网。在他的眼里,白茵所做的都是些无用功,但如果可以驱散面对未知的恐惧,那就是有意义的。

他的目光看向更远处,这些天许多常规的认知都被打破,安加感染区不存在其他的生物类群,和外界不同的是,这里的"虫子"具有和哺乳动物相同的呼吸系统,有一部分甚至体温是恒定的,绒毛和外壳夹杂在一起。在外界的描述中,它们是在某种未知病毒作用下所产生的全新生物,只是大部分种类外表类似昆虫。

这感染区中每个生物都是病毒的重度感染体,它们的基因变化极快,所以能在几年时间内构建起怪异的生态圈,每个来到这里的其他生物都会被感染。所以李蒙是有备而来的,他携带了委托方提供的武器设备和药物,以保证他和白茵的安全。

他知道,是大战中期生化武器的泄露,导致了这样的异变。

身后的背包很沉重,里面装了绝大部分东西,李蒙走到现在已有些累了,他看了一眼白茵,发现她脸色苍白,这是身体流失盐分所产生的影响。注意到已蓄了半格的空气取水设备,李蒙将它从背包侧方取出来说:"先休息,吃个午餐。"

白茵没有说话,接过倒满的水瓶靠在树上喝,因为太过急切,不小心被呛了一下,咳了几声。

"以后如果很难受,就直接告诉我,耽误一些行程没有关系。"李蒙拍着她被汗水浸透的后背,笑着说。

"嗯。"白茵过了很久才缓过来。

决定休息后，两人生起了火，开始处理压缩食品，也将帐篷布平摊在地上。白茵先躺了上去，长舒了一口气。地面上的枯叶很多，李蒙收集了一大堆放在底部，这样睡在上面会好受一些。但是在这个过程中，他发现很多枯叶和掉落的枝干被丝线粘连在一起，下方有许多洞口，拿手电照射可以看见里边有昆虫的触须——它们都有野兔大小，蜷缩在深处，看起来没什么危险。

他没想太多，做好事情，确认了支架上的铁盒的稳定性，然后就躺在了白茵旁边，看着上面的树冠发呆。空气中有些汗味，是属于他们两人的，不是很好闻，原本战争时期什么肮脏的地方都去过，现在又仿佛回到那个年代了。李蒙记得当初第一次穿越安加感染区外侧的时候，他和白茵也是这么躺着的，不过她穿着看不清颜色的医护服，而李蒙穿的是破破烂烂的灰色军装，两个人靠着同一棵树，睡得也很舒服，因为当时可是难得的没有死亡的威胁压在头上，部队里的所有人都很放松。

谁又能想到这一天呢？经过多年，又回到了起点。

"这里是个睡觉的好地方。"李蒙闭上眼睛说。

"是啊，好安静，我能睡一会儿吗？"

白茵低声说着，很快呼吸也平稳了下来，看来她是真的很累。李蒙却坐了起来，揉着眼睛打量四周，他认为这里有问题，但又说不出原因。在战场上求生的经验，让他有了许多比较准确的直觉。仰望头顶方向，那些长着透明翅膀的生物密密麻麻地附着在树干上，就像外面的夏蝉一样，可是这些家伙身体外侧是发亮的硬壳，和甲壳虫没太大区别，头部却有用于呼吸的鼻腔。

尽管数量很多，但看着它们在用口器嚼碎树干内部的纤维质，就觉得没什么危险性。

过了很久，李蒙才回想起之前发现的东西，他干脆拿枪站了起来，走到附近，用腿踢开表层的枯叶，打开手电照射洞穴内部。里面的生物被光照射后，向内缩了进去，它们是畏光的，这说明它们极有可能是夜行生物。

他想把白茵叫起来，刚做出动作，却又收回了手。

算了，反正待会儿就离开。

李蒙叹了一口气，先把土盖上去熄灭了火，又将铁盒连同里面正在膨胀的食物封闭住。做完这些之后，他躺了回去，眯着眼睛但精神却努力地保持集中，这里可不是人类掌控的世界，肉食性的虫类很有可能出现在周围，所以他需要在未来的一个小时内保持警惕。

"Kreca……无含义……"

在安静的氛围中，白茵突然很小声地说出了什么，在李蒙的听觉还未捕捉到时，她就睁开眼睛，迅速坐了起来，额头上冒出好多汗，像是受到了巨大的惊吓。在确认自己所处的位置以及周围的环境后，她才平静下来。

"做了个噩梦。"

"什么内容？"

"记不太清了，总之……我们走吧。"白茵说着，开始整理东西。

"天就要黑了。"

李蒙隐约有种危机感，他迅速收拾好了一切，然后背上包打开地图确认坐标。到这时，白茵也发现了那些洞口，她走上前，掀开地表的枯枝败叶，将手枪对准内部的生物扣动扳机，一声轻响过去，白茵把手伸了进去，将里面的东西整个拖了出来。

很快，她就后知后觉地感到了恐惧，缩回手臂捡起树枝去拨动着：这个生物的上半身是坚硬的外壳，此时已经因为被子弹穿透而裂开，两对明显用来掘地的前肢呈现出漆黑的颜色，而口腔才是最突破想象力的地方，无数的牙齿密密麻麻地分布在内壁，喉咙附近却有一个有两对肢节组成的捕食器官。

它还没彻底死去，附足后半截身躯卷了起来，两侧长满的黑色附足呈波浪状摆动。

"帮我压着它。"白茵提醒道。

李蒙走上去，用树枝压住了生物的肢节，然后白茵用匕首从生物的身体正中心刺了下去，它顿时挣扎起来，卷曲的尾部突然弹开，直接打在了李蒙的脸上，但随着白茵用刀准确刺入脊柱，它的力量就消失了，整个软了下去。

"你嘴唇出血了。"

"没事……"李蒙压住嘴上的伤口，刚才那一下有些力道，但还不至于有太大杀伤力。

几分钟过去，生物被白茵完全分解开了，粉红色血液流了一地，内脏也被她抽了出来，看着肠道内部的食物残留，白茵强忍着恶心，用手指捏了一点，大脑里在回忆着曾经所学的知识。其实她早就忘了大部分，大战期间的医护经历占据了脑海中绝大多数位置，现在的白茵深知自己连普通的研究者都算不上，但是基础的分析她还是了解的。

"它是杂食动物，夜行性，声音辨位。"

她指着生物头颅上严重退化的眼睛，然后再让李蒙看前端骨骼内的空腔，至于肠道之类的恶心东西全都丢到了一边。

"我们必须在天黑之前离开这些生物的领地。"白茵得出了结论。

李蒙的猜测得到了实际验证，现在的时间是下午5点左右，他们必须在一个小时之内走出这块地方。于是两人加快了速度，穿过各种植物的阻碍，也将目标地点向感染区更内侧移动了一段距离。然而，随着时间的流逝，李蒙发现地面下的生物洞穴始终都有分布，他紧握着白茵的手，开始焦急起来。

终于，天边的光芒微弱成了深蓝色，周围那些细微的动静开始出现了，地面的枯叶开始涌动，他听到无数划动摩擦的声音在响起。那些昆虫钻开了表层的枯叶，先将硕大身躯的大半部分探了出来。那些原本成群待在树上的素食生物也意识到了什么，它们全部飞了起来，黑压压的一片，朝远处离去。李蒙扣动扳机，在液体的飞溅中，两人越过前面的尸体，勉强在黑暗中认清方位，尽力奔跑。身后隐约可以察觉到有大量昆虫在聚集，它们没有发声器官，利用上半身的几对足在丛林中快速行进。

地面的环境不算复杂，由于这种虫子活动的缘故，很少看到灌木和藤蔓——李蒙突然想到，有这些植物的地方，应该就是相对安全的区域。他注意着白茵的状况，长时间的奔跑导致她呼吸急促，带着一些痛苦，可是脚步不能停下，否则将被这些虫子淹没。

附近突然传来了机枪的声音，李蒙扶住白茵向着声音的方位看过去，那里出现了细小的枪口火光。距离很遥远，要穿越这么多昆虫不太可能，于是他随手将背包扔到一边，将白茵背了起来。她的意识还是清醒的，趴在李蒙背上，努力换着手枪弹夹，然后开始清理前方出现的虫类。失去了背包这个重物，李蒙的速度提升了一些，终于，他看到了低矮灌木繁茂的区域，毫不犹豫地扎了进去，脸上被锋利的树枝划出几道血口。

周围的动静随着距离的拉开而变得稀少，李蒙满身都是汗水，大口喘息着。白茵拽了一下他的头发，说："放我下来，我好多了。"

"先等危险解除。"李蒙回应道。

但他刚踏出一步，就被藤蔓绊住了小腿，失去平衡摔倒了，灌木内部竟然是凹坑，导致李蒙无法控制身体，继续向下翻滚，而白茵被他及时松手推开摔落在一边，额头碰在了岩石上。看到这一幕，李蒙疯狂地想要抓住附近的物体，然而传来的却是数不清的断裂声。脚下的大地也消失了，在即将落入洞穴的瞬间，他双手终于握住了粗壮的藤蔓。

顾不得手心的疼痛，他大喊着："白茵！"

"我在！"

她的声音让李蒙松了一口气。片刻之后，白茵出现在他面前，拉起了那根藤蔓，拖拽着他开始上升。

李蒙睁开眼睛，借助微弱的光芒捕捉到白茵额头的伤口，深色血液正顺着鼻梁滴落，随后一连串地落在他衣领上。看到此种情景，李蒙咬紧牙关，可还没来得及做出其他反应，向上的力量却消失了。

时间仿佛都因此而变得缓慢，白茵闭上眼睛朝着前方倒下，双手松开了藤蔓。很快，她的身体也坠落了下来，跌入李蒙的怀中。大量断裂声响起，两人一起陷入了更深的黑暗。

5. 实验室

意识恢复的时候,上方可以看到被植物分割的天空,繁星依然在闪烁。李蒙浑身疼痛,胸口更是有湿润的感觉。他努力撑着身体坐起来,白茵趴在他身上,额头流出的血在李蒙胸口沉积了下来,留下黏稠和冰冷。幸运是,她仍旧有呼吸和心跳,身体的温热也正不断传递给他。

手臂上传来刺痛,一只虫子正将口器刺入李蒙的皮肤,腹部因为充满血液而膨胀了起来。他很快将它拔出来,碾碎头部,甩到一边的蕨类植物上。看着出现紫斑的手臂,李蒙感觉手臂皮肤已经麻木了,必须用很大力气压下去,才能产生微弱的痛感,不过好在没有影响到正常活动。

他的背包在跑的时候被扔到了一边,而白茵的还在。李蒙打开她的那个背包,从里面取出药物,借着手电的光芒看上面的文字。随后,他将白茵平放在一边,拿出了注射器,将容器中的药液全部吸出,准确地刺入白茵的手臂静脉,然后坐着等待她苏醒。

做好这些,李蒙无力地向后靠去,没想到身体的撞击却传来了属于金属的声响。愣了几秒后,他意识到了什么,用手电照亮了身后,那属于战前敌对国家的标志出现在生锈的金属板上。

清理掉四周的植物，发现这是一扇大门，旁边有生锈的门锁，上面有密码混合扫描识别的区域。李蒙拿着枪托砸上去，它竟然奇迹般地亮了起来。

"验证失败。"失真的电子声响起。

外界很危险，那些虫子可能会来到这里，如果是在坑底，短时间连逃跑的机会都没有，况且白茵还是昏迷状态，他得想办法进去。李蒙不断尝试着输入数字，可都是失败的结果。他放缓了呼吸，让自己冷静下来：用步枪破坏肯定不行，门比想象的要厚，而且结构复杂，这里毕竟是战争年代的产物，应该是个实验室。

"不行，进不去！"李蒙狠狠地砸门。

"等等……"

他想起来了，白茵捡起的那个卡片！那是她哥哥的东西，或许可以通过验证。李蒙立刻转身，从白茵的口袋里翻出了身份卡，把它紧紧地贴在门锁上。

"验证失败。"

李蒙收回手，将身份卡反反复复地看着，又抬起头注视那布满锈迹的门锁。他脱下外套，用它擦拭识别区域的表面，做完这些之后，拿着身份卡又按了上去。

"验证通过，编号 HX546G，白沐。"

终于，随着光点变为绿色，机械运作的声音传来，门很快就打开了，内部走廊的灯光也同时亮起。李蒙收好身份卡，抱起白茵走了进去，身后的大门又缓缓地闭合起来。他知道，现在暂时安全了，至少不需要担心夜间的虫子。

空气中有些刺鼻的气味，李蒙顾不得那么多，他奔跑着找到一个有床的隔间，将白茵放在上面，从旁边柜子里扯出比较干净的被子，盖在她身上。做完这些，他发现地面上散落着一些资料，于是捡起来翻阅。都是些看不懂的公式和符号，只有底部的备注，他还能理解部分含义。

"蜚蠊目基因插入 AAVS1 位点失败。"

"试验体存活时间 27 小时，样品分析结果为……"

"原生体状态稳定，缺失信息素的接收器官。"

……

看着这些东西，李蒙感受到了信息量的巨大，他想要从中获取更多的信息，可是房间里只有寥寥几张。再次确认白茵的状态后，他走出去，开始收集其他的资料。在走廊上探索了一段时间，先前那气味的来源就确定了——转角处有一具高度腐败的尸体，死于头部的伤口。李蒙注意到他右手的枪，直觉告诉他，这个人自杀的可能性很大。

在还没搞清楚缘由之前，后知后觉的恶心感出现了，这气味太难忍受，李蒙只能捂住鼻子，拆下尸体身上的一些设备。

这个人身上所携带的装备和他的几乎相同,无法知晓对方经历了什么,至少目前的死亡就是他最后的归宿了。很多纸质文件散落在地上,曾经完全被尸液浸泡,失去了阅读的价值。

清理掉那些设备上的深棕色污迹,他回到房间坐在地面上,打开尸体身上拿来的通信器,发现里面有两段录音。李蒙将声音调低,然后点击在最新的那条上。

"没人可以从这里出去……都是些骗子……"

"今天,我看见了王虫,它很美,难以接近。玛多想要继续深入安加的核心,去探索废弃的养殖场,样本很重要,可以换来巨额佣金。可是我后来看到他断成两截的尸体,就在漆黑的通道里……我觉得我没能力走出去了,救援不会到来,我很畏惧,很后悔……"

"希望谁可以看到这份留言,如果你为了钱而来,尽快放弃是最好的选择,这不是好做的生意,我们太贪心了……活该承担后果……再见……"

听完之后,李蒙隐约明白了这里曾经发生的一些故事:死者的声音听起来很年轻,他们这些人当初来到这里,并经历了失败,作为幸存者,他选择了放弃生命。李蒙早就猜测到自己和白茵不是第一批人,现在得到了证实:在他们之前,有很多人来到这里,甚至都是抱着相同的目的。

那么,有人成功吗?李蒙思考着,给出了否定的答案。因为如果有，就不会再找上他了。

回到房间，白茵还没有苏醒的迹象，李蒙本想去这个实验室的其他地方看看，却发现走廊的尽头是倒塌的岩石。透过缝隙，隐约可以看见内部有许多试验仪器，还有被困在玻璃隔间内早已死去的动物，想要进去肯定会花费大量时间，李蒙不想继续探索，因为他很疲惫。

他掰下一块坚硬的压缩食品含在嘴里，坐在床边的地面上，查看捡到的通信器里的剩余信息。目前来看，死者所在的队伍总共有5个人，在他自杀之前，有3人已经死亡了，剩下的一个在进入核心区之前因为遭到虫类袭击而失踪。李蒙联想到掉入实验室之前响起的那声枪声，然而根据尸体的腐败程度来看，两者间应该没关系。不过作为拥有相同目的的幸存者，是存在合作可能性的，可惜李蒙不信任外人。

白茵的咳嗽声突然从旁边传来，她双眼盯着天花板，下意识地将手按在额头上，那里有刚绑好的纱布。

"这是在哪儿？"

"在之前被废弃的实验室内，我们运气很好，可以休息到明天早上再出发。"

听到李蒙的回答，她松了口气重新躺下，脸色比先前更加苍白，胸口微微起伏着，残留的血迹在被子上逐渐干涸。他想要伸出手去抚摸她的头发，却发现右臂上全是细小的划痕，特别是被昆虫刺入的那块区域肿了起来，变得越发糟糕。

"抱歉……我是个累赘，如果不是我坚持要来，你会轻松一些。"

"没关系，我知道你有你的理由，我不会强迫你告诉我，也不会责怪你。"李蒙打断了她想要说的话。

"嗯，你坐过来。"白茵说道。

他站起身，坐在床边，注视着她憔悴的面容。

"再靠近一点，我够不着。"

"好。"李蒙应着，上半身前倾向白茵。

随后白茵环住他的脖子抱了上来，身上的气息迅速蹿进李蒙的鼻腔，纱布的结也抵在了他的额上。两人的距离很久都没有这样贴近过了，或许正因为这样，李蒙有很多次都觉得对于白茵的感知也变得遥远了起来，在嘴唇贴合的瞬间，他多么希望这一刻能持续到永远。

"你眼睛里藏了东西。"

她的轻昵带着呼出的气流。

"我……"

那些要说的话还没来得及发出，白茵却早已将那些未知的信息全部拦截。

"我也不想知道。"

6. 被抛弃的秘密

夜深了,再过几个小时,黎明即将到来。

城市的光芒让繁星失去了色彩,但对于琳娜而言,头顶的黑暗却能让她内心安宁无比。时间过去一年了,她还是没能走出梦魇,这是没有办法的事情。身体的变化是经常可以感受到的,失控的病毒正在体内传播复制,依靠注射指定的原液才可以抑制。

还好,她还有活着的理由,所以再绝望也要支撑下去,对于那些野心家而言,琳娜存在一些足够变革这个世界的价值。但如果有一天,她将所有的秘密公布出去,那么离死期也就不远了,因为稳定的世界不需要能打破平衡的铁锤,所有享受这份安宁的人都会痛恨她,而对于藏在幕后的人物而言,这颗掌控不了的棋子,在说出重要信息后会立刻分文不值。

"如果我们当时成功了,就不会是现在这个样子了。"琳娜的眼睛里泛起了泪花。

可她不会后悔,也不能后悔,时间的步伐不会后退,结果是定数,没人有能力篡改,她要想办法去实现曾经的计划,完成白沐的遗愿。这段时间，在高层人员的安排下，琳娜以公司的名义借用幕后者的支持，让大量贪慕钱财的人去往安加感染区，同时对部分目标散播病毒，让他们在生命的威胁下为自己行事——可惜永远都是失败的结果，而且她也被以自由的名义囚禁着。

直到她看到了那张和白沐相似的脸。虽然无数次的分析都会得出最无能为力的结果，可琳娜却在拿到资料的那一刻做出了决定：她不能容许任何风险的存在，消灭掉不安因素才能换取稳定的进展。几根长线已经抛出去了，几枚更卑微的棋子正在向着虚假的目标前进，琳娜深知自己已成为罪恶之人，但她不在乎任何人的批判。

困倦感终于出现，琳娜关上房门，呆坐在地上。

3 年之前，她还是一个快乐的女人。

那时安加地区成立了秘密的实验室，用来研究生物技术，以研制药品的名义招募人员，并真正地研究出用于治疗癌症的基因修复药物。但是大战的前兆不断出现，实验室的研究方向也逐渐有了不对劲的地方。她见过那些畸形的动物、惨不忍睹的尸体，以及显微镜下病毒最初始的原体，人类正在掌控原本属于大自然的力量，正将多种生物的基因样本进行融合测试，嵌入正常生物的染色体内。琳娜不属于核心人员，她猜不到为什么要做这些实验，也许是用于战争的生化武器吧？

直到战争真正爆发了，大部分敌对国家的人员都离开了实验室，而她作为本国人员留了下来，并加入了内部团队。在那里，她见到了前所未有的生物，它们拥有复杂的形态、和昆虫相近的外表、发达的神经系统以及难以置信的生命力。

琳娜仍然记得那天，她抱着文件推开房门，当时白沐正站在一堆尸体的面前。看到她的到来，白沐指着那堆虫子尸体说道："身体结构上发现了很多缺陷，所以销毁了。你记录一下，明天拿这些数据去申请基因样本。"

"明白。"琳娜点头，拿出纸笔。

实验室不与外部互联网连通，为了防止数据盗取，所有的记录都采用最古老的书写方式，得出结果后则递交给主要负责人，由他们录入中央数据库，便于拥有权限者查询……

由于工作原因，她了解到自己正在从事着一件伟大的事情，如果她们实验室研究获得成功，将对整个战局产生深远的影响。

所有试验数据和公式都是宝藏，是属于人类科技能做到的巅峰。也正是在那天之后，琳娜开始觉得培养罐中那些丑陋的畸形生物，还有众多因染色体崩溃而死的动物，都非比寻常地美丽，她像是着了魔一般沉浸在其中，看着那些基因片段组合在一起，最终表达出无数种奇特的性状。在先进的基因编辑技术下，不同性状的表达相互影响改变了生物的外貌，诞生出从未有过的生物体。

进展非常顺利,一年过去,那被称为原体的生物在培养罐中苏醒了,它全身都是洁净的白色,从液体中爬出,青绿色双眼里,瞳孔正在收缩着。黏稠的液体正从它体表分泌出来,并在空气中迅速形成坚硬的角质。琳娜从生物警惕的眼神中看见了超越性的智慧,这是属于她们的成果——将初始的信息绑定在染色体中,最终赋予了原体天生的诸多本能。

坚固的隔离层迅速将生物封锁,以防止失控导致人员伤亡。看着这个情绪稳定、智商极高的原体,所有人在寂静了几秒后爆发出热烈的欢呼声。琳娜因为快乐失去了理智,她抱住了身边的白沐,不受控制地哭泣着、跳跃着。

白沐显得很平静,只是注视着她,看了很久。

内心躁动的琳娜,目光也对上了那双有着漆黑瞳孔的眼睛,眼前这个男人不够高大,不够帅气,甚至因为长时间的劳累出现了眼袋,皮肤也黯淡无光。她的嘴角仍然挂着弧度,擦掉了自己的眼泪,在这个时刻,琳娜想起了白沐的另一层身份:他是敌对国家的人,只不过选择留在了这里。

"看我做什么?"

"没什么。"白沐终于笑了出来,好像完全没意识到琳娜表情的变化。

"还未结束,我们时间不多了。"

"别紧张,期待结果就好。"

"但愿如此。"

欢庆会持续到了深夜,枯燥的研究旅途有了释放的机会,所以大部分人都选择借此疯狂起来。琳娜却在这个过程中冷静下来,尽管不情愿,可她还是回忆起了白沐很多不正常的地方。比如,他会毫不犹豫地上报错误的数据,在无人的时候修改操作台的基本参数,以及在每天凌晨两点,去往实验室外的山林。

没人怀疑过他,因为实验室里有许多追求科学的狂热成员。但琳娜不同,她总是和白沐在一起,会下意识地观察他的日常,探索他的一切。

她不觉得这是爱情,而是一种无法用言语表达的本能。

在所有人都睡去的时候,琳娜坐在房间里,听见了走廊上的脚步声。等这些动静变得微弱,她爬了起来,披上外套轻轻推开门走了出去。借着微弱的光芒,琳娜看见了实验室大门合并之前走向外界的身影,她相信那就是白沐。毕竟现在的时间正好是两点,此前每到这个时间白沐都会悄然溜出去,原本她选择视而不见,但今天却是不同的。

来自意识的冲动,就像是蓄满水的池子,即将翻涌着流淌而出。

于是琳娜等了几分钟后,踏出脚步,甚至越走越快。

她用身份卡打开门,还看了一眼附近的摄像头,感受着外界微冷的气流。琳娜观察着地面脚印,发现脚尖的指向正是树丛之中。勉强适应了黑暗后,她推开灌木,昆虫的鸣叫声在附近回荡,她看到了正在爬上山丘顶部的男人。

"我就知道你会来的。"白沐大声说。

"你在等我吗?"琳娜听着,内心浮起一丝危机感,她害怕自己会因知晓部分秘密而遭遇残酷的结局。

"是的,我从几个月前就相信,你会在某天跟上我的脚步。"

听到这句话,琳娜迟疑着站在原地,但目光却没有偏移过,前方的人影也在那里看着她。在这一刻,没任何言语,却产生了一些奇特的冲击,原本束缚灵魂的、概念上的坚固枷锁因此而松动了。她突然好想快点跑,想要去往白沐的身边,想要听听他会说些什么,哪怕面临无穷的危险。

"我怀疑你……"短暂的运动让琳娜有些喘不上气,"背叛了我们。"

"我是故意的。"白沐扶住了差点跌倒的她。

"实验室监控无处不在,甚至连我们现在的谈话都有可能被拍摄,所以我的一切行为都没有隐藏的可能。你知道这意味着什么吗?"白沐的身后,是一棵粗壮的树,它遮盖了大部分夜空。

琳娜听后,咬咬嘴唇,没说话。

"有人支持我,而且是很多人,可我们的目的不是支持任何一个国家,也没想过阻止这场战争,你比我想象的还要聪明,你会明白的。"

"我不明白!"琳娜大喊。

"你在抗拒自由,因为你无法分辨真假。"

"你知道了……"

"是的。"

琳娜慌张地后退,但白沐却紧紧抓住了她的手臂。

"无论是哪一方取得胜利,整个地球都会诞生前所未有的强权政府,它将会控制人们的一切,限制所有民众自由,曾经的历史在完善的科技体系面前早已没有了借鉴价值——我不想看到这种结果。你会了解我的,琳娜,你终会在某天摆脱那些人的掌控。他们的选择是错误的,会让世界去往僵死的未来。"

琳娜不知所措,她无法消化白沐透露的信息,索性问道:"你为什么来到这里?"

"或许是命运吧。"白沐望着天空,"他们让我过来的,而且对我而言,所有值得探究的事物,都值得我奋不顾身。"

"现在,我快要看到结果了。"

……

黑暗的房间中,琳娜从回忆中抽离,眼泪不知不觉间滴落了一地,在3年前的夜晚,白沐说服了她,并让她开始坚定地反抗从出生起就环绕于自身的锁链。可惜,她不够坚定,她还是畏惧了,她害怕未知,也害怕真相之中那显而易见的死亡。

"我相信你!"她对着面前的空旷大喊。

"无论怎样,我相信你,我想看到你改变这一切!"

7. 核心边缘

8点56分,外界应该天亮了。

李蒙在地图上重新规划了路线。以一条河流为界限,对岸被划分为边缘区,到达那个位置之后,详细的标注减少了很多,显然接近核心的范围都已成为少有人探索的未知区域。经历了这一系列剧变,李蒙变得彷徨起来,昨晚的尸体在清楚地向他表明:达成目标是一件很困难、可能没有人做到过的事情。然而他无法抗拒,就算返程,也改变不了最终的结果,还会承受这个过程所带来的更多痛苦。

他和白茵都需要去安加感染区的中心,非常需要——这都是那个女人说的。

李蒙仰头看着天花板,发了很久的呆,才回过神叫醒了白茵。接下来的任务,是去寻找昨晚丢弃的背包,然后在傍晚前到达地图标注的地点。昨晚的情况说明,接下来的危险程度将会直线上升，无论是生存还是死亡，都不再是他所能决定的。

　　他们走出实验室，顺着藤蔓爬出凹坑。李蒙的精神还算不错，就是身上的伤口还会随着某些动作产生疼痛，至于右臂的皮肤，仍旧没有知觉，他不在意这种情况，因为不影响正常活动。在拉白茵上去的过程中，李蒙发现她的状态好了许多，于是在心里松了一口气。

　　在战争岁月中，两个人都没有受过任何正规训练，但因为幸运存活到战争的最后。李蒙是前几年被招募到前线部队的，和身份相同的平民一起简单操练了几天，就顶上了正规军大量伤亡出现的空缺，而白茵是以还未毕业的大学生身份加入部队后方医疗团队的。就算是这样，两人在几十场战役后侥幸活了下来——哪怕最后统计的幸存率不到20%。

　　李蒙很清楚，他们来到安加感染区是这一生中最大的冒险，可这都是为了与无情的命运做抗争，他不希望两人之中有谁被永远留在这里。

　　"你怎么了？"捡起背包的白茵扯了一下他的手臂。

　　"没事，想了些不相干的事。"李蒙接过沉重的背包，摇晃一下，发现里面传出碎玻璃碰撞的声音。

　　在清理那些损坏仪器和药品的当儿，天气有了变化，云层逐渐密集，随后雷声响了起来。潮湿没有褪去，但随着风的吹拂，温度降低了一些，那种危机就在前方的压迫感也稍微减弱了些。

两人继续走了几个小时,很多新种类的生物出现了,体型普遍更加巨大,但具有攻击性的不算太多。在安加感染区接近核心的地方,一个更加丰富的生态圈展现在他们眼前。

土壤中出现了许多圆球状鸡蛋大小的甲壳虫类生物,它们留下大量的孔洞,也让地面变得疏松起来。不过树枝上的飞行生物用它们的四只大眼睛紧紧注视着,每当有东西冒出头,飞行生物就会瞬间扑下来,用口中的尖刺将其穿透,然后用密密匝匝的牙齿咀嚼,吞咽下去。白茵认真地记录着这一切,拍摄图像,书写文字,她的通信器里面全都是新增的资料。然后她还会传输给李蒙,并且告诉他这都是有用的。

跨过一座山丘,不算广阔的平地出现了,在边缘接近森林的地方,聚集着一群生物,它们有三对用于支撑和辅助进食的粗足,整个纤细身体呈现接近站立的姿态,与脖子相连接的头部上长有复杂的口器,可以咬碎植物叶片,而背部失去飞行作用的翅膀却在阳光照射下呈现出明亮的蓝色——显然它可能是用来展示,或者说求偶的。这些生物全身被棕黄色绒毛覆盖着,但通过肢节末端的坚硬特征可以看出,绒毛之下不是柔软的皮肤,而是和昆虫一样坚硬的甲壳。

"捕食者进化出有效率的捕食器官,被捕食者进化出更加坚固的外壳,几年时间就跨越了外界几百万年的历程。"白茵惊叹。

李蒙观察着远处说:"所以,很不自然,很危险。"

草地混杂着低矮的树木幼苗，这些生物却没有兴趣，它们一直都在以粗壮的树枝为食物，可以说这块空旷地带是由它们创造出来的。白茵拍摄着照片，脚无意间踢到了坚硬的物体，她低下头，发现是一具腐朽得只剩下发白外壳的生物残骸。

"病毒会携带基因片段跨物种传播，但我觉得，它的影响不应该达到现在的效果，大量杂乱染色体嵌入细胞，只会导致癌变。"白茵拿起外壳的一部分说着，她被脑海中闪过的这个想法惊到了！

她转头，发现李蒙也是相同的表情。

"我们会不会被骗了？……不对，也可能是另外的因素，现在下结论还太早。"白茵最终还是选择避开了这个话题。

李蒙没有再多说什么。他也捡起一块外壳，发现中间有个长条形的孔洞，就像是被刀直插了进去。难道有人来过这里，并且杀死了这种生物？这是他第一时间的想法，但又很快否定，因为完全存在更有效率的方式，那就是扣动扳机，近身用刀对付这种体型相当于羚羊的生物是不明智的。

"你看，肉食生物留下的痕迹。"白茵将外壳举起，指着上面的几条竖痕，"很明显的啃咬，这附近存在体型很大的肉食生物，我们要小心点。"

"是吗？"得到答案以后，李蒙对手中那块骨头没了兴趣，扔在地上踩碎了。

随后，两人走过平地，小心翼翼地穿梭在这些生物中间，它们也完全不理会进入领地的两个人类，于是李蒙就这样拉着白茵的手，欣赏这不断从各处投射而来的亮蓝色。透过茂密的树丛，他发现地图上标识的河流就在距离几百米远的地方，过去以后，就正式进入安加最危险的区域了。

一连串雷声过后，雨滴滴落，密集的响声回荡在耳中。这些美丽的昆虫收起了翅膀，继续在雨中移动。

驱散开那趴在树干上的扁平拟态虫类，李蒙坐了下来，开始喝水吃东西。白茵靠在他的旁边，剪短了许多的头发有些凌乱，毕竟这段时间从来没整理过。此时她正咀嚼着压缩食品，打量周围那些奇特的生物。现在做短暂休息，为的是做好准备，跨越那条不算深的河流，进入全新的未知之地。

"要是这儿没那么危险，我想造一座简单的木头房子，长长久久地居住下去。"李蒙眯着眼睛说。

"你造得出来吗？万一不坚固怎么办？"白茵打趣着，又继续说，"确实啊，我也有点厌倦外面的生活了。"

李蒙什么都没说，而是搂住了她的腰。

"不过你不会死的，谁都不会死。"

"你在说什么傻话？"白茵推开了他。

本想继续说些什么，但李蒙却选择沉默，继续搂着白茵。

这一次她没有抗拒，两人在雨中安静地坐着。来到这里虽然危险，却打破了两人原本相处时的那种死寂，变得和曾经一样没有隔阂。人类确实是一种复杂而脆弱的生物，光是情绪就足以杀死他们，但也正是这些无法理解的东西，可以让人类实现太多的奇迹。

"嗯，我的错。"李蒙露出了笑容。

就在这时，河流那边出现了一些动静，透过雨幕，他看到数不清的大型生物正在从水中爬出。旁边的这些生物也警觉起来，腹部的发声器官高速震颤。

"那是什么？"

"拿枪出来！"

当距离进一步缩短，身边的生物群体向后方逃窜，前所未有的巨大昆虫压倒灌木，锋利的倒钩状前肢刺入猎物的身体，当对方还在挣扎，口器已开始撕碎外壳进食血肉。它们的高度接近成年人类，强有力的后肢以类似爬行动物的结构奔跑着，全身是黄绿混杂的斑纹以及带刺的外壳，简直如同战场上杀戮的兵器。

李蒙拿出枪，拉着白茵的手缓慢后退，留意着附近的情况。

"这就是当年那场试验想要制造的东西吧？"白茵举起枪，透过瞄准镜对准了正在接近的虫类。

"还好他们失败了。"李蒙提前扣动扳机，打碎了生物的头颅。

"我觉得它们可能是王虫。"

发射了一连串子弹，爆出的粉红色血液在地面扩散，白茵更换了新的弹夹，她所使用的枪械本就是轻便易用型的，学会仪器的使用就可以做到快速自动瞄准。听到她的猜测，李蒙全神贯注扣动扳机，用尽可能自然的语气说："这不是王虫，它的巢穴在正中心的废墟，这些虫子不过是形态相似。"

情况越发危急，两人无法分神出来，而是尽可能地杀掉扑上来的生物。这些大虫子不是生活在河流中的，而是从对岸过来捕食，白茵发现其中很多个体会带着食物的残骸回到来时的方向，立刻就明白这种肉食虫类是群居性的，它们有巢穴，会存储食物，还可能会养育后代。

子弹飞速消耗着，单调的声音和震颤让李蒙出乎意料地平静下来，生物的残肢和血液飞溅着，跟植物碎片混杂在一起铺到地面上。

被称为王虫的生物就是他们的最终目的。从它的血液里可以提取出珍贵的原液，用来治疗被病毒感染引发的各种病症。可是从未有人真正战胜过王虫——无论是在金钱的驱动下，还是像他们一样，被身体内无时不在扩散的癌变细胞驱使着。来过安加感染区的人都失败了，大多数死在这里；侥幸逃出去的，则要忍受病毒带来的折磨,直到死亡。

他记得在来这里之前,委托方阿多林生物科技公司的那个女人——也就是被称为琳娜的研究员——曾和他对话,她的脸上有一道从额头延续到双颊的疤痕,破坏了原本清秀的面容。她曾主动提到王虫,流露出当时李蒙难以理解的情绪,特别是那双眼睛透露出的眷恋和悲凉,与更多未知汇集,最终被埋藏在深棕色的瞳孔里。

她说过:"王虫仅有一只,孤独却完美。"

8. 转 折

浑浊的粉红色液体在容器中荡漾,李蒙将它装进小型冷藏设备,放进背包中。虽然这不是他想要的,但因为有些相似性,所以还是收集了起来。雨很早就停了,云层正在破碎,让金色的光芒肆无忌惮地穿透散落。

那些虫子都退去了,空气中弥漫着腥臭味,留下的几只还在地面抽动的大型虫,在被收集完血液后也失去了价值。附近的泥土中钻出许多接近老鼠大小的生物,开始吞吃尸体。也许过一段时间后,这个位于食物链顶部、体态巨大的昆虫,就连存在的痕迹都消失了。

两人顺利到达了河边,由于刚下过雨,水流显得湍急,但事实上这条河比想象的要浅。李蒙试探着前进了一段距离,发现大腿仍然在水面之上,脚下是泥沙和卵石的混合,由于背包的重量,稳定住身体没有问题。确认安全后,他挥了挥手,在岸边的白茵也缓慢地进入水中,当然李蒙是不放心她的,所以向她靠了过去,直到两人的手紧紧握住,才开始继续往前行走。

"对岸就是刚才那些虫子的领地了。"白茵说着,表达了她的担忧。

"无论从哪个位置过河,我们都避不开。而且就算没有它们,在良好的生存环境下,还是会出现类似的大型虫。"

"小心一点。"

李蒙感受到她的手指伴随着话语在微微用力,脸上不经意间露出了笑容:"会的。"

"如果我们能活着出去,就……"

"别胡思乱想。"

她将要说出口的话最终停在了嘴边,李蒙知道白茵会说什么,但在这种时刻,过多的期盼总会被无情地抹杀。

所以,白茵低头一言不发,而他则观察水面下潜藏的东西。河流里是有生物的,数量不多,危险性很小。由于适应环境的趋同进化,又或者是本身都携带了一部分基因片段,它们大多数都有接近鱼类的结构，除了外部那层甲壳和在类似鳍结构上散开的腮，再看不出它们跟鱼有什么差别了。

肉食者是存在的，但它们对人类这种生物似乎没有兴趣。比如不远处那只扁平的大型虫子，它就趴在水底，凹凸不平的背部像极了地面的卵石，头部的弯钩状捕食器官埋在泥里。可惜两人没有看到它捕食的过程，在靠近的过程中，这只体长接近两米的虫类浮了起来，迅速游开，看样子是为了暂时躲避，重新选择潜伏地点。

几分钟后，两人抵达对岸，脚下的土壤还残留着之前那些虫子行走的痕迹。在对枪械进行调整维护、检查完子弹的数量后，李蒙和白茵对视了一眼，然后拿出刀切断前方植物的枝叶，正式开始向高危区域探索。

地图在这里失去了导航信号，只粗略标注了一个大致的范围，李蒙干脆将它关机，塞进背包里。现在走过的地方，他都刻意留下了许多痕迹，以免在丛林中迷失。这里的植食性昆虫都销声匿迹了，地面上倒是有许多支离破碎的外壳——不像尸体，应该是那些肉食性虫类蜕下的。

小心翼翼地前进了一段时间后，由密集树枝黏合在一起所构筑的虫巢出现了，里面有数不清的成虫在移动，看样子就是刚才他们见到的肉食性虫类。就眼下这个距离所见，地面上布满了外壳和黑色的粪便，没有什么刺鼻的气味，但观感不是太好。李蒙打算等白茵用通信器拍摄几张照片后就绕开这里，但白茵这时却突然放下了通信器，指向远处。

"那里有个活人。"她压低声音说道。

李蒙朝她所指的方向看过去，发现有个在密林中奔跑的身影，这个男人正在朝两人的方向移动。随着距离拉近，李蒙看到了对方残破的服装和胸口上的伤痕，还有脸上惊恐的表情……片刻之后，他身后的那些影子出现了。

正是巢穴中的大型食肉生物！

"救救我！"很显然，逃过来的男人发现了两人的存在。

既然避不开，李蒙索性取出步枪，对准了那人的方向。

几十秒后，满身鲜血的男人摔倒在他身边痛苦喘息，想要爬起来却失去了力气，身上那些数不清的、像是被刀切割了无数遍的伤口还在渗出血液。追逐着的虫子发出刺耳的声音，更多的同类从巢穴中钻了出来，向3个人所在的位置聚集。

"杀掉最近的，你先跑。"李蒙对白茵说道。

话音落下的同时，扣动扳机，伴随着向后的冲击力，一连串子弹击中了10多米外的虫子，它的外壳被轻而易举地穿透，血肉爆裂出来。男人仍然没站起来，他死死抓住李蒙的手臂。在意识到局面的严峻性后，李蒙干脆拖着他，开始逃离这块区域。白茵跑在前面，但也不断回头射击那些不断靠近的生物。

"魔鬼还在后面……别被他追上……"男人叫喊着。

"我的同伴都死了,这是骗局……陷阱!"

"你给我闭嘴!"李蒙对他吼了一句。

男人不再吭声,可拖拽产生的伤口撕裂让他不断发出喊叫。几百米距离后,抓住李蒙手臂的那股力量突然松懈了,李蒙回过身,发现一路沾染过来的血迹,他又看了男人一眼,发现那布满污迹的脸已失去了血色,嘴唇一张一合,却发不出声音,整个人都虚弱无力。先前的精神就像是回光返照,看来他就要死了。

子弹摩擦空气的声音在耳边回荡,白茵趴在一棵树的枝干上用自动步枪射击,那些试图攻击李蒙的虫类头部接连被爆开,失去平衡倒在原地抽搐。她确实很有天赋,射击精度不输经过基本训练的士兵,所以这些天李蒙也从不把白茵当作累赘。因为她在踏进感染区的第一天,就褪去了从前的懦弱。

男人一只手扯住了李蒙的裤腿,正努力抬起身体。他嘴唇干裂,气若游丝,声音低到几不可闻,以至于李蒙根本没能听清楚他要表达的信息。发现对方听不清自己在说什么,那男人举起右手张开,一团纸掉落了下来,而他的身体也就此垂了下去,匍匐在地面,彻底失去了生机。

李蒙还不知道他的名字,也还未等到他告诉自己曾经历过的事情。

李蒙重新抬起步枪准备杀死更多的虫子,却注意到它们突然停止了动作,然后迅速后退奔跑。还没等他弄明白发生了什么事,白茵的欢呼声传来。

"它们走了!"

李蒙露出微笑看向她,想要给予一些赞同和鼓励,可是那团在树丛间跳动的影子,却让他的表情凝固在了脸上。意识瞬间空白,感觉呼吸和心跳都随之停止,一种他无法用言语表述的生物,正借着树枝跳向高空,伸展开华丽的翅膀。

"跑啊!"李蒙的呐喊因为激动而嘶哑。

白茵却疑惑地看着他,直到阴影将她钩住。

"快跑……"

她的肩膀被强有力的长爪勾住,锋利的爪端刺入她皮肤乃至骨骼,红色在她的前胸扩散,这突如其来的痛感使白茵挣扎起来,背包肩带随之断裂,从树上掉落。她下意识地睁大眼睛,将手伸向李蒙,可是在此刻,短短10米不到的距离,却显得无比遥远,仿佛再也不能够触及。

庞大的影子升上高空,然后逐渐变得渺小。

李蒙失了神,跪在原地,不知道多久。

四周寂静得能听见心跳和脉搏的涌动,李蒙的手指缓缓用力,最后陷入了泥土之中。云层彻底消失了,空气变得燥热,他的心却寒冷得如同冰雪——就算会预料到这样的结局,他还是没能发现自己内心真正所拥有的东西,现在那种东西已从伤痕中破土而出,来自情绪上的痛苦在脑海中翻涌。

"我还能救她吗?"

"怎么会这样?这不是我想看到的。"

翻涌的思绪终于归于平静,孤寂的身影站了起来,所有的表情都消失不见,地面上的枯叶亮起了属于步枪射出的红点。李蒙抬头看着王虫离去的方向——那儿就是安加感染区的核心,这个如同地狱的地方,就是最为强大的猎食者的老巢。

杀死它,赌上生命,不计代价。

"出来吧,你躲了很久了。"单手抬起步枪,对准身侧的灌木丛,李蒙扣动扳机,子弹顿时激荡起湿润的泥浆。

那个躲藏在其中的人爬了起来,抽出变形的匕首盯着李蒙。他的头部包裹着布条,仅露出眼睛,而身上是各种虫类的残肢和甲壳,被串在一起,覆盖着身体的每个部位。和正常人不同,他的瞳孔是青绿色的,眼睛周围为黑色物质覆盖,有些像昆虫的角质甲壳。

"给我个不杀你的理由。"李蒙的语气中没有丝毫情绪。

他扔掉匕首,脸上的布条褶皱变形,沙哑难听的声音传了出来:"我是幸存者。"

9. 协议达成

和平的世界，战争痕迹正在被快速抹去，城市的废墟上建立起了新的城市，前所未有的历史正在向前推进，人类迎来了唯一的集权政府。但对于"鸦群"而言，组织内部所有人都不愿意看到这样的局面，他们想要一个充满生命力的文明，生存扩散，更迭蜕变，可现在的世界，在得到的信息里，正如同预料一般过渡为死寂僵硬的囚笼，这似乎是社会体制演变和科学技术交融而成的必然结果。

会议室在地下，先进的信号屏蔽设备覆盖了房间区域，这样可以避免颈环导致的一系列麻烦。对迦伦纳而言，这类监控情绪发出警报的装置，就像把活生生的人变成了狗。几个月前，首都开始强制执行最新的治安法律，结果却演变为现在的局面。即便这个房间可以屏蔽连接，让颈环不会报警，他的抗拒也未曾减弱丝毫。

"我要的东西呢？"迦伦纳点燃了一支烟。他不喜欢坐在对面的那个女人，若非要给这份"不喜欢"列出数值比例，她脸上的巨大伤疤占了大半。另外，身为"鸦群"的边缘体系人员，她竟对他这个核心成员表现得毫无敬意。

琳娜神色淡然，迎着他的视线将芯片扔到桌面，同时从口袋里取出了一个圆柱体。按动开关之后，装有粉红色液体的细管弹了出来。她接过侍者递来的红酒，皱眉看了一眼，随后推到了一边。

"放心，酒里没任何药物。"

"我不喜欢。"琳娜回答得很干脆。

迦伦纳听后笑了笑，带了些轻蔑。他派人收起了桌面上琳娜放上去的那些东西，然后说道："我会答应你的条件，继续保护你的人身安全。当然，如果发生不受控制的情况，那我也无能为力。"

"没问题。"琳娜端起酒杯，抿了非常小的一口，舌尖刚一触碰到那苦味就收了回来。

"那你得认真保护我，这里面不是完成品。"

对面传来了座椅与地面摩擦的声音，她一抬头，就看到了漆黑的枪口。但琳娜的表情没有任何变化，眼睛空洞得像雕塑，这是她能做到的最好的伪装。

面对"鸦群"，她确实太过弱小，没有任何依靠。失去了白沐这条线，再赌上研究资料和样本之后，琳娜已变得可有可无。作为一个大部分由科学家与政客构成的组织，"鸦群"的影响力甚至大于政府控制的那些企业，可这都是暂时的，纷争会在未来出现，只会有一方胜利，获得真正能构建人类文明的权力。

"你得知道,我的脾气没那么好,'鸦群'里也有很多研究人员,你的价值微不足道。"迦伦纳强忍着怒气说道。

"除我之外,只有白沐才可以让研究推进下去,当年参与项目的人员都死在了安加感染区,白沐也失踪了,如果你杀了我,'鸦群'的计划将推迟好几年,我相信这不是其他高层人员愿意看到的。"琳娜伸出手揉了揉额头,"我并非想惹怒你,只是为了避免你们在不了解的情况下对我产生误会,所以实话实说在我看来很有必要。"

"我在你身上看到了白沐那家伙的影子。"迦伦纳收起手枪,靠在了椅子上,"只要研制未成功,'鸦群'就得保护你,不过等真到了那一天,就算没有Kreca,我们的计划也将进行,你明白吗?"

"不需要等到那一天。"琳娜没有在意对方话语里潜藏的威胁。

"带我去感染区,我要得到部分样本和曾经未完成转移的实验文件。条件齐全后,再等几个月,你就能得到完美的Kreca病毒。我虽然是通过白沐加入的组织,但我的目的和'鸦群'是相同的,我想通过你们,变革世界。"

说到这里,琳娜的表情终于有了变化,她轻笑着,将酒杯朝地上丢了下去,伴随着玻璃撞击破碎的声音,石质地面流淌着酒液,那一丝丝很好闻的香气扑入鼻腔。多年以前,白沐引诱她喝了很多红酒,琳娜至今都忘不了那天的味道,很苦涩,很甜美;也很讨厌。

迦伦纳听后,盯着她沉默了许久,这个女人的行为模式和曾经的白沐一模一样,他注意到这些,只觉得可笑又怀念。和他相比,白沐是个彻头彻尾的激进派,作为"鸦群"的创始人员,一个无所畏惧的天才,他大胆实验,甚至通过自己的能力主导了整个项目——现在却又神秘地消失了!调查的结果是,他有很大可能性身处安加感染区。

所以他怀疑这个女人不过是棋子,幕后是以失踪作为掩饰并潜藏在暗处的白沐。

"完美的Kreca,是什么?"迦伦纳抓住了这个细节,"我们对它的了解有限。"

"带我去感染区,我会告诉你的。"

琳娜在心里松了一口气,她知道谈判成功了,以"鸦群"的能力,躲过监视是没问题的。现在,她的计划度过了最危险的转折点,不过琳娜有了新的想法:白沐所追求的、"鸦群"所向往的世界,到底是怎样的呢?

……

安加感染区核心,感染化最严重的位置。

那个巨大的生物回到了巢穴，它的嘶鸣声让树林里的众多个体颤抖，因为它太强大了，站在食物链的最顶端。它拥有不输人类的智慧和天生用来战斗的身躯，以及顽强的生命力。王虫的存在是科技对大自然最大的嘲讽，脱离了人类掌控但又为整个阴暗世界所垂涎。

数不清的人类尸体倒在巢穴下方的溪流中，他们的身体残缺，枪械破碎，金属弯折。这次有组织的猎杀行动取得了很好的效果，王虫受到重创，然而依旧没有人能得到它的血液样本。即便带着最新式的武器，也避免不了全军覆没的结局。

但是，在一棵粗壮的树下，清灰色面孔的年轻男人靠在那里，他的右手举起，浑浊干裂的瞳孔朝向天空，微微张开的嘴唇中爬出了正在吞食腐肉的昆虫。和其他人不一样，他的手掌不见了踪影，胸口插着一把木制手柄的长刀。

再过几个小时，这具尸体就会被路过的生物吃干净，那些值得留意的古怪之处也将消失无踪。

与此同时，王虫把新的猎物扔在地上，它用眼睛仔细打量着，有些未知的情绪出现在死寂的内心。它很饥饿，非常需要补充能量，但它不喜欢吃不新鲜的东西。现在，它全身的每个组织都仿佛在叫嚣着，细胞快速分裂填补着被胶状物包裹的伤口，而它的体温也达到了前所未有的水平。

仅存的理智很快褪去，它张开嘴在猎物的惨叫声中咬下了一块血肉，口腔内密密匝匝的牙齿开始进行切割分解，味觉刺激传达到大脑，让它有了些许满足。

可就在这个时候，地上枯叶堆中的虚弱猎物，却发出了轻微的声音——

"哥哥。"

10. 杀戮前行

李蒙快速穿梭在茂密的丛林中，他丢弃了背包，只带上武器和基础药物，希望在最短的时间内到达王虫的巢穴。而他旁边自称为沙若克的男人同样如此，他端着步枪跑在前方指引路线，通过先前的交流，两人建立起了暂时的合作关系。因为目标相同——都是王虫的血液，虽然不认为仅仅凭借他们的力量就可以杀死王虫，但从白茵被抓走开始，李蒙就不打算服从理智了。

为了抓住仅剩的那点可能性，必须以最短的时间跨越原本需要两天的距离。沙若克成了李蒙的向导，作为长期生存在这里的人，沙若克了解路线并且有丰富的经验，他承诺将李蒙送到王虫巢穴，并根据情况提供帮助，但如果遇到危险，他不会对李蒙提供任何帮助。

大量关于安加感染区的信息从沙若克口中说出,同时他也将大型昆虫的分布情况在失去信号的地图上标注了出来。最后,直等到沙若克拆下布条,露出了那张满是肿块、面目全非的脸,那一刻李蒙才知道,他们可以相互信任。

沙若克是附近城市的幸存者,他告诉李蒙,那里的人们都在疯狂中相互杀戮啃食,形成了一种残酷的、随时可能会崩溃的社会体系。他是逃出来的,其他人畏惧这片庞大的森林,而沙若克却逐渐适应了这里,活到了今天。不过,体内的异变仍在摧残他的身体,让他陷入持续的痛苦中,所以他也需要用王虫的血液进行治疗。

疲惫的感觉阵阵传来,李蒙保持着休息的频率,在肌肉剧烈酸痛的时候还注射了药物加以缓解。他经常跟不上沙若克的步伐,这个家伙的体力惊人,在长时间奔跑中没有出现明显的劳累。

他们将一路上遇到的昆虫统统杀死。沙若克是个经验老到的猎手,他知道每个生物的准确要害,并擅长使用短刀。每到收获猎物,沙若克就会撕下残肢,用牙齿用力啃咬带粉红血丝的肉,然后取下坚硬的甲壳,在上边穿出孔洞后跟之前的那些绑在一起,挂在身上。

李蒙也尝试着吃了一小口,但因为无法适应腥臭味而吐了出来。

奔跑一直持续到半夜，眩晕终于让李蒙倒了下去，但他强撑着没让自己失去意识。想到腰间挂着的虫肉，李蒙将它放进嘴里咀嚼了起来，强烈的恶心感使他清醒了几分。此刻来自肺部以及全身的疼痛还在阵阵袭来，这都是长时间运动所导致的。

沙若克停下脚步，坐在了地面上，等待他恢复。李蒙觉得很累，试图放弃的想法出现了不止一次。可是只要想到白茵，想象着她变成血肉模糊的尸体，涌起的万般心绪总会让他心情激荡。

李蒙躺在地面上，透过树冠看着繁星，此时银河也显现了出来，成为黑幕中最吸引目光的彩带。李蒙没有丝毫睡意，内心的严密思考正在随着时间的流逝而被剥离。

这时，他想起了此前因匆忙没来得及看而装入口袋里的那个纸团，便将它拿出来展开。借助手电的光，上面歪歪斜斜的文字呈现了出来。

"Kreca-A，原体。"

"Kreca-B，锁链。"

"Kreca-C，钥匙。"

"Kreca-D，抹除。"

"这是？"李蒙坐起身，双眼紧紧注视着，他是知道 Kreca 这个单词的，来之前阅读的文件里，全都是以它为核心。正是这个病毒，毁掉了他平静的生活，驱使他和白茵来到这里。纸条透露出的信息表明，Kreca被分为了四个种类，看到被描红的Kreca-B和Kreca-D，他似乎明白了，写下这些的人在说明，这两种就是需要寻找的东西。

"解药。"沙若克不知什么时候，站在了他的身后。

"这难道是王虫血液里的？"李蒙问道。

沙若克咬下一大口肉，回答："也许吧。"

短暂的休息时间即将结束，这几个小时里，他们大概走了一半的距离，李蒙清楚白茵还活着的可能性已经是微乎其微，但他仍不想放弃。

身体已经接近极限，李蒙想要站起来，腿部肌肉的酸软却让他又倒了下去，沙若克就坐在石块上看着，眼睛里有些淡淡的嘲讽。也许是觉得厌烦了，他从生物尸体内部拔出了一团肉，递给李蒙说道："内脏毒素。会让你亢奋，失去痛觉。"

"还可能变成你的样子。"李蒙努力扶住树干，支撑起身体。

"是的。"沙若克用手指摩擦着枪的表面，"杀死王虫，得到它的血，都会好起来。"

"这点我们得到的答案是相同的。"

李蒙说完接过了内脏，拼命用牙齿撕咬下一大块吞了下去。此时舌头变得麻木，丧失了原本的味觉，他在很短的时间里吃得一干二净。很快，身体开始发热，那些难受的感觉减弱了许多，似乎是中枢神经的信号传递被抑制——缘于内脏里的那些毒素，又或者是病毒起了作用。李蒙用手指狠狠地在皮肤上抓出血痕，痛觉确实变得迟钝，他向前走了几步，最终站在了沙若克的面前。

"谢谢。"李蒙说，他似乎了解沙若克能保持体力的原因了。

路程继续，但李蒙的速度显然慢了很多。核心区完全是由大型食肉生物组成的生态系统，它们在自相残杀的同时，还会不间断地在外围进行捕食。由于这些虫子的破坏力，一路上他们经常会发现倒下的枯木、打斗留下的空白区域，以及土壤中腐烂的尸体。夜间的丛林因为这些细节而充满了危险，李蒙学习了沙若克的做法，用大型虫的残骸掩盖自己的气息，但仍然避免不了被一些生物攻击。子弹就这样飞速消耗着，到最后，仅剩半个弹夹。

情况没过多久出现了转机。清理掉形态怪异的大型昆虫后，它们修筑的巢穴暴露在眼前。沙若克继续收集着他需要的东西，李蒙也跟了进去，他看到通道两侧黏附着白色虫卵，进一步深入内部后，这些圆扁型的东西变成了灰色，透过外壳能看见成型的幼虫。他没理会这些，继续深入地表之下，在光芒的照射下，刚孵化出的小虫子四处逃窜，它们围绕并蚕食着一团鲜红色的……那是一具人类的遗骸。

李蒙踩碎了几只，捂住鼻子走到尸体前，用小刀割下尸体身后的背包，大量混合黑色血块的物品掉落了出来。他从里面筛选出子弹和通信器，然后迅速离开。频频目睹人类的尸体，他的内心早已没有触动，李蒙还记得先前死去的那个人说这一切都是骗局，确实如此，付出了这么多代价，数不清的人死在这里，可王虫还是好端端地活着。

可惜，对于最深处的真相，他目前还所知不多。

走出虫巢后，他将一部分子弹扔给了沙若克，同时想打开新得到的通信器获取信息，却发现早已损坏。沉默了片刻，他将这东西狠狠地砸在地上，这突然产生的情绪悸动，让李蒙莫名地吐了起来，地上很快多了一堆恶心东西，粉红色的液体成了主要点缀。

为了缓解超负荷运转的身体，李蒙又开始吃那种肉块，附近全是嘈杂的虫鸣，他揉着太阳穴，看看早已走到前面的沙若克，立刻追了上去。

今夜不能安眠，那些该死的像虫子一样的生物进入了最活跃的时间段，李蒙感觉身体正接近崩溃，可那些肉块却仿佛有魔力一般，不断地麻痹他的神经，以透支生命换来力量。其中的原理，恐怕只有当初安加感染区实验室的人才知道。事实上，他的新陈代谢正在迅速加快，不断的进食过程伴随着间歇的呕吐，饥饿却在变得越来越强烈，那些入口腥臭的东西，此时甚至开始有了些香甜的味道。

当天边出现了一丝光芒,两人并肩站在一块巨石上,看着前方大部分由岩石构成的山丘,以及缝隙之中那被各种植物围绕的洞穴。附近此时已听不到其他大型虫类的动静,因为安加感染区最终生物的领地就在这里,它是食物链的最顶端,也被赋予了安加王虫的名称。

注视着沙若克所指向的地方,李蒙深呼吸,压抑住内心的情绪。

"你来过很多次。"

"是的,打不过。"

"这次行吗?"李蒙检查着步枪,将腰间的所有弹夹都充满了子弹。

"不知道,如果不行,我会离开。"

听着沙若克的答复,李蒙将弹夹卡进步枪:"随便。"

接下来的一刻,他冲了过去,跨越过脚下的溪流,灵活地爬上藤蔓。现在的他全身都在发烫,在这样的高温下,他已经有些意识不清醒了。可李蒙不在乎,一点也不在乎,他要找到白茵,无论她成了什么模样——在那之前,王虫就是最大的敌人!

还未到达洞穴时,尖锐的咆哮声已经响起,那巨大的昆虫爬了出来,头部旋转近似人类,那双青绿色的眼睛中倒映着李蒙的狼狈不堪。

扣动扳机，李蒙整个人随着后坐力失去平衡。王虫跳跃起来，在半空滑行，枪械的杀伤力只在它甲壳上留下了轻微的凹坑。因为这样的举动，它被激怒了，回旋了一圈后向着李蒙飞来，用带有尖刺的前肢直指向他的胸口。

这是李蒙见过的最大的昆虫类生物，安加感染区的每个物种都带有昆虫的大量特征，而王虫就像是抛弃了所有的糟粕，获得了属于战场杀戮者的精华力量。他能想象病毒被成功研制而出现的局面：国家军队会节节败退，战场被这些家伙主宰，大量的士兵沦为尸体碎块。还好实验失败了，所以王虫仅仅只有一只，而且被困在这里，无法到达外界。

他又开了几枪，然后松开藤蔓，落向溪流汇聚而成的水池。在李蒙双眼被浑浊水流蒙蔽的瞬间，王虫张开了五彩斑斓的双翅，用惊人的速度向下俯冲，第二对肢节在瞬间勾进了他背部皮肉，就和当时它对白茵所做的一样。在被拖拽着升空的过程里，李蒙反抗着，他不甘心就这样失败，可事实就是如此冰冷。

疼痛因为先前的毒素减弱了太多，他抽出腰间的匕首对王虫坚硬的甲壳拼命刺着，却只留下几道浅浅的凹坑。他能感觉到身体上有温热的液体在流淌，那些隐隐的痛感是极端危险的信号。就在这时，沙若克从旁边的树丛里跳了出来，在王虫想要飞向高空的时候，扑到它的背上抓住了翅膀的根部，用步枪开始连射，没过多久就击穿了外壳。王虫感到了痛苦，在半空中拼命甩动身体。

"对准原本的伤口。"

沙若克只留下这句话就被震了下去，又被王虫强有力的扁平前臂划过腹部，那些绑在一起的虫类残肢甲壳被直接切断，就连手中的步枪都弯曲破碎，散落开来。沙若克的身上出现了一道巨大的伤口，在那些布料掉落、露出下面的皮肤的时候，李蒙立刻被他现在的身躯震惊了。

数不清的肿块密密麻麻地分布着，并且被角质覆盖，就像是发育失败的爬行动物鳞片。而在那由王虫造成的伤口里，李蒙看到的不是人类的内脏，而是众多奇特的刺状结构。安加感染区生物标志性的粉红色血液，从沙若克的身体中流出，他跌落在地面，翻滚几圈爬了起来，捂住腹部逃进了丛林。

而李蒙被带上高空，王虫背部伤口的血液，顺着它的第二对肢节流淌在他的背部，强烈的刺痛感顿时出现了。它的血液原本是所有人都想得到的解药，而此刻这些粉红色的液体却彻底唤醒了李蒙的疯狂，仅剩的理智被彻底抛空。他挣扎着，不顾背后伤口以及皮肤的崩裂、血肉的翻卷，用尽全力从王虫的勾爪上脱离，然后死死地抓住它的身体，几乎与王虫贴合在了一起。

"你不死的话，我不甘心啊！"他咆哮着，声音因为喉咙里涌出的血液而变得模糊不清。

蹲伏在树丛中的沙若克从土壤里挖出几只虫子塞进嘴里拼

命咀嚼，他的口腔其实也有了异变的情况，牙齿变得锋利密集。刚才在王虫背部的时候，几滴血液飞溅进了他的嘴里，沙若克相信，这些足够让自己变回他最期待的样子。

这样，那个人就会回来，会带他永远离开这里。

11. 卑微存活

李蒙将嘴里那些腥甜的液体吐在王虫身上，脸紧贴着它胸口层层叠叠的甲片，伸出去的右手抓住了它背部的伤口，手指紧扣着外壳的裂缝，肌肉因为力竭而颤抖。他已经看不清周围的景象了，王虫在半空中高速移动、翻转，试图将他从身上甩脱。它的肢节向内弯曲，勾爪在李蒙的背部划动，留下一道道裂口。

这时李蒙才注意到，王虫身上有大量伤痕，有些已经愈合，只在甲壳上留下凹陷的痕迹，而有相当一部分是比较新鲜的状态——说明就是这几天才新添的伤。特别是那些弹孔，虽然停止了流血，但可以很明显地看出来，子弹还留在体内，被破坏的肌肉物质上覆盖了一层黏稠的棕色物质。此刻的王虫不是全盛状态，这是他的机会。

地面上的沙若克还在扣动扳机，几颗子弹穿透了王虫的翅膀，他的腹部缠绕着藤蔓，满脸都是污迹。王虫俯冲而下，树枝在李蒙背部摩擦，他能感觉到背部被刺穿了，一根枝桠甚至到了胸腔之内，奔跑着的沙若克被王虫挑了起来，头部撞击在岩石上，唯一的枪械因此损坏，而沙若克失去意识，滑落进了溪流。

嘶嘶声从头顶传来，那是王虫的口腔，里面有数不清的小肢节在摆动，难闻的恶臭伴随着气流喷出。李蒙继续向上爬动，额头先顶住了它的喉部，大口喘息着，嘴里是说不清的味道，唾液和血丝混合着向下滴落。就在这一刻，王虫的勾爪从背部刺进他肋骨的缝隙，然后向外拉伸，而李蒙向前一探身，张大嘴巴，用最原始的攻击模式，咬住了王虫最脆弱的喉咙。

表皮非常厚，牙齿眼看着即将掉落，李蒙用尽咬合肌的全部力量，在轻微的崩裂声后，大量的粉红色液体进入了他的口腔，又从嘴角溢出。李蒙吞下去很大一部分，牙齿依旧紧咬不放。舌头开始了剧烈的疼痛，连同食道，甚至是内脏……这痛苦让他下意识地用了更大的力量，而王虫在半空中拼命地挣扎起来，它的血铺满了李蒙的半个身躯，让他内心的兴奋感难以抑制。

他松开了嘴，从腰间拿出手枪，对准王虫喉咙的伤口，将所有子弹从下方送进了王虫头颅，更多的粉红血液在这个过程中喷涌到他脸上。

王虫嘶叫着，继续向高空飞行，却渐渐失去了力量，翅膀向内收缩，带着李蒙向下掉落。

树干断裂的声音不断响起，撞击产生的痛觉和大脑的眩晕一次又一次向他袭来，直到最后王虫跌落在地面，这些折磨才终于结束。不知过了多久，李蒙从王虫的身上爬起，先拿着刀对准它的眼球猛刺，直到插进大脑，将这个生物彻底杀死。随后，他拖着重心不稳的身体，走出树丛，但又想起了什么，犹豫了几秒，又回来用匕首顺着关节的缝隙，卸下尸体的前肢。到这个时候，李蒙才终于有种结束了一切的释然。

精力几乎耗尽了，仅剩的执念在支撑着他。李蒙抓住藤蔓爬上岩石，然后站在了洞穴前，除了眼睛还能注视，此时他的鼻息和口腔都失去了作用，变得麻木无味。脚下就是人类的头骨，李蒙将它踢开，走进洞内，各种类型的残骸铺满地面，还有各种骨骼以及枪械背包……看来到达感染区的很多人都被王虫杀死了。

眼睛终于适应了昏暗，而洞穴变得宽阔起来，脚下也出现了柔软的枯叶，还有新鲜的肉块。李蒙捡起了一只背包旁边的手电筒，按下开关后，黑暗被彻底驱散，那深色的角落里出现了一抹明亮的白，他摇晃着走上前，掀开了枯叶。

白茵就躺在这里，紧闭着双眼，她的两只小腿都消失了，截断面上能看到尖锐的白色腿骨。李蒙差点就倒了下去，但最终却跪坐在了地上，用手触摸她的脸庞，事实没有他想象的那么冰冷，甚至有微弱的气流拂过了掌心，他抬起手，带着泪笑了起来。

"等我，会好起来的。"

李蒙说完爬了起来，从那些散落在各处的背包里翻出注射器，然后从带来的前肢里抽取王虫的血液，刺入白茵的手臂静脉。也许是因为疼痛，白茵皱起了眉头，但没有苏醒的迹象。她的掌心紧握着手枪，指节都变成了苍白色。李蒙就在旁边坐着，用找到的药品处理她腿部的伤口，精心包扎好了，才放心地松懈下来。

就在他双眼发黑，即将失去意识的时候，身后响起了一个声音。

"你成功了。"

李蒙回过头，是沙若克拿着短刀出现在洞穴入口。

"尸体就在附近，你应该能找到。"李蒙提醒他。

"它的肉很好吃。"

此时沙若克上半身是裸露的，那凹凸不平的皮肤暴露在空气中，腹部的伤口已经闭合，只剩下一道很深的痕迹。令李蒙在意的是他的笑容，那露出的尖牙让他有了不好的预感，他迅速拿起身旁的木棍。

"王虫只能存在一只。"他沙哑的声音在此刻变得瘆人起来。

李蒙听后立刻爬起来："什么意思？"

"看来你不知道。"

随后，沙若克向他冲来，挥舞着匕首轻易砍断了李蒙手中的木棍，大吼一声，直接朝他的头部刺下。李蒙抓住了沙若克的手臂，看着匕首尖端离自己的眼睛越来越近，现在的他已经气力耗尽，根本无法抵抗沙若克这强大的力量。但是战争年代学会的打斗技巧让李蒙本能地偏过头，他双手横向用力推开了沙若克的手，眉毛被划过留下一道伤痕，沙若克则因为惯性倒在了一边。

他迅速稳住了身体，摆出进攻的姿态继续扑向李蒙。那挥舞的匕首划开了李蒙残破的衣服，李蒙手臂上又多了几道血口。

"杀我可以，放过她。"李蒙知道自己没有反抗的机会，所以做出了最后的妥协。

"不可能的。"沙若克将匕首刺进他的胸口，"王虫将是我。"

仰头倒在地上的那刻，李蒙的意识开始涣散，这是濒临死亡的征兆，他突然想起自己先前所救的那人所说的，魔鬼还在后面。原来对方说的魔鬼可能不是王虫，而是从那座疯狂城市走出的沙若克，李蒙早该想到的——在遇到他的时候，那扔在地上的刀带着鲜红的血迹，以及那个死去的人，身上那些被切割出的伤口。

彻底的绝望浮现而出，他闭上眼睛，听着沙若克发出属于胜利者的咆哮。

但是枪声结束了这一切。

沙若克的额头上出现了血孔，嘴唇还在颤动，他僵硬地转过头，看着角落里撑起身体、扣动手枪扳机的白茵，咧开了嘴。就算是这样，他也没有死，而是头部的皮肤崩裂开，露出了全新而稚嫩的肉体，属于人的特征已不剩几分，沙若克从原本那张丑陋的皮囊里钻了出来，变成了一只安加感染区的生物。这就是病毒真正的力量，它不是用来杀死生物，而是用来改变。

新生的沙若克全身都是白色，头部和王虫是如此相似，只不过身体是纤细的，外部甲壳柔软得没有任何防御力，就连翅膀都蜷缩成一团，看来身体还未发育完全，只长出了基本的结构，他还想要说些什么，却发现自己没有舌头了。

"白茵，杀了他。"

李蒙的视野早已模糊不清了，语气都显得那么无力。随后，两声枪响传来，失去原貌的沙若克发出尖锐的嘶嘶声，他的一侧肢节被打断，柔软的躯体中流出粉红色血浆。他跳跃着离开了洞穴，留下一地液体。

"你还好吗？"白茵在喊着。

"没事……"

李蒙将匕首拔了出来，没什么疼痛，胸口也没流出多少血，反而是出现了一层很浅的胶状物，他转动眼球看了一眼白茵，轻声说："别动……别担心我。"

"我累了，想休息一会儿。"

12. 时 光

如果要对往事做出评价，李蒙会选择沉默，然后从回忆爱情开始。

他和白茵的相遇，谈不上什么浪漫。故事发生在几年前的一个夜晚，当时整个天空都被云层覆盖，只有间歇闪烁的电光让大地短暂明亮。一群士兵奔跑着，在这种复杂的情况下，连夜视仪都无法清晰捕捉敌人的位置。指挥官选择在这个时候进攻，自然有商议好的计划，李蒙作为普通的士兵，一般不会去揣摩这些多余的事情。

这段记忆画面大概有10分钟，他没有看到胜利，当然也没有死，而是在进攻的路上被两颗子弹击中，倒了下去。事后战友还说，那个时候没有人去关注李蒙的状态，都以为他已没有施救的必要。可是，当这场战役结束，天亮开始清扫战场的时候，有人抬起了他被血块覆盖的身体，并发现李蒙还有微弱的呼吸。

就这样，他非常幸运地活了下来，不过事情的重点并不在于李蒙如何挣扎求生，而是关于他如何遇到了白茵，两个人又如何一起走过了战火燃烧的岁月。

那天李蒙睁开眼睛，就看到身穿白衣的人坐在床边给他的手臂进行药物注射，那时候他看到的一切都是模糊不清的，内心有太多的迷茫和惊恐。白茵显然发现了他的情况，待针头插入血管，将吊瓶挂起来后，她正起身准备离开，没有想到病床上这个神志不清的男人，突然死死地抓住了她的左手。

"放手啊混蛋！"这是她尝试几次都没挣开后对李蒙说的第一句话。

在这一刻，李蒙的视线捕捉到了焦点，面前女人的脸孔变得清晰，就连微微皱起的眉头、脸颊上沾染的灰尘，都被他记在了脑海里。他松开了手，迟来的痛感伴随着晕眩席卷大脑，在陷入新的睡眠之前，李蒙用仅剩的力气发出了声音。

"抱歉，你好美。"

两人就是这样相识的，后来李蒙才知道白茵的名字，以及她不怎么漂亮但是很温柔的面孔。在后来撤退的过程中，医疗人员一直跟随着大部队，李蒙就这样被战友们怂恿着接近了白茵——虽然大多数时候，迎接他的都是不耐烦的神色。他也知道，相比自己这个毫无学识、一腔热血的人而言，白茵很聪慧，也很明媚，她就像沼泽里的一脉清泉，而李蒙对自身的评价则是：一块漆黑的、从泥土里钻出来的石头。

但是石头爱上了清泉，在纷争不断的沼泽地，清泉最终也抓住了坚固的石头。

如果故事在这里画上美满的句点，那会是一段出现在别人口中的战场童话。可惜现实总是残酷无情。

两年之前,部队为了躲避围剿的敌人,冒险进入了生化武器泄露的区域,也就是现在的安加感染区。那时候,这儿还没有这么多恐怖的虫子,而是大量死去的动物和畸形的幸存者。拥有武器的军队很快占据了这里,甚至深入内部搭建营地,惶恐地等待敌军的攻击。然而预料的战斗没有开始,对方撤退了。

所有人安全地度过了3天,一直等到援军到来,才选择离开。谁都没有想到,未来的绝望正是在此刻埋下了伏笔。

在战争结束、世界统一之后,李蒙带着白茵来到一个安逸的普通小镇,用补贴金买了简单的房子,同时为她戴上订婚戒指,叫上了能联系的战友帮忙,策划了不算盛大的婚礼。那天真的很热闹,所有人欢快地交谈着,准备红酒和缤纷多彩的花朵。他穿着礼服兴奋地在家中来回游荡,满脑子都在想象着第二天的景象。

然而当天下午,白茵晕倒在了拍摄地点,甚至差点掉进河里,在场的李蒙及时抓住了她,在发现怎么都无法唤醒她后,他焦急地将白茵送去了镇上的医院。到了夜里,她被转移出来,紧急送往附近的城市。第二天,一夜未眠的李蒙透过显示屏,看见了她大脑里的几团阴影,这才意识到事情的严重性。

"抱歉,位置太特殊了,手术失败概率极高。"这是医生对他说的话。

进行了一个月的住院治疗,购买了抑制肿瘤和镇痛的药物,两人回到了早已冷清的家。角落里的红酒落了一层灰,而那些原本装饰在墙面上的花,也因为枯萎而被取走了。白茵抓住李蒙的手,低着头,保持沉默。

"等你好了,再说吧。"

"我……"白茵想要说出来什么,但是很快顿住了,她看着他的脸,低声应道,"嗯。"

在这个时刻,李蒙内心多出了很多说不清的复杂。两人简单布置了家,购买了该有的家具,接下来的日子看起来是平平淡淡地过着,但白茵的情况越来越严重,晕倒的次数变得频繁,而且每次发作都显得异常痛苦。当昏厥的白茵安静地躺在床上时,李蒙会开瓶红酒拼命灌进喉咙,他一点都不懂得品味这些昂贵的东西,苦涩刺激的味道能暂时转移注意力,而酒精产生的醉意,则是最有效果的麻痹。

后来,事情出现了更加糟糕的变化,很多战友也查出体内有肿瘤,而且做了摘除手术会导致更快的复发,他们联系到李蒙说明情况,甚至展开调查……在政府的帮助下,所有人都知道了真相,也是最无力的答案。

Kreca 病毒,高浓度条件下可通过空气传播,破坏宿主染色体引发癌变。它来自被隔离的安加感染区,没有治疗手段,只能缓解,患者唯有在痛苦中等待死亡。

这件事随后出现在了新闻中,全世界有数万名感染者,在隔离区内被抛弃的城市也被曝光出来。新闻报道里说了救援计划，又在很短的时间内没有了消息。接下来，特制药剂被送到李蒙的手上，由阿多林生物科技公司免费提供，可以缓解肿瘤的增长，将感染者的寿命延长3年。他给白茵使用了几天，情况确实得到了明显的控制，在没有什么办法能改变这一切之际，两人只能接受这种所谓的结局。

转折点，是半年后的一通电话。这是来自阿多林生物科技公司的邀请，对方直接表明存在治愈的办法，但前提得是去公司总部，并且同意签署协议。李蒙当天就带着白茵到了那里，接待他们的是一位比较年轻的研究员。她戴着眼镜，从额头延伸到双颊的疤痕跨越了整张面孔，但她似乎不在意这一点，甚至化了淡妆。

"你好，我是琳娜。"

这是李蒙第一次见到这个女人，她看上去和公司内部遇到的其他人有太多不同，说话的时候总是面无表情，无论是述说怎样的内容，都没有丝毫情绪出现在脸上。

琳娜带领两人来到隔离的房间，一开始只是聊近期的身体状况，和公司的介绍之类的平常话题，等到白茵被送去公司内部进行身体检查后，她突然对李蒙说："现在我们直接步入正题。关于你爱人体内的病毒，我们公司没有彻底治愈的药剂。"

"什么意思？"李蒙的表情很快就变了。

"不要激动,听我说完。"琳娜抿了一口咖啡,"用于治愈的药物存在,但在安加感染区的核心,安加王虫的血液之中。我不会给你说明太多专业性的词汇,但是我想告诉你的是,如果你能得到王虫的血液,并交给我们,那么全世界所有的感染者都会感谢你。"

这些重要的信息看似随意地从琳娜口中说出,而且很有效地击中了李蒙的内心。他听后平复了一下心情,目光看了一眼旁边快失去热度的咖啡,端起杯子喝了一口,很香但也很苦的味道弥漫了整个口腔。

"你的意思是让我们亲自前往安加感染区,对吗?"

"是的。"

"为什么选择我们?我相信,按照现在的条件,我们绝对不是最好的人选。"

琳娜推了一下眼镜,很平静地说出了一句话:"之前的都死了,要不就是失踪了。"

深棕色咖啡随着杯子的颤动而洒落,洁白的桌面上留下了一大块污迹。李蒙震惊地站了起来,直视着琳娜那透着冷漠的双眼,大声说:"这和让我们去送死有什么区别?你们可以派出自己的人员,甚至申请调动政府的部队。"

"关于政府和派出人员,这方面的原因我无法向你透露。"琳娜抽出纸巾,擦拭着她面前桌子上的咖啡杯,"另外,这和送死是有所不同的,任何事情都有概率,如果你成功了,你的爱人就可以活下去。"

"我拒绝。"李蒙给出了答复。

"先生,那么你是决定放弃你的爱人了吗?"

李蒙先是沉默,之后点了点头,但想要避开她的视线。

"你的血液分析结果,我这里有份文件,里面的信息表明你也是感染者。"

"让我们走吧,来这里等到的不是我想要结果。"李蒙有点厌烦了,站了起来,准备去寻找白茵。

"之前我们抽取了你的血液,根据所含病毒浓度推测,你活不过今年,去感染区是唯一的机会。我这是实话。"

这句话没有任何情绪上的波澜,却仿佛拥有比子弹更强的力量,洞穿了他的心灵。后来发生了什么,他不想从记忆中抽取,他认识到他可能没有自己想象的那么爱白茵,更多的反而是一种自暴自弃。在内心深处,他不想拥有被低沉和绝望纠缠的生活,却又无力改变。前往危险之地共同走向死亡吧,哪怕再危险、再疼痛,都好过暗无天日深陷泥沼般的生活——这成了来到安加感染区之前,李蒙最真实的想法。

13. 愈 合

李蒙醒来的时候，嘴唇有些湿润，口腔里还未吞咽下去的液体随着他的坐起流淌而出，滴落在胸口上。来自全身各部位深处的疼痛很快凸显，他咬牙强忍着，等待情况缓解。意识在这个过程中变得清醒，李蒙低下头，看见了趴在他腹上的白茵，她缩着身体，将大量枯叶和枝桠覆盖在身上。

她的呼吸很平稳，脸色好了许多，腿部断开的地方出现了凝结而成的硬壳，李蒙不清楚为什么血液会有这样的效果，它的用处看起来不仅仅只是治疗病毒才对——这都无所谓了，醒来的时候白茵还活着，就是最好的局面。随后，他注意到胸前和背部的伤口也有了相同的一层凝结硬壳，没有感染发炎，而是伴随着痒麻，有快速愈合的趋势。就在此刻，饥饿无力的感觉也冒了出来，李蒙不知道自己昏迷了多久，只觉得特别想要吃东西，就连身旁的白茵都让他起了食欲。

"该死。"他喊了一声，将不好的念头从大脑中驱散出去。

压缩食品早在决定救援白茵之前就被丢弃了，李蒙环顾四周，然后小心地将白茵移到身侧，起身从不远处的白骨堆里抽出了背包，可里面没有任何可以吃的，在洞穴中翻找了很久也一样。于是李蒙拿起翻出来的步枪和匕首，简单调试后走向洞穴之外，此时太阳的光芒是那样耀眼，让他想要躲避开。感受着眼球无法适应光明导致的胀痛，李蒙跳下岩石，又从溪水中蹿出。

之前他还可以看到附近有很多新鲜的人类尸体，但现在他们全都不见了，只剩下些衣服的碎片，仿佛在诉说着被虫子们分解殆尽的答案。

他突然回想起了沙若克，那个家伙没死，而且变成接近王虫的形态逃进了丛林中，李蒙很担心对方会在某天回来，那时候他可能就没有战胜沙若克的能力了。但唯一值得疑惑的是：为什么沙若克会变成那种模样？如果是因为吃了太多虫子的肉才会导致，那么自己也会如此，另外还有一点，为什么所有人都在告诉他，王虫的血液就是解药？

"不对！"李蒙停住了脚步。

从来没有人明确告诉他王虫之血可以治病，琳娜没有，那张纸条上也没有，反倒是那两种病毒在沙若克口中被描述为解药。那么在王虫的血液里，有那些东西吗？李蒙没办法下定论，他不懂这些，等白茵醒来，他必须要去问她，总之现在不好的预感已经在心中出现了。

钻进树丛，王虫的遗骸仍旧在原地，它只剩下外壳了，有几只半米高的甲壳生物正在一旁进食剩余的腐肉。发现李蒙的到来，它们同时转过头，发出尖叫声。李蒙举起步枪，用一连串子弹将这两只昆虫的头部打碎。简单的收割结束后,他嘴里疯狂地分泌着唾液,抓起死亡猎物的躯体狼吞虎咽起来,原本明显的腥臭味完全消失了,能感受到的,只剩下甘甜和满足。

"我到底在做什么……"

那些肉块被李蒙狠狠地扔了出去,他脑海里不断闪过沙若克最后的相貌,他不想变成那样,这些虫子的肉里肯定有某种东西,它改变了自己的味觉,甚至可能进一步改变他的本性。可是,饥饿感仍然存在,而且已完全被刚才的进食激发出来,它叫嚣着,狂怒着,来自身体的本能正不断尝试着压倒理智。

李蒙将王虫发臭的剩余躯体踢开,用枯叶和树枝覆盖那两具虫尸,从口袋中翻找出打火机点燃,看着那些昆虫的血肉扭曲着,冒出水泡。

回到洞穴时,白茵已经醒了,她靠在岩壁上露出笑容,李蒙将熟透的虫肉放在地上,然后坐在她旁边。他做出了自认为最佳的选择:将肉弄熟,这样内部的病毒都会被杀死,不会对身体产生影响。为了保险起见,他还先吃了一些,就是口感差了很多。

"我就知道你会回来,不过没想到还带了这些。"白茵拿起了一块,有些犹豫。

"如果你吃不下,我会继续想办法。"李蒙说。

她听后张开嘴咬了一大口,然后开始咀嚼,可能是无法适应味道，白茵立刻皱起了眉头，但还是顺利地吞咽了下去。看着李蒙担忧的神情，她拍了拍胸口说："没事，还记得我们参与北区战役的时候吗？"

"当然记得，蚯蚓那恶心的感觉我直到现在都印象深刻。"

"哈哈，我也是。"她先是笑着，然后靠在了李蒙的身上，"不知道我们还能不能回去……"

"等你好了，立刻就走。"

"王虫的血液……"

"它都被分尸了，我没有采集多余的血，别担心。只是任务失败了，只要他们没骗我，你会好起来。"他安慰道。

"他们……"想到这里，李蒙心中一阵悸动。

……

10天以来，李蒙见证了一个奇迹，白茵失去的双腿竟重新长了出来。起初只是一团被胶状物包裹的细小肢节；其后，随着时间流逝飞快地生长，逐渐布满血管脉络；直到最后完整的腿部形成。在干燥的外壳掉落后，稚嫩的新生肢体和原本的没有区别，无非是皮肤更加白嫩。他身上的伤口也出现了相同的情况，先出现深棕色胶状物，然后快速愈合生长——这不可能是人类所能做到的。

然而付出的代价，就是无穷无尽的饥饿感，以及在高体温过程中濒临崩溃的理智——他相信王虫也具有这样的特征，所以才能在一次次重伤中恢复。现在，两个人被赋予这强大的生命力，看起来这是一件好事，可李蒙的焦虑却半分也没有减少。

在这段时间里，他们捕食了大量虫类——原本还会抗拒，吃了很多后却成为习惯，口腔里能捕捉到的腥臭味很快淡去、消失，只剩下了猩甜。至于那些他们新找到的人类食物，相比之下却变得寡然无味。王虫巢穴的外围也逐渐堆积起吃剩的虫壳，有那么几个瞬间，李蒙甚至觉得自己成了感染区新的统治者，因为外出捕猎的时候他注意到，就算是体型比自己大的生物，在遇到自己后也会选择逃跑。

他最终没向白茵询问那些问题，可是李蒙也注意到，白茵经常会沉思，记录自己的身体情况。她显然是觉得这一切不对劲，已经展开了分析。

在平静的生活持续了几天后，李蒙做出了返程的决定。虽说没有得到王虫的血液样本，但自己的血液或许也可以，而且李蒙很想知道他和白茵的身体内部到底发生了怎样的变化。外界清晨的风有几丝清凉，李蒙说出了自己的想法，得到白茵的认同，于是他收起所有能用的物品，用新的电池给通信器补充了电量，做好离开前的准备。

刚站起来，白茵却把他扑倒在了枯叶之中。

"你认识我到现在，还有些事情没做呢。"

"你说的……"李蒙刚想说出口,嘴唇已经被封住了。

"是的。"她含糊地答着。

他明白了她的意思,于是双手环住了白茵的腰肢,两人紧紧地抱在一起,深陷在洞穴地面的枯叶中,耳边是呼吸声和叶片断裂摩擦的咯吱响。背包被随意丢弃在了一边,她红着脸闭上眼睛,拽着李蒙的衣服,露出从未有过的神情。李蒙抚摸着白茵的背部,温柔地注视着她的脸,内心的火苗越来越旺盛。

当白茵睁开眼睛,那青绿色的瞳孔正映照着他的面孔。

李蒙突然呆住了,一动不动。白茵对他的举动感到疑惑,用手指捏住了他的脸颊。

"你怎么了?"

"我想问你一个问题。"李蒙像是失去了魂魄,眼神空洞。

他挣开白茵的双手,后退几步,疯狂地捶打起岩石壁面,直到手掌流出了血液。白茵顿时有些慌乱,爬起来抱住了李蒙的后背,问道:"怎么了?"

"Kreca,总共四种,有两种可以作为解药。"

"你在说什么……"

"其中一种会破坏染色体,导致癌变,那为什么感染区会有生物存在。"李蒙将手放进口袋。

"它们的基因性状稳定下来了,可以免受病毒的破坏。"

白茵回答道，这也是她从琳娜口中听到的消息，"唯一不对劲的地方，是它们的变化速度，短时间出现如此多的生物种类，这不正常。"

"你的猜测是什么？"李蒙举起了手里的纸团。

白茵拿过去展开，看到上面信息的时候，她没有去怀疑它的真实性。在来到这里之前，他们得到的信息仅仅是 Kreca 的性状，没有提到它有多少个种类。如今看到这张纸以及上面的备注文字，她的想法清晰了起来。

白茵拿出通信器，调出了之前拍摄的所有图像，坐在地上认真地翻阅。李蒙抚额躺倒在地，注意到白茵完全进入了分析状态，他的呼吸也渐渐平稳了下来。

"被描红的地方，什么意思？"

"解药，可能……"

先前所记录的所有生物从眼前掠过，白茵发现它们大部分都有着相似的结构特征。她又想起自己在昏迷前所看到的王虫模样，内心的想法呼之欲出。

"我和这里的所有生物一样，都感染了原体，但是它们活着，我的大脑里却长出了肿瘤，那是因为它们的身体内有锁链在起作用，在这里我理解为锁链可以抑制原体，降低感染者的死亡率，但不能彻底治愈。其次，我对比了所有的图像，几乎所有这里的生物都会有很接近的相同特征，同时我也观察过王虫的外表，它则是所有不同生物共有特征的综合，相信这是 Kreca-A 的作用，它可能包含有王虫的所有基因。"

"当然，这都是猜的，因为太不可思议了，我不敢想象基因编辑技术竟然能实现这种效果。"

白茵在总结的话语里表达出自己的惊叹，但下一刻她就看到了李蒙变化的表情，并且意识到了什么。

"王虫的血液……"李蒙想要提醒她，不过白茵已经明白了。

"不是解药。"

这就是最真实、最残酷的答案。

气氛凝滞，李蒙将背包丢向远处，然后无力地躺在地上，看着发愣的白茵，他盯着洞穴顶部蔓延的植物根系，说道："或许我们真的不该来这里，那个叫琳娜的女人告诉我，我的体内也有癌变组织的时候，我当时冒出的念头就是我们一起死了算了，这样也就不必忍受太多的绝望。也许这是最窝囊的选择吧，毕竟我不相信什么奇迹了。"

"这就是你向我隐瞒的那些？如果没走到现在这一步，确实会如那个女人所愿。我们来到这里，就是奇迹，你是唯一杀死了王虫的人。"白茵躺在了他的身边。

"你的眼睛变成青绿色，就和之前想杀死我的人一样，你会变成王虫，我也是。"

"原来如此。"白茵用手摸了摸自己的眼眶,"还有机会的,你选择来救我,就代表你不会轻易放弃。况且这还不是最糟糕的时候,我们还有足够多的时间。"

"其实我很畏惧,害怕自己会死在你面前,我不想见到你那副颓废的样子。很多时候我都知道你做了些什么,比如墙角酒瓶的碎片,比如阁楼里木板上带血的拳印……"她继续诉说着,注意到李蒙的视线看了过来,于是白茵靠上去,将头靠在了他的肩上。

"琳娜告诉我,你一定要去,因为她向我保证,哥哥还活着,作为Kreca的研制者,他也许会有更好的办法,王虫血液只是备用计划。我害怕哥哥会不信任你,所以需要亲自过来,就算因为意外死了,你也可以借助我身上的东西向他证明我们的关系,这样至少你能有机会活下去。"

"不能继续相信琳娜,她说了很多谎话。"李蒙说道。

"至少,我见到了哥哥。"

"他在哪里?"

"他死了,但他会很快乐的。"

李蒙听后有些疑惑,他不太明白这句话的意思,白茵除了和他在一起,就是被王虫带到了巢穴,中途没有出现过其他人。在思考了片刻后,惊人的真相就这样从他脑海中浮现而出。

"你哥哥,是王虫!"

"嗯,所以我还活着,而且感受到了他的寂寞和痛苦。你没有做错什么,他真的很累了。"白茵将手按在了李蒙凌乱的头发上。

"找不到解药,我们也会变成王虫,我不敢想象那个时候。"李蒙抓住了白茵的手掌。

"至少我们现在还是人类。"

迎接他的是白茵柔软的身躯和热烈的亲吻。

14. 降 落

棕黄色外壳的生物匍匐在树干上,它的体表完全模拟了树木表皮的色调与质感,身体下方密集的腿将自己的身体牢牢固定。它将嘴里伸出的尖刺准确插入这棵树表皮最柔嫩的区域,一边吐出足以分解纤维素的液体,一边吸取着化学反应产生的汁液。总之,这完美的伪装,让它不必害怕突然袭来的捕食者,而且处在树的最顶层区域,也可以避免和地面那些危险的家伙接触,这就是生态位底部的生物种类所选择的生存策略。

头顶逐渐传来了规律的颤动声,在这个生物简单的思维逻辑里,它将其理解为一只巨大无比的天敌,于是它抖动了一下,抽出口器，随时准备从甲壳下面张开翅膀飞速逃离。但是经过此地的巨大生物似乎离开了，它发出的声音正在变弱，投射在丛林中的阴影也只是迅速掠过。

确认危机消失，它又将口器重新刺进树皮，富含营养物质的液体从口腔到达体内。在安加感染区，素食生物往往很难得到有效的进化，这个贴在树干上苟且求生的小家伙，永远都不会明白。

子弹正中它身体中心，粉红色液体混合着内脏，还有破碎的外壳一起炸裂出去，分裂成几段躯干，一部分卡在了鲜绿的枝叶间，其他部分掉落在地面，被从土壤中钻出的生物拖进了巢穴。

"不错。"迦伦纳给出了评价。

士兵迎着猛烈的风，收起步枪露出笑容，然后回到了座位上。坐在最里面的琳娜面无表情地看着这一切，心思完全没放在眼前的事情上。直升机在半空的起伏和震动，让她感到眩晕，而机上的其他人似乎也不在意她的存在，琳娜对这点很有自知之明，对迦伦纳而言，她只不过是达成目标的工具。

"女士，我们快到目的地了。"迦伦纳将防弹衣穿戴好，腰间卡着黑色手枪。

琳娜忍着不适感，用手摸了摸脖子上那富有弹性的颈环，上面的黄灯亮了起来，代表她处于焦虑不安的状态。琳娜没想到监控信号竟然会覆盖到这里，看来那些想要稳定新生政权的人有着相当大的决心。

"我要一把刀。"

"那你得告诉我理由。"迦伦纳带着淡淡的笑意。

"放心,缺乏理性的行为,我也不能容忍。"琳娜指了指自己的颈环。

在迦伦纳用手势授意后,士兵扔出了匕首,琳娜用右手接住,抽出来卡进颈环的缝隙,然后用力地往外一挑。电光闪烁了一瞬,断裂的颈环掉落在直升机地板上,琳娜扭了一下脖颈,对迦伦纳说道:"这才是真正的自由。"

"这次我原谅你。"迦伦纳轻笑道,"你做得对,我也想体验这种感觉。"

于是,他也割断了自己的颈环,接着说道:"谈话应该追求公平。"

"随便你。"琳娜表现得毫不在意。

这段时间她一直都在思考那件事情,准确地说,琳娜不想见到白沐,她甚至害怕想象对方现在的样子。如果白沐要通过"鸦群"实现他的计划,那么当初就不会选择留在这里,就算他完全变成原体,也能通过"鸦群"从他的血液中获取病毒原液,甚至用相同的技术实现逆向转换,变回人类。问题在于白沐没有那么做,这就意味着"鸦群"对他而言,很可能不是计划中的一环。

"给我说一下 Kreca 病毒吧,比如它是什么含义。"迦伦纳打破了短暂的平静。

"它没有任何含义,只不过是字母的随机组合,因为眼线太多了,有含义的东西是会被推测出来的。白沐会给自己准备很多无意义的代号,这是他的习惯。"琳娜告诉了迦伦纳答案,她知道自己现在没有其他的选择。

但她还记得白沐说过的那句话:"混乱可以完美地掩饰规则。"

"看来他在项目中成功占据了主导权,这也是我一直把他当作最大对手的原因,现在我连向他挑战的资格都没有,哈哈。"迦伦纳显得很愉悦,他甚至从旁边箱子里拿出了一瓶朗姆酒,打开盖子喝了起来。

"那么,你告诉我,Kreca 能做什么?"

"投放到主要城市,通过空气传播感染大部分人,他们会因为饥饿失去理智,开始互相残杀吞食,最后存活的那些会化蛹,蜕变成原体。而我们只需要接受抑制药物注射,就能免疫病毒感染,并得到庞大的异种军队。完成转变后的这些人,他们体内的病毒会被抹除,就算被捕捉也不会有太大的影响。"琳娜说出了病毒的真正作用。这就是几年前灭亡的那个国家所做的秘密项目,如果成功的话,战局会立刻扭转,原体会成为战场上绝佳的杀戮机器——可惜直至实验最后,得到的也不过是半成品。

琳娜是相信的，相信白沐能带领研究团队，制造出完美的病毒。

"原体如何会听从我们的命令？"迦伦纳询问道，他确实有些感兴趣了。

"很简单，可以使用信息素，在他们体内设计好接收器官即可。当时我们即将做到这一步，但病毒发生了泄露，并创造了下面的世界。"

"有趣，很有趣！现在，我决定改变我的看法，如果你说的都可以实现，那 Kreca 确实有颠覆性的作用。"迦伦纳将空酒瓶扔了下去，他的头发被风吹拂得凌乱不堪。

"只要取得样本，并保证我的安全，就可以。"

琳娜回应着迦伦纳，她所用的，都是一些迷惑的话语。对方很聪明，在她破坏颈环的第一时间就明白了自己的意图。琳娜不敢保证迦伦纳是否猜出了什么，因为他也解除了颈环，这样两个人对话的时候，就和在那个房间里一样，谁都无法得知对方的情绪。

如果颈环还存在，肯定会亮起代表焦虑紧张的黄色，琳娜就会在迦伦纳面前展现出她的慌张。但是迦伦纳也做出了相同的行为，如果他对她动了杀机，不会有任何证据被提交到监控系统，好在眼下即将到达王虫巢穴，这种期待的感觉让琳娜的心情得到平复。

白沐的妹妹还活着，就算只有几个月的寿命，也会是个可能的变数。安加感染区能够隐藏她，甚至消弭她的存在，这样无论是政府还是"鸦群"，都无法让白茵对病毒进行更进一步的研究。虽然琳娜不相信白茵的能力，但是她不想让计划受到干扰，所以她用白沐还活着的理由让白茵进入感染区，这是琳娜所能想到的最适合的办法。

阿多林生物科技公司曾以政府的名义软禁了琳娜，提供给她资金和人员，让琳娜得到王虫的血液，将样本交给政府。但是目前的社会局面下，无法派遣军队，所以只能由琳娜假借各种利诱让个人或团队去往安加感染区。现在，属于她的计划就要开始收尾了，或者说当琳娜明白了白沐的真正意图，所谓的计划就只剩下了一个：琳娜只想要和他在一起，并且告诉他，这是属于她自己的选择。

"长官，我们到了。"直升机驾驶员说道。

琳娜立刻看向窗外，那由岩石组成的山丘就在下方，底部的夹缝里隐约还能看到许多残骸。这就是令她怀念的地方，也是几年前来到这里的那群人最后待过的位置。就在这里，她和白沐烧掉了自杀同伴的尸体，也是在那天夜里，剩下的两人做出了那个决定。

直升机开始降落，到达一定位置后，软梯放了下去，全副武装的士兵接连爬下，琳娜跟在迦伦纳后面，经过一番努力后，踩在了松软的土地上。

"为了让你来到这里,'鸦群'冒着巨大的风险,希望你不会让我失望。"迦伦纳活动着酸痛的手腕。

"当然。从现在起我们都是感染者,得不到解药,就会死。"

15. 残缺的原因

时间到了下午 5 点。

探索的士兵走出洞穴,告诉其他人洞穴内什么生物都没有,只发现了人类生活的痕迹,以及熄灭不久的火堆。迦伦纳了解后,决定暂时驻扎在这里,等待王虫的出现。不过在得知目前的状况后,他看向琳娜的眼神里,多了一些怀疑和不耐烦。

琳娜当然感受到了这种视线,她也只能无助地望着天空——她不觉得白沐会离开这个洞穴,这其中肯定是发生了什么。她突然想到前一段时间被她欺骗来到这里的人,虽然内心一次次地想要否定,可是最后,琳娜必须得相信有这种可能性——

王虫,也就是白沐蜕变成的原生体,被杀死了。

"长官,我们在附近发现了一堆残骸,里面有些很大的东西。"

她听到了士兵向迦伦纳汇报的声音,冰冷的寒意从内心直冲而出。琳娜跟了过去，在一堆被火烧过的尸体残骸中，她看到了王虫那半边焦炭化的头颅。空气中弥漫着腐烂的恶臭味，松软的土层中有大量食腐昆虫在活动。琳娜强忍住泪水，但右手还是伸出去，放在了王虫那早已发黑的外壳上。

"沐，如果那时我坚持留下来，该多好。"琳娜在心里想着，现在她连唯一的希望都没了，如果能早点理解白沐的想法，就不会沦落到这种境地。现在她还能做的，只剩下最后几件事情，当然，这不包括和"鸦群"的合作。

"怎么办？"迦伦纳在身后问道。

"先前我派来的受雇者杀死了王虫，不过你放心，可以在他们离开感染区之前拿到解药。"琳娜转过身对迦伦纳说道。

"所以，找到他们就好了。"

迦伦纳听后举起了手枪，指着琳娜的头扣动扳机，子弹划过了她肩旁的发丝，激起地面的泥土。看到琳娜眼神中传达出的惊恐，迦伦纳很满意地放下枪，说道："如果你骗了我，后果会很惨。"

"我知道了。"琳娜的额头上流出了冷汗。

没过多久，她察觉到背上有了些淡淡的凉意，那是自己偷偷打开的小瓶子流出的液体，已经渗入她的皮肤。迦伦纳是不会明白的，在得知白沐死亡后，琳娜做出了她人生中最后的选择，这是她计划的一环，但结果将会被改变。

迦伦纳派出几个士兵展开搜索，然后钻进了帐篷。他的心情变得很糟糕，这次行动是他为了"鸦群"所采取的冒险，因为组织即将要开展针对首都的行动，能得到更多的帮助以提高成功率是很有必要的。他暂时还不理解，几年前白沐为什么要隐藏病毒的信息，即便在出现问题的情况下，他也只向少部分人寻求了帮助，然后就消失了踪影。

迦伦纳可以肯定，琳娜知道部分"鸦群"的计划，但现在她还有很高的价值，不能轻易除掉。但如果她所说的都是骗局，那么迦伦纳保证，他会让这个女人生不如死。此时处在感染区核心的他看到了病毒的力量，如果琳娜在这时选择背叛，后续无论怎样弥补，都会导致鸦群在感染区外围防卫部队的人员暴露，他承担不起这个责任。

天色正在变得黯淡，生物的鸣叫声从各处传来，迦伦纳躺在柔软的垫子上，没有半点睡意。他习惯了城市的安逸生活，而在这个全是怪物的地方，要说毫无畏惧是不可能的。他觉得琳娜不值得信任，几个小时前他真想杀了她，可迦伦纳又在憧憬着"鸦群"获得初步胜利的那天。如果病毒可以完善，谁得到它，谁就能拥有世界——所有者一定要是"鸦群"，因为只有"鸦群"，才可以用最合理的方式重新构建人类社会。

每个士兵的位置都显示在地图上，他周围有6个人，两个在巡逻，剩下的则在各自帐篷中休息。而派遣出去的4个人，距离迦伦纳已接近3公里了，他们没汇报什么异常情况，只是在缓慢地移动着。

当迦伦纳准备关闭地图去休息时,屏幕上突然闪出了红光。

"警告,09生命信号丢失!"

"警告,07生命信号丢失!"

……

"长官,我们遭遇大型生物袭击,建议立刻撤离驻扎地点。"通信器里传来了焦急的声音。

"警告,02生命信号丢失!"

迦伦纳惊讶得坐了起来,后背短短几秒内冒出大量冷汗,在神智恢复清醒的刹那,他立刻大声咆哮道:"快起来!"

"警告,04生命信号丢失!"

提示框亮起一圈红色,电子地图被随意扔在了地上,透过被打开的帐篷拉链,能看到大声呵斥、挥动手势的身影。迦伦纳派遣搜索的四个人在几分钟内全部死亡,而且他们都拥有精良的装备,这让他意识到事态的严重。

"逃不掉了。"琳娜蜷缩在帐篷内部,疤痕与带泪的笑容一起,构成狰狞的面孔。

信息素的半成品还在随着空气释放,人类无法闻到任何气味。而对安加感染区的生物而言,只要是在病毒影响下让接收器的基因成功表达,它们就会被这种物质所吸引。身体内受体的结合与相关化合物的生成,会让这些生物处于服从本能的亢奋状态。对琳娜而言,这不过是低劣的制造物,离富有秩序的生物控制还有非常遥远的距离,但简单的目的还是可以实现的,比如让迦伦纳死。

她的计划就是这样。白沐死了,她也没有活下去的意义了。

帐篷被粗暴地撕开,迦伦纳用力将琳娜拖了出来,拿枪指着她的头,脸上看不到丝毫理智:"这是怎么回事?!"

"我不知道。"

琳娜散落的头发完全遮住了她的脸,她使劲儿想要挣脱,但一颗子弹射穿了她的手臂。

"我真的不知道。但如果你杀了我,就没有任何机会了。"

迦伦纳松开手,将琳娜推倒在地上,从旁边箱子里抽出步枪,他已经听到周围树丛里那些让人惊悚的动静,数不清的东西在里面穿梭跳跃,在场的所有人围成一圈,全神贯注,不敢发出任何声音。

琳娜紧压住左手臂上的伤口,里面的骨骼已经被击断了,甚至损伤到了动脉,指缝间不断有鲜血在流出。她咬着嘴唇,不让自己因为疼痛而发出声音——这样至少可以在迎接死亡的时候,不至于太丑陋。

几年前,即将蜕变的白沐将她送到了高墙附近,希望她在外面过平静的生活,可是琳娜却掉进了城市幸存者部署的陷阱,里面用木头削成的尖刺毁掉了她的脸。琳娜逃不出那个幽深坑洞,她用最后的力气,将自己偷偷取到的白沐血液样本,注射进了身旁奄奄一息的少年的血管里。

现在想起来,当时的做法是多么可笑,她不该趁着白沐昏迷的时候抽取他的血液,更不应该自以为是地认为要执行白沐的想法。在实验室发生泄露的那天,她没有听从白沐的命令,毁掉病毒的半成品,所以才会有一群人重新回到感染区,想办法去杀掉那些发育失败的原生体。

白沐那个时候感染了病毒,将会变成原生体,他在自己还有人类理智的时候,想的是把琳娜送出去,然后自我了断。然而白沐在蜕变后丧失了原本的意识,变成了王虫在感染区中心存活。可琳娜却始终相信,白沐将要用他的力量变革这个被统一之后即将转化为囚笼的世界。她醒悟得太晚了,以至于在回忆的时候,总会觉得自己是个巨大的笑话。

枪声让她回归到现实,在灯光的照射下,密密麻麻的就像是怪异昆虫的生物接连冲了出来,它们彻底失去了本性,只剩下亢奋的行为和简单的本能,以至于在涌上来的时候,不同种类之间还在相互攻击啃咬。

就算是经历过鲜血洗礼的士兵也害怕了,迦伦纳的手掌心早已冒出冷汗,看着大量从未见过的怪物咄咄逼近,他几乎握不住手中的枪,就连每次更换弹夹都能成为对心理的考验。他不能死在这里！他还没有在"鸦群"发挥出自己的价值！迦伦纳的情绪逐渐走向崩溃，内心浮现再多的想法也是枉然，他知道仅靠这几个人坚持不了太久。

一个士兵被扑倒了，他的喉咙被锋利的口器咬开，胸口被撕出大洞，很快淹没在各种生物构成的海洋里。但奇怪的是，这些家伙全都涌向了旁边的帐篷，最前面的大虫勾出了背包，顷刻之间，背包就被咬成了碎末。看到这个景象，迦伦纳瞬间就明白了：这是琳娜搞的鬼！他甚至直接猜中了她所用的就是在直升机上所提到的信息素。

可他没有能力分出心思，那些可怖的虫类越来越接近，爆出的粉红色血浆飞溅到迦伦纳脸上。弹夹中的子弹飞速消耗着，他脸上的表情越来越扭曲，身体在不自觉地后退，但步枪还是停止了轻微的颤动。在迦伦纳想要拿出弹夹的时候，飞扑而来的生物抓住了他的裤腿。身边的士兵立刻调转枪口，杀死了迦伦纳附近的生物，然而代价却是自己的生命。士兵因为疼痛而发出的呐喊声响起，不过随着头部碾碎而消失。

"你这贱种！"迦伦纳抓住琳娜的头发将她提了起来，想要挡在自己身前。

就在这时，正前方的各类生物突然散开，在微弱的光线下，一只奇特的生物走了出来。它拥有扁平的前足、接近人类形态的头颅，还有坚硬的棕色甲壳，余下的细节很难再用形容词描述，总之，它给人一种奇异的美感。迦伦纳能感觉到，其他的生物都畏惧它的存在，综合先前得到的资料，他认为面前这个家伙可能就是原生体，或者被称为王虫。

见到对方没有攻击的意图，迦伦纳将琳娜挡在身前，试探着走了过去，剩下那几个还活着的士兵跟在他身后，一群人向王虫迈出了脚步。可惜他没有注意到琳娜此时的眼神，那里面包含着属于胜利者的得意。

"你输了。"琳娜用非常小的声音说出了这3个字。

猛然间，她将头重重地顶在迦伦纳下巴上，然后朝前方扑倒下去。几乎与此同时，琳娜前方的王虫借用后肢的力量瞬间冲刺，所有人的目光都随着它的动作而变得呆滞：迦伦纳的头颅飞了出去，落入了生物群中，引起一阵骚乱。

照明由于电灯线路的破坏而熄灭，可枪口冒出的火光却一次次将这小片充满血腥味的区域照亮。几声惨叫过后，所有的光亮都消失了，琳娜耳朵里能听到的，全是窸窸窣窣的摩擦声。她翻过身，将无头尸体踢开，然后抹去脸上的血迹。此时王虫就站在她旁边，以它为中心，密集的群体形成了空洞的区域。

"沙若克，如果是你，请向我点点头。"

听到这句话，面前的生物像人类般点了一下脑袋。

"原本的王虫，是你杀死的吗？"

沙若克这次选择了摇头。

"我明白了,谢谢你。"琳娜伸出手,抚摸沙若克的颈部。

在绝对的黑暗中,她的手心感受到了黏稠的液体,甲壳上新鲜的弹孔正在流血。琳娜清楚,沙若克依旧是个失败品。他没有足够大的体型、坚硬的甲壳,以及理论上强大的战斗力,也许沙若克的血液里充斥着外界所有人都需要的病毒样本,但现在琳娜不在乎了,她仅剩下怜悯——对沙若克的,也是对自己的。

她用左手偷偷地拔出手枪,在意识到沙若克发现了这点之后,立刻将枪口指向了自己的额头。沙若克显得有些慌张,伸出前肢,想要拉住她的手臂,然而琳娜却在这时调转方向扣动了扳机。微弱的白光转瞬即逝,子弹从沙若克柔软的喉部进入,又从他的头顶带着脑组织迸发而出。

"对不起,真的很对不起。"琳娜流泪道。

"我相信过奇迹的,可奇迹不属于我。"

沙若克倒了下去,就算是王虫这样的完美设计,也无法在脑部严重受损的情况下存活。庞大身躯倒下去的瞬间,周围那些生物失去了最后的束缚,朝着琳娜涌来……

属于琳娜的计划,以她自己的死亡作为尾声。在感受着血肉被撕裂、神经被切断所产生的那些痛苦中,她微微睁开了染血的眼睛,仰望着毫无半点星光的天空。

无论这世界变成什么模样,都是在走向无尽的明天。相信,真正强有力的变革者终会出现。白沐当初明白了这一点,于是离开了组织，因为他认为"鸦群"的行动只是在创造新的尸体，不会为人类注入新的生命力。

人类还不到蜕变重生的时候，所以白沐才会让病毒成了永恒的残次品……

16. 最终真相

烟雾从被藤蔓覆盖的围墙内冒出，咳嗽声响了片刻，然后是一阵痛苦的喘息。距离注射王虫血液已经过去了两天，原本稳定的身体状况正在迅速恶化，从地面上那些黑色血块，就能看出事态的严重性。

李蒙借助光亮的刀身，看到了自己瞳孔的颜色，身上因雨滴汇聚而产生的寒冷让他变得心灰意冷。他认为自己的选择没有错，继续待在王虫的巢穴里是不妥当的，因为一定还会有人来到这里，用精良的武器企图夺去他们的生命，可这是建立在他和白茵尚未来得及变为王虫的前提下。似乎从做出决定的那一刻起，他就认定了已不会存在其他解决方案的可能。

"好冷。"仍在睡梦中的白茵含糊地说道。

"起来吧，得想办法进去。"李蒙叫醒了她。

电子地图显示他们所处的位置是一片湖泊的正中心，李蒙确实在附近看到了水域，但范围比地图上显示的小了 1/2，现在这里有许多废弃的建筑，而且找不到曾被水淹没过的痕迹。当李蒙弄明白地图上为什么会出现这种错误后，就用石块将这个之前一直很方便的设备砸毁了。他不能暴露自己的位置，他要让外界的人觉得，安加感染区已不再拥有王虫，而且他们也死在了其中。

因为，两人这时已来到安加感染区最隐秘的养殖场。

原本昨晚就可以进入，可李蒙的身体情况在那时却不支持他这样去做。来自胸腔内部的、大脑深处的、肌肉间隙的疼痛持续折磨着他，就连皮肤上都出现了暗红色的斑块。白茵也有类似的情况，但相对而言要弱许多，她认为这是病毒迅速在体内扩散的征兆，如果不抓紧时间，后果将无法挽回。

好在到了昨天的后半夜，李蒙还是睡着了，睡得很深、很沉重，以至于苏醒时他仍旧觉得恍惚茫然。

白茵一睁开眼就抓住步枪，借着墙面的藤蔓迅速站了起来。

两人并肩走向建筑群的更深处，地面也由原来松软的腐土，变成覆盖有一层青苔的水泥。逐渐地，他们进入了通道内部。这里温度很低，寒意总让人下意识地想要后退，李蒙握住白茵的手，打开了手电筒，潮湿的地面上有数不清的蠕虫在爬动，正在躲避对它们而言机具杀伤力的光芒。

他将光线指向了头顶，那只长有细长关节的、类似蜘蛛的生物赶忙收起准备咬下的尖齿,后退到墙角。它没有逃离的机会,因为白茵扣动了扳机,冲击力炸开了这只虫子的身躯,就连墙面上都出现了一道凹痕。

"走快点。"白茵催促道,她确实很害怕,与其说她怕黑暗,不如说是怕藏在这绝佳掩盖下的奇怪生物。

前方出现了一些反射光,李蒙拉着白茵的手加快了步伐,最后被铁锈结成硬壳的大门挡住了去路。此时,微小却覆盖范围很广的水流从底部流淌下来,有些白色的物质沉淀在其中,而右边还有个面目全非的身份识别门锁。这和先前的实验室完全不同,这扇门是不可能通过常规手段打开的。

迟疑了片刻,李蒙尝试着轻轻推动,发现没动静,于是他让白茵退到旁边,抬起腿用力踢了上去,撞击声带着回音在通道中荡漾。门的一部分凹陷了,还带有明显的裂痕。又踹了几脚,大门一侧出现了一个足够让人进入的孔洞。

门后,是向上延伸的楼梯,尸体的残骸铺了一路。

两人互相搀扶着,顺着楼梯前进,周围变得干燥寒冷。在从一扇被严重破坏的铁门钻进去后,面前是一具断成两截的人类尸体,他的手中还紧握着枪,拖着上半身移动了一段距离。红外设备捕捉到了他们的到来,整个区域的灯光都亮了起来,将更多地狱般的场景展现在眼前。无论是人的,还是虫类的,残肢断臂混合在一起,地面上有一层黑色的物质,散落着数不清的损坏装备,而墙面上除了干燥的血液，还有一连串弹孔留下的痕迹。

空气中没什么特殊的味道，时间太久了，能产生异味的物质早已被细菌分解。地面上残留着脚印，说明有许多人来过，这些人进入了更深处，却只剩下寥寥几个回程的印迹。李蒙注意到一些奇怪的残骸，近距离观看后，发现了更加令人匪夷所思的事情——这些都是属于王虫的。

人类和王虫在这里交锋，互相杀戮，留下遍地尸骸。

尽头出现了爆炸留下的痕迹，墙面倒塌了，还有些地底虫类在里面筑巢，李蒙托起枪先一步走上前，这些虫子发出了嗡鸣声，竟然没有做出逃跑的举动，而是驻守在巢里。李蒙用几发子弹便结束了那些家伙的生命，他走上前去，看见了许多刚刚破开卵壳的幼虫。没有了父母的养育，几个小时后这些小家伙就会死亡。

"这就是最里面了。"李蒙回头对白茵说。

周围散落着骨骼、枪械、背包，他蹲下身抚摸着那些被撕碎的布料，还很结实，和外面那些过了许久的不同，这里是半年内发生的事情。至于为什么没有死者存在，答案很明显，他们被这些进到实验室内部的虫子吃掉了。由那些先进枪械可以推断出，这里也发生了交火，而且就是近期的事情，能够杀戮这支小队的生物，最大的可能就是王虫——住在核心区的它难道也来过这里？

或者说，这里也曾出现过王虫？ 可是目前没有遇到任何危险，也没有发现有其他王虫生存的痕迹，所以可以排除这个猜测。更大的概率是，此地出现的王虫与核心区的那只是同一只，它在这里杀戮之后才到了核心区。当然李蒙也想到了另一种可能性，那就是有两支敌对的队伍同时出现在这里，并发生了火拼。

随着光芒照射，一具靠着墙面的焦黑尸体吸引了他的视线。

捡起旁边的通信器，替换上新电池，屏幕亮了起来，里面最后记录的影像显示的时间是8个月前，一个年轻的男人坐在地上对着镜头叙述着。

"付出巨大的代价，杀掉了所有目标，可是我们却感染了病毒，正在变成新的原生体。"

"抱歉，我无法接受这个事实，也将拒绝执行剩下的任务。"

画面中，这个年轻人用手枪对准头颅扣动了扳机，附近的两个人走上前在他的尸体上淋了汽油，然后点燃。火焰散发出耀眼的光芒，旁边那对男女的面容也被照亮，李蒙对那个女人产生熟悉的感觉，回忆片刻，他得到了答案——视频里的那个女人正是琳娜，但当时她的脸上还没那道伤疤。

她来过这里，还有可能接触了被他们称为原生体的王虫。

视频还在继续，共3段视频，以及非常多的资料记录，后面一段视频的讲述者，正是白沐。但在后两段视频里，琳娜不见了，而瞳孔变成青色、皮肤出现红斑的白沐则开始讲述更多的真相……

病毒是用来破坏的，不会为这个世界带来新生。

对李蒙而言，他想要的答案，是治愈自己和白茵的办法，可是那个早已死去的白沐却称，解药不是王虫血液，原生体的血液中，包含所有的病毒样本和作用机制，得到它的人就能将 Kreca 项目继续进行下去，甚至有可能将其完整实现。也就是说，李蒙是被欺骗着和白茵一起，以生命的代价，在替那些幕后大人物来寻找他们想要的东西。

政府禁止派遣军队来到这里，原因是 Kreca 项目研制的病毒具有非常强的破坏力，可以轻易让一整座城市乃至半个大陆都成为感染区，这才是让高层人员有所警惕，但他们却仍然对白沐的研究成果保持兴趣的原因。

但阿多林公司很早就买通了外部的防卫部队，受雇他们——包括李蒙和白茵进入其中。这家公司在战前就通过提供免费的医疗与药品影响着人们生活的方方面面，大多数不知情的民众对它抱有好感，也让它很轻易地融入了新时代。只有少部分人知道，正是这家公司缔造了安加实验室，在那个成为历史的敌对国引导下，企图创造用于战争的强大生物。

如果不是发生意外泄漏，他们几乎都成功了，一旦那种情况发生，战争将是一边倒的局面。

而在视频中只出现了不到两分钟的琳娜，在李蒙眼里就是个欺骗者。曾经，她抛弃了被感染的同伴，一个人回到繁华的城市，也许她还爱着那个早已成为王虫的男人，但是现在她却成了阿多林公司的研究人员，引诱着无数人前来赴死。白沐似乎也没有将自己所有的行动都透露给琳娜，这也可能就是导致目前状况的主要原因。

两人怀着五味杂陈的心情看完了通信器中的所有资料，白茵通过其中的内容，与她得到的线索相互印证、拼凑，推测出答案：Kreca-B 就是解药，它存在于安加感染区所有的生物体内，任意一只虫类的体液都可以实现提纯治疗，根本不需要获取王虫的血。阿多林公司肯定知道这件事情，也许之前所用的药剂，正是由这种病毒制作的。

本应该有 4 种病毒——

A 是具备王虫所有基因片段的原体，高浓度条件下以空气传播，自身存在限制，无法全部参与性状表达，只会破坏感染者的染色体，引发癌变；B 能减弱 A 的破坏性，通过血液传播，它修复生物感染体，在与 A 同时存在的情况下，两种病毒相互抑制，会促使生物出现基因突变，甚至可以在捕食过程中导致不同生物间的基因发生交流；C 以血液传播感染宿主后，会导致 A 的限制被解除，B 停止复制，在 C 和 A 同时大量复制产生的过程中，也就是感染者逐渐变为王虫的过程。

至于 D，它只存在于图纸之中，作用是能让机体产生多种抗原，在它帮助修复癌变细胞的同时，其余类型的病毒会被自身免疫细胞消灭，这就是真正意义上的解药。

总之，病毒的秘密很可能就是这些，它被白沐藏在了养殖场自己的通信器里。在地图上，这个位置标注的是一片广阔的湖泊，但这只不过是一层遮挡肮脏的黑布，迷惑了太多人的眼睛。

观看罢视频，李蒙和白茵对视着，两人都露出了苦涩的笑容，对于被 Kreca-C 感染的人而言，身体的变化无法被阻止，解药是不存在的……

通信器里视频最后的画面，白沐静静端详着手中的戒指。他的头发很长，也很乱，浑身上下都是泥土的痕迹。没过多久，他的身躯便笼罩在了黑暗里，青绿色的瞳孔中，流露出悲伤和纠结。

"不要想起我，琳娜。"

17. 化 蝶

从养殖场出来，两人在附近的废弃建筑中架设好了临时的居住点。仅仅过了两天，白茵便出现了嗜睡和高食欲的症状，这导致李蒙不得不捕获大量猎物来维持她的生命，附近的所有大型生物都被"清理"了一遍。事实上，已经没有办法了，在了解到几乎所有的内幕后，他们已经明白，回到外界只会让情况更加糟糕。

在李蒙眼里，白茵的情况正在不断恶化，以至于到最后她已经因为昏睡而失去意识，只剩下进食的本能，身体一整天都蜷缩着,就像个即将化蛹的幼虫。很明显,当时注射的王虫血液对她的影响比预计的还大。李蒙就这样观测着这一切,深感疲惫,也对自己的无能为力感到愤怒,这种情绪让他仿佛回到了白茵被确诊脑部肿瘤的那些日子——每天守在床边,对未来满是恐慌与绝望。

这天傍晚,拖着虫尸的李蒙走进两人一起修缮的建筑内部时,突然发现白茵的身体不见了。原来,她已完全被深棕色的半透明物质覆盖,埋在了枯叶堆里。李蒙沉默了许久,丢下手中的东西,坐在她旁边哭泣,乃至陷入更深的失控之中。此时李蒙也出现了强烈的进食欲望,不过他用尽全力压制着,以饥饿感换取意识的清醒。在接下来的几小时,有很多个瞬间,李蒙都拿起了手枪,先瞄准化蛹的白茵,再对准自己的头颅,但他总会在无尽的犹豫、纠结之后,选择放弃。

最终,李蒙胡乱塞了一些生肉块,躺在白茵身边睡着了。

迎接李蒙的,是他所创造的完美梦境:山川湖泊与草地,蔚蓝的天空,温暖的阳光,和山脚下那幢两层楼的房子。和以往不同,今天这儿多出了一座长满藤蔓的木桥,许多紫色的花朵簇拥着在两端盛开,淡淡的香味扑面而来。

"我不会再怀疑了。"

"舍弃了现实啊。"

"没关系。"

他微笑着走下桥，捧起小河中的水，品尝着，迷恋着，用心感受这里的美好与幸福，不再有任何怀疑和否定。就在李蒙即将沉沦的时候，他想起了白茵的脸；想起她穿着发黄的医护服，大声教育躺在病床上想要拔下注射器的自己；想起她和自己紧靠在一起，躲避炮火的那个雨夜；还想起了婚礼前一天，她试穿着婚纱扑上来的样子。

童话故事到这里就破碎了，李蒙发觉到了周围的异样，脚下的草叶上出现了蠕动的黑点，它们迅速长大，变成了肥硕的青虫。片刻之后，那些鲜嫩的草叶变得残缺不全，就连根茎都被吞食，而美丽的花朵也淹没在虫群之中。

他慌乱地四处走动，拼命想要杀死这些毁掉天堂的小生命。可李蒙阻止不了它们，只能眼睁睁地看着所有的景色变得面目全非。

"自然是交替的，人类，乃至文明也是如此。"

"所以完美终究破碎。"

"可你得想想，这会不会是新生的开始？"

心里有个人在自言自语，他不知道那些分辨不出性别的声音来自哪里，等待着大脑将信息补充完善……李蒙听出来了，那是潜藏在意识深处的、属于自己的声音。

"毛虫很可怜。"他开口道，想要与内心深处的那个自己对话。

"为什么？"很快他就得到了回应。

"因为……"李蒙向着小屋前进，每走一步都会留下大量压碎的尸体，那些恶心的绿色物质很快又被周围的存活者吞噬，什么都没剩下。

"变成蝴蝶，它就不是自己了。"

"你不是毛虫，你不懂它的心情，也许它还记得自己的丑陋……"

"哈哈，"李蒙笑了，"所以蝴蝶会快乐？"

"是的，我相信，你也相信。"

话音结束的刹那间，整个世界都安静了。

李蒙站在原地，端详着地面，所有虫子都变成了蛹，它们都是单调的颜色、平凡的姿态，却将真正的变革隐藏在深处。随着时间的流逝，他竟然产生了期待，如果这些蛹都变成蝴蝶……

如果这些蛹都变成蝴蝶……

囚笼撕裂的动静在四面八方响起，数量如海洋一般的新生命从破旧的躯壳里钻出，拖着萎缩的翅膀注视阳光。而此刻，地面上涌出了大量的新芽，顷刻之间抽出枝叶，最后绽放开缤纷的花朵——所有的蝴蝶飞了起来，轻轻地扇动翅膀，聚集在一起，带来无穷色彩。这是超现实的场景，突破大脑构筑能力的极限，正因为如此，他才更愿意沉浸于虚假的幻梦中。

"你想好了吗?"心中的那个声音在问。

"这不是标准的答案。"李蒙虽然否定,但嘴角却现出一抹笑容。

布满天空的蝴蝶,开满世界的花朵,就像是调色板上打翻了不同颜色的调料,最后被突如其来的水流冲刷殆尽。对他这个缔造者而言,这也是蜕变,一切归于平淡,才是自己要的答案。于是无用的浮华都被清洗抹消,鹅卵石铺就的小路在翠绿草地上出现,延伸到屋子的门前。李蒙欣赏着风景,一步一步走着,想象着白茵出现的样子,最终抬起右手轻轻叩门。

她穿着淡黄色裙装,打开门后嫣然一笑。这是她最美的样子,也是他最期待的样子。

"你不能永远待在这里。"

"我们好不容易,才走到一起。"李蒙走上前抚摸着她的头发说。

她仰起头,看着他的脸:"你在逃避现实。"

"可是外面很残酷啊,我一直都在努力,却得不到应有的回报。世界总是在用恶意迎接我,无论我怎样反抗,都无济于事,所以我觉得放弃是唯一的选择。"

"不。"白茵用坚定的眼神反驳。

"就算希望不存在,你也要活下去,只要你的存在还拥有意义，你就得活下去，这是生存的本能，哪怕再弱小、再卑微。"

"所以我该怎么面对？"李蒙反问。

她却踮起了脚尖，在他耳边发出了温柔的呢喃。

"答案在你心里。"

她呼出的气流是温暖的，这是这场梦传达给李蒙的幻象，却又那么真实，因为这来源于现实存在过程中的信息组合堆砌。他和白茵认识了这么多年，有些感情早已成为本能，如果当时选择了放弃，他会因此而抱憾终生，因为无论怎样，她的影子都会在他的生命中挥之不去。如果李蒙就此堕落，她将会孤独下去，这是谁都不能忍受的。

他思索着答案，眼前却总是闪过现实中那些挣扎求生日子里所夹杂的美好。人真的是一种很复杂的生物，轻易就能被击垮，却又总是可以在阴暗的最深处，创造一些镌刻于灵魂的快乐。

"我知道了，谢谢你。"李蒙看着她说。

梦境停顿，白茵飘浮的裙摆静止在半空，她保持着即将落地的姿势，露出甜美的笑容。李蒙怔怔地看着，伸出手想要触碰，却从她的身体穿透了过去。看来梦境就要消逝了，这也代表着，他将会苏醒。

虚幻的景物分崩离析，纯粹的黑暗在色彩被剥离产生的裂缝深处涌出，它摧毁了山川湖泊，吞噬了河流草地，而那仅剩的房子却成为唯一的纯白。被束缚的感觉从身体各处传来，李蒙伸出双臂，想要抓住这越来越明亮的光芒，他不会再放弃了，这就是所谓的蜕变，让自己被动着走向新生。

蝴蝶会记得曾经的丑陋，并为此时的美丽而感到欢喜。

他破开蛹壳，将身躯迎向光明。

思维随之拥有了全新的力量，开始清晰运转，空洞的世界在很快褪去，只剩下绝对的真实扑面而来。白茵就伫立在不远处眺望，纤细的身影被洞穴之外的阳光照射，散发出无法形容的光辉。她注意到了李蒙的苏醒和新生，转过头用温柔的视线望过来，然后缓缓伸展开巨大的翅膀。

这一刻，他看到了如繁花盛开的美丽。

昆仑

上古神明

文／长铁

昆仑悬圃，其尻安在？增城九重，其高几里？四方之门，其谁从焉？

——屈原《天问》

火星在七月的黄昏沉沉坠去，西边的天空一片彤红。我站在颠簸的马车上，视线从寥阔的苍穹垂落于背后那片广袤的大地。两条深深的辙印蜿蜒至天边，杜宇落单的身影渐行渐远。掐指一算，我离开楚国已经3个月了，满车向周王进贡的包茅早已失去它的嫩绿与幽香。

我微蹙着眉头，今天是朔日，天空却是月明星稀。帝国的历法的确需要重新修订了。祖宗传下的颛顼古历沿用了八百年，累积误差已十分明显，节气与农时的不契合常常令农人不知所措。3个月前，我接到王的传诏，限我即日起程前往镐京。我的族人在接到这一旨令之时，惶恐万分，自从昭王南征楚国不还，帝国与楚世家的关系已是异常紧张。我走出家门登上马车的时候，背后号啕一片。我嘴角轻轻抽搐，没有说话，只是再次检查了我携带的书箧，确认每一卷舆图纬典都安置妥当，便吩咐御卒挥鞭起程。我申氏历代为周王整理地理志，一百年来兢兢业业、小心翼翼，未尝因官爵低微疏误职责。能在一个春光艳丽的下午被千里之外的周王想起，又怎知不是喜事呢？况且这次被传召的，除了世代为周王修订地理志的我申氏家族，还有天文世家甘氏、机械匠师舒鸠氏，乃至楚国名觋巫咸、巫昌。个个都是楚国举足轻重的人物，我一小小的勘舆师，又有什么好担心的呢？

当我们赶到镐京时，惊奇地发现，偌大一个镐京城内，满是南腔北调奇人异士。齐国的稷下学士（见注释1）、燕国的羡门（见注释2）、赵国的铸剑师、郑卫的乐师、楚国的阴阳家，乃甚至西域的幻术师，如百鸟朝凤般济济一堂，聚集在俪宫大殿里高谈阔论。他们的随从辎重挤爆了镐京的客栈，马厩里各种高低不一、毛色混杂的马匹日夜嘶鸣不绝。

我们被安置在蒲胥客栈，一个月过去了，依然没有被王召见的消息。随车进贡的包茅早已被冬官长验收，传下的旨意是让我们耐心等待，整理自己的学问。不久，王将举行一场声势浩大、前所未有的殿内测试，在这次测试之前，帝国被传召的学者、术士、巫觋将被王依次召见，当庭询问一些专业职责范畴之内的事宜。

关于这次周王劳师动众的起因，众人蠡测纷纭。有传闻说王正被一个大而空的问题所困扰，这个问题是如此博大精深，以至于不得不召集天下最有智慧的人来回答。而那个问题被提出来的缘由是好笑的，仅仅是因为两件毫不相干的、梦一般荒谬的事情。

第一件事是西方很远很远的某个国家有位幻术师来到镐京，此人凌虚漫步有如平地，穿墙入室毫无阻隔。既能用念力改变物体的外形，又能控制人的思维。帝国饱学之士没有一个能够破得了这个人的法术，更无法解释其中的奥妙。这位不速之客性情极其孤傲，视华夏俊杰如土鸡瓦狗，根本不屑于与众学士讨论法术的高妙。王倾尽国库为他修建了中天之台，又从郑卫选来妖艳柔媚的女子，布置在楼馆之中，让她们演奏《承云》《六莹》《九韶》美乐，供他享乐，可幻术师依然不甚满意。勉强下榻中天之台后不久，幻术师便请王与他一起游玩，王拉着他的衣袖，腾空而起，直上云霄，竟来到绯云之巅的一座宫殿。这宫殿金碧辉煌，气势恢宏，巍峨地耸峙在云雨之上。王耳闻目睹、鼻嗅口尝的均非人间所有，王于是断定这便是清都紫微宫，听到的是钧天广乐曲。王低头往下看，见自己的宫殿楼宇就像堆积的土块柴草一般丑陋不堪。幻术师引着王在宫殿里四处游逛，所及之处抬头不见日月，低头不见山川。光影缭乱，天籁袅袅，王正心迷意乱、失魂落魄间，幻术师推了他一把，王便从虚空跌落。王醒来的时候，坐的还是原来的地方，身边的侍者还是老面孔，再看案前，酒菜还热气腾腾。王问自己刚才从何而来，侍者回答王一直就睡在榻上，只是小憩了一会儿。王来到中天之台，幻术师已杳如黄鹤，不见踪影。王从此变得郁郁寡欢起来。

第二件事是王从西方狩猎归来，途中有人向王推荐了一个名叫偃师的工匠。与偃师一同前来觐见王的，还有一个面容古怪的人，此人对王的态度甚是倨傲无礼。王正诧异间，偃师请王上前审视，原来那人竟是一个木偶，他的动作举止与真人一般无二，可以随着音乐舞蹈，节奏无不合乎桑林之舞。他还能放声高歌，那美妙的韵律，只怕王宫内的歌伎也要逊色三分。王的宠妃盛姬被这一稀奇事吸引，围绕着木偶左摸摸、右瞧瞧，不时发出啧啧赞叹声，冷若冰霜的面孔也浮出了久违的笑靥。王正要重赏偃师，木偶众目睽睽之下竟眨眼挑逗盛姬，王大怒，欲诛偃师。偃师连忙把木偶拆卸开来，只见木偶的身体内部全部是一些皮革、牛筋、木头机枢、树胶、漆之类毫无生命的器物，齿轮交错，曲轴纵横，以牛筋缠绕牵引，紧紧箍在轴承上的牛筋自然释放，轴承转动，驱动咬合的齿轮旋转，动力传引至木偶的四肢五官，这才有了刚才的千变万化、唯意所适。王被这一精湛的技艺深深折服，叹道："人之至巧堪与造化同功啊！"于是重赏偃师，用车载回木偶，日夜陈于大殿之上表演，以供众卿娱乐，前来朝觐的蛮夷诸族使者无不叹为观止。可是王很快又怏怏不乐起来，经常眉头紧锁神游太虚，在宫中横七步、竖八步，嘴里还喃喃念叨些什么。有时手拍脑袋做恍然大悟状；有时又顿首跺足，焦躁不安，迷了心窍一般。一天，王在藏书阁密室里单独召见偃师,与他彻夜倾谈。丑时,侍者听到密室里传来王暴雷般的怒吼。第二天清晨,偃师出来时整个儿就像换了个人,形容枯槁,精神恍惚。有好心人上前关切地询问些什么,偃师却一言不发。当天下午,偃师就从镐京城内消失了,谁也不知他去了什么地方。

就这两个梦一般的故事,加上两个谜一般的人,害得王寝食不安。一时间谣言四起,满城风雨。

住在东厢七号房间的稷下学士王子满从周王的行宫归来,众人立即围住他,询问王诏见他所考核的内容。

"什么?十字秤星?"众人愕然。

"是的,王一定是疯了,可怜我满腹经纶,准备的资料汗牛充栋,王所询问的,居然是秤杆前端镶嵌的十字秤星是什么含义。"王子满歪着头,嘴微翕着,目光呆滞,似仍沉浸在那天荒诞的记忆中。

"你是怎么回答的?"有人问道。

王子满挤出一丝苦笑:"这恐怕是属于贩夫走卒的知识了。秤杆上的十字秤星乃是市井中流行的隐而不宣的一个标志,代表'福禄寿喜'四义,谁要是缺斤少两,是要折损福禄寿喜的。自古以来,秤杆就是这种制式,历经悠悠千载,这层意义倒是鲜为人知了。"他的脸上浮出一抹得意的神色。

四下鸦雀无声,众人各自思忖这一问题的奥妙所在。

"不对。"另一名稷下学士杨墨捏着下巴上几根枯须，徐声道，"王兄的说法似颇有理却经不起推敲，既然买卖的双方都不知道十字秤星的含义，这折福的警告又怎能吓阻欺诈行为呢？"

屋子里顿时聒噪起来，显然很多人都有相同的质疑。

"诸位，诸位。"一个不急不缓的声音打断大家的争执，是宋国的象数大师东郭覆，"十字秤星的含义我看无关紧要，蹊跷之处在于王为何要关注这样一个常识？它与传闻中王所冥思的那个大而空的问题又有何瓜葛呢？不才昨日也刚刚被王召见过，王询问在下的却是另外一个奇怪的问题。在下推敲，这两者之间似有渊源……"

"是何问题？"众人安静下来。

"王问的是，算盘为何采用上挡2珠、下挡5珠的制式……"

这有何不对？房间里充满了诧异的空气。众人心中的那团疑云与我心中的一样：这样的问题就好比质问石头为何长成这样而不长成别样。一个司空见惯的事物，值得去考究它的来历吗？如果去询问制秤匠或是制算盘匠，他们只好回答：祖师爷传下来的就是这样。可我心中突闪过一个电光火石般的念头：对呀，对于民间使用算盘的商人学者而言，算盘的确存在两颗多余的子，上下挡各有一颗子从来都用不上，合理的设计应该是上挡1子、下挡4子。意识到这一点，悄悄推门离开这沸反盈天的讨论现场，回到自己的厢房，裹上被子苦苦冥想这一问题。

窗外灌进一大片皎洁月光，地上如水银泄地，我的脑海里也是白茫茫的一片。我辗转反侧，一闭眼，黑暗中似乎有一点幽幽的光在游走，它缥缈不定，与我若即若离，我几乎就要触及它的光辉，它却又幽灵般晃开了。当我遽然睁开眼时，四周光华灿烂，已是旭日当空。随从毕恭毕敬地准备了洗漱盆巾站在我床前，告诉我王的使者刚才已来过，王于午时召我觐见。

"西北之美者，有昆仑虚之，璆琳琅玕焉……"王背对着我，缓缓诵读着《尔雅》里的辞章，四周一片蛙鸣鸟语，风在翠竹红叶之间沙沙游走。没想到王召见我的地点，是在他的薁泽行宫。

"你就是申子玉？"王转过身来，这位据传精力充沛、爱好骑射的新君，面容竟如此飘然出尘，只是有几缕长发在阳光下闪烁银光，颇为触目。王真的是老了吗？王即位之时已50岁，按理说，这个年龄已不堪承载征战四方傲睨天下的壮志雄心了。

"臣正是。世代奉旨修订地理志楚地申氏传人子玉。"我朗声回答。

"楚人？"王冷冷一笑，我心一紧，分明听到王鼻子里传来"哼"的一阵冷风，"《山海经》就是你们楚人杜撰的吧？"

我如释重负，正容道："《山海经》确是我楚先祖所编撰，文采瑰丽，叙事浪漫，多录鬼怪异兽、神话传说，但地理风俗均参考前人著述及实地考稽，杜撰一词似有失偏颇。"我心中暗暗称奇,这《山海经》向来被世人视为禹臣伯益所作,王如何推断出是楚人的作品呢?

"实地考稽?"一朵无声无息的嘲笑挂在他微撇的嘴角,"那好,朕向你讨教一个关于《山海经》的问题。"

"臣洗耳恭听。"

"《山海经》之西山经、海内东经、西经、南经、北经、海外西北经上均记载昆仑之山,那么,昆仑到底尊驾何处?"王严厉的目光似两道光剑,刺得我不敢正视。

"臣不知。"我的声音细如蚊蚋。王所提的实际上是困扰勘舆界多年的疑难问题。有人认为海外别有昆仑,东海方丈便是昆仑的别称;有人认为昆仑在西域于阗,因为河出于阗且山产美玉,与纬书记载相符;有人认为昆仑并非山名,而是国名;还有人干脆认为昆仑无定所……古来言昆仑者,纷如聚讼。

"《纬书》记载:昆仑之丘,或上倍之,是谓阆风。或上倍之,是谓玄圃。或上倍之,乃维上天,是谓太帝之居。试问天下何山如此怪异,竟分上中下三级结构?"

"臣不知。"我心乱如麻,两腋冷风飕飕,汗如瀑下。相传昆仑一山上中下分3层,面有9道门,门有开启兽守之。增城之上,有天帝宫阙。这种结构谁也没有亲见,历代纬书却记载翔实,言辞凿凿。对于这种记录,我们后辈亦只能一五一十参照前人著述加以整理修订,或暂付阙如,万不敢凭空臆想,妄下评断。

我听到一声悠长的叹息如羽毛般飘落。王远远踱去，他挺拔的身影竟有一丝摇晃，双肩颤颤巍巍，银灰色长发在风中更零乱了。我内心隐隐萌动，那个孕育已久的假想几欲脱口而出，却又将它艰难地吞入腹中。作为一名勘舆师，没有经过实地调查，又怎敢妄自推断？那毕竟只是一个大胆却又荒唐的假想啊！

王眼角一丝犀利的白光触疼了我通红的脸，我垂头不语，心中泛出一丝苦涩的嘲笑：怎么可能呢？昆仑方八百里，高万仞，岂可……

"子玉，你有话要说？"王似乎读出了我的心思。

四野的蛙鸣不知什么时候静寂了，慵懒的风也睡了，稠密的树叶一动不动。夏午的池塘里蒸腾出一层幽蓝的雾霭，池塘水一平如镜，像一整块晶莹的翡翠。咚，凝固的池水破碎了，一只青蛙在团团荷叶间游弋，荷叶在波纹的推动下，终于摇出几分清凉。

"臣猜测，也许，昆仑根本就不是一座山！"我的声音在空荡荡蜿蜒蛇行的长廊里回响，洪亮却掩盖不了尾音的颤怯。

王用饱满的目光望着我，那目光里的温煦鼓舞了我，我继续说："纬书上之所以南西北东都有昆仑的踪影，是因为昆仑原本就是会移动的物体。"

"会移动的物体？"王闭上眼睛，深吸一口气，沉吟良久，"是什么呢？"

"比如，比如……"我支吾着，腹中千头万绪似乎要在一刹那喷涌出来，"比如星槎（见注释3）。"

王猛地睁开眼，浑浊的眸子蓦地光亮了不少。

"好个南西北东！好个星槎！"王突然发出一阵狂肆大笑，我在他莫明其妙的大笑里忐忑不安，如芒在背。

王在亭子里来回急踱了几步，倏地坐下，赐我一张他对面的宝座。侍者在王与我的杯盏里倒满了香气四溢的琼浆玉液，王与我举盏几回后，疲倦的脸上有了几分红润。

"你愿意听朕讲一个古老的故事吗？"王的目光拉得又平又直，缥缥缈缈，御苑内的青山碧水、斗折回廊，在他恍惚的目光里黯淡下去……

"那是在1 000多年前，有位古帝命令他的孙子两手托天，让另一个孙子按地，奋力分离天与地之间的牵引。终于，除了昆仑天梯，天地间所有的通道都被隔断了。这位雄心壮志的帝又令他的一个孙子分管天上诸神的事物，另一个孙子分管地上神与人的事务，于是神州大地上一种新的秩序开始形成……"王用意味深长的目光望着我。

我心里说，是的，我明白。这个被称作"绝地天通"的故事也记载在《山海经》里，这位古帝就是颛顼，他的两个大力士孙子，一个叫重，一个叫黎。传说在绝地天通的一刻，礼崩乐坏……很明显，这只是神话，王叙述这个故事，意在何处？

"我常常对一些司空见惯的事物困惑不解,"王抿了口酎清凉美酒,"当我接手这个位置,神州大地就如同一幅舆图舒展在我眼前。按理说,我只需沿袭周礼、继承先帝遗法遗规,即可换得海晏河清,举世太平。可是我却无法回避内心的一些疑问,甚至对祖宗之法产生怀疑,比如古历,比如易卦,比如谶纬之说。我试图解释这些问题时,便觉察到有两种潜伏的秩序在斗争,在四处蔓延,影响着帝国的每一个角落。当朕明白自己是站在一个两难的历史关头,一念之差将对后世、对帝国基业产生巨大影响时,朕就陷入一种荒凉的境地:是孤独,亦是无奈。朕害怕一觉醒来,一种新的秩序席卷这个世界,就像一千多年前的绝地天通一样,礼崩乐坏。而朕,帝国继承者,对此却束手无策。矛盾的是,朕内心又在隐隐期待这新秩序的到来,就像期待一场久违的大雨,这雨可能是一场甘霖,泽被天下;也可以是一场洪水,吞没一切……"

　　我呆呆地望着面前这个衰老的男人,忘了他的身份、他的位置。此时他在我眼里只是一个需要倾吐的独行者。他站得高,可以望见我们所不能企及的地方。他必须思索一个问题,这个问题是如此庞杂,我们无论在各自的专业范畴里钻研多深,都只能窥见这个问题的一隅,管窥蠡测,所以我们才觉得好笑。

　　"故朕决心研究这种秩序的由来,发现一切的一切都与那个子虚乌有的昆仑有关。似乎是一夜之间,黄帝从虚空继承了他的发明技艺,这才有了舟、车、机械;神农从虚空继承了他的劳耕技能，这才有了百草、稼穑；扁鹊从虚空继承了针灸医术，这才有了365个穴位的特定组合与病症的精确对应。有些病症通常需要几个甚至十几个穴位的组合针灸才有疗效，可是你知道要从这365个穴位中摸索出对症的组合针灸术，需要试验多少次吗？"

"100次，1 000次？哦不。"我意识到自己的荒谬，使劲摇头。

"一个数术家告诉我，从365个穴位里选取合适的5个穴位，需要实践525亿2 100万次。"

我咋舌不已，就我的工作而言，最大的数是2亿33 300（里），这是天体的经长。

"这说明针灸之术不可能是由远古时代某位神医通过实践积累的方式所创造的。"

"我听说针灸术最初是写在一本叫《黄帝灵枢经九针十二原》的书上。"

"不错。"王笑了笑，"不光是针灸，你若是询问机械制造工匠，他的技艺发源于何代何人，最终也会追溯到与黄帝有关的一本书上，比如《阴符经》……"

《阴符经》？这不是九天玄女下凡赠给黄帝的那本奇书吗？相传黄帝正是根据这本书上所记载的内容发明了指南车，走出蚩尤制造的迷雾，从而击败了蚩尤。

"那么,八卦易经呢?"王凝视着我。

"这……"我狐疑了,众所周知,易卦是文王被拘于商狱时一手创造的啊。

"你相信闭门造车吗?在斗室里,一个囚犯怎么能远取近求、仰观俯察呢?一个失去自由的人,何以演绎大千世界的千变万化?"

我惊呆了,天底下敢如此评价文王发明易卦的功德,恐怕也只有他的四代孙姬满了。

"你觉得吾国使用的算盘设计合理吗?"王突发其问。

我庆幸自己昨晚刚刚琢磨过这个问题,清了清嗓子,镇静地回答:"臣以为上下两挡各多出一子。"

"哦?"王的眉头跳动一下,打量着我,就像在观瞻一头外国进贡的怪兽。

"可是,在1500年前礼崩乐坏的时代到今天仍在使用的算盘却是合理的设计。因为他们使用的是十六进制。"

王只是轻描淡写地道出了他的推断,这平实的语言却像是一颗流星,陡然拭亮了一大片黑漆漆的夜空。是啊,上挡每珠代表5,下挡每珠代表1,那么每位的计数是15,这也是十六进制的最大基数。即使是今天,十六进制仍然在称量、占筮领域使用着,半斤八两的说法即源于此。

王不待我整理思绪，飞快地蹦出一句："那么十字秤星呢？你了解它的含义吗？《山海经》为什么采用南西北东的方位顺序，而不是民间流行的东南西北的习惯顺序呢？"

我脑袋完全懵了，心中唯有感慨：各行各业都有一门行规，我们勘舆行内的规矩正是以南西北东的顺序描述地理，这规矩谁也不知道从何年何月定下的，却一直沿用至今，谁也没觉得这有什么不妥，更不会想为什么会是这样。我痴痴地望着王，酎清凉美酒的幽香也无法唤回我的思绪。

"这一切均是源于河图洛书（见注释4）。"王的声音轻而短促，就像是说书人转折起承的伏笔。

什么？河图洛书？我如坠云雾。

"十字秤星实际上就是洛书图案的核十字，至于《山海经》的叙事顺序——由内而外、自南到东，也是按照洛书的解读规则进行。可惜，这门学问今天已无从考究，那种智慧实在太过精深博厚，远非吾国学士从残篇断章中可探赜索隐。"王缓缓地直起身子，衰老的骨节发出咯吱的声音。他的双臂颓然垂直，悠悠眺望远方，不觉间日已西斜，把他的影子拖曳得又长又淡。

"那是一门什么学问？"算盘，秤星，昆仑，黄帝，我的脑子被五花八门的念头与线索充填缠绕着，一时间让我一头雾水，连提出的问题都这般苍白无力。

"那，那不是人间的学问，它来自昆仑。它的力量即使是朕也无法抗拒。"王一字一顿地说,"我常常做梦,梦里满是暖洋洋的日光。在梦里我是一个光秃秃、赤条条的孩子,在无边的阳光里蹒跚学步。在光的普照下,我能体会到一个孩子被母亲抚摸的那种幸福,苏醒后却又生出令后背泛凉的后怕,是那种孱弱无助、渴望呵护的卑怯⋯⋯"他的双眼沉重地闭成一线,似在做得道人的冥思。

"你知道盛美人是怎么死的吗?"王突然抬眼问我。

盛姬?我听说过那桩全国传得沸沸扬扬的宫廷谋杀案,姜皇后生的十七王子突然无疾夭折,王召集帝国最有经验的仵作、智士调查此事,一无所获。倒是巫士的卜辞轻易揭开了真相:是盛姬放蛊害死了王子,且在盛姬的寝宫里找到了不祥的蠱血。

"臣听说她是被方相士(见注释5)以驱鬼术正法的。"

王的嘴角隐隐抽搐:"可是处死她的命令却是我下的。我坐在这么高的位置,却无法保护自己的宠妃,这是多么可笑的事啊。"

王命令处死盛姬,可又想保护她,岂非矛盾?我不解地望着王。王的喉结微微颤抖,鼻翼不住翕动,干枯的眼眶里突然澎满了白花花的光。

"她被拖下去的时候,两眼直勾勾地望着我,在审讯她的时候她始终一言不发。其实,她只要稍稍为自己申辩一句,或是流下委屈的泪水,我也会心软大赦了她。我忘不了她大而澄澈的眼睛，那似水温柔的眼神。一个浣纱溪边长大、不谙世事的女子，又怎么会制造出阴毒的蛊呢？"

"陛下，臣听说蛊实际上就是毒药，是把许多毒虫放在封闭的器皿中，待最毒的那只把其他都毒毙吞食，再以此虫提炼剧毒物质而成(见注释6)。若是中毒而死，王子身躯必有中毒的痕迹。"

"朕又何尝不知？可是在国人心中，蛊早已超越了毒药的概念，它可以是一个诅咒，一种无边巫术，一种夺命无声的鬼魅，你能向国人解释这一切吗？她是为朕赴死啊，朕知道……"王的声调变得艰涩，"卜辞体现的是神的意志，神要她死，她不得不死。方相士用驱鬼术震碎了她的魂魄，她的鼻孔、眼眶、耳朵都渗出了汩汩的血。常人若受此刑，肝胆俱裂，面部扭曲惨不忍睹，而她的脸上却浮着浅浅的笑靥，像一朵晶莹剔透的荷花，那么安详。她的义无反顾不是为了神，而是为了朕。她明白朕若是心有不忍特赦了她，朕便违背了神的旨意，朕将无法持周礼绳治天下，那种秩序，牵一发而动天下，礼崩乐坏，洪水滔天，谁知道呢？她是一个瑶环瑜珥般的美人儿，更是一个冰雪聪明的可人儿，乃朕一辈子的痛。"

我看到一颗老泪从王高高的颧骨滚落。

从王的濩泽行宫归来，照旧有一大群人围上来询问我被召见的各个细节。我疲惫无力地挥挥手,躲进自己的厢房,一头栽倒在床铺上,闷头大睡。脑袋像开了战场,似有短兵相交声、战车错毂声在喧嚣。王所描述的那个世界真的存在吗?1 500年前绝地天通、礼崩乐坏的传说又暗示什么呢?旧的秩序就是在那个时代建立并影响至今吗?比如日渐式微的十六进制,比如众说纷纭的河图洛书。帝国开国百年以来政通人和,天下太平,王又在担忧什么呢?王作为这个世界最有权势的人,却无法保护一个自己心爱的女人,这是多么荒诞的事啊!

八月甲子夜半,恰逢合朔与冬至,合乎历元要求,楚星官甘韦庭上书王,建议修改颛顼古历。王欣然同意。在新历颁布的这一天,王召开殿试大会。全镐京城麇集的学者智士济济一堂,分作两批在王左右坐定。王的左手侧入座的是羡门、方士、谶纬师、巫觋、幻术师,王的右手侧入座的是象术师、数术师、天文家、稷下学士、机械师、勘舆家。这样入座时我们面面相觑,心底顿时明白了些什么。在蒲胥客栈,我、天文家、稷下学士、巫觋、方士作为全天下的顶尖人才簇拥在一块,从来没想到自己与对方有何不同。而今天,王把我们分为泾渭分明的两阵营,我才恍然大悟那令王寝食不安的两种互相斗争的秩序是什么,那两个梦一般来去无踪的故事与故事的主角又分别代表什么。

王只是用他清矍的目光扫视了殿前一眼,大殿就陡然静寂了。王说:"今天,朕把大家召集在这里,是要解决最为困扰帝国的一个难题。今年宋国的旱蝗导致人民颗粒无收，偏逢去年劳师伐徐，国库粮仓亏空。救济不力，民不聊生，乃朕之大过。长江黄河隔三岔五地泛滥，更是朕心腹之患。朕时常苦思：若能有一种至高至妙的方法来预测来年的荒馑旱涝该多好。如此，帝国便可提前应对。若是荒年，则蓄积粮食；若是洪涝，则迁移人民到高地；若逢大旱，则颁令改种旱田庄稼。朕上下求索，却难得一计。难道举国上下，倾尽智囊，也无法预测来年的气候吗？"王的声音突然变得高亢，在大殿内久久回响。

"陛下，"楚国名觋巫咸上前奏曰，"臣在楚国大行占卜占筮之道，数次预测来年的气候变化，无不合验如神。可见祖宗传下的占卜之术有先知先觉之妙，乃是神人贯通的唯一通道啊！"

"此言差矣。"稷下学士王子满征得王的许可，站起来说，"气候乃是云气变幻、阴阳调燮的一种现象，这其中有规可循。据我统计，长江流域的泛滥呈现或三或五的周期规律，中原的旱灾一般伴随着蝗害，是旱灾的气候周期律与蝗虫的生物周期律耦合的结果。"

"既是一种规律，王兄可否预测一下来年贵国的气候？"巫咸冷冷地说。

"这……"王子满露出窘迫的神色，"气候之规律太过复杂，又时刻处在动态变化之中，它只是在大量统计数据中呈现出一定的规律，若要精确预测，委实困难……"

"笑话！"一个西域的幻术师不顾礼仪大体站起来，"天气这玩意就好比奴仆的表情，我要其阴它就不得晴，我要呼雨它不敢来风。大王若不信，我可当场演示。"

事实上，王还未有表示，幻术师就已迫不及待地一抖衣袖。半空便响起一声霹雳，震得殿堂金色穹顶簌簌作响，众人缩着颈，敬畏地望着那烟雾腾腾的衣袖。

"这位先生固然可以主宰一时之风云变幻，殊不知气候乃是一季乃至一年的寒暑变迁，先生若有高能，何不作法令来年风调雨顺、四季如春？恐怕真正的大旱来到时，你唤来的那几点雨还不够你洒仙水的分量吧！"雄辞闳辩的东郭覆说得幻术师瞠目结舌，满脸通红，只得低头去驱散袖口的浓烟，浓烟却驱之不尽，滚滚涌出，那滑稽的场面激起大殿里一阵压抑的哄笑。

"陛下。"楚老觋巫昌叩拜在地，"易卦为先帝文王所发明创造，卦象的乾道变化、阴阳翕辟高深莫测，乃是神的意志附存于卦象的缘故。易卦传至今日近一百年矣，吾等不肖子孙对易卦的理解掌握已是舛误百出，以致祖宗之智慧精华不得继承。臣恳求陛下在全国推行易卦，以辅佐王道，沟通神人，调理自然。则大周幸甚！苍生幸甚！"

王沉默不语，转而把目光投向我们一侧，那目光里的含义深不可测，又似乎什么含义也没有。

"陛下。"东郭覆拱拱手，"臣以为乩坛盈城、图谶累牍非但不是兴国之本，反而遗祸万年。试想以龟甲之裂璺、蓍草之形状、卦之阴阳与旦夕祸福联系起来，是多么荒唐！卦辞曰：小狐汔济，濡其尾，无攸利。请问如何从小狐狸过河弄湿尾巴得出事不成功？莫非今早我出门是先跨左脚还是右脚，与王是否赏识我的见解有关吗？"

我们冷静地保持沉默，脸上却浮出会意的微笑。

"匹夫之见！愚夫不可与语卦之妙。"巫昌恨声道。

东郭覆听了也不恼，转向巫昌躬躬身："老先生，据说卦象的变化体现的是神的意志，不料我这田夫野老虽不懂易卦之妙，却也通晓神的旨意。"

"哼，若果真如此，你可推断我掷下的这一卦是阴是阳？"

东郭覆道："一卦之阴阳即使判断正确亦有巧合之嫌，不妨你掷卦1000次，我来判断其中阴阳二卦各占多少次数。"

"好。"王抚掌，微笑道，"朕就为你二人仲裁，看卦象到底是神人的意志还是愚人的意志。来人，计数！"

东郭覆心领神会，不动声色地说："我推断这位先生掷下的卦象阴阳各占一半。"

"荒谬！"巫昌白花花的胡子在呼哧呼哧的鼻息前乱舞。

"阴，阴，阴，阳，阳，阴……"

巫昌双臂抱胸，吹着胡须，用眼角的白光瞟着东郭覆，一副要你好看的表情。不知何时,王悄悄踱到我跟前,轻声问:"你认为结果怎样?"

"臣不知。"我老实说。

王笑了:"你知道朕是如何推断出《山海经》是楚人写的吗?"王的问题总是很突兀,这分明是两件不相干的事啊!

王似乎知道我又要说不知,便自答道:"这是因为朕数了一下《山海经》里帝王神话人物的露面次数,发现你们楚人的先祖颛顼出现达16次、黄帝出现23次,远远超过三皇五帝中的其他几位。这样的材料安排也许是出于无意,却暴露了作者的感情偏向。"

我恍然大悟。

"报告陛下,阴卦共计499次,阳卦共计501次。"

左右两席同时响起一阵欢呼声。不言而喻,这意味着我们这方阵营的胜利。而他们也自认为胜利了,因为只是四百九十九比五百零一近似于各占一半,神的意志似乎是不可精确预测的。双方于是展开了唇枪舌剑的辩论。此时,一个着玄色长袍的人无声伫立在殿前的大门口,阳光倾洒在他的飘飘衣袂上,笼罩上一层令人眩晕的金色。黑纱斗篷下那张鸠形鹄面的脸让人不寒而栗,谁也不知道他是什么时候出现的,卫兵对他的出现也浑然不觉。王抬起双眼望向门口,他眼里的光突然浮动了。王从宝座上起身，嘴微翕着，视线又平又直。众人迷惘了，目光顺着王的视线落在那个不速之客的身上。莫非是他？那个传说中穿金越石、移山倒海的幻术师？大臣们窃窃私语，脸上浮现出敬畏的神色。

那人的目光空洞洞的，仿佛殿堂内众生相在他视野里只是一堵白色的墙。他移动身子，却似乎根本没有迈步子，衣袂飘扬地在众人惊愕的目光中徐徐移动。卫兵完全遗忘了他们的职责，众宾客则忽略了自己的存在。就这样，他来到王的跟前，拿出一卷羊皮纸，不，谁也没有看见他掏的动作，只是他手上凭空多了一卷羊皮纸。他掷在地上，面无表情地说："姬满，拿去，这即是神的旨意。"

何人敢如此无礼，竟直呼王之小名？四下响起一阵窃窃私语，却没有人敢上前去阻挠他走近王，只是把困惑的目光投向王。王只是平静地点点头，像是在回应一个故人。

那卷纸静静地躺在光亮的大理石地面上，上面笼罩的炽热目光几乎要把它烤焦。侍卫正要俯身去拾，却讶异地看到了什么，便迟疑地停住了手。是的，大家都看到了，那卷纸似通晓人意，自动舒展开来，上面的绢绢小字竟自动放大，投影在半空之中，每个人都能清晰地看到字符的细微结构。可是，很失望，那上面奇异的符号，连最博学的稷下学士也无法阅读。我泄气地垂下视线，发现羊皮纸仍躺在地上，那半空之中展开的竟是它的幻象。

"何人能解读这文字，朕赐万金！"王高声道，环顾玉樨栏下。

骄傲的稷下学士垂下他高扬的头颅；头发斑白的老学究们满脸窘红；大臣们正襟危坐，佯装城府。那些羡门、方士、巫觋倒是趾高气扬起来，纷纷炫耀他们对这些文字的心得。因为他们即使不懂，也对这些符号十分熟悉。这些符号原本就是鬼符，方士们挂在木剑上、焚烧的树叶上画的，就是这些。

"神的文字，凡人岂可亵渎？"那人的声音不大，却传响在每一个人的耳边。而他的嘴分明是紧抿的，冷冰冰的面孔如一潭死水，凝滞的波面下深不可测。

王叹了口气，颓然歪倒在宝座之上，闭目养神。门口的宾客与卫士突然一阵骚动，是偃师！他来了，帝国最有智慧的人——偃师来了！这个激动人心的消息比酎清凉美酒的清香传播得还快，以至于整个殿堂上都弥漫着一层愉快的醉意。王挤揉在眉间的两指猛然舒展，嘴角微微地扬起一个弧度。

布衣偃师，一身素白。连他整个人都是苍白洁净的。脸上没有血色，也没有阳光的颜色。他似乎习惯于在黑暗中工作，当他从长年累月的黑暗中走到灿烂阳光下，就像初生的婴儿一般鲜活，充满生命的活力。他身后是一台笨重的机器，装有四轮，在大殿里自由游弋。

"偃师，这一年以来，你又瘦了。"王来到偃师的身旁，搂着他的肩膀。

"王,我失败了,我没能制造出一个拥有自我意识的木偶。"偃师哽咽着,像一个委屈的孩子。

"不,你是成功的。"王仰头直望殿穹,似在缅怀往事,"朕已经明白一个道理:虽然我们人类现在不能制造出一台拥有意志的机器,但我们人类的繁衍却无时无刻不在生产拥有意志的产品:人。我们这一代不能,不代表我们的子孙后代不能。况且你制造的能应声起舞的木偶已是前所未有的巨大成功。它能在表演时突然以一瞬目与我的爱妃眉目传情,已然带给我们巨大的惊喜:它已经学会超越你的命令表达自己了。虽然我们无法解释这一转瞬即逝的意识火花的来由,但它已经带给我大周一个希望,这希望将引导华夏子孙走向光华璀璨的世界!"王洪亮的声音在偌大的殿堂中激荡回响,袅袅不绝。在阳光的斜照下,他的银发根根濯濯闪动,看起来精神矍铄。众人交头接耳,唏嘘不已。原来那个富有传奇色彩的故事的真实情形竟是这样的。

"王……"偃师望着王,说不出话来。

"人是不能取代神的!"一个冰冷的声音传来,每一个僵硬的字,像冰雹一样掷地有声。那幻术师幽灵一般出现在偃师面前,鸷冷的目光直视着偃师的眼睛,"人就是神所创造的,人却想制造出神所无法制造的东西,真是不知天高地厚。这太可笑了,哈哈哈哈……"

这放肆的狂笑把殿堂变得如灵堂一般肃静。

"人的骨、肉、血分割开来是没有灵魂的死物，而它们组装起来却是一个活生生的智慧的灵魂。我们为什么不能用无生命的木头、金属制造出有意识的机器呢？"偃师平静地反问幻术师，"不像你，虽然拥有可自由活动的肉体与貌似强大的法术，你的灵魂却完全不能理解你这种能力的奥妙。从这层意义上说，你的灵魂早已死亡，你滞留在人间的不过是一具行尸走肉罢了。"

稷下学士们闻听此言，全都肃穆地端正身子，他们的行为全都是自发的、下意识的，偃师的话里有一种精神打动了他们，也感染了我。我的胸膛中有一股热流在沸腾、在奔突，冲击着我不住搏动的太阳穴。

"嗬！"幻术师怒吼一声，斗篷下蓬乱的长发被震得斥张起来，黑袍上下笼罩着一层无形的戾气，令人窒息。众人突然感到一阵眩晕，一个硕大无朋的火球凭空降下，伴随着一声轰天巨雷，向偃师直直砸去。殿堂里响起惊恐的叫声。

偃师平静地仰着脸，那火球却没有落下，球表的烈焰距离他鼻子不到一拳。火球的炽光渐渐黯淡，散发出的逼人热焰也逐渐褪尽。幻术师张着他的双臂与双爪，全身颤抖。

"你还是先完成你的使命吧。"偃师轻描淡写地说。

幻术师像是被击中命门，颓然瘫倒在地，火球应声而灭，化作张牙舞爪的青烟，笼罩在幻术师的身上。

偃师面向王，说："此人想必是奉了他主子的命令，向陛下传达一个消息，他主人的意思一目了然：如果我等不能解读这些符号，也就无须进行下面的步骤了。"

"他主人是？"王道出我们大家心中的困惑。

"还是先解读这些符号吧。"偃师神秘一笑，把他带来的机器展示在大家面前。这台机器最显著的特征就是长着突出的吻部，张开一张黑漆漆的大嘴，整体就像一只大蛤蟆。

"这是什么？"王小心地触了下"蛤蟆"的嘴，似乎担心它突然两颌大开，把他的手吞下去。

"这就是蛤蟆。"偃师调皮地说，"它的嘴是一个输入口，它的屁股是输出口，只要我们把写有文字的卷帛扔给它吃，它就会排出我们认识的文字。一年前我就注意到方士巫婆们使用的一种奇怪符号，这种符号来自远古，起到的是沟通神人的作用。我想如果我能够破译它的含义，就能使我们了解到远古的一些讯息。于是我潜心钻研一年，终于发明了它。"

"神的旨意真的是能被破解的吗？"王露出神往的表情。

"神不过是比我们高级的生物而已。对于孑孓、蜉蝣，我们人不也是神一般高明的存在吗？同样，法术也没有什么了不起，只是一种精妙绝伦的超乎我们理解的技术而已。"偃师的话在我们对面引起一阵愠怒的喧嚣，但他没有理会，拍拍他的蛤蟆继续说，"它的工作原理是这样的：识别、计数、存储是它的3个基本功能。首先，它分析出我们华夏文字的使用频率，比如'之'字，它在华夏文字里的使用率排第一，进而根据频率排定其他文字的序位。然后它再分析出鬼符文字的使用频率，我总共收集了30牛车的桃符、天书、神谶，一股脑塞进它的大嘴里，得到了鬼符文字的使用频率。那么排名第一的符号的含义理当是'之'了。这样破译出的文字虽存在舛误，但从1 000多种组合中选出正确组合是完全可能的。因为语言本身就存在自我验证的功能，前后文的互相映照是个不错的纠错手段。"（见注释7）稷下学士们赞叹不已。我心中暗叹：这种方法与王推断出《山海经》是楚人的作品原理是多么相似啊，都是通过大量的统计来发现规律。

偃师把那卷羊皮纸扔进蛤蟆嘴中，蛤蟆肚子里立刻响起机械的嗡鸣，就好像空瘪的肚子发出饥饿的咕噜声。不一会儿，屁股就吱吱吱地吐出一卷绢丝，上面密密麻麻地写满了华夏文字。

"昆仑之巅，青鸟之所憩。有西王母，居帝之宫……"王读出开头几行字，便止住不读，目光下移，神色亦凝重。偃师根本没有看绢丝上的内容，却胸有成竹地仰着头，望向半空，仿佛在他的世界，金銮殿穹根本就是透明的，蓝天上飘着流浪四方的白云，天边响着牧人的吆喝……

"王将征犬戎，祭父谏曰：不可，先王耀德不观兵……"

史书如此记载这一段历史。我们无法根据如此精短的文字去揣测真实的情形，正如我们无法像理解一个公子哥的轻狂一样理解王那颗不服老的心。毕竟王已经 55 岁了。不管朝中大臣如何反对，国中百姓如何非议，王就像一个任性的孩子，坚持他那似乎是心血来潮的疯狂念头。当他这样做之后，他的确焕发出几分青春的色彩。其实，稍有头脑的人也会明白：王征讨犬戎不是为了开辟新的御苑供自己游猎，那万里黄沙的不毛之地于大周一无用处，但是若征服了它，却可开通一条通往西方的道路，西方那可是一片云蒸霞蔚的神秘天空啊。

王将西征！不出一个月，大周没有哪块土地上不在传递这个消息。为王挑选御夫骏马的专驾在驿道上激起滚滚尘土，为王推荐人才、寻求隐士的大夫在街闾巷陌奔走如织。

王出征的时候，八匹名叫赤骥、盗骊、白义、逾轮、山子、渠黄、骅骝、绿耳的宝马拉起华盖大车，御术名扬天下的造父为王驾车，参百为驭手，力士柏夭主车，巨人奔戎为车右。

天下最有智慧的 100 个人分乘在 50 辆马车之上，与上次殿试不同的是，这些人里面没有一个方士、羡门、巫觋、幻术师。我坐在王旁边的华丽马车之上思考这个现象时，感觉到塞外的风里夹有一股泥土的暖意和种子萌苏的气味。我难以按捺内心的激动：作为一名勘舆师，我却从未有机会亲赴海市蜃楼般迷离的西域实地考察。然而这一次，我终于可以为《山海经》注上完美的注脚，甚至补缺填漏。不仅如此，我还将领略王所关注的那个方向——王站得那么高,他的视野总是超乎我们的目力与想象,甚至超乎我们的历史与见证的时代。王目之所及,时光将回溯1500年,那是一个烛龙烛九阴、共工触不周、夸父逐日、魃除蚩尤的神话世界啊!

王立于轩辕之上,手按宝剑,眺望西方,朔风中他飘逸的银发像一面军旗一样,猎猎有声。夕阳拖长了他高大挺拔的影子,那风骨峻拔的身影踽踽独行,一往直前,这一去不知多少年才能回来。送行百姓恋恋的目光,仿佛温暖的夕照笼罩在他的背影上,一直送他到地平线尽头。

"吉日甲子,天子宾于西王母,乃执白圭玄璧,以见西王母。"我在竹简上简洁地写道。启明星在地平线上出没了330次,马车的辘轳更换了3个,我记录的竹简装填了一马车后,我们来到西王母的国度。"或许也是九天玄女、藐姑山仙子的国度。"王告诉我。总之,这不是人间的国度。

一场夷沙平丘的风暴后,惊魂甫定的我们正在整饬行装,那个耸入云霄的巍巍标志悄然出现在远方的天地合一处,没有人注意到它的存在。即便有人曾瞥见它的影子,也会本能地以为那是幻觉,是云,是沙,或者海市蜃楼。很长一段时间,我们依旧沉默着,心中暗暗庆幸着刚才躲过了风暴的袭击,却无视近在眼前的奇迹的存在,而我,事后也为错过发现它的第一时间而痛悔不已,那真是一个勘舆师的耻辱。直到我们朝那个方向继续行进了五个对时,终于有个人喊了起来:昆仑!昆仑!

引路人的脚步突然变得凌乱急促，随后他膝一软，跪在松软的沙地上。我们的队伍立刻乱了：马匹惊慌地嘶鸣，拼命刨着蹶子。训练有素的御夫完全忽略了他的职责，全都呆若木鸡地立着，连自己什么时候从失控的马车上跌落也不知。众人在这突如其来的混乱场面中遗忘了世界，遗忘了自己，更没人察觉什么时候出现了一道金色的光芒，从那昂藏于天地的擎天一柱涌出，蔓延，席卷，直至吞没整个世界。大地刹那间变得神圣，沐浴在它金色的反照光里，我们每个人心中都充满了虔诚与敬畏，以至于哪怕移动一小步都要小心翼翼。彼时彼刻，我们遗忘了欢呼，遗忘了言语与联想，只剩下痴痴的屏息、啧叹、感动。

我们并不知道自己看到的只是昆仑的最高一级：增城。它通体金光闪闪，掩映在诡谲奇伟的云海之中，若隐若现，遥不可及。它终非人间的艺术品，从略见一斑到一览全貌，非得耗尽千里骏马一个月艰难苦辛的跋涉不可。

阆风，玄圃，增城，自下而上，层峦叠嶂，珠玑镂饰，拔地而起。阆风即已把我们的眼帘撑到最大，增城、玄圃却远在云霄之外。我们站在阆风的阴影里，垂首盯着自己的脚尖。我不敢抬眼去望那擎天一柱的尽头，因为我害怕大地在我抬头的一瞬间失去平衡，在阆风的重压下沉陷。有时我又狐疑地环顾，似乎脚底踏着的不是地面，而是阆风漫无边际的亮晶晶的表面。而我只是一只渺小的壁虎，贴在一堵摇摇欲坠的墙上。我突然明白为什么纬书舆图上一律把昆仑定为万仞，因为在这样庞大的身躯前,任何敬业的勘舆师都会失去测量的勇气,手里拿着皮尺只会徒增羞愧,更无法参照周围的山峦——在此处,躲得远远的山峦就跟脚底下的砾石一般,不值一提。因为原本伟大的事物与原本微小的事物在这令人震撼的参照之下,只剩下同一种意义:渺小,忽略不计。

一个空灵的声音袅袅传来,许多人扭转脖颈去寻找这声音的源头,又捂捂耳朵,似乎对听觉产生了怀疑。他们不知道,这个声音根本没有方向,它来自四面八方,不紧不慢,有如潺潺流水,宛转清澈,却完全不同于丝竹管弦。它深深地攫住众人的注意力,直到一个御夫用大梦初醒的声音喊道:"那里!"

这个声音及时地提醒了大家,却可恶地破坏了梦境般的气氛。因为那个人的出现只能是梦中,才子骚客们顿时发现辞赋里曾经令他们如痴如醉的华丽文采是如此肤浅,那根本不是人类语言可触摸的美丽。不必提醒,众人不约而同在第一时刻明白了她的身份:仙子、神女、九天玄女、西王母——毋庸置疑,称号虽五花八门,所指却是唯一。她身着霓裳羽衣,沐浴着五彩缤纷的花瓣与烟云从天而降。有人伸手去接那零落的花瓣,掌心里却只剩下一团斑斓的彩光。一个玉石珑璁的声音传入众人心田:"尔等何人?"众人面面相觑,彼此的表情证明这并非幻觉,而她的嘴唇分明是紧闭着的。那唇线优美的弧度,单是望一眼就足以让人失去正视的勇气,本是含羞的微笑,却令人如此害羞。

"东方巨龙之国周五世王姬满率国人拜谒西王母。"王声朗气清,欠身作揖。

西王母左右闪出两个黑袍术士,一乘夔牛,一乘貔貅,面容狰狞,神情鸷冷。其中一人喝道:"万里迢迢,直犯天国,乃为何事?"

"有一个问题,想要请教无所不知、先知先觉之西王母。"王恭敬地说。

西王母波澜不惊的面容皎皎似月,竟让人忍不住想要一亲芳泽,去激起一池涟漪。为这一罪恶的念头,我突然切齿痛恨起自己。

"请讲。"那天籁般的声音如春风拂面,沁人心脾。

"传说创世之初,世界原是一团混沌,阴阳不清,昼夜不分,人民愚昧无知。直到一天,神人乘星槎造访神州,授书先祖黄帝、颛顼、帝俊、神农,教他们一些基本的生存技能,还有一些超乎他们理解的学问与技术,比如河图洛书、易卦与幻术。世界因而从浑噩中醒来,按照神的旨意,一种强大的秩序建立起来。华夏子孙敬畏这种秩序,虽然他们无法完全领悟这种秩序的奥妙,却并不妨碍他们把窥得一角的阴阳学、法术、道术、占卜大施其道。神的帮助曾经给这个黑暗的世界带来光明,但是今天,这种古老的秩序与社会已卯榫难合。我作为一国之君意识到在这个时代将有一种崭新的秩序取而代之。今天,我所带领的这些人,将向您证明他们有足够的智慧建立新秩序,我们不再需要神的干预!"随着王的慷慨陈词,我们不由得挺直了脊梁。西王母的嘴角挂着一丝恬淡的笑意，弥久不散。

"哼！"骑夔牛的术士冷笑一声，"你们的智慧？人类可怜的脑袋具有智慧吗？"

"人若是不思考，他就比一株蛐蜒草还可怜。这就是人的智慧。"一个声音说。

术士气汹汹地去寻找这声音的源头，他们凶神恶煞的目光照在偃师的脸上，偃师却叼着一根草茎，就像一个满脸稚气的牧童。

"尔有何能？"

"我可以制造出活动的木偶，将来我肯定也能像神一样制造出具有自由意志的机器来。神又有何能？"偃师不徐不疾地回答道。

"放肆！"骑貔貅的术士红发上指，怒不可遏，"无知顽童，竟敢诋毁神的智慧！神长生不死，变化无穷，无所不能，无所不晓。"

"世上没有无所不知的智慧。因为它若是对明天的一切洞悉幽微，它就无法体会今天的幸福。"偃师平静地说。他瘦削的身子立在昆仑的阴影里，好似一个小秤砣把阆风翘得高高的。

"笑话！对神而言，世界的运动就像一道计算题，但若把一切物质的数据作为已知，将来就会像过去一样展现在他的眼前，预测不过是一种计算而已。"

"若如此,在下请教一个数术问题。"稷下学士东郭覆站上前拱拱手问道,"设有一个二乘方程,方程内置天元、地元、人元三元,各前系数为 71、12、25,请问解得天地人三元的根为多少?"

他话未落音,便被西王母冰冷的话打断:"这个方程根本无解。"

东郭覆羞愧地退下,他研究三元二乘方程 20 年,不知捏断了多少根胡须才证明这个方程是无解的,而西王母仿佛不必思考便道破其中玄机,反应之快,间不容发。

我心中没来由地充满了勇气,清清嗓子问道:"我听说圣人胸中自有万千沟壑,神人若上通天文、下知地理……"

"你想看看神州的地理?"她迅速读出了我的心思,嘴角隐约一动。

空中突然涌现出一幅地图,不!那根本不是图,是图像。竟然是立体的,当我定睛一处,那地方仿佛洞悉我的想法,自动向我拉近放大。我看到连绵起伏的山脉,山脉中的山峰、山谷,山谷里的冲积平原……也许这根本不是真实的地理面貌,而是她随意制造的幻象而已。但是我错了,因为我很快看到了熟悉的风物,那平原上的房舍、田陌上的农人,甚至房舍里的桌椅……天,这不是我家吗?楚国东部的蒸野,万里之外一个不知名的地方,就这样清晰明了地展现在我面前。我倒吸一口冷气,黑暗让人害怕,我没想到光明也如此令人恐惧。这真是一门邪门儿的法术啊！接着，那立体投影又急速远离，比例尺越缩越小，直到凹凸不平的地面弯曲成球面……老天，竟然缩成一个天空色的圆球，我们生活的大地原来和天上的日月一样，是圆的！而且水汽氤氲，像一个水晶球——"南北顺椭，其衍千里"，古纬书上说的竟是真的！我羞得汗流浃背，恨不得躲到大地的另一面去。

左右黑袍术士得意地望着垂头丧气的我们，座下的怪兽也摇头摆尾，爆发出震怵天地的嘶吼。

王尴尬地环视四方，稷下学士、象术师、数术师们惶恐地低着头。四野的风停了，云紧贴着地面，夕阳西斜，昆仑无边无际的影子铺天盖地，把大地漆成了灰色。空气凝滞得令人窒息。

偃师啐了一口，把那根草茎吐在沙地里，撇着嘴摇着头。众人注视着他，有人从他空洞的表情里读出了绝望，也有人读出了希望。

偃师端来一盆水，走到西王母的脚下，恭敬地放下，从锦罗香囊里抓出一把粉红色花粉洒在盆里，微笑说："臣偃师侍奉神仙姐姐沐浴。"

众人惊诧地望着他，想笑却笑不出来。西王母雍容的玉面也不禁飞上两朵绯云。就在这不尴不尬地时刻，偃师大声说："敢问西王母，你能预测盆里每一粒花粉一刻钟后的位置吗？"

四周湛然静寂。

西王母的微笑蓦地融化了，破碎成漫天飞舞的花瓣。她的婀娜身体变得透明，众人使劲儿揉搓眼睛——没错，西王母已从虚空消失了！众人正要寻找她的踪迹，一道漫卷大地的白光铺天盖地涌来，吞没众人痴痴睁着的眼珠子。世界瞬间被黑暗取代，我的耳朵没有听清一个声音，因为耳腔已经被什么挤爆了。我全身的骨骼与五脏六腑倒是听到无数个声音，那是它们在翻江倒海般剧烈震动。不知过了多少个世代，我醒了，听到了一声喜鹊的欢鸣。我面前的大地空空荡荡，一望无垠。昆仑曾经盘踞的地方，赫然出现一个巨大的坑，坑底是一大片赭红色琉璃，荡漾着羊脂玉般的晶莹光泽，像是蓄积了透明的湖水，人立于其上，可以照见自己的影子。我的手在竹简上踌躇起来："陛下，应该为这个新辟的大湖取一个什么样的名字？"

王痴痴远眺着东方，他的思绪仿佛被长空雁去的轨迹拉远了。

"就叫瑶池吧。"

瑶池？我想起那个瑶环瑜珥般的女子。

"十七年，王西征昆仑丘，见西王母……天子遂驱升于弇山，乃纪其迹于弇山之石，而树之槐，眉曰：西王母之山。"我按照王的旨意在竹简上如此写道。王说："这个故事留在史书的痕迹要越少越好，因为那个绝地天通、礼崩乐坏的世界已经一去不复返了。为了消除旧秩序的影响，你的记录应避重就轻，轻描淡写。"

注释1：齐国在都城临淄西门外设稷下学宫，招揽天下文人学士，在那里讲学和著书立说，议论朝政。这些网罗的人才被称为稷下学士。

注释2：shaman 的音译，一种信奉外来教义的方士。

注释3：UFO 在中国古代的称谓。

注释4：两幅可能起源于结绳记事时代的抽象图案，是对数及数理关系的形象总结，是古人智慧的高度结晶。

注释5：周宫廷内特设的专职驱疫赶鬼的军官。《周礼·夏官》载：方相氏，掌蒙熊皮，黄金四目，玄衣朱裳，执戈扬盾，帅百隶而时傩，以索室驱疫。

注释6：此种方法与现代隔离土微菌以克服肺结核杆菌类似。

注释7：这在密码学上叫频率分析法。公元16世纪晚期，英国的菲利普斯利用此法成功破解了苏格兰女王玛丽策划暗杀英国女王伊丽莎白的密码信。

版权专有 侵权必究

图书在版编目（CIP）数据

后人类纪/王晋康等著．—北京：北京理工大学出版社，2020.7
（2024.4重印）
（科幻硬阅读．战争与和平）
ISBN 978-7-5682-8529-2

Ⅰ．①后… Ⅱ．①王… Ⅲ．①幻想小说 - 小说集 - 中国 - 当代 Ⅳ．① I247.7

中国版本图书馆 CIP 数据核字（2020）第 091094 号

出版发行 /	北京理工大学出版社有限责任公司
社　　址 /	北京市海淀区中关村南大街 5 号
邮　　编 /	100081
电　　话 /	（010）68914775（总编室）
	（010）82562903（教材售后服务热线）
	（010）68944723（其他图书服务热线）
网　　址 /	http:// www.bitpress.com.cn
经　　销 /	全国各地新华书店
印　　刷 /	三河市华骏印务包装有限公司
开　　本 /	880 毫米 ×1230 毫米　1/32
印　　张 /	9.5
字　　数 /	183 千字
版　　次 /	2020 年 7 月第 1 版　2024 年 4 月第 7 次印刷
定　　价 /	39.80 元

责任编辑 /	闫风华
文案编辑 /	闫风华
责任校对 /	刘亚男
责任印制 /	施胜娟

图书出现印刷质量问题，请拨打售后服务热线，本社负责调换

科幻不是目的,思考才是根本。
科幻小说是献给那些聪明的头脑和有趣的灵魂的一份礼物。
喜欢科幻的书友请加科幻 QQ 一群:168229942,QQ 二群:26926067。